17 Lunes

KAMI GARCIA • MARGARET STOHL

Traduit de l'anglais (États-Unis)
par Luc Rigoureau

L'édition originale de cet ouvrage a paru en langue anglaise
chez Little, Brown and Company, Hachette Book Group, New York,
sous le titre :
Beautiful Darkness

Pour Cécile Térouanne
et notre famille française
d'Hachette Jeunesse.

*On pardonne aisément à l'enfant
qui a peur du noir.
La vraie tragédie de la vie,
c'est quand les hommes ont peur de la lumière.*

Platon

J'avais cru que notre bourgade, perdue en pleine cam-
brousse de Caroline du Sud et embourbée dans la vase de
la vallée de la rivière Santee, était le centre de nulle part ;
que c'était un bled où il ne s'était jamais rien passé, et où
rien ne changerait jamais. À l'instar de la veille, le soleil
impassible se lèverait et se coucherait sur Gatlin sans
que ne serait-ce qu'une brise se donne la peine de frémir.
Demain, comme tous les jours depuis plus d'un siècle,
mes voisins se balanceraient sur les rocking-chairs de
leur véranda, tandis que, pareils à des glaçons, touffeur,
commérages et intimité fondraient dans leur thé sucré.
Par ici, les traditions étaient tellement une tradition
qu'il était difficile de les distinguer, enchevêtrées qu'elles
étaient dans tout ce que nous faisions ou, plus souvent,
ne faisions pas. Naissances, mariages ou funérailles, les
chœurs méthodistes ne cessaient de chanter.

Les dimanches étaient consacrés à la messe, les lundis
aux courses dans la seule épicerie du coin, le Stop & Shop,

astucieusement surnommé le Stop & Steal[1]. Le reste de la semaine impliquait beaucoup de rien et encore une part de gâteau si vous aviez la veine de vivre avec quelqu'un comme la gouvernante de ma famille, Amma, qui remportait tous les ans le premier prix au concours de pâtisserie de la foire du comté. La vieille Mlle Monroe continuait d'enseigner le cotillon, le doigt vide – elle n'en avait que quatre – de sa main gantée de blanc voletant au rythme des chassés qu'elle apprenait aux débutantes. Maybelline Sutter coupait toujours les cheveux au Snip 'n' Curl, bien que, au tournant de ses soixante-dix ans et quelques, elle soit devenue presque aveugle et ait désormais tendance à oublier la moitié du temps de fixer un sabot à sa tondeuse et à vous tailler une rayure blanche de mouffette sur la nuque. Carlton Eaton ne manquait jamais, qu'il pleuve ou qu'il vente, d'ouvrir votre courrier avant de le distribuer. Quand les nouvelles étaient mauvaises, il vous les annonçait en personne. Il était tellement préférable de les apprendre de la bouche d'un de vos semblables.

Cette ville nous possédait, ce qui était bien et mal à la fois. Elle connaissait la moindre parcelle de nous, nos moindres péchés, secrets et cicatrices. Voilà pourquoi la plupart de ses habitants n'avaient jamais pris la peine de la quitter, et que ceux qui s'en allaient ne revenaient pas. Ce qui aurait été mon cas, cinq minutes après avoir décroché mon bac, si je n'avais pas rencontré Lena. Pour sûr, j'aurais décampé.

Sauf que j'étais tombé amoureux d'une Enchanteresse.

Grâce à elle, j'avais découvert un autre monde sous les fissures de nos trottoirs bosselés. Un univers qui avait toujours existé, caché en plein soleil. Le Gatlin de Lena était un endroit où se produisaient des événements incroyables et surnaturels, des événements qui bouleversaient votre vie.

---

1. Soit « Stoppe et pique ». *(Toutes les notes sont du traducteur.)*

Qui y mettaient un terme, parfois.

Tandis que les gens normaux étaient occupés à bouturer leurs rosiers ou à aller chercher des pêches mangées par les vers depuis belle lurette au kiosque installé sur le bord de la route, les Enchanteurs de la Lumière et ceux des Ténèbres, tous doués d'un talent unique et puissant, se livraient une éternelle guerre civile sur un champ de bataille magique où il ne fallait pas espérer voir un drapeau blanc se lever. Le Gatlin de Lena abritait des démons et des périls, ainsi qu'une malédiction qui frappait sa famille depuis plus d'un siècle. Et plus je m'étais rapproché d'elle, plus son Gatlin s'était confondu avec le mien.

Quelques mois auparavant, j'avais cru notre bourgade immuable. Maintenant que j'avais ouvert les yeux, je regrettais presque que ce ne soit pas le cas.

Parce que, à la seconde où je m'étais épris d'une Enchanteresse, aucun de ceux que j'aimais n'avait plus été en sécurité. Lena pensait qu'elle était la seule à être maudite. Elle se trompait.

À présent, nous l'étions tous les deux.

La pluie dégoulinant par-dessus la bordure du plus joli chapeau noir d'Amma ; les genoux nus de Lena s'écrasant sur la boue épaisse entourant la fosse ; les fourmillements de ma nuque que provoquait la trop grande proximité de créatures appartenant à la même espèce que Macon : des Incubes, démons qui se nourrissaient des souvenirs et des mémoires des Mortels de mon acabit pendant leur sommeil ; le son, unique en son genre, qu'ils émettaient lorsqu'ils éventraient l'ultime morceau de ciel sombre et disparaissaient, juste avant l'aube, telle une volée de corbeaux noirs décollant d'une ligne électrique dans une harmonie parfaite.

C'étaient les funérailles de Macon.

J'en avais mémorisé les détails comme si elles s'étaient déroulées hier, bien qu'il soit tout bonnement difficile de croire qu'elles avaient eu lieu. Les enterrements ont tendance à vous jouer pareils tours. La vie aussi, j'imagine. On occulte complètement les événements importants, mais les petits hasards et les événements de second ordre vous hantent, ne cessant de se rejouer dans votre esprit.

Mes souvenirs : Amma me réveillant dans l'obscurité matutinale pour me traîner à Son Jardin du Repos Éternel avant le lever du soleil. Lena, pétrifiée et brisée, désireuse de pétrifier et de briser tout ce qui se trouvait alentour. Le ciel sombre et, représentant une bonne moitié de l'assistance, ceux qui n'avaient rien d'humain.

Derrière ces apparences subsistait cependant une chose que je n'arrivais pas à raviver. Elle se rappelait à moi, rôdant au fond de mon cerveau. Depuis l'anniversaire de Lena, sa Seizième Lune, la nuit du décès de Macon, j'avais essayé d'y réfléchir. En vain.

Ma seule certitude, c'est qu'il s'agissait d'un truc dont il était indispensable que je me souvienne.

Le matin des obsèques était d'un noir d'encre, mais des rayons de lune transperçaient les nuages et illuminaient ma fenêtre ouverte. Ma chambre était glaciale, ce dont je me fichais comme d'une guigne. Depuis que Macon était mort, je laissais volontairement mes carreaux béants la nuit, comme s'il risquait de débouler dans ma piaule, de s'installer sur mon fauteuil tournant et de passer un moment avec moi.

M'est revenue en mémoire la nuit où je l'avais découvert debout près de la croisée. C'est là que j'avais appris ce qu'il était. Ni un vampire ni quelque monstre mythologique tiré d'un livre, contrairement à ce que j'avais soupçonné ; juste un démon, un vrai. Un qui aurait pu choisir de s'abreuver à mon sang, qui avait toutefois préféré se contenter de mes songes. Macon Melchizedek Ravenwood. Ce Vieux Fou de Ravenwood, le reclus de la ville, pour les gens du coin ; et l'oncle de Lena, son père de substitution, le seul qu'elle a jamais connu.

Je m'habillais quand j'ai senti le tiraillement intérieur et la tiédeur m'indiquant que Lena était là.

L ?

Pour me parler, elle s'adressait aux tréfonds de mon esprit ; plus proche de moi que quiconque, et plus loin. Grâce au Kelting, le Chuchotement, notre mode de communication muet. La langue que les Enchanteurs comme elle connaissaient depuis bien avant que ma chambre ait été décrétée sise au sud de la ligne Mason-Dixon[1]. Le Kelting était l'idiome secret de l'intimité et de la nécessité, né à une époque où la différence pouvait conduire au bûcher. Un langage auquel je n'aurais pas dû avoir accès, puisque j'étais un Mortel. Pour une raison inexplicable, je le pratiquais cependant, et c'était le moyen que Lena et moi utilisions pour exprimer le non-dit et l'indicible.

Je ne peux pas. Je refuse d'y aller.

Oubliant ma cravate, je me suis rassis sur mon lit. Les ressorts de l'antique sommier ont gémi sous mon poids.

Il le faut. Tu ne te le pardonneras pas, si tu n'y vas pas.

Pendant un instant, elle n'a pas moufté. Puis :

Tu ne sais pas ce que ça fait.

Si.

Je n'avais pas oublié le jour où j'avais occupé la place de celui qui, rivé à sa couche, a peur de se lever, peur d'enfiler son costume, peur de rejoindre le cercle de prières, peur de chanter *Abide with Me*[2] puis de participer au cortège lugubre des phares d'auto à travers le cimetière de Gatlin afin d'y ensevelir sa mère. J'avais redouté que le cérémonial ne rende réelle sa disparition. Bien que je ne supporte pas de repenser à ces moments-là, j'ai ouvert mon esprit afin de les montrer à Lena...

Tu ne te sens pas la force d'y aller, sauf que tu n'as pas le choix, car Amma, la main sur ton bras, te conduit à la voiture, au banc d'église, au pitoyable défilé. Bien que bouger soit dou-

---

1. Aux États-Unis, ligne de démarcation séparant les États du Sud (esclavagistes) et du Nord (abolitionnistes) établie en 1767.
2. Littéralement : *Demeure près de moi*, cantique de Henry Francis Lyte écrit en 1847.

loureux comme si tu étais en proie à une drôle de fièvre. Tes
yeux se posent sur les lèvres qui marmonnent devant toi, mais
tu n'entends rien de ce qu'elles disent. Le hurlement qui a envahi
ton crâne étouffe les autres sons. Alors, tu les laisses mettre
leurs mains sur ton bras, tu montes dans la bagnole, et ça passe.
Tu survis, pour peu que quelqu'un t'assure que tu survivras.

J'ai enfoui ma tête entre mes doigts.

Ethan...

Je te jure que tu en es capable, L.

J'ai fourré mes poings sur mes yeux, les en ai reti-
rés, mouillés. Allumant la lampe de chevet, j'en ai fixé
l'ampoule nue, refusant de cligner des cils avant d'avoir
tari les larmes à leur source.

J'ai peur, Ethan.

Je serai tout à côté de toi. Je ne m'éloignerai pas.

J'ai recommencé à me débattre avec ma cravate. Lena
n'a rien ajouté, ce qui ne m'a pas empêché de deviner sa
présence, à croire qu'elle était installée dans un coin de
la pièce. La maison me donnait l'impression d'être vide
depuis le départ de mon père. J'ai entendu Amma marcher dans le couloir. La seconde suivante, elle s'est encadrée sur le seuil de ma porte. Elle tenait son sac à main du
dimanche. Ses prunelles sombres ont fouillé les miennes,
sa minuscule stature – elle ne m'arrivait pas à l'épaule –
m'a paru immense. Elle était la grand-mère que je n'avais
jamais eue, et la seule mère qui me restait désormais.

J'ai contemplé la chaise vide près de la fenêtre, celle
sur laquelle, un peu moins d'un an auparavant, elle avait
déposé mon beau costume, puis je me suis retourné vers
l'ampoule nue de ma table de nuit. Amma a tendu la main,
je lui ai donné ma cravate. Parfois, j'avais le sentiment que
Lena n'était pas la seule à pouvoir décrypter mes pensées.

J'ai offert mon bras à Amma pour escalader la colline
boueuse de Son Jardin du Repos Éternel. Le ciel était

gris, et la pluie s'est mise à tomber avant que nous ayons atteint la crête. Amma portait sa robe de deuil la plus élégante et un chapeau à large bord qui protégeait son visage des gouttes, excepté là où dépassait un pan de son col en dentelle blanche, retenu par son plus joli camée en signe d'hommage. Je l'avais vue dans une tenue identique au mois d'avril précédent, comme j'avais senti ses gants de cérémonie sur mon bras, m'aidant déjà à grimper ce coteau. Aujourd'hui, j'aurais été incapable de dire lequel de nous deux soutenait l'autre.

Au regard des sentiments qu'avaient nourris à son encontre les habitants de la ville, je ne comprenais toujours pas pourquoi Macon avait tenu à être inhumé au cimetière de Gatlin. Mais, d'après Bonne-maman, la grand-mère de Lena, il avait laissé des instructions précises sur son souhait d'être enseveli ici. Il avait en personne acquis la concession, des années plus tôt. La parentèle de Lena n'avait pas eu l'air d'être très heureuse de ce choix ; Bonne-maman avait mis le holà à la fronde et, comme dans toutes les bonnes familles du vieux Sud, la décision de Macon avait été respectée.

Lena ? Je suis arrivé.

Je sais.

J'ai deviné que le son de ma voix l'apaisait, presque autant que si je l'avais prise par les épaules. J'ai levé les yeux vers le sommet de la colline, où devait se trouver le dais accueillant la cérémonie. Cet enterrement allait ressembler à n'importe quel autre enterrement à Gatlin, ce qui était ironique, puisqu'il s'agissait de Macon.

Le jour ne pointait pas encore, et j'ai eu du mal à distinguer des formes lointaines, inclinées, uniques. Les rangées anciennes et inégales des minuscules pierres tombales se dressant au-dessus des sépultures d'enfant ; les cryptes, envahies par les mauvaises herbes, de dynasties oubliées ; les obélisques blancs en ruine, marqués de petites croix en laiton honorant la mémoire des soldats confédérés tombés au champ de bataille. Même le héros Jubal A. Early, dont la statue dominait la Pâture du général, au centre-ville, reposait ici. Nous avons contourné le caveau des Moultrie (une branche secondaire de la famille du général de la guerre de Sécession), qui existait depuis si longtemps que le tronc lisse du magnolia poussant à sa lisière avait colonisé la plus grande des stèles, rendant ces défunts presque anonymes.

Mais néanmoins glorieux. Tous l'étaient, car nous atteignions la partie la plus ancienne du cimetière. Ma mère m'avait expliqué un jour que le moindre nom gravé sur n'importe quelle vieille tombe de Gatlin était gratifié de l'expression « disparu dans la gloire de Dieu ». Toutefois, au fur et à mesure que nous nous rapprochions, et que mes yeux s'habituaient à l'obscurité, j'ai compris où nous menait le sentier de graviers boueux que nous suivions. Je me suis rappelé l'endroit exact où il longeait le banc du souvenir en pierre installé sur la pente herbeuse plantée de magnolias. Je me suis rappelé mon père assis sur ce banc, incapable de parler ou de bouger. Mes pieds, qui avaient réalisé la même chose que moi, ont refusé d'avancer : le Jardin du Repos Éternel de Macon n'était qu'à un magnolia de celui de ma mère.

« Les chemins sinueux sont droits entre nous deux. »

C'était un vers idiot d'un poème encore plus idiot que j'avais composé pour Lena à l'occasion de la Saint-Valentin. Sauf qu'ici, dans le cimetière, il prenait toute sa réalité. Qui aurait pu prédire que nos parents, du moins ce qui s'en rapprochait le plus en ce qui concernait Lena, seraient voisins de tombe ?

Prenant ma main, Amma m'a entraîné vers le vaste emplacement acheté par Macon.

— Viens, mon garçon.

Nous avons franchi la rambarde noire nous arrivant à la taille, ornement qui, à Gatlin, était réservé aux concessions les plus chic. Un peu comme les palissades en bois blanc des demeures imposantes, mais pour les morts. D'ailleurs, il arrivait que ces périmètres soient des palissades en bois blanc. Celle-ci était en fer forgé, et il fallait en pousser le portillon de guingois pour fouler l'herbe trop haute du terrain. Ce dernier paraissait, à l'instar de Macon lui-même, générer une atmosphère bien particulière.

À l'intérieur, alignés d'un côté du cercueil ouvragé noir sous un dais noir, nous attendaient les membres de la famille de Lena : Bonne-maman, tante Del, oncle Barclay, Reece, Ryan et la mère de Macon, Arelia. Face à eux, un groupe d'hommes et une femme en longs manteaux sombres se tenaient à bonne distance tant de la bière que de la tente, épaule contre épaule. Exposés à la pluie mais complètement secs. La scène évoquait un mariage avec, de part et d'autre de l'allée centrale de l'église, les parents de la mariée et ceux du promis, pareils à deux clans rivaux. Au pied du catafalque, un vieillard flanquait Lena. Amma et moi nous sommes placés à l'extrémité opposée, à la limite de l'auvent.

Raffermissant sa prise autour de mon bras, Amma a sorti de son corsage l'amulette en or qu'elle ne quittait jamais et l'a frottée entre ses doigts. Ma gouvernante était plus que superstitieuse. C'était une Voyante, la descendante d'une lignée de femmes qui tiraient les tarots et communiquaient avec les esprits. Elle possédait un gri-gri ou une poupée pour à peu près tout. Ce talisman-ci était un bouclier protecteur. J'ai toisé les Incubes, l'averse qui dégoulinait sur eux sans laisser de trace, et j'ai croisé les doigts pour qu'ils soient de l'espèce qui ne se nourrissait que de rêves.

J'ai tenté de détourner les yeux, ça n'a pas été aisé. Comme tous les prédateurs dignes de ce nom, les Incubes avaient un magnétisme qui, telle une toile d'araignée, attirait leurs victimes. Dans l'obscurité, on ne distinguait pas leur prunelles noires, et ils ressemblaient presque à des personnes normales. Quelques-uns parmi eux étaient habillés comme l'avait toujours été Macon : costume sombre et pardessus onéreux. Un ou deux, en jean et chaussures de sécurité, les mains fourrées dans les poches de leur veste, avaient plutôt la dégaine d'ouvriers du bâtiment en route pour une bière consolatrice après une journée de labeur. La femme était sans doute un Succube. J'avais découvert l'existence de ces créatures au fil de mes lectures, des BD surtout. J'avais cru qu'elles relevaient de contes de bonnes femmes, comme les loups-garous. Je m'étais leurré, cependant, car celle-ci, à l'image de ses compagnons, affrontait la pluie sans être mouillée.

Les Incubes formaient un sacré contraste avec la parentèle de Lena, dont les membres étaient vêtus d'un tissu noir iridescent qui captait la rare lumière de cette heure, la réfléchissant au point de donner l'impression qu'ils en étaient la source. Je les voyais ainsi pour la première fois, et c'était un spectacle étrange, notamment quand on songeait au code vestimentaire strict imposé aux femmes du Sud lors des funérailles.

Lena séparait les deux camps. Son allure évoquait tout sauf la magie. Debout devant le catafalque, elle y avait posé les doigts, à croire que Macon lui tenait la main. Bien qu'habillée dans le même matériau luisant que le reste de la famille, sa tenue pendouillait sur elle comme une ombre. Ses cheveux bruns étaient noués en un chignon sévère, et pas une de ses fameuses boucles rebelles ne s'en échappait. Elle paraissait détruite et décalée, comme si elle s'était placée du mauvais côté du cercueil.

Comme si elle s'était fourvoyée du mauvais côté de l'allée centrale de l'église.

Lena ?

Elle a relevé le menton, son regard a croisé le mien. Depuis son anniversaire, depuis que l'un de ses iris avait viré au doré cependant que le second restait vert foncé, les deux nuances s'étaient combinées pour créer une teinte qui ne ressemblait à rien de ce que je connaissais. Presque noisette parfois, d'un or artificiel à d'autres moments. Pour l'instant, ses yeux, ternes et tristes, étaient plutôt noisette. Ça m'a brisé le cœur. J'ai eu envie de la prendre dans mes bras et de l'emporter loin d'ici.

Je peux aller chercher la Volvo, nous roulerons jusqu'à la côte, jusqu'à Savannah. Nous nous planquerons chez ma tante Caroline.

J'ai avancé d'un pas. Sa famille étant agglutinée autour de la fosse, il m'était impossible d'atteindre Lena sans traverser la rangée d'Incubes, ce qui était le cadet de mes soucis.

Ne bouge pas, Ethan ! C'est dangereux...

Un grand Incube, dont un pan du visage était marqué d'une cicatrice pareille à celle laissée par l'agression d'un animal sauvage, s'est tourné pour me contempler. L'air entre nous a paru se rider – un galet que j'aurais jeté dans les eaux paisibles d'un lac, puis l'onde de choc m'a frappé, me coupant le souffle à la manière d'un coup de poing au plexus, mais je n'ai pas réagi, car j'étais paralysé, les membres soudain engourdis et inutiles.

Ethan !

Amma a froncé les sourcils. Avant qu'elle ait esquissé un geste, le Succube a posé la main sur l'épaule du Balafré et l'a serrée presque imperceptiblement. Aussitôt, j'ai été libéré de la constriction qu'il exerçait sur moi, et le sang s'est remis à circuler dans mes veines. Amma a adressé un hochement de tête reconnaissant à l'inconnue, mais la femme à la longue chevelure et au manteau encore plus long l'a ignorée et s'est à nouveau fondue dans le rang de ses semblables. L'Incube scarifié m'a fait un clin d'œil. Les mots n'ont pas été nécessaires pour que je capte le message : « On se revoit dans tes rêves. »

Je retrouvais à peine mon souffle lorsqu'un gentleman chenu en costume suranné et lavallière ruban s'est avancé au-devant du catafalque. Ses prunelles sombres tranchaient sur la neige de ses cheveux, lui donnant l'allure d'un sinistre personnage tiré d'un vieux film en noir et blanc.

— L'Enchanteur des Fosses, a murmuré Amma.

Je l'aurais plutôt qualifié de simple fossoyeur. Après qu'il a eu effleuré le bois de la bière, la croix sur le couvercle s'est mise à briller d'une lueur dorée. On aurait dit une sorte de blason, tels ceux qu'on voit dans les musées ou les châteaux. Dessous étaient sculptés un soleil et un croissant de lune.

— Macon Ravenwood, de la Maison des Ravenwood, du Corbeau et du Chêne, de l'Air et de la Terre, des Ténèbres et de la Lumière.

Il a ôté sa main, et la clarté a suivi, replongeant le cercueil dans l'obscurité.

— Est-ce Macon ? ai-je chuchoté à Amma.

— La lumière est symbolique. Cette boîte est vide. Il ne restait rien à enterrer. C'est comme ça que ça se passe, avec les êtres comme Macon. « Car tu es poussière et tu retourneras à la poussière[1]. » Comme nous. Simplement, pour eux, ça va beaucoup plus vite.

De nouveau, la voix du maître de cérémonie a retenti :

— Qui consacre cette âme à L'Autre Monde ?

La famille a fait un pas en avant et, excepté Lena, qui fixait le sol, a répondu à l'unisson :

— Nous.

— Nous aussi, ont renchéri les Incubes en se rapprochant à leur tour.

— Qu'il s'exile alors vers l'au-delà. *Redi in pace, ad Ignem Arum ex quo venisti.*

L'officiant a soulevé le faisceau lumineux très haut au-dessus de sa tête, où il a flamboyé.

— Va en paix, retourne au Feu Ténébreux d'où tu viens, a-t-il répété, en anglais cette fois.

---

1. Genèse, III, 19.

Il a projeté la lumière vers le ciel, et des étincelles sont retombées en pluie sur le cercueil dont elles ont incendié le bois. Comme s'ils réagissaient à un signal, les parents de Lena et les Incubes ont brandi les mains, lançant de menus objets argentés pas plus gros que des pièces de vingt-cinq cents qui ont également dégringolé sur la bière, au milieu des flammes dorées. Le ciel avait commencé à changer de couleur, le noir de la nuit passant au bleu qui précède le lever du soleil. J'ai tenté de distinguer ce qu'étaient les offrandes, mais il faisait encore trop sombre.

— *His dictis, solutus est.* Par ces mots, il est libre.

Un halo d'un blanc presque aveuglant émanait du cercueil, à présent. J'avais du mal à apercevoir l'Enchanteur des Fosses à quelques pas de moi, comme si sa voix nous avait transportés ailleurs, que nous n'étions plus au bord d'une tombe, à Gatlin.

Oncle Macon ! Non !

Il y a eu un éclair, comme la foudre frappe la terre, puis la lumière s'est éteinte. Notre cercle est réapparu ; nous contemplions un monticule de boue et de fleurs. La cérémonie était finie. Le cercueil s'était volatilisé. Tante Del a attiré Reece et Ryan à elle dans un geste protecteur.

Macon était parti.

Lena est tombée à genoux dans l'herbe grasse.

La barrière autour de la concession s'est brusquement refermée, sans que personne l'ait touchée cependant. Lena, elle, n'en avait pas encore terminé, et personne ne s'en irait d'ici avant qu'elle l'ait décidé.

Lena ?

Le déluge s'est déchaîné presque tout de suite – les conditions climatiques restaient enchaînées à ses dons d'Élue, les pouvoirs les plus puissants de l'univers des Enchanteurs. Elle s'est remise debout.

Lena ! Cela ne changera rien !

L'air s'est soudain rempli de centaines d'œillets blancs et de fleurs en plastique bon marché, de palmes et de drapeaux ornés d'un palmier[1] en provenance des tombes sur lesquelles les gens étaient venus s'incliner récemment, le tout volant et tourbillonnant le long de la colline. Dans cinquante ans, les habitants de Gatlin parleraient encore du jour où le vent avait failli déraciner tous les magnolias de Son Jardin du Repos Éternel. La bourrasque a été si violente et rapide qu'elle a giflé l'assemblée au grand complet, un soufflet tellement brutal que nous avons titubé avant de retrouver notre équilibre. Seule Lena se tenait droite, tête haute, s'agrippant à la stèle la plus proche. Ses cheveux s'étaient détachés de son chignon et fouettaient l'air autour d'elle. Elle n'était plus obscurité et ombres ; elle en était l'opposé, seul point brillant dans l'ouragan, comme si les éclairs d'un doré jaunâtre qui fendaient la nue s'étaient échappés de son corps. À ses pieds, Boo Radley, le chien de Macon, a gémi, oreilles aplaties sur le crâne.

Il n'aurait pas voulu ça, L.

Lena a enfoui son visage entre ses paumes, et un brusque coup de vent a emporté le dais, l'arrachant à la terre détrempée et l'envoyant bouler lui aussi sur le flanc du coteau.

Se plaçant devant Lena, Bonne-maman a fermé les yeux et posé un unique doigt sur la joue de sa petite-fille. Aussitôt, la tourmente s'est arrêtée, et j'ai compris que la vieille femme avait utilisé ses talents d'Empathique pour priver temporairement Lena de ses pouvoirs. Elle n'était pas en mesure de la priver de sa colère, cependant. Nul parmi nous n'était assez fort pour cela. Le vent s'est apaisé, l'averse s'est transformée en crachin. Bonne-maman a retiré sa main et rouvert les paupières. Le Succube, une fois n'est pas coutume décoiffé, a inspecté le ciel.

— Il fait presque jour.

À l'horizon, le soleil commençait à se forer un passage brûlant à travers les nuages, éparpillant çà et là des éclats

---

1. Drapeau de la Caroline du Sud.

de lumière et de vie sur les rangs inégaux des pierres tombales. Il n'y avait rien à ajouter. Les Incubes se sont dématérialisés l'un après l'autre dans un bruit de succion. Leur façon d'ouvrir la nue pour s'y engouffrer évoquait une éventration. J'ai voulu me diriger vers Lena, mais Amma m'a sèchement retenu par le bras.

— Ben quoi ? Ils sont partis.

— Pas tous. Regarde...

Elle avait raison. À la lisière de la concession, l'un d'eux s'était attardé, adossé à une stèle ornée d'un ange en affliction. Il paraissait plus âgé que moi, dans les dix-neuf ans peut-être, avait de courts cheveux bruns et le teint blême de ses pairs. Il s'est déplacé, délaissant l'ombre d'un chêne pour la lumière vive du matin ; les yeux clos, il a renversé la tête en arrière, offrant son visage à la caresse du soleil, comme si ce dernier ne brillait que pour lui. Amma se trompait. Il ne pouvait pas être des leurs. Se baigner ainsi dans la lumière du jour était impossible aux Incubes.

Qu'était-il ? Et que fichait-il ici ?

Il s'est rapproché, ses prunelles ont croisé les miennes, comme s'il avait senti mon regard qui s'attardait sur lui. C'est alors que j'ai vu ses yeux. Ils n'étaient pas noirs comme ceux des Incubes.

Ils étaient verts comme ceux des Enchanteurs.

Il s'est planté devant Lena, mains dans les poches, le front légèrement incliné. Pas vraiment une révérence, mais un maladroit témoignage de déférence qui, d'une certaine façon, a semblé plus honnête. À la différence des autres Incubes, il avait eu la décence de franchir l'invisible frontière ; ce geste de bonne éducation typiquement sudiste aurait pu faire de lui le fils de Macon Ravenwood le gentleman. Je l'en ai aussitôt détesté.

— Toutes mes condoléances, a-t-il dit.

Dépliant la paume de Lena, il y a déposé un petit objet argenté pareil à ceux qu'avaient lancés les autres sur le cercueil. Elle a refermé les doigts dessus. Je n'ai pas eu le loisir de bouger un muscle que, déjà, le son si particulier du ciel déchiré résonnait, et que l'inconnu s'était évanoui.

Ethan ?

Ses jambes ont commencé à trembler sous le fardeau de cette aube – le deuil, la tempête, l'ultime étripage de la nue. Le temps que je la rejoigne et glisse un bras dans son dos, elle aussi s'était évanouie. J'ai redescendu la colline en la portant, loin de Macon et du cimetière.

Elle a dormi, recroquevillée dans mon lit, durant une nuit et un jour, se réveillant pour mieux replonger. Quelques brindilles s'étaient accrochées à ses cheveux, son visage était maculé de boue, mais elle refusait de regagner Ravenwood Manor, et personne ne s'est risqué à insister. Je lui avais passé mon sweat-shirt le plus vieux, le plus doux, et l'avais enveloppée dans notre couvre-lit en patchwork le plus épais, ce qui ne l'a pas empêchée de frissonner tout le temps, y compris dans son sommeil. Boo montait la garde à ses pieds, et Amma apparaissait sur le seuil à intervalles réguliers. Moi, j'étais installé sur la chaise près de la fenêtre, celle que je n'utilisais jamais, et je contemplais le ciel. Il m'était impossible d'ouvrir la croisée, car l'orage ne cessait de menacer.

À un moment, les doigts de Lena se sont détendus tandis qu'elle dormait. J'ai alors distingué un minuscule oiseau en argent, un moineau. Cadeau d'un étranger aux funérailles de Macon. Je tentais de m'en saisir quand elle a replié la main.

Deux mois plus tard, je ne pouvais toujours pas regarder un oiseau sans entendre le bruit du ciel qui se fendait.

17 avril
GAUFRES BRÛLÉES

Quatre œufs, quatre lanières de bacon, une corbeille de pain maison (dont la pâte, selon les standards culinaires d'Amma, exigeait d'être pétrie à la main), trois sortes de confiture et une motte de beurre parsemée de gouttelettes de miel. Et, à en juger par l'odeur, de l'autre côté du comptoir, la pâte au babeurre était en train de croustiller dans le vieux moule à gaufre. Ces deux derniers mois, Amma avait cuisiné nuit et jour. Le plan de travail croulait sous les plats en Pyrex : allumettes au fromage, haricots verts au four, poulet frit et, cela va de soi, salade de cerises Bing – rien qu'un nom prétentieux pour désigner un bol de gelée parfumée au Coca-Cola avec merises et morceaux d'ananas. Au-delà, j'ai reconnu un gâteau à la noix de coco, des roulés à l'orange et ce qui ressemblait à un cake au bourbon. Je savais que d'autres douceurs étaient stockées ailleurs. Depuis la disparition de Macon et le départ de mon père, Amma s'était affairée sans relâche aux fourneaux, multipliant plats et pâtisseries, comme si elle parviendrait à oublier sa tristesse à force de cuisiner. Elle et moi étions conscients que cela relevait d'un impossible miracle.

Amma n'avait pas viré au noir avec autant d'ampleur depuis la mort de ma mère. Elle avait connu Macon Ravenwood pendant bien plus longtemps que moi et même que Lena, soit plus que toute notre existence. Aussi improbable et imprévisible qu'ait été leur relation, celle-ci avait compté pour elle comme pour lui. Ils avaient été amis, bien que je ne sois pas certain qu'aucun des deux l'ait volontiers admis. Mais on ne me la faisait pas : la vérité s'étalait tant sur les traits d'Amma qu'à travers les plats qu'elle entassait dans son royaume.

— J'ai reçu un coup de téléphone du Dr Summers, m'a-t-elle annoncé.

Le psychiatre de mon père. Amma n'a pas relevé les yeux du moule à gaufres, et je n'ai pas mentionné qu'il était inutile de fixer un moule à gaufres pour qu'elles cuisent.

— Que t'a-t-il dit ?

Depuis ma chaise à la vieille table en chêne, j'ai étudié son dos, les cordons de son tablier noués au milieu. Je me suis souvenu du nombre de fois où, enfant, j'avais tenté de tirer en douce sur ces passants. Amma était si petite qu'ils pendaient presque aussi bas que le tablier lui-même. Je me suis attardé sur ce souvenir – tout était préférable à l'idée de penser à mon géniteur.

— D'après lui, ton papa sera bientôt prêt à rentrer à la maison.

Soulevant mon verre vide, j'ai regardé à travers : les choses y étaient aussi distordues que dans la réalité. Mon père était à Blue Horizons, à Columbia, depuis deux mois. Lorsque Amma avait découvert l'inexistence du livre qu'il avait prétendu écrire durant un an, puis quand s'était produit l'« incident », euphémisme auquel elle recourait pour évoquer la soirée où il avait failli sauter d'un balcon, elle s'était résolue à contacter ma tante Caroline. Cette dernière avait conduit mon père le jour même à Blue Horizons, qu'elle qualifiait de « Spa ». Le genre de Spa où vous expédiiez vos parents cinglés quand ils nécessitaient ce que les habitants de Gatlin appelaient des « attentions personnalisées », ce que n'importe qui ailleurs que dans le Sud nommait une thérapie.

— Super.

« Super. » Je ne voyais pas mon père revenir chez nous et se balader en ville en pyjama imprimé de canards. Nous avions plus que notre dose de folie, Amma et moi, coincés que nous étions dans les gratins assaisonnés au chagrin que je déposerais à l'église méthodiste vers l'heure du dîner, à l'instar de ce que je faisais presque tous les soirs. Je n'étais pas un expert ès émotions, mais Amma, engluée dans la pâte à tarte jusqu'aux coudes, n'était pas prête à partager les siennes. Elle aurait encore préféré renoncer à la pâtisserie. Un jour, le lendemain de l'enterrement, j'avais essayé d'aborder le sujet ; elle avait mis un terme à la conversation avant même qu'elle ait vraiment commencé :

— Ce qui est fait est fait. Ceux qui sont partis sont partis. Là où il est maintenant, nous ne risquons pas de revoir Macon Ravenwood, que ce soit dans ce monde ou dans l'Autre.

Sur le coup, elle m'avait donné l'impression d'être en paix avec cette vérité, sauf que, deux mois plus tard, je continuais à livrer biscuits et petits plats mijotés. Elle avait, la même nuit, perdu les deux hommes de sa vie : mon père et Macon. Certes, mon père n'était pas mort, mais notre cuisine ignorait ce genre de distinguo. Comme disait Amma, ceux qui sont partis sont partis.

— Je fais des gaufres. J'espère que tu as faim.

Je n'entendrais sans doute pas un mot de plus de sa part ce matin-là. M'emparant du carton de lait chocolaté posé sur la table, j'ai rempli mon verre – à ras bord, par habitude. Ma gouvernante s'était souvent plainte que je buvais du lait chocolaté au petit déjeuner. Aujourd'hui, elle m'aurait nourri d'une charlotte au chocolat entière sans sourciller. Je m'en sentais d'autant plus mal. Pis encore, l'édition dominicale du *New York Times* n'était pas ouverte à la page des mots croisés, et ses crayons à papier n° 2 taillés en pointe acérée restaient cachés dans leur tiroir. Elle regardait par la fenêtre les nuages qui envahissaient le ciel. « L.A.C.O.N.I.Q.U.E. Neuf lettres horizontal, autrement dit, je n'ai rien à raconter, Ethan Wate. » Ainsi se serait-elle exprimée si elle avait été dans son état normal.

Avalant une gorgée de lait chocolaté, j'ai failli m'étouffer. Le sucre était trop sucré, et Amma était trop mutique. C'est comme ça que j'ai compris que la situation avait changé.

Ça, et les gaufres brûlées qui fumaient dans leur moule.

J'aurais dû aller au lycée, au lieu de quoi j'ai bifurqué sur la Nationale 9 en direction de Ravenwood. Lena avait cessé d'aller en cours avant son anniversaire et n'y était toujours pas retournée. Après la mort de Macon, le proviseur Harper lui avait « généreusement » accordé la permission de travailler chez elle sous l'égide d'un tuteur, jusqu'au moment où elle se sentirait prête à revenir à Jackson. Sachant qu'il avait aidé Mme Lincoln dans la campagne qu'elle avait lancée afin d'expulser Lena du bahut après le bal d'hiver, je suis sûr qu'il espérait que ce moment-là n'arriverait jamais.

Je l'avoue, j'étais un peu jaloux. Lena n'était plus obligée d'écouter M. Lee, le prof d'histoire, ronronner sur la guerre de l'Agression yankee et la sécession des États confédérés ni de s'asseoir sous le bon œil de la mère English en cours de littérature. Désormais, seuls Abby Porter et moi nous y installions, ce qui nous valait de devoir répondre en classe à toutes les questions sur *L'Étrange Cas du docteur Jekyll et de M. Hyde* : qu'est-ce qui pousse le docteur Jekyll à se transformer en M. Hyde ? Sont-ils si différents que cela l'un de l'autre ? Aucun élève n'en avait la moindre idée, bien sûr. Voilà pourquoi tous ceux qui avaient choisi le côté œil de verre de la prof dormaient du sommeil du juste.

Malheureusement, Jackson sans Lena n'était plus Jackson. Du moins, pas pour moi. D'où mes incessantes prières pour qu'elle y revienne. La veille, quand elle m'avait promis d'y réfléchir, je lui avais rétorqué qu'elle n'aurait qu'à y réfléchir en chemin.

Je suis arrivé à la fourche de la route. Notre route, à Lena et à moi. Celle qui m'avait entraîné hors de la Nationale 9 jusqu'à Ravenwood le soir où nous nous étions rencontrés. La première fois où je m'étais rendu compte qu'elle était la même fille que celle à laquelle j'avais longtemps rêvé, bien avant qu'elle emménage à Gatlin.

Dès que j'ai aperçu le croisement, j'ai entendu la chanson. Elle a résonné dans l'habitacle de la Volvo aussi distinctement que si j'avais allumé la radio. Même chanson. Paroles identiques. Inchangée depuis ces deux derniers mois quand, mon iPod sur les oreilles, je bayais aux corneilles en fixant le plafond ou relisais, encore et encore, une seule et unique page de ma BD *Silver Surfer* sans même la voir.

Dix-sept Lunes. Elle était toujours là. J'ai essayé de tourner les boutons de la radio, sans résultat. À présent, la mélodie vibrait dans mon crâne au lieu de sortir des haut-parleurs, à croire que quelqu'un me la fredonnait par le biais du Chuchotement.

> *Dix-sept lunes, dix-sept ans,*
> *Choisir entre Noir et Blanc,*
> *L'or pour oui, le vert pour non,*
> *Dix-sept ans, pas un de plus.*

La musique s'est tue. J'étais bien placé pour savoir que l'ignorer ne mènerait à rien de bon ; je savais aussi comment Lena réagissait dès que je tentais d'en parler.

— Ce n'est qu'une chanson sans importance, éludait-elle.

— Aussi peu importante que *Seize Lunes* ? rétorquais-je. C'est de nous qu'il s'agit.

Qu'elle en ait conscience, qu'elle soit d'accord ou non n'entrait pas en ligne de compte et, d'ordinaire, c'était l'instant où elle choisissait de passer de la défense à l'attaque, et la discussion dérapait.

— De moi, tu veux dire ! Ténèbres ou Lumière ? Serai-je ta Sarafine à toi ? Si, de ton côté, tu as déjà décidé que j'étais vouée aux Ténèbres, pourquoi refuses-tu de l'admettre ?

C'est alors que je sortais une imbécillité pour tenter de changer de sujet. Jusqu'au jour où j'avais appris à me taire. Bref, nous n'évoquions plus la chanson qui hantait ma tête comme elle hantait la sienne.

Dix-sept Lunes. Nous n'y échapperions pas.

Le morceau ne pouvait que concerner l'Appel de Lena, l'heure où elle deviendrait Lumière ou Ténèbres à jamais. Ce qui ne pouvait signifier qu'une chose : qu'elle n'avait pas été Appelée. Pas encore. « L'or pour oui, le vert pour non » ? Autrement dit, les yeux dorés des Enchanteurs des Ténèbres ou les yeux verts des Enchanteurs de la Lumière. Depuis les seize ans de Lena, sa Seizième Lune, je m'étais efforcé de me convaincre que tout était fini, qu'elle n'était pas obligée d'être Appelée, qu'elle représentait une sorte d'exception. Et pourquoi pas, puisque je la trouvais exceptionnelle en tout point ?

Malheureusement, il n'y aurait pas d'exception. *Dix-sept Lunes* en était la preuve. J'avais capté *Seize Lunes* des mois avant l'anniversaire de Lena, signe annonciateur des événements qui avaient suivi. Les paroles de la chanson avaient changé, et j'étais confronté à une nouvelle prophétie sinistre. Un choix s'imposait, or Lena ne s'y était pas résignée. Les ritournelles ne mentaient pas. Du moins, pas que je l'aie constaté.

Je n'avais pas envie d'y songer. Mais, tandis que je grimpais la longue côte menant aux grilles de Ravenwood, le seul bruit des pneus sur le gravier semblait me seriner l'inéluctable vérité. S'il devait y avoir une Dix-septième Lune, tout ce qui avait eu lieu se serait produit en vain. À commencer par la mort de Macon.

Lena serait contrainte d'opter pour les Ténèbres ou la Lumière, de sceller irrémédiablement son destin. Les Enchanteurs n'avaient pas le droit de changer d'avis ni de camp. Qui plus est, lorsqu'elle aurait tranché, la moitié des siens en mourraient. Ténèbres ou Lumière, la malédiction exigeait qu'un seul côté survive. Mais, dans une famille où des générations d'Enchanteurs n'avaient pas eu de libre arbitre et avaient été Appelées à leur seizième année sans avoir leur mot à dire, comment Lena était-elle censée opérer un choix de cette ampleur ?

Depuis toujours, elle avait revendiqué le pouvoir de décider de son propre destin. À présent qu'elle était en mesure de le faire, l'affaire prenait l'aspect d'une plaisanterie cruelle.

Je me suis arrêté devant le portail, j'ai coupé le contact, fermé les yeux, je me suis plongé dans mes souvenirs : l'affolement croissant, les visions, les rêves, la chanson. Cette fois, Macon ne serait plus là pour attirer sur lui les dénouements malheureux. Il n'y avait plus personne à même de nous éviter les ennuis, lesquels se profilaient à une vitesse inquiétante.

17 avril
CITRONS ET CENDRES

Lorsque je me suis garé devant Ravenwood Manor, Lena m'attendait, assise sur la véranda délabrée. Elle portait une vieille chemise d'homme, un jean et ses Converse usées. L'espace d'une seconde, j'ai eu l'impression d'être remonté de trois mois dans le temps, et qu'aujourd'hui était un jour ordinaire. Sauf qu'elle avait aussi enfilé une des vestes à fines rayures de Macon, et que ça changeait tout. Depuis la disparition de son oncle, quelque chose clochait à Ravenwood. Un peu comme se rendre à la bibliothèque municipale de Gatlin et ne pas y trouver Marian, notre seule et unique bibliothécaire, ou à une réunion des FRA sans la présence de la plus importante fille des Filles de la Révolution Américaine[1], Mme Lincoln en personne.

---

1. Soit « Daughters of the American Revolution », ou DAR. Société datant de la fin du XIXᵉ siècle réservée aux femmes et impliquée dans l'éducation et la mémoire de l'histoire des États-Unis. Prônant des opinions conservatrices, les DAR ont soulevé la polémique à plusieurs reprises par leurs positions racistes, notamment à l'époque de la Ségrégation.

Ou entrer dans le bureau de notre maison pour y découvrir l'absence de ma mère.

La vaste plantation paraissait aller de mal en pis à chacune de mes visites. Sous la voûte des saules pleureurs, on avait du mal à imaginer à quel point et à quelle vitesse le jardin s'était détérioré. Les parterres de ces fleurs qu'Amma m'avait si impitoyablement appris à débarrasser de leurs mauvaises herbes quand j'étais enfant luttaient pour dénicher un peu d'espace vital dans la terre desséchée. Sous les magnolias, les touffes de jacinthes s'emmêlaient dans les hibiscus, et les héliotropes infestaient les myosotis. À croire que le parc était lui aussi en deuil. Ce qui était parfaitement possible. Ravenwood Manor m'avait toujours semblé agir à sa guise. Pourquoi en serait-il allé différemment de ses jardins ? Le poids du chagrin de Lena n'aidait en rien, sans doute. La maison reflétait ses humeurs, comme elle l'avait fait avec Macon.

À sa mort, il avait légué la demeure à sa nièce. Parfois, je me demandais s'il n'eût pas mieux valu qu'il s'en abstienne. De jour en jour, la maison avait l'air de plus en plus inconsolable. Chaque fois que je grimpais la colline, je me surprenais à retenir mon souffle, guettant le moindre signe de vie, une nouveauté, une fleur épanouie ; chaque fois que j'en atteignais le sommet, je ne découvrais que des branches nues supplémentaires.

Lena est montée dans la Volvo et a attaqué bille en tête :

— Je ne veux pas y aller.

— *Personne* n'a envie d'aller au bahut.

— Ne fais pas le malin. Cet endroit est horrible. Je préférerais encore m'enfermer ici et étudier le latin toute la sainte journée.

Ça n'allait pas être fastoche. Comment la persuader de se rendre dans un endroit que, moi-même, je fréquentais en traînant des pieds ? Le bahut, c'était la plaie. Il s'agissait là d'une vérité universelle, et qui osait affirmer que nous y passions les plus belles années de notre existence était soit ivre, soit cinglé. J'ai fini par considérer que la tactique de la psychologie inversée était la seule solution.

— Le lycée est censé symboliser les pires années de ta jeunesse.

— Ah ouais ?

— Ouais. Il faut que tu y retournes.

— Et en quoi ça va m'aider à me sentir mieux ?

— Aucune idée. Un truc du style, c'est si nul que, en comparaison, le reste de ta vie te paraîtra génial ?

— Si je poussais ta logique jusqu'au bout, je devrais carrément m'enfermer toute la journée avec Harper.

— Ou poser ta candidature pour devenir *cheerleader*.

Elle a joué avec son collier, sa collection de babioles a tintinnabulé.

— C'est assez tentant, a-t-elle murmuré.

Elle a souri, presque ri, et j'ai su que j'avais gagné la bataille.

Lena a laissé sa tête sur mon épaule durant tout le trajet. Toutefois, lorsque nous sommes arrivés sur le parking de Jackson, elle n'a pas réussi à se résoudre à sortir de la voiture. De mon côté, je n'ai pas osé couper le moteur.

Savannah Snow, la reine du lycée, nous a dépassés en remontant son tee-shirt moulant au-dessus de son jean. Emily Asher, son premier mercenaire, suivait, expédiant des textos tout en sinuant entre les voitures. Nous repérant, elle a saisi sa copine par le bras, et elles se sont arrêtées, la réaction de toute fille de Gatlin bien élevée par sa maman lorsqu'elle était confrontée à quelqu'un récemment frappé par le deuil d'un proche. Ses bouquins plaqués contre la poitrine, Savannah nous a contemplés en secouant la tête avec tristesse. On aurait cru regarder un vieux film muet. « Ton oncle est mieux là où il se trouve maintenant, Lena. Il a atteint les portes de perle, où un chœur d'anges l'a mené à son bienveillant Créateur. » J'ai traduit leurs pensées à Lena. Elle avait déjà pigé.

Ça suffit !

Lena a glissé son cahier à spirale devant son visage dans un effort pour disparaître. Emily a levé la main et nous a adressé un demi-salut timide destiné à nous faire comprendre qu'elle n'envahissait pas notre espace personnel, qu'elle avait non seulement une bonne éducation, mais aussi de la *sensibilité*. Pas la peine de lire dans les esprits pour deviner ce à quoi elle songeait. « Je ne m'approche pas, parce que je te laisse à ton chagrin, très chère Lena Du-channes. Mais je serai toujours là pour toi, toujours, comme me l'ont appris la Bible et ma maman. »

Après un hochement de menton d'Emily à Savannah, les deux pestes se sont éloignées à pas lents et lourds, comme si elles n'avaient jamais été à l'origine, quelques mois auparavant, de la cabale des Anges Gardiens, dont le seul but avait été de chasser Lena du lycée. Dans un certain sens, cette nouvelle attitude était pire. Emory, qui galopait afin de les rattraper, nous a soudain vus et a ralenti pour adopter une démarche plus solennelle, tapant sur mon capot au moment où il passait devant. Il ne m'avait pas adressé la parole depuis des mois, mais lui aussi tenait maintenant à marquer son soutien dans l'épreuve. Bon sang ! Qu'est-ce qu'ils étaient cons !

— Ne dis rien, m'a demandé Lena en se roulant en boule sur le siège passager.

— Je suis surpris qu'il n'ait pas enlevé sa casquette. Sa mère va lui flanquer la volée du siècle quand il rentrera à la maison ce soir.

J'ai coupé le contact.

— Si tu la joues habile, tu finiras par entrer dans l'équipe des *cheerleaders*, Lena Du-channes, ai-je ajouté.

— Ils... ils sont tellement...

Sa colère était telle que, une seconde, j'ai regretté ma plaisanterie. Mais ce genre de spectacle allait nous être donné toute la journée, et je tenais à ce qu'elle soit prête avant de mettre un pied dans les couloirs. J'avais passé trop de temps à être le-pauvre-Ethan-Wate-dont-la-maman-est-morte-l'année-dernière pour l'ignorer.

— Hypocrites ? ai-je suggéré.

— Moutonniers.

Pas faux.

— Je n'ai pas du tout envie d'appartenir à leur bande, a-t-elle repris, et je ne veux pas m'asseoir à leur table, à la cafète. Je refuse qu'ils posent seulement un œil sur moi. Je sais que Ridley les a manipulés grâce à ses pouvoirs, mais s'ils n'avaient pas organisé cette fête pour mon anniversaire... si j'étais restée à l'intérieur, comme l'avait exigé oncle Macon...

« Il aurait peut-être survécu. » Là encore, les mots étaient inutiles.

— Tu n'en sais rien, L, ai-je plaidé. Sarafine aurait sûrement trouvé un autre moyen de t'atteindre.

— Ils me détestent, et c'est normal.

Ses cheveux se sont mis à boucler et, un instant, j'ai craint qu'un déluge ne démarre. Puis elle s'est pris la tête entre les mains sans prêter attention aux larmes qui se perdaient dans sa chevelure emmêlée.

— Certaines choses sont immuables, a-t-elle insisté. Je n'ai aucun point commun avec eux.

— Navré de briser tes rêves, mais ce n'est ni nouveau ni près d'arriver.

— Je sais. N'empêche, un truc a changé. Tout a changé.

— Pas tout, ai-je objecté en regardant par la vitre.

Boo Radley m'a retourné mon regard. Il était assis sur la ligne blanche délavée qui délimitait l'emplacement voisin du nôtre, comme s'il avait guetté cette heure. En bon chien d'Enchanteur, Boo suivait Lena partout. J'ai songé au nombre de fois où j'avais envisagé de prendre ce cabot en stop, histoire de lui faire gagner un peu de temps. J'ai ouvert la portière, il n'a pas bronché.

— À ta guise, mon pote.

Je refermais la portière, conscient que Boo ne grimperait jamais dans la bagnole, quand, au même moment, il a sauté sur mes genoux, a bondi au-dessus du levier de vitesses et s'est blotti dans les bras de Lena. Elle a enfoui son nez dans son pelage, humant profondément, comme si cet animal miteux créait un air entièrement différent de celui qui planait dehors. Tous deux formaient une masse tremblante de poils et de cheveux noirs et, durant une minute, l'univers a paru fragile, sur le point de se déliter si je prenais le risque de souffler dans la mauvaise direction ou si je tirais sur le mauvais fil.

J'ai deviné ce que je devais faire. Bien que je ne me l'explique pas, l'intuition m'a submergé avec une puissance aussi forte que le jour où j'avais croisé Lena pour la première fois. Les rêves que nous avions partagés si longtemps, si réels qu'ils laissaient des traces de boue sur mes draps ou des flaques d'eau sur mon plancher. Cette émotion-là était identique. À moi de trouver quel fil tirer. À moi d'être celui qui saurait quelle direction emprunter. Dans l'état où elle était, Lena n'était pas en mesure de tracer sa route toute seule. Par conséquent, la tâche m'incombait.

Perdue. Elle était perdue, et je n'avais pas le droit de l'abandonner ainsi.

Remettant le moteur en marche, j'ai reculé. Nous n'avions pas dépassé les limites du parking, mais j'avais compris sans qu'il ait été nécessaire de le formuler qu'il était temps que je la ramène chez elle. Boo n'a pas ouvert les paupières de tout le trajet.

Nous avons emporté une vieille couverture à Greenbrier et nous sommes confortablement installés près de la tombe de Genevieve, sur un petit carré d'herbe, à côté du foyer de la cheminée aujourd'hui disparue et du mur en ruine. Les arbres et les prés noircis nous cernaient de toutes parts, cependant que des touffes de vert commen-

çaient à peine à se frayer un chemin à travers la terre dur-
cie. Ça restait néanmoins notre refuge, le premier endroit
où nous avions discuté après que Lena, en cours de littérature, eut fracassé la fenêtre d'un seul regard et de ses
pouvoirs d'Enchanteresse. Tante Del ne supportait plus
le spectacle du cimetière incendié et des jardins détruits,
Lena n'en avait cure. C'était ici qu'elle avait vu Macon pour
la dernière fois, ce qui rendait les lieux sûrs. D'une drôle
de manière, les ravages du feu étaient familiers, voire ras-
surants. Les flammes avaient surgi, avaient tout dévoré
sur leur passage, puis s'en étaient allées. Désormais, on
n'avait plus à s'interroger sur ce qui risquait de se produire, ni quand cela aurait lieu.

L'herbe était humide et verte, et j'ai enroulé la couverture autour de nous.

— Rapproche-toi, tu gèles.

Elle a souri sans me regarder.

— Depuis quand un prétexte est-il nécessaire pour que
je me rapproche de toi ?

Elle s'est nichée contre mon épaule, et le silence est
tombé, nos corps se réchauffant mutuellement, nos doigts
entrelacés, la décharge électrique remontant le long de
mon bras. C'était toujours ainsi lorsque nous nous tou-
chions : une petite secousse m'ébranlait, qui gagnait en
ampleur à chaque effleurement. Un rappel nous signifiant
qu'Enchanteurs et Mortels n'étaient pas destinés à être
ensemble. Du moins, pas sans que le Mortel y laisse la
vie.

J'ai examiné les branches noires et tordues, le ciel
lugubre. J'ai repensé au jour où j'avais suivi Lena dans ce
domaine, comment je l'avais dénichée en train de pleurer
dans les hautes herbes. Nous avions observé les nuages gris
s'effaçant de la nue par ailleurs bleue, des nuages qu'elle
déplaçait rien qu'en y songeant. Un ciel dégagé, voilà ce
que je représentais à ses yeux. Elle était l'ouragan Lena, je

n'étais que ce bon vieil Ethan Wate. Je n'imaginais pas ce que ma vie aurait été sans elle.

— Regarde !

Se redressant, elle s'est hissée jusqu'à la ramure calcinée et fragile. Un citron parfaitement jaune, le seul du verger, entouré par des cendres. Lena l'a cueilli, des flocons noirs ont voleté alentour. Dans sa paume, le zeste luisait. Elle s'est laissée retomber entre mes bras.

— Tu te rends compte ? Tout n'a pas brûlé.

— Ça repoussera, L.

— Je sais, a-t-elle répondu sur un ton guère convaincu en tournant et en retournant l'agrume entre ses doigts.

— L'année prochaine à la même époque, tout aura repris vie.

Elle a levé la tête, et j'en ai profité pour embrasser son front, son nez, la tache de naissance en impeccable croissant de lune sur sa pommette.

— Tout sera vert. Même les citronniers repousseront.

Nous nous sommes débarrassés de nos chaussures, avons frotté nos pieds les uns contre les autres, l'habituelle décharge se manifestant dès que nos peaux nues entraient en contact. Nous étions si proches que ses boucles se répandaient sur mon visage. J'ai soufflé pour les écarter. Elle m'a entraîné, j'ai été ballotté par le courant qui nous reliait et nous séparait en même temps. Quand j'ai tendu le cou afin de baiser sa bouche, elle m'a taquiné en fourrant le citron sous mon nez.

— Sens !

— Il a la même odeur que toi.

Citrons et romarin, le parfum qui m'avait attiré vers elle lors de notre première rencontre. Elle l'a humé, a grimacé.

— Acide, a-t-elle plaisanté. Comme moi.

— Je ne te trouve pas acide.

Je l'ai serrée encore plus fort contre moi, jusqu'à ce que nos cheveux soient pleins de cendres et d'herbes, jusqu'à ce que le fruit ait roulé quelque part sous nos pieds, en bas de la couverture. Sur ma peau, la chaleur avait des allures de feu. Même si, ces derniers temps, tout ce que j'éprouvais quand je tenais sa main était un froid mordant, quand nous nous embrassions pour de vrai, ce n'était que chaleur. Je l'aimais jusqu'au moindre atome, jusqu'à la moindre de ses cellules incandescentes. Nous nous sommes ainsi embrassés au point que mon cœur a commencé à avoir des ratés, et que la lisière de mon champ de vision, de mes sensations, de mon ouïe a commencé à s'assombrir...

Lena m'a repoussé, pour ma sauvegarde, et nous sommes restés allongés, tandis que je tentais de reprendre haleine.

Ça va ?

Euh... oui.

Ce n'était pas vrai. Une odeur de roussi m'a chatouillé les narines, et je me suis aperçu qu'il s'agissait de la couverture. Elle se consumait sous nos corps, là où elle touchait le sol. Se levant, Lena l'a soulevée. Dessous, l'herbe était calcinée et piétinée.

— Tu as vu ça, Ethan ?

— Quoi ?

J'étais encore essoufflé, bien que je m'efforce de ne pas le montrer. Depuis l'anniversaire de Lena, les choses avaient empiré, physiquement parlant. Je ne pouvais pas retenir mes caresses, même si, parfois, la douleur qu'elles m'infligeaient m'était intolérable.

— L'herbe a encore brûlé.

— Bizarre.

Elle a posé sur moi un regard indéchiffrable, ses yeux étrangement sombres et brillants à la fois, puis elle a donné un coup de pied dans la terre.

— Ma faute, a-t-elle maugréé.

— Il faut dire que tu es sacrément ardente.

— C'est bien le moment de plaisanter, tiens ! C'est de pire en pire.

Assis l'un près de l'autre, nous avons observé ce qu'il restait de Greenbrier. Sauf que ce n'était pas vraiment la propriété que nous contemplions, plutôt la puissance de l'autre feu.

— Ma mère tout craché, a-t-elle ronchonné, amère.

Le feu était l'apanage des Cataclystes, et celui de Sarafine n'avait épargné aucun pouce de ces prés, la nuit des seize ans de Lena. Depuis peu, cette dernière provoquait des sinistres sans l'avoir voulu. Un nœud a tordu mon estomac.

— L'herbe repoussera, elle aussi, ai-je tenté.

— Et si je ne le souhaitais pas ? a-t-elle objecté d'une voix douce et étrange tout en éparpillant une poignée de brins calcinés entre ses doigts.

— Quoi ?

— Pourquoi faudrait-il qu'elle repousse ?

— Parce que la vie continue, L. Les oiseaux vaquent à leurs occupations, les abeilles aux leurs. Les graines s'éparpillent, tout finit toujours par repousser.

— Avant de se consumer de nouveau. Si tu as la malchance d'être avec moi, s'entend.

Il ne servait à rien de tenter de discuter avec elle quand elle était en proie à ce genre d'humeur. Dix-sept ans en compagnie d'Amma et des périodes où elle virait au noir me l'avaient appris.

— Parfois, oui.

Repliant les genoux, elle a posé son menton dessus. Sa silhouette dessinait une ombre beaucoup plus grande qu'elle ne l'était en réalité.

— N'empêche, je me considère comme chanceux.

J'ai déplacé ma jambe de façon à ce qu'elle soit prise dans la lumière, projetant ainsi une longue ligne noire à travers la sienne. Nous avons attendu comme ça, reliés par nos seules ombres, que le soleil se couche et qu'elles s'étirent jusqu'aux arbres incendiés et disparaissent dans le crépuscule. Nous avons écouté les cigales sans mot dire en tâchant de ne penser à rien, jusqu'à ce que la pluie se remette à tomber.

1er mai
CHUTE

Les semaines suivantes, j'ai réussi à convaincre Lena de quitter la maison en ma compagnie à trois reprises. Un soir pour aller au cinéma avec Link (mon meilleur ami depuis le jardin d'enfants), mais même son mélange personnel de pop-corn avec pépites de chocolat n'a pas réussi à la dérider ; un après-midi pour venir chez moi déguster les cookies à la mélasse d'Amma et regarder une série de films de zombies (ma version d'un rendez-vous galant de rêve) ; et une fois pour une balade le long de la Santee, où nous avons fini par rebrousser chemin au bout de dix minutes après avoir totalisé soixante piqûres de moustique à nous deux. Où qu'elle soit, elle n'avait aucune envie de rester.

Ce jour-là, c'était différent, cependant. Elle avait enfin trouvé un endroit où elle se sentait bien, même si c'était le dernier lieu auquel je m'attendais. Entrant dans sa chambre, je l'ai trouvée collée au plafond, bras écartés, ses cheveux noirs tombant autour de sa tête, pareils à un sombre éventail.

— Depuis quand arrives-tu à faire ça ?

J'étais accoutumé aux pouvoirs de Lena, mais, depuis son seizième anniversaire, ils semblaient croître et extravaguer, comme si elle subissait une maladroite poussée d'hormones en tant qu'Enchanteresse. À chaque nouvelle journée, Lena l'Enchanteresse était plus imprévisible, repoussant les limites de ses talents. Malheureusement, ce dont elle était capable à présent créait des tas d'ennuis.

Ainsi, un matin où Link et moi allions au lycée avec La Poubelle, une des chansons de mon pote a retenti dans la radio, comme si la station la diffusait. Link a été si surpris qu'il a percuté la haie de Mme Asher, s'y enfonçant de soixante centimètres pour le moins.

— Juste un accident, a avoué Lena plus tard avec un sourire espiègle. Un des morceaux de Link me trottait dans la tête.

Aucune œuvre de Link n'avait jamais trotté dans le crâne de personne. Sauf que cet idiot l'a crue, et que son ego en est ressorti encore plus insupportable.

— Que veux-tu que je te dise, mec ? Je provoque ce genre de réaction, chez les dames. Ma voix est plus onctueuse qu'une motte de beurre.

Une semaine plus tard, alors que Link et moi déambulions dans le couloir du lycée, Lena s'est jetée sur moi afin de m'enlacer, juste au moment où sonnait la fin des classes. Je me suis dit qu'elle s'était enfin décidée à revenir en cours. Le problème, c'est qu'elle n'était pas du tout là. Il s'agissait d'une espèce de projection, si c'est bien le mot utilisé par les Enchanteresses ayant envie de faire passer leur petit ami pour un imbécile. Pensant que j'avais essayé de le serrer dans mes bras, Link n'a cessé de m'appeler « Chéri » par la suite.

— Tu me manquais ! s'est défendue Lena. Est-ce un crime ?

Elle trouvait ça marrant, je commençais à souhaiter que Bonne-maman intervienne et la punisse… enfin, qu'elle lui inflige le châtiment qu'on réserve à une Élue qui ne fait que des bêtises.

Arrête de te comporter comme un bébé. Je me suis excusée, non ?

Tu es aussi dangereuse que l'était Link au CM2, l'année où il a aspiré tout le jus des tomates de ma mère avec une paille.

Ça ne se reproduira pas. Juré.

C'est également ce qu'a dit Link à l'époque.

Et il a arrêté, n'est-ce pas ?

Oui. Quand nous avons cessé de planter des tomates.

— Descends de là !

— Je suis mieux là-haut.

J'ai saisi sa main. Une décharge a traversé mon bras, mais je n'ai pas lâché prise, tirant jusqu'à ce qu'elle soit sur le lit, à côté de moi.

— Aïe !

Elle riait. Je l'ai deviné parce que, bien qu'elle me tourne le dos, j'ai vu que ses épaules étaient secouées par des soubresauts. À moins qu'elle ne pleure, ce qui était plus rare, ces derniers temps. Ses larmes s'étaient presque taries, remplacées par quelque chose de pire : rien. Or, rien était trompeur. Rien était beaucoup plus difficile à décrire, à réparer, à stopper.

Tu veux en parler, L ?

Parler de quoi ?

Je l'ai étreinte, j'ai posé ma tête sur la sienne. Ses tremblements se sont atténués, je l'ai serrée de toutes mes forces. Comme si elle était toujours au plafond, et que j'étais celui qui était suspendu à elle.

De rien.

Je n'aurais pas dû me plaindre, pour le plafond. Il existait des endroits pires où traînasser. Celui où nous étions en cet instant, par exemple.

— Je le sens mal.

Je transpirais. Sans pouvoir m'essuyer le visage : j'avais trop besoin de mes mains là où elles étaient.

— Bizarre, m'a souri Lena depuis son perchoir, ses cheveux agités par un vent léger. Parce que moi, je le sens très bien. Et puis, nous y sommes presque.

— J'espère que tu te rends compte à quel point c'est dingue ! Si jamais un flic passe dans le coin, nous serons arrêtés et expédiés à Blue Horizons avec mon père.

— Ce n'est pas dingue, c'est romantique. Les couples viennent ici tout le temps.

— Quand les gens projettent une balade au château d'eau, L, ce n'est pas à son sommet qu'ils pensent.

Le fameux sommet étant, comme par hasard, le but de notre ascension. Nous deux en amoureux, une échelle de fer branlante grimpant à environ trente mètres au-dessus du sol, et un beau ciel bleu de Caroline du Sud.

Je me suis interdit de regarder en bas.

Lena m'avait persuadé de grimper ici. Les accents de joie dans sa voix quand elle avait évoqué son plan m'avaient donné envie de jouer le jeu, comme si un acte aussi débile était susceptible de la replonger dans l'humeur qui avait été la sienne, la dernière fois que nous avions traîné dans les parages. Souriante, heureuse, vêtue d'un pull rouge. Je n'avais pas oublié, car un brin de laine pendait à son collier de babioles. Elle aussi avait dû se rappeler, puisque nous étions là, concentrés sur le ciel pour éviter de baisser les yeux.

Une fois en haut, j'ai admiré la vue et j'ai compris. Lena avait eu raison. C'était bien mieux. Tout paraissait si loin que plus rien n'avait d'importance. Je me suis assis, les jambes dans le vide.

— Ma mère collectionnait les images de vieux réservoirs, ai-je dit.

— Ah bon ?

— Comme les Sœurs collectionnent les cuillers. Sauf que ma mère, c'étaient les châteaux d'eau et les photos des Expositions universelles.

— Je croyais qu'ils ressemblaient tous à celui-ci, une sorte d'araignée blanche géante.

— Quelque part en Illinois, il y en a un en forme de bouteille de ketchup.

Lena a éclaté de rire.

— Il en existe aussi un qui a des allures de petite maison perchée très haut.

— Nous devrions nous y installer, a-t-elle commenté en s'allongeant sur la peinture blanche et tiède. Je n'en redescendrais jamais. Celui-ci aurait dû être une pêche, non ? Une bonne vieille pêche de Gatlin.

Je me suis couché à côté d'elle.

— Il y en a déjà un, mais pas à Gatlin. À Gaffney. Ils y ont pensé avant nous.

— Un gâteau, alors ? Nous pourrions peindre celui-ci pour qu'il ait l'allure d'une des tartes d'Amma. Ça lui plairait.

— Je n'en ai jamais vu qui imite un gâteau. En épi de maïs, oui. Ma mère avait une photo.

— Je préfère la maisonnette.

Elle a fixé le ciel vierge de nuages.

— Moi, je vote pour l'épi de maïs et le ketchup, ai-je répondu. Mais il faudrait que tu sois là.

Elle s'est emparée de ma main et, depuis le bord du réservoir blanc tout bête de Summerville, nous avons observé le comté de Gatlin comme s'il s'agissait d'un monde miniature ludique rempli de minuscules personnages jouets. La ville était aussi petite que le village en carton que ma mère avait eu coutume d'installer au pied du sapin de Noël. Comment des gens aussi insignifiants pouvaient-ils avoir des soucis ?

— Au fait, je t'ai apporté quelque chose, ai-je repris.

Elle s'est redressée, m'a contemplé avec des yeux d'enfant.

— Quoi donc ?

J'ai regardé par terre.

— Nous devrions peut-être attendre de tomber et de nous écraser en bas ?

— Nous n'allons pas mourir, alors arrête de te comporter comme une poule mouillée.

J'ai porté la main à la poche arrière de mon jean. Ce n'était rien d'extraordinaire, mais je l'avais depuis un moment et j'espérais que cela l'aiderait à se retrouver elle-même. J'ai brandi un mini-feutre équipé d'un anneau.

— Et voilà ! Il ira parfaitement à ton collier. Comme ça.

M'efforçant de ne pas déraper, j'ai attrapé le bijou qu'elle ne retirait jamais. Celui constitué d'une multitude de babioles dont chacune avait une signification particulière à ses yeux : la pièce d'un centime écrasée qu'elle avait récupérée au distributeur de pop-corn du Cineplex lors de notre premier rendez-vous ; une lune en argent que Macon lui avait offerte le soir du bal d'hiver ; un bouton de la veste qu'elle avait portée une nuit de pluie. C'étaient ses souvenirs, et elle les trimballait comme si, sans ces preuves matérielles, elle risquait de perdre ces instants de bonheur parfait. J'ai ajouté le feutre aux autres.

— Maintenant, tu pourras écrire partout.

— Même au plafond ? a-t-elle demandé avec un sourire un peu de travers, un peu triste.

— Même sur les châteaux d'eau.

— Je l'adore, a-t-elle chuchoté en ôtant le bouchon du stylo.

Aussitôt, elle a dessiné un cœur, encre noire sur fond blanc, un cœur dissimulé au sommet du réservoir de Summerville. L'espace d'une seconde, j'ai été heureux. Puis j'ai eu l'impression de dégringoler jusqu'en bas de notre perchoir – son dessin ne nous concernait pas ; il concernait son prochain anniversaire, sa Dix-septième Lune. Elle avait déjà entrepris le décompte des jours qui l'en séparaient.

Au milieu du cœur, elle n'avait pas écrit nos prénoms.

Elle avait écrit un nombre.

16 mai
L'Appel

Ce n'est pas parce que je ne l'ai pas interrogée à propos de ce qu'elle avait inscrit sur le château d'eau que je l'ai oublié. Comment aurais-je pu, alors que notre année précédente s'était réduite à compter à rebours jusqu'à l'inévitable ? Mais lorsque je me suis enfin résolu à lui demander pourquoi elle avait écrit ce nombre et ce qu'elle mesurait ainsi, elle n'a pas répondu. J'ai eu le sentiment qu'elle n'en savait rien, en effet.

Ce qui était encore pire que si elle avait su.

Deux semaines s'étaient écoulées depuis et, pour autant que je puisse en juger, Lena n'avait toujours rien rédigé dans son carnet à spirale. Le feutre était à sa place autour de son cou, l'air aussi neuf que le jour où je l'avais acheté au Stop & Steal. Cette grève de l'écriture était curieuse chez elle qui griffonnait toujours sur ses mains, sur ses Converse abîmées que, d'ailleurs, elle ne portait plus guère, préférant à la place ses vieilles bottes noires. Sa coiffure avait également changé ; ses cheveux étaient presque constamment noués en queue-de-cheval, comme si elle croyait réussir ainsi à en extirper la magie.

Nous étions assis sur la marche supérieure de ma véranda, celle-là même où Lena m'avait avoué qu'elle était une Enchanteresse, un secret qu'elle n'avait encore confié à aucun Mortel. Je faisais semblant de lire *L'Étrange Cas du docteur Jekyll et de M. Hyde*. Elle fixait les pages vierges de son cahier, l'air de chercher dans les fines lignes bleues la réponse à ses problèmes.

Lorsque je ne la regardais pas, je surveillais la rue. Mon père rentrait aujourd'hui. Depuis son internement à Blue Horizons, Amma et moi lui avions rendu visite une fois par semaine, le jour des familles. Bien qu'il ne soit pas redevenu celui qu'il avait été, force m'était d'admettre qu'il se comportait presque comme une personne normale. N'empêche, je restais nerveux.

— Les voici.

Derrière moi, la moustiquaire a claqué. Amma se tenait sur le seuil dans son tablier d'ouvrier, qu'elle préférait aux tabliers plus ordinaires, surtout lors d'occasions comme celle-ci. Elle tripotait le talisman en or suspendu à son cou. Levant les yeux, je n'ai découvert que Billy Watson sur son vélo. Lena s'est penchée pour mieux scruter la rue.

Je ne vois pas la voiture.

Moi non plus. Je savais cependant que ce serait le cas d'ici cinq secondes. Amma était fière, surtout de ses talents de Voyante. Elle n'aurait pas prédit leur arrivée si elle n'en avait pas été certaine.

Elle ne va pas tarder.

En effet, la Cadillac blanche de ma tante a bifurqué dans Cotton Bend. Caroline avait baissé sa vitre (ce qu'elle aimait appeler sa climatisation grand luxe) et elle a agité le bras dans notre direction. Je me suis mis debout, cependant qu'Amma m'écartait pour descendre le perron.

— Viens donc ! Ton papa mérite qu'on l'accueille avec les formes.

Message qui, décodé, donnait à peu près ceci : « Bouge tes fesses de là, Ethan Wate ! » J'ai respiré un bon coup.

Ça va ?

Le soleil se reflétait dans les prunelles noisette de Lena.

Ouais.

Un mensonge. Ce dont elle s'est sûrement doutée, pourtant, elle n'a pas insisté. J'ai pris sa main. Elle était froide, comme tout le temps maintenant, et la décharge électrique a ressemblé à la morsure d'une engelure.

— Mitchell Wate ! J'espère que tu ne t'es pas goinfré d'autres gâteaux que les miens ! s'est exclamée Amma. On dirait que tu es tombé dans la boîte à biscuits et que tu n'as pas trouvé comment en sortir.

Mon père lui a lancé un regard entendu. Amma l'avait élevé, et il savait que ses taquineries comportaient autant d'amour qu'une embrassade. Je me suis tenu à l'écart, tandis qu'elle le noyait sous ses attentions, comme s'il avait eu dix ans. Elle jacassait avec ma tante de tout et de rien, à croire qu'ils revenaient tous les trois du marché. Mon père m'a adressé un pauvre sourire, identique à celui dont il m'avait gratifié à chacune de mes visites à Blue Horizons. Ce sourire proclamait : « Je ne suis plus fou, j'ai honte, c'est tout. » Il était habillé de son vieux tee-shirt de l'université de Duke et d'un jean et, bizarrement, il avait l'air plus jeune que dans mon souvenir. Abstraction faite des pattes-d'oie autour de ses yeux, qui se sont encore creusées quand il m'a attiré à lui dans une étreinte maladroite.

— Comment va ?

J'ai toussé, un chat dans la gorge.

— Bien.

Il a regardé Lena.

— Ravi de te revoir, Lena. Désolé pour ton oncle.

Telles étaient les exigences d'une bonne éducation sudiste. Il devait mentionner le décès de Macon, y compris dans un moment aussi embarrassant que celui-ci. Lena a tenté de sourire, n'a réussi qu'à paraître aussi gênée que moi.

— Merci, monsieur.

— Ethan, viens un peu embrasser ta tante préférée !

Tante Caroline me tendait les bras. J'ai eu envie de me jeter à son cou et de la laisser me serrer contre elle jusqu'à ce que le nœud qui m'étouffait disparaisse.

— Rentrons, a décrété Amma avec un geste à l'intention de mon père. J'ai préparé un gâteau au Coca-Cola et du poulet frit. Si nous ne nous dépêchons pas, ce volatile va se lasser et rentrer chez lui.

Nouant son bras autour de celui de mon père, tante Caroline l'a entraîné vers le perron. Elle avait les mêmes cheveux bruns et la même constitution frêle que ma mère et, une seconde, j'ai eu l'impression que mes parents étaient revenus chez nous, qu'ils franchissaient la vieille moustiquaire de la résidence Wate.

— Il faut que je me sauve, a annoncé Lena en serrant son calepin contre sa poitrine, tel un bouclier.

— À d'autres. Reste.

S'il te plaît.

Mon invitation n'avait rien à voir avec de la politesse : je n'avais pas envie de plonger dans l'arène tout seul. Quelques mois plus tôt, Lena l'aurait deviné. Il faut croire que, ce jour-là, elle avait l'esprit ailleurs, parce qu'elle a répondu :

— Il vaut mieux que tu passes un peu de temps avec ta famille.

Se hissant sur la pointe des pieds, elle m'a embrassé, ses lèvres effleurant à peine ma joue. Elle avait presque atteint sa voiture quand j'ai songé à protester. Je l'ai regardée s'éloigner au volant du coupé de Larkin. Elle ne conduisait plus le corbillard. Sauf erreur, elle n'y avait pas même jeté un coup d'œil depuis la mort de Macon. Oncle Barclay l'avait garé derrière la vieille grange et recouvert d'une bâche. À présent, elle se servait du coupé de son cousin, tout de chrome et de peinture noire. Link en avait bavé de jalousie la première fois qu'il l'avait vu.

— Tu imagines le nombre de minettes que je pourrais ramasser, au volant d'une bagnole pareille ?

Après la trahison de toute la famille par Larkin, j'avais du mal à piger pourquoi Lena avait envie d'utiliser sa voiture. Lorsque je lui avais posé la question, elle avait haussé les épaules.

— Il n'en aura plus besoin, avait-elle éludé.

Elle croyait peut-être le punir en s'appropriant son véhicule. Il avait contribué au décès de Macon, ce qu'elle ne lui pardonnerait jamais. Je l'ai observée qui tournait au carrefour, regrettant de ne pas pouvoir disparaître avec elle.

Quand j'ai réintégré la cuisine, le café à la chicorée était en train de passer, et les ennuis mijotaient. Au téléphone, Amma faisait les cent pas devant l'évier. Toutes les deux minutes environ, elle couvrait le combiné de sa paume et rapportait sa conversation à tante Caroline.

— Elles ne l'ont pas vue depuis hier.

Replaçant le téléphone à son oreille, elle a dit :

— Donnez un grog à tante Charity et mettez-la au lit jusqu'à ce que nous la retrouvions.

— Qui ? ai-je demandé à mon père.

Il a haussé les épaules en signe d'ignorance. M'attirant près de l'évier, tante Caroline m'a chuchoté la nouvelle, l'habitude des dames du Sud lorsqu'il se produit un événement trop abominable pour qu'on l'évoque à haute voix.

— Lucille Ball. Elle a disparu.

Lucille Ball était la chatte siamoise de tante Charity. Elle consacrait la majeure partie de son temps à courir dans le jardin de mes grands-tantes, retenue par une laisse accrochée à la corde à linge. Les Sœurs qualifiaient cela d'exercice physique.

— Comment ça ?

De nouveau, Amma a plaqué sa main sur l'appareil. Elle a froncé les sourcils, a serré les mâchoires et m'a adressé le Regard-Qui-Tue.

— Apparemment, *quelqu'un* a fourré dans la tête de tes tantes qu'il était inutile d'attacher les chats parce qu'ils revenaient toujours au bercail. Tu ne serais pas au courant, par hasard ?

Une question de pure rhétorique. Elle comme moi savions pertinemment que c'était moi qui avais seriné ce refrain pendant des années.

— C'est vrai, les chats ne sont pas censés être tenus en laisse, ai-je tenté de me défendre.

Trop tard ! Amma m'a fusillé des yeux avant de se tourner vers tante Caroline.

— Tante Charity a attendu des heures sur la véranda dans un état second.

Puis elle a repris sa conversation téléphonique.

— Faites-la rentrer et asseyez-la avec les pieds surélevés. Si jamais elle est prise de vertiges, préparez-lui une décoction de pissenlits.

Je me suis éclipsé avant qu'elle m'accable un peu plus. Super ! Le greffier de ma tante âgée de cent ans avait mis les bouts, et c'était ma faute. J'allais devoir appeler Link et lui demander d'écumer la ville avec moi à la recherche de Lucille. Avec un peu de chance, les maquettes musicales de Link flanqueraient tellement la frousse à cette chatte qu'elle accepterait de se montrer.

— Ethan ?

C'était mon père, debout dans le couloir, juste sur le pas de la porte de la cuisine.

— Je peux te parler un instant ?

J'avais redouté le moment où il s'excuserait de tout ce qui s'était produit et tenterait de m'expliquer pourquoi il m'avait ignoré pendant presque une année.

— Ouais, pas de souci, ai-je répondu.

Pourtant, je n'étais pas certain d'avoir envie d'écouter ça. Je n'étais plus vraiment en colère. Lorsque j'avais failli perdre Lena, une part de moi avait pigé pourquoi mon paternel avait pété les plombs. J'étais incapable d'envisager ma vie sans Lena, et mon père avait aimé ma mère durant plus de dix-huit ans. Désormais, j'avais de la peine pour lui, même si j'étais toujours blessé. Passant la main dans ses cheveux, il s'est rapproché de moi.

— Je voulais te dire à quel point j'étais désolé.

Il s'est interrompu, a regardé ses pieds.

— Je ne sais pas ce qui m'est arrivé. Du jour au lendemain, j'ai cessé d'écrire pour ne plus penser qu'à ta mère. Je m'asseyais à sa place, je humais ses livres, je l'imaginais en train de lire par-dessus mon épaule.

Il a examiné ses mains, comme si c'était à elles plutôt qu'à moi qu'il s'adressait. Peut-être un truc qu'ils vous apprenaient à Blue Horizons.

— Le bureau était le seul endroit où je me sentais près d'elle. Je n'arrivais pas à me résigner à la laisser partir.

Il a contemplé le plafond au plâtre usé, une larme a perlé au coin de son œil pour rouler lentement sur sa joue. Il avait perdu l'amour de sa vie et s'était détricoté comme un vieux pull. J'avais observé le phénomène sans intervenir. Il n'était peut-être pas le seul à blâmer. L'instant était venu où j'étais censé sourire, sauf que ça ne me tentait pas.

— OK, papa. Je regrette que tu te sois enfermé dans le silence. Elle m'a manqué à moi aussi, tu sais ?

— Je n'avais pas la moindre idée de ce que je devais te dire, a-t-il chuchoté après un très long silence.

— Ce n'est pas grave.

J'ignore si je le pensais, mais le soulagement a envahi ses traits. Il m'a pris dans ses bras, serrant ses poings dans mon dos durant une seconde.

— Je suis revenu. Veux-tu qu'on en discute ?

— De quoi ?

— De ce qu'un garçon est censé savoir quand il a une copine.

Plutôt me pendre.

— Papa ! Rien ne nous oblige à...

— J'ai beaucoup d'expérience, je te signale. Ta mère m'a appris une ou deux choses à propos des femmes, au fil des années.

J'ai commencé à cogiter un plan de secours.

— Si jamais tu souhaites aborder le sujet... de...

Je pouvais me propulser par la fenêtre du bureau et me blottir entre la haie et la maison.

— ... des émotions.

J'ai failli lui éclater de rire au nez.

— Quoi ?!

— D'après Amma, Lena a du mal à se remettre de la mort de son oncle. Elle n'est plus elle-même.

Se coller au plafond, refuser de retourner au bahut, ne pas s'ouvrir à moi, escalader le château d'eau...

— Ce n'est pas vrai, elle va bien.

— Les femmes sont différentes de nous.

J'ai acquiescé en m'efforçant de ne pas croiser son regard. Il ne se doutait pas à quel point il avait raison, en l'occurrence.

— J'avais beau aimer ta mère à la folie, la moitié du temps, j'aurais été incapable de dire ce qu'elle avait dans le crâne. Les relations, c'est compliqué. Sache que tu peux m'interroger à propos de tout.

Que lui demander ? Quelle réaction adopter lorsque votre cœur manque presque de s'arrêter de battre à chaque baiser échangé ? Quels sont les moments où il vaut mieux éviter de lire dans l'esprit de l'autre ? Quels sont les signes annonçant que votre petite amie va être Appelée et vouée définitivement aux Ténèbres ou à la Lumière ?

Il m'a serré l'épaule. Je tâchais de formuler une phrase quand il m'a lâché. Il fixait le bout du couloir, en direction du bureau. Le portrait encadré d'Ethan Carter Wate ornait le mur du corridor. J'avais encore du mal à m'habituer à le voir ici, alors que c'était moi qui l'avais suspendu à cette place le lendemain des funérailles de Macon. Il était resté caché sous un drap toute ma vie, ce qui m'avait paru injuste. Ethan Carter Wate avait quitté les champs de bataille d'une guerre à laquelle il ne croyait pas et il était mort en essayant de protéger l'Enchanteresse dont il était épris.

Bref, j'avais trouvé un clou et accroché le tableau. Ça m'avait semblé fondé. Ensuite, je m'étais rendu dans le bureau de mon père. J'avais ramassé toutes les feuilles de papier éparpillées dans la pièce, j'en avais une dernière fois contemplé les barbouillages et les cercles qui prouvaient combien l'amour peut être intense et à quel point le deuil dure, parfois, puis j'avais balancé le tout à la corbeille. Ça aussi, ça m'avait semblé approprié.

Mon père s'est approché du portrait, l'étudiant comme s'il le découvrait.

— Voilà bien longtemps que je n'avais pas vu ce type.

J'étais tellement soulagé que nous ayons changé de sujet que je me suis mis à jacasser comme une pipelette.

— C'est moi qui l'ai accroché ici. J'espère que tu es d'accord. J'avais l'impression que c'était sa place, plutôt que sous un vieux drap.

Pendant une minute, il a contemplé le garçon en uniforme confédéré guère plus âgé que moi.

— Cette toile a toujours été cachée. Si mes grands-parents n'en ont jamais parlé, il était clair qu'ils considéraient comme hors de question d'orner leurs murs du portrait d'un déserteur. Après que j'ai hérité la maison, je l'ai trouvé dissimulé dans le grenier et je l'ai descendu dans le bureau.

— Pourquoi ne pas l'avoir exposé ?

Je n'aurais jamais imaginé que, enfant, mon père avait eu droit au même spectacle que moi, celui d'un tableau dissimulé sous un pan de tissu.

— Je ne sais pas trop. Ta mère aurait voulu que je le fasse. Elle adorait son histoire – le courage de sa désertion, quand bien même elle lui avait coûté la vie. J'en avais l'intention, mais j'étais trop habitué à le voir drapé. Ta mère est morte avant que je m'y sois résolu.

Il a fait courir sa main sur le cadre ouvragé.

— Tu tiens ton prénom de lui, tu sais ?

— Oui.

Il m'a regardé comme si, là encore, il me découvrait.

— Elle était folle de ce portrait. Je suis heureux que tu l'aies accroché. Il est digne d'être montré.

Ni le poulet frit, ni les reproches d'Amma ne m'ont été épargnés. Résultat, après le dîner, j'ai rôdé avec Link en voiture dans le quartier des Sœurs, en quête de Lucille. Link hélait cette dernière entre deux bouchées d'une cuisse de volaille enveloppée dans un essuie-tout. À mesure qu'il passait sa main grasse dans ses cheveux blonds hérissés, ceux-ci luisaient un peu plus.

— T'aurais dû apporter plus de poulet. Les greffiers en raffolent. À l'état sauvage, ils bouffent les zoziaux.

Link conduisait plus lentement que d'habitude, de façon à ce que je puisse repérer Lucille, tandis que lui battait la cadence de la nouvelle et épouvantable chanson de son groupe, *Love Biscuit*.

— Qu'est-ce que ça aurait changé ? Tu aurais roulé dans le coin pendant que je me penchais par la portière en brandissant le croupion ? Tu parles ! Tout ce que tu veux, c'est te goberger un peu plus.

Il était transparent.

— Tu connais les talents culinaires d'Amma. Son gâteau au Coca-Cola ! Minou, minou, minou...

Il a agité son os rongé par la vitre. J'ai scruté le trottoir, cherchant un siamois, mais c'est quelque chose d'autre qui m'a attiré l'œil : un croissant de lune. Il décorait une plaque d'immatriculation encadrée par un autocollant du Stars and Bars[1], le premier drapeau confédéré, et un autre vantant une concession de camionnettes et de caravanes. C'était juste une bonne vieille plaque de Caroline du Sud flanquée du symbole de l'État. J'en avais croisé des milliers, mais n'y avais encore jamais prêté attention. Un palmier bleu et un croissant de lune – celui d'un Enchanteur ? Ces derniers hantaient la région depuis très, très longtemps.

— Ce chat est plus bête que je pensais, s'il n'identifie pas le poulet frit d'Amma, a maugréé Link.

— Elle. Lucille Ball est une fille.

— Ça reste un chat.

Il a bifurqué, et nous nous sommes retrouvés sur la grand-rue. Assis au bord du trottoir, Boo Radley nous a regardés passer. Sa queue a frappé le sol, seul signe de reconnaissance, tandis que nous disparaissions le long de la chaussée. Le chien le plus solitaire de la ville. La vue de Boo a amené Link à se racler la gorge.

— À propos de filles, comment ça va, avec Lena ?

Il ne l'avait guère croisée, ces derniers temps, même si c'était plus que la plupart des gens. Lena passait l'essentiel de ses journées à Ravenwood, soit sous la surveillance de Bonne-maman et de tante Del, soit à échapper à cette surveillance. Ça dépendait de ses humeurs.

— Elle fait son deuil, ai-je répondu.

Ce n'était pas un mensonge. Pas vraiment.

— Ah ouais ? Je la trouve différente. Enfin, différente de d'habitude.

Il était l'un des rares en ville à être au courant du secret de Lena.

— Son oncle est mort, on changerait à moins, non ?

Link était bien placé pour le savoir. Il avait été témoin de mes efforts pour tenter de donner un sens à la dispa-

---

1. Littéralement : « étoiles et rayures », qui figurent sur le drapeau en question, créé en 1861.

rition de ma mère, à un monde sans elle. Il avait eu l'occasion de constater que c'était impossible.

— Oui, sauf qu'elle ne parle presque pas et qu'elle porte les vêtements de son oncle. Ce n'est pas zarbi, pour toi ?

— Elle s'en sort.

— Si tu le dis, mec.

— Contente-toi de conduire. Il faut que nous chopions Lucille.

J'ai regardé par la fenêtre.

— Crétin de chat, ai-je marmonné.

Haussant les épaules, Link a augmenté le volume de la stéréo. Son groupe, les Crucifix Vengeurs, a fait trembler les haut-parleurs. *The Girl's Gone Away*. Tous les morceaux composés par Link tournaient autour du même thème : un mec largué par sa nana. C'était sa façon à lui de faire son deuil. Je n'avais toujours pas trouvé la mienne.

Nous n'avons pas localisé Lucille. Je n'ai pas non plus réussi à oublier mes conversations avec Link et mon père. La maison était silencieuse quand je suis rentré, ce qui n'est pas l'idéal quand on tente d'échapper à ses réflexions. La fenêtre de ma chambre était ouverte, mais l'atmosphère qui y régnait était lourde et stagnante, comme les événements de la journée.

Link avait raison. Lena se comportait de façon étrange. Mais seuls quelques mois s'étaient écoulés depuis la mort de Macon. Elle allait s'en remettre, et tout redeviendrait comme avant.

J'ai fouillé dans les piles de bouquins et de papiers qui encombraient mon bureau, à la recherche du *Guide du voyageur galactique*[1], mon remède absolu contre un cerveau encombré. Toutefois, c'est autre chose que j'ai déni-

---

1. De Douglas Adams (1952-2001), premier volume d'une saga de science-fiction hilarante, à l'origine, une émission de radio à grand succès.

ché, sous un tas de vieilles BD de la série *Sandman*[1] : un paquet enveloppé dans du papier kraft et noué par une ficelle, typique des envois de Marian. Cependant, il ne portait pas la mention habituelle BIBLIOTHÈQUE MUNICIPALE DE GATLIN.

Marian était la plus vieille amie de ma mère et la conservatrice de notre bibliothèque. Elle avait également le titre de Gardienne dans le monde des Enchanteurs : une Mortelle chargée de leurs secrets, de leur histoire et, dans le cas présent, de la *Lunae Libri*, une de leurs bibliothèques pleine de mystères n'appartenant qu'à elle. Marian m'avait remis ce colis après le décès de Macon, ce que j'avais complètement occulté. Il s'agissait de son journal intime, et elle avait songé que Lena aimerait le récupérer. Faux. Lena refusait de le regarder ou d'y toucher. Elle n'avait même pas voulu le conserver à Ravenwood.

— Garde-le, toi, m'avait-elle dit. Je ne crois pas que je supporterais de voir son écriture.

Depuis, le journal prenait la poussière sur mon bureau. Je l'ai retourné entre mes mains. Il était lourd, presque trop pour un livre. Je me suis demandé à quoi il ressemblait. Vieux, sans doute, relié dans un cuir fendillé. Dénouant la ficelle, je l'ai déballé. Je n'avais pas l'intention de le lire, juste de l'examiner. Mais quand je l'ai eu débarrassé de son papier brun, je me suis rendu compte que ce n'était en rien un ouvrage mais une boîte en bois sculptée de symboles curieux et complexes typiques des Enchanteurs.

J'ai caressé le couvercle, réfléchissant à ce que Macon avait bien pu rédiger. Je ne l'imaginais pas écrire des vers comme Lena. Plutôt des fiches de jardinage. J'ai ouvert l'étui avec précaution. J'avais envie de découvrir un objet que Macon avait touché au quotidien, qui avait eu de l'importance pour lui. La doublure du couvercle était en

---

1. De Neil Gaiman (né en 1960), maître de la bande dessinée fantastique.

satin noir et, à l'intérieur, les pages jaunies n'étaient pas reliées. Les pattes de mouche de Macon s'y inscrivaient dans une encre délavée. Du bout du doigt, j'ai effleuré une feuille. Un vertige s'est emparé de moi, et j'ai basculé en avant, droit vers le plancher. Au moment où je m'effondrais, j'ai traversé le sol et je me suis retrouvé dans des volutes de fumée...

Les incendies embrasaient les berges de la rivière, ultimes vestiges des plantations qui, quelques heures auparavant encore, s'y étaient élevées. Greenbrier était déjà la proie des flammes. Ravenwood allait suivre. Les troupes de l'Union devaient s'être octroyé une pause, ivres de leur victoire et des liqueurs qu'elles avaient pillées dans les demeures les plus riches de Gatlin.

Abraham disposait de peu de temps. Les soldats se rapprochaient, il allait être obligé de les tuer. C'était le seul moyen de sauver Ravenwood. Les Mortels n'avaient pas une chance, face à lui, quand bien même ils étaient soldats. Rien ne rivalisait avec un Incube. Et si jamais son frère Jonah revenait des Tunnels, les militaires en auraient deux à affronter. Seuls les fusils préoccupaient Abraham. Certes, nulle arme Mortelle n'était en mesure de liquider ceux de son espèce ; toutefois, les balles étaient susceptibles de l'affaiblir, ce qui pouvait donner aux troupes le temps d'incendier Ravenwood.

Abraham avait besoin de se nourrir. Malgré la fumée, il humait le désespoir et la peur d'un Mortel tout proche. Cette peur le fortifierait, car elle fournissait plus d'énergie et de puissance que les souvenirs ou les rêves. Il Voyagea vers l'odeur. Malheureusement, lorsqu'il se matérialisa dans les bois bordant Greenbrier, il comprit qu'il arrivait trop tard. La trace était faible. Au loin, il distinguait Genevieve Duchannes courbée sur un cadavre gisant dans la boue. Ivy, la cuisinière de la maisonnée, se tenait derrière elle, un objet plaqué contre sa poitrine.

Apercevant Abraham, la vieille femme se précipita vers lui.

— M'sieur Ravenwood ! Loué soit le Seigneur !

Baissant la voix, elle ajouta :

— Prenez ça et rangez-le dans un endroit sûr jusqu'à ce que je viens le chercher.

Tirant un lourd ouvrage noir des plis de son tablier, elle le fourra dans les mains d'Abraham. Dès qu'il le toucha, il perçut les pouvoirs dont le livre était doté. Il vivait, pulsant dans ses paumes comme bat un cœur. L'Incube l'entendait presque chuchoter et l'inviter à s'en emparer, à l'ouvrir, à libérer ce qui s'y dissimulait. La couverture était vierge de titre, marquée seulement d'un croissant de lune. Abraham fit courir ses doigts sur les arêtes du volume. Ivy continuait à plaider sa cause, prenant à tort le silence d'Abraham pour de l'hésitation.

— S'il vous plaît, M'sieur Ravenwood. J'ai personne d'aut' à qui le donner. Et je peux point le laisser à Mamzelle Genevieve. Plus main'nant.

La jeune fille releva la tête comme si elle avait capté les mots d'Ivy, en dépit de la pluie et du rugissement des flammes. À l'instant où elle se tourna vers lui, Abraham comprit. Il découvrit ses prunelles jaunes qui scintillaient dans l'obscurité. Les yeux d'une Enchanteresse des Ténèbres. Il comprit aussi ce qu'il tenait.

Le Livre des lunes.

Il l'avait déjà vu – dans les songes de Marguerite, la mère de Genevieve. Il s'agissait d'un ouvrage à la puissance sans limites, que Marguerite redoutait et vénérait tout à la fois. Un volume qu'elle cachait à son époux et à ses filles et dont elle n'aurait jamais permis qu'il tombe entre les mains d'un Enchanteur des Ténèbres ni d'un Incube. C'était un manuscrit en mesure de sauver Ravenwood.

Pêchant quelque chose dans les replis de sa jupe, Ivy en frotta la couverture du Livre. Des cristaux blancs roulèrent à terre. Du sel. L'arme des femmes superstitieuses qui avaient apporté de leurs Îles à Sucre natales la baguette magique héritée de leurs ancêtres. Elles étaient convaincues qu'il éloignait les Démons, ce qui avait toujours amusé Abraham.

— Je viendrai le reprend' sitôt que je pourrai. Juré !

— Je le mettrai à l'abri, tu as ma parole.

Abraham essuya le sel qui salissait le Livre afin d'en sentir de nouveau le cuir contre sa peau, puis il se tourna vers les arbres. Il ferait quelques pas pour le seul bénéfice d'Ivy. Les femmes Gullah prenaient peur quand il Voyageait, rappel de ce qu'il était.

— Cachez-le, M'sieur Ravenwood. Faites ce qui faut, mais l'ouvrez surtout pas. Ce livre apporte que du malheur aux ceusses qui s'en servent. L'écoutez pas s'il vous appelle. Je viendrai le chercher.

L'avertissement de la cuisinière arrivait trop tard, cependant. Abraham avait déjà commencé à écouter.

Quand je revins à moi, j'étais allongé par terre, à plat dos, les yeux rivés sur le plafond de ma chambre. Il était peint en bleu, comme tous ceux de notre maison, afin d'égarer les xylocopes qui y nichaient.

Je me suis assis, nauséeux. La boîte gisait à mon côté, close. Je l'ai ouverte : les pages s'y trouvaient. Je me suis bien gardé de les toucher, ce coup-ci.

Ça n'avait aucun sens. Pourquoi ces nouvelles visions ? Pourquoi cette soudaine apparition d'Abraham Ravenwood, un homme que les habitants de Gatlin considéraient avec suspicion depuis des générations, dans la mesure où Ravenwood Manor avait été l'unique plantation à avoir survécu au Grand Incendie ? Non que j'aie jamais beaucoup cru aux ragots de mes concitoyens.

Il n'empêche. Lorsque le médaillon de Genevieve avait déclenché mes hallucinations, ça n'avait pas été sans raison. Lena et moi étions alors censés découvrir un secret. Mais quel rapport avions-nous avec Abraham Ravenwood ? Le seul lien semblait être le *Livre des lunes*. Il était apparu lors de nos voyages dans le temps avec Genevieve et dans celui que je venais de vivre. Sauf que le *Livre* avait disparu. La dernière fois que quiconque l'avait aperçu, ç'avait été la nuit de l'anniversaire de Lena, sur la table de la crypte, cerné par les flammes. Comme tant d'autres choses, il avait été réduit en cendres.

17 mai
DES RIENS ET DES RUINES

Le lendemain, à la cantine du lycée, je me suis attablé avec pour seule compagnie Link et ses quatre hamburgers. Tout en mangeant ma pizza, je réfléchissais, c'était plus fort que moi, aux commentaires de mon pote à propos de Lena. Il avait tapé juste. Elle avait changé, petit à petit, jusqu'à ce que j'en oublie comment les choses avaient été autrefois. Si j'avais eu quelqu'un à qui me confier, j'aurais sans doute eu droit à une réponse me conseillant de lui laisser du temps. C'était ce qu'on disait quand il n'y avait plus rien à dire ni à faire.

Lena ne se remettait pas. Elle ne redevenait pas elle-même, ne me revenait pas non plus. Pire, elle s'éloignait de moi plus que de quiconque. Il était de plus en plus fréquent que j'échoue à l'atteindre, autant par le Kelting, que par les baisers ou tout autre moyen compliqué ou simple grâce auxquels nous communiquions. Désormais, quand je prenais sa main, je ne ressentais qu'un frisson glacé.

Lorsque Emily Asher m'a regardé depuis l'autre bout de la cafète, je n'ai lu que la pitié dans ses yeux. Derechef, j'étais un type pour qui on était en droit d'éprouver de la peine. De ce-pauvre-Ethan-Wate-dont-la-maman-est-morte-l'année-dernière, j'étais passé à ce-pauvre-Ethan-Wate-dont-la-copine-a-pété-un-câble-depuis-la-mort-de-son-oncle. Tout le monde subodorait des *complications*, tout le monde pouvait attester que Lena n'avait pas été vue au lycée en ma compagnie.

Au-delà du fait qu'ils n'avaient jamais apprécié Lena, ces misérables aimaient être témoins de la misère d'autrui. Je venais de poser une exclusivité sur la misère. J'étais plus que misérable, moins appétissant qu'un hamburger abandonné sur un plateau de cantine. J'étais seul.

Un matin, environ une semaine plus tard, j'ai commencé à percevoir un bruit insistant au fond de mon cerveau. Étrange, il ressemblait un peu à un grincement, à un disque qu'on scratche, à une page qu'on déchire. J'étais en cours d'histoire, où nous parlions de la reconstruction après la réunification des États-Unis, une période encore plus barbante que la guerre de Sécession. Dans une classe de Gatlin, ce chapitre était plus embarrassant que déprimant, car il nous rappelait que la Caroline du Sud avait été un État esclavagiste, et que nous avions choisi le mauvais camp, celui du mal. Nous en étions tous conscients ; il n'empêche, nos ancêtres avaient inscrit un 0/20 indélébile sur notre bulletin, à la rubrique morale nationale. Des blessures aussi profondes laissent des cicatrices, quoi qu'on fasse pour les soigner. M. Lee rabâchait, ponctuant chacune de ses phrases par un soupir dramatique.

Je m'efforçais de faire la sourde oreille quand j'ai humé une odeur de brûlé, l'âcreté d'un moteur surchauffé, l'essence d'un briquet. J'ai regardé autour de moi. Cela ne provenait pas du père Lee, source la plus fréquente de toute puanteur en cours d'histoire. Aucun de mes camarades n'avait semblé remarquer quoi que ce soit. Le bruit a augmenté, forcissant en un charivari confus mêlant fracas, déchirures, paroles, cris. *Lena*.

L ?

Pas de réponse. Par-dessus le vacarme, je l'ai entendue qui marmonnait des vers, et pas du genre qu'on envoie à la Saint-Valentin. *Not Waving But Drowning*. J'ai identifié le poème. Lena en train de lire du Stevie Smith[1], c'était à peine moins pire que les vers les plus noirs de Sylvia Plath[2] ou qu'une journée à se délecter de *La Cloche de détresse*. Lena avait hissé le drapeau rouge, un peu comme quand Link écoutait les Dead Kennedys[3] ou quand Amma hachait les légumes nécessaires à ses rouleaux de printemps à grands coups de fendoir.

Tiens bon, L. J'arrive.

Quelque chose avait changé et, avant que ça disparaisse, j'ai attrapé mes livres et j'ai décampé. Le petit père Lee n'a pas eu le temps de pousser son soupir suivant que j'étais sorti de sa classe.

Refusant de croiser mon regard lorsque j'ai franchi la porte, Reece s'est bornée à désigner l'escalier. Ryan, la plus jeune cousine de Lena, était assise, toute triste, sur la première marche, en compagnie de Boo. Quand j'ai ébouriffé ses cheveux, elle a mis un doigt sur ses lèvres.

— Lena fait une dépression nerveuse, a-t-elle chuchoté. Nous sommes censés éviter tout bruit jusqu'à ce que Bonne-maman et maman reviennent.

---

1. Littéralement : « Pas un salut, une noyade ». Poème le plus célèbre de la poétesse et romancière britannique (1902-1971), qui décrit un nageur en train de couler, cependant que les gens sur la plage croient qu'il leur adresse des gestes de salutation.
2. Poétesse et nouvelliste américaine née en 1932, qui se suicida en 1963. *La Cloche de détresse*, son seul roman, inspiré de sa propre vie, évoque les aspects de sa dépression.
3. Groupe punk américain (formé en 1978), très critique des valeurs américaines.

Une dépression nerveuse ? C'était la litote du siècle.

La porte de sa chambre était entrebâillée. Quand je l'ai poussée, les gonds ont gémi, et j'ai eu l'impression de pénétrer sur la scène d'un crime. On aurait dit que la pièce avait été secouée dans tous les sens. Les meubles étaient renversés, saccagés, ou s'étaient purement et simplement évaporés. Les lieux disparaissaient sous les lambeaux de livres : pages arrachées, déchirées et collées sur les murs, le plafond et le plancher. Il ne restait pas un volume sur les étagères. Une bibliothèque qui aurait explosé. Certaines feuilles calcinées fumaient encore. La seule chose manquant au tableau, c'était Lena.

L ? Où es-tu ?

J'ai balayé l'endroit des yeux. La tête de lit n'accueillait pas les débris des ouvrages qu'elle aimait. À la place était écrit :

Personne le défunt, Personne le vivant
Personne n'abandonne et Personne ne donne
Personne ne m'entend, juste Personne s'en soucie
Personne ne me craint, Personne juste me regarde
Personne ne m'appartient et Personne ne reste
Aucune Personne ne connaît rien à rien
Il ne reste rien que des riens et des ruines

Personne et *Personne*. L'un d'eux était Macon, non ? *Le défunt.*

Qui était l'autre ? Moi ?

Était-ce celui que j'étais désormais, *Personne* ?

Tous les garçons étaient-ils obligés de se creuser autant la cervelle pour tenter de piger leur amoureuse ? Pour redresser les poèmes tordus qu'elle rédigeait sur tous ses murs à l'aide d'un feutre ou de fissures dans le plâtre ?

Il ne reste rien que des riens et des ruines.

J'ai effleuré le mur, le mot *ruines* a bavé.

Parce que tout ce qui restait n'était pas que riens et ruines. Il y avait forcément plus : plus pour Lena et pour moi, plus pour tout. Ce n'était pas seulement Macon. Ma mère était morte, mais ces derniers mois avaient prouvé que je conservais en moi une part d'elle. J'avais commencé à songer de plus en plus souvent à elle.

« Appelle-toi toi-même. » Tel avait été le message qu'elle avait envoyé à Lena à l'aide des pages numérotées de différents ouvrages éparpillés sur le sol de sa pièce préférée, chez moi. Celui qu'elle m'avait adressé n'avait eu besoin d'être écrit nulle part, ni en nombres, ni en lettres, ni même en rêves. Le plancher de Lena rappelait celui de notre bureau ce jour-là, avec ses volumes ouverts partout. La différence, c'est qu'il manquait des pages à ceux-ci, ce qui laissait supposer un tout autre message.

Chagrin et culpabilité. C'était le deuxième chapitre de chaque bouquin que ma tante Caroline m'avait offert sur les cinq étapes – ou je ne sais quel nombre d'étapes – du deuil répertoriées par les gens bien informés. Lena avait vécu les deux premières, choc et déni. J'aurais logiquement dû prévoir celle-ci. Pour elle, j'imagine qu'il s'agissait de renoncer à l'une des choses qu'elle aimait le plus. Les livres.

Enfin, j'espérais que mon analyse était correcte. Me frayant soigneusement un chemin autour des couvertures évidées et calcinées, j'ai avancé. Les sanglots étouffés me sont parvenus avant que je la découvre. J'ai ouvert la porte du placard. Tapie dans le noir, elle serrait ses genoux contre son torse.

Tout va bien, L.

Si elle a levé la tête vers moi, je ne suis pas sûr qu'elle m'ait vu.

Tous mes livres parlaient comme lui. Je n'arrivais pas à les faire taire.

Ce n'est pas grave. Tout va bien, maintenant.

Je devinais que les choses n'en resteraient pas là. Rien n'allait. Quelque part sur la route entre la colère, la peur et le malheur, elle avait bifurqué. Je savais par expérience que rebrousser chemin était impossible.

Bonne-maman s'était enfin résignée à intervenir. Lena retournerait au lycée la semaine suivante, que ça lui plaise ou non. C'était ça ou ce que personne n'osait formuler à voix haute : Blue Horizons ou son équivalent, quel qu'il soit, dans le monde des Enchanteurs. En attendant, je n'étais autorisé à lui rendre visite que pour lui déposer ses devoirs. D'un pas lourd, j'ai remonté l'allée avec, à la main, un sac du Stop & Steal rempli de feuilles d'exercices et de sujets de dissertation sans intérêt.

Pourquoi me punir, moi ? Qu'est-ce que j'ai fait ?

Je crois que je ne suis pas censée fréquenter les gens susceptibles de me mettre dans tous mes états. C'est ce que m'a expliqué Reece.

Et c'est moi qui te mets dans tous tes états ?

Une espèce de plaisir s'est éveillé en moi.

Bien sûr. Simplement, pas comme ma famille le pense.

Lorsque la porte de sa chambre s'est enfin ouverte, j'ai laissé tomber mon sac et je l'ai attirée entre mes bras. Je ne l'avais pas vue depuis seulement quelques jours, mais le parfum de ses cheveux me manquait. Citrons et romarin. Les choses familières. Toutefois, aujourd'hui, je n'ai rien senti. J'ai enfoui mon visage dans son cou.

Toi aussi, tu m'as manqué.

Lena m'a regardé. Elle portait un tee-shirt et des collants noirs audacieusement fendus çà et là sur toute la longueur de ses jambes. Ses cheveux tentaient de s'échapper de la barrette qui les retenait sur sa nuque. Son collier pendait, entortillé autour de sa chaîne. Ses yeux étaient cernés d'ombres qui ne relevaient pas du maquillage. J'étais soucieux. Et mon inquiétude s'est d'autant plus renforcée quand j'ai contemplé sa chambre, par-delà son épaule.

Bonne-maman s'en était mêlée. Il n'y avait pas un livre brûlé, pas un objet déplacé. C'était tout le problème. Pas une trace de feutre, pas un poème, pas une feuille volante par terre. À la place, les murs étaient décorés d'images soigneusement punaisées en une rangée régulière autour de la pièce, comme une sorte de clôture qui aurait emprisonné Lena à l'intérieur de son sanctuaire.

« Disparu dans la gloire de Dieu. » « Repose en paix. » « Regretté. » « Fille. » Des clichés de stèles, pris de si près que je ne distinguais que les mots ciselés et, derrière eux, le grain épais de la pierre. « Père. » « Joie. » « Désespoir. » « Repos éternel. »

— Je ne savais pas que tu donnais dans la photographie, ai-je marmonné en m'interrogeant sur ce que j'ignorais d'autre.

— Ce n'est pas le cas, a-t-elle répondu, gênée. Pas vraiment.

— Elles sont super.

— C'est supposé me faire du bien. On me demande de prouver que j'ai admis qu'il est parti pour de bon.

— Mouais. Mon père, lui, est désormais censé tenir un journal de ses émotions.

Sitôt mes paroles prononcées, je les ai regrettées. Comparer Lena à mon père pouvait difficilement passer pour un compliment. Heureusement, elle n'a pas semblé y prêter attention. Depuis combien de temps rôdait-elle avec son appareil dans Son Jardin du Repos Éternel ? Comment m'étais-je débrouillé pour ne pas m'en apercevoir ?

« Soldat. » « Paix. » « Au moyen d'un miroir, d'une manière obscure[1]. »

---

1. Citation abrégée de la Première Épître aux Corinthiens, XIII, 12 : « Aujourd'hui nous voyons au moyen d'un miroir, d'une manière obscure, mais alors nous verrons face à face. »

Je suis arrivé à la dernière image. La seule qui détonnait sur l'ensemble. Une moto ; une Harley appuyée contre une stèle. Les chromes luisants de l'engin paraissaient décalés, au milieu des vieilles pierres érodées. Au fur et à mesure que j'examinais la photo, mon pouls s'est emballé.

— C'est quoi, celle-là ?

— Un type qui venait se recueillir, j'imagine, a-t-elle éludé avec un geste évasif. Il était là, c'est tout. Je n'arrête pas de me dire que je devrais l'enlever. La lumière est franchement mauvaise.

Se mettant devant moi, elle a ôté les punaises. Le cliché a disparu, laissant place à quatre trous minuscules sur le mur noir. Ces photos mis à part, la chambre était presque vide, comme si Lena avait emballé ses affaires pour partir en pension ou un truc dans le genre. Plus de lit. Plus d'étagères ni de livres. Le vieux lustre que nous avions fait vibrer tant de fois au point que j'avais craint qu'il ne se décroche s'était lui aussi volatilisé. Au milieu de la pièce, un futon était posé à même le sol. Tout à côté se trouvait un petit moineau en argent. J'ai aussitôt été submergé par des souvenirs de l'enterrement : les magnolias arrachés à la pelouse, cet oiseau bijou dans la paume boueuse de Lena.

— Tout paraît si différent.

Je me suis efforcé de ne pas réfléchir à la raison de la présence du moineau près de sa nouvelle couche. Une raison qui ne devait rien à Macon.

— Ben, tu sais ce que c'est. Grand nettoyage de printemps. Et puis, j'avais un tantinet flanqué le bazar.

Quelques ouvrages défraîchis traînaient sur les draps. Par habitude, j'en ai feuilleté un avant de me rendre compte que je venais de commettre le pire des crimes. Bien que sa couverture soit celle d'un vieil exemplaire de *L'Étrange Cas du docteur Jekyll et de M. Hyde*, l'intérieur n'avait rien à voir avec l'ouvrage en question. Il s'agissait de l'un des carnets à spirale de Lena, et je l'avais ouvert juste devant elle. Comme si ça n'avait pas d'importance, comme si j'étais en droit de le lire.

J'ai ensuite constaté autre chose : la plupart des pages étaient vierges.

J'ai accusé le coup avec presque autant de violence que quand j'avais découvert que le supposé roman de mon père n'était qu'un ramassis de gribouillis. Lena trimballait un calepin partout où elle allait. Qu'elle ait cessé d'y griffonner constamment prouvait que la situation était pire que je l'avais estimé.

Lena était pire que je l'avais estimé.

— Hé, qu'est-ce que tu fabriques, Ethan ?

J'ai ôté ma main, elle s'est emparée du volume.

— Désolé, L.

Elle était furax.

— J'ai cru que c'était un bouquin, ai-je plaidé. Après tout, il y ressemble. Je ne m'attendais pas à ce que tu abandonnes ton cahier là où n'importe qui risquait de le voir et de le lire.

Son précieux bien plaqué contre elle, elle m'a tourné le dos.

— Pourquoi n'écris-tu plus ? Je croyais que tu adorais ça ?

— Mais j'écris, a-t-elle objecté en ouvrant le cahier pour me montrer.

Elle a fait défiler les pages blanches dont chaque ligne était à présent couverte de minuscules gribouillis, des mots barrés encore et encore, corrigés, révisés, revisités des milliers de fois.

— Tu as envoûté ton calepin ?

— J'ai Transmuté son contenu hors de la réalité Mortelle. Seul un Enchanteur est en mesure de le déchiffrer, sauf si j'en décide autrement.

— Génial ! D'autant que Reece, la personne la plus encline à le faire, est une Enchanteresse.

Reece était aussi fouineuse que directive.

— Elle n'a pas besoin de recourir à ces extrémités. Il lui suffit de lire mon visage.

Vrai. En tant que Sibylle, sa cousine avait le pouvoir de décrypter vos pensées, vos secrets et vos projets rien qu'en observant vos traits. Ce qui expliquait pourquoi je m'arrangeais pour la fuir, en général.

— Dans ce cas, pourquoi tous ces mystères ?

Je me suis affalé sur le futon. Elle s'est assise à côté de moi, en équilibre sur ses jambes croisées. L'ambiance était moins décontractée que je ne voulais bien l'admettre.

— Je ne sais pas trop. Si je continue d'avoir envie d'écrire tout le temps, je désire peut-être moins qu'on me comprenne. Ou encore moins que d'habitude.

— « On » c'est moi, ai-je marmonné, les dents serrées.

— Ce n'est pas ce que j'ai dit.

— Quel autre Mortel risque de lire ton calepin ?

— Tu ne saisis pas.

— Je crois que si, au contraire.

— Un petit peu, sans doute.

— Je pigerais tout si tu m'y autorisais.

— Il ne s'agit pas d'autoriser ou non, Ethan. Je n'arrive pas à t'expliquer.

— Laisse-moi y jeter un coup d'œil, alors.

J'ai tendu la main. Elle a cédé, non sans lever un sourcil interrogateur cependant.

— Tu n'y arriveras pas, m'a-t-elle averti.

Ouvrant le volume, je l'ai examiné. J'ignore si Lena en a décidé ainsi ou si c'est le cahier lui-même ; quoi qu'il en soit, les lettres se sont inscrites sur la page, lentement, l'une après l'autre. Elles ne composaient ni un poème ni une chanson. Il n'y avait guère de mots, beaucoup plus de drôles de crayonnés, de formes et de tortillons qui encombraient la feuille, telle une collection de dessins tribaux. Une liste est apparue en bas.

ce dont je me souviens
mère
ethan
macon
hunting
le feu
le vent
la pluie
la crypte
le moi qui n'est pas moi
le moi prêt à tuer
deux corps
la pluie
le livre
la bague
l'amulette d'Amma
la lune

Lena m'a repris le calepin sans me laisser le loisir de déchiffrer les dernières lignes.

— Arrête !

Je l'ai contemplée avec stupeur.

— Qu'est-ce qu'il y a ?

— Rien. C'est intime. Tu n'aurais pas dû réussir à le lire.

— Et comment expliques-tu que j'y sois arrivé ?

— J'ai sans doute mal lancé le sortilège du *Verbum Celatum*. Le Mot Caché.

Elle m'a contemplé d'un air anxieux, ses prunelles se sont adoucies.

— Aucune importance, a-t-elle enchaîné. J'essayais de me rappeler cette nuit. Celle où Macon... a disparu.

— Est mort, L. La nuit où Macon est mort.

— Je sais qu'il est mort. Bien sûr qu'il est mort. Je ne tiens pas à le dire, c'est tout.

— Tu es sûrement déprimée. Rien de plus normal.

— Quoi ?

— C'est l'étape suivante.

La colère a traversé le regard de Lena.

—Ta mère est morte, mon oncle aussi. Il n'empêche, les étapes de mon deuil ne sont pas les tiennes. Ceci n'est pas le journal de mes émotions. Je ne suis ni ton père ni toi, Ethan. Nous ne nous ressemblons pas autant que tu le crois.

Nous nous sommes dévisagés comme nous ne l'avions pas fait depuis longtemps. Une indicible minute s'est écoulée. Je me suis aperçu que nous avions discuté à voix haute depuis mon arrivée dans sa chambre, sans recourir au Kelting. Pour la première fois, j'ignorais ce qu'elle pensait, et il était évident qu'elle n'avait pas la moindre idée de ce que je ressentais.

Soudain, le miracle s'est produit, cependant. Ouvrant les bras, elle m'a attiré à elle, car, pour la première fois aussi, c'est moi qui pleurais.

De retour à la maison, j'ai constaté que toutes les lampes étaient allumées. Malgré tout, je ne suis pas entré. M'asseyant sur la véranda, j'ai observé les lucioles qui clignotaient dans l'obscurité. Je ne voulais voir personne. Je voulais réfléchir et j'avais le pressentiment que Lena ne m'écouterait pas. Lorsqu'on est assis dans le noir, il se passe un truc qui vous rappelle combien le monde est vaste, et combien nous sommes loin les uns des autres. Les étoiles ont l'air assez près pour qu'on puisse les toucher, sauf qu'on ne peut pas. Parfois, les choses paraissent plus proches qu'elles ne le sont en réalité.

Je suis resté si longtemps à scruter la nuit que j'ai cru distinguer un mouvement du côté du vieux chêne planté dans notre cour de devant. L'espace d'un instant, les battements de mon cœur se sont accélérés. À Gatlin, rares étaient ceux qui fermaient leur maison à clé, mais je savais qu'il existait tout un tas d'êtres capables de passer outre

un verrou. De nouveau, l'air a bougé, presque imperceptiblement, pareil à une onde de chaleur. J'ai brusquement
discerné qu'il ne s'agissait en rien d'une créature désireuse
de forcer ma porte, mais d'une fugueuse qui s'était enfuie
d'une autre demeure.

Lucille, la chatte des Sœurs. J'ai vu ses iris bleus luire
dans l'obscurité, tandis qu'elle approchait.

— J'avais bien dit à tout le monde que, tôt ou tard, tu
retrouverais ton chemin. (L'animal a penché la tête sur le
côté.) Tu te rends compte que, après pareille escapade, les
Sœurs ne te laisseront plus jamais t'éloigner de la corde à
linge ?

Lucille m'a fixé comme si elle me comprenait très bien.
Comme si elle avait envisagé les conséquences de son acte,
mais que, pour une raison connue d'elle seule, elle l'avait
quand même mis à exécution. Une luciole a voleté devant
moi, et la chatte a bondi du perron. La bestiole ne cessait
de voler plus haut, ce qui n'a pas empêché ce crétin de chat
de tenter de l'attraper. Lucille ne semblait pas s'apercevoir
que sa proie était beaucoup plus loin qu'elle paraissait
l'être. À l'instar des étoiles. À l'instar de tant de choses.

Obscurité.

Si je n'y voyais goutte, je sentais mes poumons se vider de leur oxygène. Je n'arrivais plus à respirer. L'air était lourd de fumée, et je toussais, m'étranglais.

Ethan !

Sa voix me parvenait, de très loin cependant. Autour de moi, la chaleur était intense ; une pestilence de cendres et de mort planait.

Non, Ethan !

Au-dessus de moi, la lame d'un couteau a émis un reflet. Un rire sinistre a retenti. Sarafine. Dont je ne distinguais pas le visage, pourtant. Quand le poignard s'est enfoncé dans mon ventre, j'ai compris où je me trouvais. À Greenbrier, sur le toit de la crypte, à deux doigts de mourir.

J'ai essayé de hurler, pas un son n'est sorti de mes lèvres. Sarafine a rejeté la tête en arrière en s'esclaffant, ses mains crochetées autour du manche du couteau plongé dans mon estomac. J'agonisais, et elle riait. Le sang coulait partout autour de moi, dans mes oreilles, mes narines, ma bouche. Il avait un goût particulier, celui du cuivre, celui du sel.

Mes poumons donnaient l'impression de s'être transformés en deux lourds sacs de ciment. Quand le rugissement du sang dans mes tympans a noyé la voix de Lena, j'ai été submergé par une émotion familière – le sentiment de perte. Vert et or. Citrons et romarin. Je les ai humés à travers le sang, la fumée et les cendres. Lena.

Moi qui avais toujours cru que je ne pourrais vivre sans elle, j'allais devoir m'y résigner.

— Ethan Wate ! Pourquoi est-ce que je n'entends pas la douche couler ?

Je me suis redressé d'un bond dans mon lit, trempé de sueur. J'ai fait courir ma paume sous mon tee-shirt, sur ma peau. Aucune trace de sang. N'empêche, j'ai distingué la marque en relief, à l'endroit où, dans mon rêve, la lame m'avait transpercé. Soulevant mon tee-shirt, j'ai observé la cicatrice rose inégale. Une balafre identique à un coup de couteau fendait mon abdomen. Elle avait surgi de nulle part, blessure onirique.

Sinon qu'elle existait pour de bon, qu'elle faisait mal. Je n'avais pas été victime d'un de mes rêves depuis l'anniversaire de Lena. Je ne savais pas pourquoi ils revenaient maintenant. Je m'étais accoutumé à me réveiller avec de la terre entre mes draps ou de la fumée dans mes poumons, mais c'était la première fois que je reprenais conscience en souffrant. J'ai tenté d'oublier la douleur, de me convaincre que rien de tout cela n'était vraiment arrivé. Malheureusement, mon ventre se rappelait à moi. J'ai regardé par la fenêtre, regrettant que Macon ne soit plus là pour me voler cette vision nocturne. J'ai regretté qu'il ne soit plus là pour bien d'autres raisons.

Fermant les yeux, j'ai essayé de me concentrer, de déceler la présence de Lena. Je savais déjà qu'elle ne serait pas là, cependant. Je sentais quand elle s'éloignait, ce qui se produisait la plupart du temps, à présent.

— Si tu te débrouilles pour être en retard à ton dernier examen, a de nouveau crié Amma depuis le rez-de-chaussée, tu seras consigné dans ta chambre et mis au pain et à l'eau tout l'été, compte sur moi pour y veiller !

Lucille Ball me contemplait depuis le pied de mon lit, à l'instar de la plupart des matins désormais. Après qu'elle avait daigné apparaître sur notre véranda, je l'avais rapportée à tante Charity. Mais, le lendemain, nous l'avions retrouvée au même endroit. Par la suite, tante Prue avait persuadé ses frangines qu'il s'agissait là d'une désertion inacceptable, et Lucille avait emménagé chez nous. Qu'Amma l'y autorise m'avait plutôt étonné, avant qu'elle me donne ses raisons, bien particulières :

— Un chat dans une maison, ça ne peut pas faire de mal. Ces bêtes voient ce qui échappe aux humains. Les ceusses de l'Autre Monde, par exemple, quand ils retraversent la frontière. Les bons comme les mauvais. Et puis, elles nous débarrassent des souris.

Apparemment, Lucille était le double d'Amma, version règne animal.

Sous la douche, l'eau chaude a tout effacé. Sauf la cicatrice. J'ai eu beau augmenter la température, mon cerveau a continué à divaguer, emmêlé entre les rêves, le poignard, le rire…

Mon examen de littérature.

Zut !

Je m'étais endormi sans avoir fini de réviser. Si j'échouais, je redoublerais cette matière – avoir suivi les cours du côté de l'œil valide de la mère English n'y changerait rien. Ce semestre, mes notes n'avaient pas été brillantes ; pour être exact, j'étais aussi nul que Link. C'en était terminé de mes bonnes vieilles habitudes de fainéant qui n'en fiche pas une rame, mais s'en sort. L'histoire était déjà une épée de Damoclès au-dessus de ma tête, depuis que Lena et moi avions séché la reconstitution obligatoire de la bataille de Honey Hill, le jour de ses seize ans. Si je plantais la littérature, je serais condamné à me taper des cours de rattrapage tout l'été dans un bahut si vétuste qu'il n'avait même pas l'air conditionné ; ou alors, je devrais repiquer ma seconde. Tel était le problème particulier que tout esprit pensant aurait dû se préparer à peser aujourd'hui. Belle assonance, non ? Ou était-ce une consonance ? Merde, j'étais fichu.

C'était le cinquième méga petit déjeuner d'affilée. Nous étions en pleine session finale, et Amma considérait qu'il existait une corrélation directe entre mes performances et les quantités de nourriture que j'ingurgitais. Depuis le lundi, j'avais avalé l'équivalent de mon poids en œufs au bacon. Pas étonnant que j'aie mal à l'estomac et que je fasse des cauchemars. Enfin, c'est ce dont j'ai tenté de me convaincre. J'ai tapoté mon assiette du bout de ma fourchette.

— Encore des œufs ?

Amma m'a jeté un coup d'œil soupçonneux.

— Je ne sais pas ce que tu mijotes, a-t-elle rétorqué, mais je ne suis pas d'humeur. Alors, je te conseille de ne pas mettre ma patience à l'épreuve aujourd'hui, Ethan Wate.

Pas question que je me risque à discuter avec elle. J'avais suffisamment d'ennuis comme ça. Mon père a débarqué d'un pas nonchalant dans la cuisine et a ouvert un placard pour y prendre ses céréales.

— N'embête pas Amma, m'a-t-il dit. Tu sais bien qu'elle n'aime pas ça. Ce gamin est un vrai R.U.S.T.A.U.D., a-t-il ajouté en agitant sa cuiller sous le nez de notre gouvernante. Autrement dit…

Le fusillant du regard, elle a violemment refermé la porte du placard.

— Continue à fouiller dans mes armoires, Mitchell Wate, et je n'hésiterai pas à te tanner les fesses !

Il a éclaté de rire, et j'aurais juré avoir aperçu l'ombre d'un sourire étirer les lèvres de la vieille femme. Mon fou de père avait commencé à ressusciter l'ancienne Amma. Le moment a été fugace, disparaissant comme une bulle de savon éclate, mais je ne l'avais pas inventé. Les choses étaient en train de changer.

J'avais encore du mal à m'habituer à voir mon père debout de bon matin en train de se verser des céréales et de discuter. Il paraissait inconcevable que ma tante l'ait fait interner à Blue Horizons quatre mois auparavant. Bien qu'il ne soit pas franchement un homme neuf, contrairement à ce qu'avait professé Caroline, force m'était d'admettre que je le reconnaissais à peine. S'il ne me fabriquait toujours pas de sandwichs à la salade de poulet, il sortait de plus en plus souvent de son bureau et, parfois, de la maison. Marian avait manœuvré pour lui décrocher un poste de prof invité au département de littérature de l'université de Charleston. Certes, le car transformait un trajet de quarante-cinq minutes en périple de deux heures, car il était exclu de laisser mon père aux commandes de l'artillerie lourde. Pas encore en tout cas. N'empêche, il semblait presque heureux. Relativement du moins, pour un type qui avait passé des mois terré dans son bureau à gribouiller comme un dément. Il faut dire que le défi n'était pas très difficile à relever.

Si les choses étaient susceptibles d'évoluer à ce point dans son cas, si Amma souriait, il y avait peut-être de l'espoir en ce qui concernait Lena.

Non ?

L'instant de grâce s'est cependant dissipé, et Amma a repris le sentier de la guerre. Je l'ai lu sur ses traits. S'asseyant à côté de moi, mon père a versé du lait dans son bol de céréales. Amma s'est essuyé les mains sur son tablier.

— Prends plutôt des œufs, Mitchell. Les céréales, ça ne vaut rien, comme petit déjeuner.

— Bonjour à toi, ô Amma ! a-t-il répondu avec un sourire.

Le même, j'étais prêt à le parier, que celui qu'il lui adressait, enfant. Avec un regard torve dans sa direction, elle a planté un verre de lait chocolaté près de mon bras, bien que j'aie quasiment cessé d'en boire.

— Tu parles d'une bonne journée, a-t-elle bougonné en déposant un énorme morceau de bacon sur mon assiette. (Pour elle, j'aurais toujours six ans.) Tu as une tête de déterré, a-t-elle enchaîné à mon adresse. Si tu veux réussir tes examens, ce qu'il te faut, c'est des nourritures intellectuelles.

— Oui, madame, ai-je docilement acquiescé.

J'ai avalé le verre d'eau qu'elle avait servi à mon père. Elle a brandi sa cuiller en bois percée d'un trou, celle à la sinistre réputation, celle que j'appelais la Menace du Cyclope. Dans mon enfance, lorsque j'avais eu le malheur de me montrer effronté envers elle, c'est avec ça qu'elle me pourchassait dans toute la maison. Naturellement, elle ne m'avait jamais frappé. L'esquiver était un jeu.

— Et tu as intérêt à n'en rater aucun, a-t-elle poursuivi. Je ne te permettrai pas de suivre des cours de rattrapage cet été en compagnie des mômes Petty. Tu te décrocheras un petit boulot, comme prévu. Le désœuvrement mène tout droit aux bêtises, or tu en as largement ton compte.

Elle a ponctué cette dernière remarque d'un reniflement dédaigneux en agitant sa cuiller. Hilare, mon père a étouffé un rire. J'imagine qu'Amma lui avait sorti une tirade identique au même âge.

— Oui, madame, ai-je répété.

Un avertisseur de voiture a retenti, accompagné par bien trop de basses – typiques de La Poubelle –, et j'ai attrapé mon sac à dos avant de détaler, salué par de grands moulinets de cuiller.

Me glissant sur le siège passager, j'ai baissé la vitre. Bonne-maman avait été fidèle à sa parole, et Lena avait réintégré le lycée une semaine plus tôt afin de terminer son année scolaire. Le jour de son retour, j'avais été la chercher à Ravenwood, m'arrêtant même en chemin au Stop & Steal afin d'y acheter l'un de leurs fameux beignets. Malheureusement, le temps que j'arrive à destination, Lena était déjà partie. Depuis, elle allait au bahut de son côté, et moi avec Link, dans La Poubelle.

Link a baissé le volume de la musique assourdissante qui perforait les tympans de tout le quartier.

— Ne me fais pas honte à l'école, Ethan Wate ! a crié Amma depuis le perron. Et toi, Wesley Jefferson Lincoln, arrête-moi ce boucan ! Avec un vacarme pareil, mes rutabagas vont faner !

Link a répondu d'un coup de Klaxon. Amma a abattu la Menace du Cyclope sur la rambarde de la véranda, a posé les poings sur ses hanches et s'est adoucie.

— Si vous travaillez bien, vous deux, je vous préparerai peut-être une tarte.

— Aux pêches de Gatlin, madame ?

— Pourquoi pas ? a acquiescé Amma en fronçant le nez.

Elle aurait préféré mourir plutôt que de le reconnaître, mais, au fil des années, Amma avait fini par éprouver de la tendresse pour Link. Ce dernier mettait ça sur le compte de la compassion qu'elle avait ressentie après que Sarafine s'était emparée de l'enveloppe charnelle de sa mère pour tenter de mener à bien ses projets. En vérité, ça n'avait rien à voir. Amma avait de la peine pour lui.

— Ça me tue que ce garçon vive avec cette bonne femme ! avait-elle déclaré la semaine passée en enveloppant une part de gâteau aux noix de pécan pour lui. Il serait mieux élevé par une meute de loups.

Me regardant, Link s'est marré.

— Que la mère de Lena ait causé des ennuis à la mienne est la meilleure chose qui me soit arrivée. Je n'ai jamais autant bouffé de pâtisserie d'Amma.

Voilà qui constituait à peu près son seul commentaire à propos de l'anniversaire catastrophique de Lena. Il a appuyé sur le champignon, et La Poubelle a démarré en trombe. Inutile de préciser que nous étions en retard, comme d'habitude.

— Tu as bossé la littérature ? ai-je demandé.

Plus pour la forme qu'autre chose, dans la mesure où je savais que Link n'avait pas ouvert un bouquin depuis la sixième.

— Nan. Je copierai sur quelqu'un.

— Qui ?

— Qu'est-ce que ça peut te faire ? Quelqu'un de plus malin que toi.

— Ah ouais ? La dernière fois que tu as pompé sur Jenny Masterson, vous avez tous les deux récolté un sept sur vingt.

— Je n'ai pas eu le temps de réviser, j'écrivais une chanson. On la jouera peut-être à la foire du comté. Écoute-moi ça.

Il s'est mis à chanter sur la musique. C'était bizarre de l'entendre fredonner sur sa propre voix. « La fille à la sucette est partie sans un mot, j'ai crié son nom mais elle ne m'a pas entendu. » Génial ! Encore un morceau consacré à Ridley. Je n'aurais pas dû être surpris, puisqu'il n'avait rien écrit qui ne parlât d'elle depuis quatre mois. Je commençais à me dire qu'il ne se remettrait jamais de cette aventure avec la cousine de Lena, qui ne ressemblait en rien à cette dernière. Ridley était une Sirène et se servait de son talent de persuasion pour obtenir ce qu'elle voulait d'un seul coup de langue sur son éternelle sucette. Durant un petit moment, Link avait été sa proie. Bien qu'elle l'ait manipulé avant de jouer les filles de l'air, il ne l'oubliait pas. Ce que j'étais mal placé pour lui reprocher. Il était sûrement difficile d'être amoureux d'une Enchanteresse des Ténèbres. C'était déjà drôlement ardu avec une Enchanteresse de la Lumière.

J'ai pensé à Lena, en dépit du rugissement assourdissant, jusqu'à ce que la voix de Link disparaisse, noyée par *Dix-sept Lunes*. Un nouveau couplet.

> *Dix-sept lunes, dix-sept tours,*
> *Yeux noirs brûlants comme un four,*
> *Le temps presse, une encore plus,*
> *Dans le feu la lune est mue...*

Le temps pressait ? Qu'est-ce que ça signifiait ? La Dix-septième Lune de Lena n'aurait pas lieu avant huit mois. En quoi le temps pressait-il, maintenant ? Et qui était cette « une » ? Et ce feu ?

Link m'a donné un coup sur la tête, et la chanson s'est tue. Il hurlait sur sa musique.

— Si je parviens à atténuer le tempo, ça va faire un tube !

Je l'ai dévisagé avec des yeux ahuris, ce qui m'a valu une seconde taloche.

— Remets-toi, mec, ce n'est qu'un exam. T'as l'air aussi cinglé que mam'zelle Dingo, la dame canon de la cantine.

Le pire, c'est qu'il ne croyait pas si bien dire.

Lorsque La Poubelle s'est garée sur le parking de Jackson, je n'ai pas eu l'impression que c'était le dernier jour de l'année scolaire. D'ailleurs, ça ne l'était pas pour les élèves de terminale. Eux auraient droit à leur cérémonie de remise des diplômes le lendemain, ainsi qu'à une bringue qui durerait toute la nuit et qui, d'ordinaire, permettait à plus d'un de découvrir les joies du coma éthylique. Mais nous, les secondes, de même que les premières, un examen seulement nous séparait de la liberté.

Savannah et Emily sont passées devant nous sans daigner nous accorder un regard. Leurs jupes courtes étaient encore plus mini que d'habitude, et nous avons aperçu des bretelles de maillot de bain qui pendouillaient sous leurs débardeurs échancrés. Dégradé multicolore et vichy rose.

— Vise-moi ça, a dit Link, ravi. La saison des bikinis est ouverte.

J'avais failli oublier. Un test ce matin, puis l'après-midi au lac. L'élite du bahut mettait son maillot sous ses vêtements, car l'été ne démarrait officiellement qu'après une première baignade dans le lac Moultrie. Les mômes de Jackson avaient leur endroit réservé, au-delà de la péninsule de Monck, là où le lac devenait large et profond comme un océan. Abstraction faite des poissons-chats et des algues marécageuses, nager dans ces eaux ressemblait à piquer une tête dans la mer. L'an passé, j'y étais allé dans la camionnette du frère d'Emory, installé sur le plateau arrière avec Emily, Savannah, Link et la moitié de l'équipe de basket. Mais ça, c'était l'année dernière.

— Tu vas y aller ? m'a demandé Link.

— Des clous !

— J'ai un maillot de rab dans La Poubelle, si tu veux. Mais il n'est pas aussi chouette que ce chéri.

Sur ce, il a remonté son tee-shirt afin de me montrer son short de plage, un machin orange vif à carreaux jaunes. Aussi discret que lui.

— Sans moi, ai-je persisté.

Il avait deviné l'origine de ma défection. De mon côté, je me suis refusé à la formuler. Il fallait que je me comporte comme si tout roulait. Comme si Lena et moi ne traversions pas des moments difficiles. Sauf qu'il n'a pas renoncé.

— Je suis sûr qu'Emily te prêtera la moitié de sa serviette.

C'était une blague. Lui comme moi savions que ce ne serait pas le cas. Même si le défilé compassionnel s'était estompé, à l'instar de la campagne de haine. J'imagine que Lena et moi avions cessé d'être des cibles faciles et, à force, ils n'en avaient pas tiré plus de plaisir qu'un chasseur abattant un éléphant dans un couloir.

— Fiche-moi la paix !

Cessant d'avancer, Link a fait mine de me retenir. Je l'ai repoussé avant qu'il ait pu commencer à plaider sa cause. Je savais d'avance ce qu'il allait dire et, pour ce qui me concernait, la discussion était close avant même d'avoir débuté.

— Allez, quoi ! a-t-il néanmoins insisté. D'accord, son oncle est mort. Mais il serait temps que vous cessiez l'un et l'autre de vous comporter comme si vous étiez encore à l'enterrement. Tu l'aimes, OK. N'empêche...

Il n'a pas osé poursuivre, bien que nous pensions tous les deux à la même chose. Il n'en parlait pas, parce qu'il était Link, celui qui mangeait avec moi à la cafète quand tout le monde m'avait banni.

— Tout va bien.

Le problème allait se résoudre. Bien obligé. J'ignorais comment survivre sans elle.

— C'est dur d'assister à ça, mec. Elle te traite comme...

— Comme quoi ?

Ma question était un défi. Mes doigts se sont recroquevillés en deux poings. Je guettais un prétexte, n'importe lequel. J'étais sur le point d'exploser, il fallait que je me défoule sur quelque chose.

— Comme les filles me traitent, moi, d'habitude.

Je crois qu'il attendait que je lui en colle une. Il le désirait peut-être, si ça se trouve, du moment que ça me rendait service. Il a haussé les épaules, je me suis détendu. Link était Link, que j'aie ou non envie de le massacrer, parfois.

— Désolé, mon pote.

Il a eu un petit rire tout en s'éloignant dans le couloir d'un pas un peu plus rapide que d'ordinaire.

— Pas de souci, Dingo !

Tandis que je grimpais les marches menant à mon iné-vitable damnation, j'ai senti une bouffée de solitude fami-lière. Link avait sans doute raison. J'ignorais combien de temps encore les choses allaient tenir comme ça avec Lena. Tout avait changé. Si même Link s'en apercevait, force m'était d'admettre la vérité à mon tour. Mon ventre s'est remis à être douloureux, et je me suis attrapé le flanc, comme s'il m'était possible d'évacuer la souffrance en pressant dessus.

Où es-tu, L ?

Je me suis glissé derrière mon pupitre juste à l'instant où sonnait la cloche. Lena était assise au bureau voisin du mien, du côté de l'œil valide. Comme toujours. Sauf qu'elle ne se ressemblait plus.

Elle était habillée d'un tricot de peau à col en V trop grand pour elle, d'une jupe noire plus courte de plusieurs centimètres que celle qu'elle aurait mise trois mois aupa-ravant. On la voyait à peine sous le maillot de corps qui avait appartenu à Macon. Je ne remarquais presque plus qu'elle lui empruntait ses affaires. Accrochée à une chaîne qu'elle portait aussi au cou, elle arborait également sa bague, celle qu'il avait eu coutume de tourner autour de son doigt lorsqu'il réfléchissait. La chaîne était neuve, et la bague côtoyait l'anneau de ma mère. L'ancienne s'était brisée la nuit de son anniversaire et s'était perdue quel-que part dans les cendres. Je lui avais offert ce cadeau par amour, mais je n'étais plus très sûr qu'elle le vît ainsi maintenant. Pour une raison qui lui était propre, Lena transbahutait nos fantômes, les siens et les miens, refu-sant de se séparer d'un seul d'entre eux. Ma défunte mère, son défunt oncle, pris dans des cercles d'or, de platine et d'autres métaux précieux, suspendus au-dessus de son collier de colifichets et cachés sous les couches de coton qui ne lui appartenaient pas.

La mère English distribuait déjà les sujets. Elle n'a pas eu l'air très amusée en constatant que la moitié de la classe était en tenue de plage ou équipée d'une serviette de bain. Les deux, dans le cas d'Emily.

— Cinq réponses courtes, dix points par réponse, questions à choix multiple, vingt-cinq points, et dissertation, vingt-cinq également. Désolée, pas de Boo Radley[1] cette fois. Nous nous concentrons sur *L'Étrange Cas du docteur Jekyll et de M. Hyde*. Ce n'est pas encore les vacances, mes amis.

Nous avions étudié *Ne tirez pas sur l'oiseau moqueur* à l'automne. Ça m'a rappelé la première apparition de Lena en cours, avec à la main son vieil exemplaire abîmé.

— Boo Radley est mort, madame English. D'un pieu en plein cœur.

Si je n'ai pas identifié celle qui avait ainsi répondu, une des filles assises au dernier rang en compagnie d'Emily, j'ai compris, comme tout le monde, l'allusion à Macon. Le commentaire visait Lena, exactement comme au bon vieux temps. Je me suis tendu, cependant qu'une vague de rires secouait l'assistance. Je m'attendais à ce que les fenêtres se fracassent, un truc dans le genre, mais rien ne s'est produit, pas même une fissure. Lena n'a pas réagi. Soit elle n'écoutait pas, soit elle se fichait désormais des autres.

— Je parie que ce Vieux Fou de Ravenwood n'est même pas au cimetière. Son cercueil est sûrement vide. Pour peu qu'il en ait un.

Pour le coup, la voix était assez forte pour que la prof dirige son bon œil vers le fond de la salle.

— Boucle-la, Emily ! ai-je sifflé.

Cette fois, Lena s'est retournée vers la peste. Il n'a suffi que de cela – un seul regard. Emily a plongé le nez sur sa feuille d'examen, comme si elle savait ce dont parlait *Jekyll*

---

1. Personnage de *Ne tirez pas sur l'oiseau moqueur*, de Harper Lee (1960).

et Hyde. Aucune de ces pestes ne désirait ouvrir les hostilités avec Lena, elles voulaient juste colporter des ragots. Lena était le nouveau Boo Radley. Je me suis demandé ce que Macon aurait eu à en dire.

Je m'interrogeais toujours quand, au fond de la classe, quelqu'un a hurlé :

— Au feu ! À l'aide !

Emily brandissait son sujet qui, en effet, se consumait entre ses mains. Elle l'a lâché sur le linoléum sans cesser de brailler. S'emparant de son gilet posé sur le dossier de sa chaise, Mme English s'est ruée vers elle, virevoltant afin de pouvoir utiliser son œil valide. Trois bons coups de gilet, et le feu s'est éteint, réduit à une feuille noire et fumante sur une tache noire et fumante au sol.

— J'vous jure que c'était une espèce de combustion spotanée ! s'est écriée Emily. Ce truc s'est enflammé tout seul, pendant que j'écrivais.

La prof a ramassé un briquet noir et luisant sur son pupitre.

— Vraiment ? a-t-elle riposté. Prenez vos affaires. Vous expliquerez tout cela au proviseur Harper.

Emily est sortie en rage, tandis que la mère English reprenait sa place à l'avant de la classe. Quand elle est passée près de moi, j'ai vu que le briquet était frappé d'un croissant de lune argenté. Lena est retournée à son examen. J'ai contemplé son tricot de corps trop grand, le collier qui sonnaillait dessous. Ses cheveux étaient remontés en un drôle de chignon, une de ces nouveautés qu'elle ne s'était pas donné la peine de m'expliquer. J'ai enfoncé mon crayon dans son flanc. Cessant d'écrire, elle m'a regardé en m'adressant un demi-sourire forcé, le maximum qu'elle parvenait à s'arracher ces derniers temps. Je lui ai souri à mon tour, mais elle s'était déjà replongée dans son travail, à croire qu'elle préférait s'interroger sur les assonances et sur les consonances plutôt que de s'intéresser à moi. Comme si le spectacle que j'offrais lui était douloureux ou, pire, comme si elle n'avait tout bonnement pas envie de me voir.

À la sonnerie, Jackson s'est transformé en mardi gras. Les filles se sont débarrassées de leurs débardeurs pour courir à travers le parking en bikinis. On a vidé les casiers, jeté les cahiers de texte à la poubelle. Les bavardages ont muté en cris puis en braillements, tandis que les secondes devenaient premières, et les premières terminales. Les élèves obtenaient enfin ce dont ils avaient rêvé toute l'année : la liberté et un nouveau départ.

Tous, excepté moi.

Avec Lena, je me suis rendu sur le parking. Son sac se balançait au rythme de sa démarche et, à un moment, nous nous sommes frôlés. J'ai senti la même décharge électrique que plusieurs mois auparavant, mais elle était froide. Lena s'est écartée, m'évitant.

— Alors, comment ça s'est passé ? ai-je demandé pour faire la conversation, comme si nous étions deux inconnus.

— Quoi donc ?

— L'exam de littérature.

— Je pense l'avoir raté. Je n'ai pas lu grand-chose de ce que nous étions censés lire.

Difficile à imaginer, surtout qu'elle avait répondu sans faillir à toutes les questions quand nous avions étudié *Ne tirez pas sur l'oiseau moqueur*.

— Ah ouais ? Moi, j'ai cartonné. J'avais piqué un exemplaire du test dans le bureau de la mère English la semaine dernière.

Un beau mensonge. J'aurais préféré redoubler plutôt que voler, fruit de l'éducation dispensée par Amma. De toute façon, Lena ne m'écoutait pas. J'ai agité ma main sous ses yeux.

— L ? Tu es avec moi ?

J'aurais voulu lui raconter le rêve. Mais, pour ça, il aurait d'abord fallu qu'elle prenne conscience de ma présence.

— Pardon. Je suis préoccupée.

Elle a regardé ailleurs. Si la réaction était maigre, c'était plus que ce à quoi j'avais eu droit depuis des semaines.

— Par quoi ?

Elle a tergiversé.

— Rien.

Rien de bon ou rien dont tu puisses parler ?

Elle s'est arrêtée pour se tourner vers moi, refusant de me laisser entrer dans ses pensées.

— Nous déménageons de Gatlin, m'a-t-elle annoncé. Toute la famille.

— Hein ?

Je ne l'avais pas vue venir, celle-là. Au demeurant, Lena l'avait sûrement fait exprès. Elle m'avait tenu à distance de l'endroit où les choses se passaient et des émotions qu'elle n'avait pas envie de partager. Je m'étais seriné qu'elle avait besoin de temps. Sans piger que c'était de temps loin de moi dont il s'agissait.

— Je ne voulais pas t'en parler. Ce n'est que pour quelques mois.

— Est-ce que c'est lié à…

L'angoisse familière a pesé sur mon estomac comme du plomb.

— Non, ça n'a rien à voir avec elle, a répondu Lena en baissant les yeux. Bonne-maman et tante Del estiment qu'en quittant Ravenwood, j'y penserai moins. Que je penserai moins à lui.

« En te quittant. » Telle a été mon interprétation.

— Ça ne fonctionne pas comme ça, Lena.

— Quoi ?

— Ce n'est pas en t'enfuyant que tu oublieras Macon.

Elle s'est tendue sitôt que j'ai eu prononcé le prénom.

— Tiens donc ! C'est ce que ton manuel affirme ? J'en suis où ? À la cinquième étape ? La sixième au mieux ?

— À ton avis ?

— Je vais t'en donner une, moi, d'étape : oublie tout et file tant que tu en as la possibilité. Tu la colles où, celle-là ?

Je l'ai dévisagée.

— Tu souhaites vraiment t'en aller ?

Elle a joué avec son collier, effleurant les pans ténus de notre histoire, les choses que nous avions faites et vues ensemble. Elle tordait la chaîne avec tant de force que, un instant, j'ai eu peur qu'elle ne la casse.

— Je n'en sais rien, a-t-elle fini par répondre. Une partie de moi a envie de décamper pour ne plus jamais revenir, une autre trouve l'idée insupportable, parce qu'il aimait Ravenwood et qu'il me l'a légué.

Et c'est la seule raison ?

J'ai attendu, à l'affût de l'aveu qu'elle ne désirait pas me quitter non plus.

En vain.

J'ai changé de sujet.

— C'est peut-être pour ça que nous rêvons de cette fameuse nuit.

— Qu'est-ce que tu racontes ?

J'avais capté son attention.

— Notre rêve d'hier soir, celui de ton anniversaire. Enfin, ça ressemblait à ton anniversaire, sauf au moment où Sarafine me tuait. Ça avait l'air tellement réel. Je me suis réveillé avec ça.

J'ai soulevé mon tee-shirt, et elle a fixé la cicatrice rose et boursouflée qui formait une ligne en zigzag sur mon abdomen. J'ai cru qu'elle allait s'évanouir. Elle a blêmi, l'air complètement affolé. C'était la première fois depuis des semaines qu'elle manifestait une émotion quelconque en ma présence.

— J'ignore ce dont tu parles. Je n'ai pas rêvé, cette nuit.

À sa façon de le dire, à son expression, j'ai deviné qu'elle ne mentait pas.

— Bizarre. D'habitude, ça marche pour tous les deux en même temps.

Je m'incitais au calme, alors que mon cœur battait la chamade. Nous avions partagé des songes identiques avant même de nous rencontrer. Ils avaient été à l'origine des visites nocturnes de Macon dans ma chambre – il avait cherché à me voler les pans de visions oniriques qu'il voulait cacher à Lena. Par la suite, il avait révélé que le lien entre nous était si puissant que Lena rêvait mes rêves. Si ce n'était plus le cas, que fallait-il en conclure de notre lien ?

— C'était la nuit de ton anniversaire, tu m'appelais, ai-je insisté. Sauf que, quand je suis arrivé sur le toit de la crypte, c'était Sarafine qui m'y attendait, armée d'un poignard.

Lena a paru sur le point de vomir. J'aurais sans doute dû m'arrêter là, mais ça a été plus fort que moi. Il fallait que je poursuive, sans même savoir pourquoi.

— Que s'est-il exactement passé cette nuit-là, L ? Tu ne me l'as jamais dit. C'est peut-être pour ça que j'en rêve aujourd'hui.

Je ne peux pas, Ethan. Ne m'y oblige pas.

J'en suis resté comme deux ronds de flan. Elle était de retour dans ma tête, elle communiquait de nouveau par le Kelting. J'ai tenté de forcer la porte, de la pousser de quelques centimètres, de réintégrer ses pensées à elle.

Et si nous en discutions ? J'ai besoin que tu me parles.

Quoi qu'elle ressente en cet instant, elle a décidé de ne plus y réfléchir. La porte s'est refermée en claquant, séparant nos esprits.

— Tu sais très bien ce qui s'est passé, a-t-elle rétorqué. Tu es tombé en essayant d'escalader la crypte et tu t'es assommé.

— Mais qu'est devenue Sarafine ?

Lena a tiré sur la bride de son sac.

— Aucune idée. Nous étions au beau milieu d'un incendie, je te rappelle.

— Elle a donc disparu purement et simplement ?

— Je l'ignore. La fumée et les flammes m'aveuglaient et, le temps que le brasier se calme, elle n'était plus là.

Je l'ai sentie sur la défensive, comme si je l'avais, d'une façon ou d'une autre, mise en accusation.

— Et puis, a-t-elle repris, pourquoi en fais-tu tout un plat ? Tu as rêvé, pas moi. Et alors ? Ce truc est différent des précédents. Ça ne signifie rien de spécial.

Elle s'est remise à marcher. Lui bloquant le chemin, j'ai soulevé une nouvelle fois mon tee-shirt.

— Comment expliques-tu ça, alors ?

La balafre paraissait fraîche, cicatrisée il y a peu. Lena a écarquillé les yeux, et le soleil de ce premier jour d'été s'est reflété dedans. Leur couleur noisette avait des éclats dorés. Elle n'a pas pipé mot.

— Et la chanson ? ai-je insisté. Elle a changé. Je sais que tu l'entends, toi aussi. « Le temps presse » ? Est-ce que nous allons enfin aborder ce sujet ?

Elle a commencé à reculer – sa façon de me répondre, j'imagine. Ça m'était désormais égal, plus rien n'avait d'importance : à présent que j'étais lancé, il était exclu que je m'arrête.

— Il se trame quelque chose, non ?

Elle a secoué la tête.

— Qu'est-ce que c'est ? Lena...

À cet instant, Link m'a interrompu en nous rejoignant. Il m'a flanqué un coup de serviette dans les jambes.

— On dirait bien que personne n'ira au lac aujourd'hui à part vous deux ! a-t-il lancé.

— Pardon ?

— Vise un peu les pneus, ô Grand Indigné ! Ils ont tous été crevés. Même ceux de La Poubelle.

— Quoi ?

Gros Lard, le flic du bahut chargé de traquer ceux qui séchaient les cours, allait prendre son pied. J'ai fait le compte du nombre de bagnoles garées ici. Il y en avait assez pour que l'affaire remonte jusqu'à Summerville, peut-être même jusqu'au bureau du shérif. Un vandalisme de cette ampleur dépassait largement les compétences de Gros Lard.

— Toutes les caisses y ont eu droit, sauf celle de Lena, a enchaîné Link en désignant le coupé.

J'avais encore du mal à accepter qu'il s'agissait de sa voiture. En tout cas, c'était l'émeute sur le parking. Savannah était pendue à son téléphone portable, Emily enguirlandait Eden Westerly. L'équipe de basket et ses groupies étaient coincées.

— Je ne te reproche rien en ce qui les concerne, mais tu étais obligée de t'en prendre à La Poubelle ? a demandé Link à Lena en lui donnant un coup d'épaule.

Je l'ai fixée. Elle s'était pétrifiée.

Lena ? C'est toi ?

— Je n'ai rien à voir là-dedans, a-t-elle soufflé.

Quelque chose clochait. L'ancienne Lena nous aurait arraché la tête pour avoir seulement suggéré sa responsabilité.

— Tu crois que c'est Ridley ou…

Je me suis tu, ne tenant pas à prononcer le nom de Sarafine devant Link.

— Non, pas Ridley, a répondu Lena d'une voix transformée, hésitante. Crois-le ou non, elle n'est pas la seule à détester les Mortels.

Je l'ai contemplée avec des yeux ronds. C'est Link qui a posé la question qui me brûlait la langue.

— Comment le sais-tu ?

— Je le sais.

Par-dessus le chaos ambiant, un moteur a soudain rugi. Un type à moto en tee-shirt noir a sinué entre les voitures, crachant de la fumée à la tronche des *cheerleaders* furibondes avant de disparaître sur la route. Comme le conducteur portait un casque, il était impossible de l'identifier autrement que par sa Harley. Mon ventre s'est noué, car l'engin ne m'était pas inconnu. Où l'avais-je croisé ? Personne ne possédait de bécane, au lycée. Ce qui s'en rapprochait le plus était le quad de Hank Porter, qui ne fonctionnait plus depuis qu'il s'en était servi lors de la dernière fête organisée par Savannah. Du moins, c'est ce qu'on m'avait raconté, puisque je n'avais plus l'honneur d'être invité à ces pince-fesses.

Quant à Lena, elle avait l'air d'avoir rencontré un fantôme.

— Filons ! a-t-elle décrété.

Elle s'est dirigée vers sa voiture à une telle allure qu'elle semblait courir.

— Pour aller où ? ai-je protesté en essayant de la rattraper, tandis que Link trottinait sur mes talons.

— N'importe où, sauf ici.

— Si ce n'était pas Ridley, pourquoi tes pneus ont-ils été épargnés ? ai-je demandé pour la énième fois.

L'incident du parking n'avait pas de sens, or je n'arrivais pas à me l'ôter de la tête. Pareil pour la moto. En vertu de quoi l'avais-je reconnue ?

— Sûrement une coïncidence, a éludé Lena en fixant l'eau.

— Ben tiens !

Ni elle ni moi ne croyions aux coïncidences. J'ai ramassé une poignée de sable brun grossier. En dehors de Link, nous avions le lac pour nous seuls. Le reste du bahut faisait sûrement la queue à la station-service afin d'acheter de nouveaux pneus avant que s'épuisent les stocks d'Ed.

Ailleurs qu'à Gatlin, on aurait remis ses chaussures, traité le sable de boue et cette partie du lac de marécage. Mais les eaux troubles du lac Moultrie étaient ce qui se rapprochait le plus d'une piscine. Tout le monde s'installait sur sa rive nord, parce qu'elle était à la lisière des bois et qu'il fallait marcher un bon bout après avoir garé sa voiture, si bien qu'on ne croisait jamais personne d'autre que des lycéens, et surtout pas ses parents.

J'ignorais ce que nous fabriquions ici. Disposer des lieux était étrange, dans la mesure où Jackson au grand complet avait prévu d'y finir la journée. Lorsque Lena m'avait dit qu'elle voulait venir ici, j'en avais été ébahi. Comme elle insistait, j'avais cédé, et nous étions donc là, Link pataugeant dans la flotte, et nous deux partageant une serviette sale que mon pote avait dénichée à l'arrière de La Poubelle avant que nous partions.

Lena s'est tournée vers moi. Pendant une minute, tout a paru redevenir normal, elle a semblé avoir envie d'être avec moi sur cette serviette. Malheureusement, l'impression a duré juste le temps que s'installe le silence. Sa peau pâle luisait sous le fin tricot de corps qui y collait dans la touffeur humide et suffocante d'une journée de juin en Caroline du Sud. Les stridulations des cigales noyaient presque notre embarrassant mutisme. Presque. La jupe noire de Lena ondulait bas sur ses hanches. Pour la centième fois, j'ai regretté que nous n'ayons pas nos maillots. Je n'avais jamais vu Lena en tenue de bain. Je me suis efforcé de chasser cette pensée de mon cerveau.

Aurais-tu oublié que je t'entends ?

J'ai tressailli. Ça recommençait. Elle réapparaissait dans mon esprit – c'était la seconde occurrence aujourd'hui – comme si elle ne l'avait jamais déserté. Un coup, elle m'adressait à peine la parole, le coup suivant, elle se comportait comme si nos relations ne s'étaient pas modifiées. Nous aurions dû en discuter, sauf que je n'avais plus la force de me disputer.

Reconnais que tu serais inoubliable en bikini, L.

Se penchant vers moi, elle a fait passer mon tee-shirt délavé par-dessus mon crâne. Quelques-unes de ses mèches folles ont caressé mes épaules. Elle a glissé un bras derrière ma nuque, m'a attiré vers elle. D'aussi près, j'ai distingué les reflets ambrés du soleil dans ses prunelles.

Je ne me souvenais pas que celles-ci eussent été aussi dorées.

Me jetant mon vêtement au visage, elle s'est sauvée en direction du lac et y a plongé tout habillée en riant comme une petite fille. Elle n'avait ni ri ni plaisanté depuis des mois. À croire qu'on me la rendait, le temps d'un après-midi, même si j'ignorais pour quelle raison. Je me suis interdit d'y réfléchir plus avant et me suis lancé à sa poursuite, me ruant dans les eaux peu profondes des berges.

— Arrête !

Elle m'a éclaboussé, je lui ai rendu la pareille. Ses fringues dégoulinaient, mon short aussi. La sensation était cependant agréable, au soleil. Au loin, Link nageait vers la jetée. Nous étions tranquilles.

— Attends, L !

M'adressant un sourire par-dessus son épaule, elle s'est enfoncée sous la surface.

— Tu ne vas pas t'en tirer aussi facilement.

J'ai attrapé sa cheville avant qu'elle disparaisse, l'ai tirée vers moi. Hilare, elle s'est débattue comme une anguille, m'entraînant avec elle sous la flotte.

— Je crois avoir frôlé un poisson ! a-t-elle piaillé.

Je l'ai prise par la taille. Nous nous faisions face, seuls au monde avec le soleil et l'eau. Il était désormais impossible que nous nous évitions.

— Je ne veux pas que tu partes. Je veux que les choses redeviennent ce qu'elles étaient. On ne pourrait pas revenir en arrière, tu sais, comme avant...

— Chut ! m'a-t-elle coupé en plaquant un doigt sur mes lèvres.

Une bouffée de chaleur s'est répandue dans tout mon corps. J'avais presque oublié cette sensation, cette brûlure, ce courant électrique. Elle a noué mes bras derrière mon dos, a posé son front contre mon torse. J'ai eu l'impression que de la vapeur s'échappait de ma peau, me picotant là où elle me touchait. Je n'avais pas été aussi proche d'elle depuis des semaines. J'ai respiré profondément. Citrons et romarin... et quelque chose d'autre. Quelque chose de nouveau.

Je t'aime, L.

Je sais.

Elle a relevé la tête, je l'ai embrassée. Elle s'est fondue dans mon étreinte comme elle ne l'avait pas fait depuis tellement longtemps. Le baiser nous a amenés à bouger, comme victimes d'une espèce d'Enchantement propre à nous. Je l'ai soulevée, ses jambes suspendues par-dessus le nœud de mes bras. Dans une cascade d'eau, je l'ai portée jusqu'à la serviette. Nous nous sommes roulés dans le sable sale. La chaleur qui émanait de nous s'est sublimée en incendie. La passion nous égarait, il fallait que nous récupérions le contrôle de la situation.

L.

Elle haletait sous le poids de mon corps. De nouveau, nous avons roulé, j'ai tenté de reprendre haleine. Rejetant la tête en arrière, elle s'est esclaffée, déclenchant un frisson qui a couru le long de ma colonne vertébrale. Ce rire venait droit de mon rêve. C'était celui de Sarafine. Lena riait exactement comme elle.

Lena.

Me racontais-je des histoires ? Avant de pouvoir répondre à ma question, je me suis retrouvé sous elle et je n'ai plus pensé à rien. J'étais perdu dans les secondes, entrelacé en elle. Ma poitrine s'est serrée, j'ai senti mon pouls se ralentir. J'avais conscience que, si nous ne nous interrompions pas très vite, je finirais aux urgences, voire pire.

Lena !

Une douleur fulgurante a déchiré mes lèvres. La repoussant, je me suis écarté, ahuri. Lena s'est éloignée elle aussi, se redressant sur ses genoux. Ses yeux flamboyaient, immenses et or, presque dénués de toute trace de vert. Sa respiration était heurtée. Me pliant en deux, j'ai tenté de reprendre mon souffle. Tous mes nerfs avaient été incendiés l'un après l'autre. Lena a relevé la tête, et j'ai à peine aperçu son visage à travers l'emmêlement de ses cheveux pleins de sable. J'ai surtout distingué l'étrange éclat doré de ses iris.

— Évite-moi.

Elle avait parlé lentement, comme si ces mots provenaient du plus profond d'elle-même, d'un endroit insondable. Link était sorti de l'eau et essuyait ses cheveux hérissés avec sa serviette. Il avait l'air ridicule, avec les lunettes de natation en plastique que sa mère, depuis l'enfance, l'obligeait à mettre dès qu'il se baignait.

— J'ai loupé quelque chose ? nous a-t-il lancé.

J'ai porté la main à mes lèvres, grimacé, regardé mes doigts. Du sang.

Lena s'est mise debout, a commencé à reculer.

J'aurais pu te tuer.

Tournant les talons, elle a filé sous le couvert des arbres.

— Lena !

Je me suis précipité derrière elle.

Courir pieds nus dans les bois de Caroline du Sud n'est pas un exercice que je recommanderais. Nous venions de subir une vague de canicule, et les berges du lac étaient parsemées d'aiguilles de cyprès desséchées qui ont entamé ma peau comme des milliers de minuscules couteaux. Pourtant, j'ai continué à galoper. J'entendais Lena plus que je la voyais, tandis qu'elle fonçait devant moi à travers les arbres.

Évite-moi !

Une épaisse branche de pin s'est fendue puis brisée sans prévenir, s'écrasant sur le sentier, à deux doigts de moi. Déjà, une deuxième branche gémissait un peu plus loin.

Tu es folle ou quoi, L ?

Les bouts de bois dégringolaient autour de moi, me loupant de peu. Pas assez près pour me toucher, suffisamment quand même pour transmettre leur message.

Ça suffit !

Ne me suis pas, Ethan ! Fiche-moi la paix !

Comme la distance entre nous augmentait, j'ai accéléré. Les troncs et les buissons défilaient à toute vitesse. Lena zigzaguait entre les arbres sans suivre de chemin précis, mais se dirigeait vers la nationale. Un nouveau pin s'est abattu devant moi, s'emmêlant aux arbres voisins. J'étais piégé. Dans l'effondrement, un nid de balbuzard avait basculé, un crime que Lena n'aurait jamais commis si elle avait été dans son état normal. J'ai effleuré les brindilles, en quête d'œufs détruits.

Le rugissement d'une moto m'est parvenu, mon ventre s'est noué. Je me suis faufilé dans la ramure. Malgré mon visage écorché et en sang, j'ai réussi à atteindre la route à temps pour voir Lena grimper à l'arrière d'une Harley.

Que fais-tu, L ?

Une seconde, elle m'a regardé avant de disparaître, sa chevelure brune volant dans son sillage.

Je me tire d'ici.

Ses bras blancs agrippaient la taille du motard qui avait filé du parking de Jackson, celui qui avait crevé les pneus des voitures. La bécane. Ça me revenait enfin. Elle avait figuré sur l'une des photos que Lena avait prises dans le cimetière, celle qu'elle avait décrochée sitôt que je l'avais interrogée à ce sujet.

Elle n'était pas du genre à sauter sur la selle d'un inconnu.

Conclusion, elle le connaissait.

Ce qui était peut-être pire.

12 juin
LE BELLÂTRE ENCHANTEUR

Link et moi n'avons guère parlé en revenant du lac. Nous avions la voiture de Lena, mais je n'étais pas en état de conduire. Mes pieds étaient entaillés, et je m'étais foulé la cheville en tentant d'escalader le dernier arbre abattu. Link s'en fichait. Il était ravi de pouvoir enfin s'asseoir au volant du coupé.

— La vache, ce moteur déménage ! Ça, c'est de la bagnole de frimeur !

Son idolâtrie était agaçante, aujourd'hui. La tête me tournait, et je n'avais pas envie de l'entendre s'extasier pour la centième fois sur la bagnole de Lena.

— Alors, appuie sur le champignon, mec. Nous devons la retrouver. Elle a filé en stop sur la moto d'un type.

Je ne me suis pas résolu à avouer qu'il y avait toutes les chances pour qu'elle connaisse le type en question. Quand avait-elle photographié la Harley au cimetière ? J'étais si énervé que j'ai balancé mon poing dans la portière de la caisse. Heureusement, Link s'est gardé d'énoncer l'évidence : Lena m'avait fui. Il était clair qu'elle ne tenait pas à ce que je la découvre. Il s'est donc contenté de conduire,

117

tandis que je regardais par la vitre, le vent chaud accentuant la brûlure des multiples coupures de mon visage.

Cela faisait un moment que les choses allaient mal entre nous. Simplement, j'avais refusé de l'admettre. Je ne savais pas trop si c'était parce qu'on nous avait fait quelque chose, parce que je lui avais fait quelque chose ou parce qu'elle m'avait fait quelque chose. Et si cela était lié à des étapes du deuil, fort différentes des miennes, surnaturelles, issues des Ténèbres ? Si cela concernait ce que nous redoutions depuis le début ?

Une fois encore, j'ai défoncé la portière.

— Je suis sûr que Lena va bien, a lâché Link. Elle a juste besoin d'air. Les filles n'arrêtent pas de réclamer qu'on leur laisse un peu d'air.

Il a allumé la radio.

— Ah ! La stéréo de la mort ! a-t-il commenté.

— On s'en moque.

— Hé, et si on allait au Dar-ee Keen, des fois que Charlotte bosse ? On pourra peut-être la brancher, surtout si on débarque dans cette super bagnole.

Link s'efforçait de me changer les idées. En vain.

— Comme si quelqu'un en ville ignorait de quelle voiture il s'agissait ! ai-je rétorqué. Nous devrions la ramener à Ravenwood, de toute façon. Tante Del va s'inquiéter.

Et ça me donnerait une bonne excuse pour voir si la Harley était ou non là-bas.

— Tu veux débarquer chez eux avec la caisse de Lena, mais sans elle ? a protesté Link qui ne renonçait pas facilement. Histoire de ne pas inquiéter tante Del ? Tu délires. Arrêtons-nous pour manger une glace et réfléchir. Si ça se trouve, Lena sera au Dar-ee Keen. C'est juste à côté de la nationale.

Il n'avait pas tort. Pour autant, je ne m'en suis pas senti mieux. Plutôt pire.

— Puisque tu apprécies tant ce boui-boui, tu aurais dû décrocher un job là-bas. Ah ! oui, c'est vrai, j'allais oublier.

Tu ne peux pas, parce que tu vas passer ton été à disséquer des grenouilles en compagnie de tous les condamnés à perpète qui ont raté leur exam de bio.

Les condamnés à perpète étaient les élèves de terminale qui ne décrochaient jamais leur bac, bien qu'ils donnent l'impression de passer leur vie au bahut. Ceux qui, des années plus tard, arboraient leur veste de sport aux couleurs de Jackson tout en travaillant au Stop & Steal.

— Tu peux parler, vu le boulot nul que tu t'es trouvé ! La bibliothèque ? Ça craint.

— Je pourrais te brancher avec un bouquin si tu savais lire.

Mon projet estival de travailler en compagnie de Marian stupéfiait Link, ce dont je me souciais comme d'une guigne. La langue me démangeait encore de questions au sujet de Lena, de sa famille, des Enchanteurs des Ténèbres et de la Lumière. Pourquoi Lena ne s'était-elle pas Appelée à son seizième anniversaire ? Ce genre de truc semblait pourtant inévitable. Était-elle véritablement en mesure de choisir entre Lumière et Ténèbres ? Était-ce aussi aisé ? Depuis que le *Livre des lunes* avait été détruit dans l'incendie, la *Lunae Libri* était le seul endroit susceptible de renfermer des réponses à mes interrogations.

Ensuite, il y avait les autres mystères. Je me suis interdit de penser à ma mère, à des inconnus en moto, à des cauchemars, à des lèvres sanglantes et à des yeux dorés. À la place, j'ai contemplé le défilement flou des arbres, dehors.

Le Dar-ee Keen était bondé. Rien de bien surprenant, car c'était l'un des très rares lieux accessibles à pied depuis le lycée. L'été, il suffisait de suivre les mouches pour trouver son chemin. Autrefois Dairy King, les Gentry l'avaient racheté pour le transformer en Dairy Queen, mais n'avaient pas voulu dépenser l'argent nécessaire à une nouvelle enseigne. Aujourd'hui, les clients paraissaient encore plus en sueur et furax que d'ordinaire. Marcher sur un kilomètre et demi dans la chaleur de la Caroline du Sud et louper le premier jour de drague arrosé de bière tiède sur les bords du lac ne correspondait pas du tout à l'idée que chacun se faisait de la fin de l'année. Un peu comme si on avait décidé d'annuler la fête nationale.

Emily, Savannah et Eden étaient installées à la meilleure table avec l'équipe de basket. Elles étaient pieds nus, en hauts de bikini et ultra minijupes en jean, du style dont on laisse un bouton ouvert, offrant des visions aussi fugitives qu'évocatrices de leurs slips de bain sans pour autant en montrer trop. L'humeur était morose. Comme il ne restait plus un pneu neuf dans Gatlin, la moitié des véhicules étaient en rade sur le parking de Jackson. Cela n'empêchait pas bon nombre de gloussements sonores et de grands effets de mèche. Emily débordait de son soutien-gorge, ce qui enivrait Emory, sa dernière victime en date.

— Bon sang, a soupiré Link en secouant la tête. Ces deux-là seraient prêts à tout pour être le centre du monde. Les mariés à la noce et le cadavre à l'enterrement.

— Du moment qu'ils ne m'invitent ni à l'un ni à l'autre.

— Toi, tu as besoin de sucre. Je m'en occupe. Tu veux quoi ?

— Rien, merci. Tu as du fric ?

Il n'en avait jamais.

— Nan ! Je m'arrangerai pour séduire Charlotte.

À force de tchatche, Link arrivait à se débrouiller de n'importe quelle situation. Je me suis frayé un passage au milieu de la foule, aussi loin que possible d'Emily et de Savannah, et j'ai fini par m'affaler à la pire des tables, entre les étagères de cannettes et de bouteilles provenant de toutes les régions du pays. Certains sodas étaient là depuis l'enfance de mon père, et on distinguait les différents niveaux de sirop, brun, orange, rouge, tassés au fond des flacons après des lustres d'évaporation. J'imagine que le spectacle était plutôt répugnant, entre ces boissons des années 1950 en guise de papier peint et les mouches. On finissait par ne plus les remarquer, toutefois.

Assis sur ma banquette, j'ai contemplé ces limonades à l'agonie, mon humeur aussi noire que les restes de sirop. Qu'était-il arrivé à Lena, tout à l'heure ? Nous avions échangé des baisers et, la seconde suivante, elle m'avait fui. Tout cet ambre dans ses yeux... Je n'étais pas idiot, j'en comprenais la signification. Les Enchanteurs de la Lumière avaient les iris verts, ceux des Ténèbres, les iris or. Si Lena n'avait pas encore complètement viré au mordoré, ce dont j'avais été témoin au lac suffisait à me pousser à l'introspection.

Une mouche s'est posée sur la table rouge brillant. Je l'ai fixée. Un maelström familier m'a secoué l'estomac – frayeur et panique qui viraient à une colère sourde. J'étais si furieux contre Lena que j'ai failli balancer mon poing dans la vitre me séparant du box voisin. En même temps, j'avais envie de savoir ce qui se tramait, et qui était ce fichu motard. Cela fait, je devrais lui botter le cul.

Link s'est glissé en face de moi, armé de la glace la plus grosse qui fût. Dix bons centimètres de crème s'élevaient au-dessus de la coupe en plastique.

— Charlotte a du potentiel, a-t-il décrété en léchant sa paille.

Même l'odeur douceâtre qui émanait de sa sucrerie me donnait la nausée. J'ai eu l'impression que la sueur, le graillon et les mouches, les Emory et les Emily se refermaient sur moi.

— Lena n'est pas là. Partons.

Il m'était impossible de rester ici comme si de rien n'était. Link, lui, si. Qu'il pleuve ou qu'il vente.

— Calmos. J'aurai fini dans cinq minutes.

À cet instant, Eden est passée devant nous, en route pour renouveler son Coca light. Elle nous a gratifiés d'un sourire faux comme jamais.

— Quel couple charmant ! Tu vois, Ethan, ce n'était pas la peine de perdre ton temps avec cette p'tite vandale doublée d'une briseuse de fenêtres.

— Ce n'est pas elle qui a crevé tes pneus, Eden.

J'étais conscient de ce qui allait se raconter. Il fallait que je leur boucle le caquet avant que leurs maternelles s'en mêlent.

— Ouais, c'est moi, est intervenu Link, la bouche pleine de glace. Lena a juste aidé, c'est moi qui y ai pensé le premier.

Il ne résistait pas au plaisir d'embêter l'équipe de *cheerleaders*. Pour elles, Lena était un sujet de vieille plaisanterie qui n'amusait plus, mais que personne n'arrivait à laisser tomber. Ainsi vont les choses, dans les petites villes. Une fois établie l'opinion qu'on a sur quelqu'un, elle ne varie pas d'un pouce, quand bien même la victime concernée, elle, change. Ces filles continueraient de croire dur comme fer que Lena était la dingue qui avait détruit la vitre en cours de littérature, y compris quand elle serait arrière-grand-mère. Et comme la majorité des élèves n'auraient pas bougé de Gatlin...

Moi si, en revanche. Du moins, tant que les choses resteraient les mêmes dans ce bled. C'était la première fois depuis l'installation de Lena chez nous que je songeais à partir. Jusqu'alors, la boîte à chaussures pleine de dépliants sur diverses universités n'avait pas quitté le dessous de mon lit. Tant que j'avais eu Lena, j'avais cessé de compter les jours me séparant de mon départ d'ici.

— Oh, mon Dieu ! Mais qui c'est, ça ?

La voix d'Eden a résonné avec un peu trop de force. La clochette de la porte du restaurant a tintinnabulé quand le battant s'est refermé. Soudain, on se serait cru dans un film de Clint Eastwood, lorsque le héros pénètre dans le saloon juste après avoir descendu la ville entière. Le cou de chacune des filles assises dans le coin a brutalement pivoté vers l'entrée dans une volée de queues-de-cheval blondes et sales.

— Je l'ignore, mais j'aimerais bien l'apprendre, a ronronné Emily en débarquant derrière Eden.

— Je ne l'ai jamais vu. Et toi ?

Mentalement, Savannah passait en revue l'annuaire du lycée.

— Certainement pas ! Je ne l'aurais pas oublié, celui-là.

Le malheureux ! Emily l'avait dans sa ligne de mire – cible repérée, arme chargée. Il n'avait pas la moindre chance de lui échapper. Je me suis retourné afin de regarder le mec qu'Earl et Emory ne manqueraient pas de démolir dans les règles de l'art dès qu'ils s'apercevraient que leurs copines bavaient devant lui.

Debout sur le seuil, il portait un tee-shirt noir usé, un jean et des rangers éculés. Certes, de ma place, je ne distinguais pas l'usure de ses chaussures, mais je savais qu'elles étaient éraflées. Il était en effet habillé comme lors de notre dernière rencontre, le matin où il s'était évaporé, après les obsèques de Macon. C'était l'inconnu. L'Incube qui n'en était pas un. L'Incube du soleil. M'est revenu en mémoire le moineau d'argent dans la paume de Lena endormie sur mon lit.

Que fichait-il ici ?

Un tatouage noir genre tribal s'enroulait autour de son bras. J'avais déjà vu ça quelque part. Sentant une lame s'enfoncer dans mon ventre, j'ai effleuré ma cicatrice. Elle était douloureuse.

Savannah et Emily ont gagné le comptoir, adoptant l'air de celles qui vont commander une boisson forte. Comme si elles buvaient autre chose que du Coca light !

— Qui c'est ? a demandé Link.

Non seulement il n'avait pas l'esprit de compétition, mais en plus il était hors course, ces derniers temps.

— Aucune idée. Sauf qu'il était à l'enterrement de Macon.

— C'est un cousin de Lena ? a insisté mon copain sans le quitter des yeux.

— Non. J'ignore ce qu'il est. En revanche, je suis sûr qu'il n'est pas de la famille.

Pourtant, il avait assisté aux funérailles, avait rendu hommage à Macon. Il n'empêche, il émanait de cet étranger quelque chose de mal, je l'avais senti dès le début. De nouveau, la clochette a retenti.

— Hé, Gueule d'Ange ! Attends-moi !

Je me suis figé. J'aurais reconnu cette voix n'importe où. Link fixait la porte lui aussi, comme s'il venait de voir un fantôme ou pire...

Ridley.

La cousine de Lena, Enchanteresse des Ténèbres, était aussi dangereuse, aguicheuse et court-vêtue que d'habitude – enfin presque : nous étions en été, et elle avait encore moins de vêtements. Elle était habillée d'un débardeur moulant en dentelle noir et d'une jupe de la même couleur, si courte qu'elle avait dû être taillée pour une gamine de dix ans. Ses jambes en paraissaient encore plus longues, en équilibre sur des sandales aux talons aiguilles vertigineux et redoutables, susceptibles d'être plantés dans le cœur d'un vampire. À présent, les nanas n'étaient plus les seules à avoir la bouche béante. La plupart des élèves avaient assisté au bal d'hiver du lycée que Ridley avait fichu en l'air tout en parvenant à être la plus belle des filles présentes, à une exception près.

S'adossant au mur, elle a étiré ses bras au-dessus de sa tête, comme si elle s'éveillait d'une sieste profonde. Elle a noué ses doigts ensemble, s'étirant encore plus et révélant au passage davantage de peau et le tatouage noir qui encerclait son nombril et ressemblait beaucoup à celui que son ami arborait sur le biceps. Elle lui a ensuite murmuré quelques mots à l'oreille.

— Bon Dieu de bois, c'est elle ! a marmonné Link qui digérait lentement la chose.

Il n'avait pas revu Ridley depuis l'anniversaire de Lena, quand il l'avait persuadée de ne pas tuer mon père. Il n'avait pas eu besoin de la voir pour penser à elle, cependant. Il était même évident qu'il y avait énormément pensé, à en juger par le nombre de chansons qu'il avait écrites depuis la soudaine disparition de la demoiselle.

— Tu crois qu'elle est à la colle avec ce type ? Et qu'il est comme elle ?

Autrement dit, un Enchanteur des Ténèbres. Ce que Link ne pouvait se résoudre à formuler.

— J'en doute. Ses yeux ne sont pas jaunes.

Néanmoins, il était quelque chose, et je ne savais pas quoi.

— Ils rappliquent, a chuchoté Link en se concentrant sur sa glace.

Ridley était déjà à notre table.

— Tiens, tiens, tiens ! a-t-elle susurré. Si ce ne sont pas là mes deux chéris d'amour. John et moi mourions de soif.

Elle a rejeté ses cheveux blonds aux mèches roses derrière ses épaules avant de se glisser sur la banquette et d'inviter l'étranger à s'asseoir, ce qu'il n'a pas fait.

— John Breed.

Il a énoncé ça comme si c'était son nom, comme s'il se présentait. Il me dévisageait. Ses prunelles étaient vertes, à l'instar de celles de Lena autrefois. Qu'est-ce qu'un Enchanteur de la Lumière fabriquait en compagnie de Ridley ? Cette dernière lui a souri.

— C'est celui de Lena, a-t-elle lancé avec un geste méprisant de ses ongles violets à mon adresse. Tu sais, celui dont je t'ai parlé.

— Je suis le petit copain de Lena, Ethan.

John a semblé surpris, mais ça n'a duré qu'une seconde. C'était le genre de mec à se la jouer cool, comme s'il était certain que tout finirait par tourner à son avantage.

— Lena ne m'a jamais dit qu'elle avait un ami.

Je me suis raidi. Il connaissait Lena, or je ne savais pas qui il était, lui. Il l'avait revue depuis l'enterrement ou, pour le moins, avait discuté avec elle. Quand cela avait-il eu lieu, et pourquoi me l'avait-elle caché ?

— Et jusqu'à quel point exactement connais-tu ma copine ?

Je m'étais exprimé avec trop de force, j'ai senti les regards converger vers nous.

— Du calme, Courte Paille, est intervenue Ridley. On se baladait juste dans les parages. Alors, a-t-elle ajouté en se tournant vers Link, comment vas-tu, Chaud Bouillant ?

— Bien, a-t-il couiné en se raclant la gorge, mal à l'aise. Très bien. Je te croyais partie.

Elle n'a pas relevé. Je continuais à toiser John qui, de son côté, me rendait la pareille, me jaugeant. Il devait réfléchir aux mille et une manières de se débarrasser de moi. Il était en quête de quelque chose ou de quelqu'un, et je le gênais. Sinon, Ridley n'aurait pas débarqué ici avec lui, pas quatre mois après les événements.

— Tu n'es pas la bienvenue ici, Ridley, ai-je lâché sans quitter des yeux l'inconnu.

— Ne monte pas sur tes grands chevaux, l'Amoureux, a-t-elle riposté avec décontraction. On ne faisait que passer sur le chemin vers Ravenwood.

— Ravenwood ? me suis-je marré. Ils ne te laisseront pas approcher. Lena préférerait encore mettre le feu à la baraque.

Lena et Ridley avaient grandi ensemble, telles des sœurs, jusqu'à ce que la seconde vire aux Ténèbres. Ridley avait aidé Sarafine à retrouver Lena pour son anniversaire, ce qui avait failli nous tuer tous, mon père compris. Jamais Lena n'accepterait de la fréquenter.

— Les temps changent, Courte Paille, a-t-elle cependant souri. Si je ne suis pas dans les meilleurs termes avec le reste de la famille, Lena et moi avons toutefois réglé nos différends. Tu n'as qu'à lui poser la question.

— Tu mens.

Elle a déballé une sucette à la cerise. Sous des dehors innocents, la friandise était son arme la plus redoutable.

— Il est clair que tu as du mal avec la confiance, m'a-t-elle lancé. J'aimerais beaucoup t'aider à résoudre ce problème, mais nous devons filer. Et faire le plein de la moto de John avant que cette station-service de rustauds soit à court de carburant.

J'ai agrippé le rebord de la table. Mes jointures ont blanchi. *Sa* moto. Elle était garée juste devant le Dar-ee Keen, et j'étais prêt à parier qu'il s'agissait d'une Harley. De la bécane que j'avais vue sur le mur de la chambre de Lena. John Breed avait ramené Lena du lac Moultrie. J'ai soudain compris qu'il n'avait pas l'intention de disparaître, qu'il serait là, à l'affût, la prochaine fois que Lena aurait besoin qu'on la conduise quelque part.

Je me suis levé. Je ne savais pas trop quelles étaient mes intentions, mais Link, si. Quittant le box à son tour, il m'a poussé en direction de la porte.

— Partons d'ici, mec.

— Tu m'as vraiment manqué, Dingo Dink ! a lancé Ridley derrière nous.

Elle s'était efforcée d'adopter un ton ironique, comme si c'était là une de ses plaisanteries coutumières, mais le sarcasme s'est coincé dans sa gorge, et sa phrase a pris des accents de vérité. Abattant ma paume sur la porte, je l'ai ouverte brutalement. Avant qu'elle se referme, j'ai eu le temps d'entendre la voix de John.

— Ravi de t'avoir rencontré, Ethan. Salue Lena de ma part.

Mes mains tremblaient, Ridley s'est esclaffée. Aujourd'hui, elle n'avait pas eu besoin de mentir pour me blesser. La vérité lui avait suffi.

Nous n'avons pas échangé un mot sur le trajet de Ravenwood. Ni Link ni moi ne savions que dire. Tel est l'effet que les filles produisent sur nous, les gars. Surtout les Enchanteresses. Au sommet du long chemin, nous avons trouvé les grilles closes, une première. Le lierre avait envahi le fer forgé tordu, à croire qu'il avait toujours poussé là. Sortant de la voiture, je me suis approché du portail afin de l'ouvrir, conscient cependant qu'il resterait fermé. J'ai contemplé la demeure. Les fenêtres étaient obscures, le ciel qui la surplombait paraissait plus noir qu'ailleurs.

Qu'était-il arrivé ? J'aurais pu admettre que Lena pète un plomb au lac et qu'elle se sente obligée de s'enfuir. Mais pourquoi lui ? Pourquoi le Bellâtre Enchanteur à moto ? Depuis combien de temps traînait-elle avec lui sans m'en avoir parlé ? Et qu'est-ce que Ridley venait faire dans cette histoire ?

Jamais je n'avais été aussi en colère contre Lena. Être agressé par quelqu'un qu'on détestait était une chose. Ceci en était une tout autre. Il s'agissait du genre de souffrance que seul pouvait vous infliger une personne que vous aimiez et dont vous aviez cru qu'elle vous aimait également. C'était comme un coup de poignard de l'intérieur.

— Ça va, mec ? a demandé Link en claquant sa portière.

— Non.

J'ai contemplé l'allée devant nous.

— Moi non plus, a marmonné Link.

Il a balancé les clés du coupé par la vitre ouverte, et nous sommes redescendus vers la ville à pied. Link se retournait constamment pour vérifier si une Harley ne surgissait pas dans notre dos. De mon côté, je ne pensais pas que nous la verrions. Cette moto si spéciale n'avait pas sa place à Gatlin. Si ça se trouve, elle était déjà de l'autre côté des grilles de Ravenwood.

Je ne me suis pas montré au dîner. Première erreur. La seconde a été d'ouvrir la boîte noire marquée Converse.

J'en ai répandu le contenu sur mon lit. Un mot rédigé par Lena, au dos de l'emballage froissé d'une barre chocolatée, le talon d'un ticket de cinéma, souvenir de notre premier film ensemble, une note délavée du Dar-ee Keen et une page surlignée arrachée à un livre qui me la rappelait. C'était là que j'avais accumulé tous nos souvenirs, ma version du collier de Lena. Pas très mec, comme truc. Du coup, je n'en avais parlé à personne, même pas à elle.

Je me suis emparé de la photo abîmée prise lors du bal d'hiver juste avant que mes prétendus amis nous aient arrosés de neige liquide. L'image était floue, mais on nous voyait échanger un baiser, si heureux qu'il était douloureux de la regarder à présent. À me remémorer cette soirée, quand bien même j'étais conscient que ce qui suivrait allait être abominable, j'ai eu l'impression qu'une partie de moi continuait à l'embrasser.

— Tu es là, Ethan Wate ?

J'ai essayé de fourrer tout ce bazar dans la boîte en entendant ma porte s'ouvrir. Malheureusement, le carton a dégringolé par terre, entraînant mes pauvres trésors dans sa chute.

— Tu vas bien ?

Entrant dans ma chambre, Amma s'est assise au bord du lit. Ce qu'elle n'avait pas fait depuis ma gastro au CM2. Pas par manque d'amour à mon égard. Simplement, nous exprimions nos sentiments d'une façon qui excluait de s'asseoir sur les lits.

— Oui. Fatigué, c'est tout.

Elle a contemplé le bazar sur le sol.

— À d'autres, a-t-elle riposté. Tu as l'air plus bas qu'un poisson-chat au fond de la rivière. Et une côte de porc parfaitement respectable se morfond dans ma cuisine en t'attendant. Ce qui nous donne deux raisons de nous désoler.

Se penchant vers moi, elle a écarté les cheveux qui tombaient sur mon front. Elle me tannait constamment pour que j'aille chez le coiffeur.

— Je sais, je sais, les yeux sont une fenêtre sur l'âme, et j'ai besoin d'une bonne coupe.

— Tu as besoin de bien plus que ça.

La mine triste, elle a attrapé mon menton, comme si elle était en mesure de me soulever par là. Vu les circonstances, c'était sûrement possible, d'ailleurs.

— Ça ne va pas, a-t-elle décrété.

— Ah bon ?

— Oui. Tu es mon garçon, c'est ma faute.

— Comment ça ?

Je ne pigeais pas, et elle n'a pas développé plus avant. Ainsi se déroulaient nos conversations, en général.

— Elle non plus ne va pas bien, tu sais ? a-t-elle ajouté d'une voix douce en regardant par la fenêtre. Ne pas aller bien n'est pas forcément la faute de quelqu'un. Parfois, c'est juste un fait, comme les cartes qu'on tire.

Avec elle, tout se réduisait toujours au destin, à ses tarots, aux ossements dans le cimetière, à l'univers qu'elle était en mesure de déchiffrer.

— Oui, madame.

Elle a plongé ses yeux brillants de larmes dans les miens.

— Il arrive que les choses ne soient pas ce qu'elles ont l'air d'être, et que même une Voyante ne puisse prédire ce qui va arriver.

Prenant ma main, elle y a laissé tomber un objet. Une ficelle rouge à laquelle étaient accrochées des perles minuscules. Encore un de ses talismans.

— Noue ça autour de ton poignet.

— Amma ! Les garçons ne mettent pas de bracelets.

— Et depuis quand je donne dans la bijouterie ? a-t-elle rétorqué en tirant sèchement sur son tablier pour en effacer les plis. Ce n'est bon que pour les femmes qui ont du temps à perdre et rien dans la tête. Une ficelle rouge est un lien avec l'Autre Monde et offre le genre de protection que je ne peux assurer. Allez, obéis-moi.

Il était inutile de discuter avec Amma quand elle avait cet air-là, mélange de peur et de chagrin qu'elle arborait comme un fardeau trop lourd à porter. J'ai tendu le bras, l'autorisant à nouer la cordelette à mon poignet. Aussitôt après, elle semait du sel sur le rebord de ma fenêtre.

— Tout ira bien, Amma, ne te bile pas.

S'arrêtant sur le seuil, elle m'a fixé en essuyant ses yeux humides.

— J'ai juste haché des oignons toute la sainte journée, a-t-elle marmonné.

Un truc ne tournait pas rond, elle avait raison sur ce point. J'avais cependant l'intuition que ce n'était pas moi.

— As-tu déjà entendu parler d'un type appelé John Breed ?

Elle s'est raidie.

— Ne m'oblige pas à donner cette côte de porc à Lucille, Ethan Wate !

— Bien, madame.

Amma était au courant de certaines choses, ce qui n'était pas bon signe, surtout parce qu'elle les taisait. Je le savais aussi bien que je connaissais sa recette de côtes de porc, laquelle ne comprenait pas d'oignons.

14 juin
RAT DE BIBLIOTHÈQUE

— Si Melvil Dewey a su s'en contenter, je dois pouvoir le faire aussi.

M'adressant un clin d'œil, Marian a sorti une nouvelle pile de livres d'un carton et les a humés profondément. Elle était assise au milieu de volumes entassés parfois jusqu'à hauteur de tête. Lucille patrouillait entre ces tours, traquant une cigale égarée. Marian avait dérogé à la règle interdisant les animaux à la bibliothèque municipale, puisque les lieux étaient pleins de livres, mais vides de lecteurs. Il n'y avait qu'un idiot pour venir ici en ce premier jour des vacances, ou quelqu'un en quête de distraction. Un mec qui n'adressait plus la parole à sa copine, ou auquel sa copine n'adressait plus la parole, ou qui ne savait plus trop s'il en avait encore une, tout ça dans l'intervalle des deux journées les plus longues de son existence.

Je n'avais toujours pas contacté Lena. Je me répétais que c'était dû à mon immense colère, sauf qu'il s'agissait là d'un de ces mensonges qu'on se serine afin de se convaincre qu'on se comporte comme il faut. En vérité, je n'avais pas la moindre idée de ce que je devais dire. Je ne voulais pas poser de questions et j'avais peur des réponses. Et puis, ce n'était pas moi qui m'étais sauvé avec un inconnu à moto.

— C'est le bazar là-dedans ! La classification décimale de Dewey se moque de moi. Je n'arrive même pas à trouver un almanach sur l'histoire des cycles orbitaux de la Lune.

La voix, qui avait retenti de l'autre côté des tas de livres, m'a fait sursauter.

— Voyons, Olivia...

Marian a souri tout en examinant la reliure de l'ouvrage qu'elle tenait. Il était difficile de croire qu'elle aurait pu être ma mère. Pas un fil gris ne striait ses courts cheveux noirs, pas une ride ne plissait sa peau d'un brun mordoré, et elle n'avait pas l'air d'avoir dépassé la trentaine.

— Nous ne sommes plus en 1876, professeur Ashcroft, les temps changent ! a poursuivi la voix.

Celle d'une fille. Avec un accent, britannique m'a-t-il semblé. Je n'avais entendu ce genre d'intonations que dans les films de James Bond.

— La classification de Dewey a évolué elle aussi. À vingt-deux reprises pour être exact.

Marian a rangé un volume qui traînait.

— Et celle de la bibliothèque du Congrès ? a lancé l'étrangère, exaspérée.

— Accorde-moi encore cent ans.

— Et la classification décimale universelle ?

— Nous sommes en Caroline du Sud, pas en Belgique.

— Le système Harvard-Yenching, alors ?

— Personne ne pratique le chinois par ici, Olivia.

La tête d'une blonde dégingandée a surgi de derrière un empilement de bouquins.

— Faux, professeur Ashcroft. Du moins, pas durant les congés estivaux.

— Tu parles chinois ? n'ai-je pu m'empêcher de demander.

Lorsque Marian avait mentionné une assistante de recherche en stage pour l'été à Gatlin, elle ne m'avait pas précisé qu'il s'agirait d'une version adolescente d'elle-même. Mis à part les cheveux couleur miel, la peau blanche et l'accent, elles auraient pu être mère et fille. Au premier regard, la nana dégageait une sorte de Marian-itude difficile à décrire, mais unique.

— Pas toi ? a-t-elle répondu en enfonçant un doigt dans mes côtes. Je blague. J'ai juste du mal à croire que les habitants de ce pays s'expriment en anglais.

Hilare, elle m'a tendu la main. Si elle était grande, je la dépassais largement, et elle a levé les yeux vers moi, comme certaine, déjà, que nous serions bons amis.

— Olivia Durand, s'est-elle présentée. Liv pour mes potes. Tu dois être Ethan Wate, même si ça me paraît difficile à avaler. À la façon dont le professeur Ashcroft parle de toi, je m'attendais plutôt à rencontrer un fanfaron armé d'une baïonnette.

J'ai rougi, tandis que Marian éclatait de rire.

— Que t'a-t-elle donc raconté ?

— Oh ! pas grand-chose, sinon que tu es brillant, courageux et vertueux comme personne, du genre chevalier blanc. En tout point le fiston de la regrettée Lila Evers Wate. Elle a également précisé que tu serais *mon* assistant cet été, et que je pourrais donc te martyriser à ma guise.

Elle m'a souri, j'ai décroché. Elle n'avait rien de Lena, mais rien non plus des autres nanas de Gatlin. Ce qui, en soi, rendait les choses encore plus confuses. Tout en elle avait l'air usagé, de son jean délavé aux diverses ficelles agrémentées de perles qui ornaient ses poignets, en passant par ses baskets argent pleines de trous nouées par du Scotch de chantier et son tee-shirt des Pink Floyd miteux. Au milieu de ses bracelets, elle portait une grosse montre en plastique noir dont les aiguilles avaient une forme dingue. Trop gêné, je n'ai pas moufté. Marian est venue à mon secours.

— Ne fais pas attention à Liv, m'a-t-elle recommandé. Elle est du genre moqueur. « Ces divinités aiment la plaisanterie », Ethan.

— Platon, le *Cratyle*, a lancé Liv, réjouie. Cessez de frimer.

— Promis, a répondu Marian, impressionnée.

— Lui ne rigole pas, a repris Liv en me désignant avec un brusque sérieux. « Un rire creux dans des halls de marbre. »

— Shakespeare ? ai-je risqué en la regardant.

— Pink Floyd, m'a-t-elle corrigé avec un clin d'œil en tirant sur son tee-shirt. Je vois que tu as encore beaucoup à apprendre.

— Allons, allons, les enfants.

Marian a tendu le bras, et je l'ai aidée à se relever. Malgré la touffeur de la journée, elle parvenait à avoir l'air cool. Pas un cheveu décoiffé. Son corsage bariolé a bruissé quand elle est passée devant moi.

— Je te laisse ranger tout ça, Olivia. Je réserve un projet particulier à Ethan, aux archives.

— Naturellement ! L'éblouissante étudiante en histoire se tape les corvées pendant que le lycéen flemmard et inculte est promu. Typiquement américain !

Levant les yeux au ciel, elle a ramassé une pile de livres.

Les archives n'avaient pas changé depuis le mois précédent, quand j'étais venu demander un boulot à Marian et que j'avais fini par m'attarder et par évoquer Lena, mon père et Macon. Comme toujours, elle avait fait preuve de compassion. Des montagnes d'antiques registres d'état civil s'entassaient sur l'étagère surplombant le bureau de ma mère, côtoyant sa collection de vieux presse-papiers en verre. Une sphère noire et luisante voisinait avec la pomme en terre glaise bosselée que je lui avais fabriquée au CE1. Ses notes et celles de Marian encombraient encore sa table de travail, par-dessus des plans jaunis de

Ravenwood et de Greenbrier. Le moindre bout de papier griffonné me donnait l'impression qu'elle était présente. Bien que ma vie parte à vau-l'eau, je me sentais toujours mieux ici. C'était comme si j'étais avec ma mère, la seule qui ait su réparer les choses ; ou, du moins, me faire croire qu'elles étaient réparables.

Enfin, dans l'immédiat, j'avais d'autres soucis en tête.

— C'est *ça*, ta stagiaire ?

— Oui.

— Tu ne m'avais pas dit qu'elle serait comme ça.

— Comme quoi, Ethan ?

— Comme toi.

— C'est ce qui t'embête ? Un esprit solide ? À moins que ce soient les longs cheveux blonds ? Dis-moi, quelle allure devrait avoir une bibliothécaire ? De grosses lunettes et un chignon gris ? Il me semblait pourtant que, entre ta mère et moi, nous t'avions guéri de ce type de préjugés.

Elle avait raison. Elle et ma mère avaient été les plus jolies femmes de Gatlin.

— Liv ne restera pas très longtemps, a-t-elle enchaîné. Elle n'est guère plus âgée que toi. J'ai pensé que tu pourrais la balader un peu dans Gatlin et lui présenter les gens que tu fréquentes.

— Qui donc ? Link ? Histoire d'améliorer le vocabulaire de mon pote et d'anéantir quelques milliers de neurones chez ta protégée ?

Inutile de préciser que Link consacrerait l'essentiel de son temps à vouloir sortir avec elle, ce qui ne risquait pas d'arriver.

— Je songeais plutôt à Lena.

Le silence qui a suivi a été embarrassant, même pour moi. Lena lui était venue à l'esprit, forcément. Le problème, c'est que, moi, je n'avais pas envisagé cette option un instant. Pourquoi ? Marian m'a dévisagé sans ciller.

— Et si tu me confiais ce qui te turlupine aujourd'hui ?

J'aurais préféré me pendre.

— Dis-moi plutôt ce que tu attends de moi, tante Marian.

Elle a poussé un soupir.

— J'aimerais que tu me donnes un coup de main pour trier tout ça, a-t-elle répondu en montrant la pièce. Il est évident que nombre de ces papiers concernent le médaillon, Ethan et Genevieve. Maintenant que nous avons mis au jour la fin de cette histoire, il ne serait pas inutile de faire un peu de place pour la prochaine.

— Qui est ?

Je me suis emparé du vieux cliché de Genevieve, sur lequel elle portait le camée, me rappelant la première fois où je l'avais examiné en compagnie de Lena. Ça ne datait que de quelques mois, ça me semblait remonter à des années.

— La tienne et celle de Lena, à mon avis. Les événements qui se sont produits à son anniversaire soulèvent bien des questions, or je suis incapable de répondre à la majorité d'entre elles. Je n'ai jamais entendu parler d'une telle occurrence, celle où un Enchanteur a échappé au choix entre Ténèbres et Lumière la nuit de son Appel – sauf dans le cas de la famille de Lena, puisque ses membres ne choisissent pas. Maintenant que Macon n'est plus là pour nous aider, je crains que nous ne soyons obligés de chercher les solutions par nous-mêmes.

Lucille a bondi sur le fauteuil de ma mère, les oreilles dressées.

— Je ne saurais pas par quoi commencer.

— « Qui décide du début du chemin décide de l'endroit où il mène. »

— Thoreau ?

— Harry Emerson Fosdick. Un peu plus ancien et obscur, mais ses propos ne manquent pas de justesse, me semble-t-il.

En souriant, elle a posé la main sur le battant de la porte.

— Tu me laisses tout seul ?

— Si je ne surveille pas Olivia, elle va bouleverser mes rayonnages, et nous serons obligés d'apprendre le chinois.

Elle s'est interrompue un instant, m'a regardé d'un air qui m'a évoqué ma mère.

— Je pense que tu es capable de te débrouiller sans moi. Au début, du moins.

— Ai-je mon mot à dire, de toute façon ? En tant que Gardienne, tu n'es pas en droit de m'aider, non ?

J'éprouvais encore de l'amertume que Marian ait su que ma mère fricotait avec l'univers des Enchanteurs et qu'elle ait refusé de m'en exposer les détails. Il y avait tant de choses concernant ma mère et sa mort dont elle ne me parlait pas. Chaque tentative de discussion se terminait par l'énoncé de la règle absolue : Gardienne des secrets appartenant aux Enchanteurs, elle était tenue au silence.

— Je ne puis que te pousser à t'aider toi-même. Je n'ai aucune influence sur le déroulement des événements, la course des Ténèbres et de la Lumière ou l'Ordre des Choses.

— Quel ramassis d'âneries !

— Quoi ?

— On dirait la directive première dans *Star Trek*. Il faut laisser les planètes évoluer à leur rythme. Elles sont censées découvrir l'hyperespace et apprendre à voyager plus vite que la lumière par elles-mêmes. Pour autant, le capitaine Kirk et l'équipage de l'*Enterprise* finissent toujours par enfreindre les lois.

— Contrairement au capitaine Kirk, je n'ai aucun libre arbitre. Un sortilège contraint tout Gardien à n'agir ni dans le sens des Ténèbres, ni dans celui de la Lumière. Quand bien même je le souhaiterais, je ne serais pas en mesure de changer ma destinée. J'occupe une place déterminée dans l'ordre naturel du monde des Enchanteurs, dans l'Ordre des Choses.

— Tu m'en diras tant.

— Je te le répète, je ne suis pas libre. Je ne dispose pas de l'autorité nécessaire pour modifier le cours des événements. Si je m'y essayais, non seulement je me détruirais, mais je réduirais à néant ceux que je m'efforce d'aider.

— Ça n'a pas empêché ma mère de mourir.

J'ignore pourquoi j'ai sorti ça. Sûrement parce que son raisonnement me semblait illogique. Marian n'était pas censée s'impliquer si elle voulait protéger ceux qu'elle aimait et, pourtant, la personne qu'elle avait le plus aimée était morte.

— Es-tu en train de me demander si j'aurais pu l'éviter ?

Elle avait parfaitement compris le sous-entendu de ma question. J'ai baissé les yeux. Je n'étais pas sûr d'avoir envie d'entendre la réponse. De sa paume, Marian m'a relevé le menton jusqu'à ce que je croise son regard.

— Je ne me doutais pas que ta mère courait un danger, Ethan. Mais elle était consciente des risques qu'elle prenait.

Sa voix tremblait, et j'ai deviné que j'étais allé trop loin. Ça avait été plus fort que moi, cependant. Depuis des mois, je m'étais escrimé à trouver le courage d'avoir cette discussion.

— J'aurais volontiers pris sa place dans cette voiture, a-t-elle enchaîné. Ne crois-tu pas que je me suis interrogée des milliers de fois pour tenter de déterminer si j'étais au courant d'une menace quelconque ou si j'aurais pu agir de façon à sauver Lila…

Elle s'est interrompue.

« Je ressens la même chose. Toi et moi sommes seulement postés sur les bords opposés d'un abîme déchiqueté. Nous sommes tous les deux paumés. » C'est ce que j'aurais voulu dire. À la place, je l'ai laissée m'attirer contre elle et m'étreindre. Quand elle m'a relâché pour refermer la porte derrière elle, je m'en suis à peine rendu compte.

J'ai considéré les piles de vieux papiers. Lucille a bondi de son perchoir pour mieux sauter sur le bureau.

— Attention, ces trucs sont bien plus vieux que toi.

Inclinant la tête, elle m'a toisé de ses prunelles bleues avant de se figer, soudain. Les yeux écarquillés, elle regardait le fauteuil de ma mère. Rien ne s'y trouvait, mais je me suis souvenu de certaines paroles d'Amma : « Les chats voient les défunts. C'est pourquoi ils passent leur temps à fixer les objets pendant des heures, comme s'ils contemplaient le vide. Sauf que ce n'est pas le cas. Ils observent à travers le vide. »

— Maman ? ai-je chuchoté.

Pas de réponse. À moins que si. Car, sur l'assise du siège, il y avait un livre qui n'était pas là quelques secondes plus tôt. *Ténèbres et Lumière : les origines de la magie.* Un des ouvrages ayant appartenu à Macon, je l'avais aperçu dans sa bibliothèque de Ravenwood. Je m'en suis emparé, un emballage de chewing-gum en est tombé. Un des marque-pages de ma mère à n'en pas douter. Lorsque je me suis penché pour le ramasser, la pièce a commencé à tanguer, la lumière et les couleurs ont tourbillonné autour de moi. J'ai tenté de me focaliser sur quelque chose, n'importe quoi, afin d'éviter de tomber, mais le vertige a été le plus fort. J'ai eu l'impression que le plancher se ruait vers mon visage et, à l'instant où je m'écroulais par terre, de la fumée m'a brûlé les yeux...

Quand Abraham regagna Ravenwood, les cendres avaient déjà envahi la maison. Les restes incendiés des belles demeures de Gatlin dégringolaient par les fenêtres ouvertes, pareils à des flocons de neige noire. Il monta l'escalier, ses pieds laissant des empreintes nettes sur la fine couche sombre qui couvrait le sol. À l'étage, il ferma les croisées sans toutefois lâcher le Livre des lunes. *L'aurait-il voulu qu'il n'y serait pas parvenu, d'ailleurs. Ivy, la vieille cuisinière de Greenbrier, avait raison : le* Livre *l'appelait au moyen d'un chuchotis qui n'était perceptible qu'à lui seul.*

Dans le bureau, il posa le volume sur la table de travail en acajou. Il sut exactement à quelle page l'ouvrir, à croire que le Livre *se feuilletait lui-même, à croire qu'il était doté d'une volonté propre. Bien qu'il ne l'eût encore jamais vu, l'homme était conscient qu'il renfermait la réponse à ses vœux, celle qui garantirait la survie de Ravenwood.*

L'ouvrage lui offrirait son désir le plus cher. Cependant, il exigerait quelque chose en retour.

Abraham contempla les lignes rédigées en latin. Il les iden-tifia aussitôt. Il s'agissait d'un sortilège qu'il avait déjà croisé, qu'il avait toujours plus ou moins considéré comme un mythe. Apparemment, il avait eu tort, car celui-là le fixait droit dans les yeux.

Il entendit Jonah avant de le voir.

— Nous devons quitter la maison, Abraham ! Les fédéraux arrivent. Ils ont tout brûlé et ils n'ont pas l'intention de s'arrê-ter avant Savannah. Il faut que nous nous réfugiions dans les Tunnels.

— Je n'irai nulle part, rétorqua Abraham *sur un ton si ferme que lui-même se rendit compte que sa voix avait changé.*

— Quoi ? Mais... Sauvons tout ce que nous pouvons et filons !

Attrapant son frère par le bras, Jonah remarqua tout à coup le volume ouvert. Il le reluqua, hésitant à en croire ses yeux.

— Le Daemonis Pactum *? murmura-t-il en reculant d'un pas. Le Pacte du Démon ? Je ne me trompe pas ? C'est bien le* Livre des lunes *?*

— Je suis surpris que tu le reconnaisses. Tu n'as jamais été très attentif, pendant nos leçons.

Jonah était accoutumé aux persiflages d'Abraham. Mais ses intonations, ce soir, étaient étranges.

— Tu ne peux pas faire ça.

— *Ne me dis pas ce que je peux ou ne peux pas faire. Tu pré-fé}rerais assister à la ruine de notre domaine plutôt qu'agir. Tu n'as jamais été à la hauteur. Tu es un faible, comme Mère.*

Jonah tressaillit comme si on l'avait souffleté.

— *Où l'as-tu déniché ?*

— *Ne t'inquiète pas de cela.*

— *Sois raisonnable, Abraham. Le Pacte du Démon est trop puissant. Incontrôlable. Tu passes un marché sans savoir ce qu'il te faudra sacrifier. Nous possédons d'autres maisons.*

Abraham le repoussa. Il eut beau l'effleurer à peine, Jonah vola à travers la pièce.

— *D'autres maisons ? Ravenwood est l'endroit où se concentre le pouvoir de notre famille dans le monde des Mortels. Penses-tu sérieusement que je suis prêt à laisser des soldats le réduire en cendres ? Ce sortilège va me permettre de sauver Ravenwood.*

Élevant la voix, Abraham se mit à réciter :

— *Exscinde, neca, odium incende ; mors portam pate-facit. Détruis, tue, avive la haine ; la mort ouvre les portes.*

— *Arrête !*

Trop tard ! Les mots s'échappèrent de la bouche d'Abraham comme s'il les avait connus par cœur toute sa vie. Paniqué, Jonah regarda autour de lui, guettant l'instant où l'incantation allait prendre effet. Il n'avait cependant pas la moindre idée de la demande formulée par son frère. Il savait seulement que, quelle qu'elle fût, elle serait exaucée. Telle était la puissance du charme. Malheureusement, il avait un prix. Jamais le même. Quand Jonah se précipita sur son frère, une petite sphère lumineuse parfaitement ronde tomba de sa poche et roula par terre. Abraham la ramassa, la fit courir entre ses doigts.

— *Que fiches-tu avec un Orbe Lumineux, Jonah ?* ricana-t-il. *Aurais-tu par hasard l'intention d'emprisonner un Incube dans cet outil archaïque ? Un Incube bien spécifique ?*

Jonah recula tandis qu'Abraham avançait vers lui. Leurs enjambées étaient identiques, pourtant Abraham fut plus *rapide. En un clin d'œil, il cloua son frère au mur, et sa poigne de fer se referma autour de son cou.*

— Non, protesta Jonah, bien sûr que non. Je…

Abraham resserra sa prise.

— *En quel honneur un Incube détiendrait-il le seul vaisseau capable de retenir l'un des siens ? Me crois-tu idiot à ce point-là ?*

— *J'essaie juste de te protéger de toi-même.*

D'un geste vif et agile, Abraham planta ses dents dans l'épaule de son frère. Puis il commit l'impensable.

Il but.

Le marché avait été scellé. Abraham ne se nourrirait plus des souvenirs et des rêves des Mortels. Dorénavant, il aurait soif de sang.

Une fois rassasié, il lâcha le corps mou de son frère et lécha la cendre qui salissait sa main. Le goût de la chair s'attardait derrière celui de la poussière noire.

— *Tu aurais été plus inspiré de songer à te protéger toi,* conclut-il.

Il se détourna du cadavre.

— *Ethan !*

— Ethan !

J'ai ouvert les yeux. J'étais allongé sur le sol des archives. Marian était penchée sur moi, dans un état d'affolement qui ne lui ressemblait pas du tout.

— Que t'est-il arrivé ?

— Je l'ignore, ai-je répondu en m'asseyant et en me frottant la tête avec une grimace, là où une bosse saillait sous mes cheveux. J'ai dû me cogner contre le bureau en me baissant.

Près de moi, le livre ouvert de Macon gisait sur le plancher. Marian l'a regardé en recourant à sa mystérieuse perception extrasensorielle – peut-être pas si mystérieuse, au demeurant, dans la mesure où, à peine quelques mois auparavant, elle m'avait suivi dans mes voyages hallucinés. Cinq secondes plus tard, elle appuyait un sachet de glace sur mon crâne douloureux.

— Tu recommences à avoir des visions, n'est-ce pas ?

J'ai acquiescé. Des images tournoyaient dans mon esprit, j'étais incapable de me concentrer sur l'une d'elles.

— C'est la deuxième fois, ai-je expliqué. J'en ai eu une l'autre soir, alors que je tenais le journal intime de Macon.

— Qu'as-tu vu ?

— La nuit des incendies. Comme avec le médaillon. Ethan Carter Wate était déjà mort. Ivy avait le *Livre des lunes*, elle l'a donné à Abraham Ravenwood. Il m'est apparu les deux fois.

J'avais du mal à prononcer le nom. Abraham Ravenwood était le croque-mitaine du comté de Gatlin depuis toujours. Agrippant le rebord de la table de travail, je me suis relevé avec peine. Qui souhaitait que j'aie ces visions ? Et pour quelle raison, surtout ? Marian avait ramassé l'ouvrage.

— Ah ! a-t-elle commenté sans cesser de me dévisager avec soin.

— Il y avait quelqu'un d'autre, également. Un type dont le prénom commence par un J. Judas ? Joseph ? Jonah. C'est ça, Jonah. Je crois que lui et Abraham étaient frères. Et Incubes.

— Pas seulement, m'a corrigé Marian en refermant sèchement le livre. Abraham était un Incube Sanguinaire très puissant. C'est lui qui a fondé la lignée de ces créatures, chez les Ravenwood.

— Comment ça ?

Ainsi, les ragots qui défrayaient la chronique locale depuis tant d'années étaient fondés ? Je venais de dissiper une nouvelle couche des brumes qui dissimulaient la carte surnaturelle de la ville.

— Si, par nature, tous les Incubes appartiennent au règne des Ténèbres, tous ne décident pas de se nourrir de sang. Mais quand l'un d'eux choisit de le faire, il semble que l'instinct se transmette de génération en génération.

Je me suis appuyé au bureau, cependant que les choses devenaient plus claires.

— Abraham est celui qui a empêché l'incendie de Ravenwood Manor, non ? Ce n'est pas avec le Diable qu'il a passé un pacte, mais avec le *Livre des lunes*.

— Il était dangereux, peut-être plus que n'importe quel Enchanteur. Je ne comprends pas qu'il t'apparaisse maintenant. Heureusement, il est mort jeune. Avant la naissance de Macon.

— Si tôt ? me suis-je étonné après un rapide calcul. Combien de temps vivent les Incubes, d'habitude ?

— Cent cinquante, deux cents ans, a répondu Marian en replaçant le livre sur son bureau. J'ignore le lien que ces visions ont avec toi ou le journal de Macon, mais je n'aurais jamais dû te donner ce dernier. C'était une interférence de ma part. Mieux vaudrait que nous l'enfermions quelque part.

— Tante Marian...

— Ethan ! Je t'ordonne de t'arrêter là et de ne mentionner cela à personne. Pas même à Amma. Je n'ose pas imaginer sa réaction si tu prononçais le nom d'Abraham Ravenwood.

S'approchant de moi, elle m'a brièvement enlacé.

— Et maintenant, a-t-elle enchaîné, allons ranger les rayonnages avant qu'Olivia appelle les flics.

Sur ce, elle s'est dirigée vers la porte de la pièce, sa clé à la main. Je n'avais pas terminé, cependant.

— Marian ? Il m'a vu. Abraham m'a fixé et m'a appelé par mon prénom. Ce n'était arrivé dans aucune vision, jusqu'à maintenant.

Elle s'est pétrifiée sur place, les yeux rivés sur le battant comme si elle était capable de le transpercer du regard. Au bout de quelques secondes seulement, elle l'a ouvert en grand.

— Olivia ? Crois-tu que Melvil Dewey accepterait de se séparer de toi le temps de prendre une tasse de thé ?

Notre conversation était finie. Marian était la Gardienne et la responsable en chef de la bibliothèque des Enchanteurs, la *Lunae Libri*. Elle n'était pas en mesure de m'en dire trop, sous peine d'enfreindre ses obligations. Elle n'avait le droit ni de prendre parti, ni de changer le cours des événements lorsqu'ils s'étaient enclenchés. Elle ne pouvait pas remplacer Macon et elle n'était pas ma mère. J'étais tout seul, dans cette aventure-là.

14 juin
SOUS LE PAPIER

— Tout ça ?

Trois piles de livres emballées dans du papier kraft encombraient le bureau des enregistrements. Marian a estampillé la dernière avec le tampon que je connaissais bien – BIBLIOTHÈQUE DU COMTÉ DE GATLIN. Toujours deux coups de tampon et la même ficelle blanche pour lier les paquets.

— Non, prends ce tas-là aussi, a-t-elle répondu en désignant une quatrième pile sur un chariot voisin.

— Je croyais que personne ne lisait, dans cette ville ?

— Détrompe-toi. Simplement, les gens cachent ce qu'ils lisent. Voilà pourquoi nous expédions les ouvrages à domicile, en plus des échanges que nous avons avec les autres bibliothèques. Ça ne concerne que les livres empruntables, bien sûr. Et il y a des délais, deux ou trois jours en général, le temps de traiter les commandes.

Formidable ! Je redoutais de poser des questions sur le contenu des paquets. Au demeurant, je n'étais pas sûr d'avoir envie d'être mis au parfum. Soulevant un colis, j'ai gémi sous son poids.

— Bon sang ! Qu'est-ce qu'il y a, là-dedans ? Des encyclopédies ?

Liv s'est emparée du bon de livraison posé au sommet de la pile.

— Gagné ! L'*Encyclopédie des munitions*, pour être exacte.

D'un geste, Marian nous a chassés.

— Accompagne Ethan, Liv. Ça te donnera l'occasion de découvrir notre merveilleuse bourgade.

— Je suis capable de me débrouiller seul, ai-je protesté.

Avec un soupir, Olivia a poussé le chariot en direction de la porte.

— Amène-toi, Hercule ! Je vais t'aider à charger la voiture. Tu ne voudrais quand même pas que les dames de Gatlin attendent trop longtemps leur...

S'interrompant, elle a consulté un autre bon de livraison.

— *Recettes pâtissières de Caro-laïne pour les professionnels*, a-t-elle lu.

— Caroline.

— C'est ce que j'ai dit. Caro-laïne.

Deux heures plus tard, nous avions livré la plupart des ouvrages et étions passés tant devant le lycée Jackson que devant le Stop & Steal. Alors que nous contournions la Pâture du général, j'ai soudain compris pourquoi Marian avait tellement tenu à m'embaucher dans sa bibliothèque, qui était pourtant vide la plupart du temps et n'avait nul besoin d'un stagiaire d'été. Dès le départ, elle avait projeté que je serais le guide touristique ado de Liv. Mon boulot était de lui montrer le lac ainsi que le Dar-ee Keen et de combler l'hiatus entre ce que les indigènes disaient et ce qu'ils pensaient. Mon emploi consistait à devenir son ami.

Comment Lena allait-elle le prendre ? Pour peu qu'elle s'en aperçoive, s'entend.

— Je ne pige toujours pas pourquoi vous avez érigé au beau milieu de la ville la statue d'un général ayant participé à une guerre que le Sud a perdue et dont les motifs sont, grosso modo, un peu gênants pour votre pays.

Tu m'étonnes, qu'elle ne pigeait pas.

— Par ici, nous vénérons les vaincus. Nous avons même un musée qui leur est entièrement dédié.

Je n'ai pas jugé bon de préciser que, quelques mois auparavant, le musée des Soldats Tombés avait également servi de décor à la tentative de suicide de mon père. Détournant les yeux du volant, j'ai regardé Liv. Je ne me souvenais pas de quand datait la dernière fois où une fille s'était assise à côté de moi dans la Volvo, Lena exceptée.

— Tu es nul, comme mentor, a commenté Liv.

— Nous sommes à Gatlin, ai-je répondu en jetant un coup d'œil dans le rétroviseur. Il n'y a pas grand-chose à voir. Ou pas grand-chose que j'aie envie que tu voies.

— Comment ça ?

— Un bon guide sait ce qu'il peut montrer et ce qu'il doit cacher.

— Rectification. Tu es un mentor aux cachotteries nulles.

Elle a tiré un élastique de sa poche.

— Donc, je tiens plus du menteur que du mentor ?

Une blague débile, ma marque de fabrique.

— Et je suis opposée tant à tes calembours qu'à ta façon d'envisager le métier de guide.

Elle nouait ses cheveux en deux tresses blondes, les joues rougies par la chaleur. Elle n'était pas accoutumée à l'humidité typique de la Caroline du Sud.

— Qu'est-ce qui t'intéresse ? Tu veux que je t'emmène tirer sur des cannettes derrière l'ancienne usine de coton du côté de la Nationale 9 ? Tu préfères qu'on s'amuse à poser des pièces de dix centimes sur la voie ferrée ? Ou qu'on suive les mouches jusqu'au boui-boui qu'on appelle le Dar-ee Keen, dont la philosophie consiste à estimer que le client mange à ses risques et périls ?

— Tout ça. Surtout ta dernière proposition. Je meurs de faim.

Liv a laissé tomber le dernier bon de livraison sur l'une des deux piles qu'elle tenait.

— ... sept, huit, neuf. C'est moi qui ai gagné. Alors, ôte tes sales pattes de là, ce sont mes pommes allumettes, maintenant.

Elle a tiré à elle mon assiette de frites épicées.

— Ce sont des frites, pas des pommes allumettes.

— C'est pareil.

Son côté de la table en Formica rouge disparaissait déjà sous les rondelles d'oignon frit, un cheese-burger, du ketchup, de la mayonnaise et mon gobelet de thé glacé. Elle était allée jusqu'à former une barrière en posant des frites d'un bord à l'autre, genre Grande Muraille de Chine.

— Chacun chez soi, et les poules seront bien gardées.

Le proverbe m'a rappelé un poème que nous avions étudié en cours de littérature.

— C'est dans Walt Whitman ?

— Non, Robert Frost. Et ne touche pas à ces oignons.

J'aurais dû le savoir. Lena passait son temps à citer Frost ou à se l'approprier à sa manière.

Liv et moi nous étions arrêtés au Dar-ee Keen, lequel se trouvait dans la même rue que nos deux dernières commandes : Mme Ispwich (*Guide de l'hygiène du côlon*) et M. Harlow (*Les plus belles pin-up de la Seconde Guerre mondiale*) – nous avions remis le livre à sa femme, car il était absent. J'avais alors compris tout l'intérêt de l'emballage en papier kraft.

— Je suis étonné, ai-je repris en roulant ma serviette en boule. Qui aurait cru que Gatlin était aussi romantique ?

J'avais parié sur des ouvrages religieux, Liv sur des romans à l'eau de rose. J'avais perdu, huit à neuf.

— Non seulement romantique, mais romantique *et* vertueuse. C'est un merveilleux mélange, tellement...

— Hypocrite ?

— Pas du tout. J'allais dire américain. As-tu remarqué
que nous avons livré *Il était une fois la Bible* et *Divine et délicieuse Delilah* dans la même maison ?

— J'ai cru que le second était un livre de recettes de cuisine, ai-je avoué.

— Non, sauf si Delilah mijote quelque chose de plus
piquant que ces pommes allumettes, a-t-elle répondu en
brandissant une de mes frites.

— Frites.

— C'est ça.

Je me suis empourpré en repensant à la façon dont
Mme Lincoln avait paniqué lorsque nous avions déposé les
ouvrages chez elle. Je n'ai pas précisé à Liv que l'incondi-
tionnelle de Delilah était la mère de mon meilleur ami et
la femme la plus impitoyablement vertueuse de Gatlin.

— Alors, le Dar-ee Keen te plaît-il ? ai-je demandé, préférant changer de sujet.

— J'en suis dingue.

Elle a mordu dans son cheese-burger avec une voracité
qui aurait fait honte à Link. Elle avait déjà englouti plus de
nourriture qu'un joueur de basket affamé. Elle paraissait
se moquer de l'opinion que je pouvais avoir d'elle, bonne
ou mauvaise, ce qui était relaxant. Surtout depuis que le
moindre de mes actes envers Lena semblait déplacé.

— Et toi ? a-t-elle repris. Que trouverions-nous sous
l'emballage brun de ton paquet ? Des livres religieux, des
romans d'amour, les deux ?

— Aucune idée.

Si j'étais le gardien de bien trop de mystères à mon goût,
je n'étais cependant pas prêt à en partager un seul.

— Allons, allons. Tout le monde a ses petits secrets.

— Pas moi, ai-je menti.

— Il n'y a donc rien sous ton papier kraft ?

— Non. Juste une autre couche de papier, j'imagine. Dans un sens, cela ne m'aurait pas déplu.

— Tu es comme un oignon, si je comprends bien ?

— Plutôt comme une bonne vieille pomme de terre.

Attrapant une frite, elle l'a examinée.

— Ethan Wate n'est pas une bonne vieille pomme de terre. Cher monsieur, vous êtes une frite.

Elle a fourré la sienne dans sa bouche en souriant. J'ai éclaté de rire.

— D'accord, ai-je concédé, je suis une frite. N'empêche, sans papier brun, sans rien à révéler.

Liv a touillé son thé glacé avec sa paille.

— Voilà qui est un aveu. Tu es inscrit sur la liste d'attente de *Divine et délicieuse Delilah*.

— Zut ! Je suis fait !

— Je ne peux rien te promettre, mais sache que je connais la bibliothécaire. Plutôt bien, d'ailleurs.

— Tu vas pouvoir m'arranger le coup, alors ?

— Je t'arrangerai le coup, mon pote.

Elle s'est esclaffée, moi aussi. Elle était d'un contact facile, à croire que je la connaissais depuis toujours. Je m'amusais, sensation qui s'est transformée en culpabilité sitôt nos rires éteints. Allez comprendre.

— Les secrets, je trouve ça follement romantique, pas toi ? a-t-elle enchaîné en piochant dans son assiette.

Cette remarque m'a pris de court : les secrets n'étaient pas ce qui manquait par ici.

— Chez moi, le pub est situé dans la même rue que l'église, et les fidèles se rendent directement de l'une à l'autre. Parfois, nous y déjeunons le dimanche.

— Divinement délicieux, non ? ai-je plaisanté.

— Pas loin. Sans doute pas aussi excitant que cet endroit, mais les boissons n'y sont pas aussi réfrigérantes non plus. (Pointant une frite, elle a désigné son gobelet.) La glace, mon ami, est quelque chose qu'on trouve plus souvent par terre que dans son verre.

— Le célèbre thé glacé du comté de Gatlin te poserait-il un problème ?

— Le thé est censé se boire chaud, monsieur. L'eau vient de la bouilloire.

Lui volant une frite, j'ai à mon tour montré son gobelet.

— Eh bien, sachez, madame, que pour un Sudiste de stricte obédience baptiste, ceci est la boisson du diable.

— Parce qu'elle est froide ?

— Parce que c'est du thé. La théine n'est pas autorisée.

— Pas de thé ? s'est étonnée Liv, presque choquée. Décidément, ce pays m'échappera toujours.

Je lui ai piqué une autre frite.

— Pour continuer avec le blasphème, laisse-moi te raconter ce qui s'est passé quand le Millie's Breakfast 'n' Biscuits, sur la rue principale, a osé servir des biscuits surgelés. Mes grands-tantes, les Sœurs, ont tapé un tel scandale que le magasin a failli y rester. Sérieux, les chaises volaient.

— Ce sont des religieuses ? a demandé Liv en fourrant un oignon à l'intérieur de son cheese-burger.

— Qui ça ?

— Les Sœurs.

Nouvelle tranche d'oignon.

— Non. Elles sont vraiment frangines.

— Je vois.

Elle a sèchement rabattu le dessus de son pain.

— Oh, non, je ne crois pas !

Elle a mordu dans son burger.

— Pas du tout.

Une fois encore, nous avons éclaté de rire. Je n'ai pas entendu approcher M. Gentry.

— Tout va bien ? s'est-il enquis en s'essuyant les mains avec un torchon. Vous avez assez à manger ?

— Oui, monsieur, ai-je répondu.

— Et comment se porte ta petite amie ? a-t-il enchaîné.

Son ton suggérait qu'il espérait que j'avais recouvré mes esprits et largué Lena.

— Hum, bien, monsieur.

Déçu, il a acquiescé et est reparti à son comptoir, non sans me prier de transmettre ses salutations à Amma.

— J'en déduis qu'il n'apprécie pas ta copine ? a marmonné Liv.

La phrase sonnait comme une interrogation, mais je n'ai su que répondre. Question théorique : une fille est-elle encore votre copine après qu'elle s'est enfuie sur la moto d'un autre ?

— Le professeur Ashcroft en a vaguement parlé, a précisé Liv.

— Lena. Ma... Elle s'appelle Lena.

Pourvu que mon embarras ne soit pas trop flagrant ! Heureusement, Liv n'a pas paru le remarquer.

— Je la croiserai sûrement à la bibliothèque, a-t-elle dit en sirotant une gorgée de thé.

— Je ne sais pas si elle viendra. Les choses sont un peu bizarres, ces derniers temps.

J'ignore pourquoi j'ai lâché cette information. Je connaissais à peine Liv. Pourtant, ça m'a fait du bien, et mes entrailles se sont quelque peu dénouées.

— Je suis certaine que tu arriveras à arranger la situation. Chez moi, je n'arrêtais pas de me disputer avec mon petit ami.

Elle s'exprimait avec désinvolture, sans doute pour me rasséréner.

— Vous sortez ensemble depuis longtemps ?

Elle a agité une main, et sa drôle de montre a glissé le long de son poignet.

— Oh ! nous avons rompu. Il n'était pas très futé. À mon avis, il n'aimait pas beaucoup que sa nana soit plus maligne que lui.

Ne tenant pas à m'attarder sur le sujet des petites copines et des ex, j'ai désigné du menton sa montre ou, du moins, ce qui y ressemblait.

— C'est quoi, ce truc ?

— Ça ?

Elle a brandi son poignet au-dessus de la table, de façon à ce que je distingue mieux l'objet noir et grossier. Il comportait trois poussoirs et une petite aiguille argentée posée sur un rectangle plein de zigzags, un peu comme ces instruments chargés d'enregistrer la violence des tremblements de terre.

— C'est un sélenomètre.

Je l'ai contemplée sans piger.

— Séléné, la déesse de la lune. *Metrôn*, « mesure » en grec ancien. On est un peu rouillé, question étymologie ?

— Un peu, oui.

— Ce truc, comme tu dis, mesure la force gravitationnelle de la Lune.

Elle a pensivement tourné l'un des poussoirs, et des nombres sont apparus sous la flèche.

— Et en quoi la gravitation lunaire est-elle importante ?

— Je suis astronome amateur et je m'intéresse particulièrement à la Lune. Elle a une influence énorme sur la Terre. Les marées et tout le toutim. Voilà pourquoi j'ai mis au point ce bazar.

J'ai failli en cracher mon Coca.

— C'est toi qui l'as fabriqué ? Sérieux ?

— Inutile d'ouvrir de grands yeux, ça n'a pas été si compliqué.

Elle a rougi, gênée, et s'est emparée d'une nouvelle frite.

— Ces pommes allumettes sont délicieuses.

J'ai essayé de me la représenter assise dans la version anglaise du Dar-ee Keen en train de mesurer la force gravitationnelle de la Lune par-dessus une montagne de frites. C'était toujours mieux que d'imaginer Lena à cali-fourchon sur la selle de John Breed.

— Bon, parlons un peu de ton Gatlin à toi, celui où l'on appelle les frites « pommes allumettes ».

N'ayant jamais été plus loin que Savannah, j'avais du mal à me faire une idée de ce qu'était un pays étranger.

— Mon Gatlin ? a-t-elle répété en reprenant un teint normal.

— D'où viens-tu ?

— D'une ville au nord de Londres. Kings Langley.

— Pardon ?

— C'est dans le Hertfordshire.

— Ça ne me dit rien.

Elle a avalé une nouvelle bouchée de cheese-burger.

— Ceci va peut-être t'aider. C'est là-bas qu'on a produit pour la première fois l'Ovomaltine en Grande-Bretagne. La boisson. Tu connais ?

Mon silence lui a arraché un soupir.

— Tu mélanges la poudre dans du lait et tu obtiens un chocolat malté.

— Du lait chocolaté ? me suis-je exclamé en écarquil-lant les yeux. Comme le Nesquik ?

— C'est ça. Excellent. Tu devrais goûter, un jour.

J'ai ricané dans mon Coca, renversant quelques gouttes sur mon vieux tee-shirt Atari. La fille Ovomaltine ren-contre le garçon Nesquik. J'aurais bien raconté ça à Link si je n'avais craint qu'il n'interprète la chose de travers. J'avais beau ne la fréquenter que depuis quelques heures, j'avais l'impression qu'elle était une amie.

— Et que fais-tu quand tu ne bois pas d'Ovomaltine et que tu ne fabriques pas des instruments de mesure scien-tifiques, Olivia Durand de Kings Langley ?

Elle a froissé le papier de son burger.

— Voyons un peu... Pour l'essentiel, je lis et je vais au lycée. Un endroit appelé Harrow. Pas le célèbre pension-nat pour garçons.

— Est-ce que ça l'est ?

— Qu'est-ce qui est quoi ? a-t-elle riposté en fronçant le nez.

— Douloureux[1].

D.O.U.L.O.U.R.E.U.X. Dix lettres horizontal, comme dans avancer en âge et ne plus avoir envie d'autres douloureuses années, Ethan Wate.

— Tu ne résistes pas à un mauvais jeu de mots, hein ? a-t-elle répliqué en souriant.

— Tu n'as pas répondu à ma question.

— Non, ce n'est pas particulièrement douloureux. En tout cas, pas pour moi.

— Pourquoi ça ?

— Parce que je suis un génie.

Elle a lâché ça avec un tel naturel, comme si elle m'annonçait qu'elle était blonde ou britannique.

— Alors, en quel honneur as-tu rappliqué à Gatlin ? Nous ne sommes pas franchement connus pour être un vivier de génies.

— Dans le cadre d'un échange pour surdoués entre l'université de Duke et mon bahut. Tu me passes la mayonnaise ?

Fichu accent anglais !

— Mann-aise, l'ai-je corrigée en articulant lentement.

— C'est ce que j'ai dit.

— Et pourquoi Duke t'a-t-il envoyée à Gatlin ? Pour suivre des cours de premier cycle à la fac de Summerville ?

— Mais non, bêta. Pour étudier avec mon directeur de thèse, le célèbre Dr Marian Ashcroft, seule et unique dans son genre.

— C'est quoi, ton sujet de thèse ?

---

1. Jeu de mots sur le nom Harrow et l'adjectif *harrowing* : « déchirant, douloureux ».

— Influence du folklore et de la mythologie dans l'élaboration d'un inconscient collectif après la guerre de Sécession.

— Par ici, la plupart des habitants l'appellent encore la guerre Inter-États.

Elle a ri, ravie. J'étais heureux que quelqu'un trouve ça drôle alors que, à mes yeux, c'était juste gênant.

— Est-il vrai que, parfois, les gens du Sud se déguisent avec de vieux vêtements d'époque et reconstituent des batailles, rien que pour s'amuser ?

Je me suis levé. Que je me moque de ces choses-là était une chose, que ça vienne de Liv en était une autre.

— Il est temps d'y aller, ai-je décrété. Nous avons encore des bouquins à livrer.

Acquiesçant, elle s'est mise debout à son tour, attrapant les frites au passage.

— Il serait dommage de les perdre. On n'aura qu'à les donner à Lucille.

Je n'ai pas mentionné que Lucille était habituée à ce qu'Amma la nourrisse de poulet frit et de restes de gratin sur une assiette en porcelaine qui lui était réservée, ainsi que l'avaient stipulé les Sœurs. Je ne voyais pas la chatte manger des frites grasses. Lucille était par-ti-cu-lière, comme l'auraient dit ses maîtresses. Pourtant, elle aimait Lena.

Alors que nous nous dirigions vers la porte, une voiture de l'autre côté des vitrines crasseuses a attiré mon attention. Le coupé faisait demi-tour au bout du parking recouvert de graviers. Lena a pris grand soin de ne pas passer devant nous.

Super !

Debout, j'ai regardé le véhicule filer sur Dove Street.

Cette nuit-là, allongé sur mon lit, les mains derrière la tête, je scrutais le plafond bleu. Quelques mois plus tôt, je me serais adonné à cette activité parce que Lena et moi allions nous coucher à la même heure chacun dans sa chambre et lisions, riions, évoquions notre journée. J'avais presque oublié comment m'endormir sans elle.

Roulant sur le flanc, j'ai vérifié mon vieux portable fêlé. Il ne fonctionnait plus très bien depuis l'anniversaire de Lena, mais il sonnerait si l'on m'appelait. Aurait sonné si l'on m'avait appelé.

Il était peu probable qu'elle utilise le téléphone.

J'étais soudain redevenu le petit garçon de sept ans qui avait renversé par terre toutes les pièces de son puzzle en un gigantesque bazar. Lorsque j'étais enfant, ma mère s'asseyait sur le plancher et m'aidait à transformer le bazar en une image. Sauf que je n'étais plus un môme, et que ma mère n'était plus. J'ai tourné et retourné les pièces dans ma tête, sans parvenir cependant à les trier. La fille dont j'étais fou amoureux était toujours la fille dont j'étais fou amoureux. Cela n'avait pas changé. En revanche, la fille dont j'étais fou amoureux me faisait des cachotteries et m'adressait à peine la parole.

Et puis, il y avait les visions.

Abraham Ravenwood, un Incube Sanguinaire qui avait tué son propre frère, qui connaissait mon nom, qui réussissait à me voir lui aussi. Il fallait que je trouve comment les pièces s'emboîtaient jusqu'à distinguer quelque chose, une sorte de trame. Il m'était impossible de remettre le puzzle dans son carton. Il était trop tard pour ça. J'aurais apprécié que quelqu'un me conseille ne serait-ce que sur le morceau par lequel commencer. Sans réfléchir, je me suis levé et j'ai ouvert la fenêtre.

Penché à l'extérieur, j'ai humé l'obscurité. Tout à coup, j'ai entendu le miaulement inimitable de Lucille. Amma avait dû oublier de la laisser rentrer. J'allais lui crier que je descendais quand je les ai vus. Sous ma fenêtre, au bout de la véranda, Lucille Ball et Boo Radley étaient assis côte à côte sous le clair de lune. Boo a agité la queue, et Lucille lui a répondu par un miaou. Ils étaient là, sur les marches du perron, qui à battre de la queue, qui à miauler, comme s'ils menaient une conversation aussi urbaine que n'importe quel habitant de Gatlin par une nuit d'été. J'ignore quels ragots ils colportaient, mais ce devait être important. Étendu sur mon lit, j'ai écouté l'échange discret entre le chien de Macon et la chatte des Sœurs, et j'ai dérivé dans le sommeil avant qu'ils se séparent.

15 juin
Southern Crusty

— Je t'interdis de poser un seul doigt sur mes gâteaux avant que je t'y autorise, Ethan Wate.

Levant les mains, j'ai reculé devant les menaces d'Amma.

— J'essayais juste d'aider.

Elle m'a fusillé du regard tout en enveloppant dans un torchon propre une tourte à la patate douce, sa championne aux deux victoires. Une quiche à la crème aigre et aux raisins secs attendait à côté de celle au babeurre, prêtes à être fourrées dans la glacière. Les tartes aux fruits refroidissaient sur des claies, et une fine couche blanche de farine recouvrait la moindre surface de la cuisine.

— Les vacances n'ont commencé que depuis deux jours, et tu traînes déjà dans mes pattes ? Tu vas regretter de ne pas être au lycée à suivre des cours de rattrapage si tu fais tomber une seule de mes pâtisseries gagnantes. Et si tu tiens absolument à m'aider, arrête de broyer du noir et sors la voiture.

Nos nerfs chauffés à blanc étaient aussi brûlants que la température extérieure, et nous n'avons pas dit grand-chose tandis que la Volvo cahotait sur le chemin menant à la nationale. Je ne suis pas certain que quiconque ait remarqué mon humeur taciturne, car aujourd'hui était le jour le plus important de l'année pour Amma. D'aussi loin que je me souvienne, elle avait toujours remporté le premier prix dans la catégorie des tartes aux fruits et le deuxième dans celle des tourtes à la crème lors du concours de pâtisserie de la foire annuelle de Gatlin. La seule fois où elle n'avait rien obtenu datait de l'année précédente : nous n'avions pas participé, dans la mesure où l'accident de ma mère remontait à deux mois seulement. Gatlin ne pouvait s'enorgueillir d'organiser les comices les plus vastes ou les plus anciens de Caroline du Sud. Le Festival du melon d'eau du comté de Hampton nous battait peut-être de deux kilomètres et de vingt ans, et le prestige de gagner la Promenade du Prince et de la Princesse des Pêches de Gatlin n'était guère comparable à celui qui vous incombait lorsque vous vous classiez au concours de beauté Miss et Mister Melon de Hampton.

Toutefois, le visage de marbre d'Amma quand nous nous sommes garés sur le parking poussiéreux n'a trompé ni mon père ni moi. Ce jour-là, la compétition serait à l'honneur, beauté et pâtisserie : si vous ne berciez pas dans vos bras une tarte aussi amoureusement emmitouflée qu'un héritier nouveau-né, vous poussiez devant vous une gamine en bigoudis armée d'un bâton de majorette. La mère de Savannah était responsable de la Promenade des Pêches de Gatlin, et Savannah elle-même était la détentrice du titre de Princesse des Pêches. Mme Snow allait passer sa journée à auditionner des candidates. Personne n'était trop jeune pour prétendre à une couronne, chez nous. Le concours du plus beau bébé, durant lequel on comparait joues roses et joufflues ainsi que nouement des couches avec autant de sérieux qu'on goûtait les charlottes aux fruits de la compétition de pâtisserie, attirait plus de spectateurs que la course de stock-cars. L'an passé, le bébé des Skipett avait été disqualifié pour tricherie quand le rose de ses joues avait taché les doigts des juges. Notre foire suivait des règles très strictes : pas de vêtements du dimanche avant deux ans, pas de maquillage avant six ans et seulement des « fards adaptés » jusqu'à douze ans.

De son vivant, ma mère n'avait jamais perdu une occasion de s'en prendre à Mme Snow, et les candidates à la Promenade étaient parmi ses cibles préférées. Je l'entendais encore dire : « Fards adaptés ? Mais d'où sortent ces gens ? Quel maquillage est adapté à une môme de sept ans ? » Pourtant, nous n'avions jamais raté l'événement, mis à part l'an dernier. Et nous étions de retour, chargés de gâteaux, nous frayant un chemin à travers la foule, comme si rien n'avait changé.

— Ne me bouscule pas, Mitchell ! Et toi, Ethan, ne traîne pas ! Pas question que Martha Lincoln ou une autre de ces femmes me pique le premier prix à cause de vous, les enfants.

« Ces femmes », dans le langage codé d'Amma, étaient toujours les mêmes : Mmes Lincoln, Asher et Snow, ainsi que tous les membres des FRA.

Le temps que ma main ait été dûment tamponnée, il est apparu que la population de trois ou quatre comtés nous avait devancés. Personne ne ratait l'inauguration, synonyme d'une balade au champ de foire situé à mi-chemin entre Gatlin et Peaksville. Et la balade était elle-même synonyme d'une orgie désastreuse de bugnes, d'une journée si étouffante et humide qu'on était susceptible de tomber dans les pommes rien qu'en restant debout et, pour les plus vernis, d'une séance de pelotage derrière les poulaillers de l'Association des jeunes agriculteurs américains. Cette année, mes chances d'obtenir autre chose qu'une indigestion et une insolation étaient des plus ténues.

Docilement, mon père et moi avons suivi Amma jusqu'aux tables du jury du concours de pâtisserie installées sous un gigantesque dais de la Southern Crusty. La compétition avait un sponsor différent tous les ans et, quand les fabricants de farines et de produits boulangers Pillsbury ou Sara Lee s'étaient défilés, on en avait été réduit à se contenter de la Southern Crusty. Si la Promenade des Pêches était ce qui attirait les foules, le concours de pâtisserie était le grand-père de toutes les miss en herbe. Les mêmes familles préparaient les mêmes recettes depuis des générations, et tout ruban gagné signait la fierté d'une grande maison sudiste et la honte d'une autre. La rumeur prétendait que quelques habitantes de la ville s'étaient donné pour but d'empêcher Amma de remporter le premier prix cette année. À en croire les ronchonnements que j'avais surpris toute la semaine dans notre cuisine, cette révolution aurait lieu le jour où l'enfer gèlerait et où « ces femmes » feraient du patin à glace dessus.

Une fois notre précieux chargement déposé devant les juges, Amma a entrepris de harceler ces derniers quant à l'endroit où le placer.

— On ne met pas une tourte au vinaigre à côté d'un clafoutis, et vous n'allez tout de même pas coller une tarte à la rhubarbe au milieu des génoises ! Ça leur enlèverait tout leur goût. À moins que ce ne soit justement votre but, les garçons ?

— C'est reparti, a murmuré mon père entre ses dents.

À cet instant, Amma a gratifié le jury du Regard-Qui-Tue, et ses malheureux membres se sont trémoussés sur leurs chaises pliantes. D'un coup d'œil, mon père m'a montré la sortie, et nous nous sommes éclipsés de la tente avant qu'Amma ait eu le loisir de nous réquisitionner afin de terroriser d'innocents bénévoles et d'intimider les juges. Sitôt dans la foule, nous avons instinctivement pris des directions opposées.

— Tu as l'intention d'arpenter la foire avec ce chat ? m'a demandé mon père en contemplant Lucille qui était assise à mes pieds dans la poussière.

— J'imagine que oui.

Il a ri, un son auquel je ne m'étais pas encore réhabitué.

— Bon, tâche de ne pas te fourrer dans les ennuis.

— Ce n'est pas mon genre.

Il m'a adressé un hochement de tête, comme s'il était le père, et moi le fils. Je le lui ai retourné en m'efforçant de ne pas repenser à l'année qui venait de s'écouler, lorsque j'avais dû jouer les adultes pendant qu'il perdait plus ou moins l'esprit. Puis il est parti de son côté, et moi du mien, et nous nous sommes fondus dans la cohue en sueur.

La foire était bondée, et il m'a fallu un bon moment pour dénicher Link. Mais, fidèle à lui-même, il traînait du côté des jeux et draguait chaque fille qui daignait lui accorder un regard : ce jour-là offrait une occasion à ne pas rater de croiser quelques rares nanas n'habitant pas Gatlin. Il se tenait devant l'une de ces attractions dont le but consiste à frapper une échelle graduée avec une énorme masse en caoutchouc, histoire de prouver sa force. Il avait le maillet à hauteur d'épaule, à fond dans son personnage de batteur avec son tee-shirt délavé Social Distortion et ses baguettes qui émergeaient de la poche arrière de son jean, par-dessus la chaîne retenant son portefeuille.

— Permettez-moi de vous montrer comment ça marche, mesdemoiselles. Reculez, je ne voudrais pas vous blesser.

Les filles ont rigolé tandis qu'il abattait le marteau de toutes ses forces. Le marqueur a grimpé, évaluant tant la puissance de Link que ses chances de décrocher un rancard. Il a dépassé VRAIE MAUVIETTE puis POULE MOUIL-LÉE, montant vers le sommet et la cloche de SUPER MÂLE. Malheureusement, il s'est arrêté vers le milieu, au niveau de P'TIT JOUEUR. Levant les yeux au ciel, les filles ont décampé en direction du stand de lancer d'anneaux.

— Cette machine est truquée, tout le monde le sait, a crié Link dans leur dos en laissant retomber le maillet par terre.

Il avait sans doute raison, sauf que ça n'avait pas d'importance. Tout était truqué, à Gatlin. En quel honneur les attractions de fête foraine y auraient-elles échappé ?

— T'as du fric ? m'a-t-il demandé ensuite en faisant mine de fouiller ses poches, comme si elles étaient susceptibles de contenir autre chose qu'une pièce de dix cents.

— Tu devrais te trouver un boulot, mec, ai-je répondu en secouant la tête tout en lui tendant un billet de cinq dollars.

— J'en ai un, a-t-il riposté. Je suis batteur.

— Ben tiens ! Un job, ça rapporte.

Il a scruté les environs, en quête de nanas ou de bugnes – c'était égal, vu qu'il réagissait aux deux de la même façon.

— On a un concert de prévu. Enfin, c'est en cours.

— Les Crucifix Vengeurs vont jouer à la foire ?

— Ce rassemblement de nullards ? Tu plaisantes !

Il a shooté dans la poussière.

— Ils ont refusé de vous engager, hein ?

— D'après eux, on est trop mauvais. Mais les gens disaient pareil de Led Zeppelin.

Nous avons déambulé au milieu des manèges. Il était difficile de ne pas remarquer qu'ils étaient un peu plus petits et les stands de jeux un peu plus minables chaque année. Un clown à l'allure pathétique nous a croisés, traînant un bouquet de ballons dans son sillage. Soudain, Link s'est arrêté et m'a gratifié d'un coup de poing dans le bras.

— Vise un peu. À six heures. ASD.

À se damner. Le degré le plus haut sur l'échelle des valeurs de Link en matière de filles. Du doigt, il me désignait une blonde qui venait vers nous en souriant. Liv. J'ai essayé de prévenir les dégâts.

— Link…

Hélas ! il se croyait déjà en mission.

— Comme dirait ma mère, notre Bon Berger a bon goût, alléluia et amen.

— Ethan ! m'a hélé Liv en agitant la main.

Link m'a toisé.

— Tu te fous de moi ? Tu as déjà Lena, je te rappelle. C'est du propre !

— Je n'ai pas Liv et, en ce moment, je ne suis plus certain d'avoir Lena, alors du calme.

J'ai souri à Liv avant de m'apercevoir qu'elle portait un vieux tee-shirt Led Zeppelin. Link n'a pas manqué de le remarquer lui aussi.

— La nana idéale, a-t-il jubilé.

— Salut, Liv. Je te présente Link. (J'ai donné un coup de coude à ce dernier pour qu'il pense à refermer la bouche.) Liv est l'assistante de Marian cet été. Elle travaille avec moi à la bibliothèque.

Elle a tendu la main à Link, lequel est resté planté là à béer comme un imbécile.

— Waouh ! a-t-il soufflé.

Le problème, avec lui, c'est qu'il n'avait jamais honte. Il se contentait de *me* flanquer la honte.

— Elle fait partie d'un programme d'échange. Elle vient d'Angleterre.

— Bordel de waouh !

— Je t'avais prévenue, ai-je lancé à Liv en haussant les épaules.

À cet instant, Link lui a adressé son sourire le plus charmeur.

— Ethan ne m'avait pas dit qu'il bossait avec une poulette à la beauté cosmique.

Liv m'a regardé, feignant la surprise.

— Ah bon ? Cette omission est tout bonnement tragique.

Sur ce, elle a éclaté de rire avant de nous prendre par le bras.

— Bon, les gars, expliquez-moi comment vous vous y prenez pour transformer de la barbe paternelle en confiserie.

— Je ne saurais dévoiler nos secrets nationaux, madame, ai-je répondu.

— Moi, si, a proclamé Link en resserrant son étreinte.

— Dis-moi tout !

— Dans le Tunnel de l'amour ou au Stand du baiser ? a-t-il rigolé.

Elle a incliné la tête, l'air de réfléchir.

— Hum… choix difficile. Je crois que je vais opter pour… la grande roue.

C'est alors que j'ai distingué des cheveux noirs familiers ainsi qu'un parfum de citrons et de romarin porté par le vent.

Pour le reste, rien n'était familier. Lena se tenait à quelques pas de là, derrière le kiosque des tickets, attifée de vêtements qui appartenaient sans doute à Ridley. Son débardeur noir dévoilait son nombril, et sa jupe de la même couleur était trop courte de dix centimètres. Une longue mèche bleue serpentait depuis le sommet de son crâne jusque dans son dos. Ce n'est pas ce qui m'a choqué le plus, cependant. Lena, la fille qui n'appliquait rien d'autre que de la crème solaire sur son visage, était maquillée comme une voiture volée. Si certains mecs aiment que leurs nanas se cachent derrière toutes ces cochonneries, ce n'est pas mon cas. Les yeux lourds de rimmel de Lena étaient particulièrement déstabilisants.

Au milieu des shorts coupés dans de vieux jeans, de la poussière et de la paille, des nappes en plastique à carreaux blancs et rouges, elle paraissait plus déplacée que jamais. Je n'ai reconnu que ses vieilles bottes. Ainsi que son collier à colifichets, pareil à un filin de sécurité qui la reliait à l'ancienne Lena. Elle n'était pas du genre à se balader comme ça. Du moins, avant. Trois rangées au moins de crapules la reluquaient sans vergogne. J'ai dû réprimer mon envie de les cogner.

— Je vous rejoins là-bas, ai-je annoncé en lâchant le bras de Liv.

— Pas de souci, mec ! s'est exclamé Link, n'en croyant pas sa bonne fortune.

— Nous pouvons t'attendre, a proposé Liv.

— Inutile. Je n'en ai pas pour longtemps.

J'étais surpris de voir Lena ici et je ne savais trop quoi dire sans paraître encore plus indigné que ce que Link imaginait déjà. Comme s'il existait des mots censés vous donner l'air décontracté quand votre copine se tirait avec un autre.

— Je te cherchais, Ethan.

Lena s'est approchée de moi et, cette fois, elle ressemblait à elle-même, à la Lena d'autrefois, au souvenir que j'avais d'elle. À celle dont j'étais désespérément amoureux, à celle qui m'aimait aussi. Quand bien même elle avait tout d'une Ridley. Se dressant sur la pointe des pieds, elle a repoussé les cheveux qui me tombaient devant les yeux. Ses doigts se sont attardés sur ma joue.

— C'est bizarre parce que, la dernière fois que je t'ai vue, tu me larguais.

J'avais beau avoir tenté d'adopter un ton décontracté, mes intonations étaient celles de la colère.

— Je ne te larguais pas. Pas exactement.

Elle était sur la défensive.

— C'est ça. Tu m'as bombardé avec des arbres, puis tu as sauté sur la selle d'une moto conduite par un gars.

— Je ne t'ai pas bombardé d'arbres.

— Ah bon ?

— C'étaient plutôt des branches.

Elle pouvait bien argumenter, je l'avais coincée. Elle a tripoté le trombone en forme d'étoile que je lui avais offert, si longtemps que j'ai cru qu'elle allait l'arracher de son collier.

— Je suis désolée, Ethan, je ne sais pas ce qui m'arrive. (Sa voix était douce et empreinte de franchise.) Parfois, j'ai l'impression que tout se referme sur moi, et que je ne le supporte plus. Ce n'est pas toi que j'ai largué, au lac. C'est moi.

— En es-tu bien certaine ?

Elle m'a regardé, cependant qu'une larme roulait sur sa joue. Elle l'a essuyée d'un poing rageur. Rouvrant les doigts, elle a collé sa paume sur mon torse, sur mon cœur.

Tu n'y es pour rien. Je t'aime.

— Je t'aime.

Elle l'a répété tout fort, et les mots sont restés suspendus entre nous, tellement plus affirmés que lorsque nous communiquions par la pensée. Ma poitrine et ma gorge se sont serrées. J'ai essayé de songer à une repartie ironique, en vain ; je n'ai pu que songer combien elle était belle, et à quel point je l'aimais.

N'empêche, elle ne s'en sortirait pas à si bon compte, ce coup-ci. J'ai donc rompu la trêve.

— Que se passe-t-il, L ? Si tu m'aimes autant, que fiches-tu en compagnie de John Breed ?

Elle a détourné les yeux sans prononcer un son.

Réponds-moi.

— Ne confonds pas tout, Ethan. John est juste un ami de Ridley. Il n'y a rien entre lui et moi.

— Et depuis combien de temps dure ce rien ? Depuis que tu l'as photographié au cimetière ?

— Ce n'était pas une photo de lui, mais de sa moto. J'avais rendez-vous avec Ridley, et il s'est trouvé qu'il était là-bas aussi.

Il ne m'a pas échappé qu'elle avait éludé ma question.

— Parce que tu traînes avec Ridley, maintenant ? As-tu oublié le rôle qu'elle a joué à ton anniversaire, quand elle nous a séparés afin que ta mère puisse te convaincre de choisir les Ténèbres ? As-tu oublié qu'elle a failli tuer mon père ?

Elle a retiré sa main, et j'ai senti qu'elle s'éloignait de nouveau, qu'elle regagnait un endroit qui m'était inaccessible.

— Ridley m'avait prévenue que tu ne comprendrais pas. Tu es un Mortel. Tu ignores tout de moi, de la vraie moi. C'est pour ça que je ne t'ai rien dit.

Une brusque bourrasque m'a giflé, des nuages sombres ont envahi le ciel, menaçants.

— Et toi, où es-tu allée pêcher que je serais incapable de piger ? Si tu m'avais donné ne serait-ce qu'une seule chance, au lieu d'agir en douce...

— Et que veux-tu que je te raconte ? Que je n'ai pas la moindre idée de ce qui se passe ? Qu'un changement est en train de se produire dont les tenants et les aboutissants m'échappent complètement ? Que j'ai le sentiment d'être un monstre, et que Ridley est la seule susceptible de m'aider à m'y retrouver un tant soit peu ?

J'entendais toutes ses paroles, et elle avait raison : leur sens m'échappait.

— Non mais écoute-toi un peu ! Tu crois vraiment que Ridley essaye de t'aider, que tu peux avoir confiance en elle ? C'est une Enchanteresse des Ténèbres, je te signale. Tu t'es vue, L ? Tu penses que cet accoutrement, c'est toi ? Ce que tu ressens, c'est sûrement elle qui le provoque.

J'ai guetté l'averse. Au lieu de quoi, les nuages se sont dissipés. Se rapprochant, Lena a reposé ses mains sur ma poitrine, ses yeux suppliants fixés sur les miens.

— Elle a changé, Ethan. Elle ne veut pas être Ténèbres. Sa vie a été gâchée lorsqu'elle l'est devenue. Elle a perdu tout le monde, y compris elle-même. Elle soutient que se vouer aux Ténèbres modifie la façon d'envisager les gens. On éprouve les émotions d'autrefois, on reconnaît les choses qu'on aimait, mais ces sensations sont lointaines. Comme si elles étaient celles de quelqu'un d'autre que soi.

— Je croyais qu'on n'avait pas le choix entre les Ténèbres et la Lumière ?

— Je me trompais. Regarde oncle Macon. Il a réussi à maîtriser son destin. Ridley apprend à le faire elle aussi.

— Ridley n'est pas Macon.

Un éclair de chaleur a déchiré le ciel.

— Tu parles sans savoir.

— C'est juste. Je ne suis qu'un imbécile de Mortel. J'ignore tout de tes supersecrets, de ton univers d'Enchanteurs, de ta traînée de cousine Enchanteresse ou du Bellâtre Enchanteur sur sa Harley.

— Ridley et moi étions comme des sœurs, a répliqué Lena, peu amène. Il est hors de question que je lui tourne le dos. Je te le répète, j'ai besoin d'elle en ce moment. Et elle a besoin de moi.

Je n'ai pas insisté. Lena était tellement sur les nerfs que je me suis étonné que la grande roue ne se soit pas encore détachée pour rouler au diable vauvert. Du coin de l'œil, je distinguais les lumières du Tilt-A-Whirl qui tourbillonnaient, vertigineuses. C'était ce que je ressentais quand je me perdais dans l'eau du regard de Lena. L'amour a ces dons-là, parfois, et vous vous surprenez à vous acheminer vers un armistice, même quand vous ne le souhaitez pas franchement.

Et, parfois, c'est l'armistice qui s'achemine vers vous.

Elle a noué ses doigts autour de ma nuque, m'a attiré à elle. J'ai trouvé ses lèvres, et nous nous sommes fondus l'un dans l'autre, comme si nous redoutions que l'occasion de nous toucher ne s'offre plus jamais à nous. Cette fois, lorsque sa bouche a tiré sur ma lèvre inférieure, mordant gentiment ma peau, il n'y a pas eu de sang. Juste un désir pressant. Je l'ai plaquée contre la paroi en bois brut du kiosque des tickets. Son souffle précipité résonnait à mes tympans encore plus fort que le mien. J'ai ratissé ses boucles de mes mains, j'ai guidé sa bouche vers la mienne. La pression a commencé à peser sur ma poitrine, ma respiration s'est ralentie, mes poumons s'efforçant d'avaler de l'air ont fait un bruit de forge. Le feu.

Lena l'a perçu également. Elle s'est écartée, et je me suis penché pour tenter de reprendre haleine.

— Ça va ?

Inhalant un bon coup, je me suis redressé.

— Oui, ça va. Pour un Mortel.

Elle m'a adressé un authentique sourire et s'est emparée de ma main. J'ai remarqué alors que des dessins au feutre sans queue ni tête ornaient sa paume. Des boucles et des spirales noires sinuaient sur sa peau, s'entortillaient autour de son poignet et de son avant-bras. Ça rappelait le henné de la diseuse de bonne aventure dont la tente empestait l'encens de mauvaise qualité, à l'autre bout du champ de foire.

— Qu'est-ce que c'est ?

J'ai soulevé son poignet, elle me l'a arraché. Me souvenant du tatouage de Ridley, j'ai prié pour qu'il ne s'agisse que de feutre.

C'en est.

— Mieux vaudrait que nous t'achetions quelque chose à boire, a-t-elle décrété en m'entraînant vers le champ de foire.

J'ai cédé. Il m'était impossible de rester en colère, pas quand il devenait soudain envisageable que le mur de briques qui nous séparait s'écroule enfin. C'était ce qui m'avait semblé lorsque nous nous étions embrassés, quelques minutes auparavant. Le contraire du baiser échangé au bord du lac, un baiser qui m'avait coupé le souffle pour des raisons entièrement différentes. Il se pouvait que je ne sache jamais ce qu'avait été ce baiser-là, mais je reconnaissais celui qui venait de se produire, et j'étais conscient qu'il était tout ce que j'avais : une chance.

Qui n'a duré que trois secondes.

Parce que, tout à coup, Liv a déboulé, portant deux barbes à papa dans une main et agitant l'autre. J'ai aussitôt deviné que le mur allait se reconstruire, définitivement peut-être.

— Hé, Ethan ! Ramène-toi ! J'ai ta barbe à papa. Nous allons manquer la grande roue !

Lena m'a lâché. Les apparences étaient trompeuses, j'imagine : une grande blonde aux longues jambes arborant deux barbes à papa et un sourire impatient. J'étais condamné avant même que Liv prononce le mot « nous ».

C'est Liv. L'assistante de Marian. Elle bosse avec moi à la bibliothèque.

Au Dar-ee Keen aussi ? À la fête foraine aussi ?

Un nouvel éclair de chaleur a traversé la nue.

Ce n'est pas du tout ça, L.

Liv m'a tendu ma barbe à papa et a souri à Lena en lui tendant la main.

Une blonde ? Tu es sérieux ?

— Lena, n'est-ce pas ? Je m'appelle Liv.

Ah, l'accent ! Cela explique le pourquoi du comment.

— Bonjour, Liv.

Lena avait prononcé son prénom comme si c'était une blague entre elle et moi. Elle n'a pas serré la main offerte. Si Liv a remarqué l'affront, elle a fait comme si de rien n'était.

— Enfin ! Je n'ai pas arrêté d'embêter Ethan pour qu'il nous présente, puisque lui et moi avons l'air bien partis pour être collés l'un à l'autre tout l'été !

En effet.

Lena fuyait mon regard, et Liv ne cessait de l'observer.

— Liv, ce n'est pas vraiment le bon mo…

J'étais impuissant à enrayer le processus. Deux trains se percutant au ralenti.

— Allons, Ethan, ne sois pas bête, m'a interrompu Lena en dévisageant Liv comme si c'était elle la Sibylle de la famille et qu'elle était en mesure de lire en elle. Ravie de te rencontrer.

Je te le laisse, ma vieille. Et toute la ville avec, pendant que tu y es.

Il a fallu environ deux secondes à Liv pour piger qu'elle avait mis les pieds dans le plat, ce qui ne l'a pourtant pas empêchée d'essayer de combler le silence.

— Ethan et moi parlons de toi tout le temps. Il paraît que tu joues du violon ?

Lena s'est raidie. « Ethan et moi. » Liv avait dit cela sans arrière-pensée, mais les mots suffisaient. J'ai deviné quelle interprétation leur donnait Lena. Ethan et la Mortelle, celle qui était tout ce que Lena ne pouvait pas être.

— Je dois me sauver.

Lena a tourné les talons avant que j'aie pu la retenir.

Lena...

Ridley avait raison. Ce n'était qu'une question de temps avant qu'une nouvelle fille arrive en ville.

Je me suis demandé quelles autres salades lui avait racontées Ridley.

C'est quoi, ces délires ? Liv et moi sommes amis, L. Rien de plus.

Toi et moi n'avons été que ça aussi, à une époque.

Elle est partie, se frayant un chemin au milieu de la foule en nage en provoquant une réaction en chaîne de catastrophes sur son passage. Si je n'ai pas tout distingué clairement, un clown a trébuché tandis que le ballon qu'il tenait crevait, un enfant s'est mis à pleurer parce que son cornet de glace était tombé, et une femme a hurlé devant la machine à pop-corn qui fumait avant de s'embraser. Indifférente à la chaleur, à la cohue et au vacarme, Lena affectait tout ce qu'elle croisait, attraction aussi puissante que celle de la Lune sur les marées ou du Soleil sur les planètes. J'étais pris dans son orbite, alors qu'elle échappait à la mienne.

J'ai fait un pas en avant, Liv m'a retenu. Elle a plissé les yeux comme si elle analysait la situation ou en prenait conscience, soudain.

— Désolée, Ethan. Je ne voulais pas interférer. Enfin, si j'ai bien interféré. Dans quelque chose, s'entend.

J'ai deviné qu'elle aurait voulu que je lui explique ce qui se passait sans qu'elle soit obligée de poser la question. Je n'ai pas pipé mot, ce qui, j'imagine, était une façon de lui répondre.

Il n'empêche que je n'ai pas continué d'avancer. J'ai laissé Lena s'en aller.

Link nous a rejoints, luttant contre la cohue à coups de coude. Il portait trois Coca et sa barbe à papa.

— Vingt dieux ! la queue aux boissons relève du pugilat, a-t-il annoncé en tendant un gobelet à Liv. J'ai loupé quelque chose ? C'était Lena ?

— Elle est partie, a vivement dit Liv, comme si c'était aussi simple que ça.

J'aurais bien aimé que ça le soit, au demeurant.

— Tant pis. Oubliez la grande roue. On a intérêt à filer à la tente principale. Ils sont sur le point d'annoncer les résultats du concours de pâtisserie. Amma te tannera le derrière si tu n'assistes pas à son heure de gloire, mec.

— Il y a de la tarte aux pommes ? a demandé Liv, toute guillerette.

— Oui. Et tu la manges en Levis, une serviette enfoncée dans le col de ton tee-shirt, en buvant un Coca et en conduisant une Chevrolet tout en chantant *American Pie*[1].

J'ai mollement suivi Link et ses âneries ainsi que Liv et ses éclats de rire. Eux ne faisaient pas de cauchemars. Eux n'étaient pas hantés. Ils n'avaient même pas de soucis.

Link avait raison. Il était impensable de louper l'heure de gloire d'Amma. Quant à moi, il était clair que je ne monterais sur aucun podium aujourd'hui. En vérité, il était inutile que j'abatte le maillet sur l'attraction de foire truquée pour savoir ce que l'indicateur montrerait. Si Link était un P'TIT JOUEUR, je me sentais plus bas qu'une VRAIE

---

1. Chanson de Don McLean (1971) faisant aujourd'hui partie du patrimoine américain.

MAUVIETTE. Je pourrais toujours taper comme un sourd, la réponse ne varierait pas. Quoi que je fasse ces derniers temps, j'étais pris entre LOSER et ZÉRO, et je commençais à avoir l'impression que c'était Lena qui tenait le marteau. Je pigeais enfin pourquoi Link écrivait toutes ces chansons sur le fait d'être largué.

15 juin
TUNNEL DE L'AMOUR

— Si la température continue de monter, les gens vont tomber comme des mouches. Même les mouches vont tomber comme des mouches.

Link s'est épongé le front d'une main moite, aspergeant de Link liquide ceux d'entre nous qui étaient assez chanceux pour se tenir près de lui.

— Merci pour autant de générosité, Link.

D'une main, Liv s'est essuyé le visage tout en tirant sur son tee-shirt humide de l'autre. Elle avait l'air à la peine. Le dais de la Southern Crusty était bondé, les finalistes se tenaient déjà sur l'estrade en bois de fortune. J'ai tenté de regarder au-delà du rang d'énormes bonnes femmes qui étaient devant nous, en vain : on se serait cru à Jackson un jour où la cantine proposait des cookies en guise de dessert.

— Je distingue mal la scène, a dit Liv en se hissant sur la pointe des pieds. Il est censé se passer quelque chose ? On l'a loupé ?

— Attends.

181

Link a essayé d'ouvrir une brèche entre deux des plus petites énormes bonnes femmes.

— Non, désolé, impossible d'avancer plus. Je renonce.

— Voici Amma, ai-je annoncé en tendant le doigt. Elle remporte le premier prix presque tous les ans.

— Amma Treadeau, a opiné Liv.

— Exact. Comment le sais-tu ?

— Le professeur Ashcroft m'en aura parlé.

La voix de Carlton Eaton a retenti dans les haut-parleurs, tandis qu'il se débattait avec le micro. C'était toujours lui qui proclamait les résultats, car la seule chose qu'il préférait à ouvrir le courrier des autres, c'était d'être le centre de l'attention générale.

— Un peu de patience, mes amis, on a de petits problèmes techniques... ça vient... Quelqu'un pourrait trouver Red ? Et d'où je saurais réparer un fichu micro, moi ? Pff ! Fait plus chaud qu'en enfer, ici.

Il s'est tamponné le front avec son mouchoir. Carlton Eaton ne réussissait jamais à se rappeler quand le micro était allumé ou non.

Amma était plantée fièrement à sa droite, dans sa plus belle robe, celle aux minuscules violettes imprimées. Elle brandissait sa championne de tourte à la patate douce. Mmes Snow et Asher se tenaient à côté d'elle, porteuses de leurs propres créations. Elles étaient déjà habillées pour le concours de beauté mère-fille des Pêches de Gatlin qui devait se dérouler juste après cette remise de prix. Toutes deux étaient terrifiantes en robes longues de soirée, l'une bleu-vert, l'autre rose, qui leur donnaient des airs de débutantes vieillissantes à un bal de promotion des années 1980. Dieu merci, Mme Lincoln ne participait pas au défilé des reines de beauté et c'est vêtue d'une de ses tenues de messe standard qu'elle flanquait Mme Asher, exposant sa fameuse tarte à la crème pâtissière. J'avais encore des difficultés à la regarder sans repenser à la folie du dernier anniversaire de Lena. Ce n'est pas toutes les nuits qu'on voit la mère de sa petite copine sortir du corps de celle de votre meilleur copain. À présent, quand je croisais Mme Lincoln, j'imaginais justement cet instant, celui où Sarafine avait émergé d'elle, tel un serpent en pleine mue. J'ai été secoué d'un frisson.

— Non mais vise un peu Savannah, mec, m'a murmuré Link en me gratifiant d'un coup de coude. Elle a la couronne et tout le bazar. Pour ça, elle sait comment s'y prendre.

Assises au premier rang en compagnie des autres concurrentes du concours de beauté, Savannah, Emily et Eden transpiraient dans leur accoutrement de rigueur. Savannah était enrubannée dans des kilomètres luisants couleur pêche de Gatlin, la couronne en strass de la Princesse des Pêches posée en un équilibre parfait sur le haut de son crâne, bien que la traîne de sa robe ne cesse de s'accrocher au bas de sa chaise pliante en métal bon marché. Petite Mademoiselle, la boutique de fringues locale, avait dû commander sa tenue tout spécialement à Orlando. Liv s'est rapprochée de moi afin de ne pas perdre une miette du phénomène culturel qu'incarnait Savannah Snow.

— Est-elle la reine de la Southern Crusty ? a-t-elle demandé, les yeux rieurs.

J'ai essayé de me représenter à quoi tout ce cirque devait ressembler pour une étrangère.

— C'est tout comme, oui, me suis-je marré.

— Je ne m'étais pas rendu compte que la pâtisserie comptait autant pour les Américains. Je parle d'un point de vue anthropologique.

— J'ignore ce qu'il en est ailleurs, mais, dans le Sud, les femmes la considèrent avec un sérieux qui frise le tragique. Et là, tu assistes à la compétition la plus importante du comté de Gatlin.

— Par ici, Ethan !

Tante Charity agitait son mouchoir d'une main, l'autre étant occupée par son immonde tarte à la noix de coco.

Thelma poussait son fauteuil roulant, qui fendait l'assistance avec l'efficacité d'un brise-glace. Tous les ans, tante Charity s'inscrivait au concours et, tous les ans, sa tarte à la noix de coco recevait un prix spécial alors qu'elle en avait oublié la recette depuis vingt ans et qu'aucun juge n'était assez courageux pour la goûter. Bras dessus, bras dessous, Grace et Prue suivaient le mouvement, tirant derrière elles Harlon James, le terrier de Prudence.

— Quel plaisir, Ethan ! T'es venu 'ssister à la remise du ruban à Charity ?

— 'videmment, Grace ! Et quoi d'autre qu'y f'rait dans une tente pleine de vieilles dames ?

J'aurais bien voulu leur présenter Liv, mais elles ne m'en ont pas laissé le loisir, se coupant la parole à qui mieux mieux. Par ailleurs, j'aurais dû me douter que tante Prue se chargerait des mondanités.

— Et qui c'est-y, ça, Ethan ? Ta nouvelle bonne amie ?

— Qu'est-ce qui est arrivé à l'aut' ? s'est enquise Charity en ajustant ses lunettes. La petite Duchannes ? La brunette ?

Tante Prue l'a toisée d'un air suspicieux.

— Ça nous regarde pas, Charity. Tu devrais éviter ces questions. Et si elle l'avait quitté, hein ?

— Pff ! E' f'rait jamais un truc pareil ! T'as pas demandé à c'te p'tiote de se mett' toute nue, hein, Ethan ?

Prudence a failli en avaler son dentier.

— Charity Lynne ! Si le Seigneur, loué soit Son nom, ne nous foudroille pas à cause de tes paroles !

Liv arborait un air égaré. Il était clair qu'elle n'avait pas l'habitude de suivre les délires de trois centenaires à l'accent à couper au couteau et à la grammaire plus qu'aléatoire.

— Il ne s'est rien passé, personne n'a quitté personne, tout va bien entre Lena et moi, ai-je menti.

Et tant pis si elles découvraient la vérité lors de la prochaine messe (pour peu que leurs sonotones soient réglés suffisamment haut pour qu'elles aient vent des ragots).

— Je vous présente Liv, l'assistante de Marian cet été. Nous travaillons ensemble à la bibliothèque. Liv, voici tante Grace, tante Charity et tante Prudence, mes grands-tantes.

— Inutile d'insister sur le « grands », jeune insolent, a ronchonné Prue en se redressant pour paraître plus jeune.

— A y est ! Je m'rappelle comment c'est-y qu'e' s'appelle ! Lena ! Je l'avais su' le bout de la langue.

Tante Charity a souri à Liv, qui lui a souri en retour.

— Je suis ravie de vous rencontrer toutes les trois, a-t-elle répondu.

Bien inspiré, Carlton Eaton a choisi cet instant pour tapoter sur son micro.

— OK, vous aut', je crois qu'on va pouvoir commencer.

— Faut qu'on aille devant, les filles, ça va êt' mon tour d'ici peu, a décrété tante Charity en démarrant son fauteuil et en tranchant dans la foule avec la délicatesse d'un Panzer. À tout bientôt, trésor, a-t-elle ajouté à mon adresse.

Les gens entraient dans la tente par ses trois accès différents. Lacy Beecham et Elsie Wilks, respectivement vainqueurs des concours de gratin et de barbecue, se sont installées près de l'estrade, prenant soin d'exhiber le ruban bleu de leur triomphe. Le barbecue était une sacrée compétition, encore plus importante que celle du chili, et Mme Wilks se rengorgeait comme jamais. J'ai observé le visage si fier d'Amma, qui ne daignait même pas jeter un coup d'œil à « ces femmes ». Soudain, ses traits se sont assombris, alors qu'elle regardait vers l'un des coins du dais. Une fois encore, Link m'a transpercé les côtes.

— Gaffe, mec ! Le Regard-Qui-Tue.

Nous avons suivi le laser mortel fixé sur l'extrémité opposée de la tente. Lorsque j'ai découvert qui Amma toisait ainsi, je me suis figé. Lena était mollement appuyée à l'un des piliers du chapiteau, les prunelles rivées sur l'estrade. La connaissant comme je la connaissais, elle se moquait comme d'une guigne d'un concours de pâtisserie ; conclusion, elle n'était là que pour marquer son soutien à Amma.

Cette dernière lui a adressé un infime geste du menton.

Lena a détourné la tête.

Elle me cherchait peut-être. Quoique... j'étais sans doute la dernière personne au monde qu'elle avait envie de voir pour le moment. Que fichait-elle ici ? Link m'a serré le bras.

— C'est... elle est...

Lena a balayé des yeux le poteau en face du sien. Ridley, en minijupe rose, y était adossée et déballait une sucette. Elle aussi fixait la scène, comme si elle était réellement intéressée par l'annonce du palmarès. Ce qui ne pouvait être le cas, dans la mesure où son seul intérêt dans l'existence consistait à provoquer les ennuis. Vu qu'il y avait au moins deux cents badauds de trop sous la tente, c'était l'endroit idéal pour ce genre d'activité.

— Un, un deux, a lancé Carlton Eaton dans son micro. Vous m'entendez ? Super, et donc, on commence par les tartes à la crème. Le jeu est serré, cette année, mes amis. J'ai eu en personne moi-même le plaisir de goûter que'ques-unes de ces merveilles et je peux vous garantir que chacune d'elles est une championne. C'est mon O-pinion. Mais nous devrons nous contenter d'une seule gagnante aujourd'hui, alors voyons voir qui c'est-y donc.

Il s'est débattu avec l'enveloppe, l'a déchirée bruyamment.

— Et, mes amis... la troisième place revient à... la tarte à la crème glacée de Tricia Asher !

Après un bref froncement de sourcils, Mme Asher nous a régalés de son sourire hypocrite. Je surveillais Ridley. Elle mijotait forcément un mauvais coup. Elle se tamponnait bien des tourtes, tartes, gâteaux et de tout ce qui arrivait à Gatlin. Se détournant, elle a hoché la tête en direction du fond de la tente. J'ai regardé derrière moi.

Le Bellâtre Enchanteur observait le spectacle en souriant. Il se tenait près de l'entrée arrière, les yeux fixés sur les finalistes. Ridley s'est de nouveau intéressée à l'estrade et lentement, délibérément, s'est appliquée à lécher sa sucette. Toujours un présage de mauvais augure.

Lena !

Elle n'a même pas sourcillé. Ses cheveux se sont mis à boucler dans l'air moite et stagnant, provoquant ce que j'appelais le Souffle Enchanteur. J'ignore si c'est à cause de la chaleur, de l'endroit confiné ou de l'air sinistre qu'arborait Amma, mais j'ai commencé à m'inquiéter. Qu'est-ce que tramaient Ridley et John, et pourquoi Lena était-elle ici ? Quoi qu'ils aient projeté, elle devait sûrement essayer de l'empêcher.

Brusquement, j'ai compris. Amma n'était pas la seule à distribuer le Regard-Qui-Tue comme une mauvaise main aux cartes. Ridley et John la toisaient eux aussi. Ridley était-elle assez sotte pour chercher des crosses à Amma ? Qui aurait osé s'en prendre à elle, au demeurant ?

En guise de réponse à ma question informulée, l'Enchanteresse a levé sa sucette.

— Houps ! a marmonné Link. On devrait fiche le camp d'ici.

— Et si tu emmenais Liv à la grande roue ? ai-je suggéré d'un air complice. Il ne va rien arriver de bien excitant avant un bon moment.

— Et nous voici à l'instant le plus formidable du verdict ! a beuglé Carlton Eaton, comme pour me contredire. Bien, vous aut', voyons un peu laquelle de ces gentes dames rapportera chez elle le deuxième prix et une batterie flambant neuve d'instruments de cuisine pour une valeur de cinq cents dollars et laquelle aura droit au ruban d'honneur et à sept cent cinquante dollars généreusement offerts par la Southern Crusty, « le roi des délices sudistes, ceux qui… ».

Notre M. Loyal de facteur n'a jamais terminé sa citation publicitaire car, soudain, quelque chose a émergé… des gâteaux.

Les moules ont commencé à s'agiter, et il a fallu quelques instants à l'assistance pour se rendre compte de ce qui se produisait et pour se mettre à crier. Des asticots, des larves et des blattes se sont mis à ramper hors des tartes. Comme si la haine, les mensonges et la duplicité de la ville entière – de Mmes Lincoln, Asher et Snow, du proviseur de Jackson, des FRA, de l'association des parents d'élèves et des bénévoles de toutes les églises locales, tout cela réuni en un seul Léviathan – avaient été cuits à l'intérieur de ces pâtisseries et avaient décidé de renaître. Les insectes se déversaient sur l'estrade, plus nombreux que ce que les moules pouvaient logiquement contenir.

Tous les desserts étaient concernés, sauf celui d'Amma. Cette dernière a secoué la tête, plissant les yeux en deux fentes porteuses d'un défi. Des torrents de vermine couverte de crème tombaient aux pieds des concurrentes, mais ces armées grouillantes évitaient Amma, s'égaillant en deux chemins nettement dessinés autour d'elle.

Mme Snow a été la première à réagir. Elle a balancé son gâteau en l'air, et des larves engluées dans des fruits confits ont volé pour atterrir sur le premier rang des spectateurs. Mmes Lincoln et Asher ont suivi le mouvement, et des asticots ont plu sur les robes en satin des aspirantes reines de beauté. Savannah a commencé à piailler, rien de feint ici, des hurlements à vous glacer les sangs. Partout, c'étaient des tartes vomissant des larves et des gens qui tentaient de contenir leurs haut-le-cœur, certains y parvenant mieux que d'autres. Le proviseur Harper s'est plié en deux au-dessus d'une poubelle près de la sortie, rendant à la nature toute une journée de bugnes. Si Ridley avait eu l'intention de déclencher une émeute, elle avait pleinement réussi.

Liv était pâlotte. Link essayait de se frayer un chemin dans la cohue, sans doute pour porter secours à sa mère. Ces derniers temps, cela lui était arrivé plus souvent qu'à son tour, et vu que Mme Lincoln était une femme impossible à secourir, je devais lui tirer mon chapeau. Liv m'a saisi le bras alors que la foule se précipitait dehors.

— File d'ici, Liv ! Prends cette sortie-là, tout le monde emprunte les issues latérales.

Je lui ai montré l'accès arrière du chapiteau. John Breed y était toujours posté, ravi de son ouvrage, ses prunelles vertes rivées sur l'estrade. Yeux verts ou pas, ce type ne faisait pas partie des gentils. Sur la scène, Link balayait les vers et les insectes qui grouillaient sur sa mère, laquelle avait succombé à une hystérie totale. Je me suis rapproché.

— Au secours ! s'est époumonée Mme Snow.

On aurait dit un personnage de film d'horreur, terrifiée qu'elle était, sa robe donnant l'impression d'être vivante sous l'effet des bestioles rampantes. Même moi, je ne la détestais pas assez pour lui souhaiter cela. Du coin de l'œil, j'ai aperçu Ridley qui continuait de lécher sa sucette, créant de nouvelles créatures à chaque coup de langue. Qu'elle soit capable de provoquer seule une catastrophe d'aussi grande ampleur m'étonnait ; elle avait été épaulée par le Bellâtre Enchanteur.

Que se passe-t-il, Lena ?

Amma était toujours plantée sur la scène, l'air de pouvoir démolir toute la tente d'un unique regard. Insectes et larves se grimpaient dessus à ses pieds, mais aucun n'était assez courageux pour la toucher. Même eux savaient à quoi ils risquaient de se frotter. Elle toisait Lena, les yeux froncés et les dents serrées, comme elle le faisait depuis que les premiers asticots s'étaient échappés de la tarte à la crème pâtissière de Mme Lincoln.

— Tu as l'intention de m'obliger à faire ça maintenant ?

À l'extrémité de la tente, Lena arborait un sourire des
plus ténu, cependant que le Souffle Enchanteur continuait d'agiter ses cheveux. J'ai identifié ce rictus comme
un signe de satisfaction.

*Désormais, tout le monde sait ce qu'elles mettent dans leur
pâtisserie.*

Lena n'avait pas tenté d'empêcher la catastrophe, elle y
avait participé.

Lena ! Arrête !

Sauf qu'il était trop tard pour ça. C'était sa vengeance
contre les Anges Gardiens et le conseil de discipline, contre
les plats déposés en guise d'offrandes devant les grilles de
Ravenwood lors de la mort de Macon, contre tous les sentiments hypocrites qu'avaient manifestés les habitants de
Gatlin. Lena leur rendait coup pour coup, à croire qu'elle
avait gardé tout cela en elle avant que ça leur explose au
visage. Sa façon de leur faire ses adieux, j'imagine.

Amma s'est alors adressée à elle, comme s'il n'y avait
qu'elles deux sous le dais.

— Ça suffit, petite. Tu n'obtiendras pas ce que tu cherches de ces gens-là. Des excuses de la part d'une ville inex-
cusable ne sont rien d'autre qu'un peu plus de la même
farine. Un moule à gâteau rempli de vide.

La voix de tante Prue a dominé le tohu-bohu.

— Seigneur tout-puissant ! Au s'cours ! Grace nous fait
un In-fractus !

Tante Grace était en effet couchée par terre, inconsciente. À genoux près d'elle, Grayson Petty tâtait son
pouls, tandis que ses sœurs la débarrassaient des insectes
qui lui couraient dessus.

— Je répète que ça suffit ! a rugi Amma.

Je me suis précipité vers tante Grace, persuadé que le
chapiteau allait nous dégringoler sur le crâne. Quand je
me suis penché pour aider, j'ai vu Amma tirer un objet

de son sac à main et le brandir au-dessus de sa tête. La Menace du Cyclope, sa vieille cuiller en bois dans toute sa splendeur. Elle l'a abattue sur la table dans un fracas retentissant.

— Ouille !

À l'autre bout de la tente, Ridley a grimacé et a lâché sa sucette, qui a roulé dans la poussière, comme si Amma en personne l'avait frappée avec la Menace.

Immédiatement, le tohu-bohu s'est arrêté.

Je me suis tourné vers l'endroit où se tenait Lena, mais elle avait disparu. Le sortilège, si c'en était un, était rompu. Les blattes ont déguerpi dehors, coiffant les asticots et les insectes au poteau.

Ainsi que moi, courbé au-dessus de tante Grace pour m'assurer qu'elle respirait.

Qu'est-ce qui t'a pris, Lena ?

Link m'a suivi hors du chapiteau, aussi paumé que d'habitude.

— Je ne pige pas. Pourquoi Lena aiderait-elle Ridley et le Bellâtre Enchanteur à réaliser un tel coup de force ? Quelqu'un aurait pu être blessé.

J'ai scruté les manèges les plus proches, en quête de Lena ou de Ridley. Je ne les ai pas vues, juste les scouts qui donnaient de l'air à de vieilles femmes et distribuaient des gobelets d'eau aux victimes du concours de pâtisserie infernal.

— Comme ma tante Grace, par exemple ?

Link a tiré sur son short afin de vérifier qu'il était vierge d'insectes.

— J'ai vraiment cru qu'elle avait cassé sa pipe. Heureusement, elle s'est seulement évanouie. La chaleur, sans doute.

— Heureusement, oui.

Sauf que je ne trouvais rien d'heureux à tout ça. J'étais trop furieux. Il fallait que je déniche Lena, même si elle n'y tenait pas. Elle allait devoir m'expliquer pourquoi elle avait terrorisé tout un chacun dans cette tente rien que pour se venger de... qui ? De quelques reines de beauté vieillissantes ? De la mère de Link, qui n'était que vieillissante ? C'était là un acte digne d'une Ridley, pas d'elle.

Le soir tombait. Link a balayé des yeux la foule éclairée par les lumières clignotantes des gyrophares et agitée par les cris des bigotes hystériques.

— Où est Liv ? a-t-il demandé. Elle n'était pas avec toi ?

— Aucune idée. Je lui ai conseillé de filer quand la *rave* des asticots a commencé.

Link a tressailli à ce souvenir.

— On la cherche ? a-t-il proposé.

Des gens faisaient la queue devant le Palais du rire, vers lequel je me suis dirigé.

— J'ai l'impression qu'elle est capable de se débrouiller seule, ai-je répondu. Et nous avons une affaire à régler sans qu'elle ait besoin d'y assister.

— Vrai.

Nous avons bifurqué dans une allée, à quelques mètres du Tunnel de l'amour. Ridley, Lena et John se tenaient devant les nacelles en plastique miteuses peintes comme des gondoles. Lena était au milieu du trio, un blouson en cuir jeté sur ses épaules. Le problème, c'est qu'elle ne possédait pas de blouson en cuir. John, si. Je l'ai hélée sans réfléchir.

— Lena ?

Fiche-moi la paix, Ethan.

Non. Tu pensais à quoi, là-bas ?

À rien. Pour une fois, j'agissais.

En effet. Pour commettre une ânerie monumentale.

Ne me dis pas que tu es de leur côté, maintenant.

Je marchais vite, et Link trottait pour ne pas se laisser distancer.

— Tu vas te battre, hein ? Bon sang, j'espère que le Bellâtre Enchanteur ne va pas nous incendier, nous transformer en statues ou un truc de ce genre.

Link ne refusait jamais une bonne bagarre. Bien que maigre, il était presque aussi grand que moi et beaucoup plus cinglé. Néanmoins, la perspective d'affronter une créature surnaturelle n'avait pas l'attrait habituel. Nous nous étions déjà brûlé les doigts, à ce petit jeu-là. J'ai essayé de lui offrir une porte de sortie.

— Je m'en occupe. Toi, va chercher Liv.

— Des clous, mec. Je suis avec toi sur ce coup-là.

Lorsque nous sommes arrivés au manège, John s'est planté devant les filles, protecteur, à croire que c'étaient elles qui avaient besoin d'être défendues.

Va-t'en, Ethan.

J'ai perçu la peur dans sa voix. Mais, cette fois, c'est moi qui ne lui ai pas répondu.

— Alors, l'Amoureux, comment va ?

Souriante, Ridley a déballé une sucette bleue.

— Va te faire foutre, Ridley.

Remarquant la présence de Link derrière moi, son sourire a changé.

— Salut, Chaud Bouillant ! Un petit tour dans le Tunnel de l'amour, ça te tente ?

Elle s'efforçait d'adopter un ton blagueur, ne réussissait qu'à avoir l'air nerveux. L'attrapant par le bras, Link l'a attirée à lui, comme s'il était vraiment son petit copain.

— Qu'est-ce qui t'a pris, là-bas ? Tu aurais pu tuer quelqu'un. La tante d'Ethan qui a quatre cents ans a failli claquer d'une attaque.

— Ce n'étaient que des insectes, a protesté Ridley en s'arrachant à lui. Inutile d'être aussi mélodramatique. Je crois que je te préférais quand tu étais plus docile.

— Je n'en doute pas.

Lena a contourné John.

— Que s'est-il passé ? Ta tante va bien ?

De nouveau, elle ressemblait à ma Lena, gentille, soucieuse d'autrui. Malheureusement, je n'avais plus confiance en elle. Un peu plus tôt, elle avait démoli les femmes qu'elle détestait et tous ceux qui s'étaient trouvés avec elles sous le chapiteau ; maintenant, elle était la fille que j'avais embrassée derrière le kiosque des tickets. Ça ne collait pas.

— Quelle mouche t'a piquée ? Comment as-tu osé les aider ?

Je ne m'étais pas rendu compte à quel point j'étais furieux jusqu'à ce que je m'entende brailler. John, lui, avait pleinement conscience de ma rage. Il a plaqué sa paume sur mon torse, et j'ai reculé en titubant.

— Ethan !

Lena avait la frousse, c'était visible.

Arrête ! Tu t'attaques à ce que tu ne connais pas.

Au moins, j'agis, pour reprendre tes propres paroles.

Eh bien, agis autrement ! Fiche le camp !

— Je t'interdis de lui parler sur ce ton, a lancé John. Et si tu partais avant d'avoir des ennuis ?

J'avais loupé un épisode ou quoi ? Lena m'avait quitté à peine une heure auparavant, et voilà que John Breed la défendait comme si elle était sa nana.

— Ah ouais ? Et toi, tu devrais te méfier de qui tu t'amuses à bousculer, Bellâtre Enchanteur !

— Bellâtre Enchanteur ? a-t-il répété en avançant d'un pas, les poings serrés. (De gros poings.) Ne m'appelle pas comme ça.

— Tu préfères quoi ? Sac à merde ?

Je voulais qu'il me frappe. Il a effectivement plongé, sauf que j'ai tapé le premier. Je ne suis pas malin, dans ces cas-là. J'ai exprimé toute la frustration et toute la colère qui couvaient en moi quand mon petit poing d'humain est entré en contact avec sa mâchoire en acier surnaturelle. J'ai eu l'impression de heurter un bloc de ciment. John a cligné des paupières, et ses prunelles vertes sont devenues noires comme du charbon. Lui n'avait rien senti.

— Je ne suis pas un Enchanteur.

J'avais beau ne pas en être à ma première baston, rien n'aurait pu me préparer à ce que j'ai éprouvé quand il a riposté. Je me suis souvenu de Macon se battant contre son frère Hunting, de leur force et de leur rapidité hallucinantes. John a à peine bougé, et j'ai roulé au sol. J'ai cru que j'allais m'évanouir.

— Ethan ! John ! Stop !

Lena hurlait, et son maquillage noir lui dégoulinait sur les joues. J'ai entendu John balancer Link par terre. Au moins, lui s'est relevé plus vite que moi. Pour retomber aussi sec. Je me suis mis debout. Je n'étais pas trop amoché, mais j'allais avoir les pires difficultés du monde à dissimuler mes hématomes à Amma.

— Ça suffit, John, est intervenue Ridley d'une voix qu'elle voulait détendue, mais qui manquait d'assurance et qui trahissait sa propre peur (pour autant qu'elle soit en mesure d'avoir peur, bien sûr). Allons-y. On nous attend ailleurs.

Elle a retenu John par le bras. Link l'a regardée droit dans les yeux, ce qui n'a pas été très simple, vu qu'il était allongé dans la poussière.

— Inutile de me rendre service, Rid. Je suis capable de m'en tirer tout seul.

— C'est ce que je constate. Un vrai champion de boxe.

Link a grimacé. La moquerie, ou la douleur, peut-être. Quoi qu'il en soit, il n'était pas accoutumé à être celui qui se retrouvait le cul par terre dans une bagarre. Se relevant, il a brandi les poings, prêt à y retourner.

— Ce sont les poings de la rage, ma poule, a-t-il plastronné, et ils commencent seulement à s'échauffer.

Ridley s'est interposée entre lui et John.

— Non, a-t-elle répliqué d'un ton ferme. Ça suffit.

Link a baissé les mains et a donné un coup de pied dans la poussière.

— Ouais, ben sache que je me le ferais comme un pot de fraises s'il n'était pas un... d'ailleurs, qu'est-ce que tu es, mec ?

Je n'ai pas laissé John répondre, persuadé de le savoir.

— Une espèce d'Incube.

J'ai regardé Lena. Elle pleurait encore, les bras serrés autour de la taille. Je ne lui ai pas adressé la parole, pourtant. Je n'étais même plus sûr de qui elle était.

— Tu me prends pour un Incube ? a rigolé John. Un Soldat du démon ?

— Oh, arrête de frimer, a rétorqué Ridley en levant les yeux au ciel. Plus personne n'appelle les Incubes des Soldats du démon.

— J'appartiens à la vieille école, a répliqué l'autre en faisant craquer ses jointures.

Link paraissait perdu.

— Je croyais que vous autres les vampires deviez rester cachés pendant la journée ?

— Et moi, je croyais que les ploucs comme vous conduisiez des décapotables avec le drapeau confédéré sur le capot, s'est marré John.

Sauf que ce n'était pas drôle. Ridley les séparait toujours.

— En quoi ça t'intéresse, Shrinky Dink ? John n'entre pas vraiment dans les cadres. Il est... unique en son genre. J'aime l'envisager comme incarnant le meilleur des deux mondes.

Je n'avais pas la moindre idée de ce qu'elle racontait, mais quoi que soit John Breed, elle se gardait bien de nous le révéler.

— Ah bon ? Eh ben, moi, j'aime l'envisager comme retournant en rampant dans son monde et ne revenant pas dans le nôtre.

Link jouait les gros durs. N'empêche, quand John l'a toisé, il a blêmi.

— Allons-y, a répété Ridley à John.

Ils nous ont tourné le dos, vers le manège où les gondoles effectuaient leur boucle sous la vieille arche en bois peinte pour évoquer un pont quelconque de Venise.

— N'y va pas, Lena.

Elle a hésité une seconde, comme si elle avait envie de se précipiter dans mes bras. Quelque chose l'en a empêchée, cependant. John a chuchoté à son oreille, et elle a grimpé dans une des nacelles en plastique. J'ai observé la seule fille que j'avais aimée. Cheveux noirs et prunelles dorées au lieu de vertes.

Il m'était impossible de prétendre que la couleur or ne signifiait rien. Plus maintenant.

J'ai contemplé la nacelle qui disparaissait en nous laissant sur place, Link et moi, aussi sales et couverts de bleus que le jour où nous avions affronté Emory et son frère dans la cour, au CM2.

— Viens, tirons-nous.

Link s'éloignait déjà. La nuit était définitivement tombée, et les lumières de la grande roue étincelaient dans le ciel.

— Pourquoi pensais-tu que c'était un Incube ?

Il trouvait un peu de réconfort dans l'idée qu'il s'était fait botter les fesses par un démon, et pas par un type normal.

— Ses yeux sont devenus noirs, et j'ai eu l'impression d'être heurté par un poids lourd quand il m'a frappé.

— D'accord, sauf qu'il se baladait en plein jour. Et qu'il avait les yeux verts, comme Lena…

Il s'est interrompu. Inutile, je savais ce qu'il avait failli dire.

— Comme Lena autrefois, hein ? Je sais. Et je n'y comprends rien.

Tous les événements de la soirée m'échappaient, en effet. Je n'arrivais pas à oublier l'air avec lequel Lena m'avait regardé. L'espace d'une seconde, j'avais été sûr qu'elle ne suivrait pas les autres. Si je pensais à elle, Link continuait d'être obsédé par John.

— Et qu'est-ce que c'étaient que ces âneries sur le meilleur des deux mondes ? Quels mondes ? Celui de l'horreur habituelle et celui de l'horreur horrifique ?

— Je l'ignore. J'étais convaincu qu'il était un Incube.

Link s'est frotté l'épaule, vérifiant l'étendue des dégâts.

— En tout cas, ce mec a de sacrés pouvoirs. Je me demande ce dont il est encore capable.

Nous avons tourné, à hauteur de la sortie du Tunnel de l'amour. Je me suis arrêté net. « Le meilleur des deux mondes. » Et si John était en mesure de faire bien plus que se dissiper dans l'air comme un Incube et de nous tabasser à mort ? Il avait les yeux verts. Était-il une sorte d'Enchanteur doué de sa propre version du don de persuasion à la Ridley ? Si je n'étais pas très sûr que Ridley puisse influencer Lena toute seule, il était possible que John l'y ait aidée. Ce qui expliquerait le comportement insensé de Lena et pourquoi elle avait paru désirer me rejoindre jusqu'à ce que John murmure à son oreille. Depuis combien de temps chuchotait-il ainsi ?

— Hé ! m'a lancé Link en m'assenant un coup sur le bras du revers de la main. Tu sais ce qui est le plus zarbi ?

— Non, quoi ?

— Ils ne sont pas ressortis.

— Comment ça ?

Il a désigné l'orifice du Tunnel de l'amour.

— Ils ne sont pas descendus du manège.

Il avait raison. Ils n'auraient pas eu le temps d'émerger avant que nous parvenions ici. Nous avons regardé les nacelles qui se succédaient, vides.

— Où sont-ils, alors ?

Link a secoué la tête au rythme des réflexions qui s'y bousculaient.

— Je n'en sais rien. Ils sont peut-être en train de se bécoter, là-dedans ? (Cela nous a arraché une grimace.) Allons voir. Il n'y a personne.

Il était déjà au débouché de l'attraction. Sautant par-dessus la barrière, il s'est enfilé dans le conduit. L'espace de chaque côté des rails était réduit, et il était délicat de circuler entre les nacelles sans se faire rentrer dedans. L'une d'elles a d'ailleurs heurté le menton de Link.

— Il n'y a personne, là-dedans, a-t-il maugréé. Où ont-ils bien pu aller ?

— Ils se sont peut-être tout bonnement évaporés, ai-je suggéré en me rappelant la façon dont John Breed s'était volatilisé à l'enterrement de Macon. Cependant, s'il avait le don de Voyager, ce n'était pas le cas de Ridley ni de Lena.

— Tu crois qu'il existe une sorte de passage secret Enchanteur, un truc comme ça ? m'a demandé Link en promenant sa main sur la paroi du manège.

Les seules portes de cet acabit que je connaissais conduisaient aux Tunnels, le labyrinthe souterrain qui sommeillait tranquillement sous Gatlin et le reste du monde des Mortels. Un monde au-delà du monde, si différent du nôtre que le temps et les distances y étaient altérés. Mais, pour autant que je sache, les accès aux Tunnels se trouvaient à l'intérieur des bâtiments – Ravenwood, la *Lunae Libri*, la crypte de Greenbrier. Quelques planches de contreplaqué peint ne constituaient pas un bâtiment, et il n'y avait rien sous le Tunnel de l'amour, excepté de la poussière.

— Un passage qui mènerait où ? ai-je répondu. Ce machin a été installé au milieu du champ de foire il y a seulement deux jours.

— Mais où auraient-ils pu se rendre autrement ? a objecté Link en repartant vers la sortie.

Si mon hypothèse selon laquelle John et Ridley mani-pulaient Lena était juste, il fallait que je le découvre, en effet. Ça n'expliquerait pas les yeux dorés de ces derniers mois, certes ; en revanche, ça permettrait sans doute de clarifier ce qu'elle fabriquait en compagnie de John.

— Je dois y descendre, ai-je décidé.

Link avait déjà tiré ses clés de voiture de la poche arrière de son jean.

— Pourquoi diable avais-je subodoré que tu dirais ça ?

Il m'a suivi au petit trot jusqu'à La Poubelle en faisant crisser le gravier sous les semelles de ses baskets. Ouvrant brutalement la portière rouillée, il s'est installé derrière le volant.

— Où va-t-on ? Ou vaut-il mieux que je…

Il pérorait encore lorsque j'ai perçu les mots minuscules qui tiraient sur le bas de mon cœur.

Au revoir, Ethan.

Elles étaient parties, la voix comme la fille. Pareilles à une bulle de savon, à de la barbe à papa, à l'ultime pan argenté d'un rêve.

15 juin
RECONNAISSABLE ENTRE
MILLE

La Poubelle s'est arrêtée en dérapant devant la Société historique, les pneus avant mordant à moitié sur le trottoir. Le moteur a rugi dans le silence de la rue déserte.

— Tu ne pourrais pas faire moins de bruit ? On va nous entendre.

Mais Link conduisait toujours ainsi. N'empêche, nous étions garés à seulement quelques mètres de l'immeuble qui abritait le quartier général des FRA. Le toit avait fini par être réparé – il s'était envolé durant l'ouragan déclenché par Lena, quelques jours avant son anniversaire. Bien que le lycée ait été pareillement frappé, lui pouvait attendre. Nous savions quelles étaient nos priorités, par ici.

Presque tous les habitants de Caroline du Sud ayant un lien de parenté avec un Confédéré, il n'était pas très difficile d'adhérer aux Filles de la Confédération[1]. En revanche,

---

1. Soit « United Daughters of the Confederacy », ou UDC. Créée en 1894 pour commémorer les soldats tombés durant la guerre de Sécession, soutenir les vétérans et collectionner des archives, cette association s'est peu à peu engagée politiquement, prenant position contre l'abolition de la ségrégation.

il en allait tout autrement quand il s'agissait d'appartenir aux FRA, car il fallait alors descendre en ligne directe d'un ancêtre ayant participé à la révolution américaine. Le problème était de le prouver. À moins d'avoir en personne signé la déclaration d'Indépendance, vous deviez fournir un arbre généalogique long de un kilomètre. Pour couronner le tout, l'admission fonctionnait par cooptation, ce qui signifiait lécher les bottes à la mère de Link et signer toutes les pétitions qu'elle ne manquait jamais de faire circuler. L'affaire revêtait sans doute une importance plus vitale ici que dans le Nord, comme si nous nous sentions obligés de démontrer que nous nous étions tous battus dans le même camp durant un conflit oublié. La partie Mortelle du monde de Gatlin était, en fin de compte, aussi compliquée que sa partie Enchanteresse.

Ce soir-là, l'immeuble paraissait vide.

— Ce n'est pas comme s'il y avait quelqu'un pour nous entendre, a protesté Link. Tous ceux que nous connaissons assistent à la course de stock-cars.

Il avait raison. Gatlin aurait tout aussi bien pu être une ville fantôme. La plupart des gens étaient soit encore à la foire, soit chez eux pendus au téléphone afin de raconter les événements qui s'étaient déroulés pendant le concours de pâtisserie et qui constitueraient un haut fait historique pour les décennies à venir. J'étais à peu près convaincu que Mme Lincoln n'aurait jamais autorisé un membre des FRA à manquer le spectacle de sa victoire sur Amma. Même si, pour l'instant, j'étais prêt à parier qu'elle regrettait de ne pas s'être cantonnée à la compétition de conserves maison cette année.

— Non, ai-je objecté. Pas tout le monde.

J'avais beau être à court d'idées et d'explications, je savais où trouver les unes et les autres.

— Tu crois vraiment que c'est raisonnable ? Et si Marian n'était pas là ?

Link était nerveux. Avoir vu Ridley traîner avec une espèce d'Incube mutant ne l'avait pas rassuré. Non qu'il ait de véritables raisons de s'inquiéter. L'identité de celle après qui en avait John Breed était assez évidente, et ce n'était pas Ridley. J'ai consulté mon téléphone portable. Il était presque 23 heures.

— Aujourd'hui est férié, à Gatlin. Tu sais ce que ça signifie : Marian est forcément dans la *Lunae Libri*.

Car les choses fonctionnaient ainsi, chez nous. Marian était la responsable de la bibliothèque municipale de Gatlin de 9 heures à 18 heures les jours ouvrables. Lors des fêtes, elle devenait responsable de la bibliothèque des Enchanteurs de 21 heures à 6 heures. La bibliothèque municipale étant fermée, celle des Enchanteurs ouvrait. Or la *Lunae Libri* offrait un accès aux Tunnels.

J'ai claqué la portière de La Poubelle pendant que Link sortait une lampe électrique de la boîte à gants.

— Oui, oui, a-t-il commenté. La bibliothèque des Enchanteurs sera ouverte toute la nuit, vu que ses usagers ne se baladent pas en pleine journée.

Il a balayé l'immeuble du faisceau de sa torche. Une plaque en laiton annonçait : FILLES DE LA RÉVOLUTION AMÉRICAINE.

— N'empêche, a-t-il enchaîné, si ma mère, Mme Asher ou Mme Snow apprenaient ce qui est situé dans les sous-sols de leur QG...

Il agitait sa lampe comme il aurait brandi une arme.

— Tu as l'intention de dessouder quelqu'un avec ce truc ? me suis-je moqué.

— On ne sait jamais sur qui on risque de tomber, a-t-il répondu en haussant les épaules.

Bien d'accord. Ni lui ni moi n'étions retournés dans la *Lunae Libri* depuis l'anniversaire de Lena, et notre dernière visite avait plus consisté en périls à affronter qu'en dictionnaires à consulter. Danger et mort. Nous avions commis une erreur, cette nuit-là, et elle avait commencé exactement à cet endroit. Si j'étais arrivé à Ravenwood plus tôt ou si j'avais trouvé le *Livre des lunes*, j'aurais réussi à aider Lena à lutter contre Sarafine. Si nous avions agi différemment, Macon aurait-il été encore de ce monde ?

Nous avons contourné le vieil immeuble en brique rouge sous le clair de lune. Link a illuminé la grille située à hauteur du sol, je me suis accroupi.

— Prêt ?

La torche tremblotait.

— J'attends ton signal.

J'ai tendu la main à travers les barreaux, elle s'est enfoncée dans l'illusion optique que constituait l'accès à la *Lunae Libri*. Bien des apparences étaient trompeuses, à Gatlin. Du moins, dès qu'elles concernaient les Enchanteurs.

— Je suis surpris que ce sortilège fonctionne encore, a marmonné Link tandis que je récupérais ma main, intacte.

— D'après Lena, il est banal et facile. C'est Larkin qui l'a mis en place.

— Tu n'as jamais eu peur que ce soit un piège ?

La lampe tressaillait tellement, maintenant, qu'elle éclairait à peine l'entrée.

— Il n'y a pas trente-six façons de le découvrir.

Fermant les yeux, j'ai plongé. La seconde suivante, j'avais quitté les buissons poussant derrière le QG des FRA et je me trouvais sur un escalier de pierre qui descendait au cœur de la bibliothèque fabuleuse. Un frisson m'avait secoué quand j'en avais franchi le seuil enchanté, mais pas à cause d'une quelconque sensation surnaturelle. Ce frémissement, cette impression de mal agir venaient de ce que rien ici n'était différent de dehors. L'air était le même de chaque côté de la grille, bien qu'il règne ici un noir d'encre. Je n'avais pas le sentiment d'être magique, ni ici ni ailleurs dans ou sous Gatlin. J'étais contusionné et furieux, mais plein d'espoir. J'étais persuadé que Lena éprouvait quelque chose pour John. S'il existait cependant une possibilité que je me trompe, et que John et Ridley exercent réellement un ascendant sur elle, cela valait la peine de repasser du mauvais côté de la barrière illusoire.

Link a déboulé derrière moi et a laissé tomber sa lampe, laquelle a dévalé les marches, nous laissant dans l'obscurité un instant avant que les flambeaux fichés dans les murs s'allument tout seuls, l'un après l'autre.

— Désolé, a-t-il grommelé. Ce bazar me prend toujours au dépourvu.

Dans la pénombre, je ne distinguais pas son visage.

— Si tu préfères ne pas m'accompagner…

Il a mis une seconde à me répondre.

— Évidemment que je n'en ai pas envie ! Sauf que j'y suis obligé. Attention, je ne dis pas que Rid est l'amour de ma vie, ce n'est pas le cas. Ce serait trop dingue. Mais imagine que Lena ait raison, et que sa cousine soit prête à changer ? Et si le Bellâtre vampirique lui faisait des trucs à elle aussi ?

Je doutais que Ridley soit sous une influence autre que la sienne propre, mais je n'ai pas relevé. Il ne s'agissait pas que de Lena et moi. Link avait encore Ridley dans la peau, ce qui n'était pas très prometteur. Qui voudrait s'amouracher d'une Sirène ? S'éprendre d'une Enchanteresse était déjà assez périlleux.

J'ai suivi Link dans le noir transpercé par les lueurs vacillantes des torchères pour gagner le monde souterrain de notre ville. Nous quittions Gatlin pour l'univers des Enchanteurs, un endroit où tout pouvait arriver. Je me suis efforcé de ne pas repenser à l'époque où c'était là mon plus cher désir.

Sitôt passé le linteau sur lequel étaient gravés les mots DOMUS LUNAE LIBRI, un autre monde s'ouvrait à nous. Un univers parallèle. Désormais, certains aspects m'en étaient familiers : l'odeur moussue de la pierre brute, celle moisie des parchemins remontant à la guerre de Sécession et, au-delà, la fumée qui se dégageait des flambeaux et planait sous les plafonds sculptés. L'humidité des murs me chatouillait les narines, les gouttes d'une eau souterraine se faufilant entre les dalles du sol résonnaient parfois à mes oreilles. Cependant, d'autres aspects me resteraient étrangers pour l'éternité : l'obscurité qui régnait au bout des rayonnages, les sections de la bibliothèque qu'aucun Mortel n'avait jamais vues. Combien d'entre elles ma mère avait-elle visitées ?

Nous avons atteint le bas des marches.

— Et maintenant ?

Récupérant sa lampe, Link l'a dirigée sur la colonne la plus proche. Le bas-relief d'une tête de griffon menaçante a montré les dents, et il a détourné le faisceau pour mieux éclairer une gargouille aux crocs impressionnants.

— Si ça, c'est une bibliothèque d'Enchanteurs, a-t-il bougonné, je n'aimerais pas découvrir à quoi ressemblent leurs prisons.

— Ça risque pourtant de ne pas tarder.

J'ai entendu le souffle des flammes qui s'allumaient dans les torchères entourant la rotonde, et nous avons pu alors distinguer la colonnade sculptée avec ses rangs de féroces créatures mythologiques, certaines Enchanteresses, d'autres Mortelles, qui serpentaient au pied de chaque pilier.

— C'est complètement marteau, a marmonné Link en reculant d'un pas.

J'ai effleuré les traits tordus par la souffrance d'une malheureuse livrée au bûcher. Link a caressé une autre face pleine de canines pointues.

— Vise un peu le clebs. On dirait Boo.

Regardant de plus près, il s'est aperçu que les dents étaient celles d'un homme. Il a vivement retiré sa main. Des volutes avaient l'air d'avoir été fabriquées dans la pierre et la fumée. Un visage émergeait des tourbillons et des plis de la colonne, j'ai eu l'impression qu'il m'était familier. Difficile à dire, cependant, car il était environné de tellement de matière qu'il paraissait lutter contre la roche, semblant vouloir se frayer un chemin vers moi. Un instant, j'ai eu l'impression que ses lèvres bougeaient, comme si la créature avait tenté de me parler.

— Bon Dieu ! ai-je soufflé en reculant à mon tour. Qu'est-ce que c'est que ça ?

— Quoi donc ?

Près de moi, Link a contemplé le pilier qui n'était que ça, une colonne de pierre sculptée en vagues et en spirales. Le visage avait été de nouveau englouti dans le dessin, telle une tête qui s'enfonce sous la mer.

— L'océan ? a suggéré Link. De la fumée ? Qu'est-ce que ça peut te faire, de toute façon ?

— Laisse tomber.

Mais moi, ça m'était impossible, quand bien même je n'y pigeais que couic. Je connaissais ces traits. Je les avais déjà croisés. La salle, sinistre, nous avertissait que le monde des Enchanteurs était un lieu de Ténèbres, quel que soit le bord dont on se revendiquait.

Un nouveau flambeau s'est enflammé, révélant les empilements de vieux ouvrages, manuscrits et parchemins. Ils partaient de la rotonde en rayons, dans toutes les directions, comme ceux d'une roue de vélo, se fondant au loin dans l'obscurité. La dernière torche a pris feu, et le bureau en acajou ouvragé où Marian aurait dû être assise s'est dessiné. Il était vide. Marian avait beau soutenir que la *Lunae Libri* était le réceptacle d'une magie très ancienne qui n'était ni Ténèbres ni Lumière, sans elle, la bibliothèque paraissait sacrément ténébreuse.

— Il n'y a personne, a constaté Link, déçu.

M'emparant de l'une des lampes, je la lui ai donnée avant d'en prendre une pour moi-même.

— Ils sont en bas.

— Qu'en sais-tu ?

— Je le sais, c'est tout.

Je me suis enfoncé au milieu des étagères comme si j'avais la moindre idée de l'endroit où j'allais. L'atmosphère était lourde de l'odeur des livres aux dos déformés et parfois en lambeaux ; les rayonnages poussiéreux ployaient sous le poids de centaines d'années de mots accumulés. J'ai éclairé le plus proche.

— *Calamités et cornues* ; *Caramels : les sortilèges cachés dedans* ; *Comment rendre une vierge velue*. On doit être à la section C.

— *Destruction totale d'un Mortel*. Celui-là devrait être aux D.

Link a tendu la main vers l'ouvrage.

— Pas touche ! Tu vas te brûler.

Je l'avais appris à mes dépens en feuilletant le *Livre des lunes*.

— On pourrait au moins le planquer, non ? Derrière les *Caramels* ?

Voilà qui n'était pas une mauvaise idée en soi. Mais irréalisable.

Nous nous étions à peine éloignés d'une dizaine de pas qu'un rire a retenti. Celui d'une fille, reconnaissable entre mille, rebondissant de plafond en plafond.

— Tu as entendu ça ?

— Quoi ?

Link a agité son flambeau, manquant de mettre le feu à une pile de parchemins.

— Attention ! Il n'y a pas d'escalier de secours, par ici.

Nous avons atteint un carrefour au milieu des étagères. De nouveau, le rire musical a retenti. Beau, intime ; ses éclats argentins me donnaient une sensation de sécurité, comme si le monde où je me trouvais était soudain moins étranger.

— Je crois que c'est le rire d'une fille.

— Marian, peut-être ? a suggéré Link. C'est une fille. Enfin, en quelque sorte, a-t-il ajouté quand je l'ai regardé comme s'il avait perdu la tête.

— Ce n'est pas elle.

D'un geste, je lui ai ordonné de tendre l'oreille. Malheureusement, le bruit s'était éteint. Nous avons avancé dans sa direction, et l'allée a bifurqué pour déboucher sur une rotonde identique à la première.

— Tu crois que ce sont Lena et Ridley ?

— Aucune idée. Par ici.

Le son était si ténu, à présent, que j'avais du mal à le suivre. Pourtant, je savais qui l'émettait. Au fond de moi, j'avais toujours été certain que je serais capable de dénicher Lena, où qu'elle soit. C'était une assurance que je ne pouvais pas expliquer. En même temps, elle était logique. Notre lien était si puissant que nous faisions les mêmes rêves et nous parlions sans parler ; alors, pourquoi n'aurais-je pas été en mesure de sentir où elle se trouvait ? Un peu comme quand vous revenez en voiture du bahut, ou de n'importe quel lieu que vous fréquentez au quotidien, et que vous vous rappelez avoir quitté le parking, mais sans vous souvenir de votre trajet lorsque vous vous garez devant chez vous.

Lena était ma destination. J'allais toujours vers elle, même quand je n'y allais pas. Même quand elle ne venait pas à moi.

— Un peu plus loin.

Un énième tournant a révélé un couloir couvert de lierre. J'ai soulevé ma torchère, et une lanterne en laiton s'est allumée au milieu des feuilles.

— Regarde !

Les contours d'une porte étaient visibles sous le rideau de plantes grimpantes. J'ai tâtonné jusqu'à sentir sous mes doigts le fer froid et rond d'un loquet en forme de lune. Une lune d'Enchanteur.

Derechef, j'ai capté le rire. Ça ne pouvait être que Lena. Il est des choses qu'un mec sait avec certitude. Je savais. Comme je savais que mon cœur ne pouvait m'égarer.

La poitrine serrée, j'ai poussé le lourd battant qui a gémi. Il s'est ouvert sur un studio splendide. Près du mur opposé, une fille allongée sur un gigantesque lit à baldaquin griffonnait dans un petit calepin rouge.

— L !

Elle a relevé la tête, surprise.

Sauf que ce n'était pas Lena.

C'était Liv.

15 juin
POISSON PILOTE

D'abord, ça a été la stupeur, silencieuse, embarrassée.
Puis, très vite, une confusion bruyante a pris le relais.
Link a beuglé après Liv, laquelle m'a braillé dessus, tandis
que je hurlais sur Marian, laquelle a attendu que nous
nous calmions.

— Qu'est-ce que tu fiches ici ?
— Pourquoi m'as-tu abandonnée, à la foire ?
— J'aimerais bien des explications, tante Marian !
— Entrez.

Marian a tiré la porte à elle pour que nous les rejoi-
gnions. Ensuite, le vantail a claqué, et j'ai entendu que
le verrou se remettait en place tout seul. Une bouffée de
panique, de claustrophobie m'a submergé, ce qui était
bizarre, dans la mesure où la pièce était tout sauf petite.
N'empêche, je me sentais prisonnier, oppressé, et j'avais
l'impression que nous étions dans un lieu très intime,
comme une chambre. À l'instar du rire tout à l'heure, elle
me semblait familière, bien qu'elle ne le soit pas. Comme
le visage dans la pierre.

— Où sommes-nous ?

— Chaque chose en son temps, EW. Je répondrai à l'une de tes questions si tu réponds à l'une des miennes.

— Pourquoi Liv est-elle ici ?

J'ignore pour quelle raison j'étais en colère, mais je l'étais bel et bien. Étais-je donc condamné à ne rencontrer que des personnes anormales toute ma vie ? Fallait-il que tout un chacun ait une existence secrète ?

— Assieds-toi. S'il te plaît.

Marian a montré une table ronde plantée au milieu de la salle. L'air irrité, Liv s'est levée du lit installé devant une cheminée où brûlait un feu bizarre, blanc et étincelant au lieu d'orange.

— Olivia est présente car elle est mon assistante de recherche. À mon tour.

— Minute. Ce n'est pas une vraie réponse, ça. J'étais déjà au courant, figure-toi.

Je n'avais rien à envier à Marian quand il s'agissait d'être têtu. Ma voix a résonné contre les murs, tandis que je remarquais un lustre ouvragé suspendu au plafond haut et incurvé. Il était fabriqué dans une sorte de corne polie, à moins que ce ne soit de l'os. La partie en fer forgé était fichée de longs cierges effilés qui éclairaient les lieux d'une lumière douce et instable, illuminant des coins pour mieux en dissimuler d'autres. Le grand lit à baldaquin était en ébène. J'en avais déjà vu un identique quelque part. Tout, aujourd'hui, avait des allures de déjà-vu monstrueux, et ça me rendait dingue. Guère impressionnée par mon éclat, Marian s'est appuyée au dossier de sa chaise.

— Comment es-tu arrivé ici, Ethan ?

Que pouvais-je raconter, avec Liv à côté ? Que j'avais cru entendre Lena ? la sentir ? Que, à la place, mon instinct m'avait conduit à Liv ? Alors que tout cela m'échappait ? J'ai détourné les yeux. Des bibliothèques en bois noir couvraient les parois du sol au plafond, bondées de livres et d'objets curieux qui, visiblement, constituaient la collection personnelle de quelqu'un ayant parcouru la terre plus souvent que je m'étais rendu au Stop & Steal. Une série de bouteilles et de fioles antiques emplissaient un rayonnage, comme dans une pharmacie. Une autre étagère croulait sous les ouvrages. Mis à part les piles de vieux journaux et les bocaux pleins de terre de cimetière, le tout m'a rappelé la chambre d'Amma. Un livre cependant se détachait des autres – *Ténèbres et Lumière : les origines de la magie.*

Je l'ai reconnu, ainsi que la décoration, la bibliothèque et l'arrangement impeccable des pièces rares et magnifiques. Ce studio ne pouvait avoir appartenu qu'à une personne qui n'en était même pas une.

— Nous sommes chez Macon, hein ?

— Possible.

Link a lâché une étrange épée de cérémonie avec laquelle il jouait. Le vacarme a été énorme et, rouge comme une pivoine, il a tenté de la remettre là où il l'avait prise. Mort ou pas, Macon continuait de lui flanquer une pétoche de tous les diables.

— J'imagine qu'un des Tunnels relie cette salle directement à sa chambre de Ravenwood, ai-je enchaîné.

Car la pièce était une réplique presque parfaite de celle de la plantation, à l'exception des lourdes draperies qui avaient occulté les fenêtres là-bas.

— Peut-être.

— Tu as descendu ce bouquin parce que tu craignais que je ne le feuillette après la vision que j'ai eue aux archives.

Marian a pris le temps de soigneusement préparer sa réponse.

— Admettons que tu aies raison, et que nous soyons dans le bureau de Macon, là où il méditait. Comment nous as-tu localisées, ce soir ?

J'ai balancé un coup de pied dans l'épais tapis indien. Blanc et noir, il offrait un motif compliqué. Je n'avais pas envie de m'expliquer à ce sujet, dérangeant. De plus, si je disais la vérité, elle risquait de devenir réelle. Mais par quel prodige ? Comment mon instinct avait-il pu me conduire à quelqu'un d'autre que Lena ? En même temps, si je cachais cela à Marian, je ne sortirais sans doute jamais d'ici. J'ai opté pour un demi-mensonge.

— Je cherchais Lena. Elle est par ici avec Ridley et son ami John. À mon avis, elle a des ennuis. Elle a fait un truc, aujourd'hui à la foire...

— Disons simplement que Ridley s'est comportée en Ridley, et que Lena aussi. Les sucettes font des heures sup, apparemment.

Comme il était en train d'ouvrir un sachet de lanières de viande séchée, Link ne m'a pas vu le fusiller du regard. Je n'avais pas eu l'intention d'entrer dans les détails devant Marian et Liv.

— Nous étions dans la bibliothèque, j'ai entendu une fille qui riait. Elle avait l'air... heureuse, je pense. Je l'ai suivie jusqu'ici. Enfin, le bruit. J'ai du mal à mettre des mots dessus.

J'ai jeté un coup d'œil à Liv. Sa peau d'ordinaire pâle avait rosi. Elle fixait un endroit vide sur le mur. Marian a claqué des mains, signe de découverte importante.

— Ce rire t'était familier, n'est-ce pas ?

— Oui.

— Et tu l'as suivi sans réfléchir. Instinctivement.

— On peut dire ça.

Je n'étais pas trop sûr de la direction que prenait cet interrogatoire, mais Marian arborait son air de savant fou.

— Lorsque tu es avec Lena, parviens-tu à communiquer avec elle sans parler ?

— Grâce au Chuchotement ? Oui.

Liv s'est tournée vers moi, ahurie.

— Comment diable un Mortel peut-il être au courant du Kelting ?

— Bonne question, Olivia. Qui mérite qu'on s'y arrête.

Leur manière de se dévisager m'a agacé. Marian s'est dirigée vers les rayonnages et a entrepris de fouiller la bibliothèque de Macon comme si elle cherchait ses clés de voiture dans son sac à main. La voir fouiner dans les livres du disparu m'a dérangé, bien qu'il ne soit plus là pour assister au sacrilège.

— C'est arrivé tout seul, ai-je plaidé. Un peu comme si nous nous étions trouvés, mentalement.

— Tu lis dans la tronche des autres et tu ne m'en as rien dit ? s'est exclamé Link en me fixant comme s'il venait de découvrir que j'étais le Silver Surfer en personne et en se frottant les cheveux d'une paume nerveuse. Euh... tous ces trucs à propos de Lena, mec ? a-t-il ajouté en détournant les yeux. Désolé, c'était juste pour t'embêter. Est-ce que tu es en train de le faire ? Là, tout de suite ? Tu le fais, hein ? Hé ! Sors de ma tête !

Il a reculé, heurtant une étagère.

— Je suis incapable de déchiffrer tes pensées, espèce de crétin ! Lena et moi entendons parfois ce à quoi nous réfléchissons, rien de plus.

Il a paru soulagé, mais pas beaucoup.

— C'était quoi, les trucs sur Lena ?

— Rien. Je déconnais.

S'emparant d'un ouvrage, il a fait mine de le parcourir, mais Marian le lui a aussitôt ôté des mains.

— Exactement celui que je cherchais.

Ouvrant le vieux volume relié en cuir, elle l'a feuilleté dans un crépitement de pages desséchées, si vite qu'il m'est devenu évident qu'elle était en quête d'un passage bien précis. Le livre avait des allures de manuel, voire de mode d'emploi.

— C'est là, a-t-elle fini par annoncer en le tendant à Liv. Ça te dit quelque chose ?

La jeune Anglaise s'est rapprochée et, ensemble, elles se sont mises à le parcourir en opinant du bonnet. Se redressant, Marian a récupéré le bouquin.

— Bien. Et maintenant, Olivia, comment un Mortel peut-il pratiquer le Kelting ?

— Il ne peut pas, professeur Ashcroft. À moins d'être spécial.

Toutes deux me souriaient comme si j'étais un gamin venant d'effectuer ses premiers pas ou un cancéreux auquel on s'apprêtait à annoncer qu'il était en phase terminale de sa maladie. J'ai failli prendre mes jambes à mon cou.

— Ça ne vous dérangerait pas de partager la raison de votre hilarité avec moi ?

— Nous ne rions pas. Tiens, regarde par toi-même.

Me mettant debout, je me suis saisi du livre que Marian me tendait. Les pages que j'avais sous les yeux ressemblaient effectivement à une sorte d'encyclopédie des Enchanteurs, avec des dessins et des mots écrits dans des langues inconnues. Certains étaient en anglais, cependant.

— « Le Pilote », ai-je lu. C'est donc ça que je suis, pour toi ?

— Continue.

— « Le Pilote : celui qui connaît la voie. Synonymes : *dux, speculator, gubernator*. Général. Éclaireur. Celui qui trace le chemin. »

J'ai relevé les yeux, en pleine confusion. Link, en revanche, avait tout pigé.

— En bref, Ethan est une boussole humaine ? Pas terrible, comme superpouvoir. Hé, mec, tu es l'équivalent Enchanteur d'Aquaman.

— Aquaman ? a répété Marian, dont les références culturelles n'englobaient pas les BD.

— Il parle aux poissons, a obligeamment expliqué Link. Rien de comparable à une vision laser, hein ?

— Je n'ai aucun pouvoir particulier.

Était-ce vrai cependant ?

— Continue, m'a ordonné Marian en désignant une nouvelle page.

— « Nous servons depuis bien avant les croisades. Nous avons eu beaucoup de noms et aucun. Tel le chuchotement à l'oreille du premier empereur de Chine alors qu'il contemplait la Grande Muraille, tel le loyal compagnon du plus vaillant des chevaliers d'Écosse tandis qu'il luttait pour l'indépendance de son pays, les Mortels aux visées exceptionnelles ont toujours eu des guides. Comme les vaisseaux perdus de Christophe Colomb et de Vasco de Gama avaient des barreurs pour les piloter vers le Nouveau Monde, nous existons pour conduire les Enchanteurs dont le cheminement a une importance particulière. Nous sommes... »

Je n'ai pas réussi à déchiffrer la suite, mais Liv a enchaîné, à croire qu'elle avait mis un point d'honneur à mémoriser ces phrases :

— « ... ceux qui trouvons ce qui s'est perdu. Nous sommes ceux qui connaissons le chemin. »

— Jusqu'au bout, Ethan, a insisté Marian, soudain sérieuse, comme si ces paroles étaient une espèce de prophétie.

— « Nous sommes offerts aux grands, afin d'accomplir de grands desseins et d'atteindre à de grands buts. Nous sommes offerts aux graves, afin d'accomplir de graves desseins et d'atteindre à de graves buts. »

Refermant le livre, je le lui ai rendu. Je n'avais aucune envie d'en apprendre plus. Marian affichait une expression impénétrable. Elle a tourné et retourné le manuel entre ses mains avant de consulter Liv.

— Qu'en penses-tu ?

— C'est possible. Ça s'est déjà vu.

— Jamais pour ce qui concernait un Ravenwood. Ni une Duchannes, d'ailleurs.

— Vous l'avez dit vous-même, professeur Ashcroft. La décision de Lena ne sera pas sans conséquences. Si elle opte pour la Lumière, tous les Enchanteurs des Ténèbres de la famille mourront. Et si elle choisit les Ténèbres...

Inutile qu'elle poursuive, nous étions tous conscients de ce qui se passerait. Ce seraient les Enchanteurs de la Lumière de la famille qui y resteraient.

— Sous cet éclairage, n'estimez-vous pas que le cheminement de Lena revêt une importance particulière ?

Je n'aimais vraiment pas le tour que prenait la conversation, sans bien savoir à quoi elle allait aboutir.

— Allô ? me suis-je énervé. Je suis juste à côté de vous, je vous rappelle. Vous me mettez au parfum ?

C'est Liv qui s'y est collée, s'exprimant lentement, comme si elle me lisait un livre de contes.

— Dans le monde des Enchanteurs, seuls ceux ayant un objectif remarquable ont un Pilote, Ethan. Ces derniers sont rares, on en trouve un tous les cent ans, peut-être, et ils ne se manifestent jamais par hasard. Si tu en es un, c'est pour une bonne raison, afin de parvenir à un but, grandiose ou terrible, et ce, sans aide extérieure. Tu es une passerelle entre le monde des Enchanteurs et celui des Mortels. Quoi que tu fasses, il est primordial que tu te montres prudent.

Je suis allé m'asseoir sur le lit, où Marian m'a rejoint.

— Comme Lena, une destinée spécifique t'attend, Ethan. Cela signifie que les choses risquent de devenir très compliquées.

— Parce que ce qui s'est produit ces derniers mois était simple, peut-être ?

— Tu n'as pas idée de ce dont j'ai pu être témoin. Ou ta mère.

Elle a regardé ailleurs.

— Tu crois vraiment que je suis un de ces Pilotes ? Une boussole humaine, pour reprendre l'expression de Link ?

— Ça va largement plus loin, est intervenue Liv. Les Pilotes ne connaissent pas seulement la voie. Ils *sont* la voie. Ils guident les Enchanteurs le long du chemin que ceux-ci sont destinés à emprunter, un chemin qu'ils ne trouveraient pas sans eux. Tu es peut-être celui d'un Ravenwood ou celui d'une Duchannes, cela n'est pas encore clair.

Elle semblait être très au courant, ce qui m'étonnait. Mon cerveau ne cessait de revenir à ça, infichu qu'il était d'assimiler ce qu'elle me révélait.

— Explique-lui, tante Marian. Je ne peux pas être un Pilote. Mes parents sont des Mortels tout ce qu'il y a de plus normaux.

Personne n'a osé formuler l'évidence, à savoir que ma mère, comme Marian, avait fait partie de l'univers des Enchanteurs. D'une façon dont, malheureusement, tout le monde se refusait à parler. À moi, du moins.

— Les Pilotes sont des Mortels, a persisté Liv. Un pont entre les Enchanteurs et les Gardiens.

Elle s'est emparée d'un nouvel ouvrage.

— Naturellement, ta mère était loin d'être une Mortelle normale, pas plus que je ne le suis ou que ne l'est le professeur Ashcroft.

— Olivia ! s'est exclamée Marian en se pétrifiant sur place.

— Ne me dites pas que...

— Sa mère ne voulait pas qu'il sache. Je lui avais promis que, si quelque chose se produisait...

— Assez ! ai-je hurlé en abattant le livre sur la table. Je ne suis pas d'humeur à obéir à vos règles. Pas cette nuit.

Liv a nerveusement tripoté sa montre expérimentale.

— Quelle idiote je suis ! a-t-elle soupiré.

— Que sais-tu de ma mère ? lui ai-je demandé. J'exige tous les détails.

Près de moi, Marian s'est tassée. Les joues roses de Liv ont pris une teinte plus soutenue. Je me suis levé pour aller m'asseoir sur l'une des chaises.

— Je suis navrée, s'est-elle excusée en secouant la tête, ses yeux faisant la navette entre son mentor et moi.

— Olivia n'ignore rien de ta mère, Ethan, a murmuré Marian.

Je me suis tourné vers Liv. J'ai deviné ce qui allait suivre avant même qu'elle ouvre la bouche. La vérité m'avait titillé l'esprit depuis un moment déjà. Liv en connaissait un sacré rayon sur les Enchanteurs et les Pilotes ; elle était ici, dans les Tunnels, dans le bureau de Macon. Si je n'avais pas été aussi déboussolé par leur révélation de ce que j'étais peut-être, je me serais rendu compte plus tôt de qui était Liv. Bizarre que ça m'ait demandé autant de temps.

— Ethan.

— Tu es l'une d'elles, comme tante Marian et ma mère.

— L'une d'elles ?

— Une Gardienne.

Le terme a donné une réalité tangible à la chose. Je ressentais tout et rien à la fois. Ma mère, ici-bas en compagnie de Marian avec le trousseau de clés des Enchanteurs. Ma mère et le secret de sa vie, dans ce monde mystérieux d'où mon père et moi avions été exclus et dont nous ne ferions jamais partie.

— Non, a répondu Liv, gênée. Enfin, pas encore. Un jour, peut-être. Je m'exerce.

— À devenir plus que la bibliothécaire du comté de Gatlin, hein ? D'où ta présence ici, au milieu de nulle part sous prétexte d'une bourse. Imaginaire sans doute. Était-ce un mensonge aussi, ça ?

— Je suis nulle en mensonges. J'ai une bourse, mais accordée par une association d'érudits bien plus ancienne que l'université de Duke.

— Ou que celle de Harrow.

— Oui.

— Et le coup de l'Ovomaltine ? C'était vrai ?

Elle a eu un sourire contrit.

— Je suis bien de Kings Langley, j'adore l'Ovomaltine mais, pour être tout à fait honnête, j'en suis venue à préférer le Nesquik depuis mon arrivée à Gatlin.

Link s'est à son tour assis sur le lit, à court de mots.

— Je ne pige rien à ce qu'elle raconte, m'a-t-il confié.

Liv a feuilleté les pages de son livre jusqu'à ce qu'elle trouve une chronologie des Gardiens. Le nom de ma mère m'a sauté aux yeux.

— Le professeur Ashcroft a raison, Ethan, j'ai étudié le cas de Lila Evers Wate. Ta mère était une Gardienne brillante et un écrivain hors pair. Ma formation exige que je prenne connaissance des notes laissées par les Gardiens ayant occupé le poste avant moi.

Des notes ? Liv avait eu accès à des notes de ma mère dont j'ignorais tout ? J'ai eu du mal à ne pas enfoncer mon poing dans le mur le plus proche.

— Dans quel but ? Celui de ne pas répéter leurs erreurs ? De ne pas finir dans un accident sans témoins et inexplicable ? De ne pas abandonner les tiens, qui se poseront des questions sur la part cachée de ton existence et les raisons pour lesquelles tu la leur auras cachée ?

Derechef, Liv s'est empourprée. Je commençais à m'habituer au phénomène.

— Afin de poursuivre leur tâche et de maintenir vivantes leurs voix, a-t-elle néanmoins répondu. Ainsi, le jour où je deviendrai Gardienne, je saurai comment sauvegarder les archives des Enchanteurs : la *Lunae Libri*, les parchemins, les propres écrits des Enchanteurs. Cela est impossible sans les voix de mes prédécesseurs.

— Pourquoi ?

— Parce qu'ils sont mes enseignants. J'apprends à partir de leurs expériences, du savoir qu'ils ont accumulé durant leur mission. Tout est relié et, sans leurs dossiers, je ne serais pas en mesure de comprendre ce que je découvrirai de mon côté.

— Je suis perdu, ai-je avoué.

— Toi aussi ? s'est écrié Link depuis le lit. Mais de quoi parlez-vous, bon sang de bois ?

Marian a posé une main consolatrice sur mon épaule.

— La voix que tu as entendue, les rires, je pense qu'il s'agissait de ta mère. Lila t'a conduit ici, à coup sûr parce qu'elle tenait à ce que cette conversation ait lieu. Pour que tu découvres le but de ta vie, ainsi que celui de Lena, de Macon. Tu es lié à l'une de leurs Maisons et à l'une de leurs destinées. Sauf que je ne sais pas encore laquelle des deux.

J'ai songé au visage dans la colonne, au rire, au sentiment de déjà-vu que m'avait inspiré le sanctuaire de Macon. S'était-il agi de ma mère ? J'attendais un signe d'elle depuis des mois, depuis l'après-midi dans notre bureau, quand Lena et moi avions trouvé le message contenu dans les livres éparpillés.

Essayait-elle enfin de me contacter ?

Et si ce n'était pas le cas ?

Brusquement, j'ai pris conscience d'autre chose.

— Si je suis l'un de ces Pilotes, et je ne suis pas en train de dire que je le crois, ça signifie que je suis en mesure de localiser Lena, non ? Je suis censé veiller sur elle parce que je suis sa boussole, ou quelque chose dans le genre, n'est-ce pas ?

— Nous n'en sommes pas certaines. Tu es lié à quelqu'un, mais nous ignorons qui.

Repoussant ma chaise, je me suis approché de la bibliothèque. Le livre de Macon était au bout d'une étagère.

— Je parie que quelqu'un le sait.

J'ai tendu la main.

— Arrête, Ethan ! a crié Marian.

Mes doigts avaient à peine effleuré la couverture que j'ai senti le plancher se dérober sous mes pieds et que j'ai dégringolé dans le néant d'un autre monde.

Au dernier moment, une main a attrapé la mienne.

— Emmène-moi, Ethan.

— Liv, non...

Une fille aux longs cheveux bruns s'agrippait désespérément à un grand jeune homme, la tête appuyée sur son torse. La ramure d'un chêne immense les enveloppait, leur donnant l'impression d'être seuls, alors qu'ils n'étaient qu'à quelques mètres des bâtiments couverts de lierre de l'université de Duke. Le garçon prit tendrement entre ses mains le visage baigné de larmes de la fille.

— Crois-tu que ce soit facile pour moi ? Je t'aime, Jane, et je sais que je ne ressentirai plus jamais la même chose pour une autre. Malheureusement, nous n'avons pas le choix. Tu étais consciente que viendrait un temps où nous serions obligés de nous dire au revoir.

Jane leva un menton résolu.

— Tout le monde a toujours le choix, Macon.

— Pas dans cette situation. Et celui-ci t'exposerait à un danger.

— Pourtant, ta mère a affirmé qu'il existait une solution. Qu'en est-il de la prophétie ?

Macon abattit un poing agacé sur le tronc.

— Bon sang, Jane ! Ce n'est qu'un vieux conte de bonne femme. Il n'y a aucune chance que tu en sortes vivante.

— Et que nous soyons ensemble physiquement. Ça m'est égal. Nous serons quand même ensemble, c'est tout ce qui compte à mes yeux.

Macon s'écarta, les traits tordus par la souffrance.

— Lorsque j'aurai changé, je serai dangereux. Un Incube Sanguinaire. Cette engeance a soif de sang et, d'après mon père, je serai comme eux, comme lui, comme son père avant lui. Comme tous les hommes de notre famille depuis mon arrière-arrière-grand-père Abraham.

— Le vieil Abraham, celui qui estimait que le péché le plus grave était qu'une créature magique s'éprenne d'un Mortel, souillant ainsi les gènes surnaturels ? Tu ne peux pas avoir confiance en ton père non plus. Il partage l'opinion de votre aïeul. Il souhaite nous séparer pour que tu retournes dans cette *horrible bourgade de Gatlin et que tu erres dans des souterrains comme ton frère. Comme un monstre.*

— *Il est trop tard. Je sens déjà les effets de la Transformation. Je ne dors pas de la nuit, à l'affût des pensées des Mortels. Bientôt, je guetterai plus que ça. Dès à présent, j'ai l'impression que mon corps n'arrive pas à retenir ce qui couve en moi, comme si la bête allait surgir, se libérer.*

Jane se détourna, en proie à une nouvelle crise de larmes. Macon allait se montrer impitoyable, cependant. Il l'aimait. Et parce qu'il l'aimait, il devait l'amener à comprendre pourquoi il leur était impossible de rester ensemble.

— *Même ici, à l'ombre des feuilles, la lumière commence à brûler ma peau. La chaleur du soleil est si forte, à présent. Et constante. Je suis en train d'évoluer... pour le pire.*

Jane enfouit son visage dans ses mains.

— *Tu essaies de m'effrayer parce que tu refuses de chercher une solution.*

Macon l'attrapa par les épaules et la força à le fixer droit dans les yeux.

— *Tu as raison. Je m'efforce d'éveiller ta peur. Sais-tu ce que mon frère a infligé à sa petite amie Mortelle après sa Transformation ?*

Macon observa une pause avant de continuer :

— *Il l'a déchiquetée en mille morceaux.*

Sans prévenir, la tête de Macon tressauta, rejetée en arrière, et ses prunelles d'un jaune doré luisirent autour de pupilles d'un noir étrange. L'effet était celui d'une éclipse de soleils jumeaux. Il préféra regarder ailleurs.

— *N'oublie jamais ceci, Ethan : les choses ne sont pas ce qu'elles paraissent être.*

J'ai ouvert les paupières, mais je n'ai rien distingué jusqu'à ce que la brume se dissipe. Le plafond voûté du studio s'est peu à peu dessiné.

— Tu nous as flanqué la frousse, mec. Une frousse aussi forte que dans *L'Exorciste*.

Link secouait la tête. J'ai tendu le bras, et il m'a aidé à me redresser. Mon cœur battait la chamade, et je me suis efforcé de ne pas regarder Liv. Je n'avais partagé mes hallucinations avec personne, sinon Lena et Marian, et l'y avoir associée m'embarrassait. Chaque fois qu'elle croisait mon champ de vision, je repensais à l'instant où j'étais entré ici, où je l'avais confondue avec Lena. Elle s'est assise, groggy.

— Vous aviez mentionné ces visions, professeur Ashcroft, mais je n'avais pas soupçonné qu'elles étaient aussi physiques, a-t-elle commenté.

— Tu n'aurais pas dû, lui ai-je reproché.

J'avais l'impression d'avoir trahi Macon en amenant Liv dans sa vie privée.

— Et pourquoi ? a-t-elle riposté en se frottant les yeux pour tenter d'y voir plus clair.

— Tu n'étais peut-être pas censée assister à cette scène.

— Ce dont j'ai été témoin est complètement différent de ce dont tu as été témoin. Tu n'es pas un Gardien. Sans vouloir t'offenser, tu n'as subi aucun entraînement.

— Pourquoi prends-tu cette précaution oratoire alors que tu cherches clairement à m'offenser ?

— Ça suffit, vous deux, a décrété Marian. Que s'est-il passé ?

Liv disait vrai. Je ne comprenais pas le sens de cette vision, sinon que les Incubes n'avaient pas plus le droit de fréquenter des Mortels que les Enchanteurs.

— Macon était avec une fille, il parlait de sa transformation en Incube Sanguinaire.

— Il la *vivait*, m'a corrigé Liv d'un air suffisant. Il était dans un état de grande fragilité. J'ignore pourquoi nous avons eu droit à cet épisode-là, sinon qu'il doit être significatif.

— Vous êtes sûrs qu'il s'agissait de Macon et non de Hunting ? a demandé Marian.

— Oui, avons-nous répondu en chœur.

— Macon ne ressemblait pas à Hunting, ai-je ensuite précisé.

Liv a réfléchi un moment avant d'aller chercher son calepin sur le lit. Elle y a gribouillé quelques mots avant de le refermer sèchement. Génial ! Encore une nana avec un carnet !

— Écoutez, ai-je repris, c'est vous les spécialistes. Je vais vous laisser tenter d'éclaircir ce mystère pendant que je pars en quête de Lena avant que Ridley et son pote la persuadent de faire un truc qu'elle regrettera.

— Suggères-tu que Lena est sous l'influence de Ridley ? C'est impossible, Ethan. Lena est une Élue, aucune Sirène ne saurait la contrôler.

Apparemment, Marian considérait l'hypothèse comme nulle et non avenue. Sauf qu'elle ignorait l'existence de John Breed.

— Et si quelqu'un aidait Ridley ?

— Genre ?

— Un Incube pouvant se balader en plein jour ou un Enchanteur ayant la force et l'aptitude au Voyage, à l'instar de Macon. Je ne sais pas trop ce qu'il est.

C'était un peu confus, certes : il n'en restait pas moins que je ne connaissais pas la nature de John Breed.

— Tu dois te tromper, Ethan. On n'a jamais constaté l'existence d'un Incube ou d'un Enchanteur doté de ces talents-là.

Marian tirait déjà un bouquin d'une étagère.

— Eh bien, il y en a un, maintenant. Il s'appelle John Breed.

Si elle ne savait pas ce qu'il était, ce n'étaient pas ses fichus livres qui nous renseigneraient.

— Pour peu que tu dises vrai, et j'ai du mal à le croire, alors je n'ose imaginer de quoi ce type est capable.

Je me suis tourné vers Link qui jouait avec la chaîne de son portefeuille. La même idée nous avait traversé l'esprit.

— Je dois retrouver Lena.

Je n'ai pas attendu qu'on m'en donne l'autorisation. Link a déverrouillé la porte. Marian s'est interposée.

— Tu ne peux pas. C'est trop dangereux. Ces Tunnels grouillent d'Enchanteurs et de créatures à la puissance insondable. Tu n'y es descendu qu'une fois, et les sections que tu as traversées ne sont que des ruelles en comparaison des Tunnels plus larges. Ils constituent un monde à part entière.

Je me passerais de sa permission. Ma mère avait beau m'avoir conduit ici, elle n'avait pas ressuscité pour autant.

— Tu ne m'arrêteras pas. Je te rappelle que tu n'as pas le droit d'interférer, n'est-ce pas ? La seule chose que tu puisses faire, c'est rester ici, me regarder pendant que je bousille tout et rédiger des notes pour que quelqu'un comme Liv ait le loisir de les étudier plus tard.

— Tu ignores ce sur quoi tu vas tomber. Quand ça se produira, je ne serai pas en mesure de te secourir.

Aucune importance. J'étais à la porte avant même qu'elle ait fini son discours. Liv m'avait emboîté le pas.

— Je les accompagne, professeur Ashcroft. Je veillerai à ce qu'il ne leur arrive rien.

Marian a tenté de nous retenir.

— Là n'est pas ta place, Olivia.

— D'accord. N'empêche, ils auront besoin de moi.

— Tu ne changeras pas ce qui est écrit. Ton devoir est de ne pas t'en mêler. Quand bien même ça t'est difficile. Le rôle d'un Gardien se borne à enregistrer et à apporter son témoignage, pas à changer ce que le destin a prévu.

— Une vraie pionne ! s'est marré Link. On dirait Gros Lard.

Liv a grimacé. En Angleterre aussi, ils devaient avoir des flics chargés de lutter contre l'école buissonnière.

— Pas la peine de me répéter ce qu'est l'Ordre des Choses, professeur Ashcroft. Je connais mes bases. Et puis, comment voulez-vous que je témoigne si je n'ai jamais l'occasion d'assister aux événements ?

— Tu n'auras qu'à les lire dans les parchemins, comme nous autres.

— Ah oui ? Et la Seizième Lune de Lena, alors ? L'Appel susceptible de briser le sortilège dont sont victimes les Duchannes ? Vous êtes sûre que vous auriez pu lire un truc à ce sujet ? (Liv a brièvement consulté sa montre lunaire.) Quelque chose se trame. Cette créature surnaturelle aux pouvoirs sans précédent, les visions d'Ethan... des anomalies scientifiques. Des changements subtils que mon sélénomètre a repérés.

Tellement subtils qu'ils n'existaient pas, à mon avis. J'étais capable de reconnaître une arnaque quand j'en croisais une. Olivia Durand était aussi prisonnière que Link et moi, et nous représentions son ticket de sortie. Elle se fichait de ce qui risquait de nous arriver dans les Tunnels. Elle voulait juste vivre sa vie. À l'instar d'une autre nana que j'avais connue, pas si longtemps auparavant.

— N'oubliez pas...

Le battant s'est refermé sur la phrase de Marian, et nous avons décampé.

15 juin
L'EXIL

La porte a claqué derrière nous. Liv a rajusté son vieil havresac en cuir, et Link a arraché une torchère au mur du souterrain. Ils étaient prêts à me suivre dans le grand inconnu. Au lieu de quoi, nous sommes restés là à nous dévisager avec des yeux ronds.

— Eh bien, a fini par s'impatienter Liv, ça ne relève pas de la physique quantique. Soit tu connais le chemin, soit tu...

— Chut ! l'a coupée Link en plaquant une main sur sa bouche. Donne-lui une seconde. « Utilise la Force, jeune Skywalker. »

Apparemment, ce truc de Pilote fonctionnait à fond la caisse. Ils croyaient vraiment que je savais où aller. Ça ne posait qu'un seul problème – je n'en avais pas la moindre idée. J'allais devoir improviser.

— Par ici.

Marian avait soutenu que les Tunnels des Enchanteurs s'étendaient à l'infini, monde en soi, mais je n'avais pas pris conscience de ce que cela signifiait jusqu'à maintenant. À la première intersection, le corridor a changé, se rétrécissant, ses parois voûtées plus humides et plus sombres lui donnant des allures de tube plutôt que de souterrain. J'ai rasé les murs afin de progresser, et mon flambeau est tombé dans la boue.

— Flûte !

Le ramassant, j'ai coincé le manche entre mes dents et j'ai continué d'avancer.

— Fait iech, a marmonné Link dans mon dos, tandis que sa propre torche s'éteignait.

— La mienne aussi a cessé de brûler, a annoncé Liv, en queue du trio.

Nous étions désormais dans une obscurité absolue. Le plafond était si bas que nous étions forcés de nous baisser pour éviter de nous cogner dans la roche.

— Ça me flanque vraiment les jetons.

Link n'avait jamais aimé le noir. De derrière, Liv a lancé :

— Tu finiras bien par atteindre une...

— Aïe !

Je venais de heurter une surface dure et solide.

— ... porte.

Link avait dû allumer sa lampe électrique, car un cercle de lumière vacillante a éclairé le sas rond dans lequel j'avais buté. Il était fabriqué dans une sorte de métal froid, sans comparaison avec les autres battants de bois ou arches de pierre que j'avais pu croiser dans les parages. Celui-ci ressemblait plutôt à un regard dans le mur, un regard qu'on aurait bouché. J'ai appuyé dessus avec mon épaule, il n'a pas bougé.

— Et maintenant ? ai-je demandé à Liv.

Après tout, elle était la doublure de Marian pour tout ce qui concernait les soucis de type Enchanteur. Je l'ai entendue feuilleter son calepin.

— Aucune idée, a-t-elle marmonné. Pousser plus fort ?

— Et tu as dû vérifier dans ton carnet pour me proposer ça ? me suis-je agacé.

— Tu veux que je te rejoigne à quatre pattes et que je m'en charge moi-même ? a-t-elle râlé à son tour.

— Du calme, les enfants, a tempéré Link. Je pousse Ethan, tu me pousses, et Ethan pousse la porte.

— Génial ! a ironisé Liv.

— Solidarité, MJ.

— Pardon ?

— Marian Junior. C'est toi qui as tenu à nous accompagner. Tu as une meilleure solution ?

Le vantail n'avait ni poignée ni valve. Il collait parfaitement à son encadrement circulaire, et pas un trait de lumière ne filtrait autour.

— Je suis d'accord avec Link, ai-je décidé. Pas question de rebrousser chemin.

Je me suis plaqué au sas.

— Un, deux, trois, poussez !

Mes doigts avaient à peine effleuré la porte cependant que celle-ci s'est ouverte d'un coup, comme si ma peau constituait la clé la déverrouillant, espèce de sésame génétique. Link m'a heurté de plein fouet, et Liv s'est affalée sur nous deux. Je suis tombé par terre, ma tête cognant contre ce qui paraissait être une pierre. J'étais tellement sonné que j'ai fermé les yeux. Lorsque je les ai rouverts, j'ai découvert un réverbère.

— Qu'est-ce qui s'est passé ? s'est enquis Link, aussi désorienté que moi.

J'ai tâtonné autour de moi. Des pavés.

— J'ai touché la porte, et elle a cédé, ai-je expliqué.

— Ahurissant, a commenté Liv en se remettant debout pour inspecter les environs.

J'étais vautré dans la venelle d'une ville qui ressemblait à Londres ou à une vieille cité tout droit sortie d'un livre d'histoire. Me retournant, j'ai contemplé le sas rond, à côté duquel un panneau en laiton disait : ÉCOUTILLE OUEST,

BIBLIOTHÈQUE PRINCIPALE. Link s'est assis et s'est frotté le crâne.

— Nom d'un chien ! On se croirait dans une de ces ruelles où Jack l'Éventreur assassinait ses victimes.

Il n'avait pas tort. Nous aurions pu nous trouver au débouché d'une allée londonienne au XIXe siècle. Seuls de rares lampadaires diffusaient une chiche lumière. De chaque côté s'élevaient les hautes façades arrière en brique de maisons mitoyennes. Liv a avancé sur la chaussée pavée déserte et a levé les yeux en direction d'une plaque en fer sur laquelle était gravé : LE CACHOT.

— Ce doit être le nom de ce souterrain, a-t-elle marmonné. Incroyable, non ? Le professeur Ashcroft m'en avait parlé, mais je ne me serais jamais imaginé ça. Il faut croire que les livres ont du mal à retranscrire la réalité.

— Ouais, a grogné Link en se relevant à son tour. Rien à voir avec les cartes postales. Mais tout ce que je voudrais savoir, moi, c'est où est passé le plafond.

La voûte avait en effet disparu, remplacée par un ciel nocturne, aussi vaste, réel et piqueté d'étoiles que ceux que j'avais pu contempler au cours de mon existence. Liv a recommencé à griffonner dans son calepin.

— Vous ne pigez donc pas ? a-t-elle dit. Il s'agit là de Tunnels Enchanteurs. Rien à voir avec le système souterrain que les Enchanteurs utilisent dans le comté de Gatlin afin d'emprunter des bouquins.

— C'est quoi, alors ? ai-je demandé en caressant le mur de brique le plus proche.

— Des voies d'accès à un autre monde. Ou, plutôt, un monde complet à elles toutes seules.

Percevant un son, j'ai sursauté, croyant que Lena me recontactait par la pensée. Je me trompais.

C'était de la musique.

— Vous entendez ? a lancé Link.

Ça m'a soulagé. Une fois n'est pas coutume, le bruit ne résonnait pas uniquement dans ma tête. Il provenait du bout de la venelle. On aurait dit la mélodie d'Enchanteurs qui avait rythmé la fête de Halloween à Ravenwood, la nuit où j'avais sauvé Lena de l'attaque mentale menée contre elle par Sarafine. J'ai tendu l'oreille en quête de Lena, je l'ai cherchée à l'aide de tous mes sens, en vain.

Liv a vérifié son sélenomètre avant de noter quelque chose dans son carnet.

— Un *Carmen*, a-t-elle annoncé. Bizarre, j'en ai retranscrit un hier, justement.

— Ne jargonne pas, s'il te plaît, a rouspété Link en continuant d'observer la nue avec ahurissement.

— Désolée. Ça signifie « Chant Magique ». De la musique d'Enchanteurs.

Je me suis lancé sur les traces de la mélodie.

— Quoi que ce soit, ça vient de là-bas.

Marian avait raison. C'était une chose de se balader dans les couloirs humides de la *Lunae Libri*, mais ce que nous faisions était complètement différent. Ma seule certitude était que nous n'avions pas la moindre idée de l'endroit où nous avions atterri.

Au fur et à mesure que je progressais, la musique a forci, les pavés se sont aplanis en asphalte, et la ruelle du vieux Londres a disparu au profit d'un quartier pauvre et contemporain. C'était à présent une rue anonyme de n'importe quelle zone déshéritée dans n'importe quelle grande ville moderne. Les bâtiments avaient des allures d'entrepôts abandonnés, des grilles de fer protégeaient les fenêtres aux vitres brisées, et les vestiges des enseignes lumineuses transperçaient la pénombre d'éclats fluorescents. Des mégots et des papiers gras jonchaient le sol, et un drôle de graffiti d'Enchanteurs – symboles dont le sens m'échappait – salissait un des murs. Je l'ai montré à Liv.

— Sais-tu ce qu'il veut dire ?

— Non, je n'ai jamais rien vu de tel. Mais il a un sens. Tous les symboles en ont un, dans l'univers des Enchanteurs.

— Cet endroit est encore plus flippant que la *Lunae Libri*, a marmonné Link.

Devant Liv, il s'efforçait de jouer les mecs à la redresse, sauf qu'il avait du mal à y parvenir.

— Tu veux rentrer ? lui ai-je proposé.

Je lui offrais une issue honorable, bien qu'il ait autant de raisons que moi d'être ici. Simplement, les siennes étaient plus blondes.

— Serais-tu en train de me traiter de mauviette ?

— Chut ! Je l'entends.

La musique magique a voleté, sa mélodie séduisante remplacée par autre chose. Cette fois, j'ai été le seul à capter les paroles.

Dix-sept lunes, dix-sept peurs,
Mort triste, honte des pleurs,
Vois le signe et marche un mille,
Dix-sept ne connaît qu'exil...

— Je l'ai, on ne doit pas être loin.

J'ai traqué la chanson qui défilait encore et encore dans mon crâne.

— Qu'est-ce que tu as ? a demandé Link en me contemplant comme si j'étais cinglé.

— Rien. Contente-toi de me suivre.

Les immenses portails en bois qui ponctuaient la rue crasseuse étaient tous pareils, bosselés et griffés, comme s'ils avaient été attaqués par un animal énorme ou par une créature pire encore. Sauf le dernier, d'où s'échappait *Dix-sept Lunes*. Peint en noir, il était marqué d'un nouveau graffiti. Toutefois, le symbole paraissait différent, et il n'avait pas été bombé mais gravé. J'en ai effleuré les contours.

— Ce machin ressemble à un signe celtique.

— Non, c'est du Niadic, m'a corrigé Liv dans un souffle. Une langue ancienne des Enchanteurs. Beaucoup de parchemins de la *Lunae Libri* sont rédigés ainsi.

— Qu'est-ce que ça raconte ?

Elle a soigneusement examiné le symbole.

— Le Niadic ne se traduit pas par des mots. Enfin, il ne faut pas considérer les mots comme tels, pas vraiment. Celui-ci signifie « endroit » ou « moment », dans le temps comme dans l'espace. Cependant, tu vois cette ligne qui le traverse ? Elle veut dire que l'endroit devient une absence d'endroit, un non-endroit.

— Comment un endroit peut-il être un non-endroit ? ai-je objecté. Soit tu es quelque part, soit tu n'y es pas.

Mais, à l'instant où je proférais ces mots, j'ai senti combien ils étaient inexacts. Je m'étais retrouvé dans un non-endroit quelques mois auparavant, ainsi que Lena.

— Je pense que l'idée est celle d'un exil, a suggéré Liv.

« Dix-sept ne connaît qu'exil. »

— Juste.

— Tu n'en sais rien, a protesté Liv en me gratifiant d'un drôle de regard. À moins que tu ne parles le Niadic, tout à coup ?

L'éclat dans son œil laissait supposer qu'il s'agissait là d'une preuve supplémentaire de mon statut de Pilote.

— Le mot était dans une chanson que j'ai entendue.

J'ai avancé le bras en direction du portail. Elle m'a retenu.

— Ce n'est pas un jeu, Ethan. Nous ne sommes pas au concours de pâtisserie de la foire de Gatlin. Des dangers rôdent par ici, des créatures bien plus mortelles que Ridley et ses sucettes.

J'ai deviné qu'elle tentait de m'effrayer. Malheureusement pour elle, ça n'a pas fonctionné. Depuis l'anniversaire de Lena, j'en savais plus sur les périls du monde des Enchanteurs que n'importe quelle bibliothécaire, Gardienne ou non. Je ne lui en voulais pas d'avoir la frousse. Il aurait fallu être idiot pour ne pas l'avoir – aussi idiot que moi.

— C'est vrai, ceci n'est pas une bibliothèque. Je comprendrais que vous deux refusiez d'entrer. Mais moi, j'y suis obligé. Lena est ici, quelque part.

— On s'en fout, a brusquement déclaré Link. J'adore les créatures dangereuses.

Poussant la porte, il l'a franchie comme si c'était celle des vestiaires du lycée Jackson. Haussant les épaules, je l'ai suivi. Liv a resserré sa prise autour du cordon de son havresac, prête à balancer ce dernier sur la tronche de quiconque nous chercherait des ennuis. Elle a avancé d'un pas hésitant, et le battant s'est refermé derrière elle.

L'intérieur était encore plus sombre que la rue. De grands lustres en cristal, complètement déplacés au milieu de la tuyauterie qui courait au plafond, fournissaient l'unique source lumineuse. Le reste de la salle était du genre industriel, un lieu de *rave* idéal. L'espace était immense, et des box circulaires en velours rouge foncé étaient éparpillés le long de son périmètre. Certains étaient dotés de lourdes draperies accrochées à des rails, ce qui permettait de les tirer autour des sièges, un peu comme des lits d'hôpital. Un bar occupait le fond de la pièce, devant un sas chromé rond équipé d'une poignée.

— C'est bien ce à quoi je pense ? a lancé Link qui l'avait également repéré.

— Oui. Un coffre-fort.

Les suspensions, le bar aux allures de comptoir commercial, les vastes fenêtres grossièrement occultées par du Scotch noir, le coffre… ces lieux avaient peut-être été une banque, autrefois. Pour peu que les Enchanteurs aient l'usage de banques, s'entend. Qu'avaient-ils bien pu abriter derrière cette porte d'acier ? Quoique… je préférais sans doute l'ignorer.

Mais rien n'était plus curieux que les gens – si c'en était – fréquentant l'endroit. Ils surgissaient et disparaissaient comme lors d'une des fêtes organisées par Macon, cependant que l'époque semblait changer à intervalles réguliers selon l'endroit où vous regardiez. Cela allait de gentlemen vêtus de costumes début du siècle (à la Mark Twain, avec cols durs blancs et cravates de soie rayées) à des sauvages en tenues de cuir au look gothique. Tous buvaient, dansaient, discutaient.

— Bon sang, mec, ne me dis pas que ces types affreux et transparents sont des fantômes ! a marmonné Link.

Il a reculé devant une silhouette diaphane, manquant presque d'en écraser une autre. Je ne tenais pas à ce qu'il découvre que c'était exactement ça – des spectres. Ils me rappelaient Genevieve au cimetière, en partie matérialisée, sinon qu'ils étaient là en nombre. L'autre différence était que Genevieve n'avait jamais bougé. Ces spectres ne flottaient pas au-dessus du sol comme dans les films. Ils marchaient, guinchaient, se déplaçaient comme n'importe qui, sauf qu'ils faisaient tout ça, rythmes et pas identiques, sans toucher terre. L'un deux, jetant un coup d'œil dans notre direction, s'est emparé d'un verre vide sur une table et l'a levé à notre adresse en manière de toast.

— Est-ce que j'ai des hallucinations ou ce fantôme vient de prendre un verre ? a demandé Link en donnant un coup de coude à Liv.

Elle s'est placée entre nous, ses cheveux frôlant mon cou, et s'est exprimée d'une voix si basse que nous avons été contraints de nous pencher pour l'entendre.

— Techniquement parlant, on ne peut pas les appeler fantômes. Ce sont des Diaphanes, des âmes qui n'ont pas pu gagner l'Autre Monde parce qu'elles n'avaient pas réglé leurs affaires dans celui des Enchanteurs ou des Mortels. Je ne comprends pas qu'ils soient aussi nombreux ce soir. D'ordinaire, ils aiment la solitude. C'est bizarre.

— Comme tout le reste dans ce fichu endroit, a maugréé Link qui continuait de mater le Diaphane au verre. Et tu n'as pas répondu à ma question.

— Oui, ils sont en mesure de s'emparer de ce qu'ils souhaitent. Comment crois-tu qu'ils se débrouillent pour claquer les portes et déplacer les meubles dans les maisons hantées ?

Pour l'instant, les maisons hantées étaient le cadet de mes soucis.

— Quel genre d'affaires ? ai-je voulu savoir.

J'en avais ma claque, des morts pas vraiment morts. Je n'avais guère envie d'en rencontrer de nouveaux cette nuit.

— Un problème non résolu au moment de leur décès. Un sortilège puissant, un amour malheureux, un destin brisé. Sers-toi de ton imagination.

J'ai songé à Genevieve et à son camée, me suis demandé combien de secrets perdus et d'injustices non corrigées hantaient le cimetière de Gatlin. Link reluquait une beauté qui arborait des volutes élégantes autour du cou, similaires à celles tatouées sur la peau de Ridley et de John.

— Ça ne me déplairait pas de lui régler son affaire, à celle-là, a-t-il ricané.

— Et vice versa, l'ai-je douché. Tu finirais par sauter d'une falaise en moins de deux.

J'ai observé la salle. Aucune trace de Lena. Plus je regardais et plus j'étais soulagé par la pénombre qui régnait. Les box se remplissaient de couples qui trinquaient et se pelotaient, tandis que la piste de danse était bondée de nanas qui tournoyaient et virevoltaient comme si elles tissaient une sorte de toile. *Dix-sept Lunes* s'était tue, pour peu qu'elle ait jamais résonné. La musique était maintenant plus forte, plus dure, version Enchanteresse du métal joué par les Nine Inch Nails. Les filles portaient des vêtements variés, qui en robe médiévale, qui en combinaison de cuir moulante. Puis venaient les Ridley, en minijupes et débardeurs noirs, avec des mèches rouges, bleues ou violettes dans les cheveux ; celles-ci glissaient les unes autour des autres, fabriquant une trame très différente des pre-

238

mières. Toutes, peut-être, étaient des Sirènes. Impossible à dire. Mais toutes étaient belles, et toutes étaient estampillées d'un avatar du tatouage de Ridley.

— Allons au fond.

J'ai laissé Link prendre la tête, de façon à ce que Liv marche entre nous. Bien qu'elle scrute le moindre coin de cette boîte avec l'avidité du touriste qui tient à tout se rappeler, elle était nerveuse. Cet endroit n'était pas fait pour les Mortelles (ni pour les Mortels, au demeurant), et je me sentais responsable de l'avoir entraînée dans cette aventure. Nous avons contourné la salle en rasant les murs. La cohue était intense, cependant, et j'ai heurté quelqu'un de l'épaule. Quelqu'un doté d'un corps.

— Pardon, ai-je lâché, instinctivement.

— Pas de souci.

Le type s'est arrêté, remarquant Liv.

— Au contraire, a-t-il aussitôt ajouté avec un clin d'œil à son adresse. Perdue ?

Il a souri, ses prunelles noires et luisantes étincelant dans l'obscurité. Elle s'est figée. Le liquide rouge du verre de l'homme a tangué quand il s'est rapproché.

— Non, tout va bien, a-t-elle répondu après s'être raclé la gorge. Je cherche juste une amie.

— Et si je devenais ton ami ? a-t-il riposté aussi sec.

Son sourire dévoilait des dents d'un blanc artificiel dans la lueur chiche de la boîte.

— Je parle d'une autre forme d'amitié.

J'ai constaté que les mains de Liv tremblaient autour du cordon de son sac.

— Quand tu auras trouvé ta copine, rejoins-moi là-bas.

Il est retourné vers le bar, où des Incubes faisaient la queue afin de remplir leurs verres de liquide rouge à une drôle de tireuse en verre. Je me suis efforcé d'effacer la scène de ma mémoire. Link nous a amenés près d'un des rideaux en velours accrochés à la paroi de l'ancienne banque.

— Je commence à me dire que c'était une très mauvaise idée, a-t-il soupiré.

— Et quand cette conclusion brillante t'est-elle venue ? a raillé Liv.

Son ironie est cependant passée largement au-dessus de la tête de Link.

— Je ne sais pas. Quand j'ai vu ce que ce mec sirotait, je pense. Ce n'était pas du punch, à mon avis. Bon, comment va-t-on découvrir s'ils sont ici ?

— Ils y sont.

Lena, en tout cas. Forcé. Je m'apprêtais à expliquer à mon copain que j'avais entendu la chanson et que je sentais sa présence lorsqu'une mèche rose et des cheveux blonds ont tourbillonné sur la piste de danse.

Ridley.

Nous apercevant, elle s'est arrêtée de tourner, créant un vide derrière elle. J'ai alors découvert John Breed en train de danser avec une fille qui avait noué ses doigts autour de sa nuque, tandis qu'il avait posé ses mains sur les hanches de sa cavalière. Leurs corps étaient collés l'un à l'autre, et ils paraissaient perdus dans leur propre monde. Du moins, c'est la sensation que j'éprouvais quand mes mains à moi étaient posées sur ces hanches. J'ai serré les poings, le cœur au bord des lèvres. J'ai deviné que c'était elle avant même de distinguer ses boucles brunes.

Lena...

Ethan ?

15 juin
IRRITATION

Ce n'est pas ce que tu crois.

Et qu'est-ce que je crois ?

Elle a repoussé John, tandis que je traversais la piste. Il s'est retourné, m'a toisé d'un regard noir sinistre. Puis il a souri, histoire de me faire comprendre que je ne représentais en rien une menace pour lui. Il était conscient que je n'étais pas de taille à l'affronter physiquement ; de plus, après que je l'avais surpris dansant avec Lena, il devait considérer que j'étais hors jeu.

Que croyais-je, en effet ?

J'avais deviné que c'était cuit avant même que la chose se produise, la chose qui transforme votre vie à jamais. J'ai eu l'impression que le temps s'arrêtait, alors que, autour de moi, tout continuait à bouger. Ce que j'avais redouté durant tant de mois avait lieu pour de bon. Lena me filait entre les doigts. Et pas à cause de son anniversaire, de sa mère et de Hunting, d'un sortilège quelconque ou d'une agression.

À cause d'un rival.

Ethan ! Tu dois partir !

Je n'irai nulle part.

Ridley s'est interposée, cependant que les autres danseurs se massaient autour de nous.

— Mollo, l'Amoureux. Je me doutais que tu avais du cran, mais, là, tu dérailles.

Elle avait l'air de s'inquiéter, à croire qu'elle ne se fichait pas comme d'une guigne de ma petite personne. Un mensonge, comme tout ce qui la concernait.

— Laisse-moi passer, Ridley.

— Tu n'as rien à faire ici, Courte Paille.

— Navré, les sucettes n'ont aucun effet sur moi. Ni les stratagèmes que John et toi utilisez pour manipuler Lena.

Elle m'a attrapé par le bras, et ses doigts glacés m'ont entamé la peau. J'avais oublié à quel point elle était forte, à quel point elle était froide.

— Ne te comporte pas comme un imbécile, m'a-t-elle admonesté en baissant la voix. Et d'une, tu n'es pas à la hauteur, et de deux, tu as perdu l'esprit.

— Avec toi, nous sommes deux.

Elle a raffermi sa prise.

— Tu vas le regretter. Ta place n'est pas ici. Rentre chez toi avant que...

— Avant que quoi ? Que tu provoques un pataquès encore plus dingue que d'habitude ?

Link m'avait rejoint. Ridley l'a fixé. L'espace d'une seconde, j'ai eu l'impression de distinguer dans ses prunelles une hésitation, une infime étincelle, comme si la vue de Link éveillait une fibre presque humaine en elle, une fibre qui la rendait aussi vulnérable que lui. Mais ça a disparu aussi vite que c'était apparu. N'empêche, Ridley était ébranlée, pas loin de céder à l'affolement. Je l'ai déduit à la manière dont elle a déballé une sucette avant de réussir à s'exprimer.

— Qu'est-ce que tu fous ici, toi ? a-t-elle râlé. Pars, Ethan, et emmène-le avec toi. Allez !

Toute plaisanterie s'était évaporée de ses intonations, et elle nous a poussés le plus fort possible. Je n'ai pas cédé un pouce de terrain.

— J'exige de discuter avec Lena avant.

— Elle ne veut pas de toi ici.

— Il faudra qu'elle me le dise en personne.

Dis-le-moi en face, L.

Cette dernière se frayait un passage parmi les danseurs. John Breed est resté en arrière, ses yeux vrillés sur notre groupe. Je n'avais pas envie d'imaginer les arguments qu'elle avait sans doute déployés pour qu'il ne bronche pas. Qu'elle réglait la situation ? Que ce n'était rien, juste un type qui n'arrivait pas à se remettre d'une rupture ? Un Mortel désespéré incapable de rivaliser avec ce qu'elle avait à présent ?

Lui.

Elle avait John, et il m'avait battu de la seule façon qui comptait : il appartenait à l'univers de Lena.

Je ne m'en irai pas tant que tu ne me l'auras pas dit.

— Nous n'avons pas le temps de délirer, a chuchoté Ridley, sérieuse comme jamais. Tu es en pétard, OK, mais tu ne piges rien. Il te tuera, et tu auras de la chance si les autres ne l'aident pas, histoire de s'amuser un peu.

— Qui donc ? est intervenu Link. Le Bellâtre vampirique ? Te bile pas, on peut s'en charger.

Il mentait, mais il était prêt à aller au tapis, que ce soit pour moi ou pour elle. Ridley a eu un geste impatient de la tête et l'a repoussé un peu plus.

— Non, espèce d'idiot ! Ceci n'est pas un endroit pour les boy-scouts. Tirez-vous !

Elle a voulu lui effleurer la joue. Il l'en a empêchée en lui saisissant le poignet. Ridley était un beau serpent : on ne pouvait la laisser approcher sans courir le risque d'être mordu.

Lena n'était plus qu'à quelques pas de nous.

Si tu ne veux pas que je reste, dis-le-moi en face.

J'étais en partie convaincu que, si nous nous retrouvions suffisamment proches l'un de l'autre, j'arriverais à briser l'emprise, quelle qu'elle soit, que Ridley et John avaient sur elle. Lena s'est arrêtée derrière sa cousine. Si son expression était indéchiffrable, je n'ai pas manqué de remarquer la trace argentée qu'une larme avait laissée sur sa joue.

Dis-le, L. Dis-le ou accompagne-moi.

Ses paupières ont papillonné, et elle a regardé au-delà de moi, là où Liv patientait, au bord de la piste.

— Tu ne devrais pas être ici, Lena. J'ignore ce que Ridley et John te font...

— Personne ne me fait rien, m'a-t-elle coupé. Et je ne cours aucun danger. Je ne suis pas une Mortelle.

Ces derniers mots, alors qu'elle toisait Liv.

Contrairement à elle.

Ses traits se sont assombris, ses cheveux ont bouclé.

— Tu n'es pas comme eux, L.

Les lumières du bar ont clignoté, les ampoules éclairant la piste se sont fracassées, expédiant des gerbes de minuscules étincelles sur nous deux. Les gens, même ceux-là, se sont mis à s'éloigner de nous.

— Tu te trompes. Je suis comme eux. C'est mon univers, ici.

— Nous pouvons en parler, Lena.

— Non. Pas ensemble. Tu ne me connais plus.

Un instant, une ombre a traversé son visage. De la tristesse, peut-être ? Des remords ?

Je regrette que les choses ne soient pas différentes, mais c'est ainsi.

Elle a commencé à reculer.

Je ne peux pas te suivre là où tu vas, Lena.

Je sais.

Tu seras toute seule.

Elle ne s'est pas retournée.

Je le suis déjà, Ethan.

Alors, dis-moi de m'en aller. Si c'est vraiment ce que tu désires.

Elle s'est arrêtée net, a lentement pivoté vers moi.

— Je ne veux pas de toi ici, Ethan.

Elle s'est fondue dans la cohue, loin de moi. Avant que j'aie eu le temps de faire un pas, l'air s'est déchiré, et John Breed s'est matérialisé devant moi, blouson de cuir et tout le tremblement.

— Moi non plus, a-t-il lancé.

— Je m'en vais, mais pas à cause de toi.

Il a souri, ses yeux verts ont brillé.

Tournant les talons, j'ai foncé droit devant, indifférent à l'idée que je risquais d'agacer une créature susceptible de boire mon sang ou de m'obliger à sauter d'une falaise. J'ai avancé parce que, par-dessus tout, je voulais quitter cette boîte. Le lourd vantail a claqué dans mon dos, étouffant la musique, les lumières et les Enchanteurs. Malheureusement, il a été inefficace à étouffer ce que j'avais espéré oublier : l'image des mains de John sur les hanches de Lena, leur danse, ses cheveux noirs s'agitant autour d'elle. Lena dans les bras d'un autre.

Je me suis à peine rendu compte du moment où l'asphalte moderne et la saleté se retransformaient en pavés. Depuis combien de temps leur complicité durait-elle ? Que s'était-il exactement passé entre eux ? Les Enchanteurs et les Mortels ne pouvaient pas être ensemble, c'était ce sur quoi insistaient mes visions, comme si le monde magique pensait que je ne l'avais toujours pas compris.

Des bruits de pas ont retenti derrière moi.

— Ethan ? Ça va ?

Liv a posé une main sur mon épaule. Je ne m'étais même pas aperçu qu'elle m'avait suivi. Je me suis retourné, ne sachant que répondre. J'étais dans une rue appartenant au passé, dans un Tunnel d'Enchanteurs, à penser à Lena à la colle avec un mec qui était mon opposé. Un gars qui était en mesure de me prendre tout ce que j'avais quand bon lui semblait. Il me l'avait prouvé cette nuit.

— Je suis désemparé. Cette fille n'est pas Lena. Ridley et John doivent avoir un ascendant quelconque sur elle.

Liv s'est mordu la lèvre avec nervosité.

— Désolée, ça ne va pas te plaire, mais Lena prend ses décisions toute seule.

Elle ne comprenait pas. Elle n'avait pas rencontré la véritable Lena, celle d'avant la mort de Macon, d'avant l'arrivée de John Breed.

— Tu affirmes sans savoir. Tu as entendu tante Marian : nous ignorons quels pouvoirs John détient.

— C'est très difficile pour toi, j'imagine.

Liv assenait ses opinions avec une assurance absolue, alors que ce qui se passait entre Lena et moi n'avait rien d'absolu ni de sûr.

— Tu ne la connais pas...

— Ethan, a-t-elle murmuré, ses yeux sont dorés.

Les mots ont résonné dans mes tympans comme si je nageais sous l'eau. Mes émotions ont coulé comme une pierre, tandis que la logique et la raison luttaient pour remonter à la surface. « Ses yeux sont dorés. » Un détail si infime et pourtant si significatif. Personne ne pouvait la forcer à se vouer aux Ténèbres, personne ne pouvait décider de changer la couleur de ses prunelles.

Lena n'était pas sous influence. Aucun Enchanteur n'usait du don de persuasion pour l'amener à sauter sur la selle de la moto de John. Nul ne l'obligeait à le fréquenter. Elle faisait ses propres choix, et elle l'avait choisi, lui. « Je ne veux pas de toi ici, Ethan. » Les paroles retentissaient encore et encore. Le pire, c'est qu'elle avait été sincère.

J'étais sous l'emprise d'une lenteur brumeuse, incapable d'accepter la réalité.

Liv m'a contemplé de son regard bleu, l'air soucieux. Tout ce bleu avait quelque chose d'apaisant – ce n'était ni le vert d'un Enchanteur de la Lumière, ni le noir d'un

Incube, ni le doré d'un Enchanteur des Ténèbres. Liv était différente de Lena de la façon la plus flagrante qui soit. C'était une Mortelle ; elle ne deviendrait ni Lumière ni Ténèbres, ne s'enfuirait pas avec un mec à la force surnaturelle qui était en mesure de boire votre sang ou de vous voler vos rêves durant votre sommeil. Liv suivait une formation de Gardienne, mais, lorsqu'elle en serait une, elle se bornerait à observer. Comme moi, elle n'appartiendrait jamais entièrement à l'univers des Enchanteurs. Un monde dont, en cet instant, je désirais m'éloigner le plus possible.

— Ethan ?

Je n'ai pas répondu. Écartant une de ses mèches blondes, je me suis penché, mon visage à quelques centimètres du sien. Elle a respiré doucement, nos lèvres si proches que j'ai senti le souffle de son haleine et humé le parfum de sa peau, des effluves de chèvrefeuille au printemps. Il émanait d'elle une odeur de thé glacé et de vieux livres, à croire qu'elle avait toujours été là.

J'ai passé mes doigts dans ses cheveux, les retenant prisonniers sur sa nuque. Sa peau était douce et tiède, une peau de Mortelle. Il n'y a pas eu de décharge électrique, pas de choc. Nous pouvions nous embrasser aussi longtemps que nous le souhaitions. En cas de dispute, je ne serais pas témoin d'une inondation, d'un ouragan ni même d'un orage. Je ne la retrouverais pas collée au plafond de sa chambre. Les fenêtres ne voleraient pas en éclats. Les feuilles d'examen ne prendraient pas feu.

Elle a tendu le cou, dans l'attente d'un baiser.

Elle me désirait.

Pas de citrons ni de romarin, pas de prunelles vertes ni de boucles brunes. Des yeux bleus et une chevelure blonde…

Je ne me suis pas rendu compte que je Chuchotais, que je m'adressais à une absente.

J'ai reculé si vivement que Liv n'a pas eu le temps de réagir.

— Pardon, je n'aurais pas dû.

— Pas de problème, a-t-elle répondu d'une voix trem-blante en posant sa paume sur sa nuque, à l'endroit où, quelques instants plus tôt, mes mains avaient reposé.

Pourtant, il y en avait un, de problème. J'ai vu défiler les émotions dans ses yeux : déception, gêne, regrets. Elle avait les joues rouges et fixait le sol.

— Rien de grave, a-t-elle menti. Tu es bouleversé à cause de Lena, je comprends.

— Liv, je suis...

La voix de Link a interrompu mes tentatives d'excuses.

— Jolie sortie, mec ! Et merci de m'avoir laissé tom-ber. (Il avait pris un ton léger, ce qui ne m'a pas empêché de deviner qu'il était à cran.) Au moins, ton chat m'a attendu.

Effectivement, Lucille trottinait avec décontraction derrière lui.

— Comment est-elle arrivée ici ?

Me penchant, je lui ai gratté la tête, et elle a ronronné. Liv a détourné le regard.

— Va savoir ! Ce félin est aussi taré que tes grands-tantes. Elle t'a suivi, j'imagine.

Nous sommes repartis. Même Link a perçu la tension du silence.

— Alors, qu'est-ce que t'en penses ? Lena sort avec le Bellâtre vampirique ou quoi ?

Je n'avais pas envie de repenser à l'événement, mais j'ai deviné qu'il s'efforçait lui aussi de se changer les idées. Ce n'était plus seulement dans la peau qu'il avait Ridley, c'était partout. Si Liv nous devançait un peu, elle n'en ten-dait pas moins l'oreille.

— On dirait bien, ai-je marmonné.

Inutile de le nier.

— Le Cachot devrait être droit devant, a annoncé l'Anglaise.

Elle a failli trébucher sur un pavé. Nos relations allaient être délicates, dorénavant. Combien de choses un mec pouvait-il fiche en l'air en une seule journée ? J'avais sûrement établi un record dans ce domaine.

— Je suis désolé, mec, a dit Link en posant une main compatissante sur mon épaule. Ça fait vraiment...

Liv s'est arrêtée si brusquement que ni lui ni moi ne nous en sommes aperçus. Link lui est rentré dedans.

— Hé, MJ ! a-t-il rigolé en lui filant un coup de coude amical. Qu'est-ce qui te prend ?

Elle n'a pipé mot ni bougé, cependant. Lucille s'était elle aussi pétrifiée sur place, le poil hérissé, les prunelles fixes. J'ai suivi son regard. Une ombre rôdait dans la ruelle, planquée sous une arche de pierre. Elle n'avait pas de forme, brouillard épais et instable. Elle était drapée dans une sorte de tissu, un linceul ou une cape. Bien qu'elle soit dénuée d'yeux, j'ai senti qu'elle nous observait.

— Que diable... a bougonné Link en reculant d'un pas.

— Chut ! a sifflé Liv, blême. N'attire pas son attention.

— Trop tard, à mon avis, ai-je murmuré.

La chose, quelle qu'elle soit, se rapprochait de nous. Sans réfléchir, j'ai pris la main de Liv. Elle bourdonnait, et je me suis rendu compte que ce n'était pas sa main, mais l'engin attaché à son poignet. Tous les cadrans s'affolaient. Liv l'a examiné, allant jusqu'à le détacher pour mieux lire.

— Les indications sont incompréhensibles, a-t-elle lâché.

— Je croyais que c'était une blague ?

— Ça l'était. Au début.

— Et maintenant ? Qu'est-ce que ça signifie ?

— Aucune idée.

Elle n'arrivait pas à s'arracher à la contemplation de son sélénomètre. Entre-temps, l'ombre ne cessait de progresser dans notre direction.

— Pardon de te déranger alors que tu t'intéresses autant à ta montre, mais c'est quoi, ce truc ? Un Diaphane ?

Elle a relevé la tête. Sa main tremblait dans la mienne.

— J'aurais préféré. Il s'agit d'une Ire. Je n'en ai rencontré que dans les livres. Je n'en ai jamais vu et j'espérais bien que ça n'arriverait pas.

— Formidable. Et si on se sauvait et qu'on reparlait de ça plus tard ?

Le sas était en vue, mais Link tournait déjà les talons, prêt à tenter sa chance avec les Enchanteurs des Ténèbres et les créatures hantant l'Exil.

— Ne cours pas, lui a conseillé Liv en le retenant par le bras. Elles peuvent Voyager, disparaître et se matérialiser plus vite que tu ne clignes des paupières.

— Comme les Incubes.

— Oui. Ça explique peut-être pourquoi nous avons croisé autant de Diaphanes à l'Exil. Ils réagissaient sans doute à une sorte de turbulence dans l'Ordre des Choses. Et cette Ire en est certainement responsable.

— Explique-toi, s'il te plaît. Explique-toi clairement !

Link était à deux doigts de paniquer.

— Les Ires appartiennent à la cohorte démoniaque, a expliqué Liv d'une voix frémissante, au Monde Souterrain. Ce sont les êtres les plus proches du mal absolu, que ce soit dans l'univers des Enchanteurs ou dans celui des Mortels.

L'ombre continuait de se déplacer lentement, comme poussée par le vent. Elle n'approchait plus, cependant, l'air d'attendre quelque chose.

— Ce ne sont pas des Diaphanes, des fantômes pour reprendre vos mots. Elles n'ont pas de réalité physique, à moins de posséder un vivant. Elles ne peuvent sortir du Monde Souterrain que convoquées par quelqu'un de très puissant et pour accomplir les tâches les plus ténébreuses qui soient.

— Hé, je te rappelle qu'on est sous terre, a lancé Link qui ne quittait pas l'Ire des yeux.

— Rien à voir avec le Monde Souterrain dont je te parle.

— Qu'est-ce que cette chose nous veut ? a demandé Link en risquant un coup d'œil le long de la rue pour calculer mentalement la distance nous séparant de l'Exil.

L'Ire a bougé, se dissipant en particules de brume avant de reprendre la forme d'une ombre.

— Je crois que nous n'allons pas tarder à le découvrir, ai-je marmonné.

Soudain, le brouillard noir s'est rué en avant, pareil à des mâchoires béantes, en émettant un cri perçant indescriptible, aussi féroce et menaçant qu'un rugissement, aussi terrifiant qu'un hurlement. Lucille a craché, les oreilles aplaties sur son crâne. Le bruit a forci, et l'Ire a reculé, se cabrant comme si elle s'apprêtait à attaquer. J'ai jeté Liv au sol en tentant de la défendre de mon corps. Je me suis protégé la nuque comme si j'avais affaire à un grizzli plutôt qu'à un démon destructeur.

J'ai pensé à ma mère. Avait-elle, au moment de mourir, ressenti ce que je ressentais en cet instant ?

J'ai pensé à Lena.

Le braillement est monté crescendo, brusquement interrompu par un autre son, une voix familière. Qui n'était ni celle de ma mère, ni celle de Lena, cependant.

— Démon noir du Diable, soumets-toi à Notre volonté et quitte ces lieux !

Levant les yeux, je les ai vus debout derrière nous, sous un réverbère. Elle brandissait devant elle, comme un crucifix, un collier de perles et d'osselets, et eux étaient rassemblés autour d'elle, lumineux, les prunelles résolues.

Amma et les Grands.

Je ne peux expliquer l'effet produit par le spectacle qu'offraient ma gouvernante et cette armée d'esprits, ses ancêtres sur quatre générations, suspendus au-dessus d'elle comme d'anciens portraits en noir et blanc. Pour l'avoir rencontrée dans mes visions, j'ai reconnu Ivy à la peau noire luisante, habillée d'un corsage et d'une jupe en calicot. Elle était cependant plus intimidante que lors de mes hallucinations, battue en termes de férocité par une seule autre Grande qui se tenait à sa droite, une main sur l'épaule de la cuisinière. Une bague ornait chacun de ses doigts, et elle était vêtue d'une longue robe qui semblait avoir été façonnée à partir de foulards en soie. Un oiseau minuscule était brodé au niveau de son omoplate. J'avais devant moi Sulla la Prophétesse. En comparaison, Amma avait des allures de dame patronnesse enseignant le caté-chisme. Il y avait deux autres femmes, sans doute tante Delilah et Sister, ainsi qu'un vieil homme, le visage tanné par le soleil, debout à l'arrière et doté d'une barbe à faire pâlir d'envie Moïse. Oncle Abner. J'ai regretté de ne pas avoir de whisky à lui offrir.

Les Grands ont resserré leur cercle autour d'Amma, répétant à l'envi l'incantation en Gullah, la langue origi-nelle de la famille. Amma, elle, l'entonnait en anglais à l'adresse du ciel tout en agitant ses perles et ses os.

— De la Vengeance et du Courroux, Scelle le Suspendu, Hâte son chemin.

L'Ire a grimpé encore, brume ombreuse tournoyant au-dessus d'Amma et des Grands. Ses hurlements étaient assourdissants, mais Amma ne bronchait pas. Elle a fermé les paupières et a forci la voix à l'égal du cru démoniaque.

— De la Vengeance et du Courroux, Scelle le Suspendu, Hâte son chemin.

Sulla a brandi son bras chargé de bracelets, faisant rou-ler entre ses doigts un bâton orné de dizaines de charmes minuscules. Ôtant sa main de l'épaule d'Ivy, elle l'a posée sur celle d'Amma, tandis que sa peau translucide irradiait dans l'obscurité. À l'instant où elle touchait sa descen-dante, l'Ire a poussé un ultime cri étranglé avant d'être aspirée par le néant du ciel nocturne.

— Je vous remercie infiniment, a dit Amma en se tournant vers les Grands.

Ils se sont volatilisés comme s'ils ne s'étaient jamais trouvés là.

Il aurait mieux valu pour moi que je m'éclipse avec eux, car un seul regard d'Amma a suffi pour que je devine qu'elle ne nous avait sauvés que pour mieux nous massacrer. Nous aurions eu plus de chances face à l'Ire. Elle bouillait tout en nous toisant, Link et moi, ses deux cibles principales.

— I.R.R.I.T.A.T.I.O.N., a-t-elle décrété en nous attrapant par le col comme si elle avait eu la force de nous jeter dans le Cachot d'une seule poussée. Autrement dit, colère. Agacement. Courroux. Faut-il que j'en rajoute ?

Nous avons secoué la tête.

— Ethan Lawson Wate, Wesley Jefferson Lincoln, j'ignore ce que vous pensiez avoir à faire dans ces Tunnels, a-t-elle tempêté en tendant un index osseux vers nous. Vous n'avez pas deux sous de jugeote, et pourtant vous vous croyez assez malins pour affronter les forces des Ténèbres.

Link a tenté de se justifier. Grossière erreur.

— Nous n'essayions pas de lutter contre les forces des Ténèbres, Amma. Nous voulions juste…

Amma a avancé, son doigt à deux centimètres des yeux de mon pote.

— Tais-toi ! Quand j'en aurai terminé avec toi, tu regretteras que je n'aie pas raconté à ta maman ce que tu as fabriqué dans ma cave durant tout l'été de tes neuf ans.

Effondré, Link a reculé jusqu'à heurter le mur derrière lui, juste à côté du Cachot. Amma l'y a suivi pas à pas.

— Cette histoire est aussi triste qu'un jour sans pain est long, a-t-elle ajouté avant de se tourner vers Liv. Et toi, tu étudies pour devenir Gardienne, mais tu n'as pas plus de bon sens qu'eux. Avec tes connaissances, tu laisses ces garçons t'entraîner dans cette dangereuse aventure ! Je te garantis que tu n'as pas fini d'avoir des ennuis avec Marian.

Liv s'est tassée sur elle-même. Mon tour est venu.

— Toi... toi ! (Amma était tellement furieuse qu'elle gardait les dents serrées.) Tu crois donc que je ne sais pas ce que tu mijotes ? Tu crois que, parce que je suis une vieille femme, tu peux m'entourlouper ? Tu aurais besoin de trois vies avant de réussir à me vendre un radeau qui ne flotte pas. Il a suffi que Marian me dise que vous étiez ici pour que je vous trouve.

Je ne lui ai pas demandé comment elle s'y était prise. Os de poulet, tarots, les Grands – elle avait ses propres ficelles. Amma était ce qui se rapprochait le plus d'une créature surnaturelle sans en être une.

Je me suis gardé de résister, adoptant l'attitude qui s'impose pour contrer l'attaque d'un chien : ne pas croiser son regard, garder la tête basse et la boucler. Je me suis mis à marcher, Link à mon côté ne cessant de jeter des coups d'œil à Amma. Liv suivait lentement, confuse. Si elle n'avait pas prévu une rencontre avec une Ire, Amma était plus qu'elle n'était capable d'en supporter.

Cette dernière claudiquait derrière nous en marmonnant, soit pour elle-même, soit au bénéfice des Grands. Les ossements cliquetaient contre les perles.

— Tu crois que tu es le seul à pouvoir jouer les enquêteurs ? Pas la peine d'être un Enchanteur pour deviner que vous êtes des idiots. Pourquoi penses-tu qu'on m'appelle Voyante ? Parce que je vois les ennuis dans lesquels tu es sitôt que tu t'y fourres.

Elle secouait encore la tête quand elle s'est enfoncée dans le Cachot. Sa robe n'avait pas une tache de boue ni un faux pli. Ce qui nous avait semblé être un terrier de lapin quand nous étions descendus était à présent un large escalier, à croire que le passage s'était agrandi, par respect pour la seule Mlle Amma.

— S'en prendre à une Ire ! Comme si une journée avec ce petit ne suffisait déjà pas à m'épuiser !

Elle reniflait à chaque pas, et ça a duré tout le trajet. En chemin, nous avons déposé Liv. Link et moi ne nous sommes pas arrêtés. Nous ne tenions pas à être trop près de ce doigt ou de ces perles.

16 juin
RÉVÉLATIONS

Lorsque je me suis couché, c'était presque l'aube. J'allais avoir droit à une autre engueulade le lendemain, lorsque je reverrais Amma, mais j'avais le pressentiment que Marian ne s'attendait pas à ce que j'arrive à l'heure au boulot. Elle craignait Amma autant que tout le monde. Je me suis débarrassé de mes chaussures et me suis endormi avant que ma tête touche l'oreiller.

Éclat aveuglant.

La lumière me submergeait. Ou était-ce l'obscurité ?

Mes yeux étaient douloureux avec des taches noires, comme si j'avais contemplé le soleil trop longtemps. Je ne distinguais qu'une silhouette. Je n'avais pas peur. Je connaissais cette ombre intimement, la taille fine, les attaches et les doigts délicats. La moindre mèche des cheveux qui s'agitaient sous l'effet du Souffle Enchanteur.

Lena a avancé, la paume tendue vers moi. Pétrifié, j'ai observé ses mains quitter l'ombre pour entrer dans la lumière où je me trouvais. Peu à peu, ses bras, sa taille, ses épaules, sa poitrine sont apparus.

Ethan.

Si son visage était encore dissimulé, ses doigts me touchaient, caressaient mes épaules, ma nuque et mes joues. J'ai plaqué ma main contre la sienne, et ce contact m'a brûlé, pas de chaud, mais de froid.

Je suis là, L.

Je t'aimais, Ethan. Malheureusement, je dois partir.

Je sais.

Dans le noir, j'ai aperçu ses paupières qui se soulevaient, révélant la lueur dorée, les pupilles de la malédiction. Les prunelles d'une Enchanteresse des Ténèbres.

Je t'aimais aussi, L.

J'ai doucement refermé ses yeux. La sensation glacée a disparu. Regardant ailleurs, je me suis obligé à me réveiller.

Lorsque je suis descendu, j'étais prêt à subir les foudres d'Amma. Mon père était allé acheter un magazine au Stop & Steal, nous étions seuls, elle et moi. Ou plutôt, nous étions trois en comptant Lucille, qui observait avec mélancolie la nourriture pour chat dans sa gamelle. Une nouveauté. Amma devait lui en vouloir également.

Elle sortait une tarte du four. La table était mise, mais rien ne cuisait pour le petit déjeuner. Ni bouillie d'avoine ni œufs, pas même une tranche de pain en train de griller. La dernière fois qu'Amma avait fait de la pâtisserie le matin au lieu de s'occuper du petit déjeuner avait été le lendemain de l'anniversaire de Lena. Avant, il n'y avait eu que le jour suivant la mort de ma mère. Amma pétrissait la pâte avec la détermination d'un boxeur professionnel. Sa rage était capable de préparer assez de cookies pour nourrir les fidèles des églises baptistes et méthodistes réunis. Pourvu que la pâte ait absorbé l'essentiel de sa fureur ce matin !

— Pardonne-moi, Amma. J'ignore ce que cette chose nous voulait.

Sans daigner se retourner, elle a claqué la porte du four.

— Bien sûr. Il y a tant de choses que tu ne sais pas. Ça ne t'a pourtant pas empêché de t'aventurer là où tu n'avais rien à faire. N'est-ce pas ?

Elle s'est emparée de son plat creux, en a mélangé le contenu avec la Menace du Cyclope, comme si elle ne s'en était pas servi la veille pour effrayer Ridley et la forcer à lui obéir.

— Si je suis descendu, c'était pour retrouver Lena. Elle traîne avec Ridley, et je crois qu'elle a des ennuis.

Pour le coup, Amma a fait volte-face.

— Ah oui ? Des ennuis, elle ? As-tu la moindre idée de ce qu'était cette chose ? Celle qui s'apprêtait à t'enlever à ce monde pour l'autre ?

Elle a touillé avec frénésie.

— Liv appelle ça un Ire. Convoqué par quelqu'un de puissant.

— Et de Ténébreux. Quelqu'un qui ne veut pas que toi et tes amis fourriez votre nez dans les Tunnels.

— Qui ? Sarafine ? Hunting ? Et pour quelle raison ?

Amma a brusquement reposé son plat.

— Pourquoi faut-il que tu poses autant de questions sur des sujets qui ne sont en rien tes oignons ? Ce doit être ma faute. Je t'ai laissé me harceler quand tu étais encore si petit que tu n'arrivais même pas à la hauteur de ce plan de travail. Mais c'est un jeu de dupes. Personne ne gagne.

Génial ! Encore des énigmes.

— Qu'est-ce que tu racontes, Amma ?

Elle a pointé son doigt sur moi, exactement de la même façon que la nuit précédente.

— Tu n'as rien à fiche dans les Tunnels, tu m'entends ? Lena traverse des moments difficiles, et j'en suis désolée, mais elle doit s'en sortir seule. Il n'y a rien que tu puisses faire. Alors reste en dehors de ces souterrains. Des créatures pires que les Ires les hantent.

Elle est retournée à son gâteau, transvasant la pâte dans un moule.

— Et maintenant, file travailler et garde les pieds sur terre.

— Oui, madame.

Je n'aimais pas mentir à Amma. Techniquement parlant, je ne lui mentais pas vraiment. Enfin, c'est ce que je me suis répété. J'allais bien au boulot. Juste après être passé à Ravenwood, cependant. Vu ce qui s'était produit la veille au soir, il n'y avait plus rien – et tout – à dire.

J'avais besoin de réponses. Depuis combien de temps Lena me racontait-elle des salades et agissait-elle dans mon dos ? Depuis l'enterrement, la première fois que je les avais vus ensemble ? Ou depuis le jour où elle avait pris en photo sa Harley ? Des mois, des semaines, des jours ? Ces distinguos sont importants, pour un garçon. Tant que je ne découvrirais pas la vérité, elle me rongerait, de même que le peu d'orgueil qui me restait.

Parce que c'était ça, le truc : je l'avais entendue, mentalement et oralement. Elle avait prononcé les mots, je l'avais vue avec John. « Je ne veux pas de toi ici, Ethan. » C'était fini entre nous. La seule chose dont j'étais persuadé qu'elle ne se produirait jamais.

Je me suis garé devant les grilles en fer forgé ouvragé de Ravenwood et j'ai coupé le moteur. Je suis resté assis dans la voiture, fenêtres fermées, bien que la chaleur commence à être accablante. D'ici quelques minutes, elle serait suffocante. Pourtant, j'étais incapable de bouger. J'ai fermé les yeux, à l'écoute des cigales. Si je ne quittais pas l'habitacle, je ne saurais jamais. Il était absolument inutile que je franchisse ce portail. Ma clé était toujours en place, il m'était possible de la tourner et de repartir vers la bibliothèque.

Alors, rien de tout cela n'aurait lieu.

J'ai mis le contact, la radio s'est allumée. Quand bien même elle était éteinte lorsque je m'étais arrêté. La réception de la Volvo ne valait guère mieux que celle de La Poubelle. Ça ne m'a pas empêché de distinguer une mélodie à travers le larsen.

> *Dix-sept sphères, dix-sept lunes,*
> *Avant l'heur' surgit la lune,*
> *Astres éteints, cœurs suivis,*
> *L'un brisé, l'autre tari...*

Le moteur a calé, la musique s'est tue. Je n'avais pas compris le passage sur la lune, sinon qu'elle apparaissait, ce que je savais déjà. Et je n'avais pas besoin de la chanson pour me dire lequel de nous deux avait le cœur desséché par la peine.

Quand je me suis enfin décidé à descendre de la voiture, la touffeur abrutissante de Caroline du Sud m'a presque semblé fraîche. Les grilles ont grincé lorsque je me suis glissé dans le domaine. Plus j'approchais de la demeure, plus elle me semblait désolée, maintenant que Macon n'était plus. C'était encore pire que lors de ma dernière visite.

J'ai grimpé le perron de la véranda, sensible aux craquements des marches sous mon poids. L'intérieur de la maison devait être en aussi piteux état que le jardin, mais je ne le voyais pas. Où que je pose les yeux, je ne distinguais que Lena. Tentant de me persuader de rentrer chez moi le soir de ma première rencontre avec Macon, assise sur ces marches dans sa tenue orange de prisonnière la semaine ayant précédé son anniversaire. J'éprouvais vaguement l'envie d'emprunter le sentier menant à Greenbrier, à la tombe de Genevieve, histoire de me rappeler Lena blottie près de moi avec un vieux dictionnaire de latin alors que nous nous efforcions de donner un sens au *Livre des lunes*.

Ces souvenirs n'étaient cependant plus que des fantômes, aujourd'hui.

Examinant le bas-relief du linteau, j'ai repéré la lune désormais familière des Enchanteurs. Je l'ai caressée, hésitant. Bien qu'incertain de l'accueil qu'on me réserverait, j'ai fini par appuyer dessus. La porte s'est ouverte, et tante Del a relevé la tête et m'a souri.

— Ethan ! J'espérais tant que tu viendrais avant notre départ !

Elle m'a gratifié d'une brève accolade. La maison était plongée dans le noir. J'ai aperçu un monceau de valises au pied de l'escalier. La plupart des meubles étaient protégés par des draps, et les volets étaient tirés. Ainsi, c'était vrai. Ils s'en allaient pour de bon. Lena n'avait pas reparlé de ce voyage depuis la fin des cours et, avec tout ce qui s'était passé par ailleurs, j'avais presque oublié. Enfin, j'avais tout fait pour. Lena n'avait même pas précisé qu'ils avaient commencé à préparer leurs bagages. Décidément, le nombre de choses qu'elle me taisait n'allait qu'en s'accroissant.

— C'est bien pour cela que tu es ici, n'est-ce pas ? m'a demandé tante Del, hésitante. Pour nous dire au revoir ?

En tant que Palimpseste, elle ne parvenait pas à séparer les époques, si bien qu'elle était toujours un peu décalée. Elle était en mesure de voir tout ce qui avait eu lieu ou aurait lieu dans une pièce dès l'instant où elle y pénétrait. Sauf que tout cela arrivait en même temps. Il m'était arrivé de m'interroger sur ce qu'elle voyait lorsque j'entrais ici. Je ne tenais peut-être pas à l'apprendre.

— Oui, c'est pour ça. Quand partez-vous ?

Reece triait des livres dans la salle à manger. J'ai quand même aperçu sa moue mécontente. Par habitude, je me suis détourné. Je n'avais pas besoin qu'elle lise les événements de la nuit sur mes traits.

— Pas avant dimanche, m'a-t-elle lancé. Lena n'a malheureusement encore rien emballé. Ne la dérange pas.

Baissant la tête, j'ai gagné le salon afin de saluer Bonne-maman. Force immuable, elle était assise dans son rocking-chair avec une tasse de thé et le journal, à croire que l'agitation de cette matinée ne la concernait en rien. En souriant, elle a plié en deux sa lecture. J'avais d'abord cru qu'il s'agissait du *Stars and Stripes*, mais le journal était dans une langue que je ne connaissais pas.

— Bonjour, Ethan. J'aurais aimé que tu puisses nous accompagner. Tu me manqueras, et je ne doute pas que Lena va compter les jours nous séparant de notre retour.

Se levant de son fauteuil à bascule, elle m'a serré dans ses bras.

Lena pouvait en effet compter les jours, mais pour une raison différente. Sa famille ne soupçonnait pas que nous étions séparés, comme elle était inconsciente de ce que vivait Lena en ce moment. À mon avis, personne ne concevait qu'elle traîne dans une boîte d'Enchanteurs souterraine comme l'Exil, ni qu'elle se balade à moto à califourchon sur la selle de John. Si ça se trouve, ils ignoraient l'existence même de celui-ci.

Je me suis souvenu de ma première rencontre avec Lena, de la longue liste des endroits où elle avait vécu, des amis qu'elle n'avait jamais eus, des écoles qu'elle n'avait pas eu le loisir de fréquenter. Était-ce le genre d'existence qui l'attendait de nouveau ?

Bonne-maman me scrutait avec curiosité. Elle a caressé ma joue. Sa main était douce comme les gants que portaient les Sœurs pour se rendre à la messe.

— Tu as changé, Ethan.

— Pardon ?

— J'ai du mal à mettre le doigt dessus, mais il y a quelque chose de différent.

J'ai regardé ailleurs. Inutile de jouer les innocents. Elle allait sentir que Lena et moi n'étions plus reliés, pour peu qu'elle ne l'ait pas déjà fait. Bonne-maman ressemblait à Amma. C'était d'ordinaire la personnalité la plus forte d'un groupe, tant sa volonté était affirmée.

— Ce n'est pas moi qui ai changé, madame.

Elle s'est rassise, a repris son journal.

— Balivernes ! Tout le monde change, Ethan. C'est la vie. Et maintenant, va dire à ma petite-fille de préparer ses bagages. Il faut que nous partions avant que les marées s'inversent, sinon nous serons naufragés ici pour toujours.

Elle m'a souri, comme si j'étais un initié susceptible de saisir sa plaisanterie.

Sauf que je ne l'étais pas.

La porte de Lena était à peine entrebâillée. Les murs, le plafond, les meubles – tout était noir. Il ne s'agissait plus de feutre ; à présent, elle gribouillait sa poésie à la craie blanche. Les portes de son placard étaient couvertes de la même phrase répétée à l'infini : *runningtostandstill-runningtostandstillrunningtostandstill.* J'ai inspecté les mots, les séparant comme j'y étais souvent obligé lorsqu'il s'agissait de déchiffrer l'écriture de Lena. J'ai reconnu alors le titre d'une vieille chanson de U2 ; j'ai également compris à quel point ces paroles[1] sonnaient juste : c'était ce qu'avait fait Lena tout ce temps, à chacune des secondes qui s'étaient écoulées depuis la mort de Macon.

Sa jeune cousine, Ryan, était assise sur le lit, le visage de Lena entre les mains. Ryan était une Thaumaturge et n'utilisait ses talents de guérisseuse que quand quelqu'un souffrait énormément. Moi, d'habitude. Sauf que, aujourd'hui, c'était Lena.

J'ai eu du mal à la reconnaître. Elle donnait l'impression de ne pas avoir dormi du tout. En guise de chemise de nuit, elle portait un tee-shirt trop grand d'un noir délavé. Ses cheveux étaient emmêlés, ses yeux, rouges et gonflés.

— Ethan !

Dès qu'elle m'a vu, Ryan est redevenue une fillette normale. Elle s'est précipitée vers moi, et je l'ai soulevée en la balançant à droite et à gauche.

---

1. Littéralement : « courir pour rester sur place. »

— Pourquoi ne viens-tu pas avec nous ? On va telle-ment s'ennuyer ! Reece va me donner des ordres tout l'été, et Lena n'est pas drôle non plus.

— Il faut que je reste ici pour m'occuper d'Amma et de mon père, ma poulette.

Je l'ai remise sur ses pieds avec douceur. Lena sem-blait agacée. Elle s'est assise sur son lit défait, les jambes croisées sous ses fesses, et a chassé Ryan d'un geste de la main.

— Dehors ! S'il te plaît.

La petite a grimacé.

— Si vous faites des trucs dégoûtants et que vous avez besoin de moi, je serai en bas, vous deux.

Ryan m'avait sauvé la vie à plusieurs reprises lorsque Lena et moi étions allés trop loin dans nos caresses, et que le courant électrique avait manqué de couper net les bat-tements de mon cœur. Ce problème ne se poserait jamais avec John Breed. Était-ce son tee-shirt à lui qu'elle avait enfilé ?

— Qu'est-ce que tu fiches ici, Ethan ?

Elle a levé les yeux au plafond, je l'ai imitée. Il m'était impossible de la regarder. *Quand tu regardes en l'air / Vois-tu le ciel bleu de ce qui pourrait être / Ou l'obscurité de ce qui ne sera jamais ? / Me vois-tu ?*

— Je veux parler de cette nuit.

— Des raisons qui t'ont poussé à me suivre, tu veux dire ?

Ses accents étaient durs, ce qui m'a fichu hors de moi.

— Je ne te suivais pas. Je te *cherchais*. Parce que j'étais inquiet. Je sais maintenant à quel point ça t'a gênée, vu que tu étais occupée à emballer John.

Serrant les mâchoires, elle s'est levée. Le tee-shirt lui arrivait aux genoux.

— John et moi ne sommes que des amis. Personne n'emballait personne.

— Et tu t'accroches ainsi au cou de tous tes potes ?

Elle s'est approchée, et l'extrémité de ses boucles a commencé à se recroqueviller. Le plafonnier de la chambre s'est mis à se balancer.

— Et toi ? a-t-elle riposté en me fixant droit dans les yeux. Tu essaies d'embrasser toutes tes amies ?

Un éclair a explosé, suivi par une pluie d'étincelles et l'obscurité. Les ampoules du lustre avaient sauté, répandant leurs minuscules écharde de verre sur le lit. J'ai perçu le fracas de la pluie sur le toit.

— Qu'est-ce que tu...

— Inutile de mentir, Ethan. Je sais ce à quoi toi et ta collègue vous êtes amusés devant l'Exil.

Je t'ai entendu. Tu Chuchotais. « Des yeux bleus et une chevelure blonde. » Ça te dit quelque chose ?

La voix qui a résonné dans mon crâne était âpre et amère. Elle avait raison, cependant. J'avais utilisé le Kelting, et elle avait capté le moindre de mes mots.

Il ne s'est rien passé.

La suspension s'est écrasée sur le lit, ne me manquant que de quelques centimètres. J'ai eu l'impression que le sol se dérobait sous mes pieds. Elle m'avait entendu.

Pardon ? As-tu donc cru que je ne le saurais pas ? Que je ne le sentirais pas ?

C'était encore pire que se soumettre à un examen de Reece. Lena voyait tout et elle n'avait pas besoin de recourir à ses dons pour cela.

— J'étais furax quand je t'ai surprise avec ce John. Je n'ai pas réfléchi.

— Raconte ça à qui tu veux, mais pas à moi. Il y a toujours une bonne raison à tout. Tu as failli l'embrasser, et juste parce que tu le désirais.

Ou alors, je voulais t'agacer parce que tu étais avec un autre.

Je te conseille d'être prudent avec ce que tu veux.

J'ai inspecté ses traits, les cernes noirs autour de ses yeux, la tristesse. Les prunelles vertes que j'avais tant aimées avaient disparu pour laisser place à celles, dorées, d'une Enchanteresse des Ténèbres.

À quoi joues-tu avec moi, Ethan ?

Je ne sais plus.

L'espace d'une seconde, son visage s'est affaissé. Elle s'est cependant vite ressaisie.

— Tu mourais d'envie de me balancer ça, hein ? Maintenant, tu vas avoir toute liberté de rejoindre ta Mortelle de petite amie sans éprouver la moindre culpabilité. (Le mot « Mortelle » a résonné comme si elle avait eu du mal à le prononcer.) Je parie que tu as hâte de te rendre au lac avec elle.

Lena enrageait. Des pans entiers du plafond ont commencé à s'affaisser, là où le lustre était tombé. Quelle que soit sa souffrance, sa colère l'éclipsait.

— Tu réintégreras l'équipe de basket à la rentrée, et elle sera candidate au poste de *cheerleader*. Emily et Savannah vont l'adorer.

Un craquement a retenti, et un bout de plâtre a dégringolé près de moi. J'avais la poitrine serrée. Elle se trompait ; n'empêche, c'était plus fort que moi, je songeais combien il devait être facile de sortir avec une fille normale, une Mortelle.

J'ai toujours su que c'était ce que tu voulais. Eh bien, tu peux l'avoir, à présent.

Nouvel effondrement. J'étais couvert d'une fine couche de poussière blanche, tandis que des morceaux brisés de plafond jonchaient le plancher. Lena retenait ses larmes avec peine.

Ce n'est pas ce que je voulais dire, tu le sais pertinemment.

Vraiment ? Tout ce que je sais, c'est que ça ne devrait pas être si difficile. Aimer quelqu'un ne devrait pas être si difficile.

Je me suis toujours fichu de ça.

J'ai senti qu'elle se dissipait, qu'elle me poussait hors de son esprit, hors de son cœur.

— Tu es destiné à quelqu'un comme toi, et moi à quelqu'un de mon espèce. Quelqu'un qui comprenne ce que je traverse. Je ne suis plus la même que celle que j'étais il y a quelques mois. Mais j'imagine que toi et moi en sommes conscients.

Pourquoi t'entêter à te punir, Lena ? Ce n'était pas ta faute. Tu n'aurais pas pu le sauver.

N'évoque pas ce qui t'échappe.

Au moins, je n'ignore pas que tu te considères comme responsable de la mort de ton oncle, et que te torturer constitue une sorte de pénitence.

Aucune pénitence ne rachètera mes actes.

Elle a fait mine de se détourner.

Ne te sauve pas.

Je ne me sauve pas. Je suis déjà partie.

Sa voix intérieure me parvenait à peine. Je me suis rapproché d'elle. Quoi qu'elle ait fait avec John, que notre relation soit terminée ou non, ça n'avait pas d'importance : je n'allais pas la laisser s'autodétruire sans réagir. Je l'ai attirée contre moi, je l'ai enveloppée dans mes bras, comme si elle était en train de se noyer et que je voulais seulement la tirer hors de l'eau. Le froid brûlant qui émanait d'elle a incendié la moindre parcelle de ma peau. Ses doigts ont effleuré les miens. Mon torse était gourd là où elle avait enfoui sa tête.

Que nous soyons ensemble ou non ne compte pas, L. Tu n'es pas l'une des leurs.

Je ne suis pas l'une des vôtres non plus.

Ces derniers mots étaient un murmure. J'ai plongé ma main dans ses cheveux. Aucune part de moi ne pouvait la laisser s'en aller. Je crois qu'elle pleurait, sans en être sûr cependant. Levant les yeux, j'ai constaté que les derniers morceaux de plâtre entourant le trou laissé par la suspension se fendaient en centaines de lézardes, à croire que l'ensemble du plafond allait nous tomber dessus.

C'est fini, alors ?

Ça l'était, mais je n'avais pas envie qu'elle réponde à ma question. J'avais envie de profiter de ce moment, un petit peu encore. J'avais envie de l'enlacer, de faire comme si j'en avais encore le droit.

— Ma famille s'en va dans deux jours. Quand ils se réveilleront, demain, je serai partie.

— L ! Tu ne peux pas...

Elle a posé un doigt sur ma bouche.

— Si tu m'as jamais aimée, et je sais que c'est le cas, laisse tomber. Je ne permettrai plus que les gens auxquels je tiens meurent à cause de moi.

— Lena.

— Telle est ma malédiction. Elle est à moi. Ne me la retire pas.

— Et si je refuse ?

Elle m'a regardé, le visage soudain sombre.

— Tu n'as pas le choix. Si tu montes à Ravenwood demain, je te garantis que tu ne voudras pas parler. Tu ne pourras pas non plus, d'ailleurs.

— Es-tu en train de me menacer d'un sortilège ?

Cette frontière tacite, elle ne s'était jamais permis de la franchir. En souriant, elle a de nouveau plaqué son index sur mes lèvres.

— *Silentium.* « Silence » en latin. Tu n'entendras plus que ça si tu tentes de révéler à qui que ce soit que je compte m'en aller.

— Tu n'oserais pas ?

— Tu paries ?

Nous y étions. Enfin. La seule chose qui subsistait entre nous, c'était le pouvoir inimaginable qu'elle n'avait pas encore utilisé contre moi. Ses prunelles étaient larges, dorées, luisantes. Sans plus aucune trace de vert. Elle ne plaisantait pas, j'en étais conscient.

— Jure-moi que tu ne reviendras pas ici.

Échappant à mon étreinte, elle m'a tourné le dos. Elle ne tenait pas à me montrer plus longtemps ses yeux que, de mon côté, je ne supportais pas de voir.

— Je te le jure.

Elle n'a rien dit. Hochant la tête, elle a essuyé les larmes qui coulaient sur ses joues. Lorsque je suis sorti de sa chambre, le plâtre pleuvait à seaux.

J'ai emprunté les couloirs de Ravenwood pour la dernière fois. Plus je m'éloignais, plus la demeure s'assombrissait. Lena partait, Macon était parti. Tout le monde s'en allait, et la maison semblait morte. J'ai laissé mes doigts s'attarder sur la rambarde en acajou. Je souhaitais me rappeler l'odeur du vernis, la douceur du vieux bois, l'arôme ténu des cigares d'importation de Macon, peut-être, le jasmin des confédérés, les oranges sanguines et les livres.

Je me suis arrêté devant la porte de la chambre à coucher de Macon. Peinte en noir, ça aurait pu être l'accès à n'importe quelle pièce de la plantation. Sauf que ce n'était pas le cas, et Boo dormait devant, attendant un maître qui ne rentrerait jamais. Il n'avait plus son air de loup, juste celui d'un chien. Sans Macon, il était aussi perdu que Lena. Il a levé les yeux vers moi sans bouger la tête.

Posant ma main sur la poignée, j'ai poussé le battant. La chambre était telle que je m'en souvenais. Ici, personne n'avait osé recouvrir quelque meuble que ce soit. Le lit à baldaquin en ébène trônant au milieu de la pièce luisait, comme encaustiqué des dizaines de fois par Maison ou Cuisine, le personnel invisible de Ravenwood. Des volets noirs à claire-voie plongeaient l'endroit dans une obscurité totale, si bien qu'il était impossible de distinguer le jour de la nuit. De grands chandeliers étaient ornés de bougies noires, et un lustre en fer forgé était accroché au plafond. J'ai identifié un dessin Enchanteur dessus. D'abord, je ne l'ai pas reconnu, puis ça m'est revenu.

Je l'avais vu sur Ridley et John Breed, à l'Exil. La marque d'un Enchanteur des Ténèbres. Le tatouage que tous arboraient. Chaque tracé paraissait différent tout en étant indubitablement apparenté aux autres. C'était plus un sceau qu'un tatouage, comme si on leur avait brûlé la peau au fer rouge au lieu d'y injecter de l'encre.

Frissonnant, j'ai saisi un petit objet posé au sommet d'une table de toilette noire. Une photo encadrée de Macon en galante compagnie. Si Macon était bien visible, la femme n'était qu'une silhouette dans l'obscurité, une ombre figée sur la pellicule. Je me suis demandé s'il s'agissait de Jane.

Combien de secrets Macon avait-il emportés dans la tombe ? Quand j'ai voulu remettre le cadre en place, j'ai méjugé la distance à cause de la pénombre, et il est tombé. Je me suis penché pour le ramasser. J'ai alors remarqué que le coin du tapis était retourné. C'était la réplique exacte de celui que j'avais vu dans le bureau de Macon, au cœur des Tunnels.

Je l'ai soulevé. Dessous, le plancher comportait une découpe rectangulaire parfaite, assez vaste pour qu'un homme s'y glisse. Un énième accès aux Tunnels. J'ai tiré dessus, la trappe s'est soulevée sans résistance. En bas, j'ai découvert le bureau de Macon. Il n'y avait pas d'escalier, et le sol en pierre semblait trop loin pour prendre le risque de sauter sans se fendre le crâne.

Je me suis souvenu du passage illusoire menant à la *Lunae Libri*. La seule façon de savoir, c'était d'essayer. Me retenant au bord du lit, j'ai avancé d'un pas prudent. Après avoir tâtonné, j'ai senti quelque chose de solide sous mon pied. Une marche. Bien que je n'aie pu la distinguer, j'en ai perçu le bois usagé sous ma semelle. En quelques secondes, je me suis retrouvé dans la pièce de travail de Macon.

Ainsi, il n'avait pas consacré ses journées à dormir. Il les avait passées ici, dans les Tunnels, en compagnie de Marian sans doute. Je les ai imaginés étudiant de vieilles légendes d'Enchanteurs, discutant des techniques de jardinage d'avant-guerre, prenant le thé. Marian avait sûrement côtoyé Macon plus que quiconque, Lena exceptée.

Marian était-elle la femme du cliché ? S'appelait-elle Jane, en réalité ? Je n'avais jamais envisagé les choses sous cet angle, mais ça aurait expliqué bien des mystères auxquels je me heurtais. Pourquoi les innombrables paquets de papier brun de la bibliothèque étaient stockés dans le bureau de Macon ; pourquoi un professeur de Duke se cachait sous les traits d'une bibliothécaire, même au poste de Gardienne, dans un bled comme Gatlin ; pourquoi Marian et Macon avaient été inséparables la plupart du temps, du moins dans les limites imposées à un Incube reclus qui ne sortait jamais de chez lui.

Et s'ils s'étaient aimés durant toutes ces années ?

J'ai balayé la pièce du regard jusqu'à ce que je le déniche : le coffre en bois qui contenait les pensées et les secrets de Macon. Il était posé sur une étagère, là où Marian l'avait laissé.

Fermant les paupières, j'ai tendu la main...

C'était ce que Macon voulait le plus et désirait le moins au monde : être près de Jane une dernière fois. Il ne l'avait pas revue depuis des semaines, sauf à compter les nuits où il l'avait suivie entre la bibliothèque et chez elle, l'épiant de loin, regrettant de ne pouvoir la caresser.

Plus maintenant, alors que la Transformation était si proche. Pourtant, elle était là, alors qu'il lui avait ordonné de ne pas le contacter.

— Il faut que tu sortes d'ici, Jane. Tu n'es pas en sécurité.

Lentement, elle traversa la pièce où il se tenait.

— Ne comprends-tu pas ? Je ne peux pas rester à l'écart.

— Je sais.

L'enlaçant, il l'embrassa. Un ultime baiser. Puis il prit quelque chose dans son placard et le déposa dans la main de Jane en refermant ses doigts autour. C'était un objet rond et lisse, une sphère parfaite. Il emprisonna sa main dans la sienne.

— Je ne serai pas en mesure de te protéger après la Transformation, dit-il d'une voix grave. Pas de la seule chose qui représente la plus grande des menaces pour toi. Moi.

Il contempla leurs mains qui berçaient doucement ce qu'il y avait dissimulé.

— S'il arrive quoi que ce soit, enchaîna-t-il, si tu cours un danger... utilise ça.

Jane ouvrit sa paume. La sphère était noire et opalescente, à l'instar d'une perle. Elle commença cependant à se modifier et à briller sous son regard. Elle perçut le bourdonnement des infimes vibrations qui l'agitaient.

— Qu'est-ce que c'est ?

Macon recula, l'air de préférer éviter de toucher l'objet, maintenant qu'il avait pris vie.

— Un Orbe Lumineux.

— À quoi sert-il ?

— Si je dois devenir un péril pour toi, tu seras sans défense. Tu n'auras aucun moyen de me tuer ou de m'affaiblir. Seul un autre Incube est en mesure de rivaliser avec moi.

Les yeux de Jane se voilèrent.

— Je serais incapable de te faire du mal, chuchota-t-elle.

Macon effleura son visage avec tendresse.

— Je sais. Quand bien même tu le souhaiterais, ce serait impossible. Nul Mortel ne peut vaincre un Incube. Voilà pourquoi tu as besoin de l'Orbe Lumineux. C'est la seule façon de maîtriser une créature de mon espèce. La seule que tu aurais de m'arrêter si...

— Qu'entends-tu par « maîtriser » ?

Macon se détourna.

— C'est comme une cage, Jane. L'unique cage en mesure de nous garder prisonniers.

Jane observa la boule sombre qui luisait dans sa paume. Maintenant qu'elle savait de quoi il s'agissait, elle avait l'impression que l'Orbe perçait un trou incandescent dans sa main et dans son cœur. Elle le laissa tomber sur le bureau de Macon, et l'orbe roula avant de se ternir et de redevenir noir.

— Crois-tu sérieusement que je vais t'enfermer là-dedans comme une bête sauvage ?

— Je serai pire qu'une bête sauvage.

Des larmes mouillèrent les joues de la jeune femme, puis ses lèvres. Elle attrapa Macon par le bras, l'obligea à lui faire face.

— Combien de temps resterais-tu à l'intérieur ?

— Une éternité, sans doute.

Elle secoua la tête.

— Je refuse. Je ne te condamnerai pas à ça.

Elle crut distinguer de l'eau dans les yeux de Macon, alors qu'elle savait que c'était impossible. Il ne versait pas de larmes, or elle aurait juré que ses prunelles brillaient.

— S'il t'arrivait malheur, si je te blessais, tu me condamnerais à un destin bien pire que ce qui m'attendrait dans cette sphère.

Macon ramassa cette dernière, la souleva.

— Si cela s'impose un jour, tu dois me promettre que tu t'en serviras.

Jane ravala ses sanglots. Sa voix tremblait.

— Je ne suis pas sûre de…

Macon appuya son front contre le sien.

— Promets-le-moi, Janie. Si tu m'aimes, promets-le-moi.

Jane enfouit son visage dans le cou glacé.

— Je te le promets, souffla-t-elle après avoir longuement inspiré.

Macon releva la tête et regarda par-dessus l'épaule de sa bien-aimée.

— Une promesse est une promesse, Ethan.

Je me suis réveillé dans un lit. De la lumière passant par la fenêtre, j'en ai déduit que je n'étais plus dans le bureau de Macon. J'ai fixé le plafond, dénué de lustre dingue en métal noir – je n'étais donc pas dans sa chambre de Ravenwood non plus.

Je me suis assis, sonné, dérouté. J'étais dans mon propre lit, dans ma propre chambre. La fenêtre était ouverte, et la clarté du matin me blessait les yeux. Comment avais-je réussi à perdre conscience là-bas et à reprendre connaissance ici, des heures plus tard ? Qu'avaient subi le temps, l'espace et les lois de la physique entre ces deux moments ? Quel Incube, quel Enchanteur était assez puissant pour accomplir pareils prodiges ?

Jamais encore les visions ne m'avaient autant affecté. Tant Abraham que Macon m'avaient vu. Comment était-ce possible ? Qu'est-ce que Macon s'efforçait de me dire ? Pourquoi voulait-il que j'aie ces hallucinations ? Rien n'avait de sens, sauf une chose. Soit les visions étaient en train de changer, soit c'était moi. Lena y avait veillé.

17 juin
HÉRITAGE

Comme promis, je me suis tenu à l'écart de Ravenwood. Le lendemain, j'ignorais où était Lena et quelle destination elle avait choisie. Je me suis demandé si John et Ridley étaient avec elle.

La seule chose que je savais, c'est qu'elle avait attendu de pouvoir prendre en charge son destin, de trouver une façon de s'Appeler en dépit de la malédiction. Ce n'était pas moi qui allais lui mettre des bâtons dans les roues maintenant. D'ailleurs, ainsi qu'elle l'avait souligné, elle m'en empêcherait. Bref, j'étais abandonné à mon seul destin personnel : rester au lit toute la journée en pleurant sur mon sort. Avec quelques BD, n'importe quoi pourvu qu'il ne s'agisse pas d'*Aquaman*.

Malheureusement, Gatlin en a décidé autrement.

Les comices équivalaient à une journée de concours de beauté et de pâtisserie suivie d'une soirée de pelotage si vous aviez de la veine. La Toussaint, en revanche, était une tout autre affaire de tradition à Gatlin. Au lieu de traîner à la foire en short et en tongs, tous les habitants de la ville se mettaient sur leur trente et un et se rendaient au cimetière afin de rendre hommage à leurs défunts, et à ceux des autres par la même occasion. Que la Toussaint soit une fête catholique censée se dérouler en novembre n'avait aucune espèce d'importance. Chez nous, nous faisions comme bon nous semblait et nous nous étions approprié l'événement, le transformant en prétexte pour nous souvenir, culpabiliser et rivaliser quant au nombre et à la taille des fleurs et des angelots en plastique que nous entassions au pied des stèles de nos ancêtres.

Personne ne manquait la Toussaint ; baptistes et méthodistes rappliquaient, de même qu'évangélistes et pentecôtistes. Les deux seuls à ne pas monter au cimetière étaient Amma, qui passait la journée sur les tombes des siens, chez elle à Wader's Creek, et Macon Ravenwood. Ces deux-là avaient-ils déjà célébré cette fête ensemble dans les marécages en compagnie des Grands ? J'en doutais. Ni Macon ni les Grands ne devaient apprécier les fleurs artificielles, à mon avis.

Et les Enchanteurs ? Avaient-ils leur propre version de cette commémoration ? Lena, où qu'elle soit, éprouvait-elle des émotions identiques aux miennes en ce moment ? De celles qui vous donnent envie de retourner au lit et de vous y cacher jusqu'au soir ? L'année précédente, j'avais séché la corvée. Il était encore trop tôt. Celles d'avant, j'avais été obligé de présenter mes respects à des Wate que je n'avais jamais connus ou dont je me souvenais à peine.

Aujourd'hui cependant, j'allais me recueillir sur la tombe de quelqu'un à qui je pensais quotidiennement. Ma mère.

Amma était dans la cuisine, vêtue de son beau corsage blanc, celui au col de dentelle, et de sa longue jupe bleue. Elle agrippait un de ces minuscules réticules de vieille dame.

— Tu ferais mieux de te mettre en route pour aller chercher tes tantes, m'a-t-elle dit en rectifiant mon nœud de cravate. Tu sais à quel point elles s'agitent quand tu es en retard.

— Oui, madame.

J'ai attrapé les clés de la voiture familiale sur le plan de travail. J'avais déposé mon père une heure plus tôt aux portes de Son Jardin du Repos Éternel. Il avait tenu à passer un moment seul avec ma mère.

— Une minute !

Je me suis arrêté net. Je n'avais pas envie qu'Amma croise mon regard. Je n'étais pas en état de parler de Lena et je ne voulais surtout pas qu'elle essaie de me tirer les vers du nez à ce sujet. Elle a farfouillé dans son sac et en a retiré un objet que je n'ai pas réussi à voir. Ouvrant ma main, elle a déposé une chaînette dans ma paume. Fine, en or, elle était ornée d'un médaillon en forme d'oisillon. Bien que beaucoup plus petit que ceux qui avaient été jetés sur le cercueil de Macon, je l'ai aussitôt identifié.

— Un moineau pour ta maman.

Les yeux d'Amma luisaient comme la route après une averse.

— Pour les Enchanteurs, il symbolise la liberté, mais pour les Diaphanes, il est l'assurance d'un trajet sans danger. Les moineaux sont intelligents. Ils ont beau voler très loin, ils retrouvent toujours le chemin de la maison.

— Je ne crois pas que ma mère aura l'occasion d'entreprendre de nouveaux voyages, ai-je répondu, la gorge serrée.

Amma a sèchement refermé son sac.

— Il n'y a rien dont tu ne sois pas drôlement sûr, hein, Ethan Wate ? m'a-t-elle rembarré.

Lorsque je me suis garé dans l'allée de gravier des Sœurs et que j'ai ouvert la portière, Lucille s'est assise sur le siège passager au lieu de sauter dehors. Elle avait reconnu les lieux et savait pertinemment qu'elle en avait été bannie. À force de cajoleries, j'ai réussi à la faire sortir, mais elle a refusé d'avancer au-delà de la frontière séparant le ciment du trottoir et l'herbe du jardin.

Thelma s'est encadrée sur le seuil avant que j'aie eu le temps de frapper. Elle a aussitôt fixé la chatte en croisant les bras.

— Salut, Lucille.

Cette dernière s'est léché une patte d'un air paresseux avant de renifler sa queue. Un véritable camouflet infligé à Thelma.

— Tu es passée m'annoncer que les petits pains d'Amma sont meilleurs que les miens ?

Lucille était le seul greffier de ma connaissance à manger du pain mouillé de sauce au lieu de nourriture pour chat. Elle a miaulé, comme si elle aurait justement eu beaucoup à dire sur le sujet. Thelma s'est tournée vers moi.

— Bonjour, beau gosse. Je t'ai entendu arriver.

Elle m'a embrassé d'un de ses baisers qui laissaient toujours sur ma joue des marques rose vif et quasi indélébiles, malgré mes innombrables tentatives pour les effacer d'une main moite.

— Ça va ? a-t-elle ajouté.

Tout le monde savait à quel point cette journée n'allait pas être facile pour moi.

— Oui, oui. Les Sœurs sont prêtes ?

— Ces trois filles ont-elles été prêtes un jour dans leur vie ? a-t-elle riposté, un poing sur la hanche.

Thelma appelait toujours les Sœurs les « filles », bien qu'elles soient plus âgées qu'elle, et ce deux fois plutôt qu'une.

— C'est-y toi, Ethan ? a crié une voix depuis le salon. Viens un peu par ici. On a besoin de toi pour que'que chose.

Il pouvait s'agir de n'importe quoi, de fabriquer des plâtres à l'aide de papier prélevé au *Stars and Stripes* pour une famille de ratons laveurs jusqu'à organiser le quatrième – à moins qu'on en soit au cinquième – mariage de tante Prue. Il y avait une troisième possibilité à laquelle je n'avais bien sûr pas songé, et elle me concernait.

— Ent' ! m'a lancé tante Grace en m'invitant du geste. Donne-lui donc des 'tiquettes bleues, Charity.

Elle s'éventait avec un vieux livret de messe, très certainement l'un de ceux ayant détaillé le déroulement des obsèques d'un des époux de l'une d'elles. Comme aucune de mes grands-tantes n'autorisait personne à les garder après le service, elles en avaient des tonnes stockées dans toute la maison.

— Je te les porterais ben moi-même, mais je dois être prudente depuis mon as'kident. J'ai des Com-plications.

Elle ne parlait plus que de ça depuis la foire. La moitié de la ville était au courant de son évanouissement, mais, à entendre tante Grace le raconter, on aurait pu croire qu'elle avait frôlé le trépas, ce qui allait lui permettre d'exploiter Thelma, tante Prue et tante Charity jusqu'à la fin de ses jours et les obliger à se plier à ses quatre volontés.

— Non et non ! Je t'y répète que la couleur d'Ethan, c'est le rouge. Passe-lui les rouges.

Tante Prue griffonnait comme une démente dans un calepin jaune à l'allure très officielle. Charity m'a tendu une poignée d'étiquettes autocollantes sur lesquelles on avait colorié un point rouge.

— Et main'nant, Ethan, balade-toi dans la pièce et colle une de ces 'tiquettes sous un objet qui te plaît. Allez, active-toi !

Elle m'a contemplé avec une telle impatience que j'ai songé qu'elle serait offensée si je ne lui en collais pas une sur le front.

— Mais de quoi parles-tu, tante Charity ?

Tante Grace a décroché du mur la photo encadrée d'un vioque en uniforme de Confédéré.

— Tiens, ça, c'est le général Robert Charles Tyler, le dernier gradé rebelle qu'a été tué pendant la guerre inter-États. Passe-moi une 'tiquette. Ça vaut des sous.

Bien que paumé, je craignais de demander des explications sur leurs manigances.

— Nous devons partir, ai-je objecté. C'est la Toussaint, vous avez oublié ?

— Pff ! a protesté tante Prue en fronçant les sourcils. Ben sûr que non. C'est même pour ça qu'on met de l'ord' dans nos affaires.

— Les 'tiquettes, c'est pour ça, a renchéri tante Charity. Tout le monde, il a sa couleur. Jaune pour Thelma, rouge pour toi et bleu pour ton papa.

Elle s'est interrompue, comme si elle avait perdu le fil. Tante Prue, qui n'aimait pas qu'on lui coupe la parole, l'a fusillée du regard.

— Tu colles ces 'tiquettes en bas des choses que tu veux, m'a-t-elle ensuite expliqué. Comme ça, quand on mourra, Thelma saura ek'zactement qui aura quoi.

— C'est la Toussaint qui nous a donné l'idée, a précisé tante Grace avec un sourire de fierté.

— Je ne veux rien, et aucune de vous ne va mourir ! ai-je décrété en laissant tomber les autocollants sur la table.

— Ethan ! On attend Wade le mois prochain. L'est aussi gourmand qu'un r'nard dans un poulailler ! Faut qu'tu choisisses en premier.

Wade était le fils illégitime de mon oncle Landis, encore un membre de la famille qui n'aurait jamais l'honneur de figurer sur l'arbre généalogique des Wate.

Quoi qu'il en soit, il était inutile de discuter avec les Sœurs quand elles étaient dans cet état-là. J'ai donc passé la demi-heure suivante à coller des petites étiquettes rouges sous des chaises dépareillées et des souvenirs de la guerre de Sécession. J'ai quand même réussi à avoir du temps à tuer en attendant que les Sœurs décident quel chapeau porter pour cette Toussaint. Le choix d'un couvre-chef adapté à l'occasion ne s'opérait pas à la légère, et la plupart des dames de Gatlin s'étaient rendues à Charleston pour y faire leurs emplettes, des semaines auparavant. À les voir escalader la colline coiffées de tout et n'importe quoi, des plumes de paon aux roses, un étranger aurait pu croire qu'elles se rendaient à une garden-party plutôt qu'au cimetière.

La maison était une vraie pétaudière. Tante Prue avait sans doute ordonné à Thelma de descendre du grenier tous leurs cartons pleins de vieux vêtements, de plaids et d'albums photo. J'ai feuilleté celui qui était au sommet de la pile. Des clichés anciens étaient scotchés sur les pages jaunies : tante Prue et ses maris, tante Mercy debout devant la maison de Dove Street qu'elle avait habitée autrefois, la mienne, du temps où mon grand-père n'était qu'un enfant. Tournant la dernière page, je suis tombé sur une autre résidence.

Ravenwood Manor.

Mais pas la demeure que je connaissais. Plutôt un Ravenwood digne de figurer dans les registres de la Société historique. Des cyprès encadraient l'allée menant à la véranda d'un blanc immaculé. Le moindre pilier, le moindre volet étaient peints de frais. Aucune trace des plantes grimpantes envahissantes ni des marches branlantes du Ravenwood de Macon. D'une écriture délicate, une main avait inscrit sous la photo :

Ravenwood Manor, 1865

J'étais en train de contempler le Ravenwood d'Abraham.

— Qu'est-ce que t'as trouvé ? a demandé tante Charity en me rejoignant d'un pas traînant.

Elle arborait la capeline la plus vaste et la plus flamant rose qu'il m'ait été donné de voir de toute ma vie. Une espèce de drôle de filet pendouillait à l'avant, un peu comme un voile de mariée, et le galurin était surmonté d'un oiseau complètement irréaliste perché dans un nid rose. Dès qu'elle bougeait un tant soit peu, l'animal battait des ailes comme s'il avait été capable de s'envoler tout seul. Et non, les snobs comme Savannah et l'équipe de *cheerleaders* ne s'en moqueraient pas. Je me suis efforcé d'ignorer l'improbable échafaudage.

— Un vieil album photo, ai-je répondu. Il était dans ce carton, en haut.

Je le lui ai tendu.

— Porte-moi donc mes lunettes, Prudence Jane !

Des coups sourds ont retenti dans le couloir, et tante Prue s'est encadrée sur le seuil, coiffée d'un couvre-chef aussi grand et aussi perturbant que celui de Charity. Le sien était noir, enveloppé dans des volutes de tulle également noir qui donnait à tante Prue des allures de matriarche de la mafia à l'enterrement de son fils.

— Si tu les gardais autour d'ton cou comme je t'y ai dit...

Soit tante Charity avait coupé son sonotone, soit elle a fait mine de ne pas l'entendre.

— Ar'garde un peu ce qu'a déniché Ethan !

Le volume était toujours ouvert à la même page, et le Ravenwood d'autrefois nous fixait.

— Seigneur Dieu ! L'œuvre de Satan incarnée !

Les Sœurs, à l'instar de la majorité des gens de Gatlin, étaient convaincues qu'Abraham Ravenwood avait conclu un accord avec le diable afin de sauver sa plantation du Grand Incendie orchestré par le général Sherman en 1865, lequel avait réduit en cendres tous les autres domaines le long de la rivière. Si seulement elles avaient su à quel point elles étaient proches de la vérité !

— Et c'est pas la seule vilenie de cet Abraham !

Tante Prue a reculé d'un pas.

— Comment ça ? ai-je demandé.

Si quatre-vingt-dix pour cent de ce que racontaient les Sœurs relevaient du n'importe quoi, les dix pour cent restants méritaient qu'on les écoute. C'étaient elles qui m'avaient révélé l'existence de mon mystérieux ancêtre, Ethan Carter Wate, mort durant la guerre de Sécession. Elles savaient peut-être quelque chose à propos d'Abraham. Malheureusement, tante Prue a secoué la tête.

— Parler de lui apporte ren de bon.

Dieu soit loué, tante Charity ne résistait jamais à l'occasion de défier son aînée.

— Not' grand-papa disait que l'Abraham Ravenwood, y fricotait du mauvais côté du bien et du mal. Y tentait le sort. L'était complice du diab' jusqu'au cou. Sorcellerie, communication avec les esprits malins et tout le toutim.

— Cesse tes sottises, Charity !

— Que' sottises ? C'est ren que la vérité vraie.

— Eh ben, je t'interdis de ram'ner la vérité dans c'te maison, s'est emportée Prue, au bord de la panique.

Tante Charity a planté ses yeux dans les miens.

— Mais le diab' s'est retourné cont' lui après que l'Abraham, y a ek'zécuté ses ord', et quand Satan l'en a eu fini avec lui, l'Abraham était même p'us un homme. L'était aut' chose.

Pour les Sœurs, toute mauvaise action, toute supercherie ou tout crime était l'œuvre de Belzébuth, et ce n'est pas moi qui allais tenter de les persuader du contraire. D'autant que, depuis que je l'avais vu agir, je savais qu'Abraham Ravenwood était plus que malfaisant. Bien que ça n'ait aucun rapport avec le diable.

— Voilà que tu racontes des fables, Charity Lynne ! s'est exclamée tante Prue en assenant un coup de canne sur le fauteuil roulant de sa frangine. Je te conseille d'arrêter avant que le bon Dieu te foudroye direct dans c'te maison, un jour de Toussaint qui p'us est ! Je tiens pas à ce qu'un éclair perdu y me frappe.

— Pa'sque tu crois que ce garçon sait r'en de r'en aux bizarreries qu'agitent Gatlin ?

Tante Grace venait d'apparaître à son tour, sous sa propre version cauchemardesque et mauve d'un chapeau. Quelqu'un, avant ma naissance, avait commis l'erreur de lui dire que la couleur lavande lui seyait et, depuis, presque tout ce qu'elle avait porté avait prouvé le contraire.

— Pas la peine de vouloir r'mettre le lait dans le pot après qu'on l'a renversé, a-t-elle ajouté, sentencieuse.

Tante Prue a abattu sa canne sur le plancher. Comme Amma, quand les Sœurs s'exprimaient de manière énigmatique, c'est qu'elles étaient au courant de quelque chose. Elles ignoraient peut-être que les Enchanteurs se baladaient dans les Tunnels sous leur baraque, mais elles me cachaient un truc.

— Y a des pagailles plus faciles à ranger que d'aut', a maugréé tante Prue. Pas question que j'me mêle de celle-ci. Et p'is, c'est pas le jour pour déparler des morts.

Sur ce, elle a quitté la pièce en écartant sèchement tante Grace. Cette dernière s'est rapprochée à pas lents. La prenant par le coude, je l'ai conduite jusqu'au canapé. Charity guettait les derniers échos de la canne dans le couloir.

— L'est partie ? a-t-elle demandé. J'ai pas allumé mon sonotone.

— Je crois, oui, a confirmé Grace.

Toutes deux se sont penchées vers moi, l'air d'être sur le point de me confier les codes secrets déclenchant le lancement de missiles nucléaires.

— Si j'te dis que'que chose, a enchaîné tante Charity, tu promets de pas y répéter à ton papa ? Pas'que sinon, on est bonnes pour l'hospice.

Référence à la « maison de retraite pour personnes âgées et assistées » de Summerville, l'équivalent du septième cercle de l'Enfer d'après elles. Tante Grace a marqué son accord d'un vigoureux hochement de tête.

— Quoi donc ? ai-je répondu. Je ne répéterai rien à mon père, vous avez ma parole.

— Prudence Jane se trompe, a chuchoté tante Charity. Abraham Ravenwood, y traîne encore dans le coin, aussi sûr que ch'uis assise devant toi.

J'ai failli lui rétorquer qu'elle et sa sœur déliraient. Deux vieilles dames séniles affirmant l'existence d'un homme – ou de ce que la plupart des gens pensaient être un homme – que personne n'avait vu depuis plus d'un siècle.

— Comment ça, il traîne encore dans le coin ?

— Je l'ai vu de mes prop' zyeux, l'an dernier. Derrière l'église, en plus ! T'imagines ?

Tante Charity s'est éventée avec son mouchoir comme si pareille audace risquait de la faire défaillir.

— Le mardi, a-t-elle repris au bout d'un moment, on attend Thelma dehors, p'isqu'elle enseigne le catéchis' là-bas chez les méthodistes. Bref, j'ai laissé Harlon James sortir de mon sac à main pour qu'il peut se dégourdir les pattounes... T'as pas oublié que Prudence Jane m'oblige à le porter, hein ? Sauf que, dès que je le pose par terre, voilà-t'y pas qu'y se sauve derrière l'église.

— Tu sais que ce chien a aucune notion du danger, a soupiré sa sœur.

Tante Charity a jeté un coup d'œil furtif vers la porte avant de continuer :

— Ben, en tout cas, j'ai dû le suiv'. Tu connais Prudence Jane, comment qu'elle est 'tichée de ce cabot. Donc, j'y suis allée, et juste quand je tourne le coin pour appeler Harlon James, qui que je vois ? Lui. Le fantôme d'Abraham Ravenwood. Dans le cimet'ère derrière la maison de Dieu. Ces progressis' de Charleston ont au moins raison sur un truc.

L'histoire voulait, en effet, que l'Église Ronde de Charleston ait été construite ainsi pour que le diable ne puisse pas se cacher dans ses coins. Je n'ai pas jugé utile de souligner l'évidence, à savoir que le diable n'avait en général aucune difficulté à remonter l'allée centrale d'un temple, du moins pour ce qui concernait certaines de nos congrégations locales.

— Moi zaussi, je l'ai vu, a renchéri tante Grace en baissant la voix. Ch'ais que c'était lui, pa'sque sa photo est sur le mur de la Société historique où que je joue au rami avec les filles. En plein milieu du Cercle des Fondateurs, p'isque les Ravenwood zont été les premiers à Gatlin. Abraham Ravenwood, j'te dis, clair comme le jour !

Charity l'a fait taire. Maintenant que Prue était sortie, c'était elle qui menait la danse.

— C'était ben lui, juré craché. L'était avec le fiston du Silas Ravenwood. Pas Macon, l'aut', Phinehas.

Le nom m'est revenu, je l'avais aperçu sur l'arbre généalogique des Ravenwood. Hunting Phinehas Ravenwood.

— Il s'agit bien de Hunting ?

— Personne donnait son nom de baptême à ce gamin. On l'appelait Phinehas. Ça vient de la Bible. Tu sais c'que ça veut dire ?

Elle a marqué une pause théâtrale.

— Langue de serpent.

Un instant, j'ai retenu mon souffle.

— Pas de doute, c'était ben un fantôme. Le Seigneur m'en soit témoin, on a décampé de là p'us vite qu'un chat avec la queue en feu. Dieu sait que j'pourrais p'us bouger comme ça, aujourd'hui. Pas avec mes Com-plications…

Les Sœurs étaient dingues, mais leur type de dinguerie prenait ses sources dans une histoire dingue. S'il était impossible de savoir quelle vérité elles vous servaient, il s'agissait néanmoins de la vérité, leur vérité. Or n'importe quelle version de cette histoire était dangereuse. J'avais beau ne pas réussir à comprendre la leur, j'avais au moins appris quelque chose cette année : tôt ou tard, j'allais devoir y arriver.

Lucille a miaulé en griffant la moustiquaire de la porte d'entrée. Elle estimait sans doute en avoir assez entendu.

Sous le divan, Harlon James a grogné. Pour la première fois de ma vie, je me suis interrogé sur ce dont ces deux-là avaient pu être témoins depuis le temps qu'ils vivaient dans cette maison de fous.

Certes, tous les chiens n'étaient pas Boo Radley. La plupart n'étaient même que ça – des chiens. Pareil pour les chats. N'empêche, j'ai ouvert la moustiquaire afin de coller une étiquette rouge sur la tête de Lucille.

S'il existait une source d'information fiable par ici,
c'était bien les habitants de Gatlin. En un jour comme
celui-ci, il était inutile de chercher trop longtemps avant
de trouver presque toute la ville rassemblée dans un rayon
d'un demi-kilomètre. Le cimetière était bondé lorsque
nous y sommes arrivés, en retard comme d'ordinaire,
grâce aux Sœurs. Lucille avait d'abord refusé d'entrer
dans la Cadillac, puis nous avions dû nous arrêter au
Jardin d'Éden parce que tante Prue tenait à acheter des
fleurs pour tous ses défunts maris, sauf qu'aucune de celles proposées par le magasin n'avait eu l'heur de lui plaire
et, quand nous avions réintégré la voiture, tante Charity
m'avait interdit de dépasser les trente kilomètres à l'heure.
Des mois durant, j'avais redouté cette journée ; à présent,
elle était là, et je devais l'affronter.

J'ai monté avec difficulté l'allée gravillonnée de Son
Jardin du Repos Éternel en poussant le fauteuil roulant de
tante Charity. Thelma me suivait, flanquée d'un côté par
tante Prue, de l'autre par tante Grace, qu'elle soutenait par
le bras. Lucille traînassait derrière, choisissant avec soin

son chemin entre les cailloux et gardant ses distances avec tout autant de soin. Le sac à main en cuir verni de tante Charity se balançait à un bras du fauteuil, me poignardant le bas-ventre tous les deux pas. Je transpirais déjà à l'idée qu'une roue se prenne dans l'herbe touffue. Il y avait de fortes chances pour que Link et moi soyons obligés de jouer les pompiers de service, avec une tante Charity renversée cul par-dessus tête sur l'une de nos épaules.

Nous avons atteint le sommet de la colline juste à temps pour découvrir Emily qui paradait dans sa nouvelle robe dos nu blanche. Toutes les filles avaient droit à une tenue neuve pour la Toussaint. Les tongs et les débardeurs étaient proscrits, seuls étaient autorisés les habits du dimanche bien propres. Le tout avait des allures de réunion de famille, en dix fois plus vaste cependant, puisque presque tout Gatlin et une bonne partie du comté avaient d'une façon ou d'une autre un lien de parenté avec vous, votre voisin ou le voisin de votre voisin. Emily rigolait comme une bécasse tout en s'accrochant à Emory.

— Tu as apporté de la bière ?

— J'ai mieux.

Il a ouvert sa veste, révélant une flasque en argent. Eden, Charlotte et Savannah trônaient près de la concession des Snow, qui présentait l'avantage d'être stratégiquement située au beau milieu des autres sépultures. Elle disparaissait sous des monceaux de fleurs et de chérubins en plastique aux couleurs criardes. Il y avait même un petit faon en résine qui broutait près de la plus haute stèle. La décoration des tombes donnait à la population de Gatlin une occasion supplémentaire de concourir, de prouver que vous et les membres de votre famille, défunts compris, valiez mieux que vos voisins et les leurs. On se décarcassait. Couronnes en polystyrène entortillées dans des entrelacs de nylon vert, lapins et écureuils luisants, et même des bassins à oiseaux, tellement brûlants à cause du soleil que vous risquiez d'y laisser la peau si vous y plongiez les doigts. Rien n'était trop beau. Plus c'était de mauvais goût, mieux c'était.

Ma mère n'avait jamais manqué de rire du pire.

— Des natures mortes, des œuvres d'art de l'école hollandaise ou flamande, sauf que celles-ci sont en plastique.

Ma mère avait su se moquer des traditions les plus repoussantes de Gatlin tout en respectant les meilleures. C'était peut-être comme ça qu'elle y avait survécu. Elle s'était montrée particulièrement tolérante envers les croix phosphorescentes qui brillaient la nuit. Certains soirs d'été, elle et moi nous étions étendus en haut du cimetière pour les regarder s'allumer au crépuscule, pareilles à des étoiles. Je lui avais demandé une fois pourquoi elle goûtait de s'allonger ici.

— Ceci est de l'histoire, Ethan. L'histoire des familles, des gens qu'elles aimaient, de ceux qu'elles ont perdus. Ces croix, ces stupides fleurs artificielles, ces animaux de pacotille ont été mis là pour nous rappeler ceux qui manquent aux vivants. C'est un beau spectacle, et notre devoir est de le regarder.

Nous n'avions jamais mentionné à mon père ces sorties nocturnes. Elles appartenaient aux choses que nous faisions sans lui.

J'allais être contraint de défiler devant presque tout le lycée et d'enjamber un ou deux lièvres pour atteindre notre concession, qui se trouvait en lisière de la pelouse. La Toussaint, c'était aussi ça : pas trop de recueillement, s'il vous plaît. D'ici une heure, tous les adultes de plus de vingt et un ans cancaneraient à propos des vivants juste après avoir cassé du sucre sur le dos des morts, et tous les adultes de moins de trente ans se soûleraient derrière les mausolées. Sauf moi. Je serais trop occupé à me recueillir.

— Salut, mec ! a lancé Link en trottant près de moi avant de sourire aux Sœurs. Bonjour, mesdames.

— Comment va, Wesley ? Tu pousses comme une mauvaise herbe, s'pas ?

Tante Prue transpirait et soufflait comme un phoque.

— Oui, madame, a répondu Link.

Derrière lui, Rosalie Watkins saluait tante Prue de la main.

— Et si tu continuais avec Wesley, Ethan ? Je dois voir Rosalie. Faut que j'y demande quelle farine qu'elle met dans son mille-feuille aux noix de pécan.

Tante Prue a planté sa canne dans l'herbe, tandis que Thelma aidait tante Charity à s'extraire de son fauteuil.

— Vous êtes sûres que ça ira ?

Prue m'a toisé avec dédain.

— 'videmment qu'oui. On se débrouille seules depuis avant que t'es né, je te signale.

— Depuis avant que ton papa il est né, l'a corrigée tante Grace.

— J'allais oublier, a repris tante Prue en ouvrant son réticule pour en tirer un objet. J'ai r'trouvé la médaille de c't'ingrate de chatte. (Coup d'œil désapprobateur en direction de Lucille.) Remarque, c'est pas comme si ce machin nous avait aidées. C'est pas comme si *certaines* personnes nous étaient r'connaissantes pour toutes ces années de bons et loyaux services et de promenades au bout de notre corde à linge personnelle. J'imagine que, avec *certaines* personnes, faut pas s'attendre à beaucoup de gratitude.

Le félin concerné s'est éloigné sans même un regard. J'ai contemplé le médaillon sur lequel était gravé le nom de Lucille avant de le glisser dans ma poche.

— L'anneau manque.

— Mets-y dans ta poche, des fois que tu dois prouver qu'elle a pas la rage. C'est qu'elle est du genre mordeur. Thelma veillera à te donner un aut' anneau.

— Merci.

Leurs trois chapeaux gargantuesques se sont tamponnés quand, bras dessus bras dessous, les Sœurs ont rejoint leurs amies. Même elles avaient des amies. Décidément, ma vie est nulle.

— Shawn et Earl ont apporté de la bière et du whiskey. On a rancard derrière la crypte des Honeycutt.

Au moins, j'avais Link. Lui comme moi étions conscients que je ne m'enivrerais pas. Dans quelques minutes, je serais au pied de la tombe de ma mère. Je me rappellerais ses rires quand je lui racontais les cours tendancieux d'histoire américaine – ou d'hystérie américaine, comme elle l'appelait – du petit père Lee. Je me rappellerais comment elle et mon père dansaient sur James Taylor[1], pieds nus dans la cuisine. Je me rappellerais qu'elle avait toujours les mots exacts lorsque les choses tournaient mal, genre mon ex-petite amie qui me préférait une espèce de Superman mutant.

— Tu tiens le choc ? m'a demandé Link en posant une main sur mon épaule.

— Ouais. Marchons un peu.

J'irais sur sa tombe aujourd'hui, mais pas maintenant. Pas encore. Je n'étais pas prêt.

L, où es...

Je me suis efforcé de museler mon cerveau. J'ignore pourquoi je continuais à la chercher mentalement. Par habitude, sans doute. Au lieu de la voix de Lena, c'est celle de Savannah qui m'est parvenue. Debout devant moi, bien trop maquillée, mais réussissant toutefois à être jolie, elle n'était que chevelure luisante, cils lourds de mascara et bretelles de robe nouées de manière à inciter un garçon à les délier. Pour peu que vous ne sachiez pas quelle garce elle était, s'entend. Ou que vous n'en ayez rien à secouer.

— Je suis vraiment navrée pour ta maman, Ethan.

Elle s'est raclé la gorge avec embarras. En bon pilier de la communauté, sa mère avait dû la forcer à venir me trouver. Ce soir, bien que ma mère soit morte depuis

---

1. Compositeur et interprète de folk-rock (né en 1948).

un an et quelque, je découvrirais des plats mijotés sur notre seuil, comme le lendemain de son enterrement. Le temps s'écoulait avec lenteur, à Gatlin, un peu comme les chiens qui vieillissent plus vite que nous, mais dans le sens inverse. Et comme au lendemain de l'enterrement, Amma laisserait chacune de ces offrandes au régal des opossums.

Apparemment, les opossums raffolent du jambonneau aux pommes.

N'empêche, c'étaient les paroles les plus gentilles que m'ait adressées Savannah depuis septembre. Bien que je me moque comme d'une guigne de l'opinion qu'elle avait de moi, c'était sympa d'avoir une raison de moins de se sentir minable.

— Merci.

Après m'avoir gratifié de son sourire faux, elle est partie en vacillant sur ses hauts talons qui se coinçaient dans la pelouse. Link a desserré sa cravate, laquelle était en tire-bouchon et trop courte. Il l'avait déjà portée lors de la cérémonie de fin d'année de sixième. Il avait réussi l'exploit de filer de chez lui habillé, sous la cravate, d'un tee-shirt qui disait J'AIME LES CONS, avec des flèches pointant dans toutes les directions. Ce qui reflétait plutôt bien mon humeur du jour et mon sentiment d'être cerné par les imbéciles.

Ça n'a pas arrêté. Les gens se sentaient peut-être coupables parce que mon père était fou et que ma mère était morte ; plus vraisemblablement, ils avaient peur d'Amma. Quoi qu'il en soit, j'ai dû battre le record établi par Loretta West – veuve à trois reprises, et dont le dernier époux avait succombé au trou qu'un alligator avait creusé dans son estomac – en qualité de personne la plus pathétique de la Toussaint. S'ils avaient distribué des prix, j'aurais grimpé sur la première marche. C'était évident, à la façon dont les badauds secouaient la tête quand je passais devant eux. « Quelle pitié ! Ethan Wate n'a plus de maman. »

Mme Lincoln est venue à ma rencontre, les mots « pauvre orphelin égaré » d'ailleurs inscrits sur le visage. Link s'est planqué avant qu'elle atteigne sa cible.

— Ethan, je tenais à te dire à quel point ta maman manque à *tous*, ici.

De qui parlait-elle ? De ses amies des FRA, qui n'avaient jamais pu supporter ma mère ? Des femmes qui se réunissaient au Snip 'n' Curl pour lui reprocher de lire trop de livres, ce qui n'augurait rien de bon ? Mme Lincoln a écrasé une larme imaginaire au coin de son œil.

— C'était une femme charmante. Je me souviens combien elle aimait jardiner. Toujours dehors à soigner ses roses avec tant d'amour et de compassion.

— Oui, madame.

Le seul type de jardinage auquel s'était adonnée ma mère avait consisté à saupoudrer nos tomates de piment de Cayenne pour qu'aucun lapin ne vienne s'en régaler, au risque de se faire descendre par mon père. Les roses étaient le domaine d'Amma. Ce que tout le monde savait. J'aurais aimé voir Mme Lincoln servir le coup de l'amour et de la compassion à Amma.

— J'aime à songer qu'elle est là-haut avec les anges, maintenant, en train de soigner ce bon vieux jardin d'Éden. En train d'émonder et de tailler l'arbre de la connaissance en compagnie des chérubins et des...

Serpents ?

— Mon père m'attend, madame.

Il fallait que je m'éloigne de la mère de Link avant qu'elle soit frappée par la foudre. Ou que je le sois, moi, pour avoir désiré qu'elle le fût.

— Dis-lui que je passerai déposer l'un de mes fameux jambonneaux aux pommes ! a-t-elle crié dans mon dos.

Alors ça, c'était le pompon ! Pas de doute, j'allais remporter la palme aujourd'hui. J'ai failli me mettre à courir pour fuir cette horrible bonne femme. Sauf qu'il n'y avait pas de fuite possible, à la Toussaint. Dès que vous aviez réussi à échapper à quelque parent ou voisin terrifiant, un autre vous guettait au coin de l'allée suivante.

Un parent, dans le cas de Link. Son père avait passé un bras autour du cou de Tom Watkins.

— Earl était le meilleur d'entre nous. Il avait le plus bel uniforme, il organisait les plus chouettes formations de bataillons…

M. Lincoln a réprimé un sanglot d'ivrogne.

— … et il fabriquait les munitions les plus efficaces.

Drôle de coïncidence, c'était justement en en fabriquant qu'était mort Big Earl, et M. Lincoln lui avait succédé comme commandant en chef de la cavalerie lors de la reconstitution de la bataille de Honey Hill. Aujourd'hui, le whiskey permettait de se décharger d'une partie du fardeau de la culpabilité.

— Je voulais apporter mon fusil pour rendre un hommage correct à Earl, mais la Dedieu Doreen l'a planqué.

La femme de Ronnie Weeks était connue sous le sobriquet de Dedieu Doreen, parfois raccourci en DD, parce que le blasphème était la seule parole que lui adressait son mari. Le père de Link a avalé une nouvelle gorgée d'alcool.

— À Earl !

Lui et Tom se sont accrochés l'un à l'autre en levant qui sa cannette, qui sa bouteille au-dessus de la tombe d'Earl. De la bière et du whiskey ont débordé sur la stèle, hommage de Gatlin à ses chers disparus.

— Eh bé, j'espère qu'on ne finira pas comme eux, a marmonné Link en reprenant son chemin.

Je lui ai emboîté le pas. Ses parents ne loupaient jamais une occasion de lui flanquer la honte.

— Pourquoi mes vieux ne peuvent-ils pas ressembler aux tiens ? a-t-il enchaîné.

— Cinglé ? Morte ? Sans vouloir t'offenser, je crois que je te bats en matière de dinguerie.

— Ton père n'est plus fou. Enfin, pas plus que n'importe qui ici. Tout le monde s'en fiche, quand tu te balades en pyjama juste après la mort de ta femme. Les miens n'ont aucune excuse. Ils ont seulement pété un boulon.

— On ne sera pas comme eux. Parce que toi, tu seras un batteur réputé de New York, et que moi... je ne sais pas encore, mais ça n'impliquera ni uniforme confédéré ni bibine.

Je m'efforçais d'avoir l'air convaincant, même s'il était difficile de dire ce qui était le plus improbable : Link en musicien célèbre ou moi quittant Gatlin.

La carte était toujours accrochée au mur de ma chambre. Celle où une fine ligne verte reliait les endroits que j'avais rencontrés au fil de mes lectures, les villes où je désirais me rendre. J'avais consacré toute mon existence à songer à des routes menant partout sauf à Gatlin. Puis j'avais rencontré Lena, et ça avait été comme si mes vaticinations voyageuses n'avaient jamais existé. Il me semble que j'aurais accepté d'être coincé n'importe où, même ici, pourvu que Lena et moi soyons ensemble. Il était étrange de constater que la carte paraissait avoir perdu ses attraits au moment où j'en aurais eu le plus besoin.

— Il est temps que j'aille voir ma mère, ai-je brusquement déclaré sur le ton que j'aurais employé pour annoncer que je comptais lui rendre visite aux archives de la bibliothèque. Enfin, tu comprends.

Link a cogné ses jointures contre les miennes.

— Je te retrouve plus tard. Je vais me balader en attendant.

Se balader ? Link ne se baladait pas. Il essayait de se soûler et de brancher des filles qui refusaient de sortir avec lui.

— Qu'est-ce qui te prend ? Ne me dis pas que tu pars en chasse de la future Mme Wesley Jefferson Lincoln ?

Il a passé la main dans ses cheveux blonds hérissés.

— Je préférerais. C'est idiot, je sais, mais je ne suis obsédé que par une seule poulette, en ce moment.

Celle qu'il aurait mieux valu oublier. Que lui répondre ? Je connaissais trop bien les émotions qu'un type ressentait quand il aimait une nana qui ne voulait rien avoir affaire avec lui.

— Désolé, mec. Pas fastoche de tirer un trait sur Ridley, j'imagine.

— Ouais. Et la croiser hier n'a rien arrangé. (Il a secoué la tête, agacé.) J'ai beau être au courant qu'elle est Ténèbres et tout, je n'arrive pas à me débarrasser de l'impression qu'elle et moi, c'était plus qu'une mise en scène.

— Je te suis cinq sur cinq.

Lui et moi étions deux minables. Bien que je ne croie pas Ridley capable d'un acte authentique, je ne tenais pas à ce que Link se sente encore plus mal. De toute façon, ce n'étaient pas des réponses qu'il cherchait.

— Tu te rappelles ce que tu m'as raconté sur les Enchanteurs et les Mortels qui ne peuvent pas être ensemble parce que ça tue le Mortel ?

J'ai acquiescé. Cela ne représentait que quatre-vingts pour cent de ce que je pensais.

— Et ?

— On a failli le faire plus d'une fois.

D'un coup de pied dans la pelouse, il a dessiné un trou marron sur le gazon parfaitement entretenu.

— Épargne-moi les détails, s'il te plaît.

— Non, c'est important. Ce n'est pas moi qui ai appuyé sur le frein. C'est Ridley. J'ai cru qu'elle zonait avec moi parce que j'étais un mec sympa avec qui délirer, rien de plus. Mais maintenant, quand j'y repense, je me dis que je me suis peut-être trompé. Si ça se trouve, elle ne voulait pas me faire de mal.

La vache ! Il y avait sacrément réfléchi.

— Je ne peux pas t'aider. Elle reste une Enchanteresse des Ténèbres.

Il a haussé les épaules.

— Ouais. N'empêche, un gars a le droit de rêver, non ?

J'ai hésité à lui expliquer ce qui se passait, lui révéler que Ridley et Lena avaient sans doute déjà mis les bouts. J'ai ouvert la bouche, l'ai refermée sans prononcer un mot. Si Lena m'avait banni, je ne tenais pas à le formuler.

Depuis l'enterrement, je n'étais venu qu'une fois sur la tombe de ma mère. Pas à la Toussaint de l'an passé, cependant, c'était trop tôt. Je n'avais pas l'impression qu'elle était vraiment là, à hanter le cimetière comme Genevieve ou les Grands. Les seuls endroits où je devinais sa présence étaient les archives ou le bureau, chez nous. Des endroits qu'elle avait aimés, des endroits où je n'avais aucun mal à me la représenter passer son temps, où qu'elle soit désormais.

Mais pas ici. Pas sous la terre sur laquelle était agenouillé mon père, le visage entre les mains. Il était là depuis des heures, et ça se voyait. Je me suis éclairci la gorge pour lui signaler que j'étais arrivé. J'avais le sentiment d'espionner un instant intime entre eux deux. S'essuyant les joues, il s'est relevé.

— Tu tiens le coup ? m'a-t-il demandé.

— Je crois, oui.

Si j'ignorais ce que je ressentais, il est évident que je ne tenais ni le coup ni rien. Il a fourré les mains dans ses poches, les yeux rivés sur la stèle. Une fleur blanche délicate gisait sur l'herbe. Du jasmin des confédérés. J'ai déchiffré l'épitaphe.

LILA EVERS WATE
ÉPOUSE ET MÈRE REGRETTÉE
SCIENTIAE CUSTOS

Je me suis répété la dernière phrase. Je l'avais remarquée lors de ma dernière visite, à la mi-juillet, quelques semaines avant mon anniversaire. J'étais venu seul et, le temps que je rentre à la maison, j'étais si hébété d'avoir contemplé la sépulture de ma mère que je l'avais oubliée.

— *Scientiae Custos*.

— Du latin. Une suggestion de Marian. « Gardienne du savoir. » Joli, non ?

Si seulement il avait su ! Je me suis forcé à sourire.

— Oui, ça lui ressemble bien.

Passant un bras autour de mes épaules, il m'a brièvement serré contre lui. Son habitude quand j'étais petit, et que mon équipe de basket junior perdait un match.

— Elle me manque vraiment. Je ne parviens pas à croire qu'elle ne soit plus là.

Je n'ai pas pu répondre. J'avais le souffle court et la poitrine si serrée que j'ai cru que j'allais tomber dans les pommes. Ma mère était morte. Je ne la reverrais jamais, quel que soit le nombre de pages qu'elle ouvre dans ses livres ou de messages qu'elle m'envoie.

— J'ai conscience que ça a été très difficile pour toi, Ethan. Je voudrais m'excuser. Je n'ai pas été là pour toi cette année comme j'aurais dû. C'est juste que...

— Papa, l'ai-je interrompu.

Mes yeux étaient humides, mais je m'interdisais de pleurer. Pas question de donner cette satisfaction à l'industrie locale de plats cuisinés déposés en offrandes.

— Ça va.

Derechef, il m'a broyé l'épaule.

— Je te laisse un moment avec elle. Je vais marcher un peu.

J'ai fixé la pierre tombale et son minuscule symbole celtique d'Awen gravé dans le granite. Je le connaissais, ma mère l'avait adoré. Trois lignes dessinant des rayons de lumière et se rejoignant à leur sommet. Derrière moi, la voix de Marian a retenti.

— *Awen*. Un mot gaélique qui signifie « inspiration poétique » ou « illumination spirituelle ». Deux choses que ta mère respectait infiniment.

J'ai songé au linteau de Ravenwood Manor, à ses symboles tirés du *Livre des lunes*, à celui qui marquait également la porte de l'Exil. Les symboles avaient un sens. Qui dépassait les simples mots, parfois. Ma mère ne l'avait pas ignoré. Était-ce pour cela qu'elle était devenue Gardienne ou l'avait-elle appris de ses prédécesseurs ? Il y avait tant d'aspects de sa vie que j'ignorerais toujours.

— Pardonne-moi, Ethan. Préfères-tu rester seul ?

Je l'ai laissée m'enlacer.

— Non. Pour moi, elle n'est pas ici, si tu vois ce que je veux dire.

— Je vois, oui.

Elle m'a embrassé sur le front, a souri et a tiré une tomate verte de sa poche. Elle l'a posée en équilibre sur la stèle. Reculant, j'ai souri à mon tour.

— Si tu étais une vraie amie, tu l'aurais fait frire.

Marian m'a pris par la taille. Comme tout le monde, elle était bien habillée, sauf que sa robe du dimanche était plus jolie que celle des autres. Souple, d'un jaune un peu beurre-frais, avec un nœud lâche au niveau du cou. La jupe en était plissée. On aurait dit une tenue sortie d'un vieux film. Une tenue que Lena aurait pu mettre elle aussi.

— Lila sait bien que je n'aurais jamais fait un truc pareil, a-t-elle riposté. Je ne suis venue que pour toi, en réalité.

— Merci, tante Marian. Ces deux derniers jours ont été un peu difficiles.

— Olivia m'a raconté. Un bar d'Enchanteurs, un Incube et une Ire. Tout ça la même nuit. Je crains qu'Amma ne t'interdise de me rendre visite à vie.

Elle n'a pas mentionné les ennuis dans lesquels Liv devait se trouver, à mon avis.

— Il y a autre chose.

Lena. Je n'ai pas réussi à prononcer son prénom. Marian a écarté les cheveux qui dissimulaient mes yeux.

— Je suis au courant. Navrée. Je t'ai apporté quelque chose.

Ouvrant son sac, elle en a extrait un petit écrin en bois dont le couvercle était sculpté d'un dessin usé par les ans.

— Comme je te l'ai dit, je ne suis venue que pour toi. Pour te donner ça. (Elle m'a tendu la boîte.) Ça appartenait à ta mère. Une de ses possessions les plus chères. Plus ancienne que ses multiples collections. À mon avis, elle aurait souhaité que tu l'aies.

Je me suis emparé de l'écrin, plus lourd qu'il n'y semblait en apparence.

— Attention, c'est fragile.

Doucement, j'ai soulevé le couvercle, m'attendant à découvrir une énième relique de la guerre de Sécession comme les chérissait ma mère – lambeau de drapeau, balle de fusil, pan de dentelle. Un objet marqué par l'histoire et par le temps. Sauf que c'est autre chose qui m'est apparu, marqué par l'histoire et par le temps, certes, mais une histoire et un temps différents. Je l'ai identifié dès que je l'ai vu.

L'Orbe Lumineux des visions.

L'Orbe Lumineux que Macon Ravenwood avait offert à la jeune fille dont il était épris.

Lila Jane Evers.

J'avais vu ces trois mots brodés sur un vieil oreiller qui avait appartenu à ma mère quand elle était petite. *Jane.* D'après ma tante Caroline, seule ma grand-mère l'avait appelée ainsi. Ma grand-mère qui était morte avant ma naissance, si bien que je ne l'avais jamais entendue en personne. Tante Caroline se trompait. Ma grand-mère n'avait pas été la seule à lui donner ce prénom.

Ce qui signifiait...

Ma mère était la fille des visions.

Macon Ravenwood avait été le grand amour de ma mère.

17 juin
L'ORBE LUMINEUX

Ma mère et Macon Ravenwood... J'ai lâché l'Orbe Lumineux comme s'il m'avait piqué. L'écrin est tombé, et la boule a roulé dans l'herbe, innocente, ressemblant plus à un jouet d'enfant qu'à une geôle surnaturelle.

— Qu'y a-t-il, Ethan ?

Il était clair que Marian ne se doutait pas que j'avais reconnu l'objet. Je l'avais passé sous silence lorsque je lui avais narré mes visions. Je n'y avais guère songé non plus. Un énième détail du monde des Enchanteurs qui m'échappait.

Mais celui-ci avait de l'importance.

S'il s'agissait bien de l'Orbe Lumineux de mes hallucinations, alors ma mère avait aimé Macon comme j'aimais Lena. Comme mon père l'avait aimée. Je devais découvrir si Marian savait comment ma mère était entrée en sa possession, qui le lui avait donné.

— Tu étais au courant ?

Se baissant, elle a ramassé la sphère dont la surface sombre luisait au soleil. Elle l'a remisée dans sa boîte.

— Au courant de quoi, Ethan ? Je ne comprends rien à ce que tu racontes.

Les questions se bousculaient dans mon esprit plus vite que mon cerveau était capable de les analyser. Comment ma mère avait-elle rencontré Macon Ravenwood ? Combien de temps s'étaient-ils fréquentés ? Qui d'autre était dans la confidence ? Et, par-dessus tout... qu'en était-il de mon père ?

— Que ma mère était amoureuse de Macon Raven-wood ?

Les traits de Marian se sont affaissés – il ne m'en a pas fallu plus. Sa seule intention avait été de m'offrir un cadeau de ma mère, pas son secret le plus enfoui.

— Qui te l'a dit ?

— Toi. Quand tu m'as donné l'Orbe Lumineux que Macon avait remis à celle qu'il aimait. Ma mère.

Les yeux de Marian se sont remplis de larmes ; aucune n'a coulé, cependant.

— Les visions, a-t-elle murmuré en assemblant les piè-ces du puzzle. Elles concernaient Macon et Lila.

M'est revenue en mémoire la soirée de ma première rencontre avec l'oncle de Lena. « Lila Evers », avait-il dit. « Lila Evers Wate », l'avais-je corrigé. S'il avait mentionné son travail, il avait prétendu ne pas la connaître. Encore un mensonge. J'en avais le vertige.

— Ainsi, tu savais.

Ce n'était pas une question. J'ai secoué la tête, regret-tant de ne pas être en mesure de me débarrasser de ce que je venais d'apprendre.

— Et mon père ?

— Il l'ignore. Et tu ne peux le lui révéler, Ethan. Il ne comprendrait pas.

Les intonations de Marian avaient l'accent du déses-poir.

— *Il* ne comprendrait pas ? Et moi, alors ?

Plus d'un promeneur alentour a cessé de colporter des ragots pour se tourner vers nous.

— Je suis désolée. Jamais je n'aurais cru qu'il me faudrait raconter cette histoire. Elle appartenait à ta mère, pas à moi.

— Au cas où tu ne t'en serais pas encore aperçue, elle est morte. Pas trop en mesure de répondre à mes interrogations, donc.

Ma voix était cassante, impitoyable, reflétant assez bien mes émotions. Marian a contemplé la stèle.

— Tu as raison. Tu es en droit de savoir.

— J'exige la vérité.

— J'ai justement l'intention de te la donner, a-t-elle murmuré d'un ton incertain. Si tu es au courant de l'Orbe Lumineux, tu l'es aussi des raisons pour lesquelles Macon l'a offert à ta mère ?

— Pour la protéger de lui.

J'avais été plein de compassion pour Macon, autrefois. À présent, il me dégoûtait. Ma mère était la Juliette d'une sorte de pièce perverse dans laquelle Roméo était un Incube, et qu'il s'agisse de Macon n'y changeait rien.

— Oui. Macon et Lila ont été confrontés à la même réalité que toi et Lena. Il a été difficile d'assister à ce que tu vivais ces derniers mois sans en arriver à certaines... comparaisons. Je n'ose songer à l'épreuve qu'a dû traverser Macon.

— Pas de ça, s'il te plaît.

— Ethan, j'admets que ce soit très dur pour toi, mais c'est ainsi. Je suis une Gardienne, je me contente de relater les choses. Ta mère était une Mortelle, Macon, un Incube. Il leur était impossible d'être ensemble, pas après la mutation de Macon en la créature des Ténèbres que sa naissance le destinait à devenir. Il se méfiait de lui-même. Il redoutait de s'en prendre à ta mère. D'où l'Orbe Lumineux.

— Des faits. Des mensonges. Ce que bon te semblera.

J'étais tellement las de tout cela.

— Il l'aimait plus que tout au monde, c'est un fait.

Pourquoi le défendait-elle ? J'étais furieux.

— Ne pas tuer l'amour de sa vie n'a jamais transformé personne en héros ! Ça aussi, c'est un fait.

— Il a failli en mourir, Ethan.

— Ah ouais ? Eh bien, regarde autour de toi. Ma mère est morte. Tous les deux le sont. Le plan de Macon n'a pas été très efficace, hein ?

Marian a inspiré profondément. J'ai aussitôt deviné que j'allais avoir droit à un cours magistral. Attrapant mon bras, elle m'a entraîné hors du gazon, loin de ceux qui hantaient la surface et les entrailles du cimetière.

— Ils se sont connus à l'université de Duke. Tous deux étudiaient l'histoire américaine. Ils sont tombés amoureux, comme n'importe qui.

— Comme une bécasse innocente et un démon en pleine évolution, pour s'en tenir aux faits exacts.

— « La Lumière contient une part de Ténèbres, et vice versa. » C'est ce que disait ta mère.

Les réflexions philosophiques sur la nature de l'univers des Enchanteurs étaient le cadet de mes soucis.

— Quand lui a-t-il donné l'Orbe Lumineux ?

— Macon a fini par avouer à Lila ce qu'il était et ce qu'il allait devenir. Il a précisé qu'un avenir commun n'était pas envisageable.

Marian s'exprimait lentement, ses mots choisis avec soin. Était-ce aussi difficile pour elle de parler que ça l'était pour moi d'écouter ? L'espace d'un instant, j'ai eu pitié de nous deux.

— Cette révélation lui a brisé le cœur. Il lui a remis la sphère que, Dieu soit loué, elle n'a pas eu besoin d'utiliser. Il a quitté la fac puis est rentré à Gatlin.

Marian s'est interrompue, guettant une réaction cruelle de ma part. J'ai tenté de trouver une parole acerbe, mais, en dépit de tout, ma curiosité l'a emporté.

— Qu'est-il arrivé ensuite ? Se sont-ils revus ?

— Hélas, non.

— Hélas ? me suis-je exclamé, incrédule.

— C'était triste, Ethan. Jamais je n'avais vu ta mère en proie à une telle peine. Je me rongeais les sangs et j'étais impuissante. J'ai cru qu'elle allait mourir de chagrin, mourir de tout ce qui s'était cassé en elle.

Nous avions emprunté l'allée qui encerclait le Repos Éternel. Nous étions désormais environnés d'arbres, hors de vue de la population de Gatlin. Nous nous sommes arrêtés.

— Sauf que...

Je méritais de connaître la fin de l'histoire, même si elle était douloureuse.

— Sauf que ta mère a rejoint Macon à Gatlin, qu'elle a emprunté les Tunnels. Elle ne supportait pas d'être loin de lui, elle s'était juré de trouver un moyen de rester en sa compagnie. Un mode de vie permettant aux Enchanteurs et aux Mortels de passer leur vie ensemble. Cette idée l'obsédait.

Je pigeais. Ça ne me plaisait pas, mais je pigeais.

— La solution à son problème n'était pas dans le monde des Mortels, mais dans celui des Enchanteurs. Ta mère a donc découvert de quelle façon y appartenir, même si sa liaison avec Macon était impossible.

Nous sommes repartis.

— Elle est devenue Gardienne, hein ?

— Oui. Un métier qui lui permettait d'étudier l'univers des Enchanteurs et ses lois, sa Lumière et ses Ténèbres. Une manière de chercher la réponse à sa quête.

— Et comment a-t-elle décroché le boulot ?

Je doutais qu'il existe un annuaire professionnel des Enchanteurs. En même temps, comme Carlton Eaton distribuait aussi bien nos annuaires de Mortels que le courrier surnaturel, qui pouvait le dire ?

— Il n'y avait pas de Gardien à Gatlin, à cette époque.

Marian a observé une pause embarrassée.

— Toutefois, a-t-elle repris, un puissant Enchanteur en a exigé un, arguant que la *Lunae Libri* était située ici, comme l'avait été, autrefois, le *Livre des lunes*.

Ça devenait parfaitement limpide.

— Macon. C'est lui qui a formulé cette demande. Il ne pouvait vivre sans elle.

Marian s'est essuyé le visage avec son mouchoir.

— Non. C'était Arelia Valentin, sa mère.

— En quel honneur la mère de Macon pouvait-elle désirer ma mère comme Gardienne ? Elle avait beau avoir de la peine pour son fils, elle savait très bien que leur union était inconcevable.

— Arelia est un Augure très doué. Elle entrevoit des fragments du futur.

— La version Enchanteresse d'Amma ?

— Un peu, oui. Elle a deviné que Lila avait un don, qu'elle était susceptible de découvrir la vérité, de déceler ce qui était caché. Je crois qu'elle espérait que ta mère finirait par mettre au jour une solution qui autoriserait les Enchanteurs et les Mortels à s'unir. Les Enchanteurs de la Lumière le souhaitaient depuis longtemps. Genevieve n'a pas été la première à s'éprendre d'un Mortel.

Marian a regardé au loin les familles qui commençaient à déballer leurs affaires de pique-nique sur les pentes herbues du cimetière.

— À moins qu'elle n'ait exprimé sa requête que pour son fils, a-t-elle ajouté.

Elle s'est de nouveau arrêtée. Nous avions achevé notre second tour et nous tenions devant la stèle de Macon. Je distinguais la tombe voisine avec son ange en affliction. La sépulture n'avait plus rien de commun avec ce à quoi elle avait ressemblé lors des obsèques. Là où il n'y avait eu que de la boue s'élevait à présent un jardin touffu ombragé par deux citronniers à la hauteur improbable flanquant la pierre tombale. Un parterre de jasmin et de romarin envahissait les lieux. Un des visiteurs d'aujourd'hui s'en était-il aperçu ?

J'ai appuyé mes paumes sur mes tempes pour empêcher ma tête d'exploser. Marian a posé une main douce sur mon dos.

— Ça fait beaucoup à avaler, je sais, a-t-elle dit. Mais ça ne change rien, ta mère t'aimait.

Je me suis trémoussé pour qu'elle me lâche.

— Oui. C'est juste mon père qu'elle n'aimait pas.

Elle m'a obligé à la regarder. Ma mère avait peut-être été ma mère, elle avait été aussi la meilleure amie de Marian, laquelle ne m'autoriserait pas à remettre en cause son intégrité. Ni aujourd'hui ni jamais.

— Ne dis pas ça, EW. Elle adorait ton père.

— Sauf que ce n'est pas pour lui qu'elle a emménagé à Gatlin. C'est pour Macon.

— Tes parents se sont rencontrés à Duke quand nous étions en thèse. En tant que Gardienne, ta mère habitait dans les Tunnels sous Gatlin et faisait des allers-retours entre la *Lunae Libri* et la fac pour travailler avec moi. Elle ne vivait pas en ville, pas dans le monde des FRA et de Mme Lincoln. C'est pour ton père qu'elle s'y est installée, quittant l'obscurité pour le plein jour, et, crois-moi, ça n'a pas été une mince décision. Ton père l'a sauvée d'elle-même là où les autres s'étaient cassé les dents. Moi. Macon.

J'ai fixé les citronniers qui abritaient la tombe de ce dernier et, au-delà, la stèle de ma mère. J'ai repensé à mon père agenouillé devant. J'ai repensé à Macon, prêt à affronter son Jardin du Repos Éternel dans le seul but de pouvoir n'être séparé de ma mère que par un arbre.

— Elle a déménagé ici, où personne ne l'acceptait, parce que ton père refusait de s'en aller. Elle l'aimait. (Marian a coincé mon menton entre son pouce et son index.) Simplement, elle en avait aimé un autre avant lui.

J'ai respiré profondément. Au moins, toute ma vie n'était pas que mensonge. Elle avait été éprise de mon père, bien qu'elle l'ait été aussi de Macon Ravenwood. J'ai ôté l'Orbe Lumineux des mains de Marian. J'avais envie de le tenir, soudain, de posséder un pan d'eux deux.

— Elle n'a jamais trouvé la solution. La façon qui permettrait à un Mortel et à un Enchanteur de s'unir.

— J'ignore s'il en existe une, a soupiré Marian en m'enlaçant. (J'ai posé ma tête sur son épaule.) C'est toi qui es peut-être un Pilote, EW. À toi de me le dire.

Pour la première fois depuis que j'avais vu Lena debout sous la pluie, presque un an auparavant, je n'en ai plus été aussi sûr. Je n'avais moi non plus trouvé aucune issue. Rien que des ennuis. Avait-ce été le cas de ma mère également ? J'ai examiné l'écrin qu'avait gardé Marian.

— Est-ce ainsi qu'elle est morte ? lui ai-je demandé. En cherchant une réponse ?

Marian s'est emparée de ma main et a enroulé mes doigts autour de la boîte.

— Je t'ai raconté ce dont je suis au courant. Tire tes propres conclusions, moi, je ne peux pas interférer. Ce sont les règles. Dans le grand Ordre des Choses, je ne compte pas. Les Gardiens n'ont jamais d'importance.

— Faux.

Marian était vitale à mes yeux, sauf qu'il était exclu de le lui avouer. Ma mère avait compté aussi. Ça, ça se passait de mots.

— Je ne me plains pas, a-t-elle répondu avec un sourire en retirant sa main de la mienne, y laissant l'écrin. J'ai choisi ma voie, Ethan. Tout le monde, dans l'Ordre des Choses, n'a pas cette chance.

— C'est une allusion à Lena ? À moi ?

— Tu comptes, que ça te plaise ou non, et Lena aussi. Pour vous, il ne s'agit pas d'un choix. (Elle a écarté une mèche de mes yeux, un geste habituel de ma mère.) La vérité est la vérité. « Rarement pure et jamais simple », pour reprendre les mots d'Oscar Wilde.

— Je ne pige pas.

— « Toutes les vérités sont faciles à comprendre dès lors qu'on les a découvertes ; le problème est de les découvrir. »

— Un peu plus d'Oscar Wilde ?

— Galilée, le père de l'astronomie moderne. Encore un homme qui a rejeté sa place dans l'Ordre des Choses, l'idée que le Soleil ne tournait pas autour de la Terre. Il savait, peut-être mieux que quiconque, que nous ne choisissons pas ce qui est vrai. Nous ne choisissons que ce que nous décidons d'en faire.

J'ai accepté la boîte parce que, au plus profond de moi, j'entendais ce qu'elle disait, quand bien même je ne connaissais rien à Galilée et encore moins à Oscar Wilde. Que je le veuille ou non, j'étais partie prenante de cette histoire. Il m'était tout aussi impossible de fuir devant elle que d'arrêter les visions.

Il ne me restait plus qu'à décider de ce que j'allais en faire.

17 juin
SAUT

Ce soir-là, c'est en redoutant mes songes que je me suis couché. On prétend que les gens rêvent de la dernière chose à laquelle ils ont pensé avant de s'endormir ; plus j'essayais d'oublier Macon et ma mère, plus ils m'obsédaient. Épuisé par tous ces efforts, j'ai transpercé le matelas pour tomber dans le noir, et mon lit s'est transformé en bateau...

Les saules s'agitaient au-dessus de ma tête.

J'ai senti que je me balançais d'avant en arrière. Le ciel était bleu, vierge de nuages, irréel. Tournant le cou, j'ai regardé sur le côté. Du bois irrégulier peint dans une teinte bleue écaillée qui ressemblait beaucoup à celle du plafond de ma chambre. J'étais à bord d'un canot ou d'une barque et je flottais au fil de la rivière.

Je me suis assis, et l'embarcation a tangué. Une main blanche et menue est tombée le long de la coque, un doigt mince s'est attardé dans l'eau. J'ai observé les vaguelettes qui dérangeaient le reflet parfait de la nue, brisant la quiétude fraîche comme du verre.

Lena était couchée en face de moi, à l'extrémité opposée de la barque. Elle était vêtue d'une robe blanche, comme dans ces vieux films où tout est noir et blanc. Dentelle, rubans, minuscules boutons en forme de perles. Elle tenait une ombrelle noire ; ses cheveux, ses ongles étaient noirs, ses lèvres aussi. Recroquevillée sur elle-même, collée contre le flanc du bateau, elle laissait traîner une main dans notre sillage.

— Lena ?

Sans ouvrir les paupières, elle a souri.

— J'ai froid, Ethan.

J'ai contemplé sa main qui, à présent, était plongée dans l'eau jusqu'au poignet.

— C'est l'été. La rivière est tiède.

J'ai voulu la rejoindre, mais l'esquif a de nouveau roulé, et elle s'est affalée encore plus par-dessus bord, exposant ses Converse noires sous sa robe.

Il m'était impossible de bouger.

Elle avait de l'eau jusqu'au coude, maintenant, et la pointe de ses mèches avait commencé à flotter sur la surface.

— Assieds-toi, L ! Tu vas tomber !

Éclatant de rire, elle a lâché son ombrelle, qui a virevolté sur les rides de notre trace. Je me suis penché vivement vers elle, le bateau a protesté avec vigueur.

— Ils ne te l'ont donc pas dit ? Je suis déjà tombée.

J'ai plongé dans sa direction. Cela ne pouvait pas arriver ; et pourtant, si. Je le savais, parce que je guettais le bruit des éclaboussures.

Quand j'ai atteint le bout du canot, j'ai ouvert les yeux. Le monde vacillait, et elle avait disparu. Regardant en bas, je n'ai distingué que les eaux troubles marron-vert de la Santee et sa chevelure brune. J'ai tendu le bras. Je n'étais pas en mesure de réfléchir.

« Saute ou reste à bord. »

La toison coulait, décoiffée, silencieuse, extraordinaire, pareille à une créature marine mythique. Un visage blême et flou a brièvement surgi au fond de la rivière. Prisonnier du verre.

— Maman ?

Trempé et toussant, je me suis assis sur mon lit. Le clair de lune inondait ma fenêtre. Laquelle était de nouveau ouverte. Je me suis rendu à la salle de bains, où j'ai bu dans mes mains jusqu'à ce que mes quintes s'apaisent. J'ai regardé dans le miroir. À cause de l'obscurité, j'ai à peine discerné mes traits. J'ai tenté d'apercevoir mes yeux à travers la pénombre. À la place, j'ai distingué autre chose… une lumière lointaine.

La glace n'existait plus, ni les ombres de mon visage. Ne subsistaient que l'éclat lumineux et des pans d'images qui défilaient.

J'en ai appelé à toute ma volonté pour essayer de comprendre ce que je voyais. Cependant, le film se déroulait trop rapidement, fonçant vers moi, tressautant comme si je m'étais trouvé sur un manège. Une rue, mouillée, luisante, noire. À quelques centimètres de moi seulement, me donnant l'impression que je rampais sur le sol. Ce qui était impossible, car tout allait si vite. De hauts angles verticaux qui émergeaient dans mon champ de vision, la chaussée qui montait à ma rencontre.

Il n'y avait que la lumière et la rue affreusement proche. J'ai senti que j'agrippais les rebords de porcelaine du lavabo pour garder mon équilibre. J'avais le vertige, les lambeaux de pellicule me bombardaient, toujours plus près. Mon point de vue a brutalement changé, comme si j'avais tourné au coin d'un labyrinthe, et, soudain, les images ont ralenti.

Deux personnes étaient appuyées contre le flanc d'un bâtiment en brique crasseux, sous un réverbère – la source de l'éclat vacillant. Je les regardais d'en dessous, à croire que j'étais couché par terre. J'ai levé les yeux sur les silhouettes qui me dominaient.

— J'aurais dû laisser un mot. Ma grand-mère risque de s'inquiéter.

La voix de Lena. Elle se tenait juste devant moi. Cela n'était pas une vision, rien de semblable à ce qu'avaient provoqué le médaillon de Genevieve ou le journal de Macon.

— *Lena !* l'ai-je hélée.

Elle n'a pas réagi. Le second individu s'est rapproché. J'ai deviné que c'était John avant même de distinguer son visage.

— Si tu avais laissé un mot, ils s'en seraient servis pour nous dénicher à l'aide d'un simple sortilège de localisation. Surtout ta mémé. Elle est dotée d'un pouvoir énorme. Un trait de famille, il faut croire.

Il lui a effleuré l'épaule.

— Je n'ai pas la sensation d'être puissante. J'ignore ce que je ressens.

— Ne me dis pas que tu regrettes ?

Il lui a saisi la main, en a ouvert la paume. De sa propre poche, il a tiré un feutre avant de se mettre à gribouiller sur la peau de Lena d'un air distrait. Lena a secoué la tête tout en l'observant.

— Non. Je n'ai plus ma place là-bas. J'aurais fini par leur faire du mal. Je blesse tous ceux qui m'aiment.

— *Lena...*

Inutile. Elle ne m'entendait pas.

— Ça sera différent quand nous atteindrons la Grande Barrière, où il n'y a ni Lumière ni Ténèbres, ni Élus ni Cataclystes, seulement la magie à l'état pur. Et donc, ni étiquettes ni jugements.

Tous deux regardaient la main de Lena, tandis que John promenait le marqueur autour du poignet. Leurs têtes courbées l'une vers l'autre se touchaient presque.

Lentement, Lena a tourné son poignet entre les doigts de John.

— J'ai peur, a-t-elle soufflé.

— Jamais je ne permettrais qu'il t'arrive quoi que ce soit.

Il lui a replacé une mèche de cheveux derrière l'oreille, comme j'avais eu coutume de le faire. S'en souvenait-elle seulement ?

— Il est difficile d'imaginer qu'un tel lieu existe. J'ai été jugée par les autres toute ma vie.

Lena s'est esclaffée, mais j'ai perçu la tension dans son rire.

— C'est pourquoi nous allons là-bas. Pour que tu puisses enfin te trouver.

L'épaule de John a tressailli, et il a posé la main dessus en grimaçant. Il a repris contenance avant que Lena s'en aperçoive. Le geste ne m'a pas échappé, cependant.

— Moi ? Je ne sais même pas qui est moi !

S'écartant du mur, elle a contemplé la nuit. Le lampadaire soulignait son profil, et son collier a étincelé. John s'est penché vers elle. Il s'exprimait si bas que j'ai eu du mal à capter ses paroles.

— J'aimerais la connaître.

Bien que fatiguée, Lena lui a adressé le sourire en coin qui m'était si familier.

— Je te la présenterai dès que je la rencontrerai.

— Prêts à partir, mes chatons ?

Ridley a émergé de l'immeuble en léchant une sucette rouge cerise. Lena s'est retournée, sa main se retrouvant sous le faisceau du réverbère. La main sur laquelle John avait écrit. Pas des mots. Des dessins noirs. Identiques à ceux que j'avais vus sur ses paumes le jour de la foire et dans les marges de son calepin. Je n'ai pas eu le temps de les espionner plus, car mon champ de vision s'est de nouveau modifié, et je n'ai plus eu droit qu'à une vaste rue et à des pavés mouillés, puis plus rien.

J'ignore combien de temps je me suis ainsi agrippé au lavabo. J'avais l'impression que, si je le lâchais, j'allais m'évanouir. Mes mains tremblaient, mes jambes se dérobaient sous moi. Que venait-il de se passer ? Pas une vision. Ils avaient été si près que j'aurais pu tendre le bras et la toucher. Pourquoi n'avait-elle pas perçu mes appels ?

Ça n'avait guère d'importance, de toute façon. Elle l'avait fait, pour de bon ; elle s'était sauvée, comme elle me l'avait annoncé. Si je ne savais pas où elle se trouvait, j'avais assez fréquenté les Tunnels pour les identifier.

Elle était partie, à destination de la Grande Barrière, où que cet endroit soit. Cela ne me concernait plus. Je ne voulais plus en rêver, plus rien en voir, plus en entendre parler.

Oublier. Retourner au lit. Voilà ce que je devais faire.

« Saute ou reste à bord. »

J'ai fini par desserrer ma prise autour de la porcelaine de l'évier, juste assez pour vomir dans les toilettes et tituber jusqu'à ma chambre. Je me suis approché de mes piles de boîtes à chaussures entassées le long du mur, celles qui renfermaient tout ce qui m'était précieux, tout ce que je tenais à cacher. Un instant, je suis resté planté là, bras ballants. Je savais ce que je cherchais, mais j'avais oublié dans quel carton c'était.

De l'eau comme du verre. J'y ai pensé en me souvenant de mon rêve.

J'ai tenté de me rappeler où je l'avais rangé. Ce qui était idiot, puisque je connaissais par cœur le contenu de mes coffres-forts improvisés. Du moins, jusqu'à la veille. Je me suis contraint à réfléchir, sans résultat : je ne voyais que les soixante-dix ou quatre-vingts cartons amoncelés autour de moi. Adidas noires, New Balance vertes... Rien.

J'ai ouvert une dizaine de boîtes avant de dégoter celle des Converse noires. L'écrin en bois sculpté n'en avait pas bougé. J'ai soulevé la sphère lisse et délicate de son lit de velours, sombre et plissé, qui avait conservé son empreinte, comme si elle y avait reposé durant mille ans.

L'Orbe Lumineux.

La possession la plus précieuse de ma mère ; Marian me l'avait donnée. Pourquoi maintenant ?

Au creux de ma paume, la boule s'est mise à refléter la pièce, jusqu'à ce que sa surface soit agitée par des tourbillons bigarrés. Elle luisait d'un vert pâle. Je revoyais mentalement Lena, je l'entendais. « Je blesse tous ceux qui m'aiment. »

La lueur a commencé à faiblir, et l'Orbe est redevenu noir et opaque, froid et dénué de vie. N'empêche, je sentais encore la présence de Lena. Je devinais où elle était, comme si l'objet avait été une sorte de boussole me conduisant à elle. Si ça se trouve, cette histoire de Pilote n'était pas complètement délirante.

Pourtant, ça n'avait aucun sens, dans la mesure où le dernier endroit où j'avais envie de me retrouver était celui où John et Lena étaient. Pourquoi les voyais-je, alors ?

Mon esprit s'était réveillé et carburait. La Grande Barrière ? Un lieu sans Lumière ni Ténèbres ? Était-ce concevable ?

Inutile d'essayer de me rendormir, désormais.

J'ai enfilé un tee-shirt froissé Atari. Je savais ce qu'il me restait à faire. Que nous soyons ensemble ou pas, cela nous dépassait largement, Lena et moi. Cela était peut-être aussi gros que l'Ordre des Choses ou que Galilée découvrant que la Terre tournait autour du Soleil. Que je ne souhaite pas en être témoin ne comptait pas. Si je voyais Lena et John et Ridley, c'était pour de bonnes raisons.

Sauf que je n'avais pas la moindre idée desquelles.

Ce qui expliquait pourquoi il fallait que j'aille discuter avec Mme Galilée en personne.

Quand je suis sorti dans l'obscurité, j'ai entendu les coqs d'ornement de M. Mackey qui commençaient à glousser. Il était 4 h 45, le soleil était loin d'être levé, mais je déambulais dans la ville comme si on avait été au milieu de l'après-midi. Le bruit de mes pas a résonné lorsque j'ai traversé le trottoir fissuré pour gagner la chaussée d'asphalte collant.

Où se rendaient-ils ? Pourquoi les avais-je vus ? Pourquoi cela avait-il de l'importance ?

Un son a éveillé mon attention. Je me suis retourné : Lucille a penché la tête et s'est assise derrière moi. Secouant la tête, j'ai repris mon chemin. Si cette folle de chatte souhaitait me suivre, libre à elle. Nous étions sans doute les deux seuls debout dans Gatlin.

Il s'est révélé que non. Le Galilée local était éveillé lui aussi. Quand j'ai bifurqué dans la rue de Marian, j'ai constaté qu'il y avait de la lumière dans sa chambre d'amis. Au fur et à mesure que je me rapprochais, j'ai distingué une deuxième lampe qui clignotait sur la véranda.

— Liv.

J'ai grimpé le perron au petit trot, déclenchant un fracas dans le noir.

— Bordel de Dieu !

La lunette d'un énorme télescope a foncé vers ma tête, je me suis baissé. Liv a rattrapé l'engin par son autre extrémité. Ses nattes décoiffées ont volé.

— Tu es malade de te pointer en douce comme ça ?

Elle a tourné une manette, et le télescope a retrouvé son équilibre, coincé sur un trépied en aluminium.

— Entrer par la véranda, ce n'est pas exactement se pointer en douce, ai-je protesté.

Je me suis obligé à ne pas mater son pyjama, une espèce de boxer de fille sous un tee-shirt orné d'une photographie de Pluton et d'une phrase qui disait : LA PLANÈTE DES NAINS TE CONSEILLE DE CHOISIR QUELQU'UN À TA HAUTEUR.

— Je ne t'avais pas vu, a riposté Liv en collant son œil sur l'appareil. D'ailleurs, qu'est-ce que tu fiches ici à cette heure-là ? T'es cinglé ?

— J'essaie justement de me persuader du contraire.

— Permets-moi de t'économiser un peu de temps. La réponse est oui.

— Je suis sérieux.

Elle m'a dévisagé un instant avant de s'emparer de son calepin rouge et de commencer à griffonner.

— Je t'écoute. Il faut seulement que je note quelques trucs.

J'ai regardé par-dessus son épaule.

— Qu'est-ce que tu observes ?

— Le ciel.

Elle a de nouveau plaqué son œil sur le télescope avant de consulter son sélénomètre et de reporter une série de nombres dans son carnet.

— Plus précisément ?

— Tiens.

Elle s'est écartée, m'invitant à me rapprocher. J'ai regardé par la lentille. La nue a explosé dans une gerbe de lumières, d'étoiles et d'une poussière galactique qui n'avait pas grand-chose en commun avec le firmament de Gatlin.

— Que vois-tu ?

— Le ciel. La lune. C'est plutôt chouette.

— Bien. Et maintenant...

Elle m'a poussé, et j'ai levé les yeux. Bien qu'il ait fait encore nuit, j'ai à peine discerné la moitié des astres que m'avait montrés l'appareil.

— Ça brille moins.

Derechef, je me suis servi de l'engin et, une fois encore, la voûte céleste m'a offert un festival d'étincelles. Le vrai ciel était plus sombre, plus terne, pareil à un espace perdu et solitaire.

— Bizarre. Les étoiles ont l'air tellement différentes, dans le télescope.

— C'est parce que toutes ne sont pas là.

— Pardon ? Le ciel, c'est le ciel.

Liv a contemplé la lune.

— Pas toujours.

— Comment ça ?

— Personne ne le sait vraiment. Il existe des constellations d'Enchanteurs et d'autres de Mortels. Ce ne sont pas les mêmes. Du moins, elles ne se ressemblent pas aux yeux d'un Mortel. Ce qui, malheureusement, est tout ce dont toi et moi disposons.

En souriant, elle a tripoté un des boutons.

— Au demeurant, a-t-elle ajouté, on m'a dit que les Enchanteurs ne voyaient pas les constellations des Mortels.

— Comment est-ce possible ?

— Comment tout est-il possible ?

— Ton ciel est-il réel ou n'a-t-il que l'apparence de la réalité ?

J'avais l'impression d'être un xylocope découvrant que la couche de peinture bleue du plafond n'était qu'un leurre et non la nue.

— Cela change-t-il quelque chose ? a répondu Liv en levant le doigt. Tu vois cet astérisme en forme de casserole ? C'est le Grand Chariot, ou Grande Casserole. Tu connais, non ?

J'ai acquiescé.

— Si tu regardes juste en dessous, à deux étoiles du manche, aperçois-tu l'astre très lumineux ?

— L'étoile Polaire.

N'importe quel boy-scout de Gatlin pouvait l'identifier.

— Exact. Ou Polaris. Bon, et maintenant, là où le fond de la casserole se termine, tout en bas, distingues-tu quelque chose ?

J'ai secoué la tête. Liv a plaqué son œil sur le télescope, tourné un premier bouton puis un second, avant de s'écarter.

— OK, regarde.

À travers la lentille, j'ai retrouvé la constellation, réplique parfaite de celle qui se dessinait dans le ciel réel, quoique plus brillante.

— C'est la même chose que ce qu'on voit d'ici. Pour l'essentiel.

— Intéresse-toi au bas de la casserole. Comme tout à l'heure. Que vois-tu ?

J'ai obtempéré.

— Rien.

— Sois plus attentif ! a-t-elle rouspété, agacée.

— Mais pourquoi ? Il n'y a rien, là-bas.

— Que veux-tu dire ? s'est-elle exclamée en prenant ma place. Ce n'est pas possible. Il est censé y avoir une étoile à sept branches, ce que les Mortels appellent une étoile des fées.

Un heptagramme. Lena en avait un accroché à son collier.

— C'est l'équivalent de l'étoile Polaire chez les Enchanteurs. Elle indique le sud, pas le nord, ce qui a une importance mystique dans l'univers des Enchanteurs. Ils l'appellent l'étoile du Sud. Attends, je vais te la trouver.

Elle s'est de nouveau penchée sur son appareil.

— Mais continue à parler. Je suis sûre que tu n'es pas venu prendre un cours d'astronomie féerique. Que t'arrive-t-il ?

Inutile de retarder plus longtemps ma confession.

— Lena s'est enfuie avec John et Ridley. Ils sont quelque part dans les Tunnels.

Ça a eu le don d'éveiller son attention.

— Quoi ? Comment le sais-tu ?

— C'est difficile à expliquer. Je les ai vus dans une vision étrange qui n'en était pas une.

— Comme quand tu as pris le journal de Macon dans son bureau ?

— Non, je n'ai rien touché. Je contemplais mon reflet dans le miroir et, la seconde d'après, des images ont défilé devant moi comme si j'étais en train de courir. Quand je me suis arrêté, Lena et John étaient dans une ruelle, à quelques pas de moi. Sauf qu'ils ne me voyaient ni ne m'entendaient.

— Que faisaient-ils ?

— Ils parlaient d'un endroit appelé la Grande Barrière. Où tout est génial et où, d'après John, ils pourront vivre heureux et avoir beaucoup d'enfants.

Je me suis efforcé de dissimuler mon amertume.

— Ils ont vraiment mentionné la Grande Barrière ? Tu en es certain ?

— Oui. Pourquoi ?

Tout à coup, j'ai senti que l'Orbe Lumineux se réchauffait dans ma poche.

— La Grande Barrière est l'un des mythes Enchanteurs les plus antiques. Un lieu de magie puissante, ancestrale et bien plus ancienne que la Lumière ou les Ténèbres. Une espèce de nirvana. Aucune personne un tant soit peu équilibrée ne croit à son existence.

— John Breed, si.

Liv a regardé le ciel.

— C'est ce qu'il raconte. Des âneries, mais des âneries attirantes. Comme de penser que la Terre est plate. Ou que le Soleil tourne autour d'elle.

Galilée, bien sûr. Je m'étais pointé ici dans l'espoir de trouver une raison qui me ramènerait à mon lit, à Jackson, à ma vie. Une explication qui justifierait que je parvienne à distinguer Lena dans le miroir de ma salle de bains sans pour autant être fou. Une réponse qui ne me ramènerait pas à elle. Sauf que j'avais droit à tout le contraire. Liv continuait à jacasser, inconsciente de la pierre qui plombait mon ventre et de celle qui brûlait dans ma poche.

— Les légendes affirment que si tu suis l'étoile du Sud, tu finiras par atteindre la Grande Barrière.

— Et si l'astre n'était pas là ?

Cette question a commencé à déclencher une avalanche d'autres interrogations dans mon crâne. Liv ne m'a pas répondu, trop occupée à ajuster son engin.

— Elle est forcément là. Mon télescope doit débloquer.

— Si l'étoile avait disparu ? La galaxie ne cesse de changer, non ?

— Si. D'ici l'an 3000, Polaris ne sera plus l'étoile du Nord, ce sera Alraï. Qui, au passage, signifie « berger » en arabe.

— L'an 3000 ?

— Oui. Dans un millénaire. Un astre ne s'évapore pas comme ça, pas sans un grave bang cosmique. Ça n'a rien de subtil.

— « Ainsi s'achève le monde sans éclat, mais sur un cri plaintif. »

Le vers de T.S. Eliot m'est revenu en mémoire. Avant l'anniversaire de Lena, ce vers l'avait obsédée.

— J'adore son œuvre, a répliqué Liv, mais la science, ce n'était pas son domaine.

« Sans éclat, mais sur un cri plaintif. » Ou était-ce le contraire ? Je ne me rappelais plus les mots exacts. Il n'empêche, Lena les avait intégrés à un poème qu'elle avait écrit sur le mur de sa chambre après la mort de Macon. Avait-elle su alors où tout cela menait ? J'avais le cœur au bord des lèvres. L'Orbe Lumineux était si chaud qu'il me brûlait la peau.

— Ton télescope fonctionne très bien, ai-je murmuré.

Liv a consulté son sélénomètre.

— Je crains que le problème ne soit sérieux. Il n'y a pas que le télescope, les nombres eux aussi ne suivent plus.

— « Astres éteints, cœurs suivis. »

J'ai sorti ça sans réfléchir, comme n'importe quel vieux tube me revenant en tête.

— Quoi ?

— *Dix-sept Lunes*. Ce n'est rien, rien qu'une chanson que je n'arrête pas d'entendre. Elle a un rapport avec l'Appel de Lena.

— Un Air Occulte ? s'est écriée Liv en me contemplant avec stupeur.

— Ça s'appelle comme ça ?

J'aurais dû me douter que ce machin aurait un nom.

— Il présage ce qui va arriver. Tu entends un Air Occulte depuis tout ce temps et tu ne me l'as pas dit ? Pourquoi ?

J'ai haussé les épaules. Parce que j'étais idiot. Parce que je n'aimais pas parler de Lena avec Liv. Parce que cette chanson annonçait des choses horribles. Il n'y avait que l'embarras du choix.

— Répète-moi le couplet en entier.

— Il y a un truc à propos de sphères et d'une lune qui surgit trop tôt. Puis ça passe aux étoiles qui s'éteignent et qui suivent les cœurs... J'ai oublié le reste.

Liv s'est laissée tomber sur les marches de la véranda.

— Une lune qui surgit avant l'heure ? C'est vraiment ce que dit la chanson ?

— Oui. La lune en premier, puis les étoiles. J'en suis sûr.

Le ciel commençait à se strier de lumière.

— La convocation d'une Lune de l'Appel au mauvais moment. Ça expliquerait le phénomène.

— Quoi donc ? L'étoile manquante ?

— C'est largement plus qu'une question d'étoile, a répondu Liv en fermant les yeux. Convoquer une lune mal à propos est susceptible de modifier tout l'Ordre des Choses, du moindre champ magnétique au moindre champ magique. Cela pourrait être à l'origine du plus petit changement dans le ciel des Enchanteurs. L'agencement naturel de leur univers repose sur un équilibre aussi délicat que celui du nôtre.

— Et qu'est-ce qui pourrait provoquer cela ?

— *Qui*, plutôt.

Elle a serré les bras autour de ses genoux. Une seule personne m'est venue à l'esprit.

— Sarafine ?

— Aucun Gardien n'a jamais mentionné d'Enchanteur assez puissant pour convoquer la lune. Il n'empêche. Si quelqu'un s'est amusé à l'extraire du temps, il devient impossible de prédire quand aura lieu le prochain Appel. Ni où.

Un Appel. Forcément celui de Lena. Je me suis souvenu des paroles de Marian, aux archives : « Nous ne choisissons pas ce qui est vrai. Nous ne choisissons que ce que nous décidons d'en faire. »

— Si nous sommes en présence d'une Lune de l'Appel, ça concerne Lena. On devrait réveiller Marian. Elle nous aidera.

Au moment où je prononçais ces mots, j'ai deviné ce qui allait se produire. Marian était capable de nous seconder, ça ne signifiait pas pour autant qu'elle le ferait. Son statut de Gardienne lui interdisait de s'investir trop avant. Liv avait dû en arriver à la même conclusion.

— Franchement, tu crois que le professeur Ashcroft va nous autoriser à poursuivre Lena dans les Tunnels après ce qui s'est produit la dernière fois que nous y sommes descendus ? Mon œil ! Il y a toutes les chances qu'elle nous enferme dans la section des livres rares jusqu'à la fin de l'été.

Pis encore, elle préviendrait Amma, et je serais condamné à trimballer les Sœurs à l'église tous les jours dans la Cadillac antédiluvienne de tante Grace.

« Saute ou reste à bord. »

Ce n'était pas une décision ; plus vraiment. Car je l'avais prise il y avait fort longtemps, dès lors que j'étais descendu de ma voiture sur la Nationale 9 par une soirée pluvieuse. J'avais sauté. Il était interdit de rester dans la barque, il *m'était* interdit de rester dans la barque, que Lena et moi soyons ou non en couple. Il était exclu que je permette à John Breed, à Sarafine, à une étoile disparue, à une lune de mauvais augure ou à un quelconque ciel d'Enchanteurs ahurissant de m'arrêter maintenant. Je devais au moins ça à la fille de la Nationale 9.

— Je peux localiser Lena, Liv. J'ignore comment, mais j'en suis capable. Toi, tu saurais traquer la lune grâce à ton sélénomètre, non ?

— Je peux mesurer les variations de son attraction magnétique, si c'est ce que tu es en train de me demander.

— Et trouver la Lune de l'Appel, par conséquent ?

— Si mes calculs sont corrects, si la météo se maintient, si les corollaires entre les constellations des Enchanteurs et celles des Mortels restent justes...

— Ma question appelait un oui ou un non.

Liv a tiré sur ses nattes, pensive.

— Oui, a-t-elle fini par dire.

— Si nous nous lançons là-dedans, il faut que nous partions avant qu'Amma ou Marian soient debout.

Elle a hésité. En tant que Gardienne en herbe, elle n'était pas censée interférer. Cependant, chaque fois que nous étions ensemble, nous parvenions à nous fourrer dans les ennuis.

— Lena court peut-être de graves dangers.

— Liv, si tu ne veux pas m'accompagner...

— Bien sûr que j'en ai envie. J'étudie les astres et l'univers des Enchanteurs depuis que j'ai cinq ans. Mon seul but a toujours été de faire partie des deux mondes. Jusqu'à il y a quelques semaines, je m'étais bornée à bouquiner et à regarder dans mon télescope. J'en ai marre. Mais le professeur Ashcroft...

Je l'avais méjugée. Elle n'était pas comme Marian. Elle ne se contenterait pas de classer des manuscrits d'Enchanteurs. Elle souhaitait démontrer que la Terre n'était pas plate.

— Saute ou reste à bord, Gardienne. Tu viens ?

Le soleil se levait, le temps nous était compté.

— Es-tu certain de vouloir de moi ?

Elle avait lancé ça en évitant de me regarder. J'ai moi aussi détourné les yeux. Le souvenir du baiser avorté a plané entre nous deux.

— Connais-tu quelqu'un d'autre ayant un sélénomètre et une carte mentale des étoiles des Enchanteurs manquant à l'appel ?

Si je n'étais pas totalement persuadé que ses variations, ses corollaires ou ses calculs me seraient d'un grand secours, je savais que la chanson ne se trompait jamais, et ce que j'avais vu cette nuit en était la preuve. J'avais besoin d'aide, Lena aussi, même si ce qui nous avait unis avait disparu. Il me fallait une Gardienne, y compris une Gardienne fugueuse à la montre de dingue et ayant soif d'action partout ailleurs que dans les livres.

— Je saute, a-t-elle murmuré. Je n'ai plus envie de rester à bord.

Sans bruit, sans même un déclic, elle a tourné la poignée de la porte. Elle rentrait chercher ses affaires. Elle venait avec moi.

— Tu en es certaine ?

Je ne tenais pas à être la raison pour laquelle elle acceptait l'aventure. Du moins, pas l'unique raison. C'est ce que je me suis dit – je me mentais comme un arracheur de dents.

— Tu connais quelqu'un d'autre assez malade pour partir à la recherche d'un endroit mythique où une crapule surnaturelle tente de convoquer une Lune de l'Appel ?

Elle m'a souri puis a poussé le battant.

— En fait, oui.

ÉCOLE D'ÉTÉ : APPRENER POUR GAGNER.

C'est ce que proclamait le tableau d'affichage, à la place de l'habituel : ALLEZ, LES CHATS SAUVAGES ! Liv et moi l'avons contemplé depuis les buissons plantés le long du perron d'accès au lycée Jackson.

— Je suis à peu près sûre qu'il devrait y avoir un *z* à la place du *r* dans « apprenez ».

— Ils étaient sûrement à court. Tu comprends, les zépreuves de fin d'année, les zolis diplômes, les Zou-filez-de-Gatlin.

Ça allait être coton. Vacances d'été ou pas, Mlle Hester, la CPE, serait installée dans son bureau à surveiller l'entrée. Ceux qui avaient échoué à leurs tests étaient obligés de suivre des cours de rattrapage. Cela ne signifiait pas, cependant, qu'ils n'avaient pas le droit de sécher. À condition de passer le barrage exercé par Mlle Hester. Bien que le petit père Lee n'ait pas mis à exécution sa menace de nous recaler, Link et moi, pour ne pas avoir participé à la reconstitution de la bataille de Honey Hill, Link s'était planté en bio. Bref, je devais trouver un moyen de me faufiler à l'intérieur.

— Est-ce qu'on va traîner dans ces plantes toute la sainte matinée ? s'est énervée Liv.

— Une seconde, s'il te plaît. J'ai consacré beaucoup de temps à inventer des façons de filer du lycée, mais pas assez à imaginer celles d'y entrer. Et on ne part pas sans Link.

Elle m'a souri.

— Ne sous-estime jamais le pouvoir d'un accent britannique. Observe et prends-en de la graine.

Mlle Hester a regardé par-dessus ses lunettes Liv, qui avait noué ses cheveux blonds en chignon. Comme nous étions en été, la CPE portait l'un de ses corsages sans manches et l'un de ses bermudas en polyester avec des tennis en toile blanche. De mon poste, sous le comptoir aux pieds de Liv, j'avais une vue imprenable sur le bas du short vert de Mlle Hester et sur les oignons de ses panards.

— Pardonnez-moi, voulez-vous me répéter qui vous êtes ?

— Le CBE.

Liv m'a flanqué un coup de tatane, et j'ai rampé vers le couloir.

— Formidable ! Et qu'est-ce que c'est ?

Liv a poussé un soupir impatient.

— Le Consulat britannique pour l'éducation. Comme je vous l'ai dit, nous sommes en quête de lycées aux performances exceptionnelles dans tous les États-Unis afin de nous en servir comme modèles pour la réforme que nous avons entreprise.

— Performances exceptionnelles ?

Mlle Hester paraissait paumée. À quatre pattes, j'ai bifurqué dans le corridor.

— Je n'en reviens pas que personne ne vous ait avertie de ma visite. Serait-il possible de m'entretenir avec votre superviseur, je vous prie ?

— Superviseur ?

Le temps que Mlle Hester pige de qui il s'agissait, j'avais grimpé la moitié des marches menant au premier étage. Au-delà de la blondeur, au-delà même de son cerveau, Liv était une fille pleine de ressources cachées.

— Bon, ça suffit, les plaisanteries sur *La Toile de Charlotte*[1] ! Attrapez fermement votre spécimen d'une main et, de l'autre, pratiquez une incision le long du ventre, de haut en bas !

Les ordres de Mme Wilson ont transpercé la porte. J'ai deviné à quoi le cours de sciences nat était consacré ce jour-là rien qu'à l'odeur. Sans parler du tohu-bohu.

— Je crois que je vais m'évanouir...

— Non, Wilbur !

— Beuuuurrrrkkkk !

J'ai regardé par l'imposte. Des fœtus de cochons roses étaient alignés en rangs sur les paillasses. Ils étaient petits, épinglés sur des planches noires cireuses à l'intérieur de plateaux métalliques. Sauf celui de Link. Son cochon à lui était énorme. Il a levé la main.

— Euh... Madame Wilson ? Je n'arrive pas à perforer le sternum avec mes ciseaux. Tank est trop gros.

— Tank ?

— Mon cochon.

— Utilisez les cisailles de jardin qui sont au fond de la salle.

---

1. Grand classique pour enfants de E.B. White publié en 1952, dans lequel une araignée prénommée Charlotte se lie d'amitié avec un cochon appelé Wilbur. A donné lieu à plusieurs adaptations cinématographiques sous le titre *Le Petit Monde de Charlotte*.

J'ai frappé au carreau. Link est passé juste devant moi, sans m'entendre cependant. Assise à la longue table de dissection voisine de la sienne, Eden se pinçait le nez tout en tripotant son cobaye avec une paire de pinces. J'ai été étonné de la trouver ici avec les nullards, non parce qu'elle était une flèche en sciences ni rien de ce genre, mais parce que j'aurais cru que sa mère et la mafia des FRA auraient réussi à lui épargner l'épreuve. Elle a sorti une longue corde jaune de son cochon.

— Qu'est-ce que c'est que ce machin ?

Elle semblait sur le point de vomir. La prof a souri. Son moment préféré de l'année.

— Mademoiselle Westerly, combien de fois avez-vous déjeuné au Dar-ee Keen cette semaine ? Avez-vous pris un milk-shake avec votre hamburger et vos frites ? Des rondelles d'oignon frites ? Un morceau de tourte salée pour accompagner le tout ?

— Quoi ?

— Ce machin, comme vous dites, ce n'est rien d'autre que de la graisse. Et maintenant, veuillez chercher la vessie.

De nouveau, j'ai cogné au carreau, tandis que Link repassait en brandissant des cisailles énormes. En me voyant, il a ouvert la porte.

— Faut que j'aille aux vécés, madame Wilson !

Nous avons décampé à toutes jambes – les cisailles aussi. Lorsque nous avons déboulé devant le bureau de la CPE, Liv a souri à Mlle Hester et a refermé son calepin.

— Merci infiniment. Je vous recontacterai.

Puis elle est sortie derrière nous, des mèches folles s'échappant de son chignon. Avec son jean déchiré, il fallait vraiment avoir reçu un coup sur la cafetière pour ne pas se rendre compte qu'il s'agissait d'une adolescente. Mlle Hester l'a suivie des yeux en secouant la tête, hagarde.

— Ah ! ces habits rouges ! a-t-elle soupiré.

Ce qu'il y avait de bien avec Link, c'est qu'il ne posait jamais de questions. Il fonçait, point barre. Il avait foncé lorsque nous avions essayé de découper un pneu pour fabriquer une balançoire. Il avait foncé quand je l'avais aidé à construire un piège à alligator dans mon jardin, et chaque fois que j'avais volé La Poubelle pour traquer une fille dont le reste du lycée considérait qu'elle était un monstre. C'était une grande qualité, chez un meilleur copain, et, parfois, je me demandais si j'aurais fait la même chose pour lui, au cas où les rôles avaient été inversés. Parce que j'étais toujours celui qui tergiversait, et lui toujours celui qui relevait le défi sans broncher.

Cinq minutes plus tard, nous roulions sur Jackson Street. Nous sommes allés jusqu'à Dove Street, nous sommes garés devant le Dar-ee Keen. J'ai consulté ma montre. Amma avait dû se rendre compte que j'étais parti ; Marian devait attendre Liv à la bibliothèque, pour peu qu'elle n'ait pas remarqué son absence au petit déjeuner. Et Mme Wilson avait déjà envoyé quelqu'un sortir Link des toilettes. Nous devions agir vite.

Un plan ne nous est venu que lorsque nous nous sommes installés devant nos plateaux jaunes poisseux pleins de nourriture grasse sur les tables rouges huileuses.

— Je n'en reviens pas qu'elle ait filé avec le Bellâtre vampirique.

— Combien de fois vais-je devoir te le répéter ? s'est agacée Liv. C'est un Incube.

— C'est pareil. S'il est un Incube Sanguinaire, il est capable de te vider de ton sang. Même différence.

Link s'est fourré un petit pain dans la bouche tout en en trempant un second dans la sauce de son assiette.

— Un Incube Sanguinaire est un démon. Un vampire est un personnage de film.

Bien que je n'y tienne guère, j'ai été obligé de balancer une info supplémentaire sur la table.

— Ridley est avec eux.

En soupirant, Link a froissé sa serviette. Si son expression n'a pas varié, j'ai deviné qu'il avait un nœud dans le ventre identique au mien.

— Fait iech, a-t-il marmonné en jetant sa boule de papier dans une poubelle. Tu es sûr qu'ils sont dans les Tunnels ?

— En tout cas, ça y ressemblait.

En chemin pour le Dar-ee Keen, je lui avais raconté ma vision. Toutefois, j'avais omis de préciser qu'elle m'était apparue dans mon miroir.

— Ils se rendent dans un endroit appelé la Grande Barrière.

— Qui n'existe pas, a précisé Liv en secouant la tête tout en vérifiant les cadrans sur son poignet.

Link a repoussé son assiette qui débordait encore de nourriture.

— Permettez-moi de résumer. On va descendre dans les Tunnels et trouver cette lune en avance grâce à la montre zarbi de Liv ?

— Mon sélénomètre, a corrigé l'intéressée sans cesser de noter des nombres dans son calepin rouge.

— C'est égal. Pourquoi n'allons-nous pas avertir la famille de Lena de ce qui se passe ? Ils pourront sûrement nous rendre invisibles ou nous prêter une espèce d'arme d'Enchanteurs géniale ?

Une arme. Comme celle que j'avais sur moi. Je sentais la rondeur de l'Orbe Lumineux dans ma poche. Je n'avais pas la moindre notion de la façon dont il fonctionnait, mais Liv, elle, le savait peut-être. Elle était bien capable de lire le ciel des Enchanteurs, après tout.

— Il ne nous rendra pas invisibles, mais j'ai ça, ai-je annoncé.

J'ai brandi la sphère au-dessus de la table en Formica luisant. Link n'a pas paru très impressionné.

— T'as rien trouvé de mieux, mec ? Une balle ?

En revanche, Liv était ébahie. Elle a tendu une main timide.

— Est-ce vraiment ce que je crois que c'est ?

— Un Orbe Lumineux. Marian me l'a donné à la Toussaint. Il appartenait à ma mère.

Elle a tenté de dissimuler son irritation.

— Le professeur Ashcroft possédait un Orbe Lumineux et ne me l'a jamais montré ?

— Tiens. Régale-toi.

J'ai laissé tomber la boule dans sa paume avec décontraction ; elle s'en est emparée avec soin, comme s'il s'agissait d'un œuf.

— Attention ! m'a-t-elle morigéné. Ignores-tu combien ils sont rares ?

Elle n'arrivait pas à détacher son regard de la surface étincelante de l'objet. Link a aspiré le reste de son Coca jusqu'au lit de glace au fond du verre.

— L'un de vous deux me rancarde ? Ça sert à quoi, ce truc ?

— C'est l'une des armes les plus puissantes dans l'univers des Enchanteurs, a expliqué Liv, proprement fascinée. Une prison métaphysique pour Incubes, à condition de savoir l'utiliser.

Je lui ai jeté un coup d'œil plein d'espoir.

— Ce qui n'est pas mon cas, a-t-elle malheureusement ajouté.

— De la kryptonite pour Incube, alors ? a résumé Link.

— Quelque chose comme ça, oui.

S'il était indubitable que l'Orbe Lumineux avait des superpouvoirs, il n'allait pas beaucoup nous aider à régler notre problème. J'étais à court d'idées.

— Si ce machin ne nous sert à rien, ai-je soupiré, comment allons-nous entrer dans les Tunnels ?

— Aujourd'hui n'est pas férié, a répondu Liv en me rendant à regret la boule. Il va falloir emprunter une des Portes Extérieures. Impossible de passer par la *Lunae Libri*.

— Parce qu'il existe d'autres accès ? a demandé Link. Les fameuses portes ?

— Oui, a acquiescé Liv. Mais seuls les Enchanteurs et quelques rares Mortels, le professeur Ashcroft par exemple, en connaissent la localisation. Marian refusera de nous renseigner. Je suis à peu près sûre qu'elle est en train d'emballer mes affaires, à l'heure qu'il est.

Je m'étais attendu à ce que Liv ait la réponse. C'est Link qui l'a trouvée, cependant.

— Bref, s'est-il marré en passant un bras autour des épaules de Liv, il n'y a plus qu'une solution. Tu tiens enfin la chance de ta vie, ma poule. Prête pour un petit tour dans le Tunnel de l'amour ?

Le champ de foire, une fois celle-ci terminée, n'était plus qu'un champ. J'ai donné un coup de pied dans une motte de terre pleine de chiendent.

— Regardez, on voit encore les traces des manèges.

Liv a tendu le doigt. Lucille traînassait derrière elle.

— D'accord, mais comment savoir laquelle est la bonne ?

Si la proposition de Link avait paru maligne au Dar-ee Keen, nous étions à présent au milieu d'une vaste étendue déserte. À quelques mètres de là, Link a crié en agitant le bras.

— Je crois que la grande roue était ici ! Il y a plein de mégots. Le vieux forain fumait comme une cheminée.

Nous l'avons rejoint. Liv a désigné une tache noire un peu plus loin.

— N'est-ce pas là-bas que Lena nous a vus ?

— Pardon ?

L'emploi du mot « nous » m'a déstabilisé.

— M'a vue, s'est reprise Liv en rougissant. À mon avis, c'est là que la machine à pop-corn a explosé quand elle est partie. Avant, elle avait crevé le ballon du clown et fait pleurer le môme.

Comment l'aurais-je oublié ? Il n'était pas facile de repérer les empreintes sous les herbes hautes. Plié en deux, je les ai écartées, sans résultat notoire. Quelques petits pots de glace en carton, des tickets. Je me redressais quand j'ai senti l'Orbe Lumineux se remettre à chauffer dans ma poche. J'ai également perçu un bourdonnement sourd. Je l'ai sorti, il luisait, bleu clair. Je l'ai brandi devant Liv.

— Qu'est-ce que ça signifie, selon toi ?

Elle a observé la sphère, dont la teinte s'intensifiait.

— Je n'en sais rien du tout. Aucun livre n'évoque ces changements de couleur.

— Du neuf, les enfants ? a demandé Link en s'épongeant le front avec son tee-shirt miteux estampillé Black Sabbath. Waouh ! Depuis quand ce truc joue-t-il à l'arc-en-ciel ?

— Une seconde.

J'ignore pourquoi, mais j'ai avancé lentement. Au fur et à mesure de ma progression, le chatoiement de l'Orbe a forci.

— Qu'est-ce que tu fabriques, Ethan ? a lancé Liv, juste dans mon dos.

— Des essais.

J'ai bifurqué, la couleur a faibli. Pourquoi ? J'ai rebroussé chemin. Aussitôt, la boule est devenue plus chaude, et ses vibrations plus sensibles à chaque pas.

— Vise un peu.

Ouvrant la paume, je l'ai montrée à Liv. Le bleu était foncé, désormais.

— Que se passe-t-il ?

J'ai haussé les épaules.

— Apparemment, plus nous nous rapprochons, plus ce machin s'affole.

— Tu crois que...

Elle s'est plongée dans ses réflexions, les yeux rivés sur ses baskets argentées. Elle et moi pensions à la même chose. J'ai fait rouler la sphère entre mes doigts.

— Est-ce que ça pourrait être une sorte de boussole ? ai-je suggéré.

Nous sommes repartis. L'Orbe brillait tellement que, à nos pieds, Lucille sautait en l'air comme si elle essayait d'attraper des lucioles. Nous avons atteint un pan de terrain décoloré, et Liv s'est arrêtée. La surface de la boule était agitée par des tourbillons d'un bleu profond, pareil à de l'encre. J'ai observé le sol.

— Il n'y a rien, ici.

Liv s'est penchée, a fouillé les herbes.

— Je n'en jurerais pas, a-t-elle marmonné.

Une forme est en effet apparue. Liv a épousseté la terre qui la recouvrait.

— Vous avez vu les contours ? C'est une trappe.

Link avait raison. Un accès, identique à celui dissimulé par le tapis dans la chambre à coucher de Macon. M'agenouillant à mon tour, j'ai fait courir ma main le long des interstices, ôtant les derniers grains de poussière. J'ai regardé Liv.

— Comment as-tu deviné ?

— Mis à part l'affolement de l'Orbe Lumineux, tu veux dire ? Les Portes Extérieures ne sont pas si difficiles à trouver quand on sait ce qu'on cherche.

Elle semblait très satisfaite d'elle-même.

— Eh bien, j'espère qu'elles ne sont pas difficiles à ouvrir non plus, a lancé Link en désignant un trou de serrure au milieu de la trappe.

— Elle est verrouillée, a soupiré Liv. Il nous faut une clé d'Enchanteurs. Sans ça, impossible d'entrer.

Link a alors tiré de sa ceinture les énormes cisailles de jardin qu'il avait piquées dans le labo de bio. Ce garçon ne rangeait jamais rien.

— Clé d'Enchanteurs, mon œil ! a-t-il plastronné.

— Ça ne fonctionnera pas, a répliqué Liv en s'accroupissant près de lui. Un verrou pareil n'a rien en commun avec celui de ton casier.

Transpirant sang et eau, Link a inséré son outil dans la fente du battant en bois.

— Tu n'es pas du coin, a-t-il riposté. Il n'y a pas une porte dans tout le comté qui ne céderait à des tenailles ni même à une brosse à dents.

— Il raconte n'importe quoi, ai-je rectifié.

— Ah ouais ? a rigolé Link, tandis que la trappe s'ouvrait en émettant un craquement contraint. Tape-m'en cinq !

— Les livres ne mentionnent pas ça ! s'est exclamée Liv, ahurie.

Link a regardé dans le trou.

— C'est noir, et il n'y a pas d'escalier. Un sacré saut, j'ai l'impression.

— Avance, lui ai-je dit, sûr de ce qui allait se produire.

— T'es cinglé ?

— Fais-moi confiance.

Il a tâtonné du pied. La seconde suivante, il était suspendu au-dessus du vide.

— Nom d'un chien ! Où est-ce que les Enchanteurs vont chercher tout ça ? Ça existe, les menuisiers Enchanteurs ? Un syndicat des constructeurs surnaturels ?

Il a disparu à notre vue. Un instant après, sa voix a résonné, montant du passage.

— Ce n'est pas très profond, finalement. Vous rappliquez, ou quoi ?

Après un coup d'œil au puits obscur, Lucille a sauté dedans. Cette chatte avait dû être plus que contaminée, à force de vivre avec mes déjantées de tantes. Je me suis penché moi aussi au-dessus du bord. Une lueur a brillé. Link tenait une torche, Lucille assise à son côté.

— Les dames d'abord.

— Pourquoi les hommes ne se souviennent-ils d'être galants que lorsqu'il y a danger ou menace ? Sans vouloir t'offenser.

Liv a posé un pied prudent au-dessus du vide. J'ai souri.

— Je ne me sens pas concerné par cette remarque.

Les baskets argentées ont pendu un petit moment, et elle a titubé, perdant l'équilibre. Je l'ai attrapée par la main.

— Si nous dénichons Lena, ai-je marmonné, elle risque d'être sacrément...

— Je sais.

J'ai contemplé ses prunelles bleues et calmes qui ne vireraient jamais au vert ni à l'or. Le soleil illuminait ses cheveux clairs comme du miel. Elle m'a retourné mon sourire, je l'ai lâchée.

Et me suis rendu compte que c'était elle qui m'avait empêché de tomber.

Je me suis fondu dans l'obscurité à sa suite. La trappe s'est refermée brutalement derrière moi, bloquant la lumière du ciel.

L'entrée du souterrain était humide et moussue, comme dans le tunnel qui reliait la *Lunae Libri* à Ravenwood. Le plafond était bas, les murs de pierre vieux et usés, à l'instar d'oubliettes. La moindre goutte d'eau, le moindre bruit se répercutaient alentour. Au pied de l'escalier, nous nous sommes retrouvés à une croisée des chemins. Pas la proverbiale, une réelle.

— Où va-t-on ? a demandé Link en regardant à droite et à gauche.

Ce voyage promettait d'être plus compliqué que celui qui nous avait conduits à l'Exil. Celui-là avait été direct ; celui-ci impliquait des choix.

Des choix qui m'incombaient.

Le passage à gauche était moins un tunnel qu'une prairie. Elle s'évasait rapidement, parsemée de saules qui s'inclinaient au-dessus d'un sentier poussiéreux bordé de ronces, de fleurs sauvages et d'herbe. Des collines s'arrondissaient sous un ciel bleu sans nuages. On aurait presque imaginé les oiseaux gazouillant et les lapins broutant s'il ne s'était agi d'un souterrain d'Enchanteurs, où les apparences étaient trompeuses.

Le second chemin n'était pas un tunnel non plus, mais une rue citadine incurvée sous une nue d'Enchanteurs. Elle formait un contraste saisissant avec la scène bucolique de la première direction. Liv griffonnait dans son carnet. Par-dessus son épaule, j'ai distingué les mots suivants : « Espace-temps asynchrone dans tunnels adjacents. »

L'unique lumière de la ville provenait de l'enseigne clignotante d'un motel situé au bout de l'artère. De hauts immeubles d'habitation environnants dotés de petits balcons en fer forgé et d'escaliers de secours s'élevaient de chaque côté. De longs fils s'étiraient de bâtiment en bâtiment, formant un réseau compliqué, et quelques vêtements s'y étaient emmêlés. D'anciens rails de tramway étaient noyés dans l'asphalte.

— Alors, quelle route on prend ? a insisté Link, anxieux. (Se balader dans ces Tunnels effrayants n'était pas sa tasse de thé.) Je vote pour le chemin du magicien d'Oz, a-t-il suggéré en se dirigeant vers le soleil.

— Un vote ne s'impose pas, ai-je répondu.

J'ai tiré l'Orbe Lumineux de ma poche. Sa chaleur m'a frappé avant même sa couleur. Sa surface ébène avait commencé à luire d'un vert pâle.

— Stupéfiant ! a soufflé Liv en écarquillant les yeux.

J'ai avancé de quelques pas dans la rue sombre, et la teinte s'est intensifiée. Link nous a rejoints.

— Hé ! Je partais de l'autre côté. Vous n'avez pas l'intention de me retenir ?

— Regarde.

J'ai soulevé la boule pour qu'il la voie avant de reprendre ma route.

— Super lampe !

Liv a vérifié son sélenomètre.

— Tu avais raison. C'est une boussole. Mes indicateurs le confirment. Le champ magnétique de la Lune est plus fort dans cette direction. Ce qui est absurde à cette époque de l'année.

Link a secoué la tête.

— J'aurais dû me douter que nous serions obligés d'emprunter la rue crapoteuse. On va sûrement se faire zigouiller par une de ces Ires.

Le vert de l'Orbe devenait plus sombre et plus vif à chaque enjambée.

— Par ici.

— Évidemment !

Bien que Link se soit convaincu que nous allions droit à la mort, la rue obscure n'était rien d'autre qu'une rue obscure. Le court trajet jusqu'au motel s'est déroulé sans encombre. L'artère était un cul-de-sac donnant sur une porte sise sous l'enseigne. Une seconde rue partait de là-bas, perpendiculaire, cernée par des immeubles plongés dans le noir. Entre le motel et le bâtiment voisin, un escalier de pierre montait en pente raide. Encore une Porte.

— À droite ou à gauche ? s'est enquise Liv en descendant du trottoir.

J'ai contemplé la couleur vert émeraude incandescente émise par l'Orbe.

— Ni l'un ni l'autre. Il faut grimper.

J'ai poussé le lourd battant qui fermait le haut des marches. Nous avons émergé d'une énorme arche de pierre et déboulé sous les rayons de soleil qui transperçaient la frondaison d'un chêne gigantesque. Une femme en short blanc et aux cheveux blancs chevauchait un vélo blanc dans le panier blanc duquel était assis un caniche blanc. Un gros golden retriever courait derrière cet étrange équipage, tirant l'homme qui le tenait en laisse. Un coup d'œil au chien a suffi à Lucille pour qu'elle file se cacher dans les buissons.

— Lucille !

J'ai eu beau fouiller les alentours, elle avait disparu.

— Génial ! J'ai encore perdu la chatte de mes tantes.

— Techniquement parlant, elle est à toi, puisqu'elle vit avec toi, a relevé Link en démolissant les azalées. T'inquiète pas, mec, elle reviendra. Les chats ont un bon sens de l'orientation.

— Comment le sais-tu ? a sursauté Liv, amusée.

— Ben, *30 millions d'amis.*

Je l'ai regardé avec stupeur. Il a rougi.

— Quoi ? Ce n'est pas ma faute si ma mère se gave d'émissions bizarres !

— Allons-y.

Quand nous sommes sortis de derrière les arbres, une fille aux cheveux violets a heurté Link de plein fouet, manquant de perdre son immense carnet à dessin. Nous étions cernés par des chiens et des gens, des vélos et des skates, le tout dans un parc bordé de buissons d'azalées et ombragé par de vastes chênes. Au milieu, une fontaine était sculptée de tritons nus qui se crachaient de l'eau mutuellement à la figure. Des sentiers sinuaient dans toutes les directions.

— Où sont passés les Tunnels ? Où sommes-nous ?

Link était encore plus à l'ouest que d'habitude.

— Dans un parc, visiblement, a riposté Liv.

Je savais très exactement lequel, et j'ai souri.

— Pas n'importe quel parc. Le parc Forsyth. À Savannah.

— Pardon ? s'est écriée Liv en fouillant dans son sac.

— Savannah, en Géorgie. Je suis souvent venu ici avec ma mère, quand j'étais petit.

Liv a déplié une carte de ce qui avait l'air d'être une mappemonde de la voûte céleste des Enchanteurs. J'ai identifié l'étoile du Sud, celle à sept branches qui s'était effacée du ciel réel des Enchanteurs.

— C'est absurde, a-t-elle protesté. Si la Grande Barrière existe, et je ne suis pas en train de l'affirmer, elle ne se trouve en aucun cas au milieu d'une ville de Mortels !

— En tout cas, c'est ici que nous sommes arrivés. Que veux-tu que je te dise ?

— Nous avons à peine marché ! Comment pourrions-nous être à Savannah ?

Elle n'avait toujours pas compris que les choses étaient différentes, dans les Tunnels. Cliquant sur son stylo, elle a marmonné pour elle-même :

— Temps et espace non soumis aux lois de la physique Mortelle.

Deux petites vieilles promenaient deux minuscules chiens dans des poussettes. Nous étions bien à Savannah, aucun doute là-dessus. Liv a refermé son carnet rouge.

— Le temps, l'espace, les distances. Tout est autre, ici. Les Tunnels appartiennent au monde des Enchanteurs, pas à celui des Mortels.

Comme pour lui donner raison, l'Orbe Lumineux a repris sa teinte noire luisante. Je l'ai fourré dans ma poche.

— Qu'est-ce que... Comment va-t-on trouver par où aller, maintenant ?

Si Link s'affolait, pas moi.

— Inutile. Je sais où nous sommes censés nous rendre.

— Quoi ?

— Je ne connais qu'une personne, à Savannah.

Ma tante Caroline vivait sur Liberty Street Est, près de la cathédrale Saint-Jean-Baptiste. Je ne lui avais pas rendu visite depuis plusieurs années, mais je me rappelais qu'il fallait remonter Bull Street, parce que sa maison était située dans le périmètre de la balade en tramway dans la vieille ville, qui empruntait cette rue. Par ailleurs, les artères étaient toutes orientées du parc vers la rivière, et des squares ponctuaient certains carrefours, vous indiquant le chemin. Il était difficile de se perdre dans Savannah, et mon éventuel statut de Pilote n'avait rien à y voir.

Entre Savannah et Charleston, le badaud amateur d'histoire pouvait se régaler d'à peu près n'importe quoi. Plantations, cuisine du Sud, Filles de la Confédération, fantômes (une de mes excursions favorites) et, plus classique, les demeures anciennes. D'aussi loin que je me souvienne, celle de tante Caroline avait toujours été inscrite au programme des circuits touristiques. Son souci du détail était légendaire, non seulement dans la famille, mais dans toute la ville. Conservatrice du musée d'Histoire de Savannah, elle en savait à peu près autant

sur le passé de chaque bâtiment, de chaque lieu important et de chaque scandale de la Ville des Chênes que ma
mère en avait su sur la guerre de Sécession. Pas un mince
exploit, dans la mesure où les scandales étaient aussi cou-
rants que les visites organisées, par ici.

— Tu es sûr de la direction, mec ? Je suis d'avis qu'on
devrait s'accorder une pause et manger un bout. Je don-
nerais n'importe quoi pour un hamburger.

Visiblement, Link avait plus confiance dans les talents
de guide de l'Orbe Lumineux que dans les miens. Lucille,
qui était réapparue, s'est assise à ses pieds et a incliné la
tête. Elle aussi avait des doutes.

— On continue vers la rivière. Tôt ou tard, on croisera
Liberty Street Est. Regardez !

J'ai tendu le doigt pour montrer la flèche de la cathédrale, à quelques immeubles de là.

— C'est Saint-Jean-Baptiste. On y est presque.

Vingt minutes plus tard, nous tournions encore en rond
autour de l'édifice religieux. Link et Liv commençaient à
perdre patience, ce que je pouvais difficilement leur reprocher. J'ai scruté la rue, en quête d'un repère familier.

— C'est une demeure jaune.

— Ils aiment cette couleur, par ici. Une baraque sur
deux est peinte en jaune.

Même Liv m'en voulait. Je leur avais fait contourner le
même pâté de maisons à trois reprises.

— Je croyais que c'était du côté de la place Lafayette,
ai-je plaidé.

— Mieux vaudrait mettre la main sur un annuaire et
chercher son numéro, a-t-elle maugréé.

Elle a essuyé son front en sueur. Soudain, j'ai distingué
une silhouette au loin.

— Pas la peine. C'est là-bas, au carrefour suivant.

— Ah ouais ? s'est-elle moquée en levant les yeux au
ciel.

— Tante Del est juste devant.

Il n'y avait rien de plus étrange que de débarquer à Savannah après n'avoir crapahuté que quelques minutes dans les Tunnels, sous l'emprise d'une temporalité altérée. Rien, sinon d'arriver chez Caroline et de tomber sur la tante de Lena debout sur le trottoir et agitant la main à notre adresse. Nous attendant.

— Ethan ! Je suis tellement contente de t'avoir enfin trouvé. Je suis allée partout. Athènes, Dublin, Le Caire...

— Vous nous avez cherchés en Égypte et en Irlande ?

Liv était aussi ahurie que moi, sauf que j'étais en mesure de lui expliquer le truc.

— Non. Athènes, Dublin et Le Caire sont des villes de Géorgie.

Liv s'est empourprée. J'oubliais parfois que Gatlin lui était aussi étrangère qu'à Lena, dans un genre différent, cependant. S'emparant de ma main, tante Del l'a tapotée avec affection.

— Arelia a tenté de deviner où tu étais, mais elle n'a pas réussi à être plus précise que les frontières de cet État. Malheureusement, le travail d'Augure relève plus de l'art que de la science. Enfin, j'ai fini par te dénicher, les astres soient loués.

— Que faites-vous ici, tante Del ?

— Lena a disparu. Nous espérions qu'elle serait avec toi.

Se rendant compte que ce n'était pas le cas, elle a poussé un soupir.

— Je pense être en mesure de la localiser.

— Alors, je pourrai t'aider, a répondu tante Del en lissant sa robe froissée.

Link s'est gratté la tête. S'il avait déjà rencontré la tante de Lena, il n'avait jamais assisté à une démonstration de ses talents de Palimpseste. Il était clair qu'il ne voyait pas comment une vieille femme échevelée allait réussir à nous donner un coup de main. Pour ma part, j'étais plus confiant, notamment après avoir passé une nuit sinistre en sa compagnie sur la tombe de Genevieve Duchannes.

J'ai soulevé le lourd heurtoir en fer de la porte. Tante Caroline a ouvert en s'essuyant les mains sur son tablier de cuisine à l'enseigne des PLOUCS. Poulettes Libres Ouvertes Unies et Colériques du Sud. Elle a souri dans un plissement de pattes-d'oie.

— Ça alors ! Ethan ! Je ne savais pas que tu comptais venir à Savannah !

Ayant omis de réfléchir à une bonne excuse, je me suis contenté d'une mauvaise.

— Je... je rends visite à un ami.

— Où est Lena ?

— Elle n'a pas pu se libérer.

Je me suis écarté afin de faire les présentations et de changer de sujet.

— Tu connais Link. Voici Liv et la tante de Lena, Delphine.

J'étais certain que la première chose que ferait Caroline après notre départ serait de téléphoner à mon père pour lui dire combien elle était heureuse de m'avoir vu. Une vraie réussite en ce qui concernait ma volonté de cacher à Amma où j'étais et de survivre jusqu'à mes dix-sept ans.

— Ravi de vous revoir, madame.

On pouvait toujours compter sur Link pour se conduire en jeune homme bien élevé quand c'était nécessaire. Je me suis creusé la cervelle pour trouver quelqu'un que ma tante ne connaisse pas à Savannah, comme si c'était envisageable. La Ville des Chênes était plus grande que Gatlin, mais tous les bleds du Sud se ressemblent : tout le monde y connaît tout le monde.

Tante Caroline nous a invités à entrer. Quelques secondes ont suffi pour qu'elle disparaisse avant de revenir avec du thé glacé ainsi qu'un plat de biscuits à la cannelle, spécialité locale, et de cookies au sirop d'érable encore plus sucrés que le thé.

— Aujourd'hui a été une journée très étrange, a-t-elle lancé.

— Comment ça ? ai-je répondu en me saisissant d'un gâteau sec.

— Ce matin, quand j'étais au musée, quelqu'un a pénétré ici par effraction. Ce n'est pas le plus bizarre, figure-toi. On n'a rien volé. Les intrus ont mis à sac le grenier sans même toucher au reste de la maison.

J'ai furtivement regardé Liv. Les coïncidences n'existaient pas. Tante Del devait sans doute penser comme moi, sauf que c'était difficile à dire. Elle semblait vaguement patraque, comme si elle avait du mal à trier les différents événements qui s'étaient déroulés dans la pièce depuis la construction de la demeure, en 1820. Deux cents ans de détails anodins défilaient sûrement dans sa tête pendant que nous étions assis à déguster nos cookies. M'est revenu à l'esprit le commentaire qu'elle avait eu sur son don, lors de la nuit dans le cimetière avec Genevieve. La Palimpsesterie était un grand honneur et un fardeau encore plus grand.

Je me suis interrogé sur ce que tante Caroline pouvait posséder qui soit digne d'être fauché.

— Que ranges-tu dans ton grenier ?

— Pas grand-chose. Les décorations de Noël, des plans de la maison, quelques vieux papiers de ta mère.

Sous la table, le pied de Liv a rencontré le mien. Nous étions bien d'accord : pourquoi ne se trouvaient-ils pas aux archives ?

— Quel genre de papiers ?

Tante Caroline a rapporté des cookies, Link les gobant plus vite qu'elle n'arrivait à les servir.

— Je n'en sais trop rien. Un mois environ avant sa mort, elle m'a demandé l'autorisation de stocker des cartons ici. Tu te rappelles comment elle était avec ses dossiers.

— Ça t'embêterait que j'y jette un œil ? Je bosse à la bibliothèque avec Marian, cet été. Elle sera peut-être intéressée à l'idée d'en récupérer quelques-uns.

Je m'étais efforcé d'adopter un ton décontracté.

— Je t'en prie, a-t-elle accepté en récupérant le plat vide. Mais je te préviens, c'est un véritable bazar, là-haut. De mon côté, j'ai des appels à passer et je n'ai pas encore rempli le formulaire de plainte pour la police. Je serai en bas si tu as besoin de moi.

Tante Caroline avait raison : le grenier était un véritable chantier. Des vêtements et des papiers jonchaient le sol. Les fouineurs avaient dû vider tous les cartons sans exception. Liv a ramassé quelques feuilles éparses.

— Bor...

Link s'est interrompu et a regardé tante Del d'un air gêné.

— Je veux dire, bon sang, comment allons-nous trouver quoi que ce soit ? D'ailleurs, que cherchons-nous ?

D'un coup de pied bien senti, il a envoyé valser un carton vide à l'autre bout de la pièce.

— Tout ce qui aurait pu appartenir à ma mère. Il est clair que les intrus étaient en quête d'un objet précis.

Aussitôt, chacun s'est attaqué à un côté différent de la pile. Tante Del a fini par dénicher une boîte à chapeau contenant des douilles et des balles rondes de la guerre de Sécession.

— Le chapeau qui y était avant était très joli, a-t-elle lâché.

J'ai récupéré l'annuaire du lycée de ma mère, ainsi qu'un guide du champ de bataille de Gettysburg. Ce dernier, ai-je remarqué, était beaucoup plus abîmé que l'annuaire. Typique. Liv était agenouillée près d'une liasse de documents.

— Je crois avoir trouvé quelque chose. Enfin, ces trucs ont sûrement appartenu à ta mère, mais ce ne sont que de vieux dessins de Ravenwood Manor et des notes sur l'histoire de Gatlin.

Tout ce qui concernait Ravenwood avait de l'importance. Elle m'a tendu les notes que j'ai feuilletées. Des registres d'état civil de Gatlin pendant la guerre, des esquisses jaunies de Ravenwood et d'autres bâtiments de la ville, la Société historique, l'ancienne caserne des pompiers, et même notre maison. Cela ne paraissait mener à rien de particulier, cependant.

— Minou, minou, minou... Hé ! J'ai mis la main sur un pote pour... Lucille.

Link a soulevé un chat conservé dans les règles de l'art de la taxidermie sudiste avant de le lâcher en se rendant compte qu'il tenait un greffier mort à la fourrure mitée.

— Il y a forcément autre chose. Ceux qui sont venus ici se moquaient des registres d'état civil.

— Ils ont peut-être découvert ce qu'ils voulaient.

— Il n'y a qu'une façon de le savoir.

Je me suis tourné vers tante Del.

Quelques minutes plus tard, nous étions assis en tailleur sur le plancher comme autour d'un feu de camp. Ou comme pour une séance de spiritisme.

— Je pense vraiment que ce n'est pas une très bonne idée.

— C'est le seul moyen de découvrir qui a pénétré ici et pour quelle raison.

Tante Del a vaguement acquiescé, guère convaincue.

— Bien. Rappelez-vous : si vous vous sentez nauséeux, mettez la tête entre vos jambes. Et maintenant, prenez-vous la main.

— C'est quoi, ce délire ? m'a demandé Link. Pourquoi on serait malades ?

J'ai attrapé la paume de Liv afin de fermer le cercle. Elle était douce et tiède dans la mienne. Avant que j'aie le temps de m'appesantir sur ce contact, des images se sont mises à défiler vivement devant mes yeux... L'une après l'autre, s'ouvrant et se refermant comme des portes ou les pages d'un des folioscopes de mon enfance.

Lena, John et Ridley renversant les cartons dans le grenier... « C'est forcément ici. Continuez à chercher. » John jette de vieux livres par terre. « Comment peux-tu en être aussi certain ? » Lena fouille une boîte, sa main est couverte de dessins noirs. « Elle savait comment la localiser sans l'étoile. »

Une autre porte. Tante Caroline tirant des caisses dans la pièce. Elle s'agenouille devant l'une d'elles, une vieille photo de ma mère entre les doigts. Elle la caresse en sanglotant.

Une troisième. Ma mère, les cheveux sur les épaules, retenus par ses lunettes de vue. Aussi réelle que si elle s'était tenue juste devant moi. Elle griffonne avec frénésie dans un vieux carnet relié de cuir – le genre journal intime –, puis arrache la page, la plie et la glisse dans une enveloppe. Elle rédige un mot sur cette dernière et la cache à la fin du volume. Ensuite, elle tire un vieux coffre adossé au mur. Derrière, elle soulève une planche de lambris. Elle regarde autour d'elle, comme si elle sentait qu'on l'espionnait, avant de fourrer le journal dans l'espace étroit.

Tante Del a lâché ma main.

— Bordel de Dieu ! s'est exclamé Link.

Trop secoué pour se rappeler ses bonnes manières en présence d'une dame, il était vert et a immédiatement collé sa tête entre ses jambes, comme s'il s'apprêtait à un atterrissage d'urgence. Je ne lui avais pas vu cette tronche-là depuis le lendemain du jour où Savannah Snow l'avait mis au défi d'avaler une vieille bouteille d'alcool de menthe.

— Je suis navrée, s'est excusée tante Del en lui tapotant le dos. Je sais combien il est difficile de s'acclimater après un Voyage. Mais tu t'en sors très bien, pour ta première fois.

L'heure n'était pas à la réflexion. Je me suis concentré sur une seule chose : « Elle savait la localiser sans l'étoile. » C'était de la Grande Barrière qu'avait parlé John. Il croyait que ma mère avait eu des renseignements à ce sujet, des choses qu'elle aurait pu noter dans son journal intime. Les pensées de Liv devaient suivre un cheminement identique aux miennes, car nous avons effleuré le vieux coffre d'un même mouvement.

— Il est lourd, attention !

Je l'ai décollé du mur. Il donnait l'impression d'être rempli de briques. Liv a tendu le bras vers le mur et a déplacé la planche. J'y ai aussitôt plongé la main. J'ai senti le vieux cuir. J'ai sorti le journal, sensible à son poids dans ma paume. Un pan de ma mère. J'en ai ouvert la fin. La fine écriture familière m'a sauté aux yeux, sur l'enveloppe.

Macon

Je l'ai déchirée, j'ai déplié la page unique qu'elle contenait.

Si tu lis ceci, cela voudra dire que je n'ai pas réussi à te contacter à temps pour t'en parler en personne. La situation est bien pire que ce qu'aucun d'entre nous aurait pu imaginer. Il est même déjà trop tard, peut-être. Mais s'il nous reste une chance, tu es le seul qui saura comment éviter que nos pires peurs ne deviennent réalité.

Abraham est vivant. Il se cache. Et il n'est pas seul. Sarafine est avec lui, disciple aussi dévouée que l'était ton père.

Il faut que tu les arrêtes avant que le temps nous manque.

LJ

Mes yeux se sont attardés au bas de la page. LJ. Lila Jane. J'ai également remarqué autre chose : la date. J'ai eu l'impression de recevoir un coup de pied dans le ventre. Le 21 mars. Un mois avant l'accident de ma mère. Avant qu'elle soit assassinée.

Liv a reculé en sentant qu'elle assistait à un moment intime et douloureux. J'ai feuilleté le journal, en quête de réponses. Il y avait un autre exemplaire de l'arbre généalogique des Ravenwood, mais différent de celui que j'avais vu aux archives. Certains noms avaient été barrés notamment.

Alors que je continuais à tourner les pages du calepin, une feuille volante s'en est échappée et a glissé sur le sol. Je l'ai ramassée, l'ai dépliée. C'était du vélin, fragile, mince, presque transparent, un peu comme du calque. Sur un côté, des formes étranges avaient été tracées au stylo plume : ovales inégaux, tout en creux et en bosses, comme un enfant aurait dessiné des nuages. Me tournant vers Liv, je lui ai montré la feuille. Elle a secoué la tête sans prononcer un mot. Ni elle ni moi n'en comprenions le sens.

J'ai replié le vélin délicat et l'ai replacé dans le journal avant de sauter à la dernière page. Là encore, j'ai découvert un truc qui n'avait aucun sens, du moins pas pour moi.

> *In Luce Caecae Caligines sunt,*
> *Et in Caliginibus, Lux.*
> *In Arcu imperium est,*
> *Et in imperio, Nox.*

L'instinct m'a poussé à arracher la feuille et à la fourrer dans ma poche. Ma mère était morte à cause de la lettre et, peut-être aussi, de ce qui était écrit sur ces pages. Elles m'appartenaient, désormais.

— Tout va bien, Ethan ? s'est inquiétée tante Del.

J'étais si loin d'aller bien que je ne me rappelais plus à quoi cela ressemblait. Il fallait que je quitte ce grenier, que je quitte le passé de ma mère, que je quitte ma tête.

Arbre
Généalogique
DE LA
Famille Ravenwood

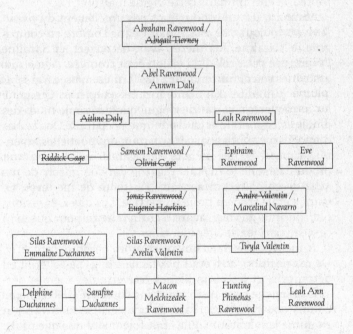

Abraham Ravenwood /
~~Abigail Tierney~~

Abel Ravenwood /
Annwn Daly

~~Aithne Daly~~ — Leah Ravenwood

~~Riddick Gage~~ — Samson Ravenwood /
~~Olivia Gage~~ | Ephraim
Ravenwood | Eve
Ravenwood

~~Jonas Ravenwood /
Eugenie Hawkins~~ | ~~Andre Valentin /
Marcelind Navarro~~

Silas Ravenwood /
Emmaline Duchannes | Silas Ravenwood /
Arelia Valentin — ~~Twyla Valentin~~

Delphine
Duchannes — Sarafine
Duchannes | Macon
Melchizedek
Ravenwood | Hunting
Phinehas
Ravenwood — Leah Ann
Ravenwood

— Je reviens tout de suite.

J'ai dévalé l'escalier jusqu'à la chambre d'amis, où je me suis couché sur le lit malgré mes vêtements sales. J'ai fixé le plafond, peint en bleu, exactement comme chez moi. Imbéciles d'insectes ! Ils étaient les dindons de la farce et ne le savaient même pas !

Ou alors, c'était moi, le dindon de la farce.

J'étais engourdi, comme quand on s'efforce de tout ressentir en même temps. J'aurais pu tout aussi bien être tante Del entrant dans cette vieille maison.

Abraham Ravenwood n'était pas un élément du passé. Il vivait toujours, se dissimulant dans l'ombre en compagnie de Sarafine. Ma mère l'avait découvert, et Sarafine l'avait tuée pour cela. Ma vision était troublée. Je me suis essuyé les yeux, m'attendant à des larmes, mais je n'ai senti aucune humidité. J'ai fermé fort les paupières. Quand je les ai rouvertes, je n'ai distingué que des couleurs et des lumières clignotantes, à croire que je courais. Des bribes d'images me sont apparues : un mur, des poubelles argentées cabossées, des mégots de cigarettes. Ce qui s'était produit lorsque je m'étais regardé dans le miroir de ma salle de bains recommençait. J'ai tenté de me lever, en vain ; j'étais trop en proie au vertige. Les diverses visions ont continué de voler, avant d'enfin ralentir pour que mon cerveau parvienne à les identifier.

Je me trouvais dans une pièce, une chambre, peut-être. De ma position, ce n'était pas facile à dire. Le sol était en béton gris, et les murs blancs couverts des mêmes dessins noirs que ceux que j'avais vus sur les mains de Lena. Tandis que je les observais, ils ont paru se mouvoir. J'ai examiné les alentours. Elle était forcément quelque part.

— J'ai l'impression d'être tellement différente des autres, même des autres Enchanteurs.

La voix de Lena. J'ai levé les yeux, traquant le son. Ils étaient au-dessus de moi, allongés sur le plafond peint en noir. Lena et John, tête contre tête, discutant sans se regarder. Ils fixaient le sol comme moi le plafond, chez moi, lors de mes nuits d'insomnie. Les cheveux de Lena s'étalaient autour de ses épaules en éventail comme si elle avait été couchée par terre.

Le phénomène m'aurait paru impossible si je n'en avais pas été déjà témoin. Sauf que, cette fois, elle n'était pas toute seule perchée là-haut. Et que je n'étais pas là pour la tirer en bas.

— Personne ne m'explique quels sont mes pouvoirs, y compris ma famille, a continué Lena sur un ton pathétique et distant. Ils ne le savent pas. Or, chaque jour, je me réveille et je découvre que je suis capable d'un nouveau truc que je ne pouvais pas faire la veille.

— Pareil pour moi. Un matin, je me suis levé, j'ai songé à un endroit où j'aurais aimé être et paf ! la seconde suivante, j'y étais.

John jonglait avec une balle, la lançant en l'air avant de la rattraper. Sauf qu'il la jetait en direction du sol et non du plafond.

— Es-tu en train de me dire que tu ignorais que tu avais le don de Voyager ?

— Oui. Je ne l'ai appris que lorsque j'ai été en mesure de l'expérimenter.

Il a fermé les yeux, n'a pas cessé de jongler cependant.

— Et tes parents ? Ils l'ignoraient aussi ?

— Je ne les ai jamais connus. Ils sont partis quand j'étais petit. Même les créatures surnaturelles reconnaissent un monstre quand elles en croisent un.

J'aurais été incapable de déterminer s'il mentait. Ses intonations étaient amères, blessées, et j'y ai perçu une forme d'authenticité. Roulant sur le flanc, Lena s'est appuyée sur un coude afin de le regarder.

— Navrée. Ça a dû être horrible. Au moins, j'ai eu ma grand-mère pour s'occuper de moi.

Elle a contemplé la balle, dont la course s'est arrêtée en plein vide.

— Maintenant, je n'ai plus personne.

La balle est tombée par terre, a rebondi et roulé sous le lit. John s'est tourné vers Lena.

— Tu as Ridley. Et moi.

— Crois-moi, une fois que tu auras appris à me connaître, tu n'auras plus qu'une envie : te sauver à toutes jambes.

Seuls quelques centimètres les séparaient.

— Tu te trompes. Je sais ce que c'est de se sentir seul même entouré par des gens.

Elle n'a pas répondu. Cela avait-il été ainsi, quand elle était avec moi ? Avait-elle souffert de la solitude lorsque nous étions ensemble ? Lorsque je la serrais dans mes bras ?

— L ?

L'entendre l'appeler ainsi m'a donné envie de vomir.

— Quand nous serons à la Grande Barrière, ce sera différent. Je te le promets.

— La plupart des gens affirment qu'elle n'existe pas.

— Parce qu'ils ignorent comment la trouver. On n'y accède que par les Tunnels. Je vais t'y emmener. (Il a soulevé son menton de façon à ce qu'elle croise son regard.) J'ai conscience que tu as peur. Mais je suis là, si tu veux de moi.

Lena a détourné les yeux, écrasant une larme du revers de la main. J'ai discerné les dessins noirs sur sa peau, qui m'ont paru plus sombres maintenant. Ressemblant moins à du feutre qu'aux tatouages de Ridley et de John. Elle me fixait sans me voir.

— Je dois m'assurer que je ne serai plus en mesure de blesser qui que ce soit. Ce que je veux ne compte pas.

— Pour moi, si, a objecté John en se rapprochant et en passant son pouce sur un cerne de Lena afin d'éponger ses larmes. Tu peux avoir confiance en moi. Jamais je ne te ferai de mal.

Il l'a attirée contre son torse, elle a posé sa tête sur son épaule.

Vraiment ?

Je n'ai pas perçu la suite, il m'est devenu de plus en plus difficile de la distinguer, comme si on avait arrêté le zoom. J'ai cligné des paupières pour tenter de rester concentré, mais, quand j'ai rouvert les yeux, je n'ai plus eu droit qu'au plafond bleu qui tourbillonnait. Je me suis mis sur le côté, face au mur.

J'étais de retour dans la chambre d'amis de tante Caroline ; eux étaient partis. Ensemble. Où qu'ils soient. Lena progressait sur son propre chemin. Elle se dévoilait devant John, et lui entrait en contact avec une part d'elle que j'avais cru disparue. C'était peut-être moi qui n'avais pas été destiné à l'atteindre.

Macon avait vécu dans les Ténèbres, ma mère dans la Lumière.

Nous n'étions sans doute pas censés découvrir une façon qui permette aux Mortels et aux Enchanteurs de vivre ensemble, parce qu'ils n'étaient pas censés le faire.

On a frappé à la porte, bien qu'elle ait été ouverte.

— Ethan ? Ça va ?

Liv. Malgré la légèreté de ses pas, je l'ai entendue approcher. Je n'ai pas bronché. Le bord du lit s'est légèrement enfoncé quand elle s'est assise. Sa main a caressé ma nuque. Un geste apaisant et familier, comme si elle l'avait eu à mon égard des centaines de fois. Tel était le talent de Liv : j'avais l'impression de la connaître depuis toujours. Elle semblait constamment deviner ce dont j'avais besoin, à croire qu'elle savait des choses à mon propos que j'ignorais moi-même.

— Tout ira bien, Ethan. Nous allons découvrir ce que cela signifie, je te le jure.

Elle était sincère, j'en avais conscience.

— Je te rappelle que tu n'es pas supposée t'impliquer.

— En effet. C'est la première chose que m'a enseignée le professeur Ashcroft.

Elle s'est tue, a ajouté au bout d'un instant :

— Mais c'est plus fort que moi.

— Je sais.

Je me suis retourné. Nous nous sommes dévisagés dans l'obscurité, sa main contre ma mâchoire. Je la voyais pour de vrai, je percevais la possibilité qu'elle représentait – pour la première fois. J'éprouvais quelque chose. Il ne servait à rien de le nier, et Liv le sentait elle aussi. Il suffisait que je la regarde pour en avoir la certitude.

Elle s'est couchée à côté de moi, s'est collée à moi, la tête sur mon épaule.

Ma mère avait trouvé un moyen de continuer à avancer après Macon. Elle était tombée amoureuse de mon père, ce qui paraissait démontrer qu'on pouvait perdre l'amour de sa vie et de nouveau tomber amoureux.

N'est-ce pas ?

Un chuchotement a résonné, pas en provenance de mon cœur mais d'une respiration près de mon oreille. Liv s'est penchée sur moi.

— Tu comprendras ça, comme tout le reste. Et puis, tu as ce que la plupart des Pilotes n'ont pas.

— Ah ouais ? Quoi donc ?

— Une excellente Gardienne.

J'ai glissé ma main derrière sa nuque. Chèvrefeuille et savon – telles étaient ses odeurs.

— Est-ce pour cela que tu es venue ? Parce que j'avais besoin d'une Gardienne ?

Elle n'a pas répondu tout de suite. J'ai deviné qu'elle réfléchissait, qu'elle soupesait ce qu'elle pouvait dire, quel risque elle était prête à prendre. Je l'ai deviné parce que, de mon côté, je faisais pareil.

— Ce n'est pas la seule raison, même si ça devrait l'être.

— Parce que tu es censée rester neutre ?

Son cœur battait contre le mien. Elle s'encastrait parfaitement dans le creux de mon épaule.

— Parce que je ne veux pas souffrir.

Elle avait peur, pas des Enchanteurs des Ténèbres, des Incubes ou des yeux dorés, cependant. Elle redoutait quelque chose de plus simple, mais d'aussi dangereux. De plus petit, mais d'infiniment plus puissant.

— Moi non plus, ai-je répondu en la serrant contre moi.

Car j'avais peur, moi aussi.

Nous n'avons plus parlé. Je l'ai tenue contre moi, j'ai songé à toutes les souffrances qu'une personne était susceptible d'endurer. À celles que je pouvais infliger à Liv et m'infliger à moi-même. Ces deux risques étaient entremêlés. C'est difficile à expliquer, mais, quand on avait été aussi isolé que je l'avais été ces derniers mois, s'ouvrir à quelqu'un semblait aussi déplacé que de se déshabiller dans une église.

« Astres éteints, cœurs suivis, / L'un brisé, l'autre tari. »

Ça avait été notre chanson. À Lena et à moi. J'avais été brisé. Cela signifiait-il que je resterais tari ? Creux ? Ou une autre chose m'était-elle réservée ? Une chanson entièrement nouvelle peut-être ? Du Pink Floyd, pour changer ? « Un rire creux dans des halls de marbre. »

J'ai souri dans le noir, à l'affût de sa respiration qui s'est peu à peu ralentie, adoucie, cependant qu'elle s'endormait. J'étais épuisé. Bien que nous ayons réintégré le monde des Mortels, j'avais encore le sentiment de faire partie de celui des Enchanteurs, et Gatlin me semblait incroyablement loin. Je n'étais pas capable de piger comment j'étais venu ici, pas plus que je ne l'étais d'évaluer le nombre de kilomètres que j'avais parcourus et ceux qu'il me restait à parcourir.

J'ai sombré dans l'oubli sans savoir ce que je ferais quand j'atteindrais mon but.

19 juin
BONAVENTURE

Je courais, pourchassé. J'escaladais des haies, je dérapais dans des rues et des jardins déserts. La seule constante était l'adrénaline. Il m'était interdit de m'arrêter.

Soudain, je voyais la Harley qui fonçait droit sur moi, son phare de plus en plus proche. Il n'était pas jaune, mais vert, si aveuglant que j'étais obligé de me protéger le visage de mes mains...

Je me suis réveillé, des flashes verts clignotant encore devant mes yeux.

J'ai eu du mal à comprendre où j'étais, jusqu'à ce que je m'aperçoive que la lueur verte provenait de l'Orbe Lumineux, aussi brillant qu'un 4 Juillet[1]. Il gisait sur le matelas – il avait dû rouler hors de ma poche. Sauf que le matelas paraissait différent, et que la lumière s'allumait et s'éteignait de manière désordonnée.

Lentement, les choses me sont revenues : les étoiles, les Tunnels, le grenier, la chambre d'amis. Brusquement, j'ai compris pourquoi le lit paraissait changé.

---

1. Fête nationale américaine.

Liv n'était plus là.

Je n'ai pas mis beaucoup de temps à deviner où elle était.

— Ça t'arrive de dormir ?

— Pas autant que toi, apparemment.

Elle n'a pas relevé la tête de son télescope. Ce dernier était en aluminium et bien plus modeste que celui qu'elle avait installé sur la véranda de Marian. Je me suis assis à côté d'elle sur le perron de derrière. Le jardin, simple gazon qui s'étalait sous un gros magnolia, reflétait la paix intérieure de ma tante.

— Que fais-tu debout ? a repris Liv.

— J'ai été réveillé par un appel.

J'ai dit ça sur un mode décontracté, plutôt que de laisser percevoir que j'étais déstabilisé. D'un geste, j'ai montré la fenêtre du premier étage. Même d'en bas, on apercevait la lueur verte et vivante, de l'autre côté des carreaux.

— Étrange. J'imagine que j'en ai reçu un également. Tiens, regarde dans le Celestron.

Elle m'a tendu le télescope miniature. Il avait des allures de lampe électrique, si l'on excluait les grosses lentilles fixées à l'une de ses extrémités. Nos mains se sont effleurées. Pas de décharge.

— Lui aussi, tu l'as fabriqué ?

— Non, a-t-elle dit en riant. C'est le professeur Ashcroft qui me l'a offert. Bon, tais-toi et regarde. Là-haut.

Elle désignait le firmament surplombant le magnolia. À mes yeux de Mortel, il n'était qu'une vaste étendue sombre dénuée d'étoiles. J'ai ajusté l'instrument à ma vue. À présent, le ciel était strié d'une lumière, d'une sorte d'aura astrale qui tombait en direction du sol, pas très loin de nous.

— C'est quoi ? Une étoile filante ? Elles ont des traînées comme ça ?

— Oui. Sauf que ce n'en est pas une.

— Comment le sais-tu ?

— Parce que c'est une étoile d'Enchanteurs qui dégringole d'un ciel d'Enchanteurs. Sinon, nous l'apercevrions sans télescope.

— C'est ce que dit ta montre de cinglée ?

Elle a ramassé l'objet posé sur la marche à côté d'elle.

— Je ne suis pas très sûre de ce qu'elle me dit. J'ai même cru qu'elle était cassée, jusqu'à ce que je voie le ciel.

À la fenêtre, l'Orbe Lumineux continuait de lancer ses éclairs verts. Un pan de mon rêve m'est revenu. J'ai eu l'impression que la Harley fonçait sur moi.

— Il faut que nous partions d'ici, ai-je décrété. Il se passe quelque chose. À Savannah.

Liv a rattaché son sélénomètre à son poignet.

— Quoi que ce soit, ça a l'air de se produire là-bas, a-t-elle répondu en tendant le doigt vers l'horizon.

Elle a mis son petit télescope dans son sac à dos. Il était temps de nous en aller. J'ai tendu la main, mais elle s'est relevée toute seule.

— Réveille Link. Je vais chercher mes affaires.

— Je ne pige pas pourquoi ça ne peut pas attendre demain matin.

Link était grognon, et ses cheveux hérissés pointaient dans toutes les directions.

— Ce truc te semble-t-il prêt à attendre jusque-là ? ai-je riposté.

L'Orbe Lumineux étincelait d'un tel éclat, à présent, qu'il éclairait toute la rue.

— Tu ne peux pas en baisser un peu l'intensité ? a-t-il bougonné en se protégeant les yeux. Passer en mode codes ?

— Je ne crois pas, non.

J'ai secoué la sphère, ça n'a rien changé.

— T'as cassé ta boule, mec.

— Non. Je…

Préférant ne pas insister, j'ai rempoché la chose.

— Ouais, c'est ça, elle est cassée.

La sphère brillait à travers mon jean.

— Il est possible qu'un quelconque pouvoir d'Enchanteurs l'ait déclenchée et ait rompu son équilibre normal, déréglant ses fonctions, a dit Liv.

Elle était intriguée. Pas Link.

— Comme un signal d'alarme ? Pff ! Ça craint !

— Nous n'en savons rien.

— Tu rigoles ? Ça n'est jamais bon quand le commissaire Gordon active le Bat-Signal. Ou quand les Quatre Fantastiques aperçoivent le chiffre quatre dans le ciel.

— Merci, ça va, j'ai compris l'idée, a-t-elle répondu.

— Ah ouais ? Et tu en as une qui nous renseignerait sur l'endroit où on va, puisque Ethan a brisé sa boule ?

Après avoir consulté son sélénomètre, Liv s'est mise à marcher.

— Je suis en mesure de nous rapprocher de l'endroit où l'étoile est tombée. Enfin, si c'est bien une étoile. Mais Link a peut-être raison. Je ne sais pas exactement où nous allons ni ce que nous trouverons une fois sur place.

— Voilà qui m'amènerait presque à regretter de ne pas avoir ma propre paire de cisailles, ai-je marmonné en emboîtant le pas à Liv.

— À propos de machins anormaux, a repris Link, regardez un peu qui est là.

Il a désigné le trottoir devant une maison aux volets rouges. Lucille y était assise, comme si elle nous attendait, et que nous la retardions.

— Je t'avais bien dit qu'elle reviendrait.

La chatte s'est léchée d'un air boudeur.

— Tu ne pouvais pas te passer de moi, hein, ma belle ? s'est marré Link en lui grattant la tête. J'ai tendance à produire cet effet sur les femmes.

Elle a écarté ses doigts d'un coup de patte.

— Allons, allons. Tu ne nous accompagnes pas ?

Elle n'a pas bougé.

— Tout à fait l'effet qu'il produit sur les femmes, ai-je lancé à Liv, tandis que Lucille s'étirait.

— Elle finira par céder, a plastronné Link. Elles cèdent toujours.

C'est alors que Lucille a décampé dans la rue, empruntant la direction opposée à la nôtre.

Nous étions au beau milieu de la nuit et plongés dans une profonde obscurité quand nous nous sommes retrouvés à la sortie de la ville. J'avais l'impression d'avoir marché durant des heures. La route principale était toujours bondée, en pleine journée. Elle était déserte, en ce moment. Ce qui était logique, vu le lieu où elle nous avait conduits.

— Tu es sûre de toi ? ai-je demandé à Liv.

— Pas du tout. Je me base sur des approximations en me fiant aux seules données dont je dispose.

Elle avait utilisé son télescope toutes les dix minutes environ. Nous en étions réduits à faire confiance aux données.

— J'adore quand elle s'exprime comme un savant fou, a ricané Link.

Il a tiré sur une des tresses de Liv, qui lui a donné une tape sur la main. J'ai contemplé les hautes colonnes de pierre flanquant le portail du célèbre cimetière Bonaventure de Savannah, dans les faubourgs de la ville. C'était l'une des nécropoles du Sud les plus réputées et les mieux protégées. Ce qui nous posait un problème, puisqu'il avait fermé quelques heures plus tôt.

— Mince ! a soupiré Link. C'est une blague, non ? Vous êtes certains qu'on est au bon endroit ?

La perspective d'arpenter un cimetière en pleine nuit ne semblait pas l'enchanter, surtout quand un garde en surveillait l'entrée et qu'une voiture de patrouille passait régulièrement devant ses grilles. Liv a observé la statue d'une femme s'accrochant à une croix.

— Finissons-en, a-t-elle déclaré.

— Je ne crois pas que ces chéries nous aideront, a objecté Link en brandissant ses cisailles.

— Pas par le portail, ai-je suggéré. Là-bas.

Je montrais du doigt le mur dissimulé par des arbres.

Liv a réussi à piétiner le moindre bout de mon visage, à me donner un coup de pied dans le cou et à enfoncer ses semelles dans mes épaules avant que je parvienne à la hisser par-dessus le mur. Elle a dégringolé de l'autre côté, a perdu l'équilibre et s'est affalée par terre.

— Tout va bien ! a-t-elle lancé. Je n'ai rien.

Link et moi nous sommes regardés, puis il s'est baissé.

— Toi d'abord, a-t-il décrété. À moi l'escalade des pros.

J'ai grimpé sur son dos, me suis agrippé aux pierres, et il s'est relevé.

— Tiens donc ? Et comment vas-tu t'y prendre ?

— Je vais me dégoter un arbre pas trop loin de ce fichu mur. Il y en a forcément un. T'inquiète, je vous retrouverai.

Une fois au sommet, j'ai enjambé l'obstacle.

— Je n'aurai pas séché le bahut toutes ces années pour rien, a poursuivi Link.

En souriant, je me suis laissé tomber de l'autre côté.

Cinq minutes et sept arbres plus tard, l'Orbe Lumineux nous entraînait au cœur du cimetière, au-delà des stèles en ruine des confédérés et des statues protégeant les ultimes demeures de ceux qu'on avait oubliés. Nous sommes arrivés à hauteur d'un bosquet de chênes touffu dégoulinant de mousse, dont les branches s'entrecroisaient pour former une arche au-dessus de l'allée, à peine assez large pour qu'on s'y faufile.

— Nous y sommes, non ? C'est bien ça, hein ?

Par-dessus l'épaule de Liv, j'ai examiné le sélénomètre.

— Où donc ? a demandé Link en scrutant les alentours. Je ne vois rien.

J'ai désigné le sentier qui s'enfonçait au milieu des troncs.

— Tu es sérieux ?

Liv paraissait nerveuse également. Elle n'avait guère envie de crapahuter au milieu des rideaux de mousse espagnole, dans un cimetière, la nuit.

— Je n'ai plus d'infos, a-t-elle murmuré. Les cadrans s'affolent.

— Aucune importance, ai-je décidé. C'est là, j'en suis persuadé.

— Tu crois que Lena, Ridley et John sont derrière ces arbres ? a marmonné Link.

Il avait l'air d'envisager une retraite précipitée afin de nous attendre aux grilles ou, du moins, à quelques pas d'ici.

— Aucune idée, ai-je répondu en écartant les pans de végétation pour me glisser de l'autre côté.

Là, les chênes devenaient encore plus menaçants, suspendus au-dessus de nous pour créer un ciel qui leur était propre. Un peu plus loin, ils s'arrondissaient autour d'une clairière, au milieu de laquelle, parmi les tombes, s'élevait l'immense statue d'un ange implorant. Des pierres entouraient les stèles, délimitant l'espace de chaque sépulture. On s'imaginait presque distinguer les cercueils enfouis dans la terre.

— Regarde, Ethan ! a soufflé Liv en tendant le doigt au-delà de la sculpture.

J'ai aperçu des silhouettes encadrées par un minuscule faisceau de lune. Elles bougeaient.

Nous avions de la compagnie.

— Ça pue, a lâché Link en secouant la tête.

Pendant une seconde, je me suis figé sur place. Et s'il s'agissait de Lena et de John ? Que fichaient-ils ici, seuls ? J'ai repris mon chemin, longeant le sentier bordé de plus en plus de sculptures : anges agenouillés fixant la nue, ou anges en larmes baissant les yeux sur nous. Si je ne savais pas du tout à quoi m'attendre, les silhouettes m'ont quand même pris au dépourvu lorsque je les ai enfin identifiées.

Amma et Arelia, la mère de Macon, que je n'avais pas revue depuis les funérailles de son fils. Elles étaient assises entre les tombes. J'étais cuit. J'aurais dû me douter qu'Amma finirait par me localiser. Une troisième personne était installée par terre avec elles. Je ne l'ai pas reconnue. Un peu plus âgée qu'Arelia, elle avait la même peau dorée. Ses cheveux étaient nattés en centaines de minuscules tresses, et elle portait vingt ou trente colliers – pierres précieuses, perles de verre coloré, oiseaux et animaux miniatures. Au moins une dizaine de trous perçaient ses oreilles, à chacun desquels pendaient de longues boucles.

Les trois femmes étaient assises en tailleur, formant un cercle, environnées par les stèles. Au milieu de leur ronde, elles avaient joint leurs mains. Amma avait beau nous tourner le dos, j'ai deviné avec certitude qu'elle était consciente de ma présence.

— Tu en as mis, du temps. Nous avons été obligées de patienter. Tu sais combien je déteste attendre.

Sa voix n'était pas plus agitée que d'ordinaire, ce qui m'a surpris, dans la mesure où j'avais déguerpi sans lui laisser de mot.

— Amma, je suis vraiment désolé…

Elle m'a coupé la parole d'un revers de la main, comme si elle chassait une mouche.

— Ce n'est pas le moment.

Elle a ensuite agité un os – pris dans un cimetière, j'étais prêt à le parier.

— Est-ce toi qui nous as amenés ici ? lui ai-je demandé.

— Je n'irais pas jusque-là. C'est autre chose qui vous a attirés, quelque chose de plus fort que moi. Je me suis bornée à deviner que vous viendriez.

— Comment ?

Elle m'a gratifié d'un de ses coups d'œil mauvais les plus réussis.

— Comment un oiseau s'envole-t-il vers le sud ? Comment un poisson-chat nage-t-il ? Combien de fois faudra-t-il te le répéter, Ethan Wate ? Ce n'est pas pour rien qu'on me qualifie de Voyante.

— Moi aussi, j'ai prédit votre arrivée, est intervenue Arelia.

Ce n'était qu'une constatation, mais, rien qu'à son expression, j'ai bien vu à quel point cette remarque agaçait Amma, qui a tendu le menton en avant.

— Après que je l'ai mentionnée, a-t-elle cru bon de préciser.

Elle était habituée à être la seule Voyante de Gatlin et n'appréciait pas qu'on lui dame le pion, même quand il s'agissait d'un Augure aux dons surnaturels. La femme que je ne connaissais pas s'est tournée vers Amma.

— Il vaudrait mieux commencer, Amarie. Ils attendent.

— Assieds-toi avec nous, m'a ordonné Amma. Twyla est prête.

Twyla. Le prénom m'était familier. Arelia m'a renseigné avant que j'aie eu le temps de poser la question.

— Je vous présente ma sœur, Twyla. Elle a effectué un long trajet pour être avec nous cette nuit.

Je me suis souvenu, en effet, que Lena avait mentionné sa grand-tante, celle qui n'avait jamais quitté La Nouvelle-Orléans. Jusqu'à maintenant, s'entend.

— Vrai. Et maintenant, *cher*[1], viens t'asseoir à côté de moi. N'aie pas peur. Ce n'est qu'un Cercle de Voyance.

Twyla m'a invité à la rejoindre en tapotant le sol. Installée de l'autre côté, Amma m'a fusillé du Regard-Qui-Tue. Pas mal impressionnée en dépit de son entraînement pour devenir Gardienne, Liv a reculé. Link s'est placé juste derrière elle. Amma produisait cet effet sur les gens. Twyla et Arelia aussi, apparemment.

---

1. En français dans le texte.

— Ma sœur est une puissante Nécromancienne, a annoncé Arelia avec fierté.

— Elle le fait avec les morts ? a chuchoté Link à Liv avec une grimace. À sa place, je ne le chanterais pas sur les toits.

— Ce n'est pas une nécrophile, espèce d'idiot ! a soupiré Liv. C'est une Nécromancienne, une Enchanteresse capable de convoquer les défunts et de communiquer avec eux.

— C'est ça, a acquiescé Arelia. Or nous avons besoin de l'aide de quelqu'un ayant quitté ce monde.

J'ai aussitôt deviné de qui elle parlait. Du moins, j'ai espéré que je ne me trompais pas.

— Essayons-nous d'entrer en relation avec Macon, Amma ? me suis-je enquis.

Un éclair de tristesse a traversé ses traits.

— J'aurais aimé, mais nous ne pouvons aller là où Melchizedek est parti.

— C'est l'heure, a annoncé Twyla.

Elle a tiré un objet de sa poche puis a regardé Amma et Arelia. Leur comportement a immédiatement changé. Ces trois-là étaient tout entières focalisées sur leurs affaires, maintenant, même si ces dernières consistaient à réveiller les morts. Mettant ses paumes devant sa bouche, Arelia a murmuré dans le cornet ainsi formé :

— Mon pouvoir est le vôtre, mes sœurs.

Elle a lancé des cailloux minuscules au milieu du cercle.

— Des pierres de lune, a murmuré Liv.

Amma s'est emparée d'un sac d'os de poulet. J'en aurais reconnu l'odeur partout. Celle de notre cuisine, à la maison.

— Mon pouvoir est le vôtre, mes sœurs.

Elle a jeté les ossements près des pierres de lune. Puis Twyla a ouvert la main, révélant la minuscule sculpture d'un oiseau, avant de prononcer les mots qui le doteraient de pouvoir :

— L'un vers ce monde, l'un vers l'autre / Ouvre la porte à qui est nôtre.

Elle a commencé à psalmodier bruyamment, fiévreusement, ses paroles brisant l'air nocturne. Ses prunelles ont roulé dans leurs orbites, ses paupières restant ouvertes. Arelia s'est mise à entonner le refrain elle aussi en secouant de longues guirlandes de perles ornées de glands. Amma m'a pris par le menton afin de me fixer droit dans les yeux.

— J'ai conscience que ceci ne va pas être facile pour toi, m'a-t-elle averti, mais il y a des choses que tu dois apprendre.

Au milieu de notre ronde, des tourbillons d'air se sont déclenchés puis agités, créant une brume blanche. Twyla, Arelia et Amma chantaient, leurs voix montant crescendo. Le brouillard m'a donné l'impression de réagir à leurs ordres, il a gagné en vitesse et en densité, tournoyant à l'instar d'une tornade. Soudain, Twyla a inhalé d'un coup brusque, comme si elle respirait pour la dernière fois. La brume a semblé suivre et s'est engouffrée dans sa bouche. Une minute, j'ai cru que la femme allait s'écrouler, morte. Elle était assise, si raide qu'elle aurait pu être attachée à un râtelier, nous offrant la vision horrible du blanc de ses yeux et de sa bouche béante.

Link a reculé à bonne distance, tandis que Liv esquissait un geste vers Twyla. Amma l'a arrêtée.

— Attends.

La Nécromancienne a exhalé. Le brouillard blanc s'est échappé de ses lèvres, a grimpé au-dessus du Cercle de Voyance. A pris forme. Les volutes se sont arrangées en une silhouette. Des pieds nus dépassant de sous une robe blanche qui s'est gonflée sous la poitrine, comme un ballon. Un Diaphane qui émergeait de la brume. Cette dernière s'est élevée, dessinant un cou délicat et, enfin, un visage.

Celui de...

Ma mère.

Qui me dominait, dotée de la qualité lumineuse et éthérée des Diaphanes. Toutefois, au-delà de la translucidité, c'était bien elle, trait pour trait. Ses paupières ont papillonné, elle m'a regardé. Cette créature ne ressemblait pas à ma mère. Elle *était* ma mère. Quand elle a parlé, sa voix a résonné, douce et mélodieuse, telle celle dont j'avais conservé la mémoire.

— Ethan, mon chéri. Je t'ai tant attendu.

Je l'ai contemplée, bouche bée. Elle ne m'avait jamais paru aussi réelle, dans aucun de mes rêves, sur aucun de ses portraits, dans aucun de mes souvenirs.

— J'ai tellement de choses à te dire, tellement de choses que je ne peux te dire. J'ai essayé de te montrer la voie, je t'ai envoyé des chansons...

Elle ! Les airs que seuls Lena et moi avions pu entendre. J'ai enfin réussi à m'exprimer, même si mes intonations ont semblé lointaines, à croire qu'un autre discourait à ma place. *Dix-sept Lunes*, l'Air Occulte.

— Ainsi, c'était toi. Depuis le début.

Elle a souri.

— Oui. Tu avais besoin de moi. Désormais, il a besoin de toi, et toi de lui.

— Qui ? Papa ?

Je devinais cependant que mon père n'était en rien concerné. Il s'agissait de l'autre homme, de celui qui signifiait tant pour nous deux.

Macon.

Elle ignorait qu'il n'était plus.

— Est-ce une allusion à Macon ? ai-je insisté.

Un éclat entendu a illuminé ses yeux. Je devais le lui annoncer. Si quelque chose était arrivé à Lena, j'aurais voulu qu'on me le dise. Et tout ce qui avait disparu entre nous n'y changerait rien.

— Macon est mort, maman. Il y a quelques mois. Il ne peut pas m'aider.

Elle a chatoyé sous le clair de lune. Elle était aussi belle que la dernière fois que je l'avais vue, lorsqu'elle m'avait enlacé sur le perron mouillé de pluie avant que je parte pour le lycée.

— Écoute-moi, Ethan. Il sera toujours auprès de toi. Toi seul es en mesure de le racheter.

Elle a commencé à se dissiper. J'ai tendu le bras, désirant la toucher avec une rage proche du désespoir, mais ma main n'a traversé que de l'air.

— Maman ?

— La Lune de l'Appel a été convoquée, a-t-elle continué en s'évaporant peu à peu dans la nuit. Si les Ténèbres l'emportent, la Dix-septième Lune sera la dernière.

Je ne la discernais presque plus. De nouveau, le brouillard tournait lentement au-dessus du cercle.

— Dépêche-toi, Ethan ! Tu n'as pas beaucoup de temps, mais tu peux le faire. J'ai foi en toi.

Elle a souri, et j'ai tenté de mémoriser son expression, conscient qu'elle s'en allait.

— Et si j'arrive trop tard ?

— Je me suis efforcée de veiller sur toi, a répondu sa voix lointaine. J'aurais dû me douter que j'échouerais. Tu as toujours été spécial.

J'ai contemplé la brume, aussi tumultueuse que mon estomac.

— Mon chéri, ma douceur, je ne t'oublierai pas. Je t'ai...

Les mots ont été réduits à néant. Ma mère m'était apparue. Pendant quelques minutes, je l'avais vue sourire, entendue parler. À présent, elle s'était éclipsée.

Je l'avais de nouveau perdue.

— Je t'aime aussi, maman.

19 juin
Cicatrices

— Il faut que je t'avoue quelque chose.

Amma se tordait les doigts avec nervosité.

— Ça concerne la nuit de la Seizième Lune, l'anniversaire de Lena.

J'ai mis un moment à me rendre compte qu'elle s'adressait à moi. Mes yeux étaient toujours vrillés sur le centre du cercle, où ma mère s'était tenue quelques minutes auparavant. Cette fois, elle ne m'avait pas envoyé de messages à travers des livres ou les vers d'une chanson. Je l'avais vue.

— Informe le garçon.

— Chut, Twyla ! a protesté Arelia en posant la main sur le bras de sa sœur.

— Mensonges ! a insisté cette dernière. Les mensonges permettent aux ténèbres de grandir. Dis-le au garçon. Dis-le-lui maintenant.

— De quoi parlez-vous ?

J'ai observé tour à tour Arelia et Twyla. Amma leur a lancé un coup d'œil qui a amené la seconde à secouer sa tête pleine de tresses.

— Écoute-moi bien, Ethan Wate, a poursuivi ma gouvernante d'une voix mal assurée. Tu n'es pas tombé du toit de la crypte. Du moins, pas comme nous te l'avons raconté.

— Quoi ?

Elle délirait. Et pourquoi évoquer l'anniversaire de Lena juste après ma rencontre avec le fantôme de ma défunte mère ?

— Tu n'es pas tombé, a-t-elle répété.

— Bien sûr que si, je suis tombé ! J'ai repris conscience par terre, allongé sur le dos.

— Non, ce n'est pas comme ça que tu t'es retrouvé couché sur le sol, a insisté Amma avant d'hésiter, puis d'enchaîner : C'était la maman de Lena. Sarafine t'a poignardé. (Elle m'a regardé droit dans les yeux.) Elle t'a tué. Tu es mort, et nous t'avons ressuscité.

« Elle t'a tué. »

Je me suis répété la phrase, et les pièces du puzzle se sont assemblées si vite que j'ai eu du mal à leur donner un sens. En revanche, elles ont donné un sens à… mon rêve. Ce n'en avait pas été un. Il avait été le souvenir de mon incapacité à respirer, à éprouver, à penser, à voir… La terre et les flammes qui avaient porté mon corps cependant que la vie s'en échappait…

— Ethan ? Est-ce que ça va ?

Si j'ai entendu Amma, elle m'a semblé très loin, aussi loin que cette nuit où je gisais à terre. J'aurais pu être sous terre, à présent, comme ma mère et Macon.

J'aurais dû.

— Ethan ?

Link me secouait. Mon corps était en proie à des sensations que je ne contrôlais pas et dont je ne voulais pas me souvenir. Le sang dans ma bouche, celui qui rugissait à mes tympans…

— Il perd connaissance.

Liv soutenait ma tête.

Il y avait la souffrance, le bruit et autre chose. Des voix. Des formes. Des gens.

J'étais mort.

J'ai glissé ma main sous mon tee-shirt, je l'ai fait courir sur la cicatrice qui entaillait mon ventre. Là où Sarafine avait plongé un couteau. J'avais eu tendance à oublier cette marque ; désormais, elle serait un rappel constant de la nuit où j'étais mort. M'est revenue à l'esprit la réaction de Lena lorsque je la lui avais montrée.

— Tu es toujours le même, Lena t'aime encore. C'est grâce à son seul amour que tu es ici maintenant.

La voix d'Arelia était tendre et pleine de sagesse. J'ai soulevé les paupières, et les silhouettes floues se sont transformées en personnes tandis que je redevenais moi-même. Mes idées étaient embrouillées. Rien n'avait plus de sens.

— Comment ça, c'est son amour qui explique ma présence ?

— C'est Lena qui t'a ramené parmi nous, a murmuré Amma, si bas que j'ai été contraint de tendre l'oreille. Nous l'avons aidée, moi et ta maman.

Les mots m'échappant, j'ai essayé de les dérouler de nouveau. Lena et Amma m'avaient ressuscité. Ensemble. Et, ensemble, elles me l'avaient caché jusqu'à cette nuit. J'ai frotté ma cicatrice. Elle avait l'air si vraie.

— Depuis quand Lena sait-elle ranimer les morts ? Et si elle le peut, pourquoi n'a-t-elle pas sauvé Macon ?

Amma m'a regardé. Je ne l'avais encore jamais vue aussi effrayée.

— Elle ne l'a pas fait toute seule. Elle a utilisé le Sortilège du Sceau. Celui du *Livre des lunes*. Celui qui lie la vie à la mort.

Lena s'était servie du *Livre des lunes*.

L'ouvrage qui avait frappé de malédiction Genevieve et toutes les générations à venir de la famille Duchannes, obligeant chacun des enfants à choisir entre Lumière et

Ténèbres à leur seizième anniversaire. L'ouvrage auquel avait recouru Genevieve afin de ressusciter Ethan Carter Wate, rien qu'une seconde, un acte qu'elle avait payé durant le reste de son existence.

J'étais incapable de réfléchir, et mon cerveau a recommencé à se recroqueviller, m'empêchant de suivre mes propres pensées. *Genevieve. Lena. Le prix.*

— Comment as-tu osé ?

Je leur ai échappé, je me suis éloigné du Cercle de Voyance. J'en avais assez vu.

— Je n'ai pas eu le choix, s'est défendue Amma, honteuse. Elle refusait de te laisser partir. Moi aussi, d'ailleurs.

Je me suis relevé avec difficulté, j'ai secoué la tête.

— Mensonge ! Elle n'aurait jamais fait ça.

Je savais que si, pourtant. Lena comme Amma. C'était exactement ce que l'une et l'autre auraient fait. J'en étais sûr, parce que moi également, à leur place, je l'aurais fait.

Ça n'avait plus d'importance, dorénavant.

C'était la première fois de toute ma vie que j'étais autant en colère contre Amma. Et aussi déçu par elle.

— Tu savais pertinemment que le *Livre* ne donnerait rien sans exiger quelque chose en retour. C'est toi qui me l'as appris.

— Oui.

— Lena va devoir payer pour ça, à cause de moi. Toi également.

J'avais l'impression que mon crâne allait se fendre en deux ou exploser. Une larme rebelle s'est coincée sur la joue d'Amma qui, plaquant deux doigts sur son front, a fermé les yeux. Sa propre version du signe de croix. Une prière silencieuse.

— Elle le paie déjà.

J'ai cessé de respirer.

Les prunelles de Lena. Le coup de force à la foire. La fuite en compagnie de John Breed. Les mots ont trouvé leur chemin tout seuls, alors même que je tentais de les ravaler.

— Elle devient Ténèbres par ma faute.

— Si elle devient Ténèbres, le *Livre* n'y est pour rien. Il a passé un marché différent avec elle.

Amma s'est interrompue comme si elle ne supportait pas de poursuivre.

— Lequel ?

— Il lui a donné une vie en échange d'une autre. Elle comme moi étions conscientes des conséquences. (Elle s'est raclé la gorge.) Nous ignorions seulement qu'il s'agirait de Melchizedek.

Macon.

Impossible !

« Une vie en échange d'une autre. Un marché différent. »

La mienne contre celle de Macon.

Tout était clair, maintenant. L'attitude de Lena ces derniers mois, la distance qu'elle avait mise entre nous, l'isolement dans lequel elle s'était enfermée, les reproches qu'elle s'était adressés pour la mort de Macon.

C'était vrai. Elle l'avait tué.

Pour me sauver.

J'ai repensé à son calepin et à la page envoûtée que j'y avais découverte. Qu'avaient raconté les mots ? Amma ? Sarafine ? Macon ? Le *Livre* ? La véritable histoire de cette nuit-là. Je me suis rappelé les poèmes qu'elle avait écrits sur ses murs. « Personne le défunt, / Personne le vivant. » Deux faces d'une même pièce de monnaie. Macon et moi.

« Rien de ce qui est vert ne perdure. » Des mois plus tôt, j'avais cru qu'elle avait commis une erreur en citant ce vers de Frost. Sauf que, bien sûr, ce n'était pas le cas. Elle parlait d'elle-même.

J'ai repensé à la souffrance qu'elle paraissait éprouver quand elle me regardait. Pas étonnant qu'elle se soit sentie coupable. Pas étonnant qu'elle se soit sauvée. Supporterait-elle un jour de me regarder de nouveau ? Lena avait fait tout ça pour moi. Ce n'était pas sa faute.

C'était la mienne.

Personne n'a moufté. Il était impossible de revenir en arrière, désormais. Pour aucun de nous. L'acte qu'avaient commis Lena et Amma cette nuit-là était irréversible. Je n'aurais pas dû être ici, et pourtant je m'y trouvais.

— C'est l'Ordre, on n'arrête pas l'Ordre.

Twyla a fermé les yeux, comme si elle captait un son que je n'entendais pas. Tirant un mouchoir de sa poche, Amma s'est essuyé le visage.

— Je suis désolée de ne pas te l'avoir dit, mais je ne le suis pas de l'avoir fait. C'était la seule solution.

— Tu ne comprends pas ! Lena croit qu'elle est en train de virer Ténèbres. Elle a fugué avec une espèce d'Enchanteur des Ténèbres ou d'Incube. À cause de moi, elle court un danger.

— Balivernes ! Cette gamine a fait son devoir parce qu'elle t'aime.

Arelia ramassait les offrandes jetées au sol – ossements, moineau, pierres de lune.

— Rien ne peut contraindre Lena aux Ténèbres, Ethan. Elle doit choisir de s'y vouer.

— Elle est pourtant convaincue d'être Ténèbres parce qu'elle a tué Macon. Elle pense que son sort a déjà été scellé.

— Ce qui n'est pas le cas, est intervenue Liv.

Elle s'était éloignée afin de ne pas s'immiscer dans notre intimité. Link était affalé sur un vieux banc de pierre, quelques pas derrière elle.

— Alors, il faut que nous la trouvions pour le lui dire, a-t-il conclu.

Il ne se comportait pas comme s'il venait de découvrir que j'étais mort et que j'avais ressuscité. Il se comportait comme si rien n'avait changé. Je suis allé m'asseoir à côté de lui.

— Tu vas bien ? m'a demandé Liv.

Liv. Je n'osais pas la regarder. J'avais été blessé, jaloux, et je l'avais entraînée au milieu du bazar de mon existence. Tout ça parce que j'avais cru que Lena ne m'aimait plus. Mais j'étais idiot, je m'étais trompé. Lena m'aimait tant qu'elle avait été prête à tout risquer pour me sauver. Je l'avais lâchée alors qu'elle ne m'avait pas abandonné. Je lui devais la vie. C'était aussi simple que ça.

Mes doigts se sont attardés sur un bas-relief gravé dans le rebord du banc. Des mots.

IN THE COOL, COOL, COOL
OF THE EVENING

La chanson de Johnny Mercer qui avait résonné dans Ravenwood le soir de ma première rencontre avec Macon. La coïncidence était de trop, surtout dans un monde où le hasard n'existe pas. C'était forcément un signe.

De quoi ? Qu'avais-je infligé à Macon ? Je n'arrivais même pas à imaginer ce qu'avait dû ressentir Lena en se rendant compte qu'elle l'avait perdu à ma place. Et si ma mère avait disparu dans ces conditions-là ? Aurais-je été capable de regarder Lena sans voir derrière elle ma défunte mère ?

— Donnez-moi une minute, ai-je lancé.

Me levant, j'ai décampé sur le sentier qui traversait les chênes, par le chemin que nous avions emprunté à l'aller. J'ai inhalé l'air nocturne, emplissant mes poumons à fond, simplement parce que je pouvais encore respirer. Lorsque je me suis enfin arrêté de courir, j'ai contemplé les étoiles et le ciel.

Lena était-elle en train d'observer le même firmament ou un autre qu'il ne me serait jamais donné de distinguer ? Nos lunes étaient-elles différentes à ce point ?

J'ai cherché l'Orbe Lumineux dans ma poche, afin qu'il m'indique comment la retrouver. Il s'en est abstenu. À la place, il m'a dévoilé quelque chose d'entièrement autre...

Macon n'avait jamais ressemblé à son père, Silas, ce dont tous deux étaient conscients. Il avait toujours été comme sa mère, plutôt. Arelia. Une puissante Enchanteresse de la Lumière dont son père s'était farouchement épris alors qu'il était étudiant à La Nouvelle-Orléans. Un peu comme lui et Jane s'étaient rencontrés à Duke et étaient tombés amoureux l'un de l'autre. À l'instar de Macon, son père avait aimé sa mère avant la Transformation. Avant que son grand-père persuade Silas qu'une relation avec une Enchanteresse de la Lumière était une abomination à l'encontre de leur espèce.

Il avait fallu des années au grand-père de Macon pour séparer les parents de ce dernier. Entre-temps, lui, Hunting et Leah étaient nés. Sa mère avait été obligée de recourir à ses pouvoirs d'Augure pour échapper à la rage de Silas et à son besoin incontrôlable de se nourrir. Elle avait fini par se réfugier à La Nouvelle-Orléans avec Leah. Silas ne l'aurait jamais autorisée à emmener ses fils.

Arelia était la seule vers qui Macon pouvait se tourner, désormais. La seule susceptible de comprendre qu'il était tombé amoureux d'une Mortelle. Le plus grand sacrilège pour ceux de son espèce, les Incubes Sanguinaires.

Les Soldats du démon.

Macon n'avait pas averti sa mère de son arrivée, mais elle l'attendrait. Émergeant des Tunnels, il plongea dans la douce chaleur d'une nuit estivale à La Nouvelle-Orléans. Les lucioles clignotaient dans l'obscurité, et le parfum des magnolias vous montait à la tête. Elle le guettait sur la véranda, occupée à tisser de la dentelle dans un vieux rocking-chair. Cela faisait si longtemps.

— J'ai besoin de ton aide, maman.

Posant son aiguille et son cercle, elle se leva.

— *Je sais. Tout est prêt, cher*[1].

Il n'existait qu'une chose suffisamment puissante pour arrêter un Incube, à l'exception de l'un de ses semblables.

Un Orbe Lumineux.

On datait ces objets du Moyen Âge, armes créées pour contrôler et emprisonner les plus forts des Nuisibles, les Incubes. Macon n'en avait encore jamais vu. Il en restait fort peu, et ils étaient presque impossibles à trouver.

Mais sa mère en possédait un, qui lui était indispensable.

Macon la suivit dans la cuisine. Elle ouvrit un petit placard qui servait d'autel aux esprits. Elle déballa un écrin en bois dont le pourtour comportait une inscription en Niadic, la langue ancestrale des Enchanteurs.

QUI LE CHERCHE TROUVERA
LA DEMEURE DE L'IMPIE
LA CLÉ DE LA VÉRITÉ

— *Ton père m'a donné ceci avant sa Transformation. La famille Ravenwood se l'est transmis de génération en génération. Ton grand-père soutient qu'il appartenait à Abraham en personne, et je le crois. Il est souillé par sa haine et son sectarisme.*

Soulevant le couvercle, elle mit au jour la sphère couleur ébène. Macon en ressentit l'énergie sans même qu'il lui soit nécessaire de le toucher – la macabre éventualité d'une éternité entre ces parois luisantes.

— *Il faut que tu comprennes bien, Macon. Une fois qu'un Incube est enfermé dans l'Orbe Lumineux, il ne peut plus en sortir de par sa seule volonté. Il ne peut qu'être relâché. Si tu offres celui-ci à une personne, assure-toi que tu es en mesure d'avoir une confiance pleine et entière en elle. Sinon, tu remettras entre ses mains plus que ta vie. C'est mille vies que tu lui*

---

1. En français dans le texte.

confieras. Car c'est ce à quoi ressemblerait une éternité, là-dedans.

Elle souleva la boîte plus haut, afin qu'il la vît, comme si, rien qu'en la regardant, il était en mesure d'en imaginer le confinement.

— Je comprends, mère. Jane est digne de confiance. Elle est la personne la plus honnête et la plus droite qu'il m'ait été donné de rencontrer. Et elle m'aime, en dépit de ce que je suis.

Arelia effleura la joue de son fils.

— Ce que tu es n'est en rien mauvais, cher[1]. Sinon, ce serait ma faute. C'est moi qui t'ai condamné à cette destinée.

Se penchant, Macon l'embrassa sur le front.

— Je t'aime, maman. Rien de tout cela n'est ta faute. C'est la sienne.

Celle de son père.

Silas était, pour peu que ce fût possible, une menace encore plus grande pour Jane qu'il ne l'était lui-même. Il était esclave du dogme prôné par le premier Incube Sanguinaire chez les Ravenwood, Abraham.

— Ne lui en veux pas, Macon. Tu ne sais pas comment était ton grand-père. Sa façon de harceler Silas pour le persuader de sa supériorité naturelle dévoyée. Le convaincre que les Mortels étaient en dessous des Enchanteurs comme des Incubes, simple source de sang destinée à satisfaire leur désir. Ton père a été endoctriné, comme son père avant lui.

Macon s'en moquait. Il avait cessé d'avoir pitié de son père il y avait fort longtemps, avait cessé de se demander ce que Silas avait pu avoir qui avait séduit sa mère.

— Dis-moi comment l'utiliser. Puis-je le toucher ?

Il avait avancé la main, l'avait retenue.

— Oui. La personne qui te touchera avec devra nourrir des intentions bien précises et, même alors, il sera impuissant sans le Carmen Defixionis.

---

1. En français dans le texte.

Dans la porte de la cave, Arelia prit une petite bourse, un sac à gri-gri, la meilleure protection que le vaudou offrait, puis descendit l'escalier sombre. Lorsqu'elle remonta, elle portait un objet enveloppé dans une toile poussiéreuse. Elle le posa sur la table, le déballa.

Le Responsum.

Littéralement, la Réponse.

Rédigée en Niadic, elle contenait toutes les lois régissant ceux de son espèce. C'était le livre le plus ancestral. Il n'en existait que quelques exemplaires à travers le monde. Sa mère en tourna soigneusement les pages cassantes, jusqu'à ce qu'elle atteigne la bonne.

— Carcer.

La Prison. Le dessin de l'Orbe Lumineux reproduisait à la perfection l'objet qui reposait dans son écrin de velours sur la table de la cuisine, près d'un ragoût d'écrevisses aux légumes intact.

— *Comment cela fonctionne-t-il ?*

— *C'est assez simple. La personne doit juste effleurer l'Orbe et l'Incube qu'elle souhaite emprisonner tout en prononçant le* Carmen. *L'Orbe s'occupe du reste.*

— *Le* Carmen *est-il dans le livre ?*

— *Non, il est beaucoup trop puissant pour qu'on le confie à des mots écrits. Il te faut l'apprendre de quelqu'un qui le connaît et le retenir par cœur.*

Arelia baissa la voix comme si elle craignait qu'on ne l'espionne avant de murmurer les mots susceptibles de condamner son fils à une éternité de malheur.

— Comprehende, Liga, Cruci Fige.

Capture, Encage, Crucifie.

Puis elle referma la boîte et la tendit à Macon.

— *Sois prudent. L'Orbe Lumineux est doté de pouvoir, et le pouvoir recèle la Nuit.*

— *Je te le promets, répondit Macon en lui baisant le front.*

Il se tourna, prêt à partir, mais sa mère le rappela.

— *Tu auras aussi besoin de cela.*

Elle rédigea quelques lignes sur un parchemin.

— Qu'est-ce ?

*— La seule clé ouvrant cette porte, répondit-elle en dési-
gnant l'écrin coincé sous le bras de Macon. Le seul chemin permettant de ressortir de là.*

J'ai ouvert les yeux. J'étais allongé par terre sur le dos,
les étoiles au-dessus de ma tête. L'Orbe Lumineux avait
appartenu à Macon, Marian me l'avait dit. J'ignorais où
était l'oncle de Lena, dans l'Autre Monde ou une espèce de
paradis pour Enchanteurs. Je ne savais pas pourquoi il me
montrait tout cela, mais, si j'avais appris quelque chose
cette nuit, c'est que rien n'arrivait sans une bonne raison.

Il me fallait déterminer laquelle avant qu'il soit trop
tard.

Nous étions toujours dans le cimetière de Bonaventure,
bien que nous nous soyons rapprochés du portail. Je n'ai
pas pris la peine d'annoncer à Amma que je ne rentrais
pas avec elle, elle semblait l'avoir deviné.

— Nous ferions mieux de partir.

J'ai enlacé Amma. Elle m'a serré les mains, fort.

— Un pas à la fois, Ethan Wate. Ta maman a beau affirmer que tu dois te presser, je te préviens que je surveillerai
chacune de tes étapes.

J'avais conscience de la difficulté qu'elle avait à me laisser m'en aller au lieu de me punir et de m'envoyer droit
dans ma chambre jusqu'à la fin de mes jours.

Les choses allaient vraiment mal ; cela en était la
preuve.

Arelia a avancé pour déposer quelque chose dans ma
paume. Une petite poupée comme celles que fabriquait
Amma. Un charme vaudou.

— J'ai foi en ta mère et en toi, Ethan. C'est ma façon de
te souhaiter bonne chance. Ça ne va pas être facile.

— Ce qui est bien et ce qui est facile sont rarement la même chose.

J'ai répété les mots que ma mère m'avait serinés des centaines de fois. Mon moyen à moi de l'invoquer. Twyla a effleuré ma joue de son doigt osseux.

— Vérité dans les deux mondes. Perdre pour gagner. Nous ne sommes pas longtemps sur cette terre, *cher*[1].

Un avertissement, à croire qu'elle était au courant d'une chose que j'ignorais. Après ce dont j'avais été témoin, ça ne m'aurait pas étonné du tout. Amma m'a étouffé entre ses bras maigres dans une ultime embrassade.

— Je te donnerai de la chance à ma manière, a-t-elle chuchoté avant de se tourner vers Link : Wesley Jefferson Lincoln, tu as intérêt à revenir entier, sinon, j'irai raconter à ta maman ce que tu fabriquais dans ma cave quand tu avais neuf ans. Compris ?

La menace si familière a arraché un sourire à mon copain.

— Oui, madame.

Amma n'a rien dit à Liv, se bornant à un bref signe de tête à son adresse. Sa façon de montrer où se situait sa loyauté. Maintenant que j'avais appris ce que Lena avait fait pour moi, je n'avais aucun doute sur ce qu'éprouvait Amma envers elle. Ma gouvernante s'est éclairci la gorge.

— Les gardiens sont partis, mais Twyla ne pourra pas les tenir à distance éternellement. Filez !

J'ai poussé la grille en fer forgé et me suis éloigné, Link et Liv sur mes talons.

J'arrive, L. Que tu veuilles ou non de moi.

---

1. En français dans le texte.

19 juin
TOUT EN BAS

Aucun d'entre nous n'a pipé mot sur le trajet nous ramenant vers le parc et le portail de Savannah. Nous avions décidé de ne pas courir le risque de retourner chez Caroline, dans la mesure où tante Del était là-bas et refuserait à coup sûr de nous laisser continuer sans elle. Par ailleurs, nous n'avions rien à dire d'intéressant. Link s'échinait à hérisser ses cheveux sans l'aide de gel, et Liv consultait son sélénomètre, griffonnant à deux reprises dans son calepin rouge.

Les bonnes vieilles habitudes.

Sauf que les habitudes avaient un peu changé ce matin-là, dans l'obscurité lugubre qui précède l'aube. Mon esprit se débattait, et j'ai trébuché de nombreuses fois. Cette nuit avait été pire qu'un cauchemar. Je n'arrivais pas à me réveiller. Je n'avais même pas besoin de fermer les yeux pour voir le rêve, Sarafine et le couteau, Lena m'appelant.

J'étais mort.

Qui sait combien de temps ?

Quelques minutes ?

Des heures ?

Sans Lena, j'aurais été enfoui dans la terre de Son Jardin du Repos Éternel. Le deuxième cercueil en cèdre hermétiquement clos de notre concession.

Avais-je éprouvé quelque chose ? Vu quelque chose ? Cela m'avait-il transformé ? J'ai caressé la ligne dure de ma cicatrice sous le coton de mon tee-shirt. Était-ce vraiment ma cicatrice ou était-ce le souvenir d'un événement dont avait été victime l'autre Ethan Wate, celui qui n'avait pas été ressuscité ?

Tout cela était confus, flou comme les rêves que Lena et moi avions partagés ou la différence entre les deux ciels que Liv m'avait montrée, la nuit où l'étoile du Sud avait disparu. Quelle part, là-dedans, était réelle ? Avais-je su, inconsciemment, ce que Lena avait fait ? L'avais-je deviné derrière tout ce qui s'était produit d'autre entre nous ?

Si elle avait appris à l'avance quel serait le marché, aurait-elle pris une autre décision ?

Je lui devais la vie, mais ça ne me rendait pas heureux. Je n'éprouvais que la cassure. La peur de la terre, du néant et de la solitude. La perte de ma mère et de Macon, celle aussi, d'une certaine façon, de Lena. Autre chose encore.

Le chagrin paralysant et l'incroyable culpabilité d'être celui qui avait survécu.

Forsyth Park était inquiétant, à l'aurore. Je l'avais toujours connu grouillant de badauds. Sans eux, j'ai presque eu du mal à localiser l'entrée des Tunnels. Ni sonnettes de vélo, ni visiteurs ; ni chiens miniatures, ni jardiniers taillant les azalées. J'ai songé à toutes les personnes vivantes qui s'y promèneraient aujourd'hui.

— Tu l'as loupée ! m'a lancé Liv en me retenant par le bras.

— Quoi ?

— La porte. Tu l'as dépassée.

Elle avait raison. Nous avions doublé l'arche avant que je l'identifie. J'avais presque oublié de quelle manière subtile fonctionnait le monde des Enchanteurs, toujours caché à la vue de tous. À moins de chercher ce portail, on ne le trouvait pas. L'arche le maintenait dans une pénombre permanente, sans doute grâce au stratagème d'un sorti-lège quelconque. Link a aussitôt entrepris de faire levier avec ses cisailles, forçant le battant qui a cédé avec un gémissement. Les recoins ombreux du souterrain m'ont paru encore plus noirs après ce petit matin d'été.

— Je suis ahuri que nous parvenions à forcer ces entrées, ai-je commenté.

— J'y réfléchis depuis que nous avons quitté Gatlin, a répondu Liv. Je crois au contraire que c'est parfaitement logique.

— Logique d'ouvrir un portail enchanté avec de fichues cisailles de jardin ?

— C'est ça, la beauté de l'Ordre des Choses. Je te le répète, il y a l'univers magique et l'univers matériel.

Elle a regardé le ciel. Je l'ai imitée.

— Comme il existe deux firmaments, ai-je complété.

— Exactement. Aucun n'a plus de réalité que l'autre. Ils coexistent.

— Donc, un outil rouillé est capable de s'attaquer à une porte magique ?

J'ignore pourquoi je m'en étonnais.

— Pas toujours. Mais là où les deux univers se ren-contrent, tu trouveras toujours une sorte de couture. Pigé ?

C'était si évident, pour elle. J'ai acquiescé.

— Je me demande si une force dans un monde corres-pond à une faiblesse dans l'autre, a-t-elle enchaîné, se par-lant autant à elle qu'à moi.

— Genre, Link arrive à desceller cette entrée parce qu'un Enchanteur n'y parviendrait pas ?

L'aisance avec laquelle Link venait à bout de ces obsta-cles me semblait suspecte. En même temps, Liv ignorait qu'il crochetait les serrures depuis que sa mère lui avait imposé son premier couvre-feu, vers l'âge de dix ans.

— Peut-être. À moins que l'Orbe Lumineux n'y soit pour quelque chose.

— Ou alors, c'est parce que je suis un tombeur de première, a suggéré Link en roulant des mécaniques.

— Ou encore les Enchanteurs qui ont creusé ces Tunnels il y a des siècles n'ont pas songé que des cisailles de jardin en auraient raison, ai-je dit.

— Parce qu'ils étaient trop préoccupés par mon extrême virilité dans ces deux univers, a riposté Link en rangeant son outil dans sa ceinture. Les dames d'abord.

— Ben voyons ! a ironisé Liv en s'engouffrant dans le souterrain.

Nous avons descendu les marches, enveloppés par l'air stagnant du passage. Tout était silencieux, nos pas eux-mêmes ne produisaient aucun écho. La quiétude nous est tombée dessus, épaisse, lourde. L'atmosphère sous le monde des Mortels était dénuée de l'apesanteur qui régnait à la surface.

Nous avons débouché sur le même chemin sombre qui nous avait menés à Savannah, celui qui s'était scindé en deux directions : la rue obscure peu avenante dans laquelle nous nous trouvions, et le sentier lumineux traversant la prairie. Juste devant nous, l'enseigne du motel clignotait. Un peu plus vite, maintenant. C'était la seule différence.

Ça, et Lucille roulée en boule juste en dessous, son poil éclairé par intermittence. En nous voyant, elle a bâillé, s'est levée lentement, étirant une patte après l'autre.

— Tu deviens de plus en plus taquine, Lucille.

S'accroupissant, Link lui a grattouillé les oreilles. La chatte a miaulé – ou grogné, tout dépendait de votre façon de l'envisager.

— Mais je te pardonne, a ajouté Link, pour lequel n'importe quelle réaction équivalait à un compliment.

— Et maintenant ? ai-je lancé.

— L'escalier pour l'enfer ou le chemin de briques jaunes ? a rigolé Link en se relevant. Pourquoi ne secoues-tu pas ta boule, des fois qu'elle soit prête à rejouer ?

J'ai tiré l'Orbe Lumineux de ma poche. Il chatoyait toujours, mais la couleur émeraude qui nous avait conduits à Savannah avait disparu, remplacée par un bleu vif comme celui des photos satellites de la Terre. Liv a mis son doigt dessus, la teinte s'est intensifiée à son contact.

— Le bleu me paraît bien plus brillant que le vert, a-t-elle souligné. À mon avis, la sphère est en train de gagner en puissance.

— Ou alors, ce sont tes superpouvoirs, mec ! s'est exclamé Link en m'assenant une telle claque dans le dos que j'ai failli lâcher l'Orbe.

— Et tu te demandes pourquoi ce truc a arrêté de marcher ? ai-je râlé en m'écartant, agacé.

— Essaie de lire dans mon esprit. Non, attends. Vole !

— Ça suffit, les bêtises ! l'a réprimandé Liv. Tu as entendu la mère d'Ethan ? Nous n'avons pas beaucoup de temps. Que l'Orbe Lumineux fonctionne ou non, nous avons besoin d'une réponse.

Link s'est raidi. Le contrecoup de ce dont nous avions été témoins au cimetière pesait de tout son poids sur nous, à présent. Notre tension commençait à se manifester.

— Chut ! Écoutez…

J'ai avancé d'un pas dans le souterrain tapissé d'herbe. Les gazouillis des oiseaux nous étaient désormais audibles. Soulevant l'Orbe, j'ai retenu mon souffle. Je n'aurais rien eu contre s'il avait noirci et nous avait envoyés sur l'autre route, celle de la pénombre, celle des escaliers de secours rouillés zigzaguant le long des immeubles obscurs, celle des portes anonymes. L'essentiel était qu'il nous fournisse une indication.

Pas cette fois, hélas !

— Essaie l'autre côté, a suggéré Liv sans quitter des yeux la sphère.

J'ai rebroussé chemin.

Rien.

Ni Orbe Lumineux ni Pilote. En effet, au plus profond de moi, j'avais conscience que j'aurais été incapable de m'orienter sans l'objet, surtout ici dans les Tunnels.

— J'imagine que nous avons notre réponse, ai-je soupiré en le rempochant. C'est fichu.

— Génial ! a commenté Link en se lançant sur le sentier ensoleillé sans plus réfléchir.

— Où vas-tu ?

— Sans vouloir te vexer, si tu n'as pas la moindre idée du chemin à emprunter, je préfère éviter d'aller par là-bas, a-t-il riposté en matant la rue ténébreuse. De toute façon, nous sommes paumés, non ?

— Pas mal raisonné, oui.

— En même temps, si tu envisages le problème de l'autre côté, nous avons vingt-cinq pour cent de chances de tomber juste. (Je ne me suis pas donné la peine de corriger ses calculs.) Donc, je propose qu'on tente le coup avec le magicien d'Oz en nous disant que la situation s'améliorera forcément. Qu'avons-nous à perdre, hein ?

Il était difficile de contrer la logique biaisée de Link quand il commençait à raisonner.

— Vous avez une meilleure idée ?

Liv a secoué la tête.

— Aussi choquant que ça paraisse, non, a-t-elle admis.

Conséquence, nous sommes partis vers Oz.

Le souterrain semblait effectivement tout droit sorti d'un des vieux bouquins pour enfants de L. Frank Baum ayant appartenu à ma mère. Les saules étendaient leur ramure au-dessus du chemin de terre, et le ciel était clair, bleu, infini. La paix qui régnait ici a eu un effet contraire sur moi, qui m'étais habitué aux ombres. Le sentier était trop idyllique. Je m'attendais à ce qu'une Ire nous tombe dessus à tout instant.

Ou à ce qu'une maison me dégringole sur la tête.

Ma vie avait pris un tour plus étrange que j'aurais pu l'imaginer. Qu'est-ce que je fichais sur cette route ? Où allais-je, en vérité ? Qui étais-je pour m'engager dans une bataille entre des pouvoirs que je ne comprenais pas, armé d'une chatte fugueuse, d'un batteur si mauvais qu'il en était unique, d'une paire de cisailles de jardin et d'un Galilée version adolescente qui buvait de l'Ovomaltine ?

Tout ça pour sauver une fille qui ne voulait pas qu'on la sauve ?

— Hé, attends, espèce d'idiot de chat !

Link a galopé derrière Lucille qui s'était instaurée chef de meute et sinuait devant nous comme si elle savait très exactement où nous nous rendions. Ce qui était drôle, car moi, je l'ignorais.

Deux heures plus tard, sous un soleil toujours aussi resplendissant, j'étais de plus en plus mal à l'aise. Liv et Link marchaient devant moi, manière pour Liv de m'éviter ou, du moins, de fuir le problème. Difficile de le lui reprocher. Elle avait vu ma mère et entendu Amma. Elle savait ce que Lena avait fait pour moi, et que ça expliquait son comportement erratique et Ténébreux. Rien de ce qui s'était produit n'avait changé, sauf les raisons de ce qui s'était produit. Pour la seconde fois cet été, une fille à laquelle je tenais – qui tenait à moi – ne supportait pas ma présence. À la place, elle passait son temps avec Link, lui apprenant des insultes britanniques et faisant semblant de rire à ses blagues.

— Ta piaule est une caverne. Ta bagnole est crasseuse, cradingue peut-être.

Elle se moquait de lui, mais le cœur n'y était pas.

— Qu'en sais-tu ?

— Il me suffit de te regarder.

Sa voix était distante. Charrier Link n'était pas une distraction assez puissante.

— Et moi ? a-t-il demandé en passant une main dans ses tifs pour s'assurer qu'ils se dressaient bien droit sur son crâne.

— Voyons un peu… Tu es un crétin, une andouille.

Liv a eu un sourire forcé.

— Pas mal, hein ? a répondu Link.

— Super. Le mieux qui soit.

Sacré vieux Link ! Son charme dénué de charme, sa marque de fabrique, réussissait à sauver presque toutes les situations sociales désespérées.

— Vous avez entendu ?

Liv s'est arrêtée. D'ordinaire, quand je captais une chanson, j'étais le seul, et c'était celle de Lena. Cette fois, nous l'avons tous perçue, et elle était à des années-lumière de la voix hypnotique de *Dix-sept Lunes*. On chantait mal, on aurait cru un animal à l'agonie. Lucille a miaulé, le poil hérissé.

— Qu'est-ce que c'est ? a marmonné Link en scrutant les alentours.

— Aucune idée. On dirait presque…

Je me suis interrompu.

— Quelqu'un qui a des ennuis ? a suggéré Liv, en posant une main protectrice sur son oreille.

— Je pensais plutôt à *Leaning over the Everlasting Arms*.

C'était un vieux cantique que les Sœurs chantaient à l'église.

Je me trompais à peine. En effet, au détour du chemin, nous sommes tombés sur tante Prue qui venait à notre rencontre au bras de Thelma. Elle s'égosillait comme si elle était à la messe du dimanche. Habillée de sa robe blanche à fleurs et gantée de blanc, elle avançait en traînant des pieds dans ses chaussures orthopédiques beiges. Harlon James gambadait derrière elles, un tout petit peu moins gros que le sac à main en cuir verni de sa maîtresse. Une balade pour ces trois-là par un bel après-midi ensoleillé.

Lucille a de nouveau miaulé et s'est assise au milieu du sentier. Derrière elle, Link s'est gratté l'oreille.

— Bon sang, j'hallucine ou quoi ? a-t-il ronchonné. Parce que ça ressemble drôlement à ta cinglée de tante et à son sac à puces de clebs.

Je ne lui ai pas répondu tout de suite, trop occupé à soupeser les chances que ceci soit un piège tendu par un Enchanteur. Nous allions nous rapprocher, puis Sarafine émergerait de la peau de ma tante et nous tuerait tous les trois.

— C'est peut-être Sarafine, ai-je murmuré, réfléchissant à voix haute, en quête d'un brin de logique dans ce qui était complètement illogique.

— Je ne crois pas, a objecté Liv. Si les Cataclystes sont à même de se projeter dans le corps des autres, ils ne peuvent pas habiter deux personnes en même temps. Trois si tu comptes le chien.

— C'est ridicule de compter ce cabot ! a grimacé Link.

Une partie de moi, la plus grande, avait envie de filer et d'essayer de comprendre plus tard. Malheureusement, elles nous avaient vus. Tante Prue, ou la créature qui en avait pris l'apparence, a agité la main.

— Ethan !

Link m'a interrogé du regard.

— Est-ce qu'on décampe ?

— Te dénicher a été p'us dur que d'ramener un troupeau d'chats à la bergerie, a crié tante Prue en avançant aussi vite que ses jambes le lui permettaient.

Lucille a miaulé en penchant la tête.

— Traîne pas, Thelma !

Même de loin, il était impossible de ne pas reconnaître la démarche bancale et le ton commandeur.

— Non, ai-je répondu. C'est bien elle.

Il était trop tard pour fuir, de toute façon.

— Mais comment ont-elles atterri ici ? a marmonné Link, aussi stupéfait que moi.

Apprendre que Carlton Eaton livrait le courrier de la *Lunae Libri* était déjà difficile à avaler, mais voir ma grand-tante centenaire se balader dans les Tunnels en habits du dimanche était carrément indigeste.

Tante Prue a enfoncé sa canne dans l'herbe afin de monter le terrain légèrement pentu.

— Wesley Lincoln ! a-t-elle braillé. Est-ce que tu as l'intention de rester planté là à r'garder une vieille dame s'échiner à en mourir ou vas-tu ramener tes fesses par ici pour m'aider à 'scalader c'te colline ?

— Non, madame. Oui, madame.

Dans sa précipitation, Link a failli se casser la figure. Il a couru soutenir tante Prue par un bras. Je me suis emparé de l'autre.

Le choc commençait à s'estomper.

— Comment es-tu descendue ici, tante Prue ?

— Comme toi, c'te blague ! J'ai passé par l'une de ces portes. Y en a une juste derrière l'église des Baptistes missionnaires. Je m'en servais pour sécher le cathéchis' quand j'étais p'us p'tiote que toi.

— Mais comment as-tu appris l'existence des Tunnels ?

Ça m'échappait. Nous avait-elle suivis ?

— J'ai parcouru ces Tunnels p'us souvent qu'un pécheur a juré de p'us biberonner. Tu croyes donc êt' le seul à savoir ce qui se trame sous c'te ville ?

Elle savait. Elle était l'un d'eux, à l'instar de ma mère, de Marian et de Carlton Eaton, ces Mortels qui, à un moment ou à un autre, étaient devenus des éléments de l'univers des Enchanteurs.

— Est-ce que tante Grace et tante Charity sont au courant ?

— 'videmment que non ! Ces deux pipelettes savent pas p'us garder un secret qu'un mari ! C'est pourquoi mon papa, y me l'a dit qu'à moi. Et je l'ai répété à personne, sauf à la Thelma.

Cette dernière lui a affectueusement tapoté le bras.

— Juste parce qu'elle n'arrivait plus à descendre les escaliers toute seule.

La remarque lui a valu un bon coup de mouchoir sur la main.

— Raconte donc pas de bêtises, Thelma ! Tu sais ben que c'est pas vrai.

— Le professeur Ashcroft ne vous a pas envoyée à nos trousses ? s'est inquiétée Liv.

Tante Prue a eu un reniflement méprisant.

— Alors ça, personne m'envoye nulle part ! Ch'uis trop vieille pour ça. Ch'uis venue toute seule. Et toi, Ethan, t'as intérêt à prier pour que l'Amma, e' vient pas te chercher ici. Elle fait bouillir des os depuis que t'es parti.

Si seulement elle s'était doutée...

— Alors, pourquoi es-tu ici, tante Prue ?

Elle avait beau être dans la confidence, les Tunnels n'étaient pas franchement un endroit sûr pour une dame âgée.

— J't'ai porté ça.

Elle a ouvert son sac à main et l'a tendu pour que nous regardions dedans. Sous une paire de ciseaux à couture, des bons de réduction et une bible de poche, il y avait une épaisse liasse de papiers jaunis soigneusement pliés.

— Allez, prends-y !

Plutôt me poignarder avec ses ciseaux. Il était hors de question que je fouille dans le sac de ma grand-tante. Ça aurait été la violation la plus grave de l'étiquette sudiste. Liv a d'ailleurs paru comprendre le problème.

— Permettez ?

Si ça se trouve, les hommes britanniques ne mettaient pas leur nez non plus dans les sacs des femmes.

— C'est pour ça que je les ai am'nés !

Liv a doucement récupéré les documents.

— Ils sont drôlement anciens, a-t-elle commenté avant de les ouvrir avec délicatesse sur l'herbe tendre. Non ! Ne me dites pas que c'est ce que je crois être !

Je me suis penché pour les étudier. On aurait dit des schémas ou des plans d'architecte. Ils avaient été tracés par de nombreuses mains différentes, dans de nombreuses couleurs différentes. On avait pris la peine de les dessiner en respectant une sorte de grille millimétrée, et la moindre ligne était bien droite et respectait parfaitement l'échelle. Liv a aplati les feuilles. De longues lignes en croisaient d'autres.

— Tout dépend de c'que tu croyes que c'est.

— Des plans des Tunnels, a répondu Liv, les mains tremblantes. Excusez-moi, mais où les avez-vous eus, madame ? Je n'en ai jamais vu, même pas dans la *Lunae Libri*.

Tante Prue a déballé un bonbon à la menthe rayé rouge et blanc.

— C'est mon papa qui me les a donnés, comme mon grand-papa les lui avait donnés. Y sont vieux comme le monde.

J'en étais coi. Lena avait eu beau soutenir que ma vie serait normale sans elle, elle s'était fourvoyée. Malédiction ou pas, mon arbre généalogique était intimement mêlé à celui des Enchanteurs.

Et à leurs cartes, heureusement pour nous.

— Y sont loin d'êt' finis. J'étais une sacrée dessinatrice, dans ma jeunesse, mais l'arthrite a eu raison de moi.

— J'ai essayé de m'y mettre, est intervenue Thelma, penaude, sauf que je n'ai pas le don de ta tante.

Cette dernière a agité son mouchoir, feignant la modestie.

— C'est toi qui les as dessinés ? me suis-je exclamé.

— J'ai participé, a-t-elle répondu en se rengorgeant de fierté.

— Mais comment ? a marmonné Liv. Les Tunnels s'étendent à l'infini.

— Petit à petit. Ces plans montrent pas tout. Surtout la Caroline et un peu de la Géorgie. On est pas allées plus loin.

C'était incroyable. Par quel miracle ma fofolle de tante avait-elle réussi à établir des cartes des Tunnels ?

— Comment t'y es-tu prise pour que tante Grace et tante Charity ne découvrent pas le pot aux roses ?

Je ne me souvenais pas que ces trois-là aient jamais été séparées. Elles étaient même collées les unes aux autres comme un monstre tricéphale.

— On a pas tout le temps vécu ensemb', Ethan, a riposté tante Prue avant de baisser la voix, des fois que ses sœurs l'espionnent. Et p'is, les jeudis, je joue pas vraiment au bridge.

J'ai tenté de l'imaginer en train de tracer ses lignes pendant que le reste des FRA tapaient le carton au sein du club du troisième âge.

— Prends-y. Je croye que t'en auras besoin si t'as l'intention de rester ici. On se perd pas mal, au bout d'un moment. Y a des jours, j'étais si tant désorientée que j'arrivais à peine à r'tourner en Caroline du Sud.

— Merci, tante Prue, mais...

Je me suis interrompu, ne sachant comment m'expliquer. L'Orbe Lumineux, les visions, Lena et John Breed, la Grande Barrière, la lune en avance et l'étoile manquante. Sans parler des indications démentielles au poignet de Liv. Et encore moins de Sarafine et d'Abraham. Ce n'était pas là une histoire pour l'une des citoyennes les plus vieilles de Gatlin.

Tante Prue a agité son mouchoir sous mon nez.

— Zêtes perdus comme des agneaux égarés au beau milieu d'un méchoui ! À moins que tu veux finir ent' deux tranches de pain, t'as intérêt à m'écouter.

— Oui, madame.

Je pensais avoir deviné la leçon qui allait suivre, mais je me suis autant fourvoyé que Savannah Snow vêtue d'une robe sans manches et mâchant du chewing-gum au milieu de la chorale de l'église.

— Bon, tu m'écoutes, hein ? a repris tante Prue en pointant son maigre index sur moi. Carlton est v'nu r'nifler par chez nous pour voir ce que j'savais à propos de que'qu'un qu'aurait franchi une porte d'Enchanteurs au champ de foire. P'is voilà-t'y pas qu'il m'dit que la p'tiote Duchannes, l'a disparu, que toi et Wesley zavez déguerpi, et que la gamine qui vit avec Marian, tu sais, celle qui met du lait dans son thé, personne l'a vue non p'us. J'ai trouvé que ça f'sait ben beaucoup de hasards. Même pour Gatlin.

Rien de très surprenant que Carlton ait répandu l'information.

— Bref, y te faut ces trucs, et j'veux que tu y prends. Moi, j'ai pas le temps pour toutes ces bêtises.

J'imagine que oui, en effet. Elle savait très bien ce que nous mijotions, qu'elle l'admette ouvertement ou non.

— J'apprécie vraiment que tu t'inquiètes pour nous, tante Prue.

— Pff ! Je m'inquiète pas. Du moment que t'as ces cartes. (Elle m'a tapoté la main.) Tu la trouveras, c'te Lena Du-channes aux yeux dorés. Même les 'cureils aveugles finissent que'quefois par se dégoter une noisette.

— J'espère, madame.

Après une dernière caresse sur ma main, elle a récupéré sa canne.

— Bon, ben, arrête de jacasser avec des vieilles dames et va te fourrer dans les ennuis tout de suite, comme ça, y t'en restera moins pour p'us tard. À la grâce de Dieu et tout le bataclan !

Sur ce, elle s'est éloignée avec Thelma. Lucille leur a couru après un instant, la clochette de son collier tintinnabulant sous le soleil. S'arrêtant, tante Prue a souri.

— J'vois que t'as encore la chatte. J'attendais le bon moment pour la détacher de c'te corde à linge. Elle connaît que'ques petits trucs, tu verras. T'as pas perdu sa médaille, hein ?

— Non, madame, elle est dans ma poche.

— Y te faut un de ces anneaux pour l'accrocher à son collier. J't'en donnerai un.

Déballant un second bonbon, elle l'a laissé tomber devant le museau de Lucille.

— Pardon de t'avoir traitée de déserteur, ma vieille. Mais sinon, Charity t'aurait jamais laissée partir, tu sais ?

La chatte a reniflé la friandise.

— Bonne chance, beau gosse ! m'a lancé Thelma en m'adressant son sourire à la Dolly Parton[1].

Je les ai regardées redescendre la colline en m'interrogeant sur ce que j'ignorais encore au sujet de ma famille. Qui donc avait l'air sénile et fou mais surveillait le moindre de mes gestes ? Qui d'autre protégeait les parchemins et les secrets des Enchanteurs pendant ses loisirs ou dessinait un univers dont la plupart des habitants de Gatlin ne soupçonnaient pas l'existence ?

Lucille a léché le bonbon. Si elle savait, elle n'a rien dit.

— OK, on a une carte, maintenant. Ça va nous aider, hein, MJ ?

La rencontre avec tante Prue et Thelma avait eu le don d'améliorer l'humeur de Link.

— Liv ?

Elle ne m'a pas entendu. Elle feuilletait les pages de son calepin tout en traçant d'un doigt un itinéraire sur les plans.

---

1. Célébrissime chanteuse et compositrice de *country* originaire du Tennessee.

— Voici Charleston, et ça, c'est sûrement Savannah. Si on part du principe que l'Orbe Lumineux nous a indiqué le sud, la direction de la côte...

— Pourquoi la côte ? l'ai-je coupée.

— Plein sud. Comme si nous suivions l'étoile du Sud, je te rappelle. (Elle s'est redressée, frustrée.) Il y a tant de routes de traverse. Nous ne sommes qu'à quelques heures du portail de Savannah, ce qui pourrait signifier n'importe quoi, ici.

Elle avait raison. Si le temps et les lois de la physique s'appliquant à la surface du sol ne correspondaient pas exactement à ceux qui régissaient les entrailles de la terre, qui était en mesure de dire si nous n'étions pas en Chine en ce moment même ?

— De toute façon, quand bien même nous saurions où nous sommes, cela nous prendrait des jours pour localiser l'endroit sur la carte. Or nous sommes pressés.

— Eh bien, autant nous y mettre tout de suite. C'est tout ce que nous avons.

Ce qui était au moins quelque chose, quelque chose qui donnait l'impression que nous allions peut-être réussir à localiser Lena. Était-ce parce que je croyais pouvoir compter sur les plans ou parce que j'avais confiance en mes capacités ? Je n'en savais rien.

Ce qui n'avait pas d'importance, du moment que je retrouvais Lena à temps.

À la grâce de Dieu et tout le bataclan.

19 juin
VILAINE FILLE

Mon optimisme n'a pas duré. Plus je pensais à retrouver Lena, plus je pensais à John. Et si Liv avait raison ? Si Lena ne redevenait jamais la fille dont j'avais gardé le souvenir ? S'il était déjà trop tard ? Je me suis rappelé les volutes noires sur ses mains.

J'y songeais encore lorsque les mots ont flotté dans ma tête. D'abord faibles. Un instant, j'ai cru que c'était la voix de Lena. Puis la mélodie bien connue a retenti, et j'ai compris que je me trompais.

> *Dix-sept lunes, dix-sept ans,*
> *Sais ta pert', restent les pleurs*
> *Il paraît et tu l'attends*
> *Dix-sept lunes, dix-sept pleurs...*

Mon Air Occulte. Je me suis efforcé de saisir le message que ma mère me transmettait. « Tu n'as pas beaucoup de temps. » Ses paroles ont secoué mon cerveau. « Il paraît et tu l'attends... » S'agissait-il d'Abraham ? Et si oui, qu'étais-je censé faire ? J'étais tellement absorbé dans mes réflexions que je ne me suis pas rendu compte tout de suite que Link me parlait.

— Tu as entendu ça ?

— La chanson ?

— Quelle chanson ?

D'un signe, il nous a ordonné de nous taire. Il avait perçu autre chose. Des feuilles sèches qui craquaient derrière nous et le sifflement bas du vent. Sauf qu'il n'y avait pas un souffle d'air.

— Je ne… a commencé Liv.

— Chut ! lui a intimé Link.

Elle a levé les yeux au ciel.

— Tous les mecs américains sont-ils aussi courageux que vous deux ?

— Moi aussi, j'ai entendu un truc.

J'ai inspecté les environs, sans rien déceler, pas même une créature vivante. Lucille a pointé les oreilles en l'air. Puis c'est arrivé si vite qu'il m'a été impossible d'en suivre le déroulement. Parce que ce n'était pas une créature vivante que j'avais perçue.

C'était Hunting Ravenwood, le frère de Macon – son assassin.

La première chose que j'ai vue a été le sourire menaçant et inhumain de Hunting. Il s'est matérialisé à quelques pas de nous, si rapide qu'il n'a d'abord été qu'une image floue. Un deuxième, puis un troisième (et ainsi de suite) Incube ont surgi à leur tour de nulle part, l'un après l'autre, tels les maillons d'une chaîne qui s'est tendue, nous encerclant.

Tous étaient des Incubes Sanguinaires, identiques prunelles noires et canines ivoirines. Sauf un. Larkin, le cousin de Lena et laquais de Hunting, arborait un long serpent marron enroulé autour du cou. L'animal avait les mêmes yeux jaunes que lui. Larkin a hoché la tête en direction du reptile qui glissait le long de son bras.

— Un crotale. Une vilaine petite bête. Vous n'aimeriez pas qu'il vous morde. Mais il y a tant de façons d'être mordu.

— Je suis bien d'accord, a ricané Hunting en dévoilant ses crocs.

Un animal à l'air enragé était tapi derrière lui. Il avait le mufle d'un saint-bernard, mais les gros yeux tristes étaient remplacés par des iris jaunes et durs. Le poil de son cou était hérissé, pareil à celui d'un loup. Apparemment, Hunting avait décidé d'adopter un chien (si c'en était bien un).

Agrippant mon bras, Liv a planté ses ongles dans ma peau. Elle avait le regard rivé sur Hunting et son clebs. J'aurais parié qu'elle n'avait croisé d'Incube Sanguinaire que dans un de ses bouquins d'Enchanteurs.

— Un Chien de Meute. Ils sont dressés à traquer le sang. Ne l'approche pas.

Hunting a allumé une cigarette.

— Ah, Ethan ! Je constate que tu t'es dégoté une petite amie Mortelle. Il était temps. Et celle-là me semble être du genre qu'on *garde*.

Il a ri à sa mauvaise blague tout en exhalant des ronds de fumée dans le ciel d'un bleu parfait.

— Ça me donnerait presque envie de te laisser partir, a-t-il enchaîné.

Le Chien de Meute a grondé.

— Presque.

— Vous… vous pouvez, s'est étranglé Link. On ne dira rien à personne. Juré.

L'un des Incubes s'est esclaffé. Hunting a brusquement tourné la tête, et le démon s'est tu. Inutile de demander qui commandait, ici.

— Pourquoi m'inquiéterais-je que vous jacassiez ? Il se trouve que j'aime assez les feux de la rampe. Je suis acteur, à mes heures. (Il a avancé vers Link, mais c'est moi qu'il fixait.) Et à qui rapporteriez-vous, au demeurant ?

Maintenant que ma nièce a tué Macon... Je ne l'avais pas vue venir, celle-là.

Le monstre de Hunting avait l'écume aux lèvres, ainsi que ses autres chiens, les Incubes qui n'avaient d'humain que leur apparence. L'un d'eux a glissé vers Liv qui, sursautant, a resserré sa prise autour de mon bras.

— Et si vous arrêtiez d'essayer de nous effrayer ? ai-je lancé.

Je m'étais efforcé de jouer les durs, ça n'a trompé personne. Cette fois, toute la bande a hurlé de rire.

— Parce que tu penses que c'est un jeu ? Je te croyais plus malin, Ethan. Mes garçons et moi avons faim. Nous avons sauté le petit déjeuner.

— Vous ne voulez pas dire que...

La voix de Liv était à peine audible. Hunting lui a adressé un clin d'œil.

— Ne t'inquiète pas, chérie. Nous pouvons aussi nous contenter de mordre ton joli cou et de faire de toi l'une de nous.

J'en ai eu le souffle coupé. Il ne m'était pas venu à l'esprit que les Incubes étaient capables de transformer les humains en représentants de leur espèce.

Le pouvaient-ils vraiment, d'ailleurs ?

Hunting a jeté son mégot dans un bouquet de jacinthes. L'espace d'une seconde, l'absurdité de la situation m'a frappé. Une horde d'Incubes en cuir fumant des clopes se tenait au milieu d'une prairie digne de *La Mélodie du bonheur*, attendant le moment de nous tuer pendant que les oiseaux pépiaient dans les arbres.

— Bon, ça a été rigolo de discuter avec vous, mais je commence à m'ennuyer. J'ai des capacités de concentration plutôt limitées.

De nouveau, il a brutalement tourné la tête, plus loin qu'un humain n'était en mesure de le faire. Il allait me tuer, et ses potes se chargeraient de Link et de Liv. J'ai tenté d'ingurgiter la nouvelle, cependant que mon cœur se démenait pour ne pas cesser de battre.

— Finissons-en, a décrété Larkin en agitant une langue fourchue à l'égal de celle de son serpent.

Liv a enfoui son visage dans mon épaule. Elle refusait d'assister au massacre. J'ai réfléchi. Certes, je n'étais pas à la hauteur, face à Hunting, mais tout le monde a un talon d'Achille, non ?

— Quand je vous le dirai, a grogné Hunting à l'intention de ses sbires. Et pas de quartier !

Je me suis creusé la cervelle. L'Orbe Lumineux. L'arme fatale aux Incubes. Sauf que je n'avais pas la moindre idée de la façon dont on l'utilisait. Ma main a glissé vers ma poche.

— Inutile, a chuchoté Liv. Ça ne servira à rien.

Elle a fermé les paupières, et je l'ai serrée contre moi. Mes dernières pensées ont été pour les deux filles qui comptaient tant pour moi : Lena, celle que je ne sauverais jamais, et Liv, celle qui allait mourir à cause de moi.

Hunting n'a pas attaqué, cependant.

À la place, il a incliné la tête d'un air bizarre, tel un loup qui écouterait les appels d'un congénère. Puis il a reculé, et sa bande l'a imité, y compris Larkin et le saint-bernard diabolique. Tous étaient désorientés et se jetaient des coups d'œil perplexes. Ils attendaient que Hunting lance un ordre, qui n'est pas venu. En revanche, il a continué à se retirer, lentement, suivi par les siens. Le cercle se desserrait. L'expression de Hunting s'est modifiée et, soudain, il a plus eu l'allure d'un être humain que du démon qu'il était en vérité.

— Que se passe-t-il ? a murmuré Liv.

Il était évident que Hunting et ses laquais étaient paumés : ils n'arrêtaient pas de s'agiter tout en s'éloignant, comme contrôlés par quelque chose. Mais quoi ? Hunting a rivé ses prunelles sur les miennes.

— Je te retrouverai. Plus tôt que tu ne le crois.

Ils s'en allaient. Hunting secouait la tête, comme s'il tentait de se débarrasser de quelque chose, de quelqu'un. La meute avait un nouveau chef, quelqu'un à qui elle n'avait d'autre choix que d'obéir.

Quelqu'un de très persuasif.

Et de très joli.

Ridley était adossée à un tronc, à deux mètres derrière les Incubes, une sucette à la bouche. L'une après l'autre, les créatures se sont dématérialisées.

— Qui est-ce ? s'est enquise Liv.

Elle aussi avait remarqué Ridley, laquelle, étrangement, ne paraissait pas trop déplacée en ces lieux, avec la mèche rose de ses cheveux blonds, sa drôle de mini-jupe retenue par des espèces de bretelles et ses sandales à talons aiguilles. Elle avait des airs de Petit Chaperon rouge Enchanteur apportant des brioches empoisonnées à sa sorcière de grand-mère. Liv ne lui avait peut-être pas bien prêté attention à l'Exil, mais, là, elle était impossible à ignorer.

— Une très vilaine fille, a répondu Link en vrillant ses yeux sur Ridley.

Celle-ci s'est approchée de nous d'un pas sautillant, super confiante, comme d'habitude. Elle a jeté sa sucette dans l'herbe.

— Bon Dieu, ça m'a épuisée ! a-t-elle marmonné.

— Viens-tu de nous sauver la vie ? s'est étonnée Liv.

— Bien sûr, Mary Poppins. Tu me remercieras plus tard. On devrait filer. Larkin n'est qu'un imbécile, mais Hunting est puissant. Mon influence sur lui ne durera pas longtemps.

Son frère et son oncle, les pommes pourries tombées de l'arbre généalogique de la famille de Lena. Ridley a regardé mon bras ou, plutôt, la façon dont Liv s'y accrochait. Elle a retiré ses lunettes de soleil, et ses prunelles jaunes ont lui. Liv s'en est à peine aperçue.

— Qu'est-ce que vous avez avec Mary Poppins, vous autres Américains ? Est-elle le seul personnage britannique dont vous ayez entendu parler ?

— Bien que je n'arrête pas de te rencontrer, on ne nous a pas présentées dans les formes, a riposté l'Enchanteresse. Je suis la cousine de Lena, Ridley.

— Liv. Je travaille à la bibliothèque avec Ethan.

— Dans la mesure où je t'ai croisée dans une boîte d'Enchanteurs et, maintenant, dans leurs Tunnels, j'en déduis qu'il ne s'agit pas de cette bibliothèque de péquenauds de Gaga ? Par conséquent, tu es une Gardienne. Je chauffe ?

— Gardienne en formation, a précisé Liv en me lâchant. J'admets que mon entraînement a pris des proportions inattendues.

La reluquant de la tête aux pieds, l'autre a déballé un chewing-gum.

— Pas tant que ça, apparemment, puisque tu n'identifies pas une Sirène quand tu en vois une.

Sa bulle de chewing-gum a éclaté sous le nez de Liv.

— Bon, filons avant que mon oncle se remette à penser par lui-même.

— Nous n'irons nulle part avec toi, suis-je intervenu.

Ridley a levé les yeux au ciel.

— Si vous préférez servir d'en-cas à Hunting, c'est votre problème. Seulement, je vous préviens, il mange comme un cochon.

— Pourquoi nous as-tu aidés ? Où est le hic ?

— Il n'y en a pas, a répondu Ridley en dévisageant Link qui se remettait lentement de sa surprise. Je ne pouvais tout de même pas permettre qu'il arrive quelque chose à mon joujou d'amour !

— Tu tiens donc tant que cela à moi ? a-t-il ironisé.

— Ne sois pas si amer. On s'est marrés tant que ça a duré.

Si Link avait été blessé par leur aventure sans lendemain, c'était elle qui semblait mal à l'aise.

— Comme tu voudras, poupée.

— Ne m'appelle pas poupée, a grondé Ridley en faisant
une nouvelle bulle et en rejetant ses cheveux en arrière.
Suivez-moi ou restez ici et débrouillez-vous avec mon
oncle tout seuls.

Elle s'est éloignée à grands pas sous le couvert des
arbres.

— La Meute Sanglante vous pistera sitôt que j'aurai
libéré l'esprit de ses membres, a-t-elle précisé.

La Meute Sanglante... Ils avaient même un nom.
Génial !

— Ridley a raison, a lancé Liv, exprimant ce que nous
pensions. Si cette bande nous traque, il ne lui faudra pas
bien longtemps pour nous rattraper. Nous n'avons pas le
choix.

À son tour, elle s'est enfoncée dans la forêt. J'avais beau
ne pas avoir envie d'emboîter le pas à Ridley, servir de
gibier à une horde d'Incubes Sanguinaires n'était pas une
option très alléchante. Sans nous concerter, Link et moi
avons suivi les deux filles.

Ridley donnait l'impression de savoir très exactement
où elle allait. Pour autant, Liv consultait le plan. Sans se
préoccuper du sentier, notre guide a coupé à travers la
prairie, en direction d'un bosquet. Ses sandales ne la ralen-
tissaient pas, et nous avions du mal à ne pas nous laisser
distancer. Link s'est mis à trottiner pour la rejoindre.

— Dis-moi la vérité, Rid. Qu'est-ce que tu fiches ici ?

— Bien que je me sente minable de l'avouer, je suis ici
pour vous aider, toi et ta bande de doux cinglés.

— À d'autres ! a-t-il rigolé. Les sucettes ne fonctionnent
plus sur moi. Recommence.

L'herbe est devenue plus haute au fur et à mesure que
nous nous rapprochions des arbres. Nous avancions si
vite que leurs tiges m'entaillaient les mollets, même si j'ai

continué à foncer. Je tenais autant que Link à apprendre ce que Ridley mijotait.

— Je n'ai pas de plan, Chaud Bouillant. Je ne suis pas venue ici pour toi, mais pour ma cousine.

— Tu te fiches complètement d'elle ! ai-je protesté.

Cessant d'avancer, elle s'est tournée vers moi.

— Tu veux savoir ce dont je me fiche, Courte Paille. De toi. Malheureusement, pour une raison qui m'échappe, toi et ma cousine avez un lien particulier, et tu es peut-être le seul en mesure de la persuader de renoncer avant qu'il soit trop tard.

À mon tour, je me suis arrêté.

— Avant qu'elle atteigne la Grande Barrière ? a répliqué Liv avec froideur. L'endroit dont *tu* lui as parlé ?

Ridley a froncé les sourcils.

— Tu mérites un prix, Gardienne. Tu as deviné un ou deux petits trucs.

Liv n'a pas souri.

— Ce n'est pas moi qui ai balancé l'info, a cependant poursuivi la Sirène. C'est John. Il en est obsédé.

— John ? Le type que *tu* lui as présenté, non ? Le mec avec lequel elle s'est enfuie ?

Je braillais, et que la Meute Sanglante m'entende m'importait peu.

— Du calme, Courte Paille. Crois-le ou non, Lena est une grande fille qui prend ses décisions toute seule. C'est elle qui a voulu partir.

La voix de Ridley avait perdu de sa causticité. J'ai repensé à la conversation de Lena et de John sur ces lieux où ils pourraient être eux-mêmes, le rêve·de Lena. Il allait de soi qu'elle avait souhaité se rendre là-bas.

— En quel honneur, ce brusque revirement ? Pourquoi désires-tu la retenir, maintenant ?

— La Barrière est dangereuse. Lena se leurre.

— Autrement dit, Lena ignore que Sarafine essaie de convoquer la Dix-septième Lune en avance ? Ce que toi, tu sais, en revanche ?

Elle a détourné les yeux. J'avais vu juste. Elle a joué avec son vernis à ongles, un signe de nervosité partagé par les Enchanteresses et les Mortelles.

— Oui, a-t-elle fini par reconnaître. Et Sarafine n'agit pas seule.

La lettre de ma mère à Macon m'a traversé l'esprit. Abraham. Sarafine œuvrait avec lui, une créature assez forte pour l'aider à accomplir ses desseins.

— Abraham, a murmuré Liv. Charmant !

Link s'est fâché avant moi.

— Et tu n'as pas mis Lena au courant ? Tu es donc tarée à ce point ?

— Je...

— Non, l'ai-je coupée. C'est une lâche.

Ridley s'est redressée. Son regard doré flamboyait de fureur.

— Tu me traites de lâche parce que je ne tiens pas à mourir ? s'est-elle emportée, avec des intonations tremblantes qu'elle s'efforçait de dissimuler. Te doutes-tu seulement de ce que ma tante et ce *monstre* m'infligeraient ? J'aimerais te voir face à ces deux-là, Courte Paille. En comparaison d'Abraham, la mère de Lena ressemble à un chaton sans défense.

Offusquée, Lucille a craché.

— Mais ce n'est pas grave, du moment que Lena n'atteint pas la Barrière. Alors, si tu veux l'arrêter, il faut qu'on file. J'ignore comment on va là-bas. Je sais juste où je les ai laissés tomber.

— Comment espères-tu t'y rendre, dans ce cas ?

Difficile de dire si elle était sincère.

— John connaît le chemin.

— John sait-il aussi que Sarafine et Abraham s'y trouvent ?

Avait-il tendu un piège à Lena dès le début ?

— Aucune idée. Ce gars est compliqué à cerner. Il a...
des problèmes.

— De quelle façon allons-nous la convaincre d'abandonner ?

J'avais déjà tenté de la dissuader de fuguer, sans résultat notoire.

— Ça, c'est ton domaine. Ce machin t'aidera peut-être.

Elle m'a lancé un carnet à spirale abîmé. Je l'aurais
reconnu entre mille. J'avais consacré assez de mon temps
à observer Lena y rédiger ses textes.

— Tu le lui as volé ?!

— « Voler » est un mot tellement laid, a-t-elle répondu
avec dédain. Je l'ai *emprunté*, et tu peux me dire merci. Si
ça se trouve, il y aura quelque chose d'utile dans tout ce
délire sentimental répugnant.

Ouvrant mon sac à dos, j'y ai glissé le cahier. Détenir de
nouveau un pan de la vie de Lena était étrange. Je portais
à présent ses secrets dans mon sac et ceux de ma mère
dans la poche arrière de mon jean. Je n'étais pas sûr d'être
en mesure d'en transbahuter d'autres.

— Un instant, a marmonné Liv, plus intriguée par les
motifs de Ridley que par les écrits de Lena. Nous sommes
désormais censés croire que tu fais partie des gentils ?

— Surtout pas ! a protesté Ridley. Je suis mauvaise jusqu'à la moelle. Et je me tamponne vraiment de ce que tu
crois ou non. D'ailleurs, a-t-elle ajouté avec un coup d'œil
en coin dans ma direction, j'ai du mal à comprendre ce que
tu fabriques ici.

Je me suis interposé avant qu'elle sorte une nouvelle
sucette pour pousser Liv à s'offrir en pâture à Hunting.

— Alors, c'est bien ça ? Tu désires nous donner un coup
de main pour localiser Lena ?

— Exact, Courte Paille. Toi et moi ne nous apprécions
guère, mais nous avons des intérêts communs. (Elle a eu
beau se tourner vers Liv, c'est à moi qu'elle a continué de

s'adresser.) Nous aimons la même personne, laquelle est dans le pétrin. Je suis donc passée à l'ennemi. Et maintenant, déguerpissons avant que mon oncle vous chope tous les trois.

— Eh bé, a soufflé Link, je ne l'avais pas vue venir, celle-là.

— Inutile de rêver, l'a douché Ridley. Je redeviendrai la punaise que je suis dès que nous aurons réussi à obliger Lena à revenir.

— Ne t'avance pas trop, Rid. Le magicien d'Oz te donnera peut-être un cœur si nous tuons la méchante sorcière.

— Comme si j'en voulais un ! a-t-elle ricané en reprenant sa route, ses talons perforant la boue.

Nous avons eu des difficultés à ne pas être semés par Ridley qui fonçait à travers la forêt. Liv marchait derrière elle et consultait les cartes et son sélenomètre constamment. Pas plus que nous, elle n'avait confiance en l'Enchanteresse.

J'étais tracassé. Je croyais partiellement à ce que Ridley nous avait raconté. Elle tenait peut-être vraiment à Lena. En dépit des faibles probabilités, il se pouvait qu'elle ait dit la vérité. Auquel cas, il m'incombait de la suivre. J'avais envers Lena une dette impossible à rembourser. J'ignorais si nous deux avions un avenir ; si Lena redeviendrait jamais celle dont j'étais tombé amoureux. Peu importait, cependant.

À l'intérieur de ma poche, l'Orbe Lumineux chauffait. Je l'en ai sorti, m'attendant à une flaque de couleur iridescente, mais sa surface noire ne m'a renvoyé que mon reflet. L'objet paraissait plus que brisé. Il était devenu complètement capricieux.

Lorsqu'elle l'a vu, Ridley a écarquillé les yeux et s'est arrêtée, pour la première fois depuis un bon moment.

— Où as-tu déniché ça, Courte Paille ?

— Marian me l'a donné.

Je ne voulais pas qu'elle sache qu'il avait appartenu à ma mère, ni qui le lui avait offert.

— Eh bien, voilà qui a des chances d'équilibrer les choses. Si je ne pense pas que tu arriveras à enfermer mon oncle Hunting là-dedans, tu devrais réussir à emprisonner au moins un membre de sa meute.

— Je ne suis pas très certain de la manière dont il faut l'utiliser.

J'avais failli ne pas le lui avouer, sauf que c'était la vérité. Ridley a arqué un sourcil.

— Mademoiselle-Je-sais-tout ne te l'a donc pas dit ?

Liv s'est empourprée. Ridley a pris le temps de déballer une nouvelle tablette de chewing-gum rose qu'elle s'est fourrée dans la bouche.

— Tu es censé toucher ta cible avec, a-t-elle ensuite enchaîné en avançant vers moi. Ce qui suppose que tu t'en approches.

Link l'a écartée.

— Pas la peine, a-t-il dit. Nous sommes deux. On n'aura qu'à le lancer.

Liv a coincé son crayon derrière son oreille. Elle avait pris des notes.

— Link a raison. Personnellement, pour rien au monde je ne m'approcherais d'aucun d'eux. Mais si nous n'avions pas d'autre solution, ça mériterait d'essayer.

— Sans oublier de prononcer la formule, a précisé Ridley. L'incantation et tout, vous voyez ?

Appuyée contre un tronc, elle nous narguait. Elle avait deviné que nous ne connaissions aucun sortilège. Assise à ses pieds, Lucille l'observait avec attention.

— Et j'imagine que tu vas refuser de nous en confier les paroles ?

— Comme si je les connaissais ! Après tout, ces machins sont plutôt rares.

Liv a déployé la carte sur ses genoux en la lissant d'une main soigneuse.

— Nous sommes dans la bonne direction. Si nous continuons plein est, ce chemin finira par nous conduire jusqu'à la côte.

Elle a tendu le doigt vers un gros bouquet d'arbres.

— Là-bas dans cette forêt ? a ronchonné Link, sceptique.

— N'aie pas peur, Chaud Bouillant, a rigolé Ridley. Je prendrai Hansel, et toi Gretel.

Elle lui a adressé un clin d'œil complice, comme si elle continuait d'exercer un pouvoir sur lui. Ce qui était vrai, mais sans rapport avec son don de Sirène.

— Je me débrouillerai très bien tout seul, a d'ailleurs rétorqué Link en s'éloignant d'elle. Et si tu mangeais plutôt un autre chewing-gum ?

Ridley était peut-être comme la varicelle ; on ne l'attrapait qu'une fois dans sa vie.

— Il t'en faut du temps pour pisser !

Impatiente de repartir, Ridley a lancé un caillou dans les buissons.

— Je t'entends ! a crié Link, de l'autre côté du mur de verdure.

— Contente d'apprendre que certaines de tes fonctions naturelles sont en état de marche.

Liv m'a regardé en levant les yeux au ciel. Plus le temps passait, plus ces deux-là se cherchaient des noises.

— Tu ne me facilites pas la tâche !

— Tu veux que je vienne te donner un coup de main ?

— Tu n'es qu'une grande gueule, Rid.

Cette dernière a fait mine de se lever, ce qui a eu le don de choquer Liv. Satisfaite, l'Enchanteresse s'est rassise en souriant. De mon côté, j'étudiais la sphère, dont le noir avait viré à un vert chatoyant. Rien de très utile, juste les mêmes couleurs qui semblaient en proie à une sorte de frénésie. Si ça se trouve, Link avait raison : je l'avais cassée. Ridley a cependant paru étonnée ; ou intriguée, difficile à dire.

— Pourquoi cette lumière ?

— L'Orbe fonctionne comme une boussole. Il s'allume si nous sommes dans la bonne direction. Du moins, il le faisait, avant.

— Hum. Je ne savais pas qu'il servait à ça.

Elle avait aussitôt replongé dans sa lassitude blasée.

— Je ne doute pas que tu ignores des tas de choses, a lancé Liv avec un sourire innocent.

— Attention, toi, sinon je te persuade de nager dans la rivière.

J'étais toujours concentré sur l'Orbe Lumineux. Il avait l'air différent. La lueur qui en émanait s'est mise à s'agiter, aussi vive et rapide que lorsque l'objet nous avait menés au cimetière Bonaventure. Je l'ai montré à Liv.

— Regarde-moi ça, L !

Ridley a vivement tourné la tête vers moi, je me suis pétrifié.

J'avais appelé Liv « L ».

Or il n'y avait qu'une L dans ma vie. Si l'intéressée ne s'est rendu compte de rien, Ridley, si. Ses prunelles se sont teintées de sauvagerie, cependant qu'elle léchait sa sucette. Elle me fusillait du regard, et j'ai senti ma volonté m'abandonner. Lâchant l'Orbe, j'ai roulé sur le sol moussu de la forêt. Liv s'est accroupie au-dessus de la sphère.

— Bizarre, a-t-elle commenté. Pourquoi clignote-t-il en vert, à ton avis ? Pour nous annoncer une autre visite d'Amma, d'Arelia et de Twyla ?

— C'est sûrement une bombe ! a crié Link.

Moi, j'étais réduit au silence. Je m'étais écroulé aux pieds de Ridley. Cela faisait un moment qu'elle n'avait pas recouru à ses talents à mon encontre. Une idée m'a brièvement traversé l'esprit avant que mon visage s'écrase dans la terre. Soit Link avait vu juste et il était désormais immunisé contre elle, soit elle se retenait de le manipuler. Ce qui, si c'était vrai, était inédit.

— Si tu fais du mal à ma cousine... si tu songes seulement à lui faire du mal, tu passeras le reste de ton existence de minable à me servir d'esclave. Pigé, Courte Paille ?

Ma tête s'est involontairement relevée et tordue, et j'ai eu l'impression que ma nuque allait se briser. Mes paupières ont semblé s'ouvrir d'elles-mêmes, et je me suis retrouvé à contempler les yeux jaunes et étincelants de Ridley. Ils brûlaient d'un tel feu que j'en ai été étourdi.

— Ça suffit !

La voix de Liv a retenti, cependant que mon corps retombait au sol avant que j'aie eu le temps de le contrôler.

— Cesse tes idioties, Ridley !

— Mollo, Poppins ! Courte Paille et moi sommes amis.

— Je n'ai pas ce sentiment, a riposté Liv, dont la voix est montée dans les aigus. N'oublie pas que c'est nous qui risquons notre vie pour Lena.

Leurs traits étaient illuminés par les éclairs de lumière colorée projetés dans tous les sens par l'Orbe. J'ai ramassé ce dernier.

— Ne monte pas sur tes grands chevaux, *darling* !

Ridley avait beau avoir adopté un accent britannique railleur, ses prunelles étaient en acier trempé. Celles de Liv étaient noires.

— Et toi, arrête de te comporter comme une conne. Si Ethan n'aime pas Lena, explique-moi ce que nous fichons dans ces bois perdus au milieu de nulle part !

— Bien vu, Gardienne. Je sais ce que moi, j'y fabrique. Mais si toi, tu te fiches de l'Amoureux, quelle est ton excuse ?

Ridley n'était qu'à quelques centimètres de Liv, laquelle n'a pourtant pas frémi.

— L'étoile du Sud a disparu, une Cataclyste convoque la lune avant terme sur la Grande Barrière mythique, et tu me demandes ce que je fais ici ? Tu plaisantes ou quoi ?

— Ta présence n'a donc rien à voir avec l'Amoureux ?

— Ethan, qui, au passage, n'est l'amoureux de personne, ne connaît rien à rien au monde des Enchanteurs. Il est paumé. Il a besoin d'une Gardienne.

— Je te rappelle que tu es encore en formation. Et que recourir à ton aide reviendrait à exiger d'une infirmière qu'elle réalise une opération à cœur ouvert. De plus, la définition de ton poste stipule que tu n'es pas censée interférer. Bref, il me semble que tu n'es pas la meilleure Gardienne qui soit.

Pas faux. Il y avait des règles, et Liv les enfreignait à la chaîne.

— Certes. Il n'empêche que je suis une excellente astronome. Et sans moi, nous ne serions pas en mesure de lire cette carte, ni de trouver la Grande Barrière et Lena.

Soudain, l'Orbe Lumineux est redevenu noir et froid dans ma paume.

— J'ai loupé quelque chose ? a demandé Link en émergeant des buissons tout en remontant sa braguette.

Les filles l'ont toisé, cependant que je me relevais.

— Aux chiottes le thé sucré, je manque toujours le meilleur !

— Qu'est-ce que...

Liv a tapoté son sélénomètre.

— Il y a un problème. Les cadrans s'affolent.

Au-delà des arbres, un fracas a ébranlé la forêt. Hunting avait dû nous rattraper, ai-je songé, pour aussitôt penser à autre chose. Une chose qui n'a pour autant pas allégé mon sentiment de culpabilité. Il s'agissait peut-être de quelqu'un d'autre, quelqu'un qui ne souhaitait pas qu'on le suive. Quelqu'un capable de dominer les éléments du monde naturel.

— Partez !

Le vacarme a forci. Tout à coup, les troncs de chaque côté de moi se sont renversés. J'ai reculé. La dernière fois que des arbres s'étaient abattus, ça n'avait pas été par accident.

Lena ? C'est toi ?

À quelques pas de là, des chênes moussus et des pins blancs se sont arrachés de la terre, racines comprises, pour s'écraser au sol.

Non, Lena !

Link a titubé vers Ridley.

— Déballe une sucette, poupée.

— Je te répète de ne pas m'appeler poupée.

Pour la première fois ce jour-là, j'ai pu apercevoir le ciel. Sauf qu'il était sombre. Des nuages noirs de magie Enchanteresse s'étaient amoncelés au-dessus de nos têtes. Puis j'ai perçu quelque chose, en provenance de très loin.

Plus exactement, j'ai entendu quelque chose.

Lena.

Sauve-toi, Ethan !

Sa voix. La voix qui s'était tue si longtemps. Mais si c'était elle qui me conseillait de fuir, qui déracinait ces arbres ?

Que se passe-t-il, L ?

Je n'ai pas capté de réponse. Il n'y avait plus que l'obscurité et ces volutes magiques qui se ruaient sur nous comme si elles donnaient l'assaut. Soudain, j'ai compris ce qu'elles étaient.

— Attention !

J'ai tiré Liv en arrière et poussé Link vers Ridley juste à temps. Nous sommes tombés dans les buissons tandis qu'une averse de pins brisés dégringolait du ciel comme une pluie d'été. Les branches ont formé une haute pile à l'endroit même où nous nous étions tenus. La poussière me piquait les yeux, m'aveuglait. Les débris de terre coincés dans ma gorge ont déclenché mes quintes de toux.

La voix de Lena avait disparu, remplacée par un bourdonnement, à croire que nous avions dérangé une ruche abritant mille abeilles s'étant toutes mises en tête de tuer leur reine. La poussière était si dense que je distinguais à peine les formes alentour. Liv était allongée près de moi, elle saignait au-dessus de l'œil. Ridley gémissait, blottie contre Link, lequel était cloué au sol par une énorme branche.

— Réveille-toi, Shinky Dink ! Réveille-toi !

J'ai rampé vers eux. Ridley s'est recroquevillée sur elle-même. Ses traits exprimaient la terreur pure. Sauf que ce n'était pas moi qui la provoquais, mais quelque chose dans mon dos.

Le bourdonnement a gagné en ampleur. J'ai senti le froid brûlant des Ténèbres sur ma nuque. Lorsque je me suis retourné, l'empilement des aiguilles de pin qui avaient failli nous ensevelir avait pris la forme d'un bûcher, gigantesque plate-forme qui pointait vers le ciel noir. Ses flammes n'étaient pas rouges, cependant, et il n'en émanait aucune fumée. Elles étaient jaunes, aussi jaunes que les iris de Ridley, et elles ne dégageaient que froideur, chagrin et peur.

— Elle est là, a marmonné Ridley, geignant plus fort.

Sous mes yeux médusés, une dalle de pierre a émergé de l'incendie doré et sifflant. Une femme y était couchée. Elle avait l'air sereine, pareille à l'effigie d'une sainte qu'on s'apprêterait à porter en procession dans les rues. Malheureusement, ce n'était pas une sainte.

Sarafine !

Elle a brutalement ouvert les paupières, et ses lèvres se sont incurvées en un sourire glacial. À l'instar d'un chat se réveillant de sa sieste, elle s'est étirée, puis s'est mise debout. D'en bas, elle donnait l'impression de mesurer quinze mètres.

— Attendais-tu quelqu'un d'autre, Ethan ? Je comprends ton erreur. Tu connais le proverbe : telle mère, telle fille. Pour ce qui nous concerne, ça se vérifie un peu plus chaque jour.

Mon cœur battait la chamade. Je me suis détourné des lèvres rouges et des longs cheveux noirs de Sarafine. Je refusais de voir son visage qui ressemblait tant à celui de Lena.

— Allez-vous-en, sorcière !

Ridley pleurait, blottie contre Link. Elle se balançait d'avant en arrière comme une démente.

Lena ? M'entends-tu ?

La voix envoûtante de Sarafine a dominé le fracas du feu, tandis qu'elle s'adressait de nouveau à nous, depuis son perchoir.

— Je ne suis pas venue pour toi, Ethan. Je te laisse à ma chère fille. Elle a tellement pris en maturité, cette année, n'est-ce pas ? Rien n'égale le bonheur de voir son enfant accéder à ses pleines possibilités. Quelle fierté, pour une mère !

J'ai fixé les flammes qui léchaient ses jambes.

— Vous vous trompez. Lena n'est pas comme vous.

— Il me semble avoir déjà entendu ça quelque part... À l'anniversaire de Lena, peut-être ? La différence, c'est que tu le croyais à l'époque. Maintenant, tu te mens. Tu sais que tu l'as perdue. Elle ne changera pas ce qu'elle est vouée à être.

Les langues de feu atteignaient sa taille. Sarafine avait la silhouette impeccable des femmes Duchannes, même si, sur elle, une certaine difformité subsistait.

— Lena n'y peut rien, peut-être, mais moi si. Je ferai ce qu'il faudra pour la protéger.

Sarafine a souri, et je me suis tassé sur moi-même. Son sourire évoquait tant celui de Lena ou, du moins, celui qu'avait eu Lena ces derniers temps. Elle a disparu, cachée par l'incendie qui montait désormais à hauteur de sa poitrine.

— Si fort, si semblable à ta mère. Ses derniers mots ont été de la même eau. Enfin, je crois. (Un chuchotis a résonné à mon oreille.) Vois-tu, j'ai oublié, parce que ça avait si peu d'importance.

Je me suis figé. Sarafine était tout à côté de moi, maintenant, toujours enveloppée de flammes. Il ne s'agissait pas d'un véritable feu, cependant, car plus elle approchait, plus je tremblais de froid.

— Ta mère ne comptait pas. Sa mort n'a été ni noble ni remarquable, juste quelque chose que j'ai eu envie de faire, sur le moment. Une chose insignifiante. (Le feu a forci, dévorant son cou, son corps.) Tout comme toi.

J'ai tendu la main vers sa gorge. J'aurais voulu lui arracher la tête. Mes doigts ne se sont refermés que sur du vide, toutefois. Il n'y avait rien. Je voulais la tuer, or je ne pouvais même pas la toucher. Sarafine s'est esclaffée.

— Croyais-tu que je perdrais mon temps à venir en chair et en os, Mortel ?

Elle s'est tournée vers Ridley, qui continuait à se balancer, les paumes plaquées sur sa bouche.

— Amusant, n'est-ce pas, Ridley ?

Sarafine a levé une main, déplié ses doigts. Ridley s'est mise debout en agrippant son cou. Ses sandales à talons aiguilles ont décollé, lévitant au-dessus du sol, tandis que son visage virait au violet, qu'elle étouffait. Sa chevelure blonde pendait, pareille à celle d'une poupée. La silhouette spectrale de Sarafine s'est dissoute dans le corps de Ridley. Celui-ci s'est mis à luire d'une lumière dorée, peau, cheveux et yeux, si intense que ses pupilles ont disparu. Malgré l'obscurité de la forêt, j'ai été obligé de me protéger le visage. La tête de Ridley a été agitée de soubresauts, à l'instar de celle d'une marionnette, puis elle a ouvert la bouche :

— Mes pouvoirs augmentent. Bientôt, la Dix-septième Lune surgira au-dessus de nous, convoquée à l'avance, ce que seule une mère est capable de faire. Je décide de l'heure à laquelle le soleil se couche. J'ai déplacé les astres pour ma fille, et elle s'Appellera elle-même et me rejoindra. Seule ma fille a su bloquer la Seizième Lune, et seule moi ai été en mesure de faire apparaître la Dix-septième. Personne n'est à notre hauteur, dans aucun de nos deux univers. Nous sommes le début et la fin.

Le corps de Ridley s'est affaissé comme un sac vide. Dans ma poche, l'Orbe Lumineux brûlait. Pourvu que Sarafine n'en devine pas la présence ! Il avait tenté de m'avertir. J'aurais dû lui prêter plus d'attention.

— Tu nous as trahis, Ridley. Le Patriarche ne pardonne pas aussi facilement que moi.

Le Patriarche. Sarafine ne pouvait désigner ainsi qu'une personne, le père de la lignée d'Incubes Sanguinaires chez les Ravenwood, celui par lequel tout avait commencé. Abraham.

— Tu seras jugée, a poursuivi Sarafine par-dessus le cré-pitement du bûcher. Je lui laisserai ce plaisir. Tu étais ma responsabilité, tu es désormais ma honte. Il me semble donc juste de partir en t'offrant un cadeau d'adieu. (Elle a brandi ses mains au-dessus de sa tête.) Puisque tu mets tant d'ardeur à aider ces Mortels, tu vivras et mourras comme une Mortelle à compter d'aujourd'hui. Tes pou-voirs ont été rendus au Feu Ténébreux qui les avait engen-drés.

Se redressant brutalement, Ridley a poussé un grand cri, sa douleur résonnant à travers la forêt. Puis tout s'est effacé : les arbres abattus, le bûcher, Sarafine, tout. Les bois ont retrouvé leur apparence habituelle. Verts et sombres, pleins de pins, de chênes et de terre noire. Le moindre tronc, la moindre branche avait regagné sa place, comme s'il ne s'était rien produit.

Liv versait de l'eau dans la bouche de Ridley à l'aide d'une bouteille en plastique. Son visage était encore boueux et sanguinolent, mais elle semblait tenir le coup. Ridley, en revanche, était blanche comme un linge.

— Une magie incroyablement puissante, a commenté Liv en secouant la tête. Une apparition en mesure de posséder une Enchanteresse des Ténèbres ! Tout en lançant un sortilège, si ce qu'elle a annoncé à Ridley s'avère.

J'ai effleuré son œil, elle a grimacé. Puis j'ai contemplé Ridley avec suspicion. J'avais du mal à l'imaginer dénuée de son talent de persuasion.

— Quoi qu'il en soit, Ridley aura du mal à s'en remettre, a poursuivi Liv en mouillant un bout de son sweat-shirt pour tamponner les traits de la malheureuse. Je ne m'étais pas rendu compte des risques qu'elle prenait en venant ici. Elle doit vraiment tenir à vous tous.

— Non, pas à tous, ai-je rectifié.

J'ai aidé Liv à soulever Ridley, qui a recraché de l'eau avant de passer une main sur sa bouche, étalant son rose à lèvres par la même occasion. On aurait dit une *cheerleader* qu'on aurait arrosée une fois de trop à la fête du lycée.

— Link, a-t-elle murmuré. Est-il...

Je me suis agenouillé près de lui. La branche qui lui était tombée dessus s'était évanouie dans l'air, mais il gémissait de souffrance. Il paraissait impossible qu'il soit blessé, qu'aucun de nous ne le soit, puisqu'il ne restait pas de trace des événements. Pourtant, son bras était violacé et enflé, deux fois plus gros que la normale, et son pantalon avait été déchiré.

— Ridley ? a-t-il demandé en ouvrant les yeux.

— Elle va bien. Nous allons tous bien.

J'ai agrandi l'accroc de son froc. Son genou saignait.

— Qu'est-ce que tu mates ? a-t-il tenté de plaisanter.

— Ta vilaine figure, ai-je riposté en me penchant vers lui afin de vérifier qu'il n'avait pas le regard flou.

Lui aussi allait s'en tirer.

— Eh, tu ne vas pas m'embrasser, hein ?

J'étais si soulagé que j'aurais pu.

— Tends tes lèvres, chéri.

Cette nuit-là, nous avons dormi entre les racines d'un arbre énorme, le plus gros qu'il m'ait été donné de voir. Nous avions emmailloté le genou de Link dans mon tee-shirt de rechange, et avions fabriqué une attelle pour son bras dans un morceau de mon sweat-shirt aux couleurs de Jackson. Ridley était allongée de l'autre côté du tronc. Les yeux grands ouverts, elle contemplait le ciel. S'agissait-il de celui des Mortels, désormais ? Elle paraissait épuisée, mais je doutais qu'elle parvienne à s'endormir.

À quoi songeait-elle ? Regrettait-elle de nous avoir aidés ? Avait-elle réellement perdu ses pouvoirs ?

Quelles émotions éprouvait-on de se sentir Mortel lorsqu'on avait toujours été autre chose, quelque chose de mieux ? Quand on n'avait jamais été soumis à « l'impuissance de l'existence humaine », pour reprendre l'expression de Mme English. Elle l'avait utilisée durant un cours l'an passé, à propos de *L'Homme invisible* de H.G. Wells. En cet instant, Ridley paraissait tout autant invisible. Le bonheur était-il possible quand on se réveillait pour brutalement découvrir qu'on n'était personne en particulier ?

Lena aurait-elle pu l'être, heureuse ? La vie avec moi aurait-elle ressemblé à cette banalité anonyme ? N'avait-elle pas déjà suffisamment souffert à cause de moi ?

À l'instar de Ridley, je ne trouvais pas le sommeil. La différence étant que je n'avais pas envie de regarder le firmament. Je voulais lire ce que contenait le cahier de Lena. Une part de moi était consciente que cela relevait d'une violation de son intimité. Je savais cependant que ces pages froissées étaient susceptibles de renfermer des éléments qui nous seraient utiles. Au bout d'une heure environ, je me suis convaincu que feuilleter le calepin relevait du bien de tous et je l'ai ouvert.

D'abord, j'ai eu du mal à en déchiffrer le contenu, ma seule source de lumière venant de mon téléphone portable. Puis mes yeux se sont adaptés à la pénombre, et j'ai pu examiner l'écriture de Lena qui courait sur le lignage bleu. J'avais beau l'avoir vue à de nombreuses reprises depuis son anniversaire, je n'arrivais pas à m'y habituer. Elle offrait un tel contraste avec l'écriture de petite fille qui avait été la sienne avant cette fameuse nuit. J'ai même été surpris de découvrir des mots, après tant de mois de dessins noirs ou de clichés représentant des tombes. Des motifs d'Enchanteurs des Ténèbres identiques à ceux tracés sur ses mains étaient au demeurant gribouillés dans les marges. Mais les premières pages remontaient à quelques jours seulement après la mort de Macon, une époque où Lena écrivait encore.

videsbondés joursnuits / toujours la même (plus ou moins) peur (sans et plus) effrayée / attendant que la vérité m'étrangle dans mon sommeil / pour peu que je dorme jamais

Peur (sans et plus) effrayée. Ces mots me parlaient, car ils décrivaient son comportement. Sans peur et encore plus effrayée. Comme si elle n'avait rien à perdre, mais craignait de le perdre.

J'ai sauté quelques pages avant de m'arrêter sur une date qui avait attiré mon attention. Le 12 juin. Notre dernier jour de cours.

les ténèbres se cachent et je crois pouvoir les retenir / la suffoquer dans ma paume / mais quand je regarde mes mains sont vides / silence tandis qu'elle referme ses doigts autour de moi

J'ai lu et relu ces phrases. Lena évoquait l'après-midi au lac, quand elle avait poussé le bouchon trop loin. Quand elle avait failli me tuer. Qui était ce « elle » ? Sarafine ?

Combien de temps avait-elle résisté ? Quand cela avait-il commencé ? La nuit où Macon était mort ? Lorsqu'elle s'était mise à porter ses vêtements ?

J'aurais dû refermer le cahier. J'en étais incapable. Lire ses mots était presque comme entendre de nouveau ses pensées. Elle me les avait cachées durant tant de mois, je désirais tellement les connaître. Je tournais chaque page, traquant les jours qui me hantaient.

Comme celui de la foire…

cœurs mortels et peurs mortelles / une chose qu'ils peuvent partager jusqu'à ce que je le relâche comme un moineau

La liberté. C'était ce que symbolisaient les moineaux dans l'univers des Enchanteurs.

Alors que j'avais cru qu'elle essayait de se libérer de moi, c'était moi qu'elle avait tenté de libérer. Comme si son amour avait été une cage dont je ne pouvais m'échapper.

J'ai refermé le calepin. Il m'était trop douloureux de le lire, surtout quand Lena était aussi loin, dans tous les sens du terme.

À quelques pas de moi, Ridley continuait de fixer les étoiles Mortelles d'un regard vide. Pour la première fois, elle et moi voyions le même ciel.

Liv était blottie entre deux racines, encadrée par moi d'un côté et par Link de l'autre. J'avais pensé que, depuis ma découverte de ce qui s'était réellement produit à l'anniversaire de Lena, mes sentiments pour Liv se dissiperaient. Néanmoins, encore maintenant, je me surprenais à m'interroger. Si les choses avaient été différentes, si je n'avais pas connu Lena, si je n'avais jamais rencontré Liv...

J'ai passé les heures suivantes à observer Liv. Quand elle dormait, elle était paisible, belle. Pas le genre de beauté de Lena, une autre. Elle donnait une impression de plénitude – une journée ensoleillée, un verre de lait froid, un livre neuf dont on n'a pas encore abîmé la reliure. Aucune trace de souffrance. Comme j'aurais aimé me sentir.

Mortel. Plein d'espoir. Vivant.

Lorsque j'ai enfin dérivé dans le sommeil, c'est ce que j'ai éprouvé, rien qu'une petite minute...

Lena me secouait.

— Réveille-toi, marmotte ! Il faut qu'on parle.

En souriant, je l'ai prise dans mes bras. J'ai voulu l'embrasser, mais elle m'a échappé en s'esclaffant.

— Ce n'est pas un songe érotique.

Je me suis assis, j'ai regardé autour de moi. Nous étions sur le lit de Macon, celui de la pièce dans les Tunnels.

— Tous mes songes sont érotiques, L. J'ai presque dix-sept ans.

— Oui, mais il s'agit de mon rêve, pas du tien. Et j'ai seize ans depuis quelques mois seulement.

— Macon ne se fâchera-t-il pas s'il nous découvre ici ?

— Macon est mort, as-tu oublié ? Tu dois vraiment dormir.

Elle avait raison. J'avais oublié, et voilà que tout me revenait d'un seul coup. Macon décédé. Le marché.

Et Lena qui m'avait quitté.

Sauf que non, puisqu'elle était là.

— C'est donc un rêve ?

Je m'efforçais de refouler le nœud dans mon ventre, celui de la perte, de la culpabilité, de tout ce que je lui devais. Elle a hoché la tête.

— Suis-je en train de rêver de toi, ou est-ce toi qui rêves de moi ?

— Quelle différence cela fait-il quand il s'agit de nous deux ?

Elle éludait la question. J'ai insisté :

— Lorsque je me réveillerai, seras-tu partie ?

— Oui. Mais je devais te voir. C'était le seul moyen de discuter.

Elle portait un de mes tee-shirts, blanc, l'un des plus vieux et des plus doux. Elle était décoiffée et belle, dans l'état où je la préférais, alors qu'elle se trouvait hideuse. Enroulant sa taille de mes mains, je l'ai attirée contre moi.

— J'ai vu ma mère, L. Elle m'a parlé de Macon. Je crois qu'elle l'aimait.

— Ils s'aimaient, oui. Moi aussi, j'ai eu les visions.

Ainsi, notre lien subsistait. Quel soulagement !

— Ils étaient comme nous, Lena.

— Et comme nous, ils n'ont pas pu rester ensemble.

C'était un rêve. J'en étais certain, parce que nous étions en mesure d'évoquer ces affreuses vérités avec un détachement curieux, à croire qu'elles concernaient d'autres personnes. Elle a posé sa tête sur mon torse, détachant des bouts de terre accrochés à mon tee-shirt. Comment s'étaient-ils retrouvés là ? J'ai tenté de m'en souvenir, en vain.

— Qu'allons-nous faire, L ?

— Je ne sais pas, Ethan. J'ai peur.

— Que veux-tu ?

— Toi.

Un chuchotement.

— Pourquoi est-ce si difficile, alors ?

— Parce que c'est mal. Tout est mal quand je suis avec toi.

J'ai resserré mon étreinte.

— Ceci te paraît-il mal ?

— Non. Mais ce que j'éprouve ne compte plus.

J'ai senti le souffle de son soupir contre ma peau.

— Qui t'a raconté ces bêtises ?

— Je n'ai pas eu besoin qu'on me le dise.

J'ai plongé dans ses yeux. Ils étaient toujours dorés.

— Il ne faut pas que tu te rendes à la Grande Barrière. Rentre !

— Il m'est impossible de renoncer maintenant. Je dois voir comment ça se termine.

J'ai joué avec une de ses boucles noires.

— Pourquoi ne devais-tu pas voir comment ça se terminait avec nous deux ?

Elle a souri, caressé mon visage.

— Parce que je sais comment ça se termine avec toi.

— Comment ?

— Comme ça.

Se penchant, elle m'a embrassé, sa chevelure m'a englouti comme la pluie. J'ai soulevé les draps, et elle s'est glissée dessous, s'est blottie dans mes bras. Nous avons échangé des baisers, j'ai ressenti la brûlure de son contact. Nous avons roulé sur le matelas. Moi sur elle, puis elle sur moi. La chaleur s'est intensifiée au point de m'empêcher de respirer. J'ai cru que ma peau s'embrasait et, lorsque j'ai rompu notre baiser, j'ai constaté que c'était bien le cas.

Nous étions tous les deux en feu, environnés de flammes qui montaient si haut qu'on n'en distinguait pas le sommet ; le lit avait cessé d'en être un pour se transformer en dalle de pierre. Elle aussi brûlait. Le bûcher jaune de Sarafine.

S'agrippant à moi, Lena s'est mise à hurler. J'ai regardé en bas. Nous étions sur l'immense empilement d'arbres abattus. Un cercle étrange était sculpté dans la pierre sur laquelle nous étions couchés, une espèce de symbole typique des Enchanteurs des Ténèbres.

— Réveille-toi, Lena ! Ce n'est pas toi. Tu n'as pas tué Macon. Tu ne deviens pas Ténèbres. C'était le *Livre*. Amma m'a tout expliqué.

Le bûcher avait été érigé pour nous, pas pour Sarafine. Je l'ai entendue rire... Ou était-ce Lena ? Je n'étais plus capable de les différencier.

— Écoute-moi, L ! Tu n'es pas obligée de faire ça...

Lena s'époumonait. Elle n'arrivait pas à s'arrêter.

Lorsque je me suis réveillé, les flammes nous avaient consumés.

— Ethan ? Debout ! Il faut que nous repartions.

Je me suis assis, le souffle court, dégoulinant de sueur. J'ai tendu les mains. Rien. Pas une brûlure, pas même une égratignure. Ça avait été un cauchemar. J'ai inspecté les environs. Liv et Link étaient déjà prêts. Je me suis frotté le visage. Mon cœur battait encore, comme si le rêve avait été réel, et que j'avais failli mourir. Une fois de plus, je me suis demandé s'il s'était agi du mien ou de celui de Lena. Si c'était vraiment ainsi que les choses se termineraient pour nous. Le feu et la mort, exactement ce que nous souhaitait Sarafine.

Assise sur un rocher, Ridley mangeait une sucette, un spectacle un peu triste. Apparemment, elle était passée du stade du choc à celui du déni au cours de la nuit. Elle se comportait comme si de rien n'était. Aucun d'entre nous ne savait trop quoi dire. Ridley était comme l'un de ces vétérans de la guerre souffrant de stress posttraumatique.

Ceux qui rentrent à la maison, mais se croient toujours sur le champ de bataille.

Elle a reluqué Link, a rejeté ses cheveux en arrière, l'a dévisagé avec espoir.

— Et si tu venais t'asseoir près de moi, Chaud Bouillant ?

Link a boitillé jusqu'à mon sac à dos et en a sorti une bouteille d'eau.

— Non merci, a-t-il répondu.

Ridley a soulevé ses lunettes de soleil et l'a regardé encore plus intensément. Cela a suffi à me convaincre qu'elle avait bien perdu ses pouvoirs. Car ses prunelles étaient aussi bleues que celles de Liv.

— Je t'ai dit de rappliquer.

Elle a remonté sa minijupe sur ses cuisses marquées d'hématomes. J'ai eu de la peine pour elle. Elle n'était plus une Sirène, juste une fille qui en avait l'apparence.

— Pourquoi ? a riposté Link, inconscient de ce qui était en train de se jouer.

La langue de Ridley était d'un rouge vif lorsqu'elle a léché sa sucette.

— Tu n'as donc pas envie de m'embrasser ?

Un instant, j'ai cru que Link allait profiter de l'occasion, ce qui ne ferait que retarder l'inévitable.

— Non merci, a-t-il répété en tournant les talons.

Il culpabilisait, c'était évident. Les lèvres de Ridley se sont mises à trembler.

— Ce n'est que temporaire, peut-être. Si ça se trouve, je vais récupérer mes pouvoirs.

C'était plus elle que nous qu'elle s'efforçait de persuader. Il fallait que quelqu'un le lui dise. Plus tôt elle affronterait la réalité, plus tôt elle parviendrait à la digérer. Pour peu qu'elle en soit capable, s'entend.

— Je crois que c'est définitif, Ridley, ai-je donc lancé.

Elle s'est vivement tournée vers moi.

— Tu n'en sais rien ! a-t-elle objecté d'une voix frémissante. Ce n'est pas parce que tu es sorti avec une Enchanteresse que tu y connais quoi que ce soit.

— Je sais au moins que les Enchanteurs des Ténèbres ont les yeux jaunes.

Je l'ai vue cesser de respirer. Attrapant le bas de son corsage crasseux, elle l'a soulevé. Sa peau était lisse et dorée, mais le tatouage qui avait encerclé son nombril avait disparu. Elle a caressé son ventre, s'est affaissée.

— C'est donc vrai. Elle m'a privée de mes pouvoirs.

Elle a lâché sa sucette par terre. Sans un bruit, des larmes ont roulé sur ses joues en laissant deux traces argentées. S'approchant d'elle, Link lui a tendu la main pour l'aider à se mettre debout.

— Mais non, a-t-il plaisanté. Tu es toujours aussi vilaine. Pardon, craquante. Pour une Mortelle.

Ridley a sauté sur ses pieds.

— Tu trouves ça drôle ? a-t-elle hurlé, hystérique. Tu crois que perdre mes pouvoirs, c'est comme perdre un de tes matchs débiles ? C'est tout ce que j'ai, pauvre crétin ! Sans eux, je ne suis rien.

Son rimmel dégoulinait. Elle tremblait. Link a ramassé la friandise et l'a lavée avec l'eau de la bouteille.

— Patience, Rid. Tu développeras des charmes bien à toi. Tu verras.

Il lui a rendu la sucette. Ridley l'a contemplé avec des yeux vides. Sans quitter son regard, elle a jeté le bonbon le plus loin possible.

20 juin
DÉNOMINATEUR COMMUN

J'avais à peine dormi. Aucun d'entre nous n'était en état de marcher dans une forêt boueuse, mais nous n'avions pas le choix.

— Tout le monde va bien ? ai-je lancé à la cantonade. Alors, allons-y.

Link a effleuré son bras et grimacé.

— Je me suis déjà senti mieux, a-t-il répondu. Genre... tous les autres jours de ma vie !

La coupure au-dessus de l'œil de Liv commençait à cicatriser.

— J'ai connu pire, a-t-elle soupiré, mais c'est une longue histoire qui implique le stade de Wembley, un trajet épouvantable en métro et bien trop de kebabs.

J'ai ramassé mon sac couvert de terre.

— Où est Lucille ? ai-je demandé.

— Va savoir, a répliqué Link après avoir scruté les parages. Cette chatte passe son temps à disparaître. Je comprends pourquoi tes tantes l'attachaient à leur corde à linge.

J'ai sifflé, sans résultat.

— Lucille ! Elle était là quand nous nous sommes levés.

— Ne t'inquiète pas, mec. Elle nous retrouvera. Les chats ont un sixième sens.

— Elle en avait sans doute marre de nous suivre, dans la mesure où nous n'arrivons jamais nulle part, a bougonné Ridley. Cette chatte est beaucoup plus intelligente que nous tous réunis.

Après ça, j'ai perdu le fil de la conversation. J'étais trop occupé à écouter celle qui se déroulait dans ma tête. Je n'arrêtais pas de penser à ce que Lena avait fait pour moi. Pourquoi m'avait-il fallu autant de temps pour comprendre ce que j'avais juste sous le nez ? J'avais subodoré que, durant ces mois, Lena s'était punie. L'isolement volontaire, les photos morbides de pierres tombales accrochées aux murs de sa chambre, les symboles des Ténèbres dans son cahier à spirale et sur son corps, les vêtements de son oncle, et même sa fréquentation de Ridley et de John – rien de tout cela ne m'avait concerné. Ça n'avait concerné que Macon.

Je n'avais cependant pas réalisé que j'étais complice. Lena avait eu droit à un rappel constant du crime pour lequel elle se condamnait. Un rappel constant de ce qu'elle avait perdu.

Moi.

Elle avait été obligée de me croiser tous les jours, de me tenir la main, de m'embrasser. Pas étonnant qu'elle se soit montrée aussi brûlante et froide, me couvrant de baisers à un moment pour, l'instant suivant, me fuir. Me sont revenues les paroles de la chanson répétées à l'infini sur ses murs.

« Courir pour rester sur place. »

Elle n'arrivait pas à partir, et je la retenais. Dans mon dernier rêve, je lui avais dit que j'étais au courant du marché. Je me suis demandé si elle aussi avait rêvé, si elle savait maintenant que je partageais son fardeau secret. Qu'elle n'avait plus à le porter seule.

Je suis tellement désolé, L.

J'ai guetté sa voix dans les recoins de mon esprit, traquant la plus infime possibilité qu'elle m'écoute. Si je n'ai rien perçu, j'ai vu quelque chose, des images en accéléré à la périphérie de mon champ de vision. Des clichés défilant devant moi comme les voitures sur la voie rapide de l'autoroute.

Je courais, sautais, me déplaçais si vite que je ne me concentrais sur rien. Pas jusqu'à ce que mes yeux s'adaptent, comme déjà deux fois auparavant, et que je discerne des arbres, des feuilles et des branches. D'abord, je n'ai distingué que le son des feuilles sous mes pas et celui de l'air qui sifflait à mes oreilles. Puis des voix ont résonné.

— Nous devons faire demi-tour.

C'était Lena. Suivant le bruit, je suis entré sous le couvert des arbres.

— Impossible. Tu en es consciente.

Le soleil filtrait à travers la ramure. Je ne voyais que des bottes : les vieilles éculées de Lena, les lourdes et noires de John. Ils se tenaient à quelques pas de là. Ensuite, j'ai aperçu leurs visages. Lena arborait une expression têtue que je connaissais bien.

— Sarafine les a trouvés. Ils sont peut-être morts, à cette heure !

John s'est rapproché d'elle et a tressailli, comme quand je les avais surpris dans la chambre à coucher. Un réflexe involontaire, une réaction à une douleur quelconque. Il a regardé les prunelles dorées de Lena.

— C'est à Ethan que tu penses ?

Elle a détourné les yeux.

— À tous, a-t-elle répondu. Tu ne t'inquiètes même pas pour Ridley ? Elle a disparu. Tu ne crois pas que ces deux incidents sont liés ?

— Quels incidents ?

Lena s'est raidie.

— La disparition de ma cousine et la soudaine apparition de Sarafine.

Il a pris sa main et entremêlé ses doigts dans les siens comme j'avais eu l'habitude de le faire.

— Elle est toujours quelque part, Lena. Ta mère est sûrement l'Enchanteresse des Ténèbres la plus puissante du monde. Pourquoi voudrait-elle s'en prendre à Ridley, l'une des siennes ?

— Aucune idée, a marmonné Lena en secouant la tête, sa détermination commençant à faiblir. C'est juste que...

— Quoi ?

— Même si lui et moi ne sommes plus ensemble, je ne veux pas qu'il lui arrive quoi que ce soit. Il a tenté de me protéger.

— De quoi ?

De moi-même.

J'ai perçu ces mots, bien qu'elle ne les ait pas prononcés.

— De bien des choses. C'était différent, alors.

— Quand tu prétendais être celle que tu n'étais pas ? Quand tu essayais de rendre tout le monde heureux ? As-tu jamais songé qu'il te protégeait moins qu'il ne t'empêchait d'avancer ?

Mon cœur a accéléré, mes muscles se sont tendus.

— Tu sais, a poursuivi John, j'ai eu une petite amie Mortelle.

— Ah bon ? s'est exclamée Lena, éberluée.

— Oui. Elle était chouette, et je l'aimais.

— Que s'est-il passé ? a demandé Lena, suspendue à ses lèvres.

— C'était trop difficile. Elle ne comprenait pas à quoi ma vie ressemblait. Que je ne choisissais pas forcément d'agir comme j'agissais...

Je n'ai pas eu l'impression qu'il mentait.

— Et pourquoi ne faisais-tu pas ce que tu voulais ?

— Mon enfance a été plutôt stricte. Camisole de force, genre. Même les règles suivaient des règles.

— Tu veux dire pour ce qui était de fréquenter des Mortelles ?

De nouveau, John a tressailli, mais pas pour les mêmes raisons qu'un peu plus tôt.

— Non, ce n'était pas ça. J'ai été élevé ainsi parce que j'étais différent. L'homme qui s'est occupé de moi a été le seul père que j'ai connu, et il ne tenait pas à ce que je blesse quiconque.

— Moi non plus, je ne tiens pas à blesser quiconque.

— Tu n'es pas comme ça. Nous ne sommes pas comme ça.

John a attrapé la main de Lena pour l'attirer à lui.

— Calme-toi. Nous retrouverons ta cousine. Elle s'est sûrement enfuie avec ce batteur de l'Épreuve.

S'il avait raison à propos du batteur, il se trompait sur son identité. L'Épreuve ? Lena traînait en compagnie de sales types comme John dans des endroits appelés l'Exil et l'Épreuve. Elle croyait mériter ça.

Elle n'a pas répondu, n'a pas lâché la main de John non plus. J'ai essayé de les suivre, en vain. Je ne contrôlais rien. C'était évident depuis mon drôle de point de vue, à ras du sol. Je les regardais toujours d'en bas. Ça n'avait aucun sens. Mais l'heure n'était pas à la réflexion car, derechef, je courais dans un souterrain sombre. Ou était-ce une grotte ? J'ai humé l'odeur de la mer, tandis que les parois noires défilaient.

Je me suis frotté les yeux, surpris de constater que je marchais derrière Liv au lieu d'être couché par terre. Il était dingue de penser que je pouvais être en train d'observer Lena dans un lieu quelconque tout en suivant Liv dans les Tunnels. Comment cela était-il possible ?

Les étranges visions avec leur curieuse perspective, les images qui me fonçaient dessus... Que se passait-il ?

Pourquoi étais-je capable d'espionner Lena et John ? Il fallait que je résolve ce mystère. J'ai contemplé mes mains. Je ne tenais rien d'autre que l'Orbe Lumineux. J'ai essayé de me rappeler la première fois où Lena m'était apparue de cette façon. Dans ma salle de bains, et je n'avais pas la sphère, alors. Je n'avais touché que le lavabo. Il existait sûrement un dénominateur commun, sauf que je n'arrivais pas à comprendre lequel.

Devant nous, le sentier a débouché sur un hall de pierre vers lequel convergeaient quatre Tunnels.

— Par où ? a soupiré Link.

Je n'ai pas moufté, car, alors que je consultais l'Orbe Lumineux, j'ai découvert autre chose juste derrière.

Lucille.

Assise à l'entrée du souterrain opposé à nous, nous attendant. Dans ma poche, j'ai pris la médaille en argent que tante Prue m'avait donnée. « J'vois que t'as encore la chatte. J'attendais le bon moment pour la détacher de c'te corde à linge. Elle connaît que'ques petits trucs, tu verras. » En l'espace d'une seconde, tout s'est mis en place.

C'était Lucille, le dénominateur commun.

Les images qui défilaient à toute vitesse lorsque je courais retrouver Lena et John ; le sol si proche, trop pour que je sois debout ; le point de vue bizarre, comme si j'étais allongé sur le ventre. Tout était clair. Lucille ne cessait de disparaître pour réapparaître de façon erratique. Sauf que ça n'avait rien d'erratique.

Je me suis efforcé de me souvenir des fois où Lucille s'était volatilisée, les comptant une à une. La première vision s'était déroulée dans la salle de bains ; si je ne me rappelais pas que Lucille se soit sauvée, je savais très bien l'avoir découverte assise sur la véranda le lendemain matin ; or nous ne la laissions jamais dehors la nuit. La deuxième fois, Lucille avait déguerpi dans le parc Forsyth à Savannah et n'était revenue qu'après notre départ pour Bonaventure, après que j'avais vu Lena et John chez tante

Caroline. Enfin, Link avait remarqué l'absence de la chatte quand nous nous étions réveillés, sauf que, maintenant, elle était là, juste devant nous, alors que je venais d'avoir une nouvelle vision de Lena.

Ce n'était pas moi qui voyais Lena.

C'était Lucille. Elle la traquait, comme nous le faisions à l'aide des cartes, de l'Orbe ou de l'attraction lunaire. J'épiais Lena à travers des prunelles de chat, peut-être de la même façon que Macon avait observé le monde à travers celles de Boo. Cela était-il concevable ? Lucille n'était pas plus une chatte d'Enchanteurs que j'étais un Enchanteur.

Quoique...

— Qu'es-tu, Lucille ?

Elle m'a fixé droit dans les yeux en inclinant la tête.

— Ethan ? m'a lancé Liv. Tu vas bien ?

— Oui.

J'ai jeté un regard plein de sous-entendus à Lucille, qui m'a snobé en reniflant avec grâce le bout de sa queue.

— Tu sais que c'est un chat ? a insisté Liv en me dévisageant avec curiosité.

— Oui.

— OK, je voulais juste m'en assurer.

Génial ! Non seulement je parlais à un chat, mais voilà que je parlais du fait de parler à un chat.

— Allons-y.

Liv a pris une profonde inspiration.

— Euh... à ce propos, je crains que ce ne soit impossible.

— Pourquoi ça ?

Elle m'a invité à la rejoindre là où elle avait étalé les plans de tante Prue.

— Tu vois cette marque ? C'est le portail le plus proche. Ça m'a pris du temps, mais j'ai fini par comprendre des tas de trucs à propos de cette carte. Ta tante a bossé sérieusement. Elle a dû consacrer des années à la mettre au point.

— Les portails sont référencés ?

— Regarde ! Tiens, ces trois P rouges entourés de petits cercles. (Il y en avait partout.) Et ces fines lignes rouges. À mon avis, ils sont plus près de la surface. Il y a une logique. Plus les couleurs utilisées sont sombres, plus nous nous enfonçons sous terre.

J'ai montré une grille de lignes noires.

— Donc, pour toi, ces Tunnels sont les plus profonds ?

— Oui, a-t-elle acquiescé. Et peut-être les plus Ténébreux. La notion de territoires de la Lumière et des Ténèbres dans le Monde Souterrain est innovante. Et sûrement très peu connue.

— Et alors ? Quel est le problème ?

— Ceci.

Elle a désigné deux mots qui traversaient la bordure la plus au sud de la plus grande page. *LOCA SILENTIA*. J'ai reconnu le second. Il ressemblait à celui dont Lena m'avait menacé si je refusais de garder le secret quant à ses projets de fuite.

— Cela signifie-t-il que le plan est trop silencieux, qu'il n'en dit pas assez ?

— Non. Plutôt que c'est là qu'il se tait. Nous sommes au bout. Nous avons atteint la côte sud et, par conséquent, avons débordé de la carte. *Terra incognita*. Terre inconnue. Tu sais ce qui suit logiquement : *Hic dracons sunt*.

— Ouais, je n'ai pas arrêté d'entendre cette phrase.

Naturellement, je n'avais pas la moindre idée de ce qu'elle racontait.

— « Ici sont les dragons », a-t-elle traduit. Ce que les marins inscrivaient sur leurs cartes il y a cinq cents ans, quand ils les achevaient alors que l'océan, lui, continuait de s'étendre à l'infini.

— Je préfère encore affronter des dragons que Sarafine, ai-je répondu.

J'ai contemplé l'endroit où le doigt de Liv tapotait le papier. L'entrelacs de Tunnels que nous avions emprunté était aussi complexe qu'un réseau autoroutier.

— Bref, et maintenant ? ai-je demandé.

— Je suis à court d'idées. Depuis que ta tante nous a donné ce plan, je n'ai cessé de l'examiner, et j'ignore toujours où se trouve la Grande Barrière. D'ailleurs, je ne crois même pas que cet endroit existe pour de vrai. Désolée. J'ai conscience de ne pas vous être très utile.

De l'index, j'ai suivi les contours de la côte, remontant vers Savannah, la ville où l'Orbe Lumineux avait cessé de fonctionner. La marque rouge indiquant ce portail-là était juste en dessous du premier L de *LOCA SILENTIA*. À force d'observer les lettres et les cercles rouges, j'ai eu l'impression de déceler le schéma manquant. Ça m'a fait penser au triangle des Bermudes, une sorte de néant où tout disparaissait comme par magie.

— *Loca Silentia* ne signifie pas que la carte se tait, ai-je murmuré.

— Ah bon ?

— Je crois qu'il s'agit plutôt de quelque chose comme « silence radio », pour un Enchanteur du moins. Réfléchis. Quand l'Orbe Lumineux a-t-il commencé à débloquer ?

— À Savannah, a murmuré Liv. Juste après que nous… (Elle s'est interrompue, a rougi.) Après que nous avons découvert le journal de ta mère dans le grenier.

— Exactement. Dès que nous sommes entrés dans le territoire qualifié de *Loca Silentia*, l'Orbe ne nous a plus guidés. Pour moi, depuis que nous avons pris la direction du sud, nous avons marché dans une espèce de zone d'exclusion aérienne surnaturelle. Comme le triangle des Bermudes.

Lentement, Liv a levé les yeux sur moi, soupesant mes paroles. Lorsqu'elle a fini par répondre, elle n'a pas réussi à dissimuler son enthousiasme.

— La couture ! Nous sommes sur la couture ! C'est ça, la Grande Barrière !

— La couture de quoi ?

— La frontière où les deux mondes se rencontrent, a-t-elle répondu en consultant son sélénomètre. Si ça se trouve, tout ce temps, l'Orbe Lumineux a été soumis à une sorte de surcharge magique.

Je me suis souvenu de tante Prue, de l'instant et de l'endroit où elle nous avait rejoints.

— Je te parie que ma tante savait que nous aurions besoin des cartes. Nous venions de pénétrer dans le *Loca Silentia* lorsqu'elle nous les a données.

— Sauf qu'elles s'arrêtent ici, et que la Grande Barrière n'est pas indiquée, a soupiré Liv. Comment sommes-nous censés la localiser, du coup ?

— Ma mère y était parvenue. Elle savait comment la trouver sans l'étoile.

Dommage qu'elle ne soit pas avec nous, même sous la forme d'une apparition spectrale constituée de fumée, de terre de cimetière et d'os de poulet.

— Tu as lu ça dans ses papiers ?

— Non. C'est un truc que John a dit.

Je n'avais pas envie d'y penser, quand bien même l'information était utile.

— Où sommes-nous, déjà, d'après le plan ? ai-je demandé.

— Juste ici, a répondu Liv en tendant le doigt sur un point.

Nous avions atteint la longue ligne incurvée qui suivait les criques de la côte sud. Des tracés d'Enchanteurs s'entremêlaient et se séparaient avant de se rejoindre sur la rive, pareils à des systèmes nerveux.

— C'est quoi, ces petits machins ? Des îles ?

Liv a mâchonné son crayon.

— Ce sont les Sea Islands.

— Pourquoi ai-je l'impression de les connaître ? ai-je murmuré.

— Je me pose la question moi aussi. Peut-être parce que j'ai trop observé cette carte ?

Possible. En tout cas, ces formes, ovales inégaux, tout en creux et en bosses, pareils à des nuages maladroitement tracés, me disaient quelque chose. Où les avais-je déjà croisés ? De ma poche arrière, j'ai tiré une poignée de feuilles, les papiers de ma mère. Il était là, le vélin coincé entre deux pages, sur lequel apparaissait un étrange dessin d'Enchanteur qui évoquait de drôles de nuages.

« Elle savait comment la localiser sans l'étoile. »

— Attends...

J'ai posé le papier presque transparent sur le plan. Un calque, aussi fin qu'une peau d'oignon sur la planche à découper d'Amma.

— Est-ce que...

J'ai fait glisser le vélin translucide jusqu'à ce que le motif qu'il présentait se superpose à ceux de la carte en dessous. La correspondance était parfaite. Sauf pour une île, qui apparaissait comme floutée et ne se distinguait que lorsque les deux cartes partielles se rencontraient. Sans les deux plans, les lignes avaient l'air de gribouillis dénués de sens. Mais quand on les ajustait l'un sur l'autre, on distinguait l'île.

Les deux parties d'une clé d'Enchanteurs, ou deux univers cousus ensemble dans un but commun.

La Grande Barrière était dissimulée au milieu d'une chaîne côtière Mortelle. Évidemment.

J'ai contemplé l'encre sur et sous le vélin.

Il était là. Le lieu le plus puissant de l'univers Enchanteur, se montrant comme par magie grâce à du papier et à de l'encre.

Caché et visible de tous.

20 juin
FILS DE PERSONNE

Le portail en lui-même n'avait rien d'inhabituel.

Non plus que son accès ou le chemin sinueux que nous avons emprunté pour nous y rendre. Bifurcations et détours dans des couloirs croulants en pierre, en torchis et en bois. Humidité, obscurité et exiguïté : exactement ce que les Tunnels étaient supposés être. On se serait presque cru au jour où Link et moi avions traqué un chien errant dans les conduits d'évacuation des eaux de Summerville.

Le plus étrange était sans doute la banalité ambiante. Maintenant que nous avions découvert le secret de la carte, se conformer à ses indications avait été d'une facilité désarmante.

Jusqu'à maintenant.

— On y est. Forcément.

Liv a relevé les yeux du plan. Au-delà d'elle, j'ai fixé un escalier en bois qui conduisait à des rayons de lumière découpant les contours d'une trappe.

— Tu en es certaine ?

Elle a opiné avant de rempocher la carte.

— Alors, voyons un peu ce qu'il y a de l'autre côté.

J'ai grimpé les marches.

— Pas si vite, Courte Paille, a objecté Ridley, désireuse de gagner du temps, l'air aussi nerveuse que moi. À quoi t'attends-tu ?

— D'après les légendes, à de la vieille magie n'étant ni Lumière ni Ténèbres, a répondu Liv.

— Tu ne sais pas de quoi tu parles, Gardienne. La vieille magie est dangereuse. Infinie. Chaotique comme personne. Pas franchement de quoi réserver une fin heureuse à votre petite quête.

Je me suis rapproché de la porte, Liv et Link juste derrière moi.

— Allez, Rid ! l'a encouragée ce dernier. Tu veux aider Lena ou non ?

— Je disais juste que…

Sa crainte était perceptible. Je me suis efforcé d'oublier la dernière fois où Ridley avait eu autant la frousse, lorsqu'elle avait été confrontée à Sarafine, dans la forêt. J'ai poussé la trappe ; son bois usé a craqué, résisté. Une seconde poussée, et elle s'ouvrirait. Nous y serions, où que ce soit. À la Grande Barrière.

Je n'avais pas peur. J'ignore pourquoi. Mais je n'ai pas songé une seconde que j'entrais dans un univers magique lorsque j'ai forcé le passage. Je pensais à chez moi. Le panneau en bois n'était pas très différent de la Porte Extérieure que nous avions dénichée au champ de foire, sous le Tunnel de l'amour. C'était peut-être un signe, un élément du début de l'histoire qui réapparaissait à la fin. Bon ou mauvais signe ?

Ce qui était de l'autre côté du battant n'avait aucune importance. Lena attendait. Elle avait besoin de moi, qu'elle en soit consciente ou pas.

Reculer était inconcevable.

Je me suis appuyé contre le vantail, qui a cédé, s'ouvrant en grand. Les minces rayons lumineux se sont transformés en un champ de blancheur aveuglante.

Je suis entré dans la lumière crue, laissant la pénombre derrière moi, les marches à peine visibles à présent. J'ai humé l'air, lourd de sel et d'odeurs marines.

Loca Silentia. Je comprenais, maintenant. À l'instant où nous avons émergé des Tunnels sombres pour déboucher sur le vaste reflet plat de l'eau, il n'y a plus eu que clarté et silence.

Ma vision s'est ajustée lentement. Nous étions sur ce qui ressemblait à une plage rocheuse des Basses-Terres teintée en gris et blanc par les coquilles d'huîtres et encadrée par une rangée inégale de palmiers. Une promenade en bois délavé s'étirait le long du périmètre de la côte, face aux îles. Tous les quatre, nous avons tendu l'oreille, à l'affût de ce qui aurait dû être le bruit du ressac, du vent ou même d'une mouette volant dans le ciel. Mais le silence était si dense qu'il nous a arrêtés net.

La scène était à la fois des plus ordinaire et des plus surréaliste, aussi vivace qu'un rêve. Les couleurs étaient trop vives, la lumière trop claire et, dans les ombres lointaines du large, l'obscurité trop noire. Tout était beau, pourtant. Même les ténèbres. C'est la sensation éprouvée à cet instant qui nous a rendus muets. La magie se déployait entre nous, nous encerclait comme une corde, nous attachait les uns aux autres.

Je me suis engagé sur la promenade, et les contours arrondis des Sea Islands se sont dessinés à l'horizon. Au-delà, il n'y avait qu'un épais brouillard plat. Des bouquets d'herbes marécageuses émergeaient de l'eau pour former de longs bancs de terre peu profonds qui ponctuaient la boue du rivage. Des jetées en bois blanchi par les éléments s'élançaient dans l'eau bleue et lisse avant de disparaître dans les profondeurs noires. Elles marquaient la côte, pareilles à des doigts. Des ponts vers nulle part.

J'ai regardé en l'air. Pas une étoile. Liv a consulté son sélénomètre qui ronflait autour de son poignet. Elle l'a tapoté.

— Ces chiffres n'ont plus aucun sens. À nous de nous débrouiller seuls, à présent.

Détachant l'engin, elle l'a empoché.

— J'imagine que oui, ai-je acquiescé.

— Et maintenant ? a demandé Link.

Se penchant, il a ramassé une coquille d'huître avec son bras valide et l'a lancée au loin. La mer l'a avalée sans un son. Les mèches roses de Ridley s'agitaient sous l'effet de la brise. Au bout de la jetée la plus proche, accroché à un mât maigrichon, le drapeau de la Caroline du Sud, palmier et croissant de lune sur un fond bleu nuit, avait des allures d'oriflamme d'Enchanteurs. L'observant avec plus d'attention, j'ai relevé un détail inédit. Une étoile à sept branches côtoyait le croissant de lune et le palmier. L'étoile du Sud, juste sur le drapeau, comme tombée du ciel.

Si nous étions vraiment à l'endroit où le monde des Mortels et celui des Enchanteurs se rencontraient, rien de particulier ne l'indiquait. J'ignore ce que j'avais espéré. En tout cas, je n'avais droit qu'à un astre de trop sur l'étendard de notre État et à la présence ressentie d'une magie aussi dense que le sel dans l'air.

J'ai rejoint les autres au bout de la promenade. Le vent avait forci, et le pavillon claquait sans émettre un bruit. Liv s'est orientée sur la carte.

— Sauf erreur, ce doit être entre cette île, au-delà de la bouée, et l'endroit où nous sommes.

— Il n'y a pas d'erreur, je crois.

J'en étais sûr, en réalité.

— Comment le sais-tu ?

— Tu te souviens de l'étoile du Sud dont tu m'as parlé ? Regarde le drapeau. Si tu as suivi cet astre jusqu'ici, celui qui est représenté là-dessus est trait pour trait celui que tu traquais. Un indice confirmant que tu es au bon endroit, en quelque sorte.

— Tu as raison. L'étoile à sept branches.

Liv a examiné l'étendard, en touchant le tissu comme si elle s'autorisait à admettre la réalité pour la première fois. Nous n'avions pas de temps à perdre, cependant. Il nous fallait avancer.

— Bon, que cherchons-nous ? Un pan de terre ? Une chose née de la main de l'homme ?

— Tu veux dire qu'on n'y est pas encore ? s'est exclamé Link, déçu, en réajustant ses cisailles dans sa ceinture.

— Je pense que nous devons franchir l'eau, a confirmé Liv en lissant la carte de la paume. C'est logique. Comme de traverser le Styx pour entrer aux Enfers. D'après ce que je lis ici, nous sommes en quête d'une sorte de connecteur qui nous transportera de l'autre côté de l'eau, jusqu'à la Grande Barrière. Un banc de sable ou un pont.

Elle a plaqué le vélin sur le plan, et nous nous sommes tous penchés dessus. Link s'en est emparé.

— Je vois... Plutôt cool, a-t-il commenté en jouant avec le calque. Un coup, ça apparaît, l'autre coup, ça disparaît.

Il a lâché la carte qui s'est envolée pour atterrir sur le sable dans un méli-mélo de pages. Liv l'a vivement ramassée.

— Attention ! Tu es cinglé ou quoi ?

— Cinglé comme le sont les génies ? a-t-il rétorqué.

Parfois, je me demandais pourquoi ces deux-là s'adressaient seulement la parole. Liv a rangé le plan de tante Prue, et nous sommes repartis. Ridley a pris Lucille Ball dans ses bras. Elle n'avait pas dit grand-chose depuis que nous avions quitté les Tunnels. Maintenant qu'elle avait perdu ses griffes, elle préférait peut-être la compagnie de Lucille. Ou alors, elle était effrayée. Elle devinait sans doute mieux que nous quels dangers nous attendaient.

Dans ma poche, l'Orbe Lumineux brûlait. Mon cœur s'est affolé, la tête m'a tourné.

Qu'est-ce que cet objet me faisait ? Depuis que nous étions entrés dans le *no man's land* du *Loca Silentia*, la lumière avait cessé de nous montrer le chemin pour illuminer le passé. Celui de Macon. Il s'était transformé en chenal pour les visions, une ligne droite que je ne contrôlais pas. Les hallucinations se produisaient par intermittence, interrompant le présent avec des fragments de la vie de Macon.

Une vieille palme a bruyamment craqué sous le pied de Ridley. Puis il y a eu autre chose, et j'ai senti que je glissais...

Macon sentit immédiatement son épaule qui claquait, la douleur intense de ses os se brisant. Sa peau se tendit comme si elle n'était plus en mesure de retenir ce qui se cachait en lui. Ses poumons furent soudain privés d'oxygène, à croire qu'on l'écrasait. Sa vision se troubla, et il eut l'impression de tomber alors même qu'il éprouvait la déchirure des pierres sur sa peau quand il s'écroula à terre.

La Transformation.

Dès lors, il ne pourrait plus fréquenter les Mortels en plein jour. Le soleil incendierait sa chair ; il n'arriverait pas à ignorer son besoin de se nourrir de leur sang. Il était, désormais, un énième Incube Sanguinaire dans la longue lignée d'assassins des Ravenwood. Un prédateur qui rôderait au milieu de ses proies, guettant l'instant de se ravitailler.

Je suis revenu à moi, aussi brutalement que j'avais perdu mes esprits. Le cœur au bord des lèvres, j'ai titubé vers Liv.

— Il faut que nous continuions. Les choses dérapent.

— Quelles choses ?

— L'Orbe Lumineux... ce que je vois dans ma tête.

Je n'étais pas en mesure de m'expliquer mieux.

— Je craignais que ça ne soit dur pour toi, a-t-elle acquiescé. Je ne savais pas trop si un Pilote réagirait plus violemment à un lieu d'une telle puissance, au regard de sa sensibilité à la présence de certains Enchanteurs, comme c'est ton cas. Enfin, si tu...

Si j'étais vraiment un Pilote. Inutile de préciser.

— Admets-tu que la Grande Barrière est réelle, en fin de compte ?

— Non. À moins que...

Du doigt, elle a désigné la jetée la plus éloignée sur l'horizon, où une autre, plus étroite et plus vieille, se détachait de ses semblables, s'enfonçait tellement au large que nous n'en distinguions pas la forme, noyée dans la brume.

— Il se peut que ce soit le pont que nous cherchions, a-t-elle précisé.

— Ça ne ressemble pas beaucoup à un pont, a ronchonné Link, sceptique.

— Il n'y a qu'une façon de le savoir, ai-je décrété en reprenant ma route.

Tandis que nous nous frayions un passage au milieu des planches pourries et des coquilles d'huîtres, j'ai été en proie à des absences de plus en plus fréquentes. J'étais là sans y être. J'entendais les voix de Ridley et de Link qui se chamaillaient, puis j'étais ramené dans les visions du passé de Macon. J'étais censé y gagner quelque chose, mais elles se succédaient si rapidement qu'il m'était impossible de comprendre quoi.

J'ai pensé à Amma. Elle m'aurait dit que tout avait un sens. J'ai tenté d'imaginer ce qu'elle aurait alors ajouté. P.R.É.S.A.G.E. Sept lettres vertical. Autrement dit, fais attention à ce qui *se passe maintenant*, Ethan Wate, parce que ça te renseignera sur ce qui *se passera ensuite*.

Elle avait raison, comme toujours. Tout avait un sens, n'est-ce pas ? Ainsi, les changements dans le comportement de Lena m'auraient renseigné sur la vérité si j'avais été capable de les identifier. J'ai essayé d'assembler mes différentes hallucinations afin de déterminer quelle histoire elles me racontaient. Je n'en ai pas eu le temps, cependant, car, alors que nous atteignions le pont, j'ai été victime d'un nouveau glissement, la promenade a tangué, les voix de Ridley et de Link se sont estompées...

La pièce était sombre, mais Macon n'avait pas besoin de lumière pour voir. Les étagères croulaient sous les livres, ainsi qu'il l'avait imaginé. Des volumes consacrés à toutes les périodes de l'histoire américaine, notamment aux conflits qui avaient divisé le pays, révolution et guerre de Sécession. Macon fit courir ses doigts sur les dos de cuir. Ces ouvrages ne lui étaient plus d'aucune utilité, à présent.

Ceci était une autre sorte de guerre. Une guerre qui déchirait les Enchanteurs au sein de sa propre famille.

Il perçut des pas au-dessus de sa tête, le bruit d'une clé en forme de croissant qui entrait dans la serrure. La porte grinça, un rayon de lumière profitant de ce que la trappe du plafond s'ouvrait. Il eut envie de tendre le bras, d'offrir sa main pour l'aider à descendre ; il n'osa pas.

Cela faisait des années qu'il ne l'avait vue ni touchée.

Ils ne s'étaient fréquentés qu'à travers des lettres et sous les couvertures des livres qu'elle laissait pour lui dans les Tunnels. Durant tout ce temps, il ne l'avait ni croisée ni entendue. Marian y avait veillé. Elle franchit la porte dans une aura lumineuse. Macon eut du mal à respirer. Elle était encore plus belle que dans ses souvenirs. Ses cheveux bruns soyeux étaient retenus par des lunettes. Elle sourit.

— Jane.

Il n'avait pas prononcé ce prénom depuis tant d'années. Il résonnait comme une chanson.

— *Plus personne ne m'appelle ainsi depuis…* (Elle baissa les yeux.) *C'est Lila, maintenant.*

— *Bien sûr, oui, je le savais.*

Elle était nerveuse, sa voix tremblait.

— *Je suis navrée d'avoir dû venir, mais c'était la seule solution.*

Elle évitait de le regarder, c'était trop douloureux.

— *Ce que j'ai à t'annoncer… Je ne pouvais pas te mettre un mot dans le bureau et je n'ai pas osé envoyer un message par les Tunnels.*

Macon possédait une petite salle de travail dans les souterrains, une échappatoire à l'exil volontaire de sa vie solitaire à Gatlin. Parfois, Lila glissait une note entre les pages d'un ouvrage qu'elle lui transmettait. Jamais rien de personnel. Ses mots concernaient ses recherches dans la Lunae Libri, les réponses possibles aux questions que tous deux se posaient.

— Je suis heureux de te revoir, souffla Macon en avançant d'un pas.

Lila se raidit, il en sembla blessé.

— Ne crains rien. Je suis en mesure de contrôler mes envies, désormais.

— Ce n'est pas ça. Je... je ne devrais pas être ici. J'ai dit à Mitchell que je travaillerais tard aux archives. Je n'aime pas lui mentir.

Naturellement. Elle se sentait coupable. Elle avait conservé cette droiture dont Macon se souvenait.

— Nous sommes aux archives.

— Inutile de jouer sur les mots, Macon.

Il poussa un gros soupir quand elle prononça son prénom.

— Qu'y a-t-il de si important pour que tu aies pris le risque de venir me trouver, Lila ?

— J'ai découvert une chose que ton père t'a cachée.

Les prunelles de Macon s'assombrirent à la mention de son géniteur.

— Je ne l'ai pas croisé depuis des années. Pas depuis que...

Il n'avait pas envie de formuler ce à quoi il pensait. Qu'il n'avait pas revu son père depuis que Silas l'avait manipulé pour qu'il laisse partir Lila. Silas et ses préjugés, son intolérance envers les Mortels et les Enchanteurs. Macon ne mentionna pas cela. Il ne tenait pas à rendre les choses encore plus difficiles pour elle.

— Pas depuis la Transformation, éluda-t-il.

— Il faut que tu saches quelque chose.

Lila baissa la voix comme si ce qu'elle avait à dire ne pouvait être exprimé qu'en chuchotant.

— Abraham est vivant.

Ni lui ni elle n'eurent le temps de réagir. Un ronflement retentit, et une silhouette se matérialisa dans la pénombre.

— Bravo ! Elle est vraiment beaucoup plus maligne que je ne m'y attendais. Lila, n'est-ce pas ?

Abraham applaudissait bruyamment.

— Une erreur tactique de ma part, mais ta sœur saura la réparer. Tu n'es pas d'accord, Macon ?

Ce dernier fronça les sourcils.

— Sarafine n'est pas ma sœur.

Abraham ajusta sa cravate. Avec sa barbe blanche et son costume du dimanche, il ressemblait plus au colonel Sanders[1] qu'à ce qu'il était – un tueur.

— Pas la peine d'être aussi méchant, répondit-il. Sarafine est la fille de ton père, après tout. Dommage que toi et elle ne vous entendiez pas. (Il s'approcha de Macon d'une démarche décontractée.) Tu sais, j'espérais que nous aurions l'occasion de nous rencontrer. J'étais certain que, une fois que nous aurions discuté, tu comprendrais quelle est ta place dans l'Ordre des Choses.

— Je connais ma place. J'ai choisi de me vouer à la Lumière il y a bien longtemps.

Abraham s'esclaffa bruyamment.

— Comme si c'était seulement possible ! Tu es une créature des Ténèbres par nature, un Incube. Cette alliance ridicule avec les Enchanteurs de la Lumière pour défendre les Mortels… c'est insensé ! Tu es l'un des nôtres, un membre de notre famille.

Le Patriarche se tourna vers Lila.

— Tout ça pour quoi ? laissa-t-il tomber avec dédain. Une Mortelle avec laquelle tu ne pourras jamais vivre ? Qui est mariée à un autre, qui plus est ?

Lila savait que ce n'était pas vrai. Macon n'avait pas opéré son choix juste à cause d'elle, même si elle était consciente d'avoir joué un rôle dans sa décision. Rassemblant tout son courage, elle affronta Abraham.

---

1. Fondateur de la chaîne de restauration rapide KFC.

— Nous trouverons un moyen d'en finir avec tout ça. Enchanteurs et Mortels devraient pouvoir faire mieux que coexister.

L'expression d'Abraham se modifia. Son visage s'assombrit, et il cessa de ressembler à un gentleman sudiste vieillissant. Ce fut avec un air sinistre et démoniaque qu'il sourit à Macon.

— Ton père, Hunting et moi, nous espérions que tu te joindrais à nous. J'ai averti Hunting que les frères vous décevaient souvent. Comme les fils.

La tête de Macon pivota brusquement, ses traits reflétant ceux de son aïeul.

— Je ne suis le fils de personne.

— Quoi qu'il en soit, je ne peux permettre que cette femme interfère dans nos plans. Quel malheur, vraiment ! Tu as tourné le dos à ta famille parce que tu aimais cette Mortelle répugnante et, pourtant, elle va mourir parce que tu l'as mêlée à tout cela.

Il disparut pour se matérialiser devant Lila.

— Eh bien…

Il ouvrit la bouche, dévoilant ses canines luisantes. En hurlant, Lila leva les bras, guettant la morsure qui ne vint pas. Macon surgit entre eux. Elle sentit le poids de son corps qui la heurtait, la projetait en arrière.

— Fuis ! lui ordonna-t-il.

Un instant, elle sembla paralysée, cependant que les deux hommes luttaient. Le fracas de la bagarre était violent, comme si la terre s'ouvrait. Lila vit Macon renverser Abraham, ses cris gutturaux déchirant l'air. Puis elle se sauva.

Le ciel tournoyait lentement autour de moi, comme si quelqu'un avait rembobiné le film. Liv devait me parler, car je voyais sa bouche former des mots que je ne parvenais pas à distinguer cependant. J'ai refermé les paupières.

Abraham avait tué ma mère. Elle était peut-être morte de la main de Sarafine, mais l'ordre avait été donné par Abraham. J'en étais convaincu.

— Ethan ? Tu m'entends ?

Les intonations de Liv étaient affolées.

— Ça va.

Je me suis redressé. Mes trois compagnons me contemplaient, Lucille était assise sur ma poitrine. J'étais étendu sur la promenade en décomposition.

— Donne-moi ça.

Liv a voulu ôter l'Orbe Lumineux de mes paumes.

— Ce truc agit comme une sorte de canal métaphysique. Tu ne le contrôles pas.

J'ai résisté. C'était un canal que je ne pouvais me permettre de fermer.

— Raconte au moins ce qui est arrivé. Qui était-ce ? Abraham ou Sarafine ?

Liv a posé la main sur mon épaule pour me stabiliser.

— Ce n'est rien. Je n'ai pas envie d'en parler.

— Tu tiens le coup, mec ? m'a demandé Link.

J'ai cligné des yeux à plusieurs reprises. J'avais l'impression d'être sous l'eau et de regarder mes amis à travers ses tourbillons.

— Ça va, ai-je répété.

— Célèbres paroles d'agonisant, a lâché Ridley qui, à quelques pas de là, s'essuyait les mains sur sa jupe.

Ramassant son sac à dos, Liv a fixé l'extrémité de la jetée presque interminable. Je me suis posté près d'elle.

— C'est là-bas, ai-je dit en me tournant vers elle. Je le sens.

J'ai frissonné. C'est alors que je me suis rendu compte qu'elle aussi tremblait.

20 juin
Bouleversement

Nous avons eu le sentiment de marcher pendant des heures, comme si, devant nous, le pont s'allongeait au fur et à mesure que nous avancions. Plus nous nous approchions, plus l'horizon devenait indistinct. L'air a gagné en luminosité, en densité et en humidité, jusqu'à ce que, soudain, mes pieds frôlent le bord des planches abîmées et ce qui semblait être un mur de brouillard impénétrable.

— Est-ce la Grande Barrière ?

Je me suis accroupi, tâtonnant à l'endroit où le bois s'achevait. Je n'ai rien senti. Pas d'escalier d'Enchanteurs invisible, rien.

— Attends ! Et s'il s'agissait d'un champ magnétique dangereux ou d'une brume empoisonnée ?

Link a tiré les cisailles de sa ceinture et les a doucement enfoncées dans la paroi cotonneuse avant de les retirer brusquement, intactes.

— D'accord, peut-être pas. N'empêche, ça flanque les jetons. Comment savoir si nous en reviendrons ?

Comme d'ordinaire, il se contentait d'exprimer ce que nous tous pensions.

— Moi, j'y vais, ai-je décrété en faisant face au vide.

— Tu as du mal à marcher ! s'est exclamée Liv, offensée.
Pourquoi toi ?

Parce que tout ceci était ma faute. Parce que Lena était
ma petite amie. Parce que j'étais peut-être un Pilote, quoi
que ce mot signifie. Détournant les yeux, je me suis surpris à regarder Lucille, qui plantait ses griffes dans le corsage de Ridley. Elle n'aimait pas beaucoup l'eau.

— Ouille ! a couiné Ridley en la posant par terre. Idiote
de chatte !

Délibérément, Lucille a avancé de quelques pas avant
de se retourner pour me fixer. Elle a incliné la tête. Puis,
après un coup de queue, elle a décampé et disparu.

— Parce que, ai-je dit.

Il se trouve que j'étais incapable d'expliquer pourquoi.
Liv a secoué le menton. Sans attendre quiconque, j'ai suivi
Lucille dans les nuages.

J'étais dans la Grande Barrière, entre les univers et,
durant une seconde, j'ai eu l'impression de n'être ni Mortel
ni Enchanteur. Juste magique.

Je sentais, j'entendais, je humais la magie, l'atmosphère
lourde de bruit, de sel et d'eau. La berge à l'autre bout du
pont m'attirait à elle, et j'étais submergé par une insupportable sensation de désir. Je voulais être là-bas avec
Lena. Mieux encore, je voulais juste être là-bas. Sans raison ni logique, visiblement, sinon celles de l'intensité de
mon aspiration.

Plus que tout, je souhaitais être là-bas.

Je n'avais pas envie de choisir l'un des mondes ; je voulais appartenir aux deux. Je n'avais pas envie de ne voir
qu'une face du ciel ; je voulais l'appréhender en entier.

J'ai hésité avant de faire un pas, un seul, et de sortir de
la brume pour entrer dans l'inconnu.

Le froid m'a frappé, la chair de poule a hérissé la peau de mes bras.

Quand j'ai rouvert les yeux, la luminosité éclatante et le brouillard s'étaient dissipés. Je n'ai distingué qu'un clair de lune brouillé qui se déversait dans la béance d'une grotte déchiquetée, au loin. La pleine lune était brillante et lumineuse.

Je me suis demandé s'il s'agissait de la Dix-septième.

Refermant les paupières, j'ai tenté de revivre l'intensité du moment qui avait précédé, lorsque j'avais été suspendu entre deux univers.

C'était là, derrière tout le reste. La sensation. L'électricité de l'air, comme si ce côté du monde était agité d'une vie que je ne voyais pas, mais que je devinais autour de moi.

— Allez, tu peux regarder, maintenant, Super Mâle !

Ridley a surgi dans mon dos, tirant derrière elle Link, qui serrait fort les paupières. Liv a suivi, hors d'haleine.

— C'était super !

Elle m'a rejoint. Les cheveux dorés de ses nattes étaient à peine décoiffés. Elle a contemplé les vagues qui s'abattaient sur les rochers, devant nous, les yeux étincelants.

— Crois-tu que nous...

— Oui, l'ai-je coupée, nous sommes à la Grande Barrière.

Ce qui signifiait que Lena était quelque part dans les parages. Sarafine aussi.

Et Dieu savait qui encore.

Lucille était perchée sur une pierre et se léchait la patte, mine de rien. J'ai aperçu quelque chose à côté d'elle, coincé dans une fente.

Le collier de Lena.

— Elle est ici.

Je me suis baissé pour le ramasser, ma main tremblant de manière incontrôlable. Je ne l'avais jamais vue sans, pas une fois. Le bouton d'argent brillait dans le sable, l'étoile en fil de fer était prise dans le nœud retenant le bout de fil rouge. Ce n'était pas seulement ses souvenirs. C'étaient les nôtres, tout ce que nous avions partagé depuis notre rencontre. Les preuves des instants de bonheur qu'elle avait connus au cours de sa vie. Rejetées sur la grève, à l'instar des débris de coquillages égarés et des algues emmêlées échouées sur la plage.

Si c'était un présage, il n'était pas bon.

— Tu as trouvé quelque chose, Courte Paille ?

De mauvaise grâce, j'ai ouvert ma paume afin de leur montrer. Ridley a étouffé un cri. Liv n'a pas identifié l'objet.

— Qu'est-ce que c'est ?

— Le collier de Lena, a marmonné Link en regardant le sol.

— Elle l'aura perdu, a commenté Liv en toute innocence.

— Non ! a crié Ridley. Lena ne l'enlevait jamais. Jamais ! Elle n'aurait pas pu le perdre. Elle s'en serait rendu compte à l'instant, s'il s'était brisé.

Liv a haussé les épaules.

— Elle s'en est peut-être aperçue. Simplement, elle s'en fichait.

Ridley s'est ruée sur elle, et Link a dû la retenir par la taille.

— Je t'interdis de dire ça ! Tu ne sais rien de rien ! Explique-lui, Courte Paille !

Mais même moi, je ne savais plus rien.

Nous avons longé la rive, nous rapprochant d'une ligne découpée de cavernes côtières. De l'eau stagnait sur leur sol sableux, et des falaises de pierre déchiquetées noyaient tout de leur ombre. Le sentier sinuant entre les rochers a semblé nous conduire vers une grotte en particulier. Le fracas du ressac alentour était assourdissant, et l'océan avait l'air de pouvoir nous emporter au large à tout instant.

Une véritable puissance émanait de cet endroit. La roche bourdonnait sous mes pieds, et même la lumière de la lune paraissait vibrer sous son effet.

Sautant de pierre en pierre, j'ai réussi à grimper assez haut pour voir au-delà de la saillie que formaient les falaises. Les autres m'ont suivi en essayant de ne pas se laisser distancer.

— Là-bas ! ai-je dit en montrant une vaste caverne, plus loin que celles qui nous entouraient.

La lune tombait droit dessus, illuminant une énorme fissure dans son plafond.

Et autre chose.

Sous la lumière chiche, j'ai à peine réussi à distinguer les silhouettes qui se déplaçaient dans l'ombre. La Meute Sanglante de Hunting. Impossible de se tromper.

Personne n'a pipé mot, tandis que nous nous réfugiions dans l'abri d'une petite grotte. Ceci n'était plus un énième mystère à résoudre, c'était en train de devenir une triste réalité. L'antre abritait certainement des Enchanteurs des Ténèbres, des Incubes Sanguinaires et une Cataclyste.

Or nous ne disposions comme armes que de nous-mêmes et de l'Orbe Lumineux. Link a mal réagi.

— Soyons clairs, a-t-il déclaré, nous sommes cuits tous les quatre. Plus le chat, a-t-il ajouté en baissant les yeux sur Lucille qui se léchait les pattes.

Il n'avait pas tort. D'après ce que nous pouvions voir, il n'y avait qu'un accès à la grotte. Elle était soigneusement gardée, et ce qui se trouvait à l'intérieur avait toutes les chances de représenter une menace encore plus formidable.

— Il a raison, Ethan, a renchéri Ridley. Mon oncle est sûrement là-dedans avec ses gars. Sans mes dons, nous ne survivrons pas à la Meute Sanglante. Nous sommes des bons à rien de Mortels. Le seul truc que nous avions pour nous était cette idiote de boule luisante.

Elle a donné un coup de pied dans le sable mouillé, plus pessimiste que d'habitude.

— Pas bons à rien, Rid, a soupiré Link. Juste Mortels. Tu t'y feras.

— Plutôt crever.

— Nous ne pouvons peut-être pas aller plus loin, a dit Liv en contemplant la mer. Même si nous réussissions à franchir l'obstacle de la Meute Sanglante, nous attaquer à Sarafine serait…

Elle n'a pas terminé sa phrase. Inutile, nous avions tous deviné la suite : une pulsion mortifère, de la folie, du suicide.

J'ai scruté le vent, l'obscurité, la nuit.

Où es-tu, L ?

Le clair de lune envahissait la caverne. Lena était quelque part là-bas à m'attendre. Elle ne m'a pas répondu, ce qui ne m'a pas empêché de continuer à essayer de communiquer avec elle.

J'arrive.

— Je suis d'accord avec Liv, a décrété Link. Nous devrions rebrousser chemin. Aller chercher de l'aide.

J'ai remarqué qu'il respirait avec difficulté. Il avait beau avoir tenté de le cacher, il avait mal. Il fallait que j'avoue à mes amis, aux gens qui m'aimaient, ce que je comptais faire.

— Nous ne reculerons pas, ai-je lâché. Enfin, pas moi.

La Dix-septième Lune n'attendrait pas, et Lena était à court de temps. L'Orbe m'avait amené ici pour une bonne raison. J'ai repensé à ce que Marian m'avait dit sur la tombe de ma mère lorsqu'elle me l'avait offert. « La Lumière contient une part de Ténèbres, et vice versa. » Une phrase que ma mère avait eu l'habitude de répéter. J'ai tiré l'objet de ma poche. Il avait viré à un vert étincelant et incroyablement lumineux. Il se passait quelque chose. À force de le tourner et de le retourner entre mes doigts, je me suis tout rappelé. Tout était là, tout me regardait depuis la rondeur en pierre lisse.

Des dessins de Ravenwood et l'arbre généalogique de Macon étalés sur le bureau de ma mère, aux archives.

J'ai observé la sphère, y lisant certaines choses pour la première fois. Peu à peu, des images sont remontées à la surface de mon esprit et sur celle de la sphère.

Marian me tendant le trésor le plus cher de ma mère, debout entre les tombes des deux personnes qui avaient fini par réussir à se rejoindre.

Ridley disait peut-être vrai. Tout ce que nous avions eu pour nous avait été cette idiote de boule luisante.

Une bague avec laquelle on joue autour d'un doigt.

Les Mortels n'étaient pas de taille à affronter les pouvoirs des Ténèbres.

Une photo de ma mère dans l'ombre.

La réponse était-elle dans ma poche depuis le début ?

Une paire de prunelles noires qui réfléchissaient les miennes.

Nous n'étions pas seuls. Nous ne l'avions jamais été. Les visions m'avaient tout montré dès le départ. À la seconde où j'y songeais, les images se sont évanouies aussi vite qu'elles étaient apparues, remplacées par des mots. « L'Orbe Lumineux est doté de pouvoir, et le pouvoir recèle la Nuit. »

— L'Orbe ! Il n'est pas ce que nous croyons.

Mes paroles ont rebondi sur les rochers nous environnant.

— Quoi ? s'est écriée Liv, surprise.

— Ce n'est pas une boussole. Pas du tout, même.

J'ai brandi la sphère afin que tous la voient. Sous nos yeux, elle a brillé, de plus en plus fort, jusqu'à ce qu'elle apparaisse cernée d'un cercle de lumière parfait, telle une éclipse. Telle une minuscule étoile. L'aura nous empêchait d'en distinguer la surface.

— Que fait-il ? a demandé Liv, le souffle court.

L'Orbe, que j'avais accepté des mains de Marian en toute innocence, n'était pas un objet de pouvoir. Pas pour moi.

Il était destiné à Macon.

Je l'ai levé encore plus haut. Sous le clair de lune iridescent de la grotte peu profonde, l'eau sombre à mes pieds a scintillé. Les plus petits éclats de quartz de la roche ont reflété la lumière. Dans l'obscurité, la boule a semblé s'enflammer. Le halo dégagé par sa surface perlée révélait les tourbillons bigarrés d'un intérieur caché. Dans un maelström, le violet a viré à des verts plus soutenus avant d'exploser en jaune vif qui ont tourné à des orange et des rouges. C'est là que j'ai compris.

Je n'étais ni un Gardien, ni un Enchanteur, ni un Voyant.

Je n'étais ni comme Marian ni comme ma mère. Ce n'était pas à moi de conserver le savoir et l'histoire, ni de protéger les livres et les secrets qui comptaient tant pour les Enchanteurs. Je n'étais pas comme Liv, qui enregistrait ce qui ne l'avait pas été, qui mesurait ce qui n'était pas mesurable. Je n'étais pas Amma. Il ne m'incombait pas de voir ce que personne d'autre ne voyait, ni de communiquer avec les Grands. Par-dessus tout, je ne ressemblais en rien à Lena. Je n'étais pas capable d'éclipser la lune, de faire tomber les cieux ou trembler la terre. Je ne persuaderais jamais quiconque de sauter d'un pont, contrairement à Ridley. Et je n'avais aucun trait commun avec Macon.

Inconsciemment, j'avais cherché à deviner quelle était ma place dans l'histoire, mon histoire avec Lena. En espérant que j'y en avais au moins une. Mais mon histoire s'était frayé un chemin jusqu'à moi à travers tous ces personnages. À présent, à la fin de ce qui avait des allures d'éternité dans l'obscurité et la confusion des Tunnels, je savais que faire. Je connaissais mon rôle.

Marian avait eu raison. J'étais le Pilote. Mon travail était de trouver ce qui s'était perdu.

Celui qui s'était perdu.

J'ai fait rouler l'Orbe Lumineux au bout de mes doigts avant de le lâcher. Il a flotté dans l'air.

— Bon Dieu de...

Link s'est approché d'un pas mal assuré. J'ai tiré la page jaunie de ma poche arrière et l'ai dépliée. Celle que j'avais arrachée au journal de ma mère et avais transportée jusqu'ici sans raison apparente. Du moins, c'est ce que j'avais cru.

L'Orbe projetait une aura argentée dans la grotte. J'ai avancé d'un pas vers lui et j'ai soulevé la feuille de façon à prononcer le sortilège inscrit par ma mère dans son calepin. Bien qu'il soit rédigé en latin, je me suis appliqué à l'entonner avec soin.

In Luce Caecae Caligines sunt,
Et in Caliginibus, Lux.
In Arcu imperium est,
Et in imperio, Nox.

— Mais oui ! a soufflé Liv en me rejoignant. Le sortilège *Ob Lucem Libertas*. La liberté dans la lumière. Termine, a-t-elle ajouté en me regardant.

J'ai retourné la feuille. Il n'y avait rien derrière.

— C'est tout ce que j'ai.

Liv a écarquillé les yeux.

— Tu ne peux pas t'arrêter maintenant. C'est affreusement dangereux. Le pouvoir de l'Orbe, surtout celui d'un Ravenwood, pourrait nous tuer. Il pourrait tuer...

— Alors, fais-le, toi.

— Non, Ethan. Je n'ai pas le droit. Tu le sais.

— Liv... Lena va mourir. Toi, moi, Link, Ridley, nous allons tous mourir. Nous sommes allés aussi loin que des Mortels le pouvaient. Nous sommes dans l'incapacité de poursuivre seuls.

J'ai posé la main sur son épaule.

— Ethan, a-t-elle chuchoté.

Mon prénom, juste mon prénom, mais j'ai entendu les mots qu'elle ne disait pas presque aussi clairement que si Lena s'était adressée à moi au moyen du Kelting. Liv et moi avions notre propre lien spécial. Il n'était pas magique. Il était très humain, très réel. Liv n'appréciait peut-être pas ce qui s'était passé entre nous, mais elle le comprenait. Elle me comprenait, et une part de moi croyait qu'elle me comprendrait toujours. J'aurais aimé que les choses soient différentes, que Liv puisse obtenir tout ce qu'elle désirait à la fin de nos aventures. Les choses qui n'avaient rien à voir avec des étoiles égarées et des cieux d'Enchanteurs. Malheureusement, elle n'était pas là où ma route me menait. Elle était un élément de la route.

Elle a contemplé l'Orbe Lumineux qui continuait de briller devant nous. Sa silhouette était cernée par un tel éclat qu'elle m'a donné l'impression de se tenir devant le soleil. Elle a tendu la main vers la sphère, et je me suis souvenu de mon rêve, celui où Lena émergeait de l'obscurité.

Deux filles aussi différentes que le Soleil et la Lune. Sans l'une, je n'aurais jamais pu tracer mon chemin jusqu'à l'autre.

« La Lumière contient une part de Ténèbres, et vice versa. »

Liv a effleuré l'Orbe d'un doigt avant d'entonner l'incantation.

In Illo qui Vinctus est,
Libertas Patefacietur.
Spirate denuo, Caligines.
E Luce exi.

Elle pleurait, les yeux rivés sur la boule de lumière, cependant que les larmes coulaient sur ses joues. Elle proclamait les mots avec force, comme s'ils avaient été gravés en elle et qu'elle soit obligée de se les arracher, mais elle ne s'est pas interrompue.

En Celui qui est lié,
La Liberté sera trouvée.
Ténèbres, revivez,
De la Lumière sortez.

Sa voix a faibli, elle a fermé les paupières et lentement prononcé les paroles ultimes à l'adresse de la nuit qui nous séparait.

— Sortez. Sortez...

Elle n'a pas pu terminer. Elle m'a tendu la main, je m'en suis emparé. Link a boitillé jusqu'à nous, escorté par Ridley. Liv tremblait de la tête aux pieds. Chaque mot l'avait éloignée de son devoir sacré et de ses rêves. Elle avait choisi un camp. Elle s'était projetée dans l'histoire qu'elle était censée seulement conserver. Lorsque tout cela serait fini, si nous survivions, Liv ne serait plus apprentie Gardienne.

Son sacrifice était un cadeau, celui de l'unique élément ayant donné jusque-là un sens à son existence.

Je n'osais imaginer ce qu'elle ressentait.

Nos quatre voix se sont unies. Il était impossible de reculer, désormais.

— *E Luce exi !* De la Lumière sortez !

L'explosion a été si violente que le rocher sur lequel je me tenais a percuté la paroi derrière moi. Nous avons été jetés à terre. J'ai senti du sable mouillé et de l'eau salée dans ma bouche. Je n'ai pas eu de doutes, cependant. Ma mère avait essayé de m'avertir, je n'avais pas été capable de l'entendre.

Nous est apparue alors, au milieu de la caverne, encadrée par la pierre, la mousse, la mer et le sable, une créature constituée de rien d'autre que d'une brume d'ombre et de lumière. D'abord, j'ai réussi à distinguer les rochers derrière elle, comme si elle était immatérielle. L'eau la traversait, elle ne touchait pas le sol.

Puis le halo lumineux s'est étiré pour créer une forme qui est devenue silhouette qui est devenue homme. Ses mains sont devenues mains, son corps est devenu corps, son visage est devenu visage.

Celui de Macon.

J'ai entendu les paroles de ma mère. « Il sera toujours auprès de toi. »

Macon a soulevé les paupières et m'a regardé. « Toi seul es en mesure de le racheter. »

Il portait les vêtements brûlés de la nuit où il était mort. Quelque chose avait changé, cependant.

Ses yeux étaient verts.

Vert Enchanteur.

— Quel plaisir de vous revoir, monsieur Wate.

20 juin
CHAIR ET OS

— Macon !

J'ai eu du mal à ne pas me jeter à son cou. De son côté, il m'a observé avec calme tout en brossant les cendres accumulées sur sa veste de soirée. Ses yeux me perturbaient. Je m'étais habitué aux prunelles noires et dures comme du verre de Macon Ravenwood l'Incube, celles qui vous regardaient sans exprimer autre chose que votre reflet. À présent, il se tenait devant moi, les iris aussi verts que ceux d'un Enchanteur de la Lumière. Ridley le dévisageait, bouche bée. Il était rare qu'elle soit à court de mots.

— Merci beaucoup, monsieur Wate. Vraiment, merci.

Macon a balancé la tête d'avant en arrière et s'est étiré comme s'il se réveillait d'une longue sieste. J'ai ramassé l'Orbe Lumineux qui avait roulé dans le sable.

— J'avais vu juste. Vous étiez là-dedans depuis le début.

J'ai repensé au nombre de fois où j'avais tenu la sphère et compté sur elle pour me guider.

Link avait du mal à admettre l'idée que Macon était vivant. Sans réfléchir, il a brandi la main pour le toucher. Macon l'a brutalement arrêté, Link a tressailli.

— Pardonnez-moi, monsieur Lincoln, je crains que mes réflexes ne soient un peu trop… vifs. Je ne suis pas beaucoup sorti, ces derniers temps.

Link s'est frotté le poignet.

— Ce n'était pas la peine de réagir comme ça, monsieur Ravenwood. Je voulais juste, vous voyez, je me suis dit que vous étiez…

— Quoi ? Un Diaphane ? Une Ire, peut-être ?

— À vous de me le dire, monsieur, a répondu Link en frissonnant.

Macon a tendu le bras.

— Allez-y. Je vous en prie.

Link a levé une main timide, comme s'il était sur le point de la placer au-dessus d'une bougie pour relever un défi. Son doigt s'est arrêté à un millimètre de la veste abîmée de Macon avant de s'arrêter. En soupirant, l'oncle de Lena a collé la paume de Link sur son torse.

— Là. En chair et en os. Une chose que nous avons en commun, monsieur Lincoln.

— Oncle Macon ? C'est vraiment toi ?

Ridley avait fini par trouver le courage de s'approcher. Le revenant a examiné ses prunelles bleues.

— Tu as perdu tes pouvoirs.

Elle a acquiescé, les joues mouillées de larmes.

— Toi aussi.

— Certains, oui. Mais je soupçonne que j'en ai gagné d'autres.

Il a voulu s'emparer de sa main, elle a reculé.

— Impossible à affirmer, a-t-il poursuivi avec un sourire. Je suis encore en plein dedans. Un peu comme l'adolescence. Pour la seconde fois de mon existence.

— Tes yeux sont verts.

Il a secoué la tête, a plié les doigts.

— Oui. Ma vie d'Incube est terminée, mais la Transition n'est pas achevée. J'ai beau avoir les iris d'un Enchanteur de la Lumière, je sens un reste de Ténèbres en moi. Elles n'ont pas encore été totalement exorcisées.

— Moi, je ne suis pas en Transition. Je ne suis rien, juste une Mortelle.

Ridley avait prononcé le mot comme s'il s'agissait d'un mauvais sort, et la tristesse de sa voix était authentique.

— Je n'ai plus de place dans l'Ordre des Choses, a-t-elle ajouté.

— Tu es vivante.

— J'ai l'impression de ne plus être moi-même. Je suis impuissante.

Macon a soupesé ces paroles, l'air d'essayer de déterminer autant que sa nièce dans quel état elle était.

— Tu es peut-être en période de Transition toi aussi, à moins que ceci ne soit le résultat d'un des tours de passe-passe les plus impressionnants de ma sœur.

Le regard de Ridley s'est éclairé.

— Cela signifie-t-il que je retrouverai mes pouvoirs ?

Macon a étudié ses yeux bleus.

— Non, Sarafine est trop cruelle pour ça. Je voulais seulement dire que tu n'étais peut-être pas complètement Mortelle encore. Les Ténèbres ne nous lâchent pas aussi facilement que nous le voudrions.

D'un geste maladroit, il l'a attirée à lui, et elle a enfoui son visage dans sa veste, pareille à une enfant de douze ans.

— Ce n'est pas évident d'être Lumière quand on a été Ténèbres. Infliger cela à quelqu'un, c'est trop lui demander.

Je tentais de canaliser le torrent de questions qui dévalait dans mon cerveau. J'ai risqué la première.

— Comment ?

Se détournant de Ridley, Macon a posé sur moi ses prunelles vertes qui m'ont transpercé de leur nouvel éclat vert.

— Pourriez-vous être plus précis, monsieur Wate ? Comment ne suis-je pas en vingt-sept mille poussières de cendre dans une urne déposée au fond du coffre-fort des Ravenwood ? Comment ne suis-je pas en train de pourrir sous un citronnier dans le prestige tout relatif de Son Jardin du Repos Éternel ? Comment me suis-je retrouvé prisonnier d'une petite balle cristalline enfouie dans votre poche crasseuse ?

— Deux, ai-je dit sans réfléchir.

— Plaît-il ?

— Il y a deux citronniers, sur votre tombe.

— Quelle générosité ! Un aurait suffi.

Macon a eu un sourire las, ce qui m'a paru assez remarquable, dans la mesure où il venait de passer quatre mois à l'intérieur d'une geôle surnaturelle de la taille d'un œuf.

— Ou alors, vous vous demandez comment j'ai pu mourir et vous survivre ? Autant vous prévenir, pour ce qui est du comment, cette histoire n'a pas fini de passionner vos voisins de Cotton Bend.

— Sinon que ce n'est pas le cas, monsieur. Vous n'êtes pas mort.

— En effet, monsieur Wate. Je suis, j'ai toujours été tout ce qu'il y a de plus vivant. Façon de parler.

Liv a risqué un pas en avant. Bien qu'elle ait peu de chances de devenir Gardienne un jour, une Gardienne subsistait au fond de son âme, en quête de réponses.

— Puis-je vous poser une question, monsieur Ravenwood ?

Macon a légèrement incliné la tête.

— Et qui êtes-vous donc, ma chère ? J'imagine que c'est votre voix que j'ai entendue m'extirper de l'Orbe Lumineux ?

— Oui, monsieur, a admis Liv en rougissant. Je m'appelle Olivia Durand, et je m'entraînais sous l'égide du professeur Ashcroft. Avant...

Elle s'est tue.

— Avant que vous lanciez le sortilège *Ob Lucem Libertas* ?

Elle a opiné, honteuse. Macon a semblé peiné, puis lui a souri.

— Alors, vous avez renoncé à beaucoup pour me sauver, mademoiselle Olivia Durand. Je suis votre débiteur et, comme je paie toujours mes dettes, je serais honoré de répondre à une question. C'est le moins que je puisse faire.

Bien qu'il ait été enfermé durant des mois, Macon restait un gentleman.

— Je sais bien sûr comment vous êtes sorti de l'Orbe, mais comment y êtes-vous entré ? Un Incube ne peut s'emprisonner lui-même, surtout quand, selon les témoignages, il est mort.

Elle avait raison. Il n'avait pu agir seul. Quelqu'un l'avait forcément aidé. J'avais deviné qui, à l'instant où la sphère l'avait relâché.

La personne que lui et moi aimions autant que nous aimions Lena, y compris dans la mort.

Ma mère, qui avait adoré les livres et les antiquités, le non-conformisme et l'histoire, la complexité. Qui avait tellement adoré Macon qu'elle s'était éloignée de lui quand il l'en avait priée, quand bien même elle ne supportait pas de vivre sans lui. Quand bien même une part d'elle-même n'avait pas vécu sans lui.

— C'était elle, n'est-ce pas ?

— Oui, a-t-il reconnu. Votre mère était la seule à être au courant de l'existence de l'Orbe Lumineux. Je le lui avais offert. N'importe quel Incube l'aurait tuée pour s'en emparer. C'était notre secret, l'un de nos ultimes secrets.

— L'avez-vous vue ?

Je me suis tourné vers la mer en clignant des paupiè-res.

— Oui, a-t-il répondu avec une expression de chagrin sur le visage.

— Semblait-elle...

Quoi ? Heureuse ? Morte ? Pareille à elle-même ?

— Aussi belle que toujours, votre mère. Belle comme le jour où elle nous a quittés.

— Je l'ai vue moi aussi.

La scène au cimetière de Bonaventure m'est revenue à l'esprit, et mon ventre s'est noué.

— Mais comment a-t-elle pu ? a insisté Liv. C'est impos-sible !

Ce n'était pas une provocation. Simplement, elle ne comprenait pas. Nous non plus, au demeurant.

La tristesse avait envahi les traits de Macon. Ce n'était pas plus facile pour lui que pour moi d'évoquer ma mère.

— Vous apprendrez que l'impossible est possible plus souvent que nous ne l'imaginons, surtout dans l'univers des Enchanteurs. Je peux vous montrer, si vous acceptez d'entreprendre un dernier voyage avec moi.

Il m'a tendu une main, la seconde à Liv. Ridley s'est avancée, a refermé ses doigts autour des miens et, plus hésitant, Link a claudiqué à son tour, complétant notre cercle. Macon m'a regardé. Avant que j'aie pu déchiffrer son expression, l'air a été noyé sous la fumée.

Macon essayait de tenir, mais il était en train de perdre connaissance. Il distinguait le ciel ébène au-dessus de lui, tra-versé par des flammes orange. S'il ne pouvait voir Hunting qui se nourrissait, il sentait ses dents dans son épaule. Lorsque son frère fut rassasié, il laissa tomber la dépouille de Macon par terre.

Quand ce dernier rouvrit les yeux, la grand-mère de Lena, Emmaline, était agenouillée près de lui. Il perçut la chaleur de son pouvoir de guérisseuse courir dans son corps. Ethan était là, lui aussi. Macon tenta de parler, sans savoir s'ils l'entendaient. « Trouvez Lena », voilà ce qu'il voulait dire. Ethan dut comprendre, car il disparut dans le feu et la fumée.

Le garçon ressemblait tant à Amarie, si entêté, si intrépide. Il ressemblait tant à sa mère, loyal, honnête et condamné à avoir le cœur brisé pour avoir aimé une Enchanteresse. Macon pensait encore à Jane lorsque son esprit s'éteignit.

Lorsque ses paupières se soulevèrent, l'incendie avait disparu. La fumée, le rugissement des flammes et des munitions, tout cela s'était évaporé. Il se sentit dériver dans l'obscurité. Ce n'était pas comme Voyager. Ce néant-là pesait. Il en éprouvait la pression. Pourtant, quand il tendit le bras, il constata que sa main était floue, matérialisée en partie seulement.

Il était mort.

Lena avait dû opérer le Choix. Elle avait décidé de se vouer à la Lumière. Malgré le noir, conscient du destin qui attendait les Incubes dans l'Autre Monde, il fut submergé par une vague de paix. C'était fini.

— Pas encore. Pas pour toi.

Il se retourna, ayant aussitôt reconnu cette voix. Lila Jane. Dans l'abysse, elle était lumineuse, chatoyante, magnifique.

— Janie ! J'ai tant à te dire !

Jane secoua la tête, ses cheveux bruns s'agitèrent sur ses épaules.

— Nous n'avons pas le temps.

— Nous n'avons que le temps.

Elle avança le bras, ses doigts luisaient.

— Prends ma main.

Dès que Macon la toucha, l'obscurité se mit à saigner des couleurs et de la lumière. Il discerna des images, des silhouettes et des formes familières qui nageaient alentour, même s'il ne réussit à s'ancrer à aucune. Il se rendit compte ensuite de l'endroit où ils étaient. Les archives, le lieu de prédilection de Jane.

— Que se passe-t-il, Jane ?

Il la vit saisir un objet, mais sa vision était troublée, peu claire. Puis il entendit les mots, ceux qu'il lui avait enseignés.

— « Entre ces murs sans temps ni espace, je scelle ton corps et de cette Terre l'efface. »

Elle tenait quelque chose. L'Orbe Lumineux.

— Non, Jane ! Ne fais pas ça ! Je veux rester ici avec toi.

Elle flottait devant lui, commençait déjà à s'estomper.

— J'ai promis de l'utiliser si ça devenait nécessaire. Je tiens ma promesse. Tu ne peux pas mourir. Ils ont besoin de toi.

Elle avait disparu, à présent, n'était plus qu'une voix.

— Mon fils a besoin de toi.

Macon tenta de lui dire tout ce qu'il avait échoué à exprimer de son vivant, mais il était trop tard. Il percevait déjà l'attraction de l'Orbe Lumineux, impossible à briser. Alors qu'il tournoyait dans l'abysse, il l'entendit sceller son destin.

> *Comprehende, Liga, Cruci Fige.*
> *Capture, Encage, Crucifie.*

Macon a lâché ma main, et la vision nous a libérés. Je l'ai fixée dans ma mémoire, incapable de la laisser partir. Ma mère l'avait sauvé en se servant de l'arme qu'il lui avait donnée afin qu'elle l'utilise contre lui. Elle avait renoncé à l'occasion qu'ils avaient enfin d'être réunis. À cause de moi. Avait-elle deviné qu'il représentait notre unique chance ?

Lorsque j'ai ouvert les paupières, Liv pleurait, et Ridley s'efforçait de cacher ses propres larmes.

— Oh, assez avec toutes ces pleurnicheries ! a-t-elle maugréé, la joue humide.

— J'ignorais qu'un Diaphane pouvait faire quelque chose comme ça, a reniflé Liv en s'essuyant les yeux.

— Vous seriez surprise de ce dont nous sommes capables quand la situation l'exige, a répondu Macon avant de m'assener une claque sur l'épaule. N'est-ce pas, monsieur Wate ?

J'ai compris qu'il essayait de me remercier. Toutefois, regardant notre cercle brisé, je n'ai pas eu le sentiment que je méritais de l'être. Ridley avait perdu ses pouvoirs, Link grimaçait de douleur, et Liv avait gâché son avenir.

— Je n'ai rien fait, ai-je murmuré.

La main de Macon a resserré son emprise autour de mon épaule, m'obligeant à me tourner vers lui.

— Vous avez réussi à voir ce que la plupart n'auraient pas vu. Vous m'avez amené ici ; vous m'avez ramené. Vous avez accepté votre destin de Pilote et tracé votre chemin jusqu'ici. Rien de tout cela n'a dû être facile.

Il a observé la grotte, Ridley, Link et Liv. Son regard s'est attardé sur cette dernière avant de s'arrêter de nouveau sur moi.

— Pour personne, a-t-il ajouté.

Y compris Lena.

Il m'était atroce de lui annoncer la nouvelle, mais il fallait que je m'assure qu'il était au courant.

— Lena croit vous avoir tué.

Il n'a pas répondu tout de suite. Lorsqu'il l'a fait, sa voix était mesurée et ferme.

— En quel honneur ?

— Sarafine m'a poignardé, cette nuit-là, mais c'est vous qui êtes mort. Amma me l'a raconté. Lena ne peut se le pardonner, et ça... ça l'a changée.

Je n'étais pas très clair, mais il y avait tant de détails qu'il aurait fallu donner.

— Je crois qu'elle a choisi dans son cœur sans s'en rendre compte.

— Non, a tranché Macon sur un ton sans appel.

— C'était le *Livre des lunes*, monsieur Ravenwood ! n'a pu s'empêcher d'intervenir Liv. Lena désespérait de sauver Ethan, alors elle s'est servie du *Livre*. Il a passé un marché avec elle, votre vie contre la sienne. Lena ne pouvait deviner ce qui se produirait. L'ouvrage n'est pas vraiment contrôlable, c'est pourquoi il n'est pas censé tomber entre les mains des Enchanteurs.

Elle s'exprimait encore plus comme une bibliothécaire des Enchanteurs que d'ordinaire.

— Je vois, a commenté Macon en inclinant la tête. Olivia ?

— Monsieur ?

— Avec tout le respect que je vous dois, nous n'avons pas le temps de jouer les Gardiens. Cette journée promet de réclamer des actes qu'il vaudrait mieux ne pas commettre. Ou, pour le moins, ne pas éventer. Est-ce compris ?

Liv a acquiescé, son expression laissant entendre qu'elle en comprenait plus qu'il ne s'en doutait.

— De toute façon, elle n'est pas, elle n'est plus Gardienne, ai-je précisé.

Liv avait détruit sa propre vie pour sauver celle de Macon. Elle avait droit à un minimum de considération.

— Surtout maintenant, a-t-elle soupiré.

J'ai prêté l'oreille au fracas du ressac, regrettant que les vagues ne soient pas en mesure d'emporter mes réflexions avec elles vers le large.

— Tout a changé.

Macon a brièvement regardé Liv avant de revenir à moi.

— Rien n'a changé, a-t-il objecté. Rien d'important. Pas encore.

— Mais que pouvons-nous faire ? a demandé Link après s'être éclairci la gorge. Regardez-nous ! Ils disposent de toute une armée d'Incubes et de Dieu sait quoi !

— Qu'avons-nous ? a riposté Macon en répertoriant ses troupes. Une Sirène dénuée de pouvoirs, une Gardienne ayant failli à son devoir de réserve, un Pilote égaré et... vous, monsieur Lincoln. Un détachement hétéroclite mais plein de ressources.

Lucille a miaulé.

— Ah, oui, il y a vous aussi, mademoiselle Ball.

J'ai pris conscience de notre faiblesse, abattus, sales et épuisés que nous étions.

— Vous avez pourtant réussi à arriver jusqu'ici, a poursuivi Macon. Et vous m'avez libéré de l'Orbe Lumineux, ce qui n'était pas un mince exploit.

— Seriez-vous en train d'affirmer que nous sommes en mesure de les attaquer ? s'est écrié Link, ragaillardi.

Il arborait la même expression enthousiaste que le jour où Earl Petty avait déclenché une bagarre avec toute l'équipe de football américain du lycée de Summerville.

— J'affirme que nous n'avons pas le temps de rester ici à discuter, si plaisante me soit votre compagnie. J'ai du pain sur la planche, ma nièce étant ma priorité.

Il s'est tourné vers moi.

— Montre-nous le chemin, Pilote.

Il a fait un pas pour sortir de la grotte, ses jambes se sont dérobées sous lui, et il est tombé dans un nuage de poussière. Je l'ai contemplé, assis par terre dans sa veste brûlée. Il ne s'était pas remis de ce qui lui était arrivé à l'intérieur de l'Orbe Lumineux, quoi que ça ait été. Les renforts que j'avais appelés n'étaient pas franchement des troupes d'élite. Il nous fallait un plan B.

20 juin
UN SOLDAT POUR TOUTE
ARMÉE

Macon a insisté. Il avait beau ne pas être en état d'aller où que ce soit, il savait que nous manquions de temps et il était bien décidé à nous accompagner. Je n'ai pas discuté, parce qu'un Macon Ravenwood affaibli valait mieux que quatre Mortels impuissants. Enfin, je l'espérais.

Je connaissais notre but. La lune continuait de se déverser à travers le plafond de la vaste caverne côtière, au loin. Pendant que Liv et moi soutenions Macon le long du rivage, pas à pas, avec grand soin, il a eu l'occasion de me poser toutes ses questions, et j'ai enchaîné avec les miennes.

— Pourquoi Sarafine convoque-t-elle la Dix-septième Lune maintenant ?

— Plus tôt Lena sera Appelée, plus tôt les Enchanteurs des Ténèbres auront sécurisé leur destin. Les pouvoirs de Lena se renforcent chaque jour qui passe. Nos ennemis ont conscience que plus ils attendent, plus elle est susceptible de se forger sa propre opinion. Qui plus est, s'ils sont au courant des circonstances ayant entouré mon décès, j'imagine qu'ils veulent tirer avantage de la vulnérabilité de Lena.

Je me suis rappelé que Hunting m'avait dit savoir que Lena avait tué Macon.

— Ils le sont.

— Il est de la plus haute importance que vous me racontiez tout.

Ridley nous a rejoints.

— Depuis l'anniversaire de Lena, Sarafine en appelle aux pouvoirs du Feu Ténébreux afin d'accumuler assez de puissance pour convoquer la Dix-septième Lune, a-t-elle expliqué.

— Tu parles du bûcher qu'elle a incendié dans les bois ? a demandé Link.

À sa façon de s'exprimer, j'ai été convaincu qu'il imaginait un feu de poubelle près du lac, la nuit.

— Non, a répondu Ridley. Ça, c'était juste une manifestation, comme Sarafine elle-même. Sa création.

— Ridley a raison, a renchéri Liv. Du Feu Ténébreux naissent tous les pouvoirs magiques. Si les Enchanteurs canalisent leur énergie collective à sa source, celle-ci devient d'une puissance exponentielle. Une espèce de bombe atomique surnaturelle.

— Tu veux dire que ça va exploser ? a chevroté Link, plus très sûr de vouloir s'en prendre à Sarafine.

Ridley a levé les yeux au ciel.

— Mais non, bêta. Aucune déflagration. N'empêche, le Feu Ténébreux est capable de provoquer de sérieux dégâts.

J'ai inspecté la pleine lune et le rayon de lumière qui formait un chemin direct jusque dans la grotte. La lune n'entretenait pas le feu. C'est le pouvoir du Feu Ténébreux qui était dirigé sur elle. C'est de cette manière que Sarafine convoquait l'astre nocturne.

— Pourquoi Lena a-t-elle accepté de venir ici ? s'est enquis Macon en observant Ridley.

— Parce que je l'en ai persuadée. Avec un type appelé John.

— Qui est-il, et quel rôle joue-t-il dans tout ça ?

L'ancienne Sirène s'est rongé les ongles.

— C'est un Incube. Enfin, un hybride. Mi-Incube, mi-Enchanteur. Très fort. La Grande Barrière était son obsession. Il pensait que tout y serait parfait.

— Savait-il que Sarafine serait là ?

— Non. C'est un illuminé. Il croyait que la Grande Barrière résoudrait tous ses problèmes. Une espèce d'utopie des Enchanteurs.

J'ai perçu un éclat de colère dans les prunelles de Macon. Le vert reflétait ses émotions comme le noir ne l'avait jamais fait.

— Explique-moi comment toi et un garçon qui n'est même pas un pur Incube avez réussi à convaincre Lena d'un projet aussi absurde !

— Ça n'a pas été très compliqué, a avoué sa nièce en détournant le regard. Lena allait mal. À mon avis, elle avait l'impression de n'avoir nulle part où aller, sauf ici.

Il était difficile de croiser les iris bleus de Ridley sans s'interroger sur ce qu'elle ressentait envers l'Enchanteresse des Ténèbres qu'elle était la veille encore.

— Quand bien même Lena se sentait responsable de ma mort, pourquoi a-t-elle cru qu'elle était comme vous, toi l'Enchanteresse des Ténèbres, et lui le démon ?

Macon s'était exprimé sans malveillance, mais ses paroles ont blessé sa nièce.

— Lena se déteste. Elle est certaine d'être vouée aux Ténèbres. Elle voulait trouver un endroit où elle ne blesserait personne. (Coup d'œil dans ma direction.) John lui a juré qu'il serait auprès d'elle quand tout le monde l'aurait lâchée.

— Je ne l'aurais pas lâchée, moi ! me suis-je exclamé, ma voix rebondissant contre les falaises alentour.

— Même si elle était devenue Ténèbres ? m'a défié Ridley sans ciller.

C'était logique. Lena avait été accablée par la culpabilité, tourmentée, et John lui avait offert des solutions dont je n'avais pas la ressource. J'ai songé au temps qu'ils avaient passé seuls, aux nuits ensemble, au nombre de Tunnels obscurs arpentés d'un même pas. John n'était pas un Mortel. L'intensité du contact de Lena ne le tuerait pas. Ils pourraient faire tout ce que bon leur semblerait, tout ce qui nous avait été interdit, à Lena et à moi. Une image s'est insinuée dans mon esprit, celle où tous les deux étaient blottis l'un contre l'autre dans le noir. Comme Liv et moi, à Savannah.

— Il y a autre chose, suis-je intervenu, me sentant obligé de révéler cet élément. Sarafine n'a pas agi seule. Abraham l'a secondée.

Quelque chose que je n'ai pas réussi à identifier a traversé les traits de Macon.

— Abraham ! a-t-il marmonné. Guère étonnant.

— Les visions ont également changé. Lorsque je les ai eues, j'ai eu l'impression qu'Abraham me voyait.

Macon a trébuché, manquant de m'entraîner dans sa chute.

— Vous en êtes sûr ?

— Oui. Il a prononcé mon prénom.

L'oncle de Lena m'a contemplé comme le soir du bal d'hiver, le premier bal de Lena. Comme s'il avait pitié de moi, de ce qu'il m'incombait de faire, des responsabilités qui m'écrasaient. Il n'avait jamais compris que ça m'était égal. Comme il avait repris la parole, j'ai essayé de me concentrer.

— Je ne me doutais pas que les choses avaient autant évolué. Vous devez vous montrer d'une extrême prudence, Ethan. Si Abraham a établi un lien avec vous, c'est qu'il est capable de vous voir aussi clairement que vous le voyez.

— En dehors des hallucinations, vous voulez dire ?

L'idée qu'Abraham surveille le moindre de mes mouvements n'était pas très rassurante.

— Je n'ai pas la réponse pour l'instant. En attendant que j'en obtienne une, attention à vous.

— D'accord. Sitôt que nous aurons combattu une armée d'Incubes et sauvé Lena.

Plus nous évoquions le sujet, moins il me paraissait crédible.

— Ce John est-il en relation avec Abraham ? a demandé Macon à Ridley.

— Je l'ignore. C'est Abraham qui a persuadé Sarafine qu'elle était capable de convoquer la Dix-septième Lune.

Ridley avait l'air triste, épuisée et crasseuse.

— Ne me cache rien, Ridley. Plus j'en saurai, mieux ça vaudra.

— Je n'étais pas très bien placée dans la hiérarchie, oncle Macon. Je n'ai jamais rencontré le Patriarche. Le peu dont je suis au courant me vient de Sarafine.

J'avais des difficultés à admettre que Ridley était la même que celle qui avait failli réussir à pousser mon père à sauter d'un balcon, tant elle semblait malheureuse et brisée.

— Monsieur ? a lancé Liv avec timidité. Un détail me turlupine depuis que j'ai croisé John Breed. Nous détenons des milliers d'arbres généalogiques d'Enchanteurs et d'Incubes, à la *Lunae Libri*, des siècles d'histoire. Comment expliquez-vous que ce type sorte de nulle part, que nous n'ayons aucun dossier le concernant ? John Breed, s'entend.

— Je me posais justement la même question, a répondu Macon, qui est reparti en boitant sévèrement. Mais ce jeune homme n'est pas un Incube.

— Pas à proprement parler, en effet, a convenu Liv.

— N'empêche, il est aussi fort qu'eux, ai-je bougonné en donnant un coup de pied dans un galet.

— Je le prends quand tu veux, a fanfaronné Link.

— Il ne se nourrit pas, oncle M, est intervenue Ridley. Sinon, je m'en serais aperçue.

— Intéressant.

— Très, a renchéri Liv.

— Olivia, s'il vous plaît... (Il lui a tendu son bras pour qu'elle le soutienne.) Avez-vous rencontré des cas d'hybrides de votre côté de l'Atlantique ?

— Des hybrides ? a-t-elle répété en me remplaçant au côté de Macon. J'espère que non...

Laissant ces deux-là avancer à leur rythme, je me suis attardé derrière. J'ai sorti le collier de Lena de ma poche. J'ai contemplé les babioles dans ma paume, mais elles étaient emmêlées et n'avaient plus de sens sans elle. Le bijou était plus lourd que je l'avais imaginé. À moins qu'il ne s'agisse du poids de ma conscience.

Debout sur une falaise qui dominait l'entrée de la caverne, nous observions les lieux. L'antre était immense, creusé dans une pierre volcanique noire. La lune était si basse dans le ciel qu'on aurait dit qu'elle allait tomber sur la Terre. Une bande d'Incubes surveillait l'entrée de la grotte. Les vagues s'écrasaient contre les rochers, projetant de petites gerbes d'eau sur leurs bottes.

Le clair de lune n'était pas la seule chose à être attirée dans la caverne. Une armée d'Ires, ombres tourbillonnantes, descendait du firmament et montait de l'océan. Elles s'engouffraient par le plafond et par la façade en tournant, formant une sorte de roue à eau surnaturelle. L'une d'elles a crevé la surface, silhouette noire tournoyante qui se reflétait dans la mer.

— Sarafine les utilise pour alimenter le Feu Ténébreux, a marmonné Macon en les désignant.

Une armée. Quelles étaient nos chances ? C'était pire que ce que j'avais cru, et le sauvetage éventuel de Lena m'est apparu comme encore plus compromis. Enfin, son oncle était avec nous.

— Comment allons-nous procéder ?

— Je vais vous aider à entrer, mais, à partir de là, ce sera à vous de trouver Lena. C'est vous le Pilote, après tout.

Il plaisantait, ou quoi ?

— Êtes-vous en train de suggérer que vous ne venez pas avec nous ?

Macon s'est laissé glisser sur le rocher pour s'asseoir au bord de la saillie.

— En effet, a-t-il confirmé.

Je n'ai pas essayé de dissimuler ma colère.

— Vous rigolez ? Vous l'avez dit vous-même : comment voulez-vous que nous sauvions Lena, alors que nous ne sommes qu'une Sirène dénuée de ses pouvoirs, un Mortel qui n'en a jamais eu, une bibliothécaire et moi ? Face à une meute d'Incubes Sanguinaires et assez d'Ires pour vaincre l'armée de l'air ! Vous êtes sérieux ? Vous devez bien avoir un plan !

Il a regardé la lune.

— Je vous aiderai, mais d'ici. Ayez confiance, monsieur Wate. C'est ainsi qu'il faut procéder.

Je l'ai toisé. Il ne blaguait pas. Il avait bien l'intention de nous envoyer là-dedans tout seuls.

— Si votre intention était de me rassurer, ça n'a pas marché.

— Un seul combat se déroulera, et il ne concerne ni vos amis ni moi. C'est le vôtre, fiston. Vous êtes un Pilote, un Mortel ayant un grand dessein. Vous vous battez depuis que je vous connais : contre les dames égoïstes des FRA, contre le conseil de discipline, contre la Seizième Lune, et même contre vos amis. Je ne doute pas que vous y arriverez.

Je m'étais certes battu durant toute l'année, cela ne me rassérénait pas pour autant. Mme Lincoln avait peut-être l'air d'être capable de vous croquer tout cru, ce n'était qu'une métaphore. Ce qui rôdait en bas dans l'antre était une tout autre histoire.

Prenant un objet dans sa poche, Macon l'a pressé dans ma main.

— Tenez. Je n'ai rien d'autre à vous offrir, dans la mesure où mon récent voyage était plutôt impromptu et où je n'ai pas eu le temps de faire mes bagages.

J'ai examiné le petit carré d'or. Un livre miniature retenu par un clapet. J'ai appuyé dessus, il s'est ouvert. À l'intérieur, une photo de ma mère, de la jeune fille rencontrée dans les visions. La Lila Jane de Macon. Ce dernier a détourné les yeux, gêné.

— Il s'est trouvé être dans ma poche. Après tout ce temps, vous imaginez ?

Sauf que le médaillon était usé et rayé, et que j'ai deviné sans l'ombre d'un doute qu'il était dans sa poche aujourd'hui parce qu'il y avait été chaque jour durant Dieu sait combien d'années.

— Vous découvrirez que cet objet vous donnera du pouvoir, Ethan. Ça a toujours été le cas pour moi. N'oublions pas que notre Lila Jane était une forte femme. Elle m'a sauvé la vie, y compris quand je suis mort.

L'expression de ma mère sur le cliché m'était familière. J'avais même cru qu'elle ne l'adressait qu'à moi. C'était celle dont elle m'avait gratifié la première fois que j'avais lu les panneaux routiers dans la voiture, alors qu'elle ignorait que je savais lire. Celle à laquelle j'avais eu droit la fois où j'avais dévoré à moi seul une tarte au babeurre d'Amma et dormi dans son lit, souffrant d'une indigestion aussi féroce qu'Amma. Celle qu'elle m'avait réservée lors de mon premier jour d'école, de mon premier match de basket, de ma première amourette.

Je la retrouvais ici, cette expression, affichée depuis l'intérieur d'un petit livre. Elle ne m'abandonnerait pas. Macon non plus. Il avait peut-être un plan, finalement. Il avait trompé la mort, après tout. J'ai empoché le médaillon, juste à côté du collier de Lena.

— Un instant, a lancé Link en s'approchant. Je suis bien content que tu aies un petit livre en or et tout, mais tu as dit que toute la Meute Sanglante était là-dedans, plus le Bellâtre vampirique, la mère de Lena et l'Empereur, ou quel que soit le titre de cet Abraham. La dernière fois que j'ai pris la peine de vérifier, Han Solo n'était pas dans les parages. Tu ne crois pas que ce serait sympa d'avoir autre chose qu'un minuscule bouquin de rien du tout ?

Dans son dos, Ridley acquiesçait à la moindre de ses paroles.

— Il a raison, a-t-elle renchéri. Tu es peut-être capable de sauver Lena, mais il te faudra d'abord arriver jusqu'à elle.

Link a essayé de se pencher vers Macon.

— Monsieur Ravenwood, vous ne pourriez pas nous accompagner et descendre un ou deux de ces gars pour nous ?

Macon a levé un sourcil.

— Malheureusement, mon garçon, mon incarcération m'a affaibli.

— Il est en pleine Transition, Link. Il serait suicidaire de descendre. Il est d'une grande vulnérabilité.

Liv soutenait toujours Macon, du moins pour l'essentiel.

— Olivia dit vrai. Les Incubes sont dotés d'une force et d'une vitesse incroyables. Dans mon état actuel, je ne suis à la hauteur d'aucun d'entre eux.

— Quelle chance que moi, je le sois.

La voix avait émané de nulle part, et sa propriétaire a déchiré le firmament encore plus rapidement que ses paroles nous étaient parvenues. Elle portait un long manteau noir au col haut et des bottes usées. Ses cheveux bruns flottaient au vent. J'ai tout de suite reconnu le Succube qui avait assisté à l'enterrement de Macon. Leah Ravenwood, la sœur de Macon. Ce dernier a semblé aussi ahuri que nous.

— Leah ?

Glissant son bras autour de la nuque de son frère, elle l'a soutenu, l'a dévisagé.

— Verts, hein ? Je vais avoir besoin d'un peu de temps pour m'y habituer.

Elle a ensuite posé sa tête sur son épaule, un geste que Lena avait eu elle aussi.

— Comment nous as-tu trouvés ?

Elle s'est esclaffée.

— Les Tunnels ne parlent que de toi. La rumeur prétend que mon grand frère compte s'en prendre à Abraham. On raconte aussi que le Patriarche n'est pas très content de toi.

La sœur de Macon, la fille qu'Arelia avait emmenée à La Nouvelle-Orléans lorsqu'elle avait quitté leur père. Les Sœurs avaient fait une allusion à elle.

— Les Ténèbres et la Lumière seront toujours ce qu'elles sont.

Link a croisé mon regard, j'ai deviné ce qu'il attendait. Que je prenne une décision. Attaque ou retraite. Ni la présence de Leah Ravenwood ni ses intentions n'étaient très claires. Mais si elle était comme Hunting, si elle se nourrissait de sang et non de rêves, nous avions intérêt à décamper en vitesse. J'ai consulté Liv des yeux. Elle a secoué la tête, presque imperceptiblement. Elle non plus ne savait pas trop à quel saint se vouer.

— Dis-moi un peu ce que tu fabriques ici, ma chère ? a demandé Macon avec l'un de ses rares sourires.

— Je suis venue équilibrer les chances. Tu sais combien je raffole des vendettas familiales.

Elle a souri à son tour, a agité son poignet, et une longue crosse en bois lisse a surgi dans sa main.

— De plus, a-t-elle ajouté, je possède un gros bâton.

Macon semblait perdu. Je n'ai pas réussi à déterminer s'il était soulagé ou inquiet. En revanche, il était visiblement ébahi.

— Pourquoi maintenant ? D'ordinaire, tu te moques des affaires entre Enchanteurs.

Pêchant un élastique dans sa poche, sa sœur a noué ses cheveux en queue-de-cheval.

— Il ne s'agit pas seulement d'un conflit entre Enchanteurs, a-t-elle répondu. Ça va plus loin que ça, désormais. Si l'Ordre des Choses est détruit, nous risquons de disparaître nous aussi.

Macon lui a adressé un regard significatif, genre « pas devant les enfants ».

— L'Ordre des Choses est debout depuis la nuit des temps. Il faudra plus qu'une Cataclyste pour le démolir.

— Et il est temps que quelqu'un apprenne les bonnes manières à Hunting, a ri Leah en brandissant son arme. Mes motivations sont pures, aussi pures que le cœur d'un Succube.

La comparaison a déclenché l'hilarité de Macon. Moi, je n'ai pas trouvé ça très drôle. Ténèbres ou Lumière, Lena pouvait devenir les unes ou l'autre, mais je m'en fichais.

— Il faut que nous retrouvions Lena, ai-je lancé.

— J'attendais justement que tu en donnes l'ordre, a répliqué Leah.

— Euh… désolé si je vous parais malpoli, madame, est intervenu Link après s'être éclairci la gorge. Ethan affirme que Hunting est là avec sa Meute Sanglante. Ne le prenez pas mal, vous avez l'air méchante et tout, mais vous restez qu'une fille avec un bout de bois.

— Ceci, a-t-elle répondu en allongeant sa crosse de plusieurs centimètres en une fraction de seconde, juste sous le nez de Link, est une Crosse de Succube, pas un simple bout de bois. Et je ne suis pas une fille, je suis un Succube. Notre espèce se caractérise par la supériorité des femelles. Nous sommes plus rapides, plus fortes et plus intelligentes que nos homologues masculins. Imagine-moi comme la mante religieuse de l'univers surnaturel.

— Ces insectes qui mordent la tête de leurs mâles ? a dit Link en sursautant, sceptique.

— Oui. Et après, elles les dévorent.

Quelles qu'aient été les réserves de Macon envers Leah, il a fini par sembler soulagé par sa décision de nous accompagner. Il lui a quand même donné des conseils de dernière minute.

— Larkin a grandi depuis la dernière fois que tu l'as vu, Leah. C'est un grand Illusionniste. Méfie-toi. Et d'après Olivia, Hunting ne se déplace pas sans son Chien de Meute et sa bande de cabots stupides, la Meute Sanglante.

— Ne t'inquiète pas, grand frère. Moi aussi, j'ai un animal.

Elle s'est tournée vers la saillie qui dominait notre point de vue. Une espèce de puma de la taille d'un berger allemand était allongé sur un rocher, sa queue pendant dans le vide.

— Bade !

Le félin a sauté sur ses pattes et a ouvert la gueule, révélant une rangée de crocs acérés comme des rasoirs avant de bondir près de sa maîtresse.

— Je suis sûre que Bade a hâte de jouer avec le chiot de Hunting. Tu sais ce qu'on dit des chiens et des chats.

— Bade est le dieu vaudou du vent et des tempêtes, a chuchoté Ridley à Liv. Pas un type à qui tu as envie de chercher des poux dans la tête.

L'allusion m'a fait penser à Lena, et je me suis senti un peu rassuré face au chat de soixante-quinze kilos qui me toisait.

— La traque et les embuscades sont sa spécialité, a précisé Leah en le caressant derrière les oreilles.

Quand elle a vu le félin, Lucille a accouru pour lui donner un coup de patte joueur. Bade l'a bousculée de son museau. Leah a ramassé la siamoise.

— Comment vas-tu, ma douce ?

— Vous connaissez la chatte de mes grands-tantes ?

— J'étais présente à sa naissance. Lucille appartenait à ma mère. Elle l'a donnée à ta tante Prue pour qu'elle ne se perde pas dans les Tunnels.

S'échappant des bras du Succube, Lucille est allée jouer entre les pattes de Bade. Si j'ignorais pouvoir compter sur Leah, Lucille ne m'avait jamais laissé tomber. Tout chat qu'elle était, elle ne se trompait pas sur les gens.

Une chatte d'Enchanteur. J'aurais dû m'en douter.

Leah a coincé sa crosse dans sa ceinture, et j'ai compris que l'heure était venue.

— Prêts ?

Macon m'a tendu la main, je l'ai prise dans la mienne. L'espace d'une seconde, j'ai senti le pouvoir de sa poigne, comme si nous tenions une sorte de discussion d'Enchanteurs qui m'échappait. Puis il m'a lâché, et je me suis tourné vers la caverne en me demandant si je le reverrais un jour.

Je suis parti le premier. Hétéroclites ou non, mes amis m'ont emboîté le pas. Mes amis, un Succube et un puma prénommé d'après un dieu vaudou au mauvais caractère. Pourvu que ce soit suffisant !

20 juin
FEU TÉNÉBREUX

Lorsque nous avons atteint le pied de la falaise, nous nous sommes cachés derrière un rocher, à quelques pas de l'entrée. Deux Incubes la gardaient, discutant à voix basse. J'ai reconnu le scarifié ayant assisté aux funérailles de Macon.

— Super !

Deux Incubes Sanguinaires, et nous n'étions même pas dans les lieux ! Le reste de la meute était forcément tout près.

— Je m'en occupe, a décrété Leah. Fermez les yeux.

Elle a adressé un signe à Bade, qui s'est glissé près d'elle. Le bâton a fendu l'air comme un éclair. Les deux crapules n'ont rien vu venir. Le Succube a mis à terre le premier en quelques secondes, cependant que Bade bondissait à la gorge du second et le clouait au sol. Lorsque Leah s'est relevée, elle a essuyé sa bouche sur sa manche et a craché du sang sur le sable.

— Pas jeune, a-t-elle commenté. Soixante-dix, cent ans. Ça se sent au goût.

— Elle s'attend à ce que nous l'imitions ? a murmuré Link, ahuri.

Leah s'est penchée au-dessus du cou du second Incube. Ça n'a duré qu'une minute, puis elle nous a invités à la rejoindre.

— Allez-y !

Je n'ai pas bronché.

— Qu'est-ce que... qu'est-ce que je fais ?

— Tu te bats.

Le seuil de la caverne était si brillant qu'on aurait cru les lieux illuminés par le soleil.

— Je ne peux pas, ai-je dit.

— Qu'est-ce que tu racontes, mec ? a riposté Link avec un coup d'œil nerveux à l'intérieur.

— Je suis d'avis que vous repartiez. C'est trop dangereux. J'ai eu tort de vous entraîner là-dedans.

— Personne ne m'a entraîné nulle part, a répondu Link. Je suis venu... (Il a lancé un coup d'œil gêné à Ridley, s'est détourné d'elle.) pour me changer les idées.

Ridley a rejeté ses cheveux en arrière d'un geste théâtral.

— Ce n'est sûrement pas pour toi que je suis ici, Courte Paille ! Ne prends pas tes désirs pour des réalités. J'ai beau adorer vous fréquenter, bande de nases, je ne suis là que pour aider ma cousine. Et toi, Liv, c'est quoi, ton excuse ?

— Croyez-vous au destin ? a murmuré l'interpellée.

Nous l'avons dévisagée avec hébétude. Elle n'y a pas prêté attention.

— Moi, oui, a-t-elle enchaîné. J'observe le ciel des Enchanteurs depuis aussi longtemps que je m'en souviens et, quand il s'est modifié, je m'en suis aperçue. L'étoile du Sud, la Dix-septième Lune, mon sélénomètre dont tout le monde se moquait chez moi... c'est mon destin. Je suis censée être ici. Quand bien même... quoi qu'il arrive.

— Pigé, a approuvé Link. Même si ça doit tout bousiller, même si tu sais que tu es foutu, il y a des fois où tu ne peux pas agir autrement.

— Quelque chose comme ça, oui.

Link a tenté de faire craquer ses jointures.

— Bon, c'est quoi, le plan ?

J'ai regardé attentivement mon meilleur copain, celui qui avait partagé sa barre chocolatée avec moi dans le bus pour l'école. Allais-je vraiment l'autoriser à me suivre et à mourir dans cet antre ?

— Il n'y en a pas, ai-je répondu. Vous ne m'accompagnez pas. Je suis le Pilote, ceci relève de ma responsabilité, pas de la vôtre.

Ridley a levé les yeux au ciel.

— Apparemment, on ne t'a pas bien expliqué ton rôle. Tu n'as aucun superpouvoir. Tu n'es pas capable de franchir de grands immeubles d'un seul bond ou de lutter contre les Enchanteurs des Ténèbres avec ta chatte magique.

Le museau de Lucille a émergé de derrière ma jambe.

— Grosso modo, a poursuivi Ridley, tu es un glorieux guide touristique pas plus équipé pour affronter une bande d'Enchanteurs des Ténèbres que notre chère Mary Poppins, ici présente.

— Aquaman, a toussoté Link en me lançant un clin d'œil.

— Elle n'a pas tort, Ethan, a lâché Liv. Tu ne t'en sortiras pas seul.

J'ai deviné ce qu'ils allaient faire, ou plutôt ce qu'ils n'allaient pas faire. Partir. J'ai secoué la tête.

— Vous n'êtes qu'un tas d'idiots.

— À ta place, j'aurais dit que nous étions d'un courage infernal, s'est marré Link.

Nous avons longé les parois de la grotte, nous repérant à la lumière de la lune qui se déversait par la fissure du plafond. À un moment, nous avons bifurqué, et l'atmosphère est devenue incroyablement lumineuse. J'ai distingué le bûcher, un peu plus bas. Il s'élevait au centre de la caverne, cerné par des flammes dorées qui léchaient la pyramide d'arbres abattus. Une dalle de pierre qui ressemblait presque à un autel maya était posée en équilibre à son sommet, comme suspendue à des câbles invisibles. Une volée de marches usées y menait. Le cercle noir qu'arboraient les Enchanteurs des Ténèbres était peint sur le mur du fond.

Sarafine gisait sur cet autel, à l'instar du spectacle auquel nous avions eu droit dans la forêt. Le reste était différent. Le clair de lune inondait son corps, irradiant les environs comme s'il avait été réfléchi par un prisme. On aurait dit que Sarafine contrôlait la lumière lunaire qu'elle convoquait avant l'heure, la Dix-septième Lune de Lena. Même sa robe dorée semblait avoir été cousue dans des milliers de petites écailles métalliques.

— Je n'ai jamais assisté à rien de tel, a soufflé Liv.

Sarafine paraissait en proie à une transe. Elle lévitait à quelques centimètres au-dessus de la pierre, les plis de sa tenue cascadant comme de l'eau autour d'elle et le long des bords de la dalle. Elle était en train de concentrer une sacrée puissance. Au pied du bûcher, j'ai aperçu Larkin qui approchait des marches. Qui approchait de...

Lena !

Les paupières closes, les mains tendues vers le feu, elle était allongée, la tête sur les genoux de John Breed. Elle semblait inconsciente ; lui, bizarre. Absent. Comme victime de sa propre transe.

Lena tremblait. Même de là où j'étais, je percevais le froid mordant qui émanait des flammes. Elle devait geler. Un cercle d'Enchanteurs entourait le tas de bois. Si je ne les ai pas identifiés, j'ai compris qu'ils appartenaient aux Ténèbres grâce à leurs prunelles jaunes.

Lena ! Tu m'entends ?

Sarafine a aussitôt ouvert les yeux. Les Enchanteurs se sont mis à chanter.

— Que se passe-t-il, Liv ? ai-je chuchoté.

— Ils invoquent la Lune d'Appel.

Je n'ai pas eu besoin de comprendre leurs paroles pour deviner la suite. Sarafine convoquait la Dix-septième Lune pour que Lena fasse son choix tant qu'elle était sous l'influence d'une quelconque malédiction des Ténèbres. Ou sous celle de sa culpabilité, la propre malédiction qu'elle s'était infligée.

— Comment ça marche ?

— Sarafine utilise tout son pouvoir pour canaliser l'énergie du Feu Ténébreux et la sienne en direction de la lune.

Liv fixait la scène comme si elle essayait d'en mémoriser chaque détail, diabolique ou non. C'était la Gardienne en elle qui se manifestait, avide d'enregistrer l'histoire sur le vif. Les Ires tournaient sur le périmètre de la grotte, menaçant d'en renverser les murs. Elles tournoyaient, gagnaient en force et en nombre.

— Il faut que nous descendions.

Liv a opiné, Link a pris la main de Ridley. À l'abri de l'ombre projetée par les parois, nous avons avancé jusqu'à atteindre le sol sableux et humide de la caverne. L'incantation s'était achevée. Les Enchanteurs étaient figés sur place, muets. Ils vrillaient de leur regard Sarafine et le bûcher, comme sous l'emprise d'un sortilège hypnotique commun.

— Et maintenant ? a murmuré Link, tout pâle.

Une silhouette s'est dessinée au centre de la ronde. J'ai tout de suite deviné de qui il s'agissait, parce qu'elle portait le costume du dimanche et la fine cravate de mes visions. L'habit blanc d'Abraham lui donnait un air encore plus décalé, au milieu des Enchanteurs des Ténèbres et du tourbillon d'Ires.

C'était lui qui les avait convoquées des entrailles de la terre, seul Incube à détenir suffisamment de puissance pour ça. Larkin et Hunting se tenaient derrière lui. Tous les Incubes se sont agenouillés. Il a levé les mains vers le plafond, en direction du vortex.

— C'est l'heure, a-t-il décrété.

Lena ! Réveille-toi !

Les flammes ont redoublé de hauteur. Doucement, John Breed a redressé Lena pour la ranimer.

Sauve-toi, L !

Elle a regardé autour d'elle, désorientée. Elle n'a pas réagi à mes appels. J'ignorais si elle entendait quoi que ce soit. Ses mouvements étaient hésitants, comme si elle ne savait pas trop où elle était. Tendant lentement la main vers John, Abraham a fait un geste. John a sursauté avant de soulever Lena entre ses bras et de se remettre debout, comme manipulé par des fils.

Lena !

La tête de cette dernière est tombée sur le côté, elle a refermé les paupières. John l'a portée dans l'escalier. Il avait perdu toute arrogance. Il avait l'air d'un zombie. Ridley s'est penchée en avant.

— Lena est complètement déboussolée. Elle n'a pas la moindre idée de ce qui se passe. À cause du feu.

— Pourquoi la veulent-ils inconsciente ? Ne doit-elle pas s'Appeler en toute connaissance de cause ?

Pour moi, c'était une évidence. Ridley contemplait le bûcher. Elle parlait d'une voix exceptionnellement grave et évitait de me regarder.

— L'Appel exige l'expression d'une volonté. Lena devra opérer un choix. À moins que...

Elle s'est interrompue, l'air bizarre.

— Quoi ? ai-je insisté.

Je n'avais pas le temps de jouer aux devinettes.

— À moins qu'elle ne l'ait déjà fait.

En nous abandonnant, en retirant son collier, en s'enfuyant avec John Breed.

— Non, ai-je riposté d'instinct. Impossible.

Je connaissais Lena. Il y avait une raison à ça, à tout ça.

— J'espère que tu ne te trompes pas, a éludé Ridley.

John avait atteint le sommet de l'autel, Larkin sur ses talons. Le cousin de Lena a attaché celle-ci à Sarafine, sous la lumière de la lune.

— Je dois récupérer Lena, ai-je annoncé, le cœur battant. Vous pouvez me donner un coup de main ?

Link s'est saisi de deux cailloux assez gros pour provoquer des dégâts, à condition qu'il soit en mesure de s'approcher assez pour viser juste. Liv a feuilleté son calepin. Même Ridley a déballé une sucette.

— On peut toujours rêver, a-t-elle soupiré avec un haussement d'épaules.

Soudain, derrière moi, une nouvelle voix a retenti :

— Tu n'arriveras pas à monter là-dessus, à moins que tu n'aies l'intention de régler leur compte à ces Ires tout seul. Or je ne me rappelle pas t'avoir appris comment t'y prendre.

J'ai souri, pivoté sur moi-même.

Amma. Et, cette fois, elle avait amené des vivants avec elle. Arelia et Twyla la flanquaient et, ensemble, les trois vieilles femmes évoquaient les Parques. Une vague de soulagement m'a envahi, et j'ai soudain compris que j'avais cru ne jamais revoir Amma. Je l'ai écrasée dans une étreinte féroce qu'elle m'a rendue tout en remettant son chapeau bien droit. C'est alors que j'ai aperçu des bottines à lacet d'une époque révolue, celles de Bonne-maman, qui a émergé de derrière Arelia.

Ce qui nous donnait quatre Parques au lieu de trois.

— Madame, l'ai-je saluée d'un hochement de tête.

Elle m'a retourné la salutation, comme si elle s'apprêtait à m'offrir le thé sur la véranda de Ravenwood. J'ai aussitôt cédé à l'affolement, me rappelant que nous n'étions pas à Ravenwood, justement. Et qu'Amma, Arelia et Twyla n'étaient pas les Parques. C'étaient des dames du Sud très âgées et fragiles qui cumulaient sans doute deux cent cinquante ans à elles trois et qui portaient des bas de contention. Quant à Bonne-maman, elle n'était guère plus jeune. Ces quatre Parques-là n'avaient rien à faire sur ce champ de bataille.

À la réflexion, le jeune Wate non plus.

Je me suis écarté d'Amma.

— Qu'est-ce que vous fichez ici ? Et comment nous avez-vous localisés ?

— Ce que je fiche ici ? a grommelé Amma, dédaigneuse. Ma famille est venue dans les Sea Islands en provenance de la Barbade avant que le bon Dieu ait eu l'idée saugrenue de te créer. Je connais ces îles comme ma cuisine.

— Il s'agit d'une île d'Enchanteurs, Amma. Pas des Sea Islands.

— Bien sûr. Où ailleurs cacherais-tu un lieu invisible ?

— Amarie a raison, a renchéri Arelia en posant une main sur son épaule. La Grande Barrière est dissimulée au milieu de l'archipel. Amarie n'est peut-être pas une Enchanteresse, mais elle a en commun avec ma sœur et moi le don de Voyance.

Ma gouvernante a secoué la tête si fort que j'ai cru que celle-ci allait s'envoler.

— Tu ne croyais tout de même pas que j'allais t'abandonner dans ces sables mouvants, non ?

Jetant mes bras autour de son cou, je l'ai embrassée une nouvelle fois.

— Mais comment avez-vous réussi à nous repérer, madame ? s'est enquis Link. Nous-mêmes avons eu du mal à trouver cet endroit.

Link se débrouillait toujours pour avoir un train d'avance ou de retard. Les quatre dames l'ont dévisagé comme s'il n'était qu'un grand sot.

— En cassant cette boule de problèmes comme vous autres l'avez fait ? À l'aide d'un sortilège plus ancien que la maman de ma maman ? Autant appeler les numéros d'urgence de l'arbre téléphonique de Gatlin !

Amma a avancé d'un pas, Link a reculé d'autant, histoire d'échapper à un doigt vengeur. Mais comme elle ne m'a pas lâché, j'ai deviné le sens réel de ses paroles : « Je t'aime et je ne saurais être plus fière de toi. Et tu seras puni un mois entier quand nous rentrerons à la maison. »

Ridley s'est penchée vers Link.

— Réfléchis. Une Nécromancienne, un Augure et une Voyante. On n'avait pas une chance.

Amma, Arelia, Bonne-maman et Twyla se sont tournées vers elle comme un seul homme. Ridley s'est empourprée et a baissé respectueusement les yeux.

— J'ai du mal à croire que tu sois là, tatie Twyla. Bonsoir, Bonne-maman.

Cette dernière a soulevé le menton de sa petite-fille afin de regarder ses prunelles bleues.

— Ainsi, c'est vrai, a-t-elle constaté avant de sourire. Bienvenue, chérie.

Elle a déposé un baiser sur sa joue.

— Je te l'avais bien dit, s'est rengorgée Amma. C'était dans les cartes.

— Et dans les étoiles, a acquiescé Arelia.

— Les cartes ne montrent que la surface des choses, a ronchonné Twyla en baissant la voix. Ce qu'on a ici, c'est profond, au-delà des os et au-delà de l'autre côté.

Une ombre a traversé son visage.

— Quoi ? ai-je demandé, inquiet.

Elle s'est cependant contentée de sourire, et l'ombre a disparu.

— Tu as besoin de l'aide de *Là-bas*[1], a-t-elle repris en agitant la main d'avant en arrière au-dessus de sa tête.

Retour aux choses sérieuses.

— L'Autre Monde, a traduit Arelia.

---

1. En français dans le texte.

Amma s'est agenouillée et a déballé un baluchon rempli d'ossements et d'amulettes. Comme un médecin préparant ses instruments de chirurgie.

— Appeler le genre d'aide dont on a besoin est ma spécialité.

Arelia a brandi une crécelle, et Twyla s'est assise pour être à l'aise. Dieu savait ce qu'elle allait être obligée d'invoquer. Après avoir éparpillé ses os, Amma s'est débattue avec le couvercle d'un bocal.

— De la terre de cimetière de Caroline du Sud. La meilleure. Je l'ai apportée de la maison.

M'emparant du récipient, je l'ai ouvert pour elle en songeant à la nuit où je l'avais suivie dans les marais.

— On va s'occuper de ces Ires. Ça n'arrêtera pas Sarafine ni ce bon à rien de frère de Melchizedek, mais ça les privera d'une partie de leurs pouvoirs.

Bonne-maman a levé les yeux sur le cyclone d'Ires noir qui alimentait le feu.

— Seigneur, Amarie, tu n'exagérais pas. Elles sont nombreuses.

Ses prunelles ont bougé pour se poser sur le corps immobile de Sarafine, puis sur Lena, et les rides de son front se sont creusées. Ridley a lâché sa main, sans s'éloigner d'elle toutefois.

Link a poussé un soupir de soulagement.

— Crois-moi, mec, je retourne à la messe dès dimanche prochain !

Je n'ai pas répondu, mais je n'étais pas loin de penser comme lui. Amma a relevé la tête de la terre qu'elle répandait à ses pieds.

— On va te les renvoyer droit à la place qui est la leur.

— Ensuite, je me chargerai de ma fille, a décrété Bonne-maman en rajustant sa veste.

Assises en tailleur sur les rochers humides, Amma, Arelia et Twyla se sont prises par la main.

— Priorité, débarrassons-nous de ces Ires.

— Ce serait très aimable, Amarie, a commenté Bonne-maman en reculant pour leur permettre d'agir.

Elles ont fermé les yeux. La voix d'Amma a résonné, ferme et claire, en dépit du ronflement provoqué par le vortex et du crépitement du Feu Ténébreux.

— Oncle Abner, tante Delilah, tante Ivy, grand-maman Sulla, nous réclamons votre intercession une fois encore. Je vous convoque en ces lieux. Frayez-vous un chemin jusqu'à ce monde et bannissez-en ceux qui n'ont rien à y faire.

Les yeux de Twyla ont roulé à l'intérieur de sa tête, et elle s'est mise à chantonner :

> *Les lois*[1], mes esprits, mes guides,
> Rompez le Pont
> Qui transporte ces ombres de votre monde
> dans le prochain.

Elle a brandi les bras en l'air.
— *Repassez*[2] !
— Encore, a traduit Arelia.

> *Les lois*, mes esprits, mes guides,
> Rompez le Pont
> Qui transporte ces ombres de votre monde
> dans le prochain.

Twyla a continué sa litanie, mêlant son créole français à l'anglais d'Amma et d'Arelia. Leurs voix se chevauchaient comme celles d'un chœur. À travers la fissure du plafond, le ciel a noirci autour du faisceau lunaire, comme si les Parques avaient invoqué un nuage d'orage destiné à provoquer une tempête. Sauf qu'il ne s'agissait en rien de météo.

---

1. En français dans le texte.
2. *Idem.*

Elles étaient en train de créer un second vortex, une spirale obscure qui tournoyait au-dessus d'elles comme une tornade aux formes parfaites dont la base effleurait le centre de leur ronde. Un instant, j'ai craint que l'énorme phénomène ne nous tue plus vite en attirant l'attention de toutes les Ires et de tous les Incubes présents.

J'aurais dû savoir qu'il ne fallait pas douter de ces trois-là, cependant. Les silhouettes spectrales des Grands ont commencé à se dessiner : oncle Abner, tante Delilah, tante Ivy et Sulla la Prophétesse. Ils se constituaient de sable et de poussière, leurs corps se tissaient peu à peu.

Nos trois Parques ont continué à filer.

> Rompez le Pont
> Qui transporte ces ombres de votre monde
> dans le prochain.

En quelques secondes, le nombre d'esprits venus de l'Autre Monde, les Diaphanes, a augmenté. Ils émergeaient de la terre en spirale comme des papillons s'extirpant d'un cocon. Avec les Grands, ils ont attiré les Ires, qui se sont ruées vers eux en poussant des cris horribles semblables à celui que j'avais entendu dans les Tunnels.

Les Grands ont pris de l'ampleur. Sulla était si vaste que ses rangs de colliers avaient des allures de cordages. Il aurait suffi d'équiper oncle Abner d'un éclair de foudre et d'une toge pour qu'il incarne un Zeus menaçant. Les créatures ombreuses ont déserté le Feu Ténébreux à toute vitesse, lignes noires traversant le ciel puis s'évaporant tout aussi rapidement. Les Grands les inhalaient, de la même façon que Twyla avait semblé inhaler les Diaphanes, cette nuit-là au cimetière. Sulla la Prophétesse a glissé en avant, ses doigts chargés de bagues désignant les ultimes Ires, lesquelles ont tourné les talons en piaillant au vent.

— Rompez le Pont !

Les Ires ont disparu, ne laissant rien derrière elles, sinon un nuage sombre en suspension et les Grands, Sulla en tête. Cette dernière chatoyait sous le clair de lune quand elle a prononcé ces derniers mots :

— Le Sang reste le Sang. Même le temps ne peut le sceller.

À leur tour, les esprits se sont volatilisés, emportant le nuage noir. Il ne restait plus que la fumée crachée par le Feu Ténébreux. Le bûcher continuait de brûler, Sarafine et Lena étaient toujours ligotées à la dalle de pierre.

Si le vortex d'Ires n'était plus, quelque chose d'autre avait également changé. Nous avions cessé d'observer en silence en attendant le moment d'attaquer. Les prunelles de tous les Incubes et Enchanteurs des Ténèbres étaient vrillées sur nous, jaunes, étincelantes, tandis que leurs canines retroussaient leurs lèvres.

Nous avions plongé dans le bain, que ça nous plaise ou non.

20 juin
DIX-SEPT LUNES

Les Incubes Sanguinaires ont été les premiers à réagir. Se dématérialisant l'un après l'autre, ils ont resurgi en formation serrée. J'ai reconnu le scarifié devant, qui nous observait d'un air calculateur. Comme il fallait s'y attendre, Hunting n'était pas visible, trop important pour participer à un banal massacre. En revanche, Larkin était au milieu de la horde, un serpent noir enroulé autour du bras. Commandant en second.

Ils nous ont cernés en quelques instants, nous acculant à la paroi de la caverne. Amma a réussi à se faufiler pour s'interposer entre les Incubes et moi, comme si elle avait l'intention de les combattre à mains nues. Elle n'en a pas eu le loisir, cependant.

— Amma ! ai-je crié.

Trop tard ! Larkin n'était qu'à dix centimètres de sa minuscule silhouette et brandissait un couteau qui n'avait rien d'une illusion.

— Vous êtes vraiment pénible, pour une vieille dame, vous savez ? Toujours à fourrer votre nez là où il n'a rien à faire et à convoquer vos défunts aïeux. Il est temps que vous les rejoigniez.

Amma ne s'est pas démontée.

— Tu vas drôlement regretter le jour où tu essaieras de te frayer un chemin de ce monde-ci vers l'autre, Larkin Ravenwood.

— Sans blague ?

Les muscles de son épaule se sont tendus quand il a soulevé son arme, prêt à frapper. Avant qu'il esquisse un geste, cependant, Twyla a dressé sa paume, et des particules blanches ont volé vers lui. Larkin a poussé un cri et, lâchant son poignard, s'est frotté les yeux du revers des mains.

— Fais gaffe, Ethan !

C'était Link. L'alerte était inutile, toutefois, car tout se déroulait au ralenti. J'ai vu la meute foncer sur moi, puis j'ai entendu un bruit, un bourdonnement sourd qui a forci peu à peu, pareil à la crête d'une vague. Une lueur verte a surgi devant nous. Elle relevait d'une lumière pure identique à celle émise par l'Orbe quand il avait tournoyé en l'air sous nos yeux avant que nous libérions Macon.

C'était forcément ce dernier qui intervenait.

Le son est monté crescendo, la clarté verte a bondi, envoyant valser les Incubes Sanguinaires. J'ai vérifié que mes troupes n'avaient rien. Link était cassé en deux, les mains sur les genoux, l'air d'être à deux doigts de vomir.

— On l'a échappé belle.

Ridley lui a tapoté le dos un peu trop fort avant de se tourner vers Twyla.

— Qu'as-tu lancé à la figure de Larkin ? Une sorte de Matière Chargée ?

La vieille dame a souri en caressant les perles d'un de ses trente ou quarante colliers.

— Pas la peine, *cher*[1].

_____

1. En français dans le texte.

— C'était quoi, alors ?

— *Sèl manje.*

Elle avait prononcé les mots avec son fort accent créole, et Ridley n'a pas compris.

— Du sel, a traduit Arelia en souriant.

Amma en a profité pour m'assener une tape vigoureuse sur le bras.

— Je t'avais bien dit que le sel écartait les mauvais esprits. Eh bien, les mauvais garçons aussi !

— Il faut que nous avancions, le temps presse.

Bonne-maman s'est précipitée vers les marches, sa canne en main.

— Viens avec moi, Ethan.

Je l'ai suivie jusqu'à l'autel. La fumée formait une brume épaisse, à la fois intoxicante et suffocante. Au sommet de l'escalier, Bonne-maman a tendu sa canne en direction de Sarafine, et l'objet s'est immédiatement mis à luire, auréolé d'une lumière dorée. La vieille dame était une Empathique, dénuée de pouvoirs propres, sinon celui d'utiliser ceux des autres. Or celui qu'elle était en train d'emprunter appartenait à la femme la plus dangereuse de la caverne, sa fille Sarafine. Celle qui canalisait l'énergie du Feu Ténébreux afin de convoquer la Dix-septième Lune.

— Va chercher Lena, Ethan ! m'a ordonné Bonne-maman.

Elle était pétrifiée dans une sorte de transe psychique avec Sarafine. Mais je n'ai pas eu besoin qu'elle me le répète. Me saisissant des cordes, j'en ai défait les nœuds qui reliaient Lena à sa mère. Elle était à peine consciente, sur la pierre gelée. Je l'ai effleurée. Sa peau était d'un froid de glace, et j'ai senti la poigne étouffante du Feu Ténébreux cependant que mon propre corps s'engourdissait.

— Réveille-toi, Lena, c'est moi.

Je l'ai secouée, sa tête a roulé d'un côté puis de l'autre, son visage rougi par le froid. Je l'ai soulevée, l'ai enveloppée dans mes bras, lui offrant le peu de chaleur que j'avais.

Elle a soulevé les paupières. A tenté de parler. J'ai emprisonné son menton entre mes doigts.

— Ethan...

Ses lèvres étaient lourdes, elle a refermé les yeux.

— Sauve-toi.

— Non.

Je l'ai embrassée. Quoi qu'il se produise, le jeu en avait valu la chandelle. La tenir de nouveau contre moi...

Je ne partirai pas sans toi.

Un hurlement de Link a volé jusqu'à moi. Un Incube avait réussi à échapper au puissant mur de lumière verte qui continuait de retenir les autres. John Breed était derrière mon pote, son bras emprisonnant son cou, ses canines dévoilées. Il arborait la même expression vide, comme s'il était en pilotage automatique. Était-ce un effet des volutes de fumée ? Se retournant, Ridley s'est jetée sur son dos et l'a envoyé à terre. Elle avait dû l'avoir par surprise, car elle n'était pas assez forte pour le renverser seule. Avec Link, ils ont roulé au sol en se débattant pour reprendre le dessus.

Je ne suis pas parvenu à en distinguer plus, mais ça m'a suffi pour comprendre que nous avions de graves ennuis. J'ignorais combien de temps encore le champ surnaturel tiendrait, surtout si Macon en était la source.

Il fallait que Lena mette un terme à tout ça.

J'ai baissé les yeux sur elle. Elle avait rouvert les siens, mais fixait quelque chose au-delà de moi, comme si elle ne me voyait pas.

Lena. Tu ne peux pas renoncer maintenant. Pas quand...

Ne dis rien.

C'est ta Lune d'Appel.

Non. C'est la sienne.

Aucune importance. C'est ta Dix-septième Lune, L.

Elle m'a fixé de son regard vide.

Sarafine l'a convoquée. Je n'ai rien demandé.

Tu dois choisir. Sinon, tous ceux que nous aimons périront cette nuit.

Elle a détourné la tête.

Et si je n'étais pas prête ?

Tu n'as pas le droit de fuir, Lena. Plus maintenant.

Tu ne comprends pas. Ce n'est pas un choix. C'est une malédiction. Si je deviens Lumière, Ridley et la moitié des miens mourront. Si j'opte pour les Ténèbres, Bonne-maman, tante Del, mes cousines... toutes disparaîtront. Qu'est-ce que c'est que ce choix ?

Je l'ai serrée plus intensément, regrettant de ne pas disposer d'un moyen pour lui transmettre ma force ou absorber son chagrin.

— Ce choix, seule toi peux le faire, ai-je dit en la remettant debout. Vois ce qui se passe. Les gens que tu aimes se battent pour leur survie. Tu peux arrêter ça. Toi, et personne d'autre.

— Je ne suis pas sûre d'en être capable.

— Pourquoi ?

Je hurlais, à présent.

— Parce que je ne sais pas ce que je suis.

Je l'ai fixée dans les yeux. Ils avaient de nouveau changé. L'un était d'un vert parfait, l'autre, d'un or parfait.

— Regarde-moi, Ethan, et dis-moi : suis-je Ténèbres ou Lumière ?

J'ai obéi et j'ai tout de suite su ce qu'elle était. La fille que j'aimais. Celle que j'aimerais jusqu'à la fin des temps. Instinctivement, j'ai sorti le livre en or de ma poche. Il était tiède, comme si une partie de ma mère vivait en lui. Je l'ai mis dans la main de Lena, j'ai deviné que sa chaleur se répandait en elle. Je lui ai mentalement ordonné de le ressentir, cet amour qui était enfermé dans le médaillon, cet amour qui ne mourrait jamais.

— Je sais ce que tu es, Lena. Je connais ton cœur. Aie confiance en moi. Aie confiance en toi.

Lena tenait le petit livre. C'était insuffisant, malheureusement.

— Et si tu te trompais, Ethan ? Comment peux-tu l'affirmer ?

— Parce que je *te* connais.

Je l'ai lâchée. Il m'était insupportable de penser qu'il puisse lui arriver quelque chose, mais je n'étais pas en mesure de l'empêcher.

— Il faut que tu le fasses, Lena. C'est le seul moyen. Il n'y en a pas d'autre, quand bien même je le regrette.

Nous avons observé les événements qui se déroulaient dans la grotte. Ridley a relevé la tête et, l'espace d'un instant, j'ai cru qu'elle nous avait vus.

— Je ne veux pas que Ridley meure, m'a confié Lena. Je te jure qu'elle s'efforce de changer. J'ai déjà trop perdu.

J'ai déjà perdu oncle Macon.

— C'était ma faute.

S'accrochant à moi, elle a éclaté en sanglots. J'aurais souhaité lui annoncer qu'il vivait, mais je me suis rappelé ce qu'il avait dit. Il était encore en pleine Transition. Une possibilité subsistait qu'il ait des traces de Ténèbres en lui. Si Lena apprenait qu'il n'était pas mort, mais qu'elle risquait d'en être de nouveau privée, elle ne choisirait jamais la Lumière. Elle serait incapable de le tuer une seconde fois.

La lune était maintenant exactement au-dessus de sa tête. L'Appel n'allait plus tarder. Il ne restait plus qu'à opter pour une direction, et je redoutais qu'elle ne s'y résolve pas.

Hors d'haleine, Ridley a surgi au sommet des marches. Me prenant Lena, elle l'a embrassée, frottant son visage contre ses joues mouillées. Elles étaient comme des sœurs, pour le meilleur et pour le pire. Elles l'avaient toujours été.

— Écoute-moi, Lena. Tu dois choisir.

Lena s'est détournée, peinée. Ridley l'a forcée à la regarder. Lena a tout de suite vu.

— Qu'est-il arrivé à tes yeux ?

— Aucune importance. Écoute-moi. Ai-je jamais commis d'action noble ? T'ai-je laissé la place avant dans la voiture ne serait-ce qu'une fois ? T'ai-je, en presque dix-sept ans, gardé le dernier morceau de gâteau ? T'ai-je un jour autorisée à essayer mes chaussures ?

— Je les ai toujours détestées.

Une larme a roulé sur la peau de Lena.

— Menteuse, a rigolé Ridley. Tu les adorais.

Elle a essuyé la joue de sa cousine avec sa main écorchée et sanguinolente.

— Je me fiche de ce que tu racontes, s'est entêtée Lena. Je ne le ferai pas.

Elles se sont toisées.

— Moi qui n'ai pas une once de charité en moi, je te l'ordonne.

— Non.

— Fais-moi confiance. C'est mieux ainsi. S'il me reste un peu de Ténèbres, tu me rendras service. Je n'ai plus envie d'être Ténèbres, tout en n'étant pas de taille à devenir Mortelle. Je suis une Sirène.

Le regard de Lena s'est brusquement éclairé.

— Mais si tu es Mortelle, tu ne…

— On n'en sait rien. Une fois que tu as eu les Ténèbres dans le sang, qui peut dire si…

La voix de Ridley s'est cassée. Me sont revenues en mémoire les paroles de Macon : « Les Ténèbres ne nous lâchent pas aussi facilement que nous le voudrions. » Ridley a serré sa cousine contre elle.

— Allez, qu'est-ce que tu veux que je fasse de soixante-dix ou quatre-vingts ans de plus ? Tu me vois vraiment traîner à Gaga et peloter Link à l'arrière de La Poubelle ? Essayer de comprendre comment fonctionne la cuisinière ? Ils n'ont même pas de restau chinois décent, dans cette fichue ville.

Lena a pressé la main de Ridley dans la sienne, sa cousine l'a imitée puis, doucement, elle s'est dégagée, un doigt après l'autre, pour déposer la paume de Lena dans la mienne.

— Prends soin d'elle pour moi, Courte Paille.

Sur ce, elle a disparu au pied de l'escalier sans m'accorder le loisir de réagir.

J'ai peur, Ethan.

Je suis là. Je n'irai nulle part. Tu en es capable.

Ethan…

Tu le peux, L. Appelle-toi. Personne n'a le droit de t'indiquer la voie. Tu la connais.

Soudain, une voix s'est jointe à la mienne. Très lointaine, à travers moi aussi.

Ma mère.

Ensemble, nous avons dit à Lena, durant ce moment dérobé, non ce qu'elle devait faire, mais qu'elle pouvait le faire.

Appelle-toi, ai-je dit.

Appelle-toi, a dit ma mère.

Je suis moi-même, a dit Lena. *Je le suis.*

Une lumière aveuglante a jailli de la lune, semblable à un bang supersonique, arrachant des pierres instables aux parois de la caverne. Je n'ai plus rien distingué, sinon le clair de lune. J'ai éprouvé la peur et la douleur de Lena, qui m'ont trempé comme une grosse vague. Toutes ses pertes, toutes ses erreurs étaient marquées au fer rouge dans son âme, créant un tatouage très différent de celui des Enchanteurs des Ténèbres. Un dessin tracé dans la rage et l'abandon, le chagrin et les larmes.

La grotte disparaissait sous la blancheur aveuglante. Une minute durant, je n'ai rien vu ni entendu. Puis j'ai regardé Lena, les pleurs qui mouillaient ses joues et rendaient ses yeux luisants, ses yeux qui avaient désormais leur vraie couleur.

L'un vert, l'autre doré.

Elle a rejeté la tête en arrière, offrant son visage à l'astre nocturne. Son corps s'est tordu, ses pieds ont décollé de la dalle. En bas, les combats ont cessé. Personne n'a plus parlé ni bougé. Chaque Enchanteur ou démon présent semblait savoir ce qui se produisait, et que son destin était en suspens. Au-dessus de Lena, la brillance lunaire a commencé à vibrer, la lumière a forci jusqu'à transformer l'antre en boule lumineuse. La lune a continué à grossir. Comme dans un rêve, elle s'est séparée en deux, fendant le ciel. On aurait dit un immense papillon étincelant doté de deux ailes resplendissantes. L'une verte, l'autre dorée.

Un craquement a ébranlé la grotte, et Lena a hurlé.

La lumière a disparu, de même que le Feu Ténébreux. Il n'y a plus eu ni autel ni bûcher, nous étions redescendus au niveau du sol. L'atmosphère était parfaitement immobile. J'ai cru que c'était fini. À tort.

Un éclair a fendu l'air, se séparant en fourche à deux pointes qui ont frappé leurs cibles simultanément.

Larkin.

La terreur a déformé ses traits, tandis que son corps noircissait, semblant brûler de l'intérieur. Des crevasses sombres ont déchiré sa peau jusqu'à ce qu'il tombe en une poussière que le vent a balayée sur le sol.

L'autre fourche a pris la direction opposée, touchant Twyla. Les yeux de celle-ci ont roulé en arrière, et son corps s'est affaissé, comme si son âme en était sortie et avait jeté sa dépouille sur le côté. Elle ne s'est pas transformée en cendres, cependant. Ses restes sans vie étaient intacts, cependant qu'elle-même s'élevait au-dessus, chatoyant, se fanant jusqu'à prendre un aspect translucide. Ensuite, la brume s'est apaisée, ses particules se sont de nouveau agglomérées, redonnant à la vieille femme l'allure qu'elle avait eue de son vivant. Quoi qu'elle ait laissé derrière elle en ce bas monde, c'était terminé. Si elle devait revenir, ce serait parce qu'elle l'aurait choisi. Twyla n'était pas prisonnière de notre univers. Elle était libre. Et elle avait l'air paisible, comme si elle était au courant d'une chose que nous ignorions.

Alors qu'elle montait à travers la fissure du plafond en direction de la lune, elle s'est arrêtée. Un instant, je n'en ai pas cru mes yeux.

Au revoir, cher[1].

Je ne sais pas si elle l'a dit ou si je l'ai imaginé. Il n'empêche, elle a tendu une main lumineuse et a souri. J'ai brandi ma propre main vers le ciel et je l'ai regardée se fondre dans le clair de lune.

Un astre est apparu dans le firmament des Enchanteurs, un ciel qui m'a été visible, mais seulement durant une seconde. L'étoile du Sud. Elle avait réintégré sa juste place.

Lena avait fait son choix.

Elle s'était Appelée.

Même si je n'étais pas très sûr des conséquences à venir, elle était encore avec moi. Je ne l'avais pas perdue.

« Appelle-toi toi-même. »

Ma mère serait fière de nous.

---

1. En français dans le texte.

21 juin
TÉNÈBRES ET LUMIÈRE

Lena se tenait bien droite, grande silhouette sombre se découpant sur le clair de lune. Elle ne pleurait ni ne criait. Ses pieds touchaient de nouveau le sol, de chaque côté de l'immense crevasse qui désormais fendait la grotte, la séparant presque en deux.

— Que vient-il de se passer ? a demandé Liv en se tournant vers Amma puis Arelia, en quête de réponses.

Suivant le regard de Lena à travers la caverne, j'ai compris l'origine de son silence. Elle était sous le choc, les yeux fixés sur un visage familier.

— Il semble qu'Abraham ait tenté de peser sur l'Ordre des Choses.

Macon se trouvait à l'entrée de l'antre, encadré par la lumière de la lune qui commençait à se raccommoder. Leah et Bade étaient auprès de lui. J'ignore depuis combien de temps il occupait cette position, mais d'après son expression j'en ai déduit qu'il avait été témoin de tout. Il s'est avancé lentement, s'ajustant encore à la sensation de ses pieds sur le sol. Bade adaptait sa vitesse à la sienne, et Leah avait posé une main sur son bras.

Le son de sa voix, une voix sortie de la tombe, a eu le don d'apaiser Lena. J'ai capté sa pensée, rien qu'un chuchotis. Elle redoutait seulement d'y croire.

Oncle Macon ?

Elle a pâli. Je n'avais pas oublié ce que j'avais éprouvé quand ma mère m'était apparue, au cimetière Bonaventure.

— Toi et Sarafine avez réussi un petit coup impressionnant, grand-père. Je vous l'accorde. Convoquer une Lune d'Appel en avance ? Vous vous êtes surpassés, franchement !

Les paroles de Macon ont rebondi sur les parois rocheuses. L'air était si pesant, si calme qu'on n'entendait que le bruit sourd du ressac.

— Il va de soi que, quand j'ai appris que tu viendrais, je me suis senti obligé de me déplacer également.

Macon s'est tu, comme s'il attendait une réponse. Lorsqu'il n'en a obtenu aucune, il a aboyé :

— Abraham ! Je vois ta main derrière tout ça.

La grotte a tremblé, des cailloux sont tombés du plafond fendillé et se sont écrasés par terre. J'ai eu l'impression que la caverne allait s'écrouler. Le ciel a viré à une teinte plus sombre. Le Macon aux prunelles vertes, l'Enchanteur de la Lumière, s'il en était effectivement un, semblait encore plus puissant que l'Incube qu'il avait été.

L'écho d'un rire rauque a accueilli cette manifestation de force. Abraham a surgi de l'ombre, tout en bas de l'antre, là où la lune avait cessé de briller. Avec sa barbe blanche et son costume assorti, il ressemblait plus à un innocent vieillard qu'au plus Ténébreux des Incubes Sanguinaires. Hunting l'accompagnait. Le Patriarche s'est approché de Sarafine, dont le corps gisait au sol. Elle était entièrement blanche, couverte d'une épaisse couche de givre, cocon de glace.

— Tu me réclames, mon garçon ? a lancé l'homme chenu en partant une nouvelle fois d'un rire sec et bref.

Ah ! l'orgueil démesuré de la jeunesse ! D'ici cent ans, tu sauras rester à ta place, petit-fils.

J'ai tenté de calculer mentalement le nombre de générations qui séparaient les deux hommes. Quatre, voire cinq, peut-être.

— Je connais ma place, grand-père. Malheureusement, je crois que je vais être celui qui va te renvoyer à la tienne, ce qui est extrêmement embarrassant.

Abraham a lissé sa barbe d'un geste délibéré.

— Petit Macon Ravenwood. Tu as toujours été un tel garçon perdu. Ceci est ton œuvre, pas la mienne. Le Sang est le Sang, tout comme les Ténèbres sont les Ténèbres. Tu n'aurais pas dû oublier à qui tu dois fidélité. (Abraham s'est interrompu pour regarder Leah.) Toi aussi, ma chère. Mais bon, tu as été élevée par une Enchanteresse.

Il a frissonné.

J'ai lu la colère dans les prunelles du Succube, mais également sa peur. Si Leah était volontiers partante pour tenter sa chance contre la Meute Sanglante, elle ne tenait pas à défier Abraham. Ce dernier s'est tourné vers Hunting.

— À propos de garçons perdus, où est John ?

— Il a fichu le camp depuis longtemps, le lâche.

— John n'est pas capable de lâcheté, a vivement rétorqué le Patriarche. Ce n'est pas dans *sa* nature. Et sa vie a plus d'importance pour moi que la tienne. Alors, je te suggère de mettre la main dessus.

Baissant les yeux, Hunting a acquiescé. Je me suis demandé pourquoi John Breed comptait autant pour Abraham, qui semblait pourtant se ficher de tout le monde. Macon l'observait avec attention.

— Je suis ému de constater à quel point tu t'inquiètes pour ton gamin. J'espère que tu le retrouveras. Je sais combien il est douloureux de perdre un enfant.

La caverne s'est remise à trembler, et des pierres sont tombées à nos pieds.

— Qu'as-tu fait de John ?

Dans sa rage, Abraham avait commencé à ressembler moins à un innocent vieillard qu'au démon qu'il était.

— Ce que j'ai fait de John ? J'ai plutôt l'impression que la question est : qu'as-tu fait *à* John ? (Les prunelles noires d'Abraham ont lancé des éclairs furieux, mais Macon s'est borné à sourire.) Un Incube capable de sortir en plein jour et de garder ses forces sans se nourrir... De telles spécificités chez un enfant supposent un accouplement très particulier, non ? D'un point de vue strictement scientifique, il t'aurait fallu des qualités de Mortel, sauf que John possède également les dons d'un Enchanteur. Or il ne peut avoir trois parents, ce qui signifie que sa mère était...

— Une Évo ! a soufflé Leah.

Dans la grotte, chaque Enchanteur a réagi au mot. L'étonnement s'est répandu comme une vague, et une froideur d'un autre type s'est installée. Seule Amma est restée impassible. Bras croisés, elle fixait Abraham Ravenwood comme s'il n'était qu'un énième poulet qu'elle avait bien l'intention de plumer, d'écorcher et de faire bouillir dans sa marmite cabossée.

J'ai tenté de me rappeler ce que m'avait appris Lena sur les Évos. Ils avaient le talent de se métamorphoser en humains. Ils ne se limitaient pas à investir un corps de Mortel comme Sarafine ; ils pouvaient vraiment devenir des Mortels, durant de courtes périodes.

— Exact, a acquiescé Macon sans cesser de sourire. Une Enchanteresse susceptible d'épouser une forme humaine assez longtemps pour concevoir, avec l'ADN d'une Mortelle et d'une Enchanteresse d'un côté et celui d'un Incube de l'autre. Tu as été très occupé, grand-père, n'est-ce pas ? Je ne m'étais pas douté que tu jouais les marieurs pendant tes heures de loisir.

Les yeux du Patriarche se sont encore assombris.

— C'est toi qui as déstabilisé l'Ordre des Choses, a-t-il répliqué. D'abord en t'amourachant d'une Mortelle, puis en tournant le dos à ton espèce afin de protéger cette gamine. (Il a secoué la tête, comme si Macon n'était rien qu'un petit garçon trop impétueux.) Et où cela nous a-t-il conduits ? Voilà que la jeune Duchannes a séparé la lune en deux. As-tu conscience de ce que ça veut dire ? De la menace que cette fille représente pour nous tous ?

— Le destin de ma nièce ne te concerne en rien, a rétorqué Macon en se hérissant, ses yeux verts luisants. Tu sembles être déjà bien pris par tes propres expériences procréatrices. Je me demande toutefois ce que tu mijotes avec ta créature.

— N'oublie pas à qui tu t'adresses ! a grondé Hunting en avançant d'un pas, retenu cependant par Abraham. Je t'ai déjà tué, je te tuerai une seconde fois.

— Des menaces, Hunting ? a ricané son frère. Si tu as l'intention de devenir le larbin d'Abraham, tu vas devoir travailler un peu ton style. Et maintenant, a-t-il ajouté avec un soupir, rentre ta queue entre tes jambes et suis ton maître chez lui comme un bon chien.

Les traits de Hunting se sont durcis.

— Quant à toi, grand-père, a poursuivi Macon, j'aimerais beaucoup comparer tes travaux scientifiques aux miens, mais j'estime qu'il est temps que tu partes.

Le Patriarche a ri. Un vent glacé s'est mis à tourbillonner autour de lui, sifflant entre les rochers.

— Tu crois pouvoir me donner des ordres comme si j'étais un saute-ruisseau ? Tu ne prononceras pas mon nom, Macon Ravenwood. Tu le crieras. Tu le saigneras.

Les rafales ont forci, agitant sa cravate.

— Et quand tu mourras, a-t-il conclu, mon nom survivra dans les mémoires, respecté et craint, tandis que le tien tombera dans l'oubli.

Macon l'a regardé sans ciller, sans exprimer la moindre peur.

— Ainsi que mon petit génie mathématique de frère l'a stipulé, je suis déjà mort une fois. Tu vas devoir trouver quelque chose de neuf, vieil homme. Ça devient lassant. Permets-moi de te reconduire.

Il a légèrement bougé les doigts, et un bruit de déchirure a retenti, tandis que, derrière Abraham, la nuit s'ouvrait. Le Patriarche a hésité un instant avant de sourire.

— L'âge doit me rattraper, a-t-il dit. J'ai failli partir sans mes affaires.

Il a tendu le bras, et un objet a émergé d'une crevasse avant de s'évaporer pour réapparaître dans sa paume. Lorsque j'ai vu de quoi il s'agissait, j'ai retenu mon souffle.

Le *Livre des lunes*.

Le *Livre* dont nous pensions qu'il avait été réduit en cendres dans les champs de Greenbrier. Le *Livre* qui était une malédiction à lui seul. Une expression contrariée s'est dessinée sur les traits de Macon, qui a avancé la main.

— Ceci ne t'appartient pas, grand-père.

L'ouvrage a tressailli entre les doigts d'Abraham, mais l'obscurité qui l'entourait a foncé, et l'homme a haussé les épaules en souriant. Une seconde déchirure a secoué l'antre, alors qu'il s'évanouissait, emportant le *Livre*, Hunting et Sarafine. Le temps que le son se taise, les vaguelettes avaient effacé l'empreinte du corps de Sarafine sur le sable.

Dès que le bruit avait commencé à retentir, Lena s'était mise à courir. Elle était à mi-chemin de son oncle quand Abraham s'est volatilisé. Macon s'est adossé à la paroi rocheuse, attendant que Lena se jette à son cou. Quand elle l'a fait, il a titubé comme s'il allait tomber.

— Tu es mort, a murmuré Lena, le nez enfoui dans sa chemise sale et déchirée.

— Non, ma chérie, je suis tout ce qu'il y a de vivant. Regarde-moi, je suis bien là.

Il l'a forcée à relever la tête.

— Tes yeux, ils sont verts, a-t-elle constaté en effleurant son visage, choquée.

536

— Mais les tiens sont beaux, a-t-il répondu avec une pointe de tristesse. Tant le vert que le doré.

— Je t'ai tué, pourtant, a insisté Lena, incrédule. J'ai utilisé le *Livre*, qui t'a tué.

Macon a caressé ses cheveux.

— Lila Jane m'a sauvé avant que je traverse. Elle m'a emprisonné dans un Orbe Lumineux, dont Ethan m'a libéré. Ce n'était pas ta faute, Lena. Tu ignorais ce qui se passerait.

Elle a fondu en larmes, et il a continué à lisser ses boucles brunes en lui chuchotant que tout était fini, maintenant.

Sauf qu'il mentait. Je l'ai lu dans ses prunelles. Les flaques noires qui avaient dissimulé ses secrets n'étaient plus. Si je n'avais pas tout compris des paroles d'Abraham, j'avais deviné qu'elles renfermaient au moins une part de vérité. Ce qui était arrivé à Lena quand elle s'était Appelée n'était pas la solution à nos problèmes. C'était un nouveau problème à lui seul. Elle s'est écartée de Macon.

— Je ne savais même pas ce qui allait se produire, oncle Macon. Je pensais aux Ténèbres et à la Lumière, à ce que je désirais vraiment, mais je ne parvenais qu'à me dire que je n'étais pas plus les unes que l'autre. Après tout ce que j'ai vécu, je ne suis ni Ténèbres ni Lumière. Je suis les deux.

— Ce n'est pas grave, chérie.

Il a voulu la serrer contre lui, mais elle s'est éloignée.

— Si, a-t-elle objecté. Tu as vu ce que j'ai fait ? Tatie Twyla et Ridley sont mortes, Larkin...

— Tu as fait ce que tu devais faire, a répliqué Macon en la dévisageant comme s'il redécouvrait sa nièce. Tu t'es Appelée. Tu n'as pas choisi ta place dans l'Ordre des Choses. Tu as modifié ce dernier.

— Et ça signifie quoi ? a-t-elle demandé d'une toute petite voix.

— Que tu es toi-même. Puissante et unique. À l'instar de la Grande Barrière, un endroit qui n'est ni Ténèbres ni Lumière, juste magique. Mais contrairement à la Grande Barrière, tu es à la fois Ténèbres et Lumière. Comme moi. Et, d'après ce à quoi j'ai assisté cette nuit, comme Ridley.

— Mais qu'est-il arrivé à la lune ?

Lena interrogeait Bonne-maman du regard. C'est Amma cependant qui lui a répondu.

— Tu l'as fendue, enfant. Melchizedek a raison, l'Ordre des Choses a été brisé. Impossible de prédire ce qui va se produire, maintenant.

À la façon dont elle a prononcé le mot « brisé », il a été clair que ce n'était pas l'idéal pour l'Ordre des Choses.

— Je ne comprends pas. Vous êtes tous ici, mais c'était aussi le cas d'Abraham et de Hunting. Comment est-ce possible ? La malédiction...

— Tu possèdes la Lumière et les Ténèbres, une éventualité que la malédiction n'avait pas prise en compte, a expliqué Bonne-maman. Comme aucun de nous, d'ailleurs. Je suis juste heureuse que tu ailles bien.

Ses intonations étaient tristes, et j'ai senti qu'elle aussi nous cachait quelque chose, que la situation était plus compliquée qu'elle ne le laissait entendre. Des bruits d'eau nous sont parvenus. Je me suis retourné pour voir les cheveux blonds et roses de Ridley surgir de derrière un rocher. Link était juste derrière elle.

— Il faut croire que je suis vraiment Mortelle, a-t-elle lancé avec son ironie habituelle, mais l'air soulagé quand même. Il faut toujours que tu t'arranges pour être différente, hein, cousine ? Bravo et continue à tout bousiller comme ça !

Lena s'est figée et a paru cesser de respirer. C'était trop. Macon vivait, alors qu'elle avait cru le tuer. Elle s'était Appelée tout en restant à la fois Ténèbres et Lumière. Pour autant qu'elle puisse en juger, elle avait brisé la lune. J'ai deviné qu'elle allait bientôt craquer. Mais je serais là pour la ramener à la maison.

Elle a attrapé Ridley et Macon, manquant de les étrangler dans son propre cercle d'Enchanteurs. Elle ne paraissait ni Ténèbres ni Lumière, juste très fatiguée. Au moins, elle n'était plus seule.

22 juin
LE CHEMIN DU RETOUR

Je n'arrivais plus à dormir. Je m'étais écroulé la veille au soir sur le plancher en pin familier de la chambre de Lena. Nous avions tous deux sombré sans prendre la peine de nous déshabiller. Vingt-quatre heures plus tard, il me semblait bizarre d'être de nouveau dans ma chambre, au lit, après avoir dormi entre les racines d'un arbre sur un sol humide. J'en avais trop vu. Me levant, j'ai fermé ma fenêtre en dépit de la chaleur. Il y avait, dehors, trop de choses à redouter, à affronter.

C'était un miracle que quelqu'un arrive à trouver le sommeil à Gatlin.

Lucille, elle, n'avait pas ce problème. Elle était en train de piétiner un tas de vêtements sales dans un coin, histoire de se préparer une couche moelleuse pour la nuit. Cette chatte dormait n'importe où.

Pas moi. Je me suis recouché, mais je me tournais et me retournais. J'avais du mal à être à l'aise avec l'idée d'être à l'aise.

Moi aussi.

J'ai souri. Le plancher a craqué, ma porte s'est ouverte en grand, et Lena s'est encadrée sur le seuil, vêtue de mon vieux tee-shirt Silver Surfer. Le bas de son short de pyjama dépassait dessous. Ses cheveux étaient mouillés et détachés, comme je les aimais.

— Je rêve, hein ?

Elle a refermé le battant derrière elle, un minuscule éclat de malice dans ses yeux vert et doré.

— Tu parles de ton genre de rêve ou du mien ?

Soulevant les draps, elle s'est couchée près de moi. Elle sentait les citrons, le romarin et le savon. La route avait été longue pour elle comme pour moi. Elle a coincé sa tête sous mon menton. J'ai deviné les interrogations et les craintes qu'elle avait apportées avec elle dans mon lit.

Qu'y a-t-il, L ?

Elle s'est plaquée un peu plus contre mon torse.

Crois-tu que tu arriveras à me pardonner un jour ? J'ai conscience que les choses ne seront plus les mêmes…

J'ai refermé mes bras autour d'elle, me souvenant du nombre de fois où j'avais eu l'impression de l'avoir perdue à jamais. Ces instants se sont enroulés autour de moi, menaçant de m'écraser sous leur poids. J'étais incapable d'être sans elle. Le pardon n'avait pas lieu d'être évoqué.

Ce sera différent. Mieux.

Mais je ne suis pas Lumière, Ethan. Je suis… compliquée.

J'ai porté sa main à mes lèvres, j'ai embrassé sa paume toujours marquée par les dessins alambiqués. Ils ressemblaient presque à du feutre, mais j'avais à présent la certitude qu'ils ne s'effaceraient pas.

— Je sais ce que tu es et je t'aime. Rien ne changera ça.

— Je regrette de ne pas pouvoir revenir en arrière. Je regrette…

J'ai appuyé mon front sur le sien.

— Inutile. Tu es toi. Tu as choisi d'être toi-même.

— C'est effrayant. Toute ma vie, j'ai grandi avec les Ténèbres et la Lumière. Ne correspondre à aucun des deux camps est étrange. Et si je n'étais rien ?

Elle s'est allongée sur le dos.

— Et si tu posais la mauvaise question ?

— Ah oui ? a-t-elle répliqué en souriant. Quelle est la bonne, alors ?

— Tu es toi. Qui est toi ? Que veut-elle être ? Et comment l'amener à m'embrasser ?

Se dressant en appui sur ses bras, elle s'est penchée sur moi, ses cheveux chatouillant mon visage. Sa bouche a effleuré la mienne, et le courant électrique est revenu. Il m'avait manqué, alors même qu'il me brûlait les lèvres.

Il manquait autre chose, cependant.

J'ai ouvert le tiroir de ma table de nuit.

— Ceci t'appartient, me semble-t-il.

J'ai laissé tomber le collier dans sa paume, et ses souvenirs se sont répandus entre ses doigts. Le bouton d'argent qu'elle avait attaché à un trombone, le fil rouge, le minuscule feutre que je lui avais offert au sommet du château d'eau. Elle a contemplé l'objet avec stupeur.

— J'y ai ajouté un ou deux trucs.

J'ai démêlé les babioles afin qu'elle puisse voir le moineau en argent de l'enterrement de Macon. Il avait un tout autre sens, désormais.

— D'après Amma, ces oiseaux sont capables de voyager très loin et pourtant de retrouver le chemin de leur maison. Comme toi.

— Juste parce que tu es venu me chercher.

— On m'a aidé. Voilà pourquoi je t'ai aussi offert ça.

J'ai soulevé la médaille du collier de Lucille, celle que j'avais transportée dans ma poche pendant que nous traquions Lena et que je l'avais espionnée à travers les yeux de la chatte. Dans son coin de la pièce, Lucille m'a regardé calmement en bâillant.

— C'est un canal qui permet aux Mortels de se connecter avec un animal d'Enchanteurs. Macon me l'a expliqué ce matin.

— Et tu l'as eu tout ce temps ?

— Oui. C'est tante Prue qui me l'a donné. Ça marche tant que tu détiens la médaille.

— Un instant ! Comment ta tante a-t-elle obtenu une chatte d'Enchanteurs ?

— Arelia lui a confié Lucille pour qu'elle ne se perde pas dans les Tunnels.

Lena s'est mise à démêler la chaîne, défaisant les nœuds qui s'y étaient formés depuis qu'elle l'avait égarée.

— Je n'en reviens pas que tu l'aies trouvée. Lorsque je l'ai abandonnée, je pensais ne jamais la revoir.

Ainsi, elle ne l'avait pas perdue. Elle l'avait laissée. J'ai résisté à l'envie de lui demander pourquoi.

— Bien sûr ! Elle contient tous mes cadeaux.

Refermant sa paume, Lena a détourné les yeux.

— Non, pas tous.

Je savais à quoi elle faisait allusion. La bague de ma mère. Elle l'avait ôtée du collier. Sauf que j'avais remis la main dessus. Pas avant ce matin, toutefois. Je l'avais découverte sur mon bureau, à croire qu'elle y avait toujours été. Plongeant de nouveau les doigts dans le tiroir de ma table de nuit, j'ai sorti l'anneau, l'ai pressé dans les doigts de Lena. Elle m'a regardé.

Tu l'as trouvée ?

Non. C'est ma mère, je pense. Elle était sur mon bureau à mon réveil.

Elle ne me déteste pas ?

Il n'y avait qu'une Enchanteresse pour s'enquérir de pareille chose. Le fantôme de ma mère lui avait-il pardonné ? Je connaissais la réponse. La bague avait été placée à l'intérieur d'un bouquin que Lena m'avait prêté, en guise de marque-page. *Le Livre des questions* de Pablo

Neruda. Sous les vers : « Est-il vrai que l'ambre contient / les larmes des sirènes ? »

Si ma mère avait été plutôt une admiratrice d'Emily Dickinson, Lena adorait Neruda. C'était comme le brin de romarin que j'avais découvert dans le livre de cuisine préféré de ma mère, à Noël dernier. Quelque chose de ma mère et quelque chose de Lena ensemble, comme s'il avait dû toujours en être ainsi.

J'ai répondu à Lena en attachant la chaîne autour de son cou, sa juste place. Elle l'a caressée, a fixé mes yeux marron de ses prunelles verte et or. Je savais qu'elle était la fille que j'aimais, quelle que soit la teinte de ses iris. Aucune couleur n'était à même de peindre Lena Duchannes. Elle était un pull rouge et un ciel bleu, un vent gris et un moineau argenté, une boucle brune s'échappant de derrière son oreille.

Maintenant que nous étions réunis, j'avais l'impression d'avoir réintégré mon foyer.

Elle s'est courbée sur moi, m'a mordillé les lèvres avant de m'embrasser avec une intensité qui a déclenché une vague de chaleur dans ma colonne vertébrale. Je l'ai sentie reprendre le chemin menant à moi, à nos courbes et à nos angles, aux places où nos corps s'emboîtaient si naturellement.

— C'est clair, il s'agit bien de mon rêve, ai-je soufflé avec un sourire.

J'ai passé mes doigts dans l'incroyable enchevêtrement de ses cheveux noirs. Elle a caressé mon torse, cependant que je la humais. Ma bouche s'est égarée du côté de son épaule, et je l'ai serrée contre moi jusqu'à ce que son bassin s'enfonce doucement dans ma peau. Ça faisait si longtemps, elle m'avait tellement manqué – son goût, son parfum. Emprisonnant sa tête entre mes mains, je l'ai embrassée encore plus fort. Mon cœur a commencé à s'affoler. Il a fallu que je m'arrête pour reprendre mon souffle.

Se recouchant, tête sur l'oreiller, elle m'a contemplé, évitant de me toucher.

Ça va mieux ? Est-ce que… est-ce que je te fais du mal ?

Non. C'est mieux.

J'ai fixé le mur, silencieux, tandis que les battements de mon pouls se calmaient.

Menteur.

J'ai glissé mes bras autour de sa taille, elle a détourné la tête.

Nous ne pourrons jamais être vraiment ensemble, Ethan.

Nous sommes ensemble en ce moment.

J'ai promené le bout de mes doigts sur sa peau, déclenchant sa chair de poule.

Tu as seize ans. J'en aurai dix-sept dans deux mois. Nous avons le temps.

En réalité, si on se réfère au calendrier des Enchanteurs, j'ai déjà dix-sept ans. Compte les lunes. Je suis plus âgée que toi, maintenant.

Elle a eu un petit sourire, je l'ai écrasée dans mon étreinte.

Dix-sept, si tu veux. Quelle importance ? Nous aurons peut-être trouvé une solution d'ici nos dix-huit ans, L.

L.

Je me suis brusquement assis pour la regarder.

Tu le connais, non ?

Quoi donc ?

Ton vrai prénom. Maintenant que tu as été Appelée, tu l'as appris, n'est-ce pas ?

Elle a incliné la tête avec un demi-sourire. Je l'ai attrapée, ai collé mon visage juste au-dessus du sien.

Qu'est-ce que c'est ? Tu ne crois pas que je devrais savoir ?

Tu n'as pas encore compris, Ethan ? Je m'appelle Lena. Le prénom que j'avais quand nous nous sommes rencontrés. Le seul que j'aurai jamais.

Elle le connaissait, mais refusait de me le confier. Logique. Lena s'Appelait de nouveau. Elle décidait de celle qu'elle serait. Elle nous scellait avec ce que nous avions partagé. J'ai été soulagé : pour moi, elle serait toujours Lena.

La fille de mes rêves.

J'ai tiré les draps sur nos têtes et, bien qu'aucun de mes songes ne se soit déroulé ainsi, nous nous sommes tous les deux profondément endormis en quelques minutes.

22 juin
SANG NEUF

Une fois n'est pas coutume, je ne rêvais pas. C'est bien Lucille qui m'a réveillé en crachant. J'ai roulé sur le flanc, Lena à mon côté. J'avais encore du mal à admettre qu'elle soit là, saine et sauve. C'était ce que j'avais désiré par-dessus tout et, maintenant, je l'avais. Cela arrivait-il si souvent ? Dehors, la lune déclinante était si étincelante que j'ai distingué les cils de Lena sur ses joues.

Lucille a sauté du lit, et j'ai distingué une présence dans la pénombre.

Une silhouette.

Quelqu'un se tenait devant ma fenêtre. Ce ne pouvait être qu'une personne qui n'en était pas une. Je me suis vivement redressé. Macon était dans ma chambre, alors que Lena dormait sous mes draps. Affaibli ou non, il allait me tuer.

— Ethan ?

J'ai immédiatement reconnu la voix, bien qu'il se soit efforcé de parler doucement. Ce n'était pas Macon. C'était Link.

— Qu'est-ce que tu fous ici au milieu de la nuit ? ai-je sifflé en essayant de ne pas réveiller Lena.

— J'ai des ennuis, mec. Il faut que tu m'aides.

Soudain, il a remarqué Lena blottie à côté de moi.

— Oh, flûte ! Je ne savais pas que vous... hum...

— Dormions ?

— Au moins, il y en a qui peuvent.

Il arpentait la pièce, plus nerveux encore qu'à l'accoutumée. Son bras plâtré gigotait de façon erratique. Malgré la faible lueur en provenance de l'extérieur, j'ai vu à quel point il était pâle, en sueur. Il avait l'air malade. Plus que malade.

— Qu'est-ce qui t'arrive, mec ? Et comment es-tu entré ici ?

Link s'est assis sur ma vieille chaise avant de se relever. Il portait un tee-shirt orné d'un hot dog et proclamant : METS-TOI MA SAUCISSE OÙ JE PENSE. Il l'avait depuis la troisième.

— Si je te le disais, tu n'y croirais pas.

Derrière lui, la fenêtre était ouverte, et les rideaux voletaient, poussés par le vent. Mon estomac s'est noué d'une façon un peu trop familière.

— Essaie quand même.

— Tu te rappelles que le Bellâtre vampirique m'a chopé lors de la Nuit Infernale ?

Celle de la Dix-septième Lune, qu'il qualifierait toujours de Nuit Infernale, également titre d'un film qui l'avait terrorisé à l'âge de dix ans.

— Oui, et alors ?

— Tu sais qu'il aurait pu me tuer, hein ? a-t-il poursuivi en se remettant à faire les cent pas.

Je n'étais pas très sûr d'avoir envie d'entendre la suite.

— Sauf que ça n'a pas été le cas. Et il est sûrement mort, comme Larkin.

John avait disparu, certes, mais personne ne savait exactement ce qui s'était produit.

— Ouais, n'empêche, s'il a clapoté, il m'a laissé un cadeau d'adieu. Deux, même.

Il s'est penché sur le lit. Instinctivement, j'ai bondi en arrière, heurtant Lena.

— Que se passe-t-il ? a-t-elle marmonné encore à moitié endormie, la voix rauque.

— Du calme, mec, a dit Link.

Tendant le bras, il a allumé la lampe de chevet.

— À quoi ça ressemble, à ton avis ?

Mes yeux s'étant ajustés à la lumière, j'ai aperçu deux petites perforations sur le cou blême de Link. La marque évidente de deux canines.

— Il t'a mordu ?

Je me suis reculé vivement, tirant Lena des draps pour la placer contre le mur, derrière moi.

— Alors, je ne me trompe pas ? Bordel de Dieu !

Link s'est assis sur le lit, la tête entre les mains, l'air pathétique.

— Est-ce que je vais me transformer en buveur de sang ?

Il regardait Lena, attendant qu'elle confirme ce dont il se doutait déjà.

— Techniquement, oui. Tu es d'ailleurs déjà en train de le faire. Ça ne signifie pas pour autant que tu vas devenir un Incube Sanguinaire. Tu peux résister, comme oncle Macon, et te nourrir de rêves et de souvenirs au lieu de sang.

Lena m'a écarté pour s'approcher de lui.

— Tranquillise-toi, Ethan, il ne nous attaquera pas comme un de ces vampires de vos films d'horreur nullards dans lesquels les sorcières ont toutes un chapeau noir.

— Au moins, je porte bien le chapeau, a soupiré Link. Et le noir.

— C'est toujours Link, a commenté Lena en s'asseyant près de lui.

Je me suis installé entre eux deux.

— Tu en es sûre ?

Plus je l'observais, pire il me semblait.

— Oui, il faut que je sache ces trucs, a marmonné Link en secouant le menton, vaincu.

Il était clair qu'il avait espéré que Lena lui annoncerait qu'il y avait une autre possibilité.

— Nom d'un chien ! a-t-il gémi. Quand ma mère l'apprendra, elle me fichera dehors. Je vais devoir vivre dans La Poubelle.

— Ne t'inquiète pas, mec.

C'était facile à dire, mais que pouvais-je faire d'autre ? Lena avait raison. Link restait mon meilleur ami. Il m'avait suivi dans les Tunnels, d'où sa présence ici avec deux trous dans le cou. Il s'est passé la main dans les cheveux d'un geste anxieux.

— Ma mère est baptiste, mon pote. Tu crois vraiment qu'elle continuera à m'héberger quand elle découvrira que je suis un démon ? Elle déteste même les méthodistes.

— Elle ne s'en apercevra peut-être pas ?

C'était une ânerie, mais bon, j'essayais de le réconforter.

— Tu parles qu'elle ne se rendra pas compte que je ne sors plus le jour de peur de cramer !

Il a frotté sa peau, comme s'il la sentait déjà se détacher.

— Pas nécessairement, a lancé Lena, qui réfléchissait. John n'était pas un Incube normal. C'était un hybride. Oncle M s'efforce toujours de découvrir ce qu'Abraham lui a infligé.

Je me suis souvenu des paroles de Macon sur les hybrides quand il s'était disputé avec son grand-père à la Grande Barrière. Ça me semblait déjà très lointain. Je n'avais pas envie de penser à John Breed, cependant. Je n'arrivais pas à oublier ses mains courant sur le corps de Lena. Heureusement, celle-ci n'y a pas prêté attention.

— Sa mère était une Évo. Capable de se métamorphoser, de transmuter dans n'importe quelle espèce, même celle des Mortels. Voilà pourquoi John pouvait se déplacer en plein jour, tandis que les autres Incubes évitent le soleil.

— Et alors ? Je suis quoi ? Un quarteron de suceur de sang ?

— Sans doute, a opiné Lena. Enfin, je ne suis sûre de rien.

— Moi non plus, a enchaîné Link. Je me suis baladé dehors toute la journée, et il ne s'est rien produit. J'ai cru que j'y avais échappé.

— Pourquoi n'as-tu rien dit tout de suite ?

Question idiote. Qui avait envie de raconter à ses amis qu'il se transformait en démon ?

— Je ne me suis pas aperçu qu'il m'avait mordu. J'ai juste cru que la bagarre m'avait claqué, puis j'ai commencé à me sentir bizarre et, après, j'ai découvert les marques.

— Il va falloir que tu sois prudent, mec. Nous ne savons pas grand-chose sur John Breed. S'il est un hybride, de quoi vas-tu être capable ?

Lena s'est éclairci la gorge.

— En vérité, j'ai assez bien connu John.

Link et moi l'avons regardée comme un seul homme. Elle a tripoté son collier avec nervosité.

— Enfin, pas très, très bien, mais nous avons passé pas mal de temps ensemble dans les Tunnels.

— Et ? ai-je demandé en percevant la colère qui sourdait en moi.

— Il était fort et possédait une sorte de magnétisme curieux qui rend dingues toutes les filles, où qu'il aille.

— Des filles comme toi ? n'ai-je pu m'empêcher de lancer.

— La ferme, a-t-elle répliqué en me donnant un coup d'épaule.

— Ça commence à avoir l'air un peu plus chouette, s'est marré Link malgré lui.

Lena a réfléchi, se remémorant les qualités de John. J'ai prié pour que la liste ne soit pas trop longue.

— Il voyait, entendait et sentait des choses qui m'échappaient.

Link a respiré profondément avant de se mettre à tousser.

— Bon Dieu, mec, t'as vraiment besoin d'une douche.

— C'est tout ce dont tu es capable avec tes nouveaux pouvoirs ? ai-je riposté.

Je l'ai bousculé. Il m'a bousculé à son tour, et j'ai dégringolé du lit.

— Nom d'un chien !

J'étais habitué à être celui qui le jetait par terre. Il a contemplé ses mains, hochant la tête avec satisfaction.

— C'est bien ça, les poings de la rage. Je l'ai toujours dit.

Lena est allée ramasser Lucille, qui s'était réfugiée dans un coin.

— Tu devrais pouvoir Voyager aussi. Te matérialiser où tu veux. Inutile d'emprunter les portes, même si oncle Macon soutient que c'est plus poli.

— Traverser les murs comme un superhéros ?

Link était en train de reprendre du poil de la bête de manière considérable.

— Tu vas sûrement beaucoup t'amuser, sauf que...

Lena a inhalé et s'est efforcée de parler d'un air décontracté.

— Tu ne mangeras plus vraiment. Et en partant du principe que tu as l'intention de ressembler plus à oncle Macon qu'à Hunting, il te faudra te nourrir des rêves et des mémoires des gens pour tenir le coup. Oncle Macon appelle ça de l'indiscrétion. Ne t'inquiète pas, tu auras tout le temps nécessaire, puisque tu ne dormiras plus.

— Ne plus bouffer ? Qu'est-ce que je vais raconter à ma mère, moi ?

— Que tu es végétarien, a suggéré Lena en haussant les épaules.

— Végétarien ? Tu es dingue ? C'est encore pire qu'être un quarteron de démon.

Il s'est interrompu.

— Vous avez entendu ?

— Non, quoi ?

Il s'est penché par la fenêtre.

— Sans charre ?

Des coups ont retenti sur le flanc de la maison, et Link a aidé Ridley à franchir le rebord de la croisée. J'ai soigneusement détourné les yeux, vu que, à un moment, Ridley a exposé sa culotte. Pas une entrée très élégante. Apparemment, elle s'était lavée et avait remis des vêtements de Sirène, qu'elle en soit une ou pas. Elle a tiré sur sa jupe, a secoué ses cheveux blonds striés de rose.

— Que les choses soient claires, a-t-elle lancé. La fête se déroule ici, et moi, je suis censée rester à la niche comme le chien ?

— C'est ma chambre que tu traites comme ça ? a soupiré Lena.

— Qu'importe. Je n'ai pas besoin que vous trois vous réunissiez pour bavasser dans mon dos. J'ai assez de soucis comme ça. Oncle Macon et ma mère ont décidé de me renvoyer au lycée, puisque, semble-t-il, je ne représente plus de danger pour personne.

J'ai eu l'impression qu'elle était à deux doigts de fondre en larmes.

— En effet, a acquiescé Link en lui proposant la chaise de bureau.

L'ignorant, elle s'est affalée sur mon lit.

— Pas du tout, a-t-elle protesté. Je suis drôlement dangereuse. Tu verras.

Link a rigolé, plein d'espoir.

— Ils n'ont pas le droit de m'obliger à réintégrer ce trou à rats que vous appelez lycée, a continué Ridley.

— Nous ne parlions pas de toi, lui a annoncé Lena en s'asseyant près d'elle.

Link s'est remis à arpenter la chambre.

— Ouais, on parlait de moi.

— Pourquoi de toi ?

Il a détourné la tête, mais Ridley a dû pressentir quelque chose car, en une seconde, elle a traversé la pièce. Elle a attrapé le visage de Link.

— Regarde-moi.

— Pour quoi faire ?

— Regarde-moi, a-t-elle répété en le fixant comme une Sibylle.

Il a plongé ses yeux dans les siens, et la lune a éclairé la peau blême et moite de son cou. Ça a suffi à mettre en évidence les perforations. Ridley ne l'a pas lâché, mais sa main tremblait. Link lui a pris le poignet.

— Rid…

— C'est lui ? a-t-elle demandé, furieuse.

Bien que ses prunelles ne soient plus dorées, mais bleues, et bien qu'elle ne soit plus en mesure de pousser quiconque à sauter d'une falaise, elle m'a donné l'impression d'être capable de balancer en personne n'importe qui de ladite falaise. Je n'ai eu aucun mal non plus à me la représenter en défenseur de Lena quand elles étaient écolières.

Link l'a attirée à lui, a glissé un bras autour de ses épaules.

— Rien de grave, a-t-il murmuré. J'arriverai peut-être à faire mes devoirs de temps en temps, maintenant que je ne dormirai plus.

Il a souri, pas elle.

— Il n'y a pas de quoi blaguer. John est sans doute l'Incube le plus puissant du monde des Enchanteurs, hormis Abraham. Si ce dernier l'a réclamé, ce n'est pas sans raison.

Elle s'est mordu les lèvres, le regard fixé sur les arbres, dehors.

— Tu te biles trop, poupée.

— Ne m'appelle pas poupée, a-t-elle rétorqué en se libérant de son bras.

Je me suis adossé contre ma tête de lit pour les observer. Maintenant que Ridley était une Mortelle et Link un Incube, elle resterait la fille qu'il ne pourrait avoir et, sûrement, la seule qu'il désirait. L'année de première promettait d'être intéressante.

Un Incube au lycée Jackson.

Link, le type le plus fort du bahut, affolant Savannah Snow chaque fois qu'il entrerait dans une salle de classe, sans avoir besoin pour ça d'un seul coup de langue de Ridley sur sa sucette. Et Ridley, l'ex-Sirène qui, j'en étais certain, s'arrangerait pour retrouver le chemin des ennuis, avec ou sans friandise. Deux mois avant septembre. Pour la première fois de ma vie, j'avais hâte que la rentrée arrive.

Link n'a pas été le seul à ne pas dormir cette nuit-là.

28 juin
LEVER DE SOLEIL

— Vous ne pourriez pas creuser un peu plus vite ?

Link et moi avons fusillé Ridley du regard. Nous étions enfoncés de quelques centimètres dans la tombe de Macon, celle où il n'avait pas passé une seule minute. Je transpirais comme un bœuf, alors que le soleil n'était même pas levé. Link, avec ses forces nouvelles, n'en était pas encore là.

— Non, a-t-il rétorqué en brandissant sa pelle vers elle. Et, oui, je sais que tu nous es totalement reconnaissante que nous fassions ça à ta place, poupée.

— Mais pourquoi faut-il que ça dure aussi longtemps ? a demandé Ridley à Lena sur un ton las. Pourquoi les Mortels sont-ils aussi en sueur et pénibles ?

— Tu es Mortelle, désormais, à toi de nous le dire ! ai-je lancé en expédiant une pelletée de terre dans sa direction.

— Tu n'aurais pas de sortilège pour ce genre de truc ? a marmonné Ridley en s'affalant près de sa cousine, qui était assise en tailleur à côté de la sépulture, le nez plongé dans un vieux bouquin sur les Incubes.

— À propos, comment avez-vous réussi à sortir ce livre de la *Lunae Libri* ? s'est enquis Link. Ce n'est pas un jour férié.

Link avait espéré que Lena dégoterait des renseignements sur les hybrides. Or nous avions rencontré notre content de problèmes dans la bibliothèque des Enchanteurs en une année. Ridley lui a adressé un coup d'œil qui l'aurait sans doute mis à genoux si elle avait été toujours une Sirène.

— Ethan a un truc avec la bibliothécaire, pauvre nouille !

Aussitôt, le volume a pris feu entre les mains de Lena.

— Oh, non !

Elle l'a lâché avant de se brûler. Ridley a piétiné le bouquin.

— Désolée, a soupiré Lena, ça arrive, parfois.

— Ridley parlait de Marian, me suis-je défendu.

Évitant de croiser son regard, je me suis acharné sur ma tâche. Lena et moi étions redevenus... ben, nous. Pas une seconde ne s'écoulait sans que je songe à la proximité de ses doigts contre les miens, de son visage contre le mien. Je ne supportais pas, durant les moments de veille, de ne pas capter sa voix dans ma tête après en avoir été privé aussi longtemps. Elle était la dernière avec laquelle je communiquais le soir, et la première à laquelle je m'adressais le matin. Après ce que nous avions traversé, j'aurais volontiers échangé ma place avec Boo si ça avait été possible. C'est dire si je ne tenais pas à ce qu'elle m'échappe.

Amma avait même commencé à mettre un couvert pour elle à notre table. À Ravenwood, tante Del me gardait un oreiller et une couette près du canapé du rez-de-chaussée. Personne ne mentionnait de couvre-feu ou ne protestait parce que nous nous voyions trop. Personne ne s'attendait à ce que nous ayons confiance dans le monde séparés l'un de l'autre.

L'été nous avait appris cela. On ne défaisait pas ce qui était arrivé. Liv était arrivée. John et Abraham étaient arrivés. Twyla et Larkin, Sarafine et Hunting – ce n'étaient pas des gens que je pouvais oublier. Le lycée, lui, serait à l'identique, à condition de ne pas penser que mon meilleur copain était un Incube, et que la deuxième fille la plus chouette du bahut était une Sirène déchue. Le petit père Lee et le proviseur Harper, Savannah Snow et Emily Asher demeureraient inchangés.

En revanche, Lena et moi ne serions plus jamais les mêmes.

Quant à Link et Ridley, ils avaient été altérés d'une façon tellement magique qu'ils ne vivaient plus dans le même univers.

Liv se planquait à la bibliothèque, soulagée d'avoir retrouvé la sécurité des rayonnages pour le moment. Je ne l'avais revue qu'une fois depuis la nuit de la Dix-septième Lune. Elle n'était plus une Gardienne en herbe, mais elle semblait s'en accommoder.

— Nous savions très bien toi et moi que je ne me serais jamais contentée d'observer les choses de loin, m'avait-elle dit.

C'était vrai. Liv était astronome comme Galilée, exploratrice comme Vasco de Gama, érudite comme Marian. Savant fou aussi, peut-être, comme ma mère.

J'imagine que, tous autant que nous étions, nous éprouvions le besoin de repartir de zéro.

Et puis, j'avais l'impression que Liv appréciait autant son nouveau mentor que l'ancien. Son éducation avait été en effet confiée à un Incube qui passait ses journées caché, soit à Ravenwood, soit dans son bureau préféré, une ancienne retraite dans les Tunnels, avec Liv et la patronne de la librairie des Enchanteurs pour seules compagnes Mortelles.

Je ne m'étais pas attendu à ce que l'été débouche sur ces résultats. En même temps, lorsque Gatlin était en jeu, j'ignorais toujours comment les choses allaient tourner. J'avais fini par renoncer à tenter de le deviner, d'ailleurs.

Arrête de cogiter et creuse !

Lâchant ma pelle, je me suis hissé hors de la tombe. Couchée sur le ventre, Lena agitait ses pieds chaussés de ses vieilles Converse. J'ai attiré sa bouche vers la mienne et je l'ai embrassée jusqu'à ce que le cimetière se mette à virevolter.

— Un peu de tenue, les enfants ! a braillé Link. Nous y sommes.

Appuyé sur le manche de son outil, il admirait son œuvre. La tombe était ouverte, bien qu'elle ne contienne aucun cercueil.

— Bon, et maintenant ? ai-je demandé.

J'avais hâte d'en avoir terminé. Sortant une petite bourse en soie noire de sa poche, Ridley l'a brandie devant elle. Link a prestement reculé, comme si elle avait fourré une lampe sous son nez.

— Fais gaffe, Rid ! N'approche pas ce truc de moi. La kryptonite des Incubes, tu as oublié ?

— Pardon, Superman.

Elle a sauté dans le trou afin de placer le baluchon au fond. Ma mère avait peut-être sauvé Macon à l'aide de l'Orbe Lumineux, mais nous avions été témoins de la dangerosité de l'objet. Une prison surnaturelle dans laquelle je ne tenais pas à voir mon meilleur ami enfermé. L'Orbe avait sa place six pieds sous terre, et la sépulture de Macon était l'endroit le plus sûr auquel nos réflexions nous avaient menés.

— Bon débarras ! a commenté Link en tirant Ridley de la tombe. N'est-ce pas ce qu'on est censé dire à la fin d'un film quand les gentils l'emportent sur les vilains ?

— Tu n'as donc jamais ouvert un bouquin de ta vie, mec ? lui ai-je demandé.

— Creuse, a lancé Ridley en s'essuyant les mains. Enfin, moi, c'est ça que je dis.

Link a jeté pelletée après pelletée de terre sur la bourse, sous la surveillance de Ridley.

— On vous laisse terminer, ai-je annoncé.

— Oui, partons d'ici, a renchéri Lena en fourrant ses poings dans ses poches.

Le soleil a surgi au-dessus des magnolias plantés devant la tombe de ma mère. L'endroit m'indifférait à présent que j'étais conscient qu'elle ne se trouvait pas là mais quelque part, partout ailleurs, à veiller sur moi. La chambre secrète de Macon. Les archives de Marian. Notre bureau à la maison.

— Viens, L, ai-je dit en l'entraînant par le bras. J'en ai assez du noir. Allons admirer le lever du soleil.

Nous avons décampé à toutes jambes le long de la colline herbeuse, pareils à des mômes, loin des tombeaux et des magnolias, des palmiers et des chênes envahis par la mousse espagnole, loin des rangées inégales de stèles et d'anges en affliction, loin du vieux banc de pierre. J'ai senti Lena frissonner dans l'air frais du petit matin, mais ni elle ni moi n'avions envie de nous arrêter. Nous avons donc poursuivi et, quand nous avons atteint le pied de la colline, nous avons failli tomber car nous volions presque. Presque heureux.

Nous n'avons pas repéré l'aura dorée menaçante qui transperçait la terre amoncelée sur la tombe de Macon.

Je n'ai pas allumé mon iPod où j'aurais remarqué la présence d'une nouvelle chanson.

Dix-huit Lunes.

Si je ne l'ai pas allumé, c'est parce que je m'en moquais. Personne n'écoutait. Personne n'espionnait. Personne n'existait au monde, sinon nous deux...

Nous deux et le vieil homme en costume blanc et fine cravate, qui est resté planté au sommet de la colline jusqu'à ce que le soleil se lève, et que les ombres regagnent leurs cryptes.

Nous ne l'avons pas vu. Nous avons seulement vu la nuit finissante et le ciel bleu qui lui succédait. Pas le bleu de ma chambre, mais le vrai. Même si chacun de nous en avait une perception différente. Ce n'était que maintenant que je n'étais plus aussi sûr que le ciel semblait le même aux yeux de deux personnes, quel que soit l'univers dans lequel elles vivaient.

Après tout, comment en être certain ?

Le vieil homme s'est éloigné.

Nous n'avons pas perçu le bruit familier de l'espace et du temps qui se réorganisaient quand il a déchiré les ultimes instants nocturnes, les ténèbres précédant l'aube.

Dix-huit lunes, dix-huit sphères,
Hors les ans, hors l'univers,
Le non-choix, mort ou bien né,
Terr' guettée par jour brisé...

Après
LARMES DE SIRÈNE

Ridley était dans sa chambre à Ravenwood, celle qui avait appartenu à Macon. Tout y était neuf, sauf les murs, le plafond, le plancher et, peut-être, la porte à panneaux.

Qu'elle ferma bruyamment et verrouilla. Elle se tourna vers la pièce, dos au battant. Macon s'était approprié un autre endroit de la demeure, bien qu'il passe l'essentiel de son temps dans son bureau des Tunnels. C'était donc la chambre de Ridley, désormais, et elle prenait soin de garder la trappe conduisant aux Tunnels fermée à double tour sous l'épaisse moquette rose à poil long. Les murs étaient bombés de graffitis, essentiellement noirs et rose fluo, avec çà et là des jets de vert, de jaune et d'orange électriques. Pas des mots, pas exactement, plutôt des formes, des entailles, des émotions. De la colère, mise en bouteille dans un pulvérisateur bon marché acheté à Summerville. Lena avait proposé de décorer la pièce à sa place, mais Ridley avait tenu à s'en occuper en personne, à la façon des Mortels. Les odeurs synthétiques lui avaient donné la migraine, et les éclaboussures de peinture avaient bousillé l'ensemble. Exactement le résultat escompté, exactement ce qu'elle ressentait.

Elle avait tout bousillé.

Pas de mots. Ridley les détestait. Surtout, ils mentaient. Ses quinze jours d'incarcération dans la chambre de Lena avaient suffi à la rendre allergique à la poésie jusqu'à la fin de sa vie.

Moncœurbattantetsaignantabesoindetoi…

Un truc dans le genre.

Ridley frissonna. Le bon goût ne courait pas dans les gènes de la famille. S'éloignant de la porte, elle traversa la pièce jusqu'au placard. D'un simple effleurement, elle en ouvrit les portes en bois blanc, révélant une infinie collection de vêtements, marque distinctive des Sirènes.

Ce qu'elle n'était plus, se souvint-elle.

Attrapant un tabouret rose sur une étagère, elle grimpa dessus, ses pieds couverts de chaussettes hautes rayées roses glissant dans ses chaussures à semelles compensées roses. La journée avait été placée sous le signe de la marque Harajuku, un spectacle plutôt rare à Gatlin. Les regards dont on l'avait couverte au Dar-ee Keen avaient été une récompense sans égal. Enfin, ils avaient permis de faire passer l'après-midi.

Un après-midi. Sur combien encore ?

Elle tâtonna sur l'étagère supérieure jusqu'à ce qu'elle la trouve : une boîte à chaussures en provenance de Paris. Elle la descendit avec un sourire. Des escarpins à bout ouvert en velours mauve avec talons de dix centimètres, si sa mémoire était bonne. C'était ça, oui. Elle avait connu de sacrés bons moments, avec ces godasses.

Elle renversa le contenu du carton sur son dessus-de-lit blanc et noir. Il était là, à moitié enveloppé dans de la soie, encore couvert de débris de terre.

Ridley se laissa tomber sur le plancher à côté du lit, bras posés sur la couche. Elle n'était pas sotte. Elle voulait juste regarder, comme elle l'avait fait tous les soirs de ces deux dernières semaines. Elle voulait sentir le pouvoir d'un objet magique, un pouvoir qu'elle n'aurait plus jamais.

Ridley n'était pas une mauvaise fille. Pas vraiment. Et puis, quand bien même elle l'était, quelle importance ? Elle était impuissante. On l'avait jetée comme un tube de mascara de l'an dernier.

Son téléphone portable sonnant, elle le prit sur la table de nuit. Une photo de Link apparut sur l'écran. Éteignant l'appareil, elle le balança par terre, dans l'immensité de la moquette.

Pas maintenant, Chaud Bouillant.

Elle songeait à un autre Incube.

John Breed.

Ridley se réinstalla au chevet du lit et inclina la tête afin d'observer la sphère qui s'était mise à briller d'un rose très subtil.

— Que vais-je faire de toi ?

Elle sourit parce que, pour une fois, la décision lui incombait ; et qu'il lui fallait encore la prendre.

trois

La lumière forcit encore et encore jusqu'à ce que la pièce soit nimbée d'une couleur rose, effaçant presque tout le reste, comme des traits de crayon grossièrement gommés.

deux

Ridley ferma les yeux, petite fille soufflant sa bougie d'anniversaire en faisant un vœu...

un

Elle rouvrit les paupières.

Elle avait décidé.

CE ROMAN
VOUS A PLU ?

Donnez votre avis
et retrouvez la communauté
jeunes adultes sur le site

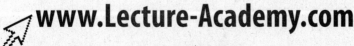

www.Lecture-Academy.com

DÉCOUVREZ UN EXTRAIT DU ROMAN
BLEU CAUCHEMAR
DE LAURIE FARIA STOLARZ

Un

C'est toujours la même chose. Toujours la nuit, dans la forêt, à la recherche de Drea. Le bruit de son corps à lui, aux aguets, quelque part derrière moi. Des branches qui craquent. Des feuilles qui se froissent. Le vent qui me gronde aux oreilles et me met les larmes aux yeux. Et la douleur dans mon ventre : aiguë, âpre, cinglante. Réelle.

À cause de mes cauchemars, je redoute le sommeil.

Je pince entre trois doigts le bout non coupant de la lame de rasoir. Je saisis la bougie neuve et grave les initiales *D. O. E. S.* sur sa surface incurvée. Chaque incision, chaque trait de la lame lui arrache de petits flocons de cire bleue scintillante.

Les initiales sont celles de Drea, mais elle ne se doute de rien, elle écrit dans son journal intime comme tous les soirs, assise sur son lit, tout près de moi.

Une fois terminée la dernière courbe du *S*, je pose le rasoir et sors du tiroir un rameau de sauge. Il est bien sec, tout prêt à être brûlé : les feuilles sont grises, racornies, rabougries. J'entortille un bout de ficelle autour pour qu'il se consume bien, sans trop fumer, de manière à ne pas m'attirer d'ennuis. Puis je le jette dans le pot de terre orange, au pied de mon lit.

– Tu te couches ? me demande Drea.

– Dans une minute.

Je dévisse la capsule de la bouteille d'huile d'olive et m'en verse quelques gouttes sur le doigt.

Elle hoche la tête et bâille, recapuchonne son stylo plume et ferme son journal.

– Sois sympa, évite de mettre le feu à tout le dortoir. J'ai un exposé d'histoire important, demain.

– Raison de plus, dis-je pour plaisanter.

Drea et moi partageons une chambre depuis un peu plus de deux ans ; elle est habituée aux rituels de ce genre.

Elle se couche sur le côté et remonte ses couvertures jusqu'au menton.

– Tu ne devrais pas te coucher trop tard. T'as pas une interro de français demain matin ?

– Merci, maman.

Je la regarde fermer les yeux ; ses lèvres se détendent pour dormir et les muscles de ses tempes se délient. C'est écœurant. Même passé minuit, sans une once de maquillage, sans un soupçon de poudre, les cheveux attachés avec un banal élastique, elle est encore parfaite : pommettes saillantes, lèvres boudeuses d'un rose saumoné, boucles blondes ; et des yeux de chat, avec des cils recourbés d'un noir de jais. Pas étonnant que tous les garçons de Hillcrest lui courent après et que toutes les filles la détestent... Pas étonnant que Chad lui revienne inlassablement, même après trois ruptures.

Je touche le haut de la bougie du bout de mon doigt huilé. Je chuchote : « Au-dessus. » Puis je touche le bas. « Comme en dessous. » Je reprends de l'huile et touche le milieu. Je glisse le doigt vers le haut, reviens au centre, puis je descends, en veillant à garder les lettres gravées de mon côté pour qu'elle ne les voie pas.

– Ce ne serait pas plus simple de tout mouiller d'un coup ? me demande Drea, qui a rouvert les yeux et m'observe.

Je fais tourner la bougie dans le sens inverse des aiguilles d'une montre tout en cachant les lettres sous ma paume, et je continue d'humidifier toute la circonférence de la même manière.

– Sûrement, mais ça brouillerait les énergies.

– Ah oui, bien sûr, où avais-je la tête ? fait-elle en se retournant.

Une fois la bougie entièrement huilée, je l'allume à l'aide d'une longue allumette en bois et la fixe sur le bougeoir en argent que ma grand-mère m'a donné avant de décéder. C'est mon bougeoir préféré, d'abord parce qu'il était à elle, et ensuite parce qu'il est en forme de soucoupe, avec une anse recourbée qui s'enroule autour de la base.

Je ferme les yeux et me concentre sur la lune décroissante, sur le fait que c'est une nuit favorable pour faire disparaître les choses, sur l'aide que vont m'apporter la sauge et la bougie gravée. J'allume la brindille et la regarde s'embraser ; les feuilles se recroquevillent et dansent dans la flamme jaune orangé, puis noircissent et s'évanouissent, tout comme je prie pour que mes cauchemars disparaissent.

Une fois la sauge réduite en cendres, je porte le pot de terre jusqu'à l'évier dans le coin et le remplis d'eau en regardant la fumée bleu-gris s'élever en longues volutes jusqu'au plafond.

« Pour l'éditeur, le principe est d'utiliser des papiers composés de fibres naturelles, renouvelables, recyclables et fabriquées à partir de bois issus de forêts qui adoptent un système d'aménagement durable. En outre, l'éditeur attend de ses fournisseurs de papier qu'ils s'inscrivent dans une démarche de certification environnementale reconnue. »

Édité par Hachette Livre, 43 quai de Grenelle, 75905 Paris Cedex 15.

Composition Nord Compo
Achevé d'imprimer en Espagne par BLACKPRINT CPI IBERICA S.L.
32.05.3394.7/02 - ISBN : 978-2-01-323394-1
Loi n° 49-956 du 16 juillet 1949 sur les publications destinées à la jeunesse
Dépôt légal : novembre 2012